JAMES ROLLINS

Das Knochenlabyrinth

Buch

In einem Höhlensystem in den kroatischen Bergen stößt ein Archäologe auf eine christliche Kapelle mit den Gebeinen einer Neandertalerin. In der Nähe finden sich Höhlenmalereien, die vom Kampf der Neandertaler gegen monströse Schattengestalten berichten. Bevor das Geheimnis der Höhlen untersucht werden kann, wird das Erkundungsteam überfallen. Das Höhlensystem wird gesprengt und die amerikanische Forscherin Lena Crandall entführt, während zeitgleich ein Primatenforschungszentrum in der Nähe von Atlanta angegriffen wird. Dort versucht Lenas Zwillingsschwester Maria, den Ursprung der menschlichen Intelligenz zu ergründen – den Großen Sprung nach vorn, der den modernen Menschen hervorgebracht hat. Zu diesem Zweck hat sie die DNA eines Gorillas mit Neandertaler-DNA hybridisiert und das Mischwesen Baako erschaffen.
Die Sigma Force entsendet zwei Teams – Gray Pierce und Seichan setzen in Kroatien an, während Monk Kokkalis und der kampferprobte Kowalski nach Atlanta reisen. Bald darauf stoßen sie auf die Aufzeichnungen des Jesuitenpaters Kircher, der glaubte, er habe die Gebeine Adams entdeckt. Die weiteren Nachforschungen führen 50 000 Jahre in die Vergangenheit, nach China und bis zum verschollenen Kontinent Atlantis…

Autor

Der New-York-Times-Bestsellerautor **James Rollins** hat einen Doktorgrad in Tiermedizin. Als begeisterter Höhlenforscher und ebenso eifriger Taucher ist er häufig unter Wasser oder unter der Erde anzutreffen. Er wohnt in den Bergen der Sierra Nevada in Kalifornien, USA.

Von James Rollins bei Blanvalet erschienen:

Sigma Force:
Der Genesis-Plan, Feuermönche, Sandsturm, Der Judas-Code, Das Messias-Gen, Feuerflut, Mission Ewigkeit, Das Auge Gottes, Projekt Chimera, Das Knochenlabyrinth, Die siebte Plage

Tucker Wayne:
Killercode

Die Bruderschaft der Christuskrieger:
Das Evangelium des Blutes, Das Blut des Verräters, Die Apokalypse des Blutes

Außerdem:
Sub Terra, Im Dreieck des Drachen, Das Flammenzeichen, Operation Amazonas, Das Blut des Teufels, Indiana Jones und das Königreich des Kristallschädels

Besuchen Sie uns auch auf www.facebook.com/blanvalet
und www.twitter.com/BlanvaletVerlag

James Rollins

Das Knochenlabyrinth

Roman

Aus dem Englischen
von Norbert Stöbe

blanvalet

Die englische Originalausgabe erschien 2015 unter dem Titel »The Bone Labyrinth« bei William Morrow, New York.

Verlagsgruppe Random House FSC® N001967

3. Auflage
Copyright der Originalausgabe © 2015 by Jim Czajkowski
Published in agreement with the author,
c/o Baror International, Inc. Armonk, New York, U.S.A.
Copyright der deutschsprachigen Ausgabe © 2018
by Blanvalet Verlag in der Verlagsgruppe Random House GmbH,
Neumarkter Str. 28, 81673 München
Umschlaggestaltung: © Johannes Wiebel | punchdesign,
unter Verwendung von Motiven von Shutterstock.com
(qingqing; Markus Kaemmerer; Cakir; mik ulyannikov;
Aphelleon; Tatiana Popova; Syda Productions)
Redaktion: text in form / Gerhard Seidl
HK · Herstellung: sam
Satz: Uhl + Massopust, Aalen
Druck und Einband: GGP Media GmbH, Pößneck
Printed in Germany
ISBN: 978-3-7341-0565-4

www.blanvalet.de

Für die Warped Spacer,
die Gruppe, die von Anfang an da war…
und die mich immer noch gut aussehen lässt.

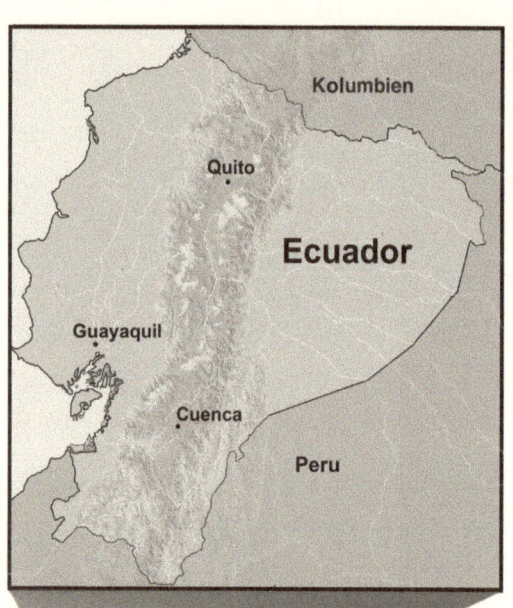

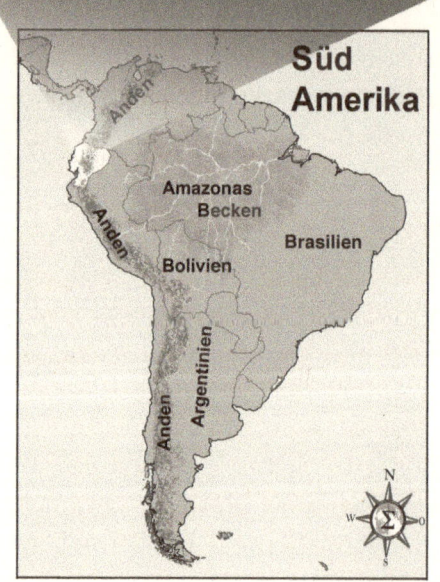

VORBEMERKUNG
ZUM HISTORISCHEN
HINTERGRUND

ZWEI HISTORISCHE PERSÖNLICHKEITEN spielen in diesem Buch eine herausragende Rolle: zwei Priester, die durch Jahrhunderte voneinander getrennt, aber durchs Schicksal miteinander verbunden sind.

Im siebzehnten Jahrhundert galt Athanasius Kircher als Leonardo da Vinci des Jesuitenordens. Wie sein großes Vorbild beherrschte auch er die verschiedensten Disziplinen. Er befasste sich mit Medizin, Geologie und Ägyptologie und baute raffinierte Automaten, darunter eine magnetische Uhr – ein Nachbau befindet sich in der Grünen Bibliothek der Universität Stanford. Dieser Vertreter der Renaissance beeinflusste mit seinem Wirken Persönlichkeiten aller Zeiten, von Descartes bis Newton, von Jules Verne bis zu Edgar Allen Poe.

Und noch eine weitere Persönlichkeit.

Pater Carlos Crespi kam Jahrhunderte später zur Welt, im Jahr 1891. Inspiriert von Kircher, wurde auch Crespi ein Mönch mit vielen Gaben. Er war Botaniker, Anthropologe, Historiker und Musiker. Schließlich ließ er sich als Missionar in einer kleinen Stadt in Ecuador nieder, wo er fünfzig Jahre lang der Kirche diente. Dort gelangte ein großer Schatz goldener Artefakte in seinen Besitz, den ihm die in dieser Gegend ansässigen Shuar schenkten. Angeblich stammten die Objekte aus einem Höhlensystem, das sich über die ganze Breite von Südamerika erstreckte und eine Sammlung alter Metallplatten und Kristallbücher beherbergte. Die Artefakte waren mit fremdartigen Abbildungen geschmückt und mit nicht entzifferbaren Beschriftungen versehen.

Manche Archäologen hielten sie für Fälschungen; andere schenkten den Aussagen des Priesters zur Herkunft der Artefakte Glauben. Wie dem auch sei, im Jahr 1962 wurde das Museum, in dem die meisten Artefakte untergebracht waren, durch ein Feuer zerstört, und die wenigen noch erhaltenen Gegenstände wurden von der ecuadorianischen Regierung weggeschlossen.

Was ist wahr an Pater Crespis Geschichte, und was beruht auf Lügenmärchen? Niemand weiß es. Allerdings steht außer Frage, dass der fromme Mönch an seine Geschichte glaubte und dass es den großen Schatz gegeben hat.

Im Jahr 1976 machte ein britisches Team von Militärs und Wissenschaftlern sich auf die Suche nach dem vergessenen unterirdischen Versteck und landete im falschen Höhlensystem. Eigentümlicherweise wurde die Expedition von einem Amerikaner geleitet – von keinem anderen als Neil Armstrong, dem ersten Mann auf dem Mond.

Was hatte diesen eigenbrötlerischen, einzelgängerischen amerikanischen Helden, der nur selten Interviews gab, dorthin gelockt? Die Antwort verweist auf ein noch größeres Geheimnis, das eine Gefahr darstellt für unsere Stellung in der Welt.

VORBEMERKUNG ZUM WISSENSCHAFTLICHEN HINTERGRUND

EIN FUNDAMENTALES RÄTSEL, das mit unserem Ursprung verknüpft ist, lässt sich in einer simplen Frage zusammenfassen: *Weshalb sind wir so intelligent?*

Die Entstehung der menschlichen Intelligenz beschäftigt Wissenschaftler und Philosophen. Ja, das Wachstum unseres Gehirns lässt sich von den frühen Hominiden bis zum Erscheinen des Homo sapiens vor rund zweihunderttausend Jahren nachverfolgen. Unbekannt ist aber nach wie vor, weshalb unsere Spezies vor etwa fünfzigtausend Jahren einen plötzlichen Anstieg der Intelligenz erlebte.

Anthropologen bezeichnen diesen Moment als den Großen Sprung nach vorn. In der fossilen Überlieferung schlägt er sich als explosionsartige Weiterentwicklung von Kunst, Musik und Waffentechnik nieder. Für den plötzlichen Anstieg unserer Erfindungsgabe gibt es keine anatomische Erklärung, und doch muss etwas Grundlegendes geschehen sein, das die sprunghafte Weiterentwicklung von Intelligenz und Bewusstsein ermöglicht hat. Dazu gibt es zahlreiche Theorien, die dieses Ereignis wahlweise auf den Klimawandel, genetische Mutationen oder eine Veränderung der Ernährungsweise zurückführen.

Noch befremdlicher ist die Tatsache, dass unser Gehirn in den vergangenen zehntausend Jahren stetig *geschrumpft* ist – um bislang fünfzehn Prozent. Was hat das zu bedeuten? Was folgt daraus für die Zukunft? Vielleicht birgt der geheimnisvolle Große Sprung nach vorn des Rätsels Lösung. Bislang aber wurde noch keine triftige Erklärung für diese zentrale Entwicklung der Menschheitsgeschichte gefunden.

Das gilt bis heute.

Die Enthüllungen der folgenden Seiten werfen weitere verstörende Fragen auf: Stehen wir vor einem zweiten Großen Sprung nach vorn? Oder sind wir dazu verdammt, uns wieder zurückzuentwickeln?

Intelligenz ist ein Unfall der Evolution
und nicht unbedingt ein Überlebensvorteil.

Isaac Asimov

Das Maß der *Intelligenz*
ist die Fähigkeit zur Veränderung.

Albert Einstein

»LAUF, KIND!«

Hinter ihnen brannte der Wald. Seit Tagen trieben die Flammen K'ruk und seine Tochter immer höher in die schneebedeckten Berge. K'ruk aber fürchtete weder den beißenden Rauch noch die sengende Hitze. Er blickte sich um und hielt Ausschau nach seinen Verfolgern, die den Wald in Brand gesteckt hatten, um sie zu jagen, konnte den Gegner aber nirgends ausmachen.

Doch er hörte das ferne Geheul der Wölfe, jener großen Tiere, die sich dem Willen der Jäger unterwarfen. Das Rudel war näher gekommen, nur noch ein Tal entfernt.

Besorgt blickte er zur Sonne, die dicht über dem Horizont stand. Das rötliche Leuchten am Himmel erinnerte ihn an das Versprechen von Wärme, das in dieser Richtung lag, an die heimatlichen Höhlen im schwarzen Felsgestein der grünen Hügel, wo das Wasser noch floss und wo auf den niederen Hängen Rotwild und Bisons umherstreiften.

Er stellte sich die Lagerfeuer vor, die Fleischspieße, von

13

denen das Fett in die Flammen tropfte, den Stamm, der sich zum Einbruch der Nacht versammelt hatte. Er sehnte sich nach seinem alten Leben, wusste aber auch, dass es ihm verwehrt war – vor allem aber seiner Tochter.

Ein gellender Schrei lenkte seine Aufmerksamkeit nach vorn. Onka war auf einem vermoosten Stein ausgerutscht und gestürzt. Normalerweise war sie geschickt im Gelände, doch sie waren schon seit drei langen Tagen auf der Flucht.

Er eilte zu ihr und zog sie hoch. Ihr Gesicht glänzte vor Angst und vom Schweiß. Er hielt kurz inne und legte ihr die Hand auf die Wange. In ihrem kindlichen Gesicht sah er, dass sie sich nach ihrer Mutter sehnte, einer Heilerin, die kurz nach Onkas Geburt gestorben war. Er drehte sich eine Locke ihres feuerroten Haars um den Zeigefinger.

Ganz die Mutter…

Doch er sah noch mehr in Onkas Gesichtszügen, die Merkmale, die sie als anders brandmarkten. Ihre Nase war selbst für ein Mädchen von neun Wintern schmaler als die von K'ruks Stammesgenossen. Ihre Stirn war gerader, weniger ausladend. Er schaute ihr in die blauen Augen, die so strahlend waren wie der Sommerhimmel. Das Leuchten und die anderen Merkmale wiesen sie als Mischwesen aus, als eine Person, die irgendwo zwischen K'ruks Leuten und denen mit den mageren Gliedmaßen und der flinken Zunge stand, die vor Kurzem aus dem Süden gekommen waren.

Diese Kinder galten als Omen und belegten angeblich durch ihre Geburt, dass die beiden Stämme – der neue und der alte – in Frieden zusammenleben konnten. Vielleicht nicht unbedingt in denselben Höhlen, aber sie könnten sich wenigstens die Jagdgründe teilen. Und je näher die beiden Stämme einander kamen, desto mehr Kinder wie Onka wurden geboren. Sie wurden verehrt, denn sie betrachteten die Welt mit anderen Augen und wurden Schamane, Heiler oder Jäger.

Vor zwei Tagen aber war ein Besucher aus einem Nachbartal eingetroffen. Er war tödlich verwundet gewesen, hatte sie vor seinem Tod aber noch vor einem starken Gegner gewarnt, einer großen Gefahr, die sich im Gebirge ausbreitete. Diese geheimnisvollen Stammesleute waren stets zahlreich und machten Jagd auf solche wie Onka. Sie duldeten es nicht, dass irgendein Stamm solche Kinder großzog. Diejenigen, die es trotzdem taten, wurde niedergemetzelt.

Als K'ruk dies hörte, beschloss er, seinen eigenen Stamm nicht zu gefährden und gleichzeitig zu verhindern, dass Onka geraubt wurde. Deshalb war er zusammen mit seiner Tochter geflohen, doch anscheinend hatte jemand dem Gegner von ihrer Flucht berichtet.

Und von Onka.

Ich lasse nicht zu, dass sie denen in die Hände fällt.

Er fasste sie bei der Hand und schritt schneller aus, doch Onka stolperte immer häufiger und humpelte stark wegen des verstauchten Knöchels. Auf einem Gebirgskamm nahm er sie auf die Arme und blickte zum Wald hinunter. Am Talgrund war ein kleiner Fluss zu erkennen. Dort könnten sie trinken.

»Wir rasten dort«, sagte er und zeigte in die Tiefe. »Aber nur kurz…«

Links von ihm knackte ein Zweig. Er ging in die Hocke, setzte Onka ab und hob den Speer mit der Spitze aus Stein. Hinter einem umgestürzten Baum trat ein schlanker Mann hervor, bekleidet mit Umhang und Stiefeln aus

Rentierleder. Ihre Blicke trafen sich. Ohne dass ein Wort gefallen wäre, wusste K'ruk, dass der andere wie Onka war – ein Mischwesen. Seine Kleidung und das mit einem Lederriemen zusammengebundene Haar ließen jedoch erkennen, dass er nicht zu K'ruks Stamm gehörte, sondern zu den Leuten mit den schlankeren Gliedmaßen, die später ins Gebirge gekommen waren.

Hinter ihnen, in größerer Nähe als zuvor, ertönte das Wolfsgeheul.

Der Fremde lauschte mit schief gelegtem Kopf; dann hob er die Hand und winkte sie zu sich. Er sagte etwas, doch K'ruk verstand ihn nicht. Schließlich zeigte der Fremde zum Wasserlauf hinunter und machte sich an den Abstieg über den bewaldeten Hang.

K'ruk überlegte, ob es ratsam sei, ihm zu folgen, doch das Gebell der Wölfe veranlasste ihn, dem Fremden zu vertrauen. Mit Onka auf den Armen bemühte er sich, mit dem gewandten Mann Schritt zu halten. Am Fluss wurden sie von einer Gruppe von etwa einem Dutzend Personen erwartet, einige jünger als Onka, andere mit krummem Rücken.

Eines aber hatten alle gemeinsam.

Sie waren Mischwesen.

Der Fremde trat vor und fiel vor Onka auf die Knie. Er berührte sie an der Stirn und fuhr ihr mit dem Finger über die Wange, offenbar um zu prüfen, ob sie wirklich eine der ihren war.

Onka streckte ihrerseits den Arm aus und berührte das sternförmige Narbenmuster an der Stirn des Fremden.

Sie fuhr mit der Fingerkuppe über die Narben, als enthielten sie eine verborgene Bedeutung. Der Mann grinste, offenbar erfreut über die rasche Auffassungsgabe des Kindes.

Dann richtete der Fremde sich auf und legte sich die Hand auf die Brust. »Teron«, sagte er.

Das war offenbar sein Name, doch der Fremde sprach gleich weiter und machte einem der Alten, der sich schwer auf einen dicken, knorrigen Stab stützte, ein Zeichen.

Der alte Mann trat vor und sagte in K'ruks Sprache: »Teron erlaubt dem Mädchen, sich uns anzuschließen. Wir sind unterwegs zu einem Gebirgspass, der nur noch wenige Tage lang schneefrei sein wird. Wenn wir ihn vor dem Gegner erreichen, können wir ihn abschütteln.«

»Bis zur nächsten Schneeschmelze«, setzte K'ruk besorgt hinzu.

»Bis dahin vergehen noch viele Monde. Dann ist unsere Spur längst kalt geworden.«

Das Wolfsgeheul in der Ferne erinnerte ihn daran, dass die Spur im Moment alles andere als kalt war.

Auch der Alte hatte es gehört. »Wir müssen aufbrechen, bevor sie über uns herfallen.«

»Und meine Tochter nehmt ihr mit?« Er schob Onka Teron entgegen.

Teron legte K'ruk eine Hand auf die Schulter und drückte fest zu, um sein Versprechen zu bekräftigen.

»Sie ist willkommen«, versicherte ihm der Alte. »Wir werden sie beschützen. Aber auf dieser langen Reise könnten wir deinen starken Rücken und deinen scharfen Speer gut gebrauchen.«

K'ruk trat einen Schritt zurück und packte den Speerschaft fester. »Der Gegner ist zu schnell. Ich werde ihn von eurer Spur ablenken und so lange wie möglich aufhalten, damit ihr den Pass erreichen könnt.«

Onka schaute ihn mit feuchten Augen an. »Papa…«

Ihm krampfte sich das Herz zusammen. »Das ist jetzt dein Stamm, Onka. Diese Leute werden dich an einen besseren Ort bringen, wo du sicher bist und zu der starken Frau heranwachsen kannst, die zu sein dir bestimmt ist.«

Onka riss sich von Teron los und schlang K'ruk die Arme um den Hals.

Halb erstickt vom Kummer und den Armen seiner Tochter, drückte er Onka von sich ab, bis Teron sie von hinten umfasste. K'ruk neigte sich vor, bis sich ihrer beider Stirn berührten, und verabschiedete sich von ihr. Er wusste, er würde seine Tochter nie mehr wiedersehen.

Dann richtete er sich auf, wandte sich ab und stieg wieder den Hang hinauf, dem Wolfsgeheul entgegen – während hinter ihm Onka kläglich nach ihm rief.

Lebe wohl, mein Kind.

Er schritt schneller aus, entschlossen, seine Tochter zu schützen. Auf dem Höhenrücken angelangt, eilte er dem Gekläff entgegen. Die Rufe der Jäger waren wilder geworden und schallten aus dem angrenzenden Tal herauf.

Mit weit ausgreifenden Schritten machte er sich auf den Weg.

Er erreichte den nächsten Gebirgskamm, als die Sonne unterging. Das Tal lag im Schatten. Er wurde langsamer, schritt vorsichtiger aus, denn die Wölfe waren verstummt. Geduckt huschte er auf der windabgewandten Seite von Schatten zu Schatten und achtete darauf, dass er auf keinen Ast trat.

Schließlich konnte er den Talboden sehen. In der Dunkelheit bewegte sich etwas. Die Wölfe. Eines der Tiere gelangte in Sicht, doch es sah ganz anders aus als ein Wolf. Es hatte eine verfilzte Mähne, der Körper war mit Narben bedeckt. Es bleckte seine langen gelben Zähne.

Obwohl ihm das Herz bis zum Hals klopfte, verharrte K'ruk in geduckter Haltung und wartete darauf, dass die Herren der monströsen Tiere sich zeigten.

Schließlich traten größere Schatten aus dem Wald hervor. Zum ersten Mal sah er das Gesicht des Gegners.

K'ruk wurde ganz kalt von dem Anblick, und das Grauen verwandelte sein Inneres in Eis.

Nein, das kann nicht sein …

Trotzdem packte er den Speer fester und blickte sich über die Schulter um.

Lauf, Onka. Lauf und schau dich nicht um.

Frühling 1669
Rom, Kirchenstaat

NICOLAS STENO GELEITETE den jungen Gesandten durch die Tiefen des Museums des Collegio Romano. Der Fremde war mit einem dicken Mantel bekleidet, seine Stiefel waren schmutzig. Dies alles deutete darauf hin, dass er einen dringlichen geheimen Auftrag hatte.

Der deutsche Gesandte war von Leopold I. geschickt worden, dem Kaiser des Heiligen Römischen Reiches im Norden. Das Paket, das er dabeihatte, war für Nicolas' teuren Freund Pater Athanasius Kircher bestimmt, der das Museum gegründet hatte.

Der Gesandte bestaunte die zahlreichen Naturwunder, die ägyptischen Obelisken, die mechanischen Apparaturen, die tickten und summten, alles bekrönt von Kuppeln, die mit astronomischen Darstellungen geschmückt waren. Der Blick des jungen Mannes fiel auf einen von einer Kerze angeleuchteten Bernsteinbrocken, in dem eine Eidechse eingeschlossen war.

»Nicht trödeln«, mahnte Nicolas und zog den Boten mit sich.

Nicolas kannte hier jeden Winkel. Er kannte jedes einzelne Buch, von denen viele vom Herrn des Museums persönlich verfasst worden waren. Seit fast einem Jahr war Nicolas in diesen Räumen tätig, hierherbeordert von seinem Wohltäter, dem Großherzog der Toskana, mit dem Auftrag, die Exponate zu studieren, denn das Museum sollte als Vorbild dienen für ein Kuriositätenkabinett, das der Herzog in seinem Florentiner Palast zu errichten gedachte.

Schließlich gelangte er zu einer hohen Eichentür und schlug mit der Faust dagegen.

»Herein«, ertönte eine Stimme.

Er zog die Tür auf und geleitete den Gesandten in ein kleines Studierzimmer, das von der Glut eines erlöschenden Feuers erhellt wurde. »Ich bitte um Verzeihung für die Störung, Hochwürden.«

Der deutsche Gesandte beugte vor dem breiten Schreibtisch das Knie und neigte das Haupt.

Der Mann, der hinter den Bücherstapeln saß, seufzte gedehnt. Die Hand mit der Schreibfeder schwebte über einem großen Pergament. »Möchtest du wieder meine Sammlung durchwühlen, Nicolas? Du solltest wissen, dass ich begonnen habe, die Bücher in diesem Raum zu nummerieren.«

Nicolas lächelte. »Ich verspreche, die *Mundus Subterranus* zurückzubringen, sobald ich einige Eurer darin aufgestellten Behauptungen widerlegt habe.«

»Ist das so? Wie ich höre, steht dein eigenes Werk über die unterirdischen Geheimnisse des Gesteins und des Kristalls kurz vor der Vollendung.«

Nicolas neigte bestätigend den Kopf. »In der Tat. Doch bevor ich es vorstelle, möchte ich Euch um eine nicht minder beißende Kritik bitten.«

Seit Nicolas' Ankunft vor einem Jahr hatten sie viele Nächte mit Disputen über alle möglichen Fragen der Wissenschaft, Theologie und Philosophie zugebracht. Obwohl Kircher siebenunddreißig Jahre älter und eine Respektsperson war, schätzte der Geistliche die Herausforderung durch andere. Bei ihrer ersten Begegnung hatten sie heftig über eine Schrift gestritten, die Nicolas zwei Jahre zuvor veröffentlicht hatte und worin er erklärte, bei den Gesteinseinschlüssen, die man als Glossopetrae oder Zungensteine bezeichnete, handele es sich in Wahrheit um Haizähne. Auch Pater Kircher interessierte sich für die in Schichtgestein gefundenen Knochen und Relikte. Sie hatten hitzig über den Ursprung dieser Mysterien debattiert. Durch die Feuerprobe des wissenschaftlichen Disputs hatten sie nicht nur wechselseitigen Respekt entwickelt, sondern waren zu Kollegen und vor allem Freunden geworden.

Pater Kircher fasste den Gesandten in den Blick, der noch immer vor dem überladenen Schreibtisch kniete. »Und wer ist dein Begleiter?«

»Er überbringt ein Paket von Leopold I. Der Kaiser erinnert sich anscheinend noch gut genug an seine jesuitische Erziehung, um Euch einen wichtigen Fund zu übermitteln. Leopold hat sich an den Großherzog gewandt mit der Bitte, dass ich Euch diesen Mann im Geheimen vorstelle.«

Pater Kircher senkte die Schreibfeder. »Interessant.«

Sie wussten beide, dass der Kaiser sich für Wissenschaft und die Natur interessierte, was auf die jesuitischen Gelehrten zurückzuführen war, die ihn unterrichtet hatten. Kaiser Leopold hatte eigentlich Geistlicher werden wollen, doch nachdem sein älterer Bruder an den Pocken gestorben war, hatte der fromme Gelehrte sich die kalte Krone des Nordens aufgesetzt.

»Genug des lächerlichen Posierens, guter Mann«, sagte Pater Kircher zu dem Gesandten. »Erhebt Euch und übergebt mir, was der Grund für Eure weite Reise war.«

Der Gesandte richtete sich auf und schlug die Kapuze seines Umhangs zurück. Darunter kam das Gesicht eines jungen Mannes von höchstens zwanzig Jahren zum Vorschein. Er nahm einen dicken Brief aus seiner Umhängetasche, der mit dem kaiserlichen Siegel verschlossen war. Er trat vor und legte ihn auf den Tisch, dann wich er zurück.

Kircher blickte Nicolas an, der mit den Achseln zuckte. Anscheinend hatte auch er keine Ahnung, worum es ging.

Kircher brach das Siegel mit einem Messer. Ein kleiner Gegenstand rollte aus dem Umschlag hervor auf die Tischplatte. Es war ein Knochen, stellenweise bedeckt mit kristallinen Gesteinsresten. Mit gerunzelter Stirn zog Kircher ein Pergament aus dem Umschlag und entfaltete es. Nicolas sah, dass es sich um eine detaillierte Landkarte Osteuropas handelte. Pater Kircher betrachtete sie einen Moment lang.

»Ich verstehe nicht, was das soll«, sagte Kircher. »Die Landkarte und der alte Knochen. Es fehlt eine Erklärung.«

Der Gesandte ergriff das Wort und sagte mit starkem Akzent: »Der Kaiser hat mir aufgetragen, Euch eine mündliche Botschaft zu übermitteln, Hochwürden.«

»Und wie lautet die Botschaft?«

»Der Kaiser weiß von Eurem Interesse an der Vorgeschichte und den Geheimnissen, die im Innern der Erde verborgen sind, und bittet Euch, bei der Erforschung des Fundes an dem markierten Ort zu helfen.«

»Und was wurde dort gefunden?«, fragte Nicolas. »Weitere Knochen wie dieser hier?«

Er trat näher an den Tisch und betrachtete den versteinerten Knochen mit den weißlichen Gesteinsresten.

»Knochen und noch viel mehr«, antwortete der Bote.

»Und zu wem gehören die Knochen?«, fragte Kircher. »Aus wessen Grab stammen sie?«

Die Antwort des jungen Mannes bestürzte beide Zuhörer. Doch ehe sie reagieren konnten, zog der Bote einen Dolch hervor und schlitzte sich die Kehle von einem Ohr zum anderen auf. Blutüberströmt fiel er auf die Knie und kippte dann zur Seite.

Nicolas stürzte zu dem jungen Mann, erzürnt über die Grausamkeit des Kaisers. Offenbar war die Botschaft ausschließlich für ihn und Pater Kircher gedacht gewesen und sollte kein anderes Ohr erreichen.

Pater Kircher trat um den Schreibtisch herum, ließ sich auf ein Knie nieder und ergriff die Hand des jungen Mannes. Seine Frage aber war an Nicolas gerichtet. »Kann das wahr sein?«

Nicolas schluckte, bestürzt von der Botschaft, die der Sterbende überbracht hatte.

Die Knochen… sie stammen von Adam und Eva.

TEIL 1

BLUT UND SCHATTEN

1

WIR HABEN HIER nichts verloren.

Abergläubische Furcht veranlasste Roland Novak, an einer Spitzkehre des Wegs innezuhalten. Er schützte die Augen mit der Hand vor der Morgensonne und schaute zur schroffen Bergspitze auf. Schwarze Wolken türmten sich in der Ferne.

Den kroatischen Sagen zufolge – die man ihm in seiner Kindheit erzählt hatte – versammelten sich in dunklen Sturmnächten Hexen und Feen auf dem Gipfel des Klek, und ihre Schreie waren bis zur Stadt Ogulin zu hören. Viele unvorsichtige oder glücklose Wanderer hatte auf dem Gipfel angeblich ein furchtbares Schicksal ereilt.

Jahrhundertelang hatten diese Legenden dafür gesorgt, dass der Berg weitgehend unbehelligt geblieben war. Das hatte sich in den letzten Jahrzehnten geändert, denn die hohen Felswände lockten eine stetig wachsende Zahl einheimischer Bergsteiger an. Doch das war nicht der Grund, weshalb Roland und dessen Begleiter den Aufstieg an der Nordseite des Bergs wagten.

»Es ist nicht mehr weit«, sagte Alex Wrightson. »Bevor das Unwetter losbricht, sind wir schon auf dem Rückweg.«

Der britische Geologe leitete die Vierergruppe. Er wirkte ebenso massiv wie die Berggipfel, obwohl er schon fast siebzig war. Trotz der Kälte trug er kakifarbene Wandershorts, die seine kräftigen, drahtigen Beine entblößten. Das schneeweiße Haar, das dichter war als Rolands, hatte er sich unter den Schutzhelm gesteckt.

»Das sagt er jetzt schon zum dritten Mal«, grummelte Lena Crandall. Nach dem stundenlangen Aufstieg glänzten ihre Wangen vom Schweiß, doch sie war nicht außer Atem. Schließlich war sie erst Mitte zwanzig, und den abgetragenen Wanderstiefeln nach zu schließen war sie nicht zum ersten Mal im Gebirge unterwegs.

Sie musterte die dunkle Wolkenwand. »Zum Glück bin ich einen Tag zu früh hier angekommen«, sagte sie. »Wenn das Unwetter losbricht, werden sich die Wege für wer weiß wie lange in Morast verwandeln.«

Die Gruppe zog auf dem unmarkierten Weg das Tempo an. Lena öffnete den Reißverschluss ihrer Thermojacke und rückte die Schulterriemen des Rucksacks zurecht, den das Logo der Emory University zierte, ihrer Alma Mater in Atlanta, Georgia. Sonst wusste Roland nur noch, dass die Amerikanerin Genetikerin war und als Stipendiatin am Max-Planck-Institut für evolutionäre Anthropologie in Leipzig arbeitete. Auch sie hatten der britische Geologe und sein Partner, ein französischer Paläontologe, über den Grund für die Einladung im Unklaren gelassen.

Im Gehen unterhielt Dr. Dayne Arnaud sich leise mit Wrightson. Roland konnte den Paläontologen zwar nicht verstehen, was auch an dessen starkem Akzent lag, doch er wirkte gereizt. Bislang hatten die beiden Forscher ihren Begleitern keine Einzelheiten über das Ziel der Wanderung oder ihre Entdeckung mitgeteilt.

Roland zwang sich zu Geduld. Er war in Zagreb aufgewachsen, der kroatischen Hauptstadt, doch er kannte alle Geschichten, die sich um diesen Gipfel des Dinarischen Gebirges rankten. Er glich auf unheimliche Weise einem auf dem Rücken liegenden Riesen. Angeblich war dies der Körper des Riesen Klek, der sich gegen den Gott Volos aufgelehnt hatte und zur Strafe in Stein verwandelt worden war. Zuvor hatte er gelobt, er werde eines Tages aus seinem Schlummer erwachen und Rache nehmen an der Welt.

Roland verspürte einen Anflug von abergläubischem Unbehagen.

Denn in letzter Zeit grollte der Riese.

Dies war eine Erdbebenregion, was der Legende vom schlafenden Riesen möglicherweise Vorschub geleistet hatte. Im vergangenen Monat hatte ein Erdstoß der Stärke 5,2 auf der Richterskala die Region erschüttert. In der Stadt Ogulin war der Glockenturm einer mittelalterlichen Kirche eingestürzt.

Roland vermutete, dass die Entdeckung des Geologen und des Paläontologen mit dem Erdbeben in Verbindung stand. Seine Ahnung bewahrheitete sich, als sie um eine schroffe Felsspitze bogen und zu einer dichten Ansammlung von Kiefern gelangten. Ein großer Felsbrocken hatte sich aus der Wand gelöst und war in den Wald gestürzt, wobei er mehrere Bäume gefällt hatte. Es sah aus, als sei der gewaltige Klek persönlich hier umhergestapft.

Während sie sich einen Weg durch das Labyrinth der Felsen und zerschmetterten Baumstämme bahnten, sagte

Wrightson: »Ein einheimischer Vogelkundler ist nach dem Erdbeben von letztem Monat hierhergekommen. Er war früh am Morgen unterwegs, als er zwischen ein paar Felsen Dampf aufsteigen sah, was auf ein Höhlensystem hindeuten könnte.«

»Und Sie glauben, das Höhlensystem ist bei dem Erdstoß geöffnet worden?«, fragte Lena.

»In der Tat.« Wrightson schwenkte den Arm. »Das ist auch nicht weiter verwunderlich. Der ganze Gebirgszug besteht aus Karst, einer Erscheinungsform des Kalksteins. Regenfälle und zahlreiche Quellen haben die Gegend in eine geologische Spielwiese voller Wunder verwandelt. Unterirdische Flüsse, Erdlöcher, Höhlen – hier gibt es alles, was man sich nur wünschen kann.«

Roland blickte Arnaud an. »Aber Sie haben *mehr* entdeckt als bloß eine Höhle.«

Wrightsons Augen funkelten vor Belustigung und Erregung. »Wir wollen uns doch die Überraschung nicht verderben, nicht wahr, Dr. Arnaud?«

Der Paläontologe bekundete brummend seinen Unmut, was zu seiner finsteren Miene passte. Wrightson war ein geselliger Mensch und der Franzose das genaue Gegenteil. Er war beinahe gleich alt mit dem zweiunddreißigjährigen Roland, wirkte aber wesentlich älter. Roland vermutete, dass Arnauds Verärgerung daher rührte, dass man ihn und die Amerikanerin hinzugezogen hatte. Wenn es um ihre Arbeit ging, zeigten manche Wissenschaftler ein ausgeprägtes Revierverhalten.

»Ah, da sind wir ja!«, sagte Wrightson und näherte sich einer Leiter, die aus einem unscheinbaren Erdloch ragte.

Ganz auf sein Ziel konzentriert, übersah Roland die Gestalt, die im Schatten eines Felsens stand, bis der große

Mann in den Sonnenschein trat. Er hatte sich ein Gewehr über die Schulter gelegt. Der Wachposten trug zwar Zivilkleidung, doch seine gerade Haltung, die scharfen Bügelfalten und der stählerne Glanz seiner Augen deuteten auf einen militärischen Hintergrund hin. Sein kurz geschorenes schwarzes Haar wirkte wie eine Schädelkappe mit Spitze.

Er sagte etwas zu Arnaud.

Roland verstand kein Französisch, doch die Haltung, die der Wachposten gegenüber dem Paläontologen an den Tag legte, wirkte nicht unterwürfig, sondern eher kollegial, so als wären sie einander gleichgestellt. Der Mann zeigte zum immer dunkler werdenden Himmel hoch. Offenbar ging es darum, ob die Wetterbedingungen den Einstieg noch erlaubten. Schließlich ging er fluchend zu einem Generator hinüber und brachte ihn mit einem Zug an der Startschnur zum Laufen.

»Das ist Commandant Henri Gerard«, stellte Wrightson den Mann vor. »Er ist bei den Chasseur Alpins, den französischen Gebirgsjägern. Er und seine Leute haben dafür gesorgt, dass kein Unbefugter die Höhle betreten konnte.«

Roland schaute sich nach den anderen Soldaten um, konnte aber keine entdecken.

»Eine bedauerliche, aber notwendige Vorsichtsmaßnahme«, fuhr Wrightson fort. »Nachdem der Vogelkundler den Eingang entdeckt hatte, nahm er Kontakt zu Freizeithöhlenforschern auf. Zu unserem Glück halten sich die Mitglieder dieses Klubs strikt an die Regeln und nehmen es ernst mit der Geheimhaltung. Als sie die Bedeutung des Fundes erkannten, rührten sie nichts an und setzten sich gleich mit ihren französischen Kollegen in Verbindung, die sich bereits um die Erhaltung der berühmten Höhlen von Chauvet und Lascaux gekümmert haben.«

Roland, der sich mit Kunstgeschichte auskannte, verstand die Bedeutung dieser Aussage. Die genannten Fundorte waren berühmt für ihre paläolithischen Malereien, die von den ältesten Vorfahren des modernen Menschen stammten.

Er blickte zur Erdöffnung, und auf einmal ahnte er, was darin verborgen war.

Lena hatte es ebenfalls begriffen. »Haben Sie dort unten Höhlenmalereien entdeckt?«

Wrightson hob eine Braue. »Oh, wir haben viel mehr gefunden.« Er fasste Roland in den Blick. »Deshalb haben wir Kontakt mit dem Vatikan aufgenommen, Pater Novak. Das ist auch der Grund, weshalb Sie von der Katholischen Universität in Zagreb hierherbeordert wurden.«

Roland blickte in die Öffnung hinunter. Während in der Ferne Donner grollte, veranlasste ihn die Furcht, sich an den Priesterkragen zu fassen.

Arnaud sagte mit starkem Akzent und unverhohlener Missbilligung: »Pater Novak, Sie sind hier, um den wundervollen Fund zu beglaubigen.«

11:15

Lena kletterte hinter Wrightson und Arnaud die Leiter hinunter. Daneben lief ein Stromkabel entlang, das mit dem Generator verbunden war. Wie die anderen trug auch sie einen Schutzhelm mit Leuchte. Das Herz klopfte ihr bis zum Hals, vor Aufregung und wegen eines Anflugs von Klaustrophobie.

Die meiste Zeit verbrachte sie in irgendeinem Genlabor, schaute durchs Mikroskop oder las Gensequenzen von einem Monitor ab. In ihrer Freizeit flüchtete sie sich in die Natur, was immer diese zu bieten hatte. In letzter Zeit waren dies die Parklandschaften entlang der Flüsse gewesen, die durch Leipzig strömten. Sie vermisste den Wald, der ihre vorige Forschungsstelle am Stadtrand von Atlanta umgeben hatte. Und sie vermisste ihre Zwillingsschwester – Genetikerin wie sie –, die in den Staaten die Arbeit an ihrem gemeinsamen Projekt fortführte, während sie selbst als wissenschaftliche Hilfskraft in Europa arbeitete und sechzehn bis achtzehn Stunden täglich genetischen Code aus alten Knochen oder Zähnen extrahierte.

Wenn diese Höhle hier tatsächlich ein paläolithischer Fundort mit Fossilien und Artefakten war, war ihre Rolle vorgezeichnet: Proben für die spätere Laboranalyse nehmen. Das Max-Planck-Institut genoss bei der Analyse von Knochenfragmenten und der Rekonstruktion alter Gensequenzen einen guten Ruf.

Lena blickte zwischen ihren Stiefeln in die Tiefe und überlegte, was sie dort unten wohl vorfinden würde. Sie wünschte, ihre Schwester Maria wäre bei ihr gewesen.

Pater Novak keuchte auf, als er von der Leiter abrutschte, doch er fing sich gleich wieder. Stirnrunzelnd fragte sie sich erneut, was der Priester hier verloren hatte. Auf dem Herflug hatte sie sich mit ihm unterhalten und erfahren, dass er an der Universität Geschichte des Mittelalters lehrte, ein eigenartiger Hintergrund für jemanden, der eine prähistorische Höhle erkundete.

Endlich hatte sie das Ende der Leiter erreicht. Wrightson half ihr auf den Boden und bedeutete ihr, Arnaud zu folgen, der geduckt in einen Gang trat. Sie zog den Kopf ein, stieß aber trotzdem mit dem Helm an die Decke. Die Leuchte schwankte. Es war hier wärmer als draußen in der Morgenkühle, doch die Kalksteinwände fühlten sich feucht an, und der Boden war morastig.

Nach einer Weile richtete Arnaud sich vor ihr auf. Sie schloss zu ihm auf, streckte den verspannten Rücken – und erstarrte.

Vor ihnen lag eine Höhle, gezähnt von Stalaktiten und Stalagmiten. Die Wände waren von Sinter überzogen, die Decke mit kunstvollen Kronleuchtern aus spiralförmigen schneeweißen Kristallen geschmückt, einige so dünn wie ein Strohhalm, andere dick wie ein Geweih.

»Eine spektakuläre Ansammlung von Heliktiten«, erklärte Wrightson. »Dieser Höhlensinter wird durch Kapillarkräfte gebildet, die das Wasser aus mikroskopischen Rissen hervorpressen. Das Wachstum beträgt nur einen Zentimeter in hundert Jahren.«

»Erstaunlich«, flüsterte sie, als habe sie Angst, ihr Atem könnte die fragilen Gebilde zerstören.

»Von hier an sollten Sie aufpassen«, fuhr Arnaud mit ernster Stimme fort. »Halten Sie sich an die Leitern, die wir als Brücken auf dem Höhlenboden ausgelegt haben. Die Dinge am Boden sind ebenso wertvoll wie das, was an der Decke hängt.«

Der Paläontologe betrat über ein schmales Stahlgerüst die Höhle. Einige Lampen, die vom Generator mit Strom versorgt wurden, beleuchteten den Weg. Auf dem Höhlenboden bemerkte Lena vereinzelte Objekte, die mit Kalkablagerungen bedeckt waren. Durch die Kristallschicht machte sie die Umrisse von Schädeln und Beinknochen aus.

»Hier unten wurde ein Schatz prähistorischen Lebens konserviert«, sagte Arnaud, dessen Griesgrämigkeit kindlichem Staunen Platz gemacht hatte. Er wies mit dem Kinn auf eines der Objekte. »Das ist das intakte Hinterbein von Coelodonta antiquitatis.«

»Das Wollhaarnashorn«, sagte Lena.

In Arnauds Miene zeigte sich ein Anflug von Respekt. »Das ist richtig.«

Sie deutete auf ein Artefakt, das auf einem abgebrochenen Stalagmiten lag, einen von Kalzit fixierten Schädel. »Wenn ich mich nicht täusche, stammt das von einem Ursus spelaeus.«

»Dem sprichwörtlichen Höhlenbär«, bestätigte Wrightson.

Lena verkniff sich ein Lächeln. *Dieses Spiel konnte man auch zu zweit spielen.*

»Der Lage nach zu schließen«, fuhr Arnaud fort, »wurde der Schädel als Totem verwendet. Davor sehen Sie die Spuren einer Feuergrube. Die Flammen haben vermutlich den Schatten des Bärenschädels an die Wand geworfen.«

Lena stellte sich die Wirkung dieses Schauspiels auf die Höhlenbewohner vor.

Als sie zur anderen Seite der Höhle gingen, zeigte der Paläontologe auf weitere kostbare Relikte: die Hörner einer Saiga-Antilope, einen Bisonschädel, mehrere Mammutstoßzähne und die kompletten Überreste eines Goldadlers. Dunkle Flecken am Boden markierten die Stellen, an denen Lagerfeuer gebrannt hatten.

Schließlich gelangten sie in eine Höhle, welche die erste im Vergleich klein erscheinen ließ. Ein Doppeldeckerbus hätte mühelos darin wenden können.

»Die Hauptattraktion«, erklärte Wrightson. Er übernahm die Führung und ging über die Leiterwege weiter.

Lena war nicht auf Erklärungen angewiesen, um die Bedeutung dieser Entdeckung zu erkennen. Die untere Hälfte der Wände war mit Malereien bedeckt, die verschiedene Tiere darstellten. Einige waren mit Holzkohle gezeichnet, andere in den dunklen Fels gekratzt. Mehrere Abbildungen waren mit Farbpigmenten ausgemalt worden.

Was Lena am meisten beeindruckte, war die Schönheit der Darstellungen. Das waren keine unbeholfenen Strichmännchen, sondern das Werk wahrer Künstler. Die Pferdemähnen sahen aus, als flatterten sie im Wind. Die Bisons waren in vollem Lauf dargestellt. Herden von Rotwild reckten ihr Geweih, als wollten sie die über ihnen schwebenden Adler einfangen. Löwen und Leoparden stürmten durch das Gewühl der Leiber, teils auf der Jagd, teils auf der Flucht. An der einen Seite hatte sich ein Höhlenbär auf die Hinterbeine gestellt und überragte alle anderen Tiere.

Lena hatte Mühe, sich an die Leiterwege zu halten, als sie versuchte, dies alles in sich aufzunehmen. »Faszinierend. Ich wünschte, meine Schwester könnte das sehen.«

»Dagegen erscheinen die Darstellungen von Lascaux doch als Schmierereien, oder?«, meinte Wrightson und grinste. »Aber das ist noch nicht alles.«

»Wie meinen Sie das?«, fragte Pater Novak.

»Sollen wir Ihnen zeigen, was eigentlich ins Auge springen sollte?«, fragte Wrightson Arnaud.

Der Franzose zuckte mit den Schultern.

Wrightson lenkte ihre Aufmerksamkeit von den Wänden weg zur Mitte des Raums. Ein dunkler Fleck von zwei Metern Durchmesser markierte den Ort, an dem sich ein großes Lagerfeuer befunden hatte. Beleuchtet wurde es von einem Lichtpaneel auf einem Stativ.

Der Geologe kniete neben einem Schaltkasten mit

Stromkabel nieder. »Wenn Sie so freundlich wären, die Helmleuchten auszuschalten.«

Als sie seiner Bitte nachgekommen waren, drückte er einen Schalter, worauf die Lichtpaneele erloschen. Die Dunkelheit lastete schwer auf ihnen.

»Und jetzt lassen wir uns vierzigtausend Jahre in die Vergangenheit zurückversetzen«, sagte Wrightson; seine Stimme dröhnte wie die eines Zirkusansagers.

Ein Schalter knackte, und drei Paneele in der Mitte des Raums leuchteten auf, doch sie flackerten und stroboszierten, wohl um die Wirkung eines Lagerfeuers zu imitieren.

Zunächst verstand Lena nicht, was das sollte, doch dann sog Pater Novak scharf die Luft ein. Sie folgte seinem Blick. Riesige Schatten tanzten über die Wände, sie reichten viel höher als die Felsmalereien. Die Schatten wurden von kreisförmig angeordneten Stalagmiten erzeugt. Erst jetzt bemerkte Lena, dass sie behauen und mit Bohrern bearbeitet worden waren.

Die Schatten stellten Menschen dar, doch einige trugen gebogene Hörner, andere hielten einen Speer in der Hand. Das flackernde Licht erzeugte die Illusion von Bewegung, als habe sich unter den Tieren Panik ausgebreitet. Der Höhlenbär war einer der Menschengestalten zugewandt, doch nun bohrte sich ein Schattenspeer in seine Flanke. Auf einmal wirkte er nicht mehr zornig, sondern gequält.

Lena drehte sich langsam im Kreis, im Bann der Bilder, die ein kreatürliches Grauen bei ihr auslösten.

»Schluss mit dem Unsinn«, blaffte Arnaud.

Wrightson schaltete die Beleuchtung wieder ein.

Lena holte tief Luft, sog den Höhlengeruch ein, spürte die Stahlleiter unter ihren Stiefeln und versetzte sich zurück in die Gegenwart. »Ich… bin beeindruckt«, brachte sie hervor. »Aber was, glauben Sie, hat das zu bedeuten? Ist das die Darstellung einer Jagd, die Zeugnis ablegen soll vom Geschick des Stammes beim Aufspüren und Erlegen des Wilds?«

Eine Weile schwiegen alle, dann ergriff Pater Novak das Wort. »Auf mich wirkt das wie eine Warnung«, sagte der Geistliche. Er schüttelte leicht den Kopf, als wüsste er nicht so recht, wie er seine Eindrücke in Worte fassen sollte.

Lena verstand, was er meinte. Wenn der Stamm den Umgang mit Speer und Knüppel hätte feiern wollen, wäre die Wirkung eine andere gewesen. So aber wirkte das Ganze eher wie eine brutale Drohung.

»Es liegt nicht an uns, diese Geheimnisse zu lüften«, sagte Arnaud und ging weiter. »Das ist auch nicht der Grund, weshalb ich Sie hergeführt habe.«

Der Franzose geleitete sie zur anderen Seite, wo eine überwölbte Wandöffnung aus der Höhle mit den Malereien hinausführte. Als sie an einem der behauenen Stalagmiten vorbeikamen, wäre Lena am liebsten stehen geblieben, um herauszufinden, wie diese Menschen der Vorzeit die Illusion von Gestalt und Bewegung erzeugt hatten, doch Arnaud mahnte sie weiterzugehen.

Von hier an gab es keine Lichtpaneele mehr. Hinter dem Durchgang herrschte Dunkelheit. Lena schaltete die Helmleuchte wieder ein. Ein Lichtstrahl durchdrang die Finsternis und erleuchtete einen kurzen Gang, der vor einer bröckligen Wand endete.

Arnaud geleitete sie die leichte Steigung hoch zum Ende des Gangs.

»Das ist Mauerwerk«, sagte Pater Novak, der ebenso überrascht war wie Lena.

»Das stammt nicht von den Steinzeitmenschen«, sagte

Lena. Sie fuhr mit den Händen über die mit Mörtel verbundenen Ziegel. »Aber es ist alt.«

Wrightson trat vor, beugte sich ein wenig nach vorn und leuchtete in ein mannsgroßes Loch in der Wand. »Hinter der Wand führt der Gang noch fünfzig Meter weiter und endet an einem Tunneleinbruch. Ich glaube, das hier war der ursprüngliche Zugang zum Höhlensystem. Jemand hat ihn zugemauert, um Besucher fernzuhalten. Dann wurde er bei einem Erdbeben verschüttet.«

Lena spähte durch das Loch. »Was das eine Erdbeben verschüttet hat, hat ein anderes anscheinend wieder freigelegt.«

»So ist es. Verborgene Geheimnisse neigen hartnäckig dazu wiederaufzutauchen.«

»Was befindet sich hinter der Wand?«, fragte Pater Novak.

»Der Grund, weshalb wir Sie beide hierhergebeten haben.« Wrightson richtete sich auf und deutete auffordernd auf das Loch.

Lena, die vor Neugier kaum noch an sich halten konnte, kletterte als Erste durch die Öffnung. Die Wand war über einen halben Meter dick. Dahinter lag eine kleine Kammer mit gemauerten Wänden, die an eine Kapelle erinnerte.

Pater Novak schloss sich ihr an und ließ den Lichtstrahl der Helmleuchte über das Kreuzrippengewölbe wandern. »Ich kenne diese Architektur«, sagte er mit bebender Stimme. »Die gotische Bauweise ist typisch für das Mittelalter.«

Lena hatte ihn kaum gehört, denn sie wurde von einem Alkoven in der einen Seitenwand abgelenkt. Die Nische war aus dem Fels herausgehauen. In einer Bodenmulde lag ein Skelett, die Knochenarme auf der Brust verschränkt, umgeben von einem Ring aus Steinen. Innerhalb des Rings waren kleinere Knochen – Rippen, Hand- und Fußwurzelknochen, einzelne Fingerglieder – in einem komplizierten Muster um den Toten herum angeordnet.

»Könnte dies das Grab eines der Männer sein, die den Tunnel vor langer Zeit versiegelt haben?«, fragte Novak.

»Der Beckenform nach zu schließen handelt es sich um einen Mann.« Lena beugte sich vor und leuchtete das Skelett von Fuß bis Kopf ab. Sie bedauerte, dass keine bessere Beleuchtung vorhanden war. »Aber schauen Sie sich den Schädel an, die Augenwülste. Wenn ich mich nicht täusche, sind das die sterblichen Überreste eines Homo neandertalensis.«

»Ein Neandertaler?«

Sie nickte.

Novak musterte sie von der Seite. »Ich habe gehört, dass ähnliche Überreste in Kroatien auch noch an anderen Stellen gefunden wurden.«

»Das stimmt. In der Höhle von Vindija. Dank dieses Funds konnte unser Institut das Genom des Neandertalers vollständig rekonstruieren.«

»Aber ich dachte, die Neandertaler hätten keine Höhlenmalereien angefertigt«, sagte Novak und blickte in Richtung der Haupthöhle.

»Das ist umstritten«, erwiderte Lena. »Nehmen wir zum Beispiel die Höhle El Castillo in Spanien. Darin gibt es zahlreiche künstlerische Darstellungen: Handabdrücke, Tierzeichnungen und abstrakte Muster. Die Datierung legt nahe, dass einige der Abbildungen von Neandertalern stammen könnten. Aber das ist noch ungewiss, und was die Qualität dieser Darstellungen hier betrifft, haben Sie durchaus recht. Die schönsten Felsmalereien – wie die von

Lascaux und Chauvet – stammen alle von Frühmenschen. Noch nie wurden derart komplexe Darstellungen einem Neandertalerstamm zugeschrieben.«

Möglicherweise wird sich das nun ändern.

Hinter ihnen kletterten Arnaud und Wrightson in die Kapelle. »Deshalb haben wir Sie und Ihren Kollegen Dr. Crandall um Unterstützung gebeten«, sagte Arnaud. »Wir wollen herausfinden, ob die Bewohner dieser Höhle tatsächlich Neandertaler waren. Und wenn ja, möchten wir wissen, was sie zu so leidenschaftlichen Künstlern gemacht hat.«

Lena leuchtete die Rückwand der Grabstätte an, auf der ein sternförmiges Muster von Handabdrücken zu sehen war. Sie wirkten rötlich braun, was an getrocknetes Blut denken ließ.

Sie holte das Handy hervor und machte ein paar Fotos, dann wandte sie sich dem Skelett in der Mulde zu und überlegte, ob die Handabdrücke wohl von dem männlichen Neandertaler stammten, der hier bestattet war. Sie vergegenwärtigte sich die Furcht einflößenden flackernden Wandschatten und dachte an Novaks Bemerkung.

Auf mich wirkt das wie eine Warnung.

Wrightson räusperte sich. »Was uns zum nächsten Rätsel führt… Diesmal ist Pater Novak gefordert.«

11:52

Als Roland seinen Namen hörte, riss er die Augen mühsam von der Grabstätte los. *Ist es nicht schon rätselhaft genug, dass die Überreste eines Neandertalers in einer mittelalterlichen Kapelle bestattet sind?*

»Es ist nicht mehr weit, guter Mann«, sagte Wrightson und zeigte zu einem weiteren Loch, das man aus der hinteren Ziegelwand herausgebrochen hatte. Dem Geologen zufolge führte dahinter ein Gang an die Oberfläche.

Roland kroch gespannt hindurch und richtete sich auf. Er leuchtete umher, entdeckte aber nichts Besonderes – nur parallel angeordnete tiefe Furchen am Boden.

Wrightson trat neben ihn und betrachtete die Furchen. »Sieht so aus, als habe man etwas Schweres nach draußen gezogen. Vermutlich die Leute, die den Gang versiegelt haben.«

»Und Sie glauben, ich könnte Ihnen helfen, das Rätsel zu lösen?«

»Das weiß ich nicht, aber es gibt eine Sache, bei der Sie bestimmt helfen können.«

Wrightson legte ihm eine Hand auf die Schulter und drehte ihn zu der hinter ihm befindlichen Wand herum. Erst jetzt bemerkte er die Metallplatte, die wie eine Gruftmarkierung wirkte.

»Die Platte ist beschriftet«, sagte Wrightson und leuchtete sie an, »auf Latein.«

Roland kniff die Augen zusammen. Die Beschriftung war aufgrund der Korrosion teilweise unleserlich, einzelne Buchstaben hingegen waren deutlich zu erkennen. Es war eindeutig Latein. Einzelne Fragmente waren gut erhalten, darunter die letzte Zeile und der Name der Person, welche die Inschrift angebracht hatte.

»*Reverende Pater in Christo,* Athanasius Kircher«, las er vor, dann übersetzte er. »Der ehrwürdige Vater in Christus, Athanasius Kircher.«

Roland blickte bestürzt Wrightson an. »Ich... ich kenne diesen Mann. Ich habe meine Doktorarbeit über ihn und seine Arbeit geschrieben.«

»Das ist mir bekannt. Deshalb hat der Vatikan Sie hergeschickt.« Wrightson wies mit dem Kinn auf die Platte. »Und der Rest?«

Roland schüttelte den Kopf. »Ich kann nur Bruchstücke lesen. Mit etwas Zeit und den passenden Lösungsmitteln sollte es möglich sein, die Inschrift zu restaurieren. Die längste lesbare Zeile lautet: *Möge niemand diesen Weg beschreiten, ohne des Zorns Gottes teilhaftig zu werden.*«

»Dafür ist es ein bisschen spät«, brummte Wrightson. Roland ignorierte die Bemerkung und betrachtete die Platte.

Das ist eine weitere Warnung.

Gedämpftes Donnergrollen war zu hören. Das Unwetter brach los.

»Wir sollten jetzt aufbrechen«, sagte Wrightson und geleitete ihn durch die Kapelle. Unterwegs sammelte er die anderen beiden Teamkollegen ein. Als sie die Haupthöhle erreicht hatten, zeigte der Geologe nach vorn. »Wir sollten nach oben gehen, bevor...«

Ein Donnerschlag übertönte ihn. Die Lampen erloschen, nur die Helmleuchten spendeten noch Licht. Jemand schrie in der Finsternis.

Das aber waren nicht die Hexen der Überlieferung.

Gedämpfte Schüsse waren zu hören.

Arnaud packte Roland beim Arm. »Ein Überfall!«

2

DIE ANGST WECKT ihn auf.

Das Pochen in seinen Ohren zwingt ihn, sich zu bewegen. Als er sich aus dem Bett wälzt, taucht ein Bild vor seinem geistigen Auge auf, ein Gesicht…

Mutter.

Er eilt durch den dunklen Raum zum Fenster und schlägt erst mit der flachen Hand, dann mit den Fäusten gegen das dicke Glas. In seiner Brust baut sich ein unerträglicher Druck auf. Er brüllt seinen Missmut hinaus.

Schließlich geht die Deckenbeleuchtung an, und ein Gesicht taucht hinter der Glasscheibe auf und schaut ihn an. Das ist nicht die Person, die er sehen will.

Er drückt den Daumen ans Kinn, wiederholt die Bewegung immer wieder.

Mutter, Mutter, Mutter…

Ein Klopfen an der Tür weckte Maria in ihrem Büro. Mit einem Gefühl unbestimmter Panik riss sie den Ellbogen hoch. Das Herz schlug ihr bis zum Hals. Das aufgeschlagene Buch, das auf ihrer Brust geruht hatte, rutschte auf den Boden. Erst jetzt fiel ihr wieder ein, wo sie sich befand – viel mehr aber nicht, denn sie hatte schon viele Nächte durchgearbeitet.

Sie wurde ruhiger und blickte auf den Monitor am Nebenplatz. Die Daten der letzten Genanalyse scrollten über den Bildschirm. Sie war eingeschlafen, als sie auf das Ergebnis gewartet hatte.

Mist… es wird immer noch gerechnet.

»J-Ja?«, krächzte sie.

»Dr. Crandall!«, rief jemand an der Bürotür. »Bitte entschuldigen Sie die Störung, aber Baako macht Rabatz. Ich dachte mir, das sollten Sie wissen.«

Sie setzte sich rasch auf, als sie den nasalen Tonfall ihres Viehzuchtstudenten von der Emory University erkannte.

»Ist gut, Jack, ich komme gleich.«

Sie stand auf, nahm einen Schluck aus der Büchse Cola light auf ihrem Schreibtisch und trat auf den Flur.

Jack Russo, der diensttuende Student, ging neben ihr her.

»Was ist los?«, fragte sie, darum bemüht, jeden Anflug von Vorwurf aus ihrer Stimme herauszuhalten, doch aufgrund ihres Mutterinstinkts klang die Frage schärfer als beabsichtigt.

»Keine Ahnung. Ich habe gerade ein paar Ställe ausgemistet, als er durchdrehte.«

Sie hatten die Tür erreicht, die zu Baakos Domizil

führte. Im Keller hatte er sein eigenes Spielzimmer samt Schlaf- und Unterrichtsraum, alle vom Rest der Einrichtung abgetrennt. Tagsüber durfte er sich unter Aufsicht auf dem bewaldeten, hundert Morgen großen Versuchsgelände des Yerkes-Primatenzentrums frei bewegen. Die Haupteinrichtung war fünfzig Kilometer entfernt in der Emory University untergebracht.

Für ihren Geschmack war das immer noch zu nah. Sie zog die Freiheiten vor, die sie hier draußen in Lawrenceville genoss. Ihr Projekt war vom Rest der Forschungsstation nahezu unabhängig und wurde durch ein Stipendium der DARPA finanziert, das der Schirmherrschaft einer neuen Initiative des Weißen Hauses unterstand, die BRAIN genannt wurde, die Abkürzung für Brain Research Through Advancing Innovative Neurotechnologies – Gehirnforschung mittels innovativer Neurotechnologie.

Maria, die einen zweifachen Doktortitel in Genomik und Verhaltensforschung hatte, war zusammen mit ihrer Schwester Lena für dieses einzigartige Projekt speziell ausgesucht worden: die Erforschung der Evolution menschlicher Intelligenz. Das Projekt erhielt weitere Mittel vom Max-Planck-Institut für Evolutionäre Anthropologie in Deutschland, wo ihre Zwillingsschwester derzeit die parallele Genomforschung leitete.

Maria hatte die unterste Tür erreicht und zog die Magnetkarte durchs Lesegerät. Sie eilte in den Raum, gefolgt von Jack. Der Student war einen Kopf größer als sie, bekleidet mit einem übergroßen kakifarbenen Overall mit dem Emblem der Emory University auf der Schulter. Er streichelte nervös seinen struppigen blonden Spitzbart, der zu seinem ungekämmten Haar passte, das er sich nach Hipsterart mit einem Kopftuch zurückgebunden hatte.

»Schon okay«, versuchte Maria, den besorgten Studenten zu beruhigen, als sie den Vorraum ihres Forschungsbereichs betrat. »Weshalb haben Sie nicht Tango hergeholt? Meistens hilft das.«

»Mach ich noch.« Jack entschwand erleichtert durch eine Seitentür.

Maria trat vor ein breites Fenster mit acht Zentimeter dickem Sicherheitsglas. Dahinter lag ein Raum mit bunten Kästen, jeder mit einem Buchstaben des Alphabets versehen. Sie wirkten wie die Bauklötze eines Kindes, waren aber dreißig Zentimeter breit und aus dickem Plastik. An der Wand hing eine Weißwandtafel, auf der Ablage lagen verschiedenfarbene Marker. Die einzigen Möbelstücke waren ein breiter Tisch und mehrere Stühle.

Das war der Unterrichtsraum für einen einzigartigen Schüler.

Der Schüler ging vor dem Fenster hin und her und stützte sich dabei auf den linken Arm, während er mit dem rechten Zeichen machte, als murmele er vor sich hin. Er war sichtlich aufgebracht.

»Baako!«, rief Maria und legte die Hand aufs Glas. »Alles gut. Hier bin ich.«

Er gab einen freudigen Laut von sich und kam in ihre Richtung.

Sie ging zum Eingang hinüber, entriegelte ihn mit der Magnetkarte und trat in den kleinen Käfig an der anderen Seite. Dann schloss sie die Käfigtür auf und trat in den Unterrichtsraum.

Baako watschelte ihr aufrecht entgegen. Er legte ihr einen warmen, pelzigen Arm um die Taille und drückte ihr seine gewölbte Stirn an den Bauch. Offenbar wollte er getröstet werden.

Sie setzte sich auf den Boden und bewegte ihn dazu, es ihr nachzutun. Währenddessen beobachtete sie ihn aufmerksam und versuchte, seine Körpersprache zu deuten.

Baako war ein dreijähriger Flachlandgorilla, ein unreifes Männchen mit einem Gewicht von hundertfünfzig Pfund und einer Größe von über hundertzwanzig Zentimetern. Er war zwar kräftig, wirkte aufgrund seines Körperbaus aber schlaksig. Als er sich vor sie setzte, blickte er sie gestresst mit seinen großen karamellfarbenen Augen an. Die buschigen schwarzen Augenbrauen hatte er besorgt zusammengezogen. Seine Lippen waren angespannt, die weißen Zähne lugten hindurch.

Maria hatte ihn seit seiner Geburt begleitet und kannte Baako durch und durch – sein Verhalten und seine Physiologie. Vierteljährlich wurde eine Ganzkörpertomografie durchgeführt, um sein Wachstum, die Anatomie des Schädels und die Gehirnentwicklung zu dokumentieren.

Sie umarmte ihn und streichelte über die knochige Scheitelnaht in der Mitte seines Schädels. Für einen Gorilla seines Alters war sie schwach ausgeprägt. Das galt auch für die Kieferknochen, weshalb seine Schnauze flacher war als bei Primaten üblich.

»Was hast du denn, mein Hübscher?«, sagte sie mit leiser, beruhigender Stimme.

Er hob beide Fäuste, dann öffnete er die Hände und fuhr sich mit gespreizten Händen von außen nach innen über die Brust.

[Angst]

Sie reagierte mit Stimme und Handzeichen, zeigte auf ihn, wiederholte das Zeichen. Dann reckte sie die geöffneten Hände und hob leicht die Schultern. »Wovor hast du Angst?«

Er drückte den Daumen an sein Kinn und spreizte die Finger.

[Mutter]

Baako betrachtete sie als seine Mutter, was sie in vielerlei Hinsicht auch tatsächlich war. Sie hatte ihn zwar nicht zur Welt gebracht, doch sie hatte ihn großgezogen wie ihr eigenes Kind. Selbst vom biologischen Standpunkt aus war Baako praktisch ihr Kind, denn er war kein richtiger Flachlandgorilla. Sein einzigartiges Genom war im Fertilitätslabor entstanden, der Embryo von einem weiblichen Gorilla ausgetragen worden.

»Es geht mir gut«, sagte sie zu Baako und unterstrich die Äußerung damit, dass sie ihn drückte. »Das siehst du doch.«

Baako löste sich von ihr und schüttelte den Kopf.

Er wiederholte das Zeichen für Mutter, dann legte er die rechte Hand um sein Kinn und ließ sie fest auf die Linke herabfallen, die er zur Faust geballt hatte, während der Zeigefinger auf sein Gegenüber wies.

[Mutter-Schwester]

Maria nickte, denn jetzt verstand sie, was er meinte.

Er macht sich Sorgen um Lena.

Baako hatte zwei Mütter: Maria und ihre Schwester Lena. Baako betrachtete sie beide als Ziehmütter. Zunächst hatten sie befürchtet, es könnte Baako verwirren, weil sie identische Zwillinge waren, doch wie sich schon bald herausstellen sollte, hatte er im Unterschied zu ihren Kollegen in der Forschungsstation keine Mühe, sie zu unterscheiden.

Baako wiederholte das erste Zeichen immer wieder.

[Angst, Angst, Angst…]

»Du brauchst keine Angst zu haben, Baako. Darüber

haben wir doch geredet. Lena ist im Moment nicht hier, aber sie kommt wieder. Es geht ihr gut.«

Sie formte die Buchstaben O und K.

Abermals schüttelte er den Kopf und wiederholte das Zeichen für Angst.

Sie wiederholte ihre anfängliche Frage, diesmal eindringlicher als zuvor, denn sie wollte den Grund für seine Erregung erfahren. »Weshalb hast du Angst?«

6:38

Er lässt sich aufs Gesäß nieder und blickt seine offenen Hände an. Er krümmt und streckt abwechselnd die Finger und überlegt, wie er sich ausdrücken soll. Schließlich legt er die Fingerspitzen an die Stirn und wendet ihr die Handfläche zu.

[Weiß nicht]

Er legt sich den linken Arm quer auf die Brust und zeigt mit dem rechten Daumen zwei Mal auf sein Gesicht, schlägt das rechte Handgelenk gegen das linke.

[Gefahr]

Sie runzelt die Stirn, dann schaut sie ins andere Zimmer zu seinem Lager aus Decken. Sie tippt sich mit dem Zeigefinger an die Stirn, dann krümmt sie ihn zwei Mal und sagt: »Das war bloß ein Traum, Baako.«

Er schnaubt.

»Du weißt doch, was Träume sind, Baako. Darüber haben wir geredet.«

Er schüttelt den Kopf und imitiert ihre Geste.

[Kein Traum]

Maria spürte Baakos Verunsicherung. Er glaubte anscheinend, Lena sei in Gefahr. Plötzlich musste sie an ihre eigene unerklärliche Besorgnis beim Betreten des Büros denken.

Muss ich mir Sorgen machen?

Sie hatte einiges über die einzigartige Bindung zwischen Zwillingen gelesen, die angeblich über weite Entfernungen wirksam blieb. Auch Tieren wurde diese übernatürliche Fähigkeit zugeschrieben. Hunde gingen demnach Minuten vor dem unerwarteten Eintreffen ihres Herrn zur Tür. Als Wissenschaftlerin hatte sie diesen Berichten wenig Wert beigemessen. Empirische Daten zog sie Anekdoten vor.

Aber trotzdem…

Vielleicht sollte ich Lena anrufen.

Ihre Stimme am Telefon würde Baako beruhigen.

Und mich auch.

Sie sah auf die Uhr und überlegte, wie spät es in Kroatien sein mochte. Sie sprachen fast jeden Tag miteinander, entweder über Telefon oder Skype. Sie verglichen Notizen, tauschten sich über ihre Erlebnisse aus und unterhielten sich manchmal stundenlang, um ihre enge Beziehung über die weite Entfernung hinweg zu erhalten. Sie wusste, dass es nicht ungewöhnlich war, dass Zwillinge ihre intime Beziehung ein Leben lang aufrechterhielten, doch sie und ihre Schwester waren durch harte Umstände und Kummer noch enger zusammengeschweißt worden.

Sie schloss die Augen und vergegenwärtigte sich die kleine Wohnung in Albany, New York, in der sie aufgewachsen waren.

Die Tür ihres Zimmers knarrte. »Wo sind denn meine beiden Kätzchen?«

Maria schmiegte sich unter der Bettdecke an Lena. Sie war schon neun und hatte ihr eigenes Bett, doch sie schliefen immer beieinander, bis ihre Mutter nach Hause kam. Ihren Vater hatten sie nie kennengelernt, doch bisweilen holte Lena ein Fotoalbum hervor. Dann betrachteten sie sein Gesicht und überlegten, wo er wohl sein mochte und weshalb er fortgegangen war, als sie noch Säuglinge waren. Manchmal war er der Held ihrer Geschichten, manchmal der Schurke.

»Höre ich da ein Schnurren unter der Decke?«

Lena kicherte, und Maria stimmte ein.

Die Decke wurde weggezogen, und sie schnupperten Seifengeruch. Ihre Mutter wusch sich immer die Hände, wenn sie nach Hause kam.

»Da sind ja meine Kätzchen«, sagte sie und ließ sich aufs Bett sinken, müde von ihren beiden Jobs. Abends arbeitete sie im Spirituosenladen an der Ecke und tagsüber im Costco am anderen Ende der Stadt. Sie umarmte ihre beiden Töchter, dann verfrachtete sie Maria behutsam in ihr eigenes Bett.

Maria und Lena verbrachten den größten Teil des Tages allein in der Wohnung. Babysitter waren zu teuer. Ihre Mutter hatte ihnen eingeschärft, nach der Schule gleich nach Hause zu gehen und die Wohnungstür abzuschließen. Das machte ihnen nichts aus – jedenfalls nicht viel. Sie leisteten sich gegenseitig Gesellschaft, spielten miteinander oder schauten sich Zeichentrickfilme an.

Als Maria in ihrem eigenen Bett lag, küsste ihre Mutter sie auf die Stirn. »Schlaf weiter, mein kleines Kätzchen.«

Maria versuchte zu miauen, doch es wurde ein Gähnen daraus. Sie war eingeschlafen, bevor ihre Mutter die Tür hinter sich schloss.

Ein lautes Klopfen versetzte Maria in die Gegenwart zurück.

Sie wandte sich zum Beobachtungsfenster um. Jack winkte ihr zu, in der Hand hielt er eine Leine.

Sie räusperte sich und rief: »Kommen Sie rein!«

Sie rang um Fassung, versuchte, ihre Sorge um Lena zu verdrängen. Doch die Erinnerung hatte ihr bewusst gemacht, wie rasch das Leben sich ändern und dass Liebe sich von einem Moment zum anderen verflüchtigen konnte. In ihrem zweiten Semester am College waren sie mitten in der Nacht angerufen worden. Der Spirituosenladen war überfallen worden, und ihre Mutter lag tot auf dem Linoleumboden.

Von da an waren sie auf sich gestellt gewesen.

Sie verspürte einen Anflug von Angst.

Lena, ich hoffe, es geht dir gut.

Als Jack zur Tür ging, begrüßte Baako ihn lautstark und sprang auf und ab – nicht wegen Jack, sondern wegen dessen angeleintem Begleiter.

Doch der Student war nicht allein. Bei ihm war ein weit weniger willkommener Besucher. Im Fenster tauchte der kahle Schädel des Leiters der Versuchsstation auf. Offenbar war die Kunde von der morgendlichen Aufregung in kürzester Zeit bis in Dr. Trasks Campusbüro gedrungen.

Maria wappnete sich innerlich für die bevorstehende Konfrontation. Jack trat als Erster ein, zwängte sich durch die Käfigtür und leinte seinen Schützling los.

Baako schnaubte aufgeregt, als der australische Hütehund ihn ansprang. Sie wälzten sich über den Boden. Tango war zehn Monate alt, hatte gesprenkeltes graues Fell und einen schwarzen Kopf. Vor einem halben Jahr hatte Baako ihn aus einem Wurf ausgewählt. Seitdem waren sie beste Freunde.

Dr. Leonhard Trask trat mit finsterer Miene ein. »Ich habe gehört, es gibt ein Problem mit Ihrem Versuchstier.«

»Nichts, womit wir nicht klarkämen.« Maria deutete auf die beiden umhertollenden Tiere. »Wie Sie sich selbst vergewissern können.«

Trask verschränkte die Arme, ohne hinzusehen. »Sie haben die Empfehlungen des Vorstands für den Umgang mit dem Tier gelesen. Die Sicherheitsbestimmungen sollten bereits jetzt eingehalten werden, bevor es geschlechtsreif wird.«

»Das heißt, wir sollen ihn in einen Käfig sperren, wenn keine Aufsichtsperson anwesend ist.«

»Das dient nicht nur der Sicherheit des Versuchstiers, sondern auch der der Angestellten.« Trask deutete auf Jack. »Der Schimpanse hätte die Glasscheibe zerbrechen und sich befreien können.«

»Dafür ist er nicht kräftig genug…«

»Noch nicht«, schnitt Trask ihr das Wort ab. »Es ist besser, er gewöhnt sich schon jetzt an den Käfig, solange er noch formbar ist… Besser jetzt als später.«

Sie gab nicht nach. »Ich habe dem Vorstand jede Menge Unterlagen geschickt, die belegen, dass die Käfighaltung die geistige Entwicklung von Primaten verzögert. Primaten sind intelligent. Sie verfügen über Selbstbewusstsein, haben einen Sinn für Vergangenheit und Zukunft und können abstrakt denken. Bei solchen Lebewesen können Isolation und Käfighaltung unerwünschte Auswirkungen auf die geistige Gesundheit haben, was wiederum stressinduzierte Störungen, wenn nicht gar eine ausgewachsene

55

Psychose zur Folge haben kann. Das ist sozusagen der erweiterte Hintergrund des Sicherheitsthemas.«

»Der Vorstand hat Ihre Bedenken zur Kenntnis genommen und sein Urteil gefällt. Sie haben fünfundvierzig Tage Zeit, die neuen Bestimmungen umzusetzen.«

Der Vorstand war mit lauter Jasagern besetzt, die Trask zu Willen waren. Ehe sie etwas entgegnen konnte, machte Trask kehrt und ging hinaus. Sie ließ ihn gehen, denn sie wusste, dass die Schikanen auf beruflichem Neid beruhten. In ihr Projekt flossen weit mehr Forschungsgelder als in die übrigen Forschungsfelder der Einrichtung, weshalb es eine Menge Ressourcen und auch mehr Raum beanspruchte.

Ihr war zu Ohren gekommen, dass Trask beabsichtigte, seine Transplantationsforschung auszuweiten und Schimpansen als Versuchstiere einzusetzen. Sie hatte die Anträge gelesen und sie für mangelhaft befunden. Er wollte Versuche wiederholen, die bereits durchgeführt worden waren, und zudem auf unnötig grausame Weise.

Ein Grund mehr, ihm die Stirn zu bieten.

Sie konzentrierte sich wieder auf Baako, der Tango auf dem Schoß hielt. Während der Unterhaltung hatte er sich still verhalten. Offenbar hatte er ihre Anspannung wahrgenommen und vielleicht sogar begriffen, dass es um ihn gegangen war. Sie blickte sich in seinem Zuhause um und versuchte, sich vorzustellen, wie es für ihn wäre, nachts im Käfig eingesperrt zu sein.

Aber sind diese Räume nicht auch eine Art Käfig?

Sie verspürte einen Anflug von schlechtem Gewissen. Sie ahnte, dass der Groll, den sie Trask entgegenbrachte, zum großen Teil von den ethischen Bedenken bezüglich ihrer Arbeit herrührte. Sie bemühte sich nach Kräften, den

Stress für Baako zu minimieren. Invasive Untersuchungs-methoden lehnte sie ab und begnügte sich mit Blutproben und Scans. Außerdem versuchte sie, ihn fit zu halten, geis-tig anzuregen und zu unterhalten.

Aber ist es richtig?

In vielen Ländern waren Versuche mit Menschenaffen verboten: in Neuseeland, den Niederlanden, Großbritan-nien, Schweden. Diese einzigartige Studie ließ sich nur in einem Primatenzentrum wie diesem durchführen.

Baako schnaubte sie leise an, vielleicht weil er ihre An-spannung spürte. Um sie zu beruhigen, legte er sich die Fäuste an die Brust.

Sie lächelte. »Ich habe dich auch lieb.«

Baako zeigte auf Tango und wiederholte die Geste.

»Ja, und Tango auch.«

Zufrieden richtete Baako sich auf, schnappte sich eine Decke und fing mit Tango ein Zerrspiel an.

Da Baakos Ängste einstweilen besänftigt waren, ging Maria mit einem festen Vorsatz hinaus.

Jetzt rufe ich Lena an.

3

LENA LAG AUF dem morastigen Boden flach auf dem Bauch. Neben ihr atmete Pater Novak schwer. Sie versteckten sich in einer horizontalen Felsspalte der Haupthöhle. Die Mündung lag knapp über Bodenhöhe, sodass sie aus Kniehöhe in die Höhle hinausblickten.

Sie hielt in der Finsternis Ausschau nach einer Erklärung für die Vorgänge draußen. Der Donner grollte, das Unwetter brach los. Von einem unterirdischen Fluss drang Wasserrauschen herauf. Sie hatte den Eindruck, dass das Geräusch lauter geworden war, seitdem sie hier Unterschlupf gesucht hatten. Sie stellte sich vor, wie der Fluss vom abfließenden Regenwasser anschwoll.

Vielleicht bilde ich mir das auch bloß ein, weil es finster ist.

Ihre Sinne waren zum Zerreißen angespannt. Der Kupfergeschmack der Angst füllte ihren Mund aus. Das Herz hämmerte gegen ihre Rippen und den Felsboden unter ihrer Brust.

»Was geht dort oben vor?«, flüsterte sie atemlos.

Die Frage war rhetorisch gemeint, doch Pater Novak beantwortete sie trotzdem. »Vielleicht haben sich die Angreifer verzogen. Arnaud und Wrightson haben sich möglicherweise ergeben, und dann sind sie verschwunden.«

Lena hoffte, dass die beiden Männer noch am Leben waren.

Kurz nachdem die ersten Schüsse gefallen waren, hatte ein Mann mit Megafon den Paläontologen und den Geologen aufgefordert, aus der Höhle herauszukommen. Offenbar hatten die Angreifer die französischen Soldaten überwältigt und hielten die Bergspitze besetzt. Der letzte Satz des Unbekannten hallte ihr im Kopf wider.

Wenn Ihnen Ihr Leben lieb ist, kommen Sie heraus!

Die Ansage war auf Englisch und Französisch erfolgt.

Wrightson hatte eine schnelle Entscheidung getroffen. »Die Schufte haben es nur auf uns beide abgesehen.« Er blickte Roland und Lena an. »Sie beide haben sie nicht erwähnt. Wer auch immer diesen Überfall geplant hat, er wusste nicht, dass wir Sie hierher mitnehmen würden. Also bleiben Sie hier und halten Sie sich versteckt.«

Das war riskant, erschien aber noch am aussichtsreichsten. Mit etwas Glück könnten Roland und Lena die Behörden alarmieren, sobald die Luft rein war. In Ermangelung einer besseren Alternative waren sie und Roland in die Felsspalte gekrochen, während sich die beiden älteren Männer in ihr Schicksal ergeben hatten. Anschließend hatte Lena angespannt auf Gewehrfeuer gewartet, denn sie rechnete damit, dass die beiden Wissenschaftler exekutiert werden würden.

»Da kommt jemand«, flüsterte Pater Novak und ergriff ihre Hand.

Sie bemerkte Lichtschein in der Nachbarhöhle, die an

die Oberfläche führte. Eine Gruppe dunkler Gestalten, alle in Kampfmontur und mit Helm, trat in die größere Höhle. Die Lichtkegel ihrer Helmleuchten schwankten umher, als sie vorrückten, ohne die ausgelegten Leiterbrücken zu beachten, und über die sorgfältig konservierte Sammlung prähistorischer Knochen und Schädel hinwegtrampelten. Sie gingen zur anderen Seite hinüber und verschwanden in dem Gang, der zu der Grabstätte in der gemauerten Kapelle führte.

»Was hat das zu bedeuten?«, wisperte Pater Novak.

Trotz ihrer Angst verspürte sie Zorn. Viele archäologische Grabungsstätten wurden von Plünderern und Grabräubern heimgesucht. Offenbar hatte jemand Wind von der Entdeckung bekommen und wollte sich den Fund sichern, bevor ihm jemand anders zuvorkam.

Erst Schlurfgeräusche und dann Gepolter hallten durch den Gang an der anderen Seite. Ein paar Minuten später drückte Novak ihr die Hand.

»Sie kommen zurück«, flüsterte er.

Die Männer tauchten wieder auf und gingen so rücksichtslos wie zuvor durch die Höhle. Zwei schleppten einen länglichen Kasten, der aussah wie ein Plastiksarg. Lena konnte nur erahnen, was sich darin befand. Sie vergegenwärtigte sich die in der gotischen Kapelle bestatteten Überreste des Neandertalers. Das vollständige, perfekt erhaltene Skelett würde auf dem Schwarzmarkt eine hübsche Summe einbringen. Gleichzeitig aber ignorierten die Männer die kostbaren Artefakte am Boden und zermalmten Relikte im Wert von hunderttausenden Dollar mit ihren Stiefeln.

Weshalb tun sie das?

Ein gedämpfter Knall ließ sie zusammenschrecken.

Rauch und Gesteinsstaub quollen aus dem Gang, aus dem die Unbekannten hervorgekommen waren. Lena konnte es nicht fassen.

Sie haben die Kapelle gesprengt.

Aber weshalb?

Die Plünderer verschwanden aus der Höhle und mit ihnen der Schein der Helmleuchten. Als wieder Finsternis herrschte, machte Pater Novak Anstalten, nach draußen zu kriechen.

»Wir sollten noch warten«, sagte Lena. »Bis wir uns sicher sind, dass sie tatsächlich verschwunden sind.«

Er blickte sich zu ihr um. »Die haben zwar nicht den Eindruck gemacht, als ob sie noch mal zurückkommen würden, aber Sie haben recht. Wir sollten uns noch eine Weile versteckt halten. Aber ich könnte mal nachsehen, was sie in ihrer Zerstörungswut übrig gelassen haben.«

Er kroch nach draußen, schaltete die Taschenlampe ein und dämpfte den Lichtschein mit der anderen Hand.

Lena folgte ihm, denn sie musste dem Geistlichen recht geben. Außerdem fürchtete sie sich, allein im Dunkeln zurückzubleiben. Sie tat schwankend ein paar Schritte, dann ließ ihre Angst nach, denn jetzt hatte sie eine Aufgabe, auf die sie sich konzentrieren konnte.

Novak ging voran und leuchtete.

Während sie hinter ihm herstapfte, blickte sie sich nervös um und hielt Ausschau nach den Plünderern. Als sie die rauchende Gangmündung erreicht hatten, sagte sie: »Wieso ist es wichtig, ob noch etwas übrig ist?«

»Dr. Wrightson hat mich persönlich gebeten, das historische Rätsel zu lösen, das seit Jahrhunderten hier versteckt ist. Das Opfer, das er und Arnaud erbracht haben, soll nicht umsonst gewesen sein.«

Lena verspürte einen Anflug von schlechtem Gewissen. Sie stellte sich vor, wie Wrightson und Arnaud in der Dunkelheit verschwunden waren. Auch sie war eingeladen worden, an der Lösung des Rätsels mitzuwirken.

In ihrem Fall ging es um ein *wissenschaftliches* Rätsel.

Bevor sie in den Gang trat, blickte sie sich noch einmal zu den behauenen Stalagmiten und den imposanten Höhlenmalereien um. Pater Novak hatte recht.

Sie mussten so viel wie möglich herausfinden.

13:16

Als einziger anwesender Angehöriger der römisch-katholischen Kirche war Roland entschlossen, Zeugnis abzulegen von der Schändung der kleinen Kapelle, die offenbar vor Jahrhunderten unter der Aufsicht von Pater Athanasius Kircher erbaut und von ihm geweiht worden war. Als er mit der Taschenlampe in den Gang vordrang, schwirrte ihm der Kopf vor Fragen.

Weshalb hat der Geistliche vor Jahrhunderten diesen Ort gesegnet? Weshalb wurde er geheim gehalten – und wichtiger noch, weshalb wurde er soeben geplündert und geschändet?

In der Hoffnung auf Antworten drang er weiter durch den wogenden Staub und den Rauch vor. Schließlich erreichte er die Kraterlandschaft der gotischen Kapelle. Von den Ziegelwänden war nur noch Schutt übrig. Es sah aus, als habe die Sprengung darauf abgezielt, die Grabstätte mit den seltsamen Wandmalereien und sorgfältig arrangierten Gebeinen zu verschütten.

Hinter ihm hustete die amerikanische Genetikerin –

Lena – und drückte sich die Faust auf den Mund, um das Geräusch zu dämpfen. »Offenbar wollten sie ihre Spuren und alle Hinweise auf den Raub verwischen.«

»Aber Sie haben doch Fotos gemacht, nicht wahr?«

»Da haben Sie verdammt noch mal recht.«

Ihre rechtschaffene Empörung entlockte ihm ein Lächeln.

»Verzeihung, Hochwürden. Ich wollte Sie nicht …«

»Schon gut. Ich bin auch *verdammt* froh, dass Sie Fotos gemacht haben. Und nennen Sie mich bitte Roland. Ich schätze, auf Förmlichkeiten können wir getrost verzichten.«

Sie stellte sich neben ihn. »Ich glaube, hier ist nichts mehr zu retten.«

»Seien Sie sich da nicht so sicher.«

Roland kletterte vorsichtig über den Schutt, in der Hoffnung, dass die Plünderer dermaßen auf ihr eigentliches Ziel fixiert gewesen waren, dass sie es unterlassen hatten, die gegenüberliegende Wand der Kapelle und den alten Eingang zum Höhlensystem zu untersuchen.

Ehe er den Schutthaufen überquert hatte, rief hinter ihm Lena: »Hochwürden … Roland, schauen Sie sich das mal an.«

Er wandte sich um. Ihre Helmleuchte war auf die Höhlenwand gegenüber der Grabstätte gerichtet. Bei der Sprengung war ein Teil der Ziegelwand eingestürzt, und dahinter war ein weiterer Alkoven zum Vorschein gekommen. Er trat neben Lena und leuchtete in den Raum hinein, der zuvor hinter der Ziegelwand verborgen gewesen war.

Bei dem Anblick stockte ihm der Atem. Auf der schwarzen Wand des Alkovens befand sich eine weitere sternförmige Darstellung, wiederum aus Handabdrücken zusammengesetzt. »Sieht genauso aus wie die Darstellung gegenüber.«

»Nicht ganz«, widersprach Lena.

»Inwiefern?«

Sie holte das Handy hervor und richtete es in den Raum. »Die Abdrücke sind kleiner und zahlreicher ... und sie sind schief, so als wären die Finger des Künstlers mal gebrochen gewesen und krumm zusammengewachsen. Diese Darstellung stammt eindeutig von einer anderen Person. Der Größe der Abdrücke nach zu schließen von einer Frau.«

Während Lena fotografierte, blickte Roland zu dem Schutthaufen hinüber, der die andere Grabstätte bedeckte. »Vielleicht war die andere Person ihr Ehemann.«

»Das könnte sein, doch wir werden es nie erfahren.« Lena richtete die Helmleuchte auf den Boden des Alkovens. »Hier sind keine Gebeine.«

Zumindest jetzt nicht mehr.

Roland wandte sich um und kletterte zur anderen Seite des Schutthaufens. Er ließ sich auf ein Knie nieder und betrachtete die Schleifspuren auf dem Boden. Der jahrhundertealte Pfad wies von der Kapelle weg zum ehemaligen Eingang.

Vielleicht waren die Plünderer von heute nicht die Einzigen, die hier etwas geraubt haben.

Er richtete sich wieder auf und fasste den Wandeinsturz an der Rückwand der Kapelle in den Blick. Er drehte lose Ziegel um und untersuchte sie, ein lautloses Gebet auf den Lippen.

»Wonach suchen Sie?«, fragte Lena.

Ehe er antworten konnte, blitzte ein Stück Metall auf,

das unter einem Ziegel hervorschaute. Mit einem Seufzer der Erleichterung drehte er den Ziegel um.

»Das hier«, sagte er und fuhr mit dem Daumen über den Namen, der in die am Ziegel befestigte Metallplatte eingraviert war. Es war die Grabplatte, die er bereits untersucht hatte.

Lena ging zu ihm hinüber und blickte ihm über die Schulter.

»Das hier«, erklärte er, »könnte ein Hinweis auf das Rätsel sein. Die Oberfläche ist zwar stark korrodiert, doch mit etwas Zeit sollte es mir möglich sein...«

Ein weiterer gedämpfter Knall hallte durch die Höhle und ließ den Boden erbeben. Roland fasste Lena beim Arm.

»Was war das?«, fragte sie.

Er schreckte vor der Antwort zurück und eilte mit ihr zur Haupthöhle. Im Strahl der Taschenlampe wogte neuer Rauch und Staub, der aus dem gegenüberliegenden Gang hervorquoll, der in die kleinere Höhle und an die Oberfläche führte.

»Nein...« Lena stöhnte auf, als sie begriffen hatte, was das bedeutete.

Die Plünderer hatten sich nicht damit begnügt, die Kapelle zu sprengen. Sie wollten auch noch den Zugang versiegeln, um ihr Verbrechen zu tarnen.

»Was sollen wir jetzt tun?«, fragte Lena.

Als er zu einer Erwiderung ansetzte, erschütterte ein tiefes Grollen den Boden. Ein großer Brocken empfindlicher Heliktiten löste sich von der Decke und zerschellte auf dem Boden. Schneeweiße Bruchstücke wurden bis zu Lena geschleudert.

Sie klammerte sich an Rolands Ellbogen und wartete darauf, dass das Beben nachließ.

Roland dachte daran, dass sich bei einem Erdbeben der Stärke 5,2 die Flanke des Berges Klek gelöst und das in seinem Innern verborgene Höhlensystem freigelegt hatte. Der Winddruck und das Gewicht des Wassers hatten die Bruchlinien des Bergs anscheinend überlastet und ein Nachbeben ausgelöst – vielleicht aber waren auch die durch die Sprengungen ausgelösten Erschütterungen die Ursache.

Jedenfalls waren sie in großer Gefahr.

Er hielt die Luft an, bis das Beben aufgehört hatte und der Boden nicht mehr schwankte.

»Alles in Ordnung«, flüsterte Roland, um seine Begleiterin und auch sich selbst zu beruhigen.

»Schauen Sie!« Lena zeigte zu der Felsspalte, in der sie sich versteckt hatten.

Jetzt strömte Wasser aus der Mündung.

Offenbar hatten sich die Wasseradern des Riesen Klek durch das Beben verlagert, und die Regenfluten ließen sie anschwellen. Auch aus mehreren kleineren Spalten und Rissen floss Wasser.

Lena blickte Roland an, forschte in seinem Gesicht nach einem Anzeichen von Hoffnung, nach einem Hinweis auf einen Plan.

Doch auch er wusste nicht mehr weiter.

4

DAS TELEFON KLINGELTE im denkbar ungünstigsten Moment.

Commander Gray Pierce stand nackt vor der dampfenden Wanne seines Hotelzimmers. Von der Suite aus hatte er Ausblick auf die prachtvollen, von Bäumen gesäumten Champs-Élysées. Doch der Anblick in unmittelbarer Nähe war noch beeindruckender.

Ein schlankes Bein ragte aus dem Dampf des nach Lavendel duftenden Wassers hervor und ruhte auf dem Rand der Wanne. Eine dünne Schaumschicht vermochte die langen Gliedmaßen und Kurven der im Wasser schwelgenden Person kaum zu verbergen. Als sie sich bewegte, kamen unter dem feuchten Haar, das so schwarz wie Rabenflügel war, smaragdgrüne Augen zum Vorschein.

Sie funkelten vor Verärgerung über die Störung.

»Du musst nicht drangehen«, sagte sie, streckte das Bein und versenkte es dann langsam im Schaum.

Er war geneigt, ihrem Vorschlag zu folgen, doch das Klingeln kam nicht vom Hotelapparat, sondern vom

Handy auf Grays Nachttisch. Der Klingelton war einem einzigen Anrufer vorbehalten: Painter Crowe, seinem Boss, dem Leiter von Sigma.

Gray seufzte. »Wenn es nicht wichtig wäre, würde er nicht anrufen.«

»Und wenn doch?«, murmelte sie, ließ sich tief in die Wanne gleiten und tauchte wieder auf. Ihr Gesicht dampfte vom Wasser, das ihr über die breiten Wangenknochen und den zarten Hals strömte.

Unter Aufbietung aller Kräfte wandte er sich von der Wanne ab. »Tut mir leid, Seichan.«

Er ging ins Schlafzimmer und nahm das Handy in die Hand. In den vergangenen drei Tagen hatten er und Seichan die Wonnen von Paris genossen – oder jedenfalls das, was durch das Fenster zu sehen oder vom Zimmerservice gebracht worden war. Nach der dreiwöchigen Trennung hatten sie die Suite im *Hôtel Barrière Le Fouquet's* kaum verlassen.

Seichan war von Hongkong aus, wo sie den Bau eines Frauenhauses beaufsichtigt hatte, direkt nach Paris geflogen. Gray war aus der anderen Richtung hergekommen, von D. C. Er hatte sich Urlaub genommen, nicht nur von Sigma, sondern auch von seinem Vater, der an Alzheimer erkrankt war. In letzter Zeit hatte sich sein Zustand immerhin ein wenig stabilisiert, weshalb Gray keine Bedenken gehabt hatte, ihn für kurze Zeit in der Obhut seines jüngeren Bruders und einer Krankenschwester zurückzulassen, die sich die Rundumbetreuung seines Vaters teilten.

Trotzdem war er von bösen Vorahnungen erfüllt, als er das Handy ergriff, denn er rechnete damit, dass es um seinen Vater ging. Die Sorge um ihn steckte ihm wie ein

Granitbrocken in den Eingeweiden: hart, kalt, unbeweglich. Ständig wartete er auf die nächste Hiobsbotschaft.

Er drückte sich das Handy ans Ohr, während die Verbindung zur Sigma-Zentrale hergestellt wurde, und betrachtete sein angespanntes Gesicht im Spiegel über der Kommode. Er streifte sich ungeduldig das feuchte Haar aus der Stirn und fuhr mit der Hand über seine stoppeligen Wangen.

Na los…

Endlich war die Verbindung hergestellt, und der Direktor meldete sich. »Commander Pierce, ich bin froh, dass ich Sie erreiche. Bitte entschuldigen Sie die Störung, aber es ist wichtig.«

»Was gibt es?«, fragte er alarmiert.

»Wir haben ein Problem. Vor etwa zwanzig Minuten hat mich ein Notruf von General Metcalf erreicht.«

Gray ließ sich erleichtert aufs Bett niedersinken. Es ging nicht um seinen Vater. »Fahren Sie fort.«

»Der französische Geheimdienst hat anscheinend einen verzweifelten Hilferuf eines Einsatzteams aufgefangen, das in Kroatien tätig ist.«

»In Kroatien?«

»In den kroatischen Bergen. Ein Team der französischen Gebirgsjäger ist dort zur Bewachung einer archäologischen Grabung eingesetzt. Offenbar wurden sie angegriffen. Bislang ist es nicht gelungen, Verbindung mit ihnen aufzunehmen.«

Gray verstand nicht, weshalb das Sigma etwas anging, doch wenn Metcalf Painter angerufen hatte, musste die Angelegenheit wichtig sein. General Gregory Metcalf war der Leiter der DARPA – der Forschungsagentur des Militärs – und Painters unmittelbarer Vorgesetzter. Die Sigma

Force unterstand der DARPA und beschäftigte ehemalige Soldaten der Spezialkräfte mit wissenschaftlicher Zusatzausbildung, die für spezielle verdeckte Einsätze verwendet wurden, wenn die amerikanische oder die globale Sicherheit bedroht war.

»Ich verstehe das nicht«, sagte Gray. »Das klingt eher nach einer Angelegenheit, die das französische Militär regeln sollte. Inwiefern betrifft das Sigma?«

»Die DARPA mischt da mit. Zu der Forschergruppe, die von der französischen Einheit beschützt wird, gehört eine amerikanische Genetikerin, Dr. Lena Crandall. Ihr Forschungsprojekt wird von der DARPA mitfinanziert. Deshalb hat General Metcalf Sigma gebeten, vor Ort Nachforschungen anzustellen.«

Und ich befinde mich praktischerweise ganz in der Nähe…

»Kat lässt gerade ein Flugzeug für Sie bereitstellen«, fuhr Painter fort. »Sie können in weniger als zwei Stunden vor Ort sein.«

Kat – Captain Kathryn Bryant – war die oberste Nachrichtendienstanalytikerin und Painters rechte Hand. Sie und ihr Mann waren außerdem Grays beste Freunde.

»Was ist mit Seichan?«, fragte Gray.

»Kat geht davon aus, dass sie mitfliegt.«

Gray bemerkte eine Bewegung an der Badezimmertür. Seichan lehnte am Türrahmen, gehüllt in ein feuchtes Handtuch, das nur sehr wenig verhüllte.

»Wohin geht die Reise?«, fragte sie. Offenbar hatte sie den Grund des Anrufs erraten.

Ihre rasche Auffassungsgabe, die sie vermutlich in ihrer Zeit als Auftragsmörderin geschärft hatte, entlockte Gray ein Lächeln. Manches an ihr war ihm noch immer ein Geheimnis. Doch obwohl mehrere Länder ein Kopfgeld auf sie ausgesetzt hatten, wollte er niemand anders an seiner Seite haben.

Und das nicht nur deshalb, weil sie eine so gute Schützin war.

Er betrachtete ihren Körper, den sinnlichen Mokkaton ihrer Haut. Selbst wenn sie sich nicht bewegte, strahlten ihre Gliedmaßen Anmut und Kraft aus.

»Unser Urlaub war anscheinend nur kurz«, sagte er.

Sie zuckte mit den Achseln und ließ das Handtuch zu Boden gleiten. »Paris wurde mir eh schon langweilig.«

Sie drehte sich um und wandte ihm ihre Hinteransicht zu.

Dieser Anblick wird mir nie langweilig.

Painter meldete sich zu Wort. »Zur Vorsicht weite ich die Untersuchung auf die Staaten aus.«

Gray war augenblicklich hellwach. »Weshalb das?«

»Dr. Crandalls Forschungsprojekt wird an der Emory University durchgeführt. Ich schicke gerade ein Team nach Atlanta, das mit Dr. Crandalls Schwester sprechen soll, die ebenfalls an dem Projekt beteiligt ist.«

»Ihre Schwester?«

»Ihre Zwillingsschwester, um genau zu sein. Dr. Maria Crandall. Das Projekt ist anscheinend eine Familienangelegenheit.«

»Woran arbeiten die beiden?«

»Das meiste ist geheim. Nicht einmal Metcalf weiß in vollem Umfang Bescheid. Ich weiß nur, dass es um den Ursprung der menschlichen Intelligenz geht.«

Den Ursprung menschlicher Intelligenz?

Gray hätte gern mehr erfahren, doch solange Painter sich keinen Überblick über das Projekt verschafft hatte, würde er kaum mehr verraten. »Wen schicken Sie nach Atlanta?«

»Das ist ein Problem... ich brauche jemanden, der die Gebärdensprache beherrscht.«

Gray runzelte die Stirn. Er konnte nicht nachvollziehen, weshalb das erforderlich sein sollte, doch da es hier um die Erforschung der menschlichen Intelligenz ging, würde Painter Sigmas hellsten Kopf losschicken.

»Also, wer fliegt?«

Painter seufzte lediglich.

7:55 EDT

»Ich dachte, sie wäre schwanger«, sagte Joe Kowalski und dachte an die zornige Reaktion der neuen Angestellten an der Rezeption. Mürrisch trat er zusammen mit Monk Kokkalis aus dem Aufzug in die Kommandozentrale von Sigma.

»Man sollte eine Frau nie fragen, wann es bei ihr so weit ist«, sagte Monk. »Niemals. Nicht einmal dann, wenn sie mit Drillingen schwanger ist.«

»Das kommt von der verdammten Uniform, von dem breiten schwarzen Gürtel«, brummte Kowalski. »Ich hätte schwören können, dass sie demnächst niederkommt.«

»Sie können von Glück sagen, dass sie sie Sie nicht erschossen hat.«

Vielleicht hätte sie das besser tun sollen...

Während er neben Monk herging, blickte er an die Decke des Flurs. Die Sigma-Zentrale lag unter dem Smithsonian Castle, in einem ehemaligen Schutzbunker aus dem Zweiten Weltkrieg. Eben noch, als er vom Joggen auf der

National Mall zurückgekehrt war, hatte er versucht, der neuen Kollegin gegenüber freundlich zu sein. Dass die Frau hübsch war und volle Lippen hatte, war ebenfalls ein Grund gewesen.

»So was nennt man wohl ›verbrannte Erde hinter sich zurücklassen‹«, sagte Monk tadelnd.

Kowalski knurrte gereizt. Er wollte nicht daran erinnert werden, dass es mit Frauen im Moment nicht so gut bei ihm lief.

Monk zuckte mit den Schultern und fuhr sich mit der Hand über seinen kahlen Schädel. Vielleicht spürte er, dass er mit seinem Scherz zu weit gegangen war. Er war einen Kopf kleiner als Kowalski und selbst kein guter Kandidat für Schönheitswettbewerbe. Andererseits war Kowalski sich bewusst, dass seine eigenen Reize dünn gesät waren. Es kam immer wieder vor, dass Frauen ihn mit einem rasierten Affen verglichen – und da hielten sie sich vermutlich noch zurück.

Vor ihnen trat eine schlanke Gestalt in scharf gebügelter Navyuniform aus der Tür, die zur Funkzentrale von Sigma führte. »Da seid ihr ja«, sagte Kat. »Ich wollte gerade zum Büro des Direktors gehen.«

»Worum geht es eigentlich?«, fragte Monk, ergriff die Hand seiner Frau und schritt an ihrer Seite den Flur entlang.

Kowalski bemerkte die liebevolle Geste, die von entspanntem, unangestrengtem Miteinander zeugte. Er empfand bitteren Neid, aber auch einen Anflug von Hoffnung.

Wenn dieser Bursche das Herz einer solchen Frau gewinnen kann …

Andererseits machte Monk sein Aussehen auf mancherlei andere Weise wett. Er war ein ehemaliger Green Beret, wovon seine Narben Zeugnis ablegten, und arbeitete jetzt als Forensikexperte für Sigma. Viele Gegner ließen sich von seiner martialischen Erscheinung täuschen und unterschätzten seinen messerscharfen Verstand.

Direktor Crowe hatte Kowalski einmal erzählt, die Bezeichnung Sigma stamme von dem griechischen Buchstaben Σ, dem mathematischen Symbol für *Summe*, denn die Sigma Force vereinige die besten Eigenschaften des Menschen – Hirn und Muskelkraft. Auf Monk Kokkalis traf diese Charakterisierung sicherlich zu.

Kowalski, der sich in einer Glastür gespiegelt sah, betrachtete seine ungeschlachte Gestalt, seinen dicken Hals und seine schiefe Nase.

Was zum Teufel mache ich dann hier?

In seiner Zeit bei der Navy war er nur bis in den Rang eines Matrosen aufgestiegen. Bei Sigma war es bei seiner »wissenschaftlichen« Ausbildung vor allem darum gegangen, wie man Dinge in die Luft jagte. Das machte ihm zwar Spaß, doch tief in seinem Innern war ihm bewusst, dass sich die Waage, wenn es um Kopf und Muskeln ging, bei ihm schwer zu einer Seite neigte.

Die vorausgehende Kat wandte sich an Monk. »Painter soll erklären, weshalb er euch beide herbestellt hat. Wir verschaffen uns erst allmählich einen Überblick.«

Kowalski folgte den beiden zum Büro des Direktors. Als sie bei ihrem morgendlichen Dauerlauf um das Lincoln Memorial gebogen waren, hatte man ihn und Monk angewiesen, zur Zentrale zurückzukehren. Beide waren noch mit Trainingshose und Kapuzenshirt bekleidet.

Kat geleitete ihren Mann durch die offene Tür des Büros von Direktor Crowe, Kowalski folgte ihnen nach. Painter Crowe saß an seinem üblichen Platz, hinter dem mit Akten beladenen Schreibtisch. Bei ihrem Eintreten hieß er sie mit erhobener Hand schweigen, während er weitertelefonierte. An drei Wänden des Büros hingen große Flachbildschirme, die Landkarten, Nachrichtenfeeds und Luftaufnahmen eines Gebirges anzeigten. Da die Sigma-Zentrale unterirdisch lag, dienten die Monitore dem Direktor als Fenster in die weite Welt.

Painter beendete das Telefonat, nahm den Bluetooth-hörer aus dem Ohr und erhob sich. »Ich danke Ihnen beiden, dass Sie gekommen sind. Der vorliegende Fall ist genau auf Ihre Fähigkeiten zugeschnitten.«

Der Direktor berichtete von dem Angriff auf ein französisches Militärteam im kroatischen Gebirge. Er erläuterte seine Ausführungen mithilfe von topografischen Landkarten und Satellitenfotos und setzte sie zum Abschluss über das Forscherteam ins Bild, das von der französischen Einheit bewacht worden war. Die Gesichter der Forscher wurden auf verschiedenen Monitoren angezeigt: ein britischer Geologe, ein französischer Paläontologe und ein Historiker des Vatikans. Das letzte Foto zeigte eine junge Frau in weißem Laborkittel. Sie lächelte in die Kamera und zeigte ihre ebenmäßigen Zähne. Sie war sonnengebräunt und hatte Sommersprossen an beiden Wangen. Das lange dunkelblonde Haar hatte sie straff zurückgebunden.

Kowalski stieß einen anerkennenden Pfiff aus.

Painter ignorierte seine Reaktion. »Dr. Lena Crandall. Eine Genetikerin von der Emory University. Sie leitet ein Projekt, das von der DARPA finanziert wird.«

»Woran arbeitet sie?«, fragte Monk.

Kowalski war das egal. Er glotzte das Foto an.

»Das sollen Sie beide für mich herausfinden«, erwiderte

Painter. »Kat hat einen Flug nach Atlanta arrangiert, wo Sie mit Dr. Crandalls Schwester sprechen und in Erfahrung bringen können, in welcher Verbindung das Forschungsprojekt an der Emory University mit der archäologischen Grabung in Kroatien steht. Das Gesamtbild ist noch unvollständig.«

»Was ist mit dem Forschungsteam in Kroatien?«, fragte Monk.

»Gray und Seichan sind bereits dorthin unterwegs.« Painter blickte Kat an, die zustimmend nickte. »Wenn sie gelandet sind, möchte ich die Details zu dem Forschungsprojekt vorliegen haben.«

Monk ließ die Fingerknöchel knacken und betrachtete die verschiedenen Bildschirme, nahm alles zur Vorbereitung auf den Einsatz in sich auf.

Painter legte Monk eine Hand auf die Schulter. »Ich finde, mit Ihren Kenntnissen auf den Gebieten der Medizin und der Genetik bietet es sich an, dass Sie mit Dr. Crandall über ihre Forschung sprechen. Eine Vertreterin der National Science Foundation wird Sie begleiten – eine Wissenschaftlerin, welche die Aufsicht über die Projektfinanzierung hat.«

Painter wandte sich Kowalski zu. »Und Sie...«

Kowalski runzelte die Stirn, denn er vermochte sich nicht vorzustellen, welchen anderen Beitrag außer als Bewacher er leisten könnte.

»Sie sind bestens geeignet, um mit Dr. Crandalls Versuchsobjekt zu kommunizieren, dem Eckstein und Gipfelpunkt ihrer Forschung.«

»Und wieso das?«, fragte Kowalski.

»Weil Sie die Gebärdensprache beherrschen.«

Kowalski zog die Stirn kraus, denn es erstaunte ihn,

dass der Direktor davon wusste. Doch wenn es um Hintergrundrecherche ging, war Sigma gründlich. Deshalb war man auch über seinen familiären Hintergrund informiert und wusste, dass er in der South Bronx aufgewachsen war, buchstäblich auf der falschen Straßenseite. Seine Großeltern waren während des Zweiten Weltkriegs aus Polen eingewandert. Sein Vater hatte einen kleinen Deli eröffnet, an den Wochenenden aber den Großteil des Gewinns vertrunken. Kowalskis jüngere Schwester Anne war mit dem Goldenhar-Syndrom zur Welt gekommen. Sie hatte einen verkrümmten Rücken und war stark schwerhörig. Als seine Mutter von einem betrunkenen Autofahrer getötet wurde, nahm sein Vater die Tragödie zum Anlass, noch mehr zu trinken, sodass der junge Kowalski Annes Betreuung weitgehend allein schultern musste.

Er atmete tief durch, denn er scheute zurück vor den schmerzlichen Erinnerungen an das körperliche und seelische Leid seiner Schwester, die im Alter von elf Jahren gestorben war. Unwillkürlich schob er die Hand in die Hosentasche und betastete die Cellophanverpackung der Zigarre, die er darin verstaut hatte. Auf einmal hatte er das dringende Bedürfnis zu rauchen.

»Ich bin ein bisschen aus der Übung«, brummte er.

»Da habe ich aber was anderes gehört«, sagte Painter. »Ich habe gehört, Sie würden manchmal ehrenamtlich mit tauben Kindern im Georgetown Hospital arbeiten.«

Monk blickte Kowalski an und hob erstaunt die Brauen.

Im Stillen verfluchte Kowalski die Neugier von Sigma. »Und wen genau soll ich befragen?«

Painter verschränkte die Arme. »Ich glaube, Sie sollten das Versuchsobjekt zunächst einmal kennenlernen. Wenn wir Dr. Crandall zur Zusammenarbeit bewegen wollen, könnte es hilfreich sein, wenn Sie sich mit ihrem Versuchsobjekt austauschen können.«

Wer immer das sein mag...

Kowalski machte keinen Hehl aus seiner Verärgerung und wandte sich ab.

»Was ist mit der Schwester in Kroatien?«, fragte hinter ihm Monk. »Liegen noch immer keine Informationen über das Schicksal des Forschungsteams vor?«

Painters Tonfall wurde ernster. »Nein. Wir wissen bloß, dass es in der Region mehrere kleinere Erdbeben gegeben hat. Das ganze Gebirge wird noch immer von Nachbeben erschüttert.«

»Und die Lage dürfte sich noch weiter verschlimmern«, setzte Kat hinzu.

5

LENA HOCKTE BIBBERND vor Kälte auf einer Felskante. Ihre Helmleuchte war auf den schwarzen See gerichtet, der einen Teil der Höhle einnahm und immer größer wurde.

Wir müssen von hier weg...

In den vergangenen zwanzig Minuten hatten die Fluten alle Hinweise auf die prähistorische Wohnstatt überschwemmt und die von Kalkspat überkrusteten Gebeine und die Rußspuren der Lagerfeuer verschluckt. Übrig geblieben waren nur die Stalagmiten, die aus dem See hervorschauten, und die Malereien an den Höhlenwänden – allerdings sah es jetzt so aus, als wären die abgebildeten Rotwild- und Bisonherden im Begriff zu ertrinken.

Ungeachtet ihrer Todesangst bedauerte sie die Zerstörung.

Neben ihr verstaute Pater Novak sein Handy im Rucksack. Er schüttelte den Kopf, denn auch ihm war es nicht gelungen, ein Signal zu bekommen. Sie hatte bereits vergeblich versucht, ihre Schwester in den Staaten zu erreichen, doch so weit unter der Erde war das aussichtslos.

»Wir sollten in die Nachbarhöhle waten, aus der wir gekommen sind«, schlug er vor. »Vielleicht gibt es dort einen Weg nach draußen. Möglicherweise hat sich durch die Nachbeben eine Öffnung aufgetan, die zuvor von den Angreifern verschlossen wurde.«

Obwohl er nicht sonderlich zuversichtlich klang, nickte Lena. Sie wollte irgendetwas tun – Hauptsache, sie konnte sich bewegen. Sie schob den Rucksack auf den Schultern hoch und ließ sich von der Felsleiste in den dunklen See hinuntergleiten. Das eiskalte Wasser lief ihr in die Stiefel und durchtränkte ihre Hose bis zur Taille. Sie biss die Zähne zusammen und setzte sich in Bewegung.

»Vorsichtig«, sagte sie warnend. »Es ist ganz schön glatt.«

Der Geistliche ließ sich ebenfalls ins Wasser gleiten und schnappte hörbar nach Luft. »Glatt? Sie hätten mich vor der Kälte warnen sollen.«

Lena vermochte sich ein Grinsen nicht zu verkneifen, dankbar für seinen Versuch, die Stimmung zu heben. Seite an Seite durchquerten sie die große Höhle und näherten sich dem Gang, der in die kleinere Nebenhöhle hochführte. Sie hoffte inständig, dass sie dort einen Ausgang finden würden.

Bevor sie die Gangmündung erreichten, ertönte ein leises Grollen, das die Wasseroberfläche kräuselte.

»Schon wieder ein Nachbeben«, sagte sie.

Sie warteten mit angehaltenem Atem und rechneten mit dem Schlimmsten, doch wie die vorigen Nachbeben ebbte auch dieses rasch wieder ab. Eilig watete Lena zur Mündung und leuchtete hinein.

»Der Gang ist halb überflutet«, sagte sie.

»Besser als *vollständig* überflutet.«

»Das stimmt.«

Sie zog den Kopf ein und trat in den Gang. Sie atmete schwer und kämpfte gegen ihre Platzangst an. Normalerweise machte ihr Enge nichts aus, doch so tief im Berg, den Kopf aufs dunkle Wasser hinabgeneigt, klopfte ihr das Herz bis zum Hals.

Zum Glück stieg der Gang leicht an, und an der anderen Gangmündung reichte ihr das Wasser nur noch bis zum Knöchel. Trotzdem war sie klitschnass und musste sich zusammenreißen, um nicht mit den Zähnen zu klappern, was nur zum Teil auf die Kälte zurückzuführen war.

Roland ging es nicht besser. Zitternd musterte er das Geröll an der anderen Wand. Er blickte nach oben, richtete den Strahl der Helmleuchte an die Decke. Lena leuchtete ebenfalls nach oben. Sie suchten nach irgendeinem Hinweis auf den ursprünglichen Eingang, doch die Sprengung hatte alle Spuren beseitigt. Ein paar Rinnsale sickerten zwischen den Felsblöcken hindurch und tröpfelten auf den Boden.

Roland ballte eine Hand zur Faust und murmelte etwas auf Kroatisch. Obwohl sie kein Wort verstand, hatte sie den Eindruck, dass es sich um kein Gebet, sondern um einen Fluch handelte.

»Es wird schon gut gehen«, sagte sie überflüssigerweise. »Wir sitzen das Unwetter aus. Man wird bestimmt nach uns suchen. Sobald wir etwas hören, rufen wir laut. Wenn sie wissen, dass wir hier unten sind, werden sie uns ausgraben.«

Roland sah aufs Wasser nieder, das ihm bereits bis zur Mitte der Wade reichte. Wenn die Überflutung sie nicht umbrachte, würde die Kälte es tun. Er nickte. »Dann warten wir und…«

Von links drang ein leises Stöhnen aus der Dunkelheit hervor. Sie fuhr herum. Hinter einem dicken, gefalteten Sintervorhang kam eine dunkle Gestalt hervor. Roland schob Lena hinter sich, denn er fürchtete, es könnte sich um einen der Angreifer handeln.

Der Mann, der auf allen vieren kroch, ließ sich zur Seite fallen und schützte die Augen mit der Hand vor den beiden blendenden Helmleuchten.

»*Père Novak... Docteur Crandall...*«, krächzte er mit schwerer Zunge. »*C'est vous?*«

Lena leuchtete ihm ins Gesicht, dessen eine Hälfte blutverschmiert war. Sie hatte den Anführer der französischen Infanterieeinheit nur kurz gesehen, erkannte ihn jedoch wieder.

Roland desgleichen.

Der Priester stürzte zu ihm. »Commandant Gerard!«

Der Soldat zog erleichtert ein Gewehr hinter dem Sintervorhang hervor. Die schwere Waffe übte anscheinend eine beruhigende Wirkung auf ihn aus. Er blickte ihnen entgegen. »*Qu'est-ce qui s'est passé?*«, fragte er mit rauer Stimme, dann probierte er es anders: »W-was ist passiert?«

Lena trat neben den Priester, der die Kopfverletzung des Soldaten untersuchte. Die Platzwunde blutete noch. Vermutlich hatte er sich bei der Explosion verletzt.

»Wie... wie sind Sie hierhergekommen?«, fragte Lena.

Gerard blickte zum gesprengten Höhleneingang hinüber, dann antwortete er langsam und benommen: »Als wir angegriffen wurden, bin ich hierhergelaufen, um Sie zu schützen. Das war unser Auftrag.«

Sie begriff. *Er wollte die ihm anvertrauten Zivilisten schützen.*

»Aber der Gegner war zu schnell«, erklärte Gerard. »Ich hatte kaum Zeit, mich zu verstecken, als die Angreifer auch schon herunterkamen. Ich habe gehört, wie sie Wrightson und Arnaud aufforderten, sich zu stellen. Als Sie nicht mit ihnen zusammen auftauchten, ging ich davon aus, dass Sie sich versteckt hatten. Um sich zu schützen, *n'est-ce pas?*«

Sie nickte bestätigend.

»Es waren zu viele, deshalb konnte ich keinen Versuch unternehmen, die Professoren zu befreien. Dann wären sie beide getötet worden. Deshalb habe ich gewartet und gehofft, ich könnte erst Sie beide rausholen und dann Alarm geben.«

»Das war auch unser Plan«, sagte Lena.

Der Soldat blickte stirnrunzelnd an die Decke. »Ich wollte gerade losgehen, als ...« Er schüttelte den Kopf. »Ich weiß nicht mehr, was passiert ist.«

»Die Angreifer haben den Eingang gesprengt«, erklärte Lena. »Sie sind anscheinend bewusstlos geworden.«

Gerard richtete sich schwankend auf, stützte sich mit einer Hand an der Wand ab und schulterte mit der anderen das Gewehr. Er blickte aufs Wasser nieder, das seine Beine umspülte.

»Die Höhlen laufen voll«, sagte Roland. »Wir sollten eine möglichst hoch gelegene Stelle aufsuchen.«

Ohne etwas zu erwidern, entfernte der Soldat sich ein Stück weit. Er löste eine kleine Taschenlampe vom Gürtel und leuchtete in den Gang hinein, der zur Nebenhöhle führte. Ein paar Meter weiter war sie bereits vollständig überflutet.

Lena trat neben ihn. »Ich glaube, Roland ... Pater Novak hat recht. Wir sollten an der Wand nach oben klettern.«

Gerard schüttelte den Kopf. »Das Rettungsteam würde zu lange brauchen, bis es uns erreicht hat.«

»Was sollen wir stattdessen tun?«, fragte Roland.

Gerard geleitete sie zurück und zeigte hinter den Sintervorhang. Lena sah, dass der Soldat sich in einer weiteren Höhlenmündung versteckt hatte. Sie befand sich einen guten Meter über dem Boden.

Doch wohin führte sie?

Als sie sich umdrehte, zog Gerard gerade eine handgezeichnete Landkarte aus der Tasche. Er entfaltete sie und drückte sie an die Wand. Es handelte sich um eine detaillierte Skizze des Höhlensystems.

»Wir befinden uns hier«, sagte er und tippte auf die Karte. »Wrightsons geologischen Untersuchungen zufolge sind diese Höhlen über mehrere Gänge mit weiteren Höhlen verbunden, die tiefer in den Berg hineinführen. Möglicherweise bis zum Đulaabgrund.«

Gerard wandte sich Roland zu, doch der Geistliche machte ein skeptisches Gesicht.

»Wovon redet er da?«, fragte Lena.

»Sie sind doch durch Ogulin durchgekommen, nicht wahr?«, sagte Roland.

Sie nickte und vergegenwärtigte sich die Stadt mit der Burg und den alten Häusern.

»Das Städtchen liegt über dem ausgedehntesten Höhlensystem Kroatiens. Die Höhlen, Gänge und unterirdischen Seen erstrecken sich über zwanzig Kilometer. Mitten in der Stadt befindet sich ein Zugang zu dem System.«

»Mitten in der Stadt?«, wiederholte sie.

»Die Dobra entspringt im Gebirge und fließt durch eine tiefe Schlucht, die ein Stück weit durch Ogulin führt. In der Stadtmitte verschwindet der Fluss im Đulaabgrund

und fließt dann unterirdisch weiter. Angeblich hat sich mal eine junge Frau in den Abgrund gestürzt, um der Heirat mit einem alten, grausamen Edelmann zu entgehen.«

Lena wandte sich an den französischen Soldaten. »Und Sie glauben, diese Höhlen hier führen zu dem Abgrund und möglicherweise zu einem Ausgang.«

»Wrightson war jedenfalls der Ansicht«, sagte Gerard. »Aber das Höhlensystem ist nicht vollständig erforscht.«

»Wie weit ist es bis zur Stadt?«

»Etwa sieben Kilometer Luftlinie.«

Ihr sank der Mut.

»Ich habe Seile, Kletterausrüstung und Ersatzbatterien im Rucksack«, sagte Gerard.

Gegen ihre Panik ankämpfend, blickte sie auf das steigende Wasser. »Und wenn das übrige Höhlensystem ebenfalls überflutet ist?«

»*Je ne sais pas*«, erwiderte Gerard achselzuckend. »Ich weiß es nicht, aber *hier* steht uns das Wasser bald bis zum Hals.«

Lena richtete die Helmleuchte auf die Gangmündung und versuchte, sich vorzustellen, was sie erwarten mochte. Doch der Soldat hatte recht. Es war besser, ins Unbekannte aufzubrechen, als hierzubleiben, wo ihnen der Tod so gut wie sicher war.

Sie straffte sich und wandte sich zu den beiden Männern um.

»Dann lassen Sie uns aufbrechen.«

Gray hielt sich an einem Griff in Schulterhöhe fest, während der Helikopter in den Böen schwankte. Regenschleier prasselten gegen die Plexiglaskuppel, die Scheibenwischer kamen kaum dagegen an. Obwohl es noch ein paar Stunden bis Sonnenuntergang waren, machten die schwarzen Wolken, die über den Bergen dräuten, den Tag zur Nacht.

Der Pilot kämpfte mit der Steuerung, die Rotoren arbeiteten gegen den Sturm an. Immer wieder wurde die kleine Maschine von Böen durchgeschüttelt, die aus allen Richtungen zugleich zu kommen schienen. Schließlich ließen sie den Bergpass hinter sich, und vor ihnen tauchte ein Tal mit vereinzelten Lichtern auf.

»Ogulin!«, rief der Pilot über Funk und wischte sich Schweißperlen von der Stirn. »Weiter kann ich bei dem Sturm nicht fliegen. Dem Wetterbericht zufolge soll es hinter dem Tal noch schlimmer sein.«

Gray wandte sich zu Seichan um, die sich in der Kabine fläzte, scheinbar unbeeindruckt von den Turbulenzen. Sie zuckte mit den Schultern; offenbar hatte sie keine Einwände gegen die Planänderung.

Vor einer halben Stunde waren sie in Zagreb gelandet, der kroatischen Hauptstadt, wo ein Helikopter mit einheimischem Pilot bereitgestanden hatte. Der Flug zu der Stelle, an der die französische Einheit vermisst wurde, hätte eigentlich nur eine Viertelstunde dauern sollen, doch die Flugzeit hatte sich aufgrund der schlechten Wetterverhältnisse verdoppelt, und jetzt zwang der Sturm sie wieder auf den Boden zurück.

Gray wandte sich nach vorn, in der Absicht, den Piloten unter Druck zu setzen, damit er weiterflog. Je länger sich die Anreise hinzog, desto geringer die Wahrscheinlichkeit, dass sie Spuren des Forschungsteams und dessen Bewacher vorfinden würden. Doch als er die schwarzen Wolken und die von Blitzen umzuckten Berggipfel musterte, ließ er sich in den Sitz zurücksinken.

»Landen Sie«, sagte er.

Der Pilot nickte und stieß einen Seufzer der Erleichterung aus. Er hielt auf die Lichter am Talboden zu.

»Ich kann auf einem Feld am Stadtrand landen«, sagte er und zeigte zum Boden. »Ich fordere per Funk einen Wagen an. Sobald der Sturm nachlässt, können wir einen neuen Versuch starten. Frühestens morgen früh. Ich kann ein Hotelzimmer für Sie buchen.«

Gray hörte nur mit halbem Ohr hin, denn er passte in Gedanken bereits den Zeitplan an und überlegte sich Alternativen. »Wie lange würde es dauern, den Ort zu Fuß zu erreichen?«

Der Pilot musterte ihn skeptisch. »Sie könnten mit dem Wagen zum Dorf Bjelsko fahren. Das liegt nur sechs Kilometer entfernt. Von dort aus ist es ein Fußweg von vierzig Minuten. Aber das gilt nur bei gutem Wetter. Wenn Sie bei diesem Sturm durch dichten Wald marschieren, wo die Pfade weggespült sind, könnten Sie Stunden brauchen und sich verirren. Besser, Sie warten, bis der Sturm nachlässt.«

Wie zum Beleg wurde der Helikopter in diesem Moment von einer schweren Bö erfasst und legte sich auf die Seite. Der Pilot konzentrierte sich wieder auf das Landemanöver.

Gray holte das Handy aus der Tasche. Mit seinem Fingerabdruck aktivierte er die Entschlüsselung und schaute sich die Einsatzunterlagen an. Auf dem Flug nach Zagreb hatte er sich bereits gründlich damit befasst und wusste, wo das Gesuchte zu finden war. Er rief das Foto eines Mannes mit angegrautem Haar in den Fünfzigern auf. In voller Kletterausrüstung stand er am Rand einer Schlucht.

Er drehte sich um und zeigte Seichan das Foto. »Fredrik Horvat, der Vorsitzende der hiesigen Bergsteigervereinigung. Seine Gruppe hat als Erste die Höhlen in den Bergen betreten und den Ort so lange geheim gehalten, bis ein Forschungsteam den Fundort gesichert hatte.«

Seichan beugte sich vor. »Und er lebt in der Stadt?«

»Ja. Und ich gehe davon aus, dass er das Gebirge besser kennt als irgendjemand sonst. Wenn er uns dorthin führen könnte ...«

Seichan straffte sich. »Dann bräuchten wir nicht bis morgen zu warten.«

»Ich habe seine Adresse.«

Der Pilot setzte den Helikopter auf einem großen Feld ab. Kurz darauf tauchten in der Dunkelheit zwei Scheinwerferleuchten auf und näherten sich über die angrenzende Straße ihrer Position. Gray und Seichan stiegen aus und stemmten sich in ihren Jacken gegen die windgepeitschten Regenböen. Als der Wagen gehalten hatte, stiegen sie hinten ein.

Der Wagen setzte sich wieder in Bewegung, und Gray nannte dem Fahrer – einem jungen Mann namens Dag – die Adresse des Bergsteigers.

»Ah, Fredrik ... den kenne ich«, sagte Dag in stockendem Englisch. Er lächelte breit und zeigte dabei eine Lücke in den Schneidezähnen. »Das ist ein kleiner Ort. Er ist ein Verrückter. Kriecht ständig in Höhlen rum. Ich brauche frische Luft. Viel besser.«

»Ich habe versucht, ihn anzurufen«, sagte Gray. »Er geht nicht ran.«

»Vielleicht ist er in der Wirtschaft. Im *Hotel Franko-pan*. Er wohnt ganz in der Nähe. Viele Leute gehen ins Wirtshaus, wenn es stürmt. Trinken Schnaps, solange die *vještice* – die Hexen – heulen.« Es donnerte so laut, dass die Wagenfenster erbebten. Dag duckte sich ein wenig, dann straffte er sich und schlug ein Kreuz. »Vielleicht sollte man im Moment nicht von *vještice* reden.«

Während sie sich dem Stadtzentrum näherten, versuchte Gray wiederholt, den Bergsteiger zu erreichen, doch er hatte kein Glück. Aber es gab noch eine andere Möglichkeit.

»Wir versuchen es als Erstes in der Wirtschaft«, sagte er zu Dag, dann drehte er sich zu Seichan um. »Wenn wir Fredrik dort nicht finden, kann man uns im Hotel vielleicht einen anderen Bergführer empfehlen.«

»Vorausgesetzt, sie fürchten sich nicht vor den Hexen«, meinte Seichan, lehnte sich in den Sitz zurück und schloss die Augen.

Als sie in die Stadt einfuhren, schaute Gray sich aufmerksam um. Ogulin war eine idyllische Kleinstadt mit schmalen Gassen, kleinen Parks und Häusern mit roten Ziegeldächern. Dass sie im sechzehnten Jahrhundert gegründet worden war, sah man auf den ersten Blick: an der alten, imposanten Kirche und der Festungsruine auf einem nahen Hügel. Schließlich hielten sie unterhalb der dicken Mauern einer Burg, an deren Ecken sich runde Wachtürme erhoben. Die Zinnen boten Einblick in eine tiefe Schlucht, vermutlich dieselbe, die auf dem Foto von Fredrik zu sehen war.

»Die Burg Frankopan«, sagte Dag, als er am Bordstein hielt. Er machte sie auf das weiße Gebäude aufmerksam, das an die gotische Burg grenzte. »Und das ist das *Hotel*

Frankopan. Die Wirtschaft liegt in dem Gebäude. Ich führe Sie hin und erkundige mich nach Fredrik.«

Normalerweise hätte Gray eine unauffälligere Vorgehensweise vorgezogen, doch sie hatten bereits zu viel Zeit verloren und noch einen langen Fußmarsch vor sich.

»*Hvala*«, bedankte Gray sich auf Kroatisch, was ihm ein breites Lächeln einbrachte.

»Dann kommen Sie. Vielleicht sollten wir einen Schnaps trinken. Um die *vještice* fernzuhalten.«

Gray hatte keine Einwände. Wenn ihn der Mann zu Fredrik brachte, würde er ihm eine ganze Flasche Schnaps spendieren.

Dag geleitete sie durch den strömenden Regen zur Eingangstreppe des Hotels. Die Lobby war ebenfalls weiß, doch die antiken Holzmöbel verbreiteten Behaglichkeit. Sie gingen an der Rezeption vorbei, die ebenfalls antik wirkte. Als die Empfangsdame sie neugierig musterte, winkte Dag ihr zu.

»*Zdravo*, Brigita!«

Sie nickte, doch ihrer Neugier machte Besorgnis Platz.

»Hier in der Stadt kennt anscheinend jeder jeden«, bemerkte Gray.

»Und Fremde fallen sofort auf«, setzte Seichan Unheil verkündend hinzu.

Gray blickte sie an. Ihr elastischer Gang hatte sich kaum merklich verändert, was außer ihm kaum jemand bemerken dürfte. Gray aber entging nicht, dass sie die Augen leicht zusammengekniffen hatte und vorsichtiger ausschritt als zuvor.

»Was ist los?«, flüsterte er, als sie sich dem Stimmengewirr der Wirtschaft näherten.

»Hast du ihre Reaktion bemerkt? Die war alles andere

als freundlich. Vermutlich sind wir nicht die ersten Fremden, die in letzter Zeit hier aufgetaucht sind. Unsere Vorgänger haben bei der Frau anscheinend keinen guten Eindruck hinterlassen.«

Gray blickte sich um und stellte fest, dass die Empfangsdame ihnen mit verschränkten Armen finster hinterhersah.

»Du könntest recht haben«, sagte er. »Die Leute, die die Franzosen überfallen haben, müssen hier durchgekommen sein. Vielleicht haben sie sogar hier übernachtet. Wir sollten das überprüfen und ein paar diskrete Nachforschungen anstellen.«

»Vielleicht sind sie noch immer hier, vom Wetter an der Weiterreise gehindert wie wir.« Seichan hob eine Braue. »Wäre das nicht ein unverschämtes Glück?«

In der Wirtschaft knallten plötzlich Schüsse, und es wurde geschrien.

Sie lag richtig mit ihrer Vermutung.

16:24

Roland rutschte auf dem Hintern über den abschüssigen, schlammbedeckten Felsboden in die nächste Höhle hinunter. Er bremste mit den Absätzen, kam zum Stillstand und ließ sich von Commandant Gerard auf die Beine ziehen. Er gesellte sich zu Lena, die sich mit dem Arm an der Wand abstützte. Wegen der niedrigen Decke hatte sie den Kopf eingezogen.

»Wie weit ist es noch, was meinen Sie?«, fragte sie. Nach den zwei Stunden Klettern, Kriechen und Robben atmete sie schwer.

Gerard holte die Karte hervor und breitete sie an der Wand aus. Sie hatten den vom britischen Geologen erkundeten Bereich bereits hinter sich gelassen. Das hier war buchstäblich unkartiertes Gelände. Der Commandant holte den Kompass hervor und zeichnete den zurückgelegten Weg mit einem Wachsstift in die Karte ein.

»Es kann nicht mehr weit sein«, sagte Roland, obwohl er in Wahrheit keine Ahnung hatte, wo der nächste Ausgang lag.

»Hören Sie«, sagte Lena und spannte sich an.

Roland bemühte sich, gleichmäßiger zu atmen, und lauschte. Gerard ließ die Karte sinken und legte den Kopf schief. Dann hörte er es: ein fernes Grollen wie unterirdischer Donner.

»Ein Fluss«, sagte Gerard.

Bis jetzt waren sie den überfluteten Bereichen aus dem Weg gegangen. Hin und wieder hatten sie einen Tümpel umgehen oder durchwaten müssen, das war alles gewesen. Diese Wasseransammlungen waren zudem dauerhafter Natur gewesen und keine Folge des Unwetters.

Gerard konnte nur hoffen, dass der Fluss passierbar war.

»Gehen wir weiter«, ordnete er verdrossen an.

Im Lichtschein der Helmleuchten marschierten sie durch die niedrige Höhle. Die Höhle wurde immer höher und die bizarr geformten weißen Heliktiten immer zahlreicher. Auch an einer Ansammlung dicker Stalaktiten kamen sie vorbei. Währenddessen wurde das Tosen des Flusses immer lauter und übertönte ihr sporadisches Geflüster, bis es nur noch von ihrem Herzklopfen begleitet wurde.

»Roland.« Lena legte ihm eine Hand auf den Ellbogen. »Schauen Sie. Eine weitere Felsmalerei.«

Er leckte sich über die trockenen Lippen. Im Moment waren ihm Felsmalereien ziemlich egal. In den vergangenen Stunden waren sie immer wieder auf Felsbilder gestoßen, einzigartige Darstellungen einzelner Tiere, darunter ein Bison, ein Bär, eine Antilope und sogar ein gefleckter Leopard. Der Künstler, der die Haupthöhle gestaltet hatte, war offenbar tief in das Höhlensystem vorgedrungen und hatte überall seine Spuren hinterlassen.

»Das hier ist kein Tier«, sagte Lena, trat vor die Wand an der rechten Seite und zog ihn mit sich.

Sie beleuchtete die große Gestalt an der Felswand. Sie war mit weißer Farbe gezeichnet und zwei Stockwerke hoch. Der ausladenden Brust nach zu schließen handelte es sich bei der riesigen Darstellung um eine Frau. Ihre als rote Kreise dargestellten Augen schienen auf sie herabzublicken. Auf ihrer Stirn bildeten blaue Punkte einen sechszackigen Stern, der den Symbolen ähnelte, die sie in den Gräbern vorgefunden hatten.

»Glauben Sie, das könnte die Neandertalerin sein, deren Gebeine aus der Höhle geraubt wurden?«, fragte Lena.

Und vor Jahrhunderten von Pater Kircher entwendet wurden.

»Das ist die erste Darstellung eines Menschen, die wir hier unten vorfinden«, setzte Lena hinzu und blickte sich zu ihm um. »Ansonsten waren ausschließlich Tiere abgebildet.«

Abgesehen von den Schattenbildern, die von den behauenen Stalagmiten an die Wand geworfen wurden und irgendeinen starken Gegner der Höhlenbewohner darstellten, fügte sie im Stillen hinzu.

»Und schauen Sie sich das an«, sagte sie.

Sie senkte den Kopf und leuchtete zwischen die Füße

der Gestalt, wo sich eine Gangmündung abzeichnete. Roland trat näher und leuchtete in die Öffnung, bei der es sich eher um einen überwölbten Durchgang handelte, der in eine Nebenhöhle führte.

»Lassen wir das«, sagte Gerard. »Wir haben keine Zeit für Erkundungen.«

Das Tosen des Wassers unterstrich seine Warnung.

Aber dennoch...

Lena nahm ihren Begleitern die Entscheidung ab. Sie ließ sich auf alle viere nieder und kroch über die Schwelle. Roland, der nicht minder neugierig war als sie, folgte ihr, ohne sich um den halblauten Protest des französischen Soldaten zu kümmern.

Der nächste Raum maß höchstens fünf Meter im Durchmesser. Hier lagen keine Gebeine auf dem Boden, es gab nur eine rußgeschwärzte Stelle in der Mitte, wo offenbar ein Lagerfeuer gebrannt hatte. Lena richtete sich auf, drehte sich langsam um die eigene Achse und leuchtete die Wände ab. Sie gab einen Überraschungslaut von sich.

In die Wände hatte man kleine Nischen gehauen. Darin lagen Tierfiguren – eine Menagerie aus Stein. In einem Alkoven ruhte ein kleines Mammut auf einem knorrigen Baumstamm. In einem anderen stand ein Löwe, der sich auf die Hinterbeine aufgerichtet hatte. Roland leuchtete ebenfalls umher. Da waren auch noch Wölfe und Bären, ein Bison sowie mehrere Hirsche und Antilopen. In den höher gelegenen Wandnischen waren alle möglichen Vögel untergebracht, angefangen von Falken bis zu Wasservögeln.

Die Feldspatverkrustungen ließen keinen Zweifel am prähistorischen Ursprung der Figuren. Die Ablagerungen mussten im Lauf von Jahrtausenden entstanden sein.

»Das müssen Stammestotems sein«, sagte Lena, streckte den Arm zu einem geduckten Leoparden aus und ließ ihn gleich wieder sinken. »Wenn sie von Neandertalern stammen, würde dies das Bild, das wir uns von ihnen machen, grundlegend verändern.«

Roland nickte und näherte sich der größten Wandnische. Sie befand sich gegenüber der Höhlenmündung. Kleine Markierungen fielen ihm ins Auge. Die Nische wurde von zwei einzelnen Handabdrücken eingerahmt, blutrot wie die anderen.

Lena trat neben ihn. »Der linke Abdruck hat den krummen kleinen Finger, den wir bereits im geplünderten Grab gesehen haben.« Sie zeigte auf den rechten Abdruck. »Und der hier… ich wette, der passt zu den Handabdrücken über den Gebeinen des männlichen Neandertalers.«

Roland schaute sie an, die Stirn in Falten gelegt. »Wieder dieselben Personen.«

»Offenbar nahmen sie bei dem Stamm eine wichtige Stellung ein. Vielleicht waren das die Anführer. Oder Schamanen, worauf die Totems hindeuten könnten.«

Er leuchtete in die dunkle Nische hinein. Sie enthielt keine Steinfigur, doch auch irgendetwas Eingepacktes lag darin.

Er streckte die Hände danach aus.

»Vorsichtig«, sagte Lena, versuchte aber nicht, ihn abzuhalten.

Als er den Gegenstand herausnahm, sahen sie, dass er in ein steifes Tuch eingeschlagen war. Wachs zerkrümelte unter seinen Fingern. »Das stammt nicht aus prähistorischer Zeit.«

Lena beugte sich vor. »Was ist das?«

Er benetzte seine Lippen mit der Zunge und schälte

die Stoffschichten ab, wobei sich weiteres Wachs löste. Schließlich kam ein Buch mit Ledereinband zum Vorschein. In den Einband war ein Symbol eingeprägt, ein Linienmuster.

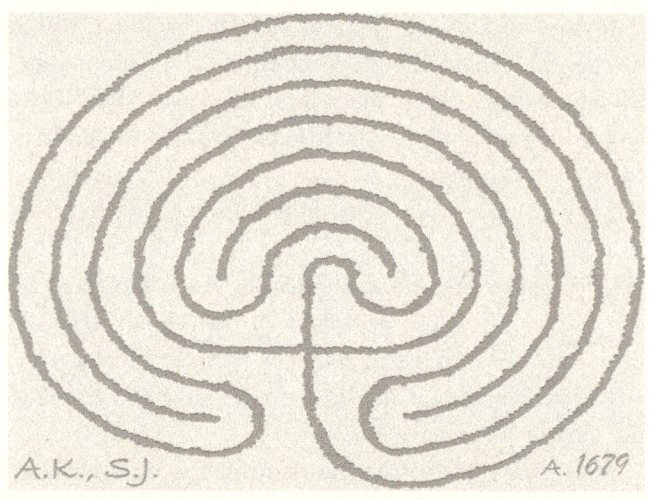

A.K., S.J.   A. 1679

»Das sieht aus wie der Querschnitt eines Gehirns«, sagte Lena staunend.

Er lächelte. Sie war Genetikerin, da war die Assoziation naheliegend. »Ich glaube, das ist ein Labyrinth«, entgegnete er. »Solche Labyrinthe hat der Mensch gemalt und eingeritzt, seit er sich als Künstler betätigt.«

»Aber was soll das bedeuten?«

»Das weiß ich nicht. Aber schauen Sie sich mal die Initialen am unteren Rand an.«

Sie las laut vor. »A. K. und S. J.«

»Athanasius Kircher – Gesellschaft Jesu«, sagte er ehrfurchtsvoll.

Als ihm klar wurde, dass das Buch dem Jesuitenpater

gehört hatte, dem er sein Lebenswerk gewidmet hatte, begannen ihm die Hände zu zittern. Er konnte nicht widerstehen und schlug das Buch auf. Etwas fiel heraus und prallte klirrend auf den Höhlenboden.

Lena bückte sich und hob es hoch. »Das ist ein Schlüssel.«

Sie hielt ihn ins Licht. Er war so lang wie ihre Handfläche und verziert mit der Darstellung eines Engelskopfs, der von einem Bogen aus Totenschädeln bekrönt war.

Unwillkürlich dachte er an den Schädel und die Gebeine im Grab der anderen Höhle. *Was hatte das alles zu bedeuten?*

Er nahm sich das Buch vor, doch die Seiten zwischen dem Ledereinband befanden sich in keinem guten Zustand. Im Lauf der Jahrhunderte war offenbar Feuchtigkeit durch das Wachstuch eingedrungen und hatte das Papier in einen Haufen Brei verwandelt. Der Schlüsselabdruck war noch zu erkennen, doch der Text war der Zeit und der Feuchtigkeit zum Opfer gefallen.

»Wir müssen weitergehen!«, sagte Gerard in einem Ton, der keinen Widerspruch duldete.

Lena zögerte noch und tastete kurz in der Wandnische umher. »Da sind Feldspatsplitter. Möglicherweise wurde hier etwas entfernt.«

Roland musterte die Totems, die im Lauf von Jahrtausenden vom kalkhaltigen Wasser an Ort und Stelle fixiert worden waren. »Kircher hat etwas herausgenommen und das Buch zurückgelassen, vielleicht als Hinweis auf den Ort, zu dem er seine Entdeckung gebracht hat.«

Er blickte auf das zerstörte Buch.

»Vielleicht lässt sich der Text teilweise rekonstruieren«, meinte Lena. »Wenn wir das Buch einem Restaurator übergeben ...«

Er bezweifelte, dass da noch irgendetwas zu retten war, nickte aber und zeigte zum Ausgang. »Vorher müssen wir erst mal einen Ausgang aus diesen verfluchten Höhlen finden.«

Sie gingen zu Gerard zurück. Roland verstand jetzt, weshalb der Franzose weiterwollte. Hier in der Haupthöhle war das Tosen des Wassers erheblich lauter geworden.

Lena blickte ihn angstvoll an.

Die Zeit lief ihnen davon.

16:48

Die Schüsse hallten im Schankraum wider.

Eine Menschentraube stürmte aus der Tür am Ende des

Flurs und lief Gray und Seichan entgegen. Gray packte Dag und versetzte ihm einen Schubs in Richtung Lobby.

»Rufen Sie die Polizei.«

Während die Flüchtenden an ihnen vorbeirannten, drückte Gray sich flach an die Wand. Er langte unter seine feuchte Jacke und zog eine schwarze SIG Sauer aus dem Schulterholster. Seichan, die an der anderen Wand lehnte, hielt einen langen Dolch in der einen und eine Pistole in der anderen Hand. Als der Weg frei war, näherten sie sich dicht an den Wänden dem Schankraum.

Ehe sie die Tür erreicht hatten, hörten sie hinter sich Schritte. Dag war zurückgekehrt und glotzte die Waffe in Grays Hand an.

Gray drückte den jungen Mann an die Wand. Seichan ließ sich mit finsterer Miene auf ein Knie nieder und zielte auf die Tür. Das Schießen hatte aufgehört, doch es wurde laut gerufen, anscheinend auf Kroatisch. Die Angreifer – wer immer sie waren – hatten anscheinend Geiseln.

Was zum Teufel geht da drinnen vor?

Dag beantwortete ihre unausgesprochene Frage. »Ich habe es von den anderen gehört«, sagte er keuchend, die Augen noch immer vor Angst geweitet. »Mehrere *razbojnici*… Banditen… sind in die Wirtschaft gestürmt. Haben nach Fredrik gefragt. Haben an die Decke gefeuert und einem Mann ins Bein geschossen.«

Gray blickte von Dag zu Seichan. Dann hatten es die Schützen also auf den Bergsteiger abgesehen. *Der Angriff muss in Verbindung mit dem Überfall im Gebirge stehen.* Versuchte hier jemand, reinen Tisch zu machen, die Spuren zu beseitigen und sicherzustellen, dass niemand in der Stadt von dem gesprengten Fundort erfuhr?

»Und Fredrik?«, fragte Gray.

Dag zeigte auf den Schankraum.

»Dann ist er also noch da drin.«

Der junge Mann nickte. »In der Toilette am hinteren Ende des Raums. Ich glaube, nur sein Freund weiß, dass er dort ist.«

»Gibt es ein Fenster? Kann er nach draußen klettern?«

»Ein Fenster, ja. Aber es ist zu klein.«

Dann ist der Bursche da drinnen gefangen.

Gray bezweifelte, dass Fredriks Versteck noch lange unbemerkt bleiben würde. Er musterte Seichan, die alles mit angehört hatte. Sie nickte zustimmend, als habe sie seine Gedanken gelesen. Das war nicht ihr erster gemeinsamer Einsatz. Sie trat neben ihn und packte Dag beim Kragen.

Während sie den jungen Mann mit sich zog, eilte Gray zum Eingang der Wirtschaft und ging daneben in die Hocke. Er warf einen Blick in den Raum, dann versteckte er sich hinter dem Türrahmen. Anhand des Bildes, das er sich eingeprägt hatte, analysierte er die Bedrohung: vier Männer mit Tarnmasken und Pistolen. Automatikgewehre hatten sie keine dabei. Zwei von ihnen bewachten drei Gäste, die in einer Nische mit roten Polsterbänken saßen. Ein weiterer Bewaffneter stand neben einem Mann, der sich auf dem Boden zusammengekrümmt hatte. Auf den Holzdielen breitete sich eine Blutlache aus. Der vierte Angreifer hielt Wache, doch die Mahagonibar bot Gray zum Glück Deckung.

Gray registrierte ein weiteres Detail: Einer der Gäste in der Sitznische zeigte nach hinten, vermutlich zur Toilette.

Es wurde Zeit.

Wie aufs Stichwort klirrte Glas, und Schüsse knallten. Der Lärm kam aus einem der beiden Toilettenräume. Das war das Signal. Gray wälzte sich über die Schwelle, nach wie vor vom Tresen abgeschirmt. Alle Bewaffneten hatten sich den Toiletten zugewandt und zielten mit ihren Waffen dorthin.

Gray gab zwei Schüsse ab und erzielte zwei Kopftreffer. Während die Männer zu Boden gingen, zielte er auf das Knie des dritten Mannes, der neben dem verletzten Gast zusammenbrach.

Das Karma ist ein Miststück.

Der vierte Schütze, der am weitesten hinten stand, suchte sein Heil in der Flucht und stürmte in die Damentoilette, möglicherweise in der Annahme, die Schüsse kämen von Fredrik, der in der anderen Toilette war. Vermutlich wollte er durch das Fenster nach draußen klettern.

Gray vergegenwärtigte sich Dags Bemerkung.

Ein Fenster, ja. Aber das ist zu klein.

Ein einzelner Schuss fiel, dann klirrte es laut.

Gray eilte zu dem einzigen noch lebenden Schützen, den er am Bein getroffen hatte, doch ehe er ihn erreichte, richtete der Mann die Pistole auf seinen Kopf – und drückte ab. Der dröhnende Schuss übertönte Grays Fluch.

Gray verdrängte seine Enttäuschung, lief zur Herrentoilette und stürmte hinein. Fredrik lag in einer Kabine, aschfahl im Gesicht, das glatte angegraute Haar in wirren Strähnen. Obwohl er Angst hatte, blickte er Gray trotzig entgegen, bereit für das, was da kommen mochte.

Vor dem geborstenen Fenster an der Rückwand rief jemand: »Fredrik!« Dag stand draußen im Regen und näherte das Gesicht den Glasscherben. Mit beruhigender Stimme sagte er etwas auf Kroatisch.

Auch Gray bemühte sich, den Mann zu beruhigen, und vergegenwärtigte sich ein paar kroatische Brocken, die er sich auf der Anreise eingeprägt hatte. »*Zovem se* Gray«, sagte er, schob die Pistole ins Holster und zeigte die leeren Hände vor.

Seichan stieß Dag beiseite und rief von draußen: »Die Luft ist rein!«

Gray stellte sich vor, wie Seichan außen um das Hotel herumgelaufen war und durch das Fenster geschossen hatte, um die Angreifer abzulenken. Sie hatte wohl gehört, wie der letzte überlebende Schütze in die Damentoilette gelaufen war, und von draußen auch diese Bedrohung ausgeschaltet.

Fredrik fasste sich allmählich und fragte: »W-was geht hier vor?«

Gray zeigte zur Tür. »Darüber reden wir später. Wir wissen nicht, ob die vier Männer nicht Komplizen hatten.«

Mehr brauchte es nicht, um Fredrik dazu zu bewegen, die Toilette zu verlassen. Gray geleitete ihn durch die Wirtschaft und zu einem Seitenausgang. Draußen kamen ihnen Seichan und Dag entgegen. Sie eilten zum wartenden BMW und stiegen ein.

Ehe Gray Dag zum Losfahren auffordern konnte, klingelte das Satellitentelefon in seiner Tasche. Er nahm den Anruf entgegen und erkannte Kats Stimme.

»Gray, wir haben gerade ein Signal von Dr. Crandalls Handy aufgefangen. Es ist schwach und bricht immer wieder ab. Für einen Anruf reicht es nicht, doch wir konnten die ungefähre Position bestimmen – allerdings ergibt sie keinen Sinn.«

»Woher kommt das Signal?«

»Ich übermittele die GPS-Koordinaten.«

Er senkte das Telefon und betrachtete die angezeigte Karte. Das Dorf war hufeisenförmig angelegt, die Straßen und Häuser umschlossen eine tiefe Schlucht, die zu Füßen der Burg in einem Abgrund verschwand.

Ein blinkender Punkt markierte die Handykoordinaten.

Stirnrunzelnd hob Gray den Kopf und blickte zur dunklen Schlucht am Ende der Straße. Das Signal kam aus der Tiefe.

Das kann nichts Gutes bedeuten.

6

WESHALB GEHST DU nicht ran?

Maria, die im Büro am Schreibtisch saß, knetete das Handy nervös mit den Händen. In den vergangenen zwei Stunden hatte sie immer wieder versucht, ihre Schwester zu erreichen. Mit jedem gescheiterten Versuch steigerte sich ihre Besorgnis.

Sie hatte bereits mit ihrem Kontaktmann bei der DARPA gesprochen und in Erfahrung gebracht, dass es an der archäologischen Fundstätte in Kroatien Ärger gegeben hatte, doch die Informationen waren vage gewesen. Sie hatte Anweisung bekommen, die Füße still zu halten und Lena anzurufen. Ein Untersuchungsteam aus D. C. war bereits unterwegs nach Georgia, um mit ihr über ihre Forschung zu sprechen und sich ein Bild von der Lage zu machen.

Sie las die Uhrzeit vom Handy ab.

Sie müssten jeden Moment eintreffen.

Sie holte tief Luft und versuchte, zur Ruhe zu kommen, musste aber ständig an Baako denken. Immer wieder hatte er die Finger gespreizt und war sich mit der Handfläche über die Brust gefahren.

Angst, Angst, Angst...

»Ich habe auch Angst«, flüsterte sie ins Leere.

Sie stellte sich Lenas Gesicht vor. Obwohl ihre Schwester nur ein paar Minuten älter war als sie, hatte sie aufgrund des kleinen Vorsprungs mehr und mehr die Mutterrolle in ihrer Beziehung übernommen. Wenn ihre Mutter auf der Arbeit war, erwärmte Lena in der Mikrowelle das Essen. Sie achtete darauf, dass Maria ihre Schularbeiten machte, bevor sie Fernsehen schaute. Die Verantwortung hatte Lena ernsthafter und vorsichtiger werden lassen, während Maria stets die Unbekümmertere gewesen war, die sich neuen Herausforderungen wagemutig stellte.

Jetzt komme ich mir gar nicht mehr wagemutig vor, bloß noch ängstlich.

Als auch der nächste Anrufversuch gescheitert war, hörte sie Stimmen auf dem Gang. Jemand klopfte energisch. Sie öffnete die Tür und sah sich Leonard Trask gegenüber. Hinter dem Direktor des Nationalen Primatenforschungszentrums von Yerkes standen zwei Unbekannte und Amy Wu, die sie gut kannte. Amy arbeitete für die National Science Foundation und war eine der Projektleiter der BRAIN-Initiative des Weißen Hauses. Sie hatte sich persönlich für die Finanzierung von Lenas und Marias Forschung eingesetzt. Im Lauf der Jahre waren sie – alle drei gleich alt und auf einem von Männern dominierten Gebiet tätig – Freundinnen geworden.

Amy schob sich an Trask vorbei und umarmte Maria fest. Sie duftete nach Akeleiparfüm. Ihr dunkles, jungenhaft kurz geschnittenes Haar kitzelte Maria an den Ohren. Sie löste sich von ihr und blickte ihr in die Augen.

»Wie hältst du dich?«, fragte sie aufrichtig besorgt.

Maria wusste ihre Anteilnahme zu schätzen, doch im Moment ging es ihr vor allem darum, Neues zu ihrer Schwester zu erfahren. »Hast du irgendetwas gehört?«

Amy blickte die beiden Männer an, die sie begleiteten; sie wirkten wie Rausschmeißer einer Bar. Unter ihren Sakkos zeichnete sich ein muskulöser Körperbau ab. Den rasierten Schädeln und ihrem steifen Auftreten nach zu schließen waren sie beim Militär. Der Kleinere der beiden nickte ihr zu und lächelte freundlich.

Amy übernahm die Vorstellung. »Diese beiden Herren sind von der DARPA. Das ist Monk Kokkalis. Und sein Begleiter ist Joseph Kowalski.«

»Joe«, korrigierte sie der Mann und trat ins Büro, wobei er leicht den Kopf einzog. Er schaute sich wachsam um.

Trask wollte ihnen folgen, doch Amy wehrte ihn an der Schwelle ab. »Bei dieser Unterhaltung geht es um die nationale Sicherheit. Dafür haben Sie doch gewiss Verständnis, Leonard.«

Trask bedachte Maria mit einem vernichtenden Blick, dann schlug Amy ihm die Tür vor der Nase zu.

Später würde sie den Preis dafür zahlen, doch im Moment zählte nur Lena. Maria brauchte nicht extra nachzufragen. Als die Tür geschlossen war, ergriff Amy das Wort.

»Ich weiß, du machst dir Sorgen wegen Lena. Wir werden so aufrichtig und entgegenkommend sein wie möglich, aber die Lage ist undurchsichtig. Wir versuchen noch immer herauszufinden, was im Gebirge geschehen ist.«

»Was wisst ihr bereits?«

»Wir wissen nur, dass die Fundstätte angegriffen wurde und dass die Verbindung zu den französischen Soldaten, die sie sichern sollten, abgebrochen ist.«

Maria sah auf das Handy in ihrer Hand nieder. Jedes einzelne Wort hatte sie wie ein Tiefschlag getroffen. Sie ließ sich auf den Bürostuhl niedersinken. »Und Lena?«

»Wir sollten nicht vom Schlimmsten ausgehen. Im Moment tobt im Gebirge ein Unwetter, außerdem gab es in der Gegend ein paar kleinere Erdbeben. Die DARPA hat ein Team losgeschickt, das Nachforschungen vor Ort anstellen soll, und möglicherweise erfahren wir bald mehr. Aber es gibt auch ein Hoffnungszeichen.«

Amy wandte sich Monk Kokkalis zu.

Er räusperte sich und sagte: »Wie Sie sich denken können, versuchen wir ständig, einen Kontakt herzustellen, und vor einigen Minuten, auf dem Weg vom Flugplatz hierher, haben wir erfahren, dass unser Kommunikationsteam ein Signal von Lenas Handy aufgefangen hat. Es war sehr schwach, doch die Position lag ein ganzes Stück abseits der Koordinaten der Grabungsstätte.«

Amy ergriff Marias Hand. »Was darauf hindeutet, dass deine Schwester sich unter der Erde fortbewegt und nach einem Ausgang sucht.«

Maria traten Tränen in die Augen, Tränen der Erleichterung, aber auch der Sorge. »Aber Sie wissen nicht, ob Lena allein unterwegs ist oder in Begleitung? Vielleicht wurde sie ja gekidnappt oder ist verletzt?«

»Das ist richtig«, sagte Monk. »Aber ich kenne den Mann, der dorthin geschickt wurde. Er wird sie finden.«

Seine tiefe Stimme übte eine beruhigende Wirkung auf Maria aus. Sie wollte ihm gerne glauben.

»Wenn es bei dem Überfall um mehr ging als um einen gewöhnlichen Raub«, fuhr Monk fort, »dann liegt es im Interesse Ihrer Schwester und der vermissten Forscher, dass wir das Motiv hinter dem Angriff herausfinden. Deshalb sind wir hier. Um möglichst viel über Ihre Forschung in Erfahrung zu bringen.«

»Ich werde alle Ihre Fragen beantworten. Allerdings ist mir nicht klar, inwiefern unsere Forschung Anlass für eine solche Aktion gewesen sein könnte.«

»Vielleicht gibt es auch gar keinen Zusammenhang«, räumte Monk ein, »aber wir bemühen uns, allen Spuren nachzugehen.«

Maria schluckte trocken. »Was möchten Sie wissen?«

»Man hat mich über die Grundlagen Ihrer Forschung in Kenntnis gesetzt.« Er nickte Amy zu. »Aber ich würde es gern aus Ihrem Mund hören, wenn es Ihnen nicht zu viel Umstände macht.«

Maria nickte.

»Man hat mir gesagt, bei Ihrer Forschung gehe es um den Ursprung der menschlichen Intelligenz. Könnten Sie Ihre Methodik und Ihre Arbeitshypothese erläutern?«

Sie seufzte vernehmlich, denn sie wusste nicht, wo sie anfangen und wie viel Grundwissen sie bei diesem Mann voraussetzen konnte. Dennoch straffte sie sich auf dem Stuhl, denn sie war willens, mit ihm zu kooperieren. »Meine Schwester und ich untersuchen den Moment in der Geschichte der Menschheit, der als Großer Sprung nach vorn bezeichnet wird. Den Zeitpunkt in der kogniti-ven Entwicklung, als sich vor fünfzigtausend Jahren Kunst und handwerkliches Geschick auf bislang ungeklärte Weise sprunghaft entwickelten.«

Monk nickte. »Der Big Bang des menschlichen Be-wusstseins.«

Als sie ihn aufmerksam musterte, wurde ihr klar, dass hinter seinem martialischen Äußeren mehr verborgen war, als sie zunächst angenommen hatte. In seinem funkelnden Blick zeigten sich Belustigung und ein hellwacher Verstand.

Okay, dann schalten wir mal einen Gang hoch.

»Der moderne Mensch trat vor etwa zweihunderttausend Jahren in Erscheinung«, erklärte Maria. »Die Entwicklung ging rasch vonstatten. Den Arbeiten dreier Genetiker an der Universität von Chicago zufolge ist das plötzliche Auftreten des Homo sapiens auf die rasche Mutation von nur siebzehn für den Aufbau des Gehirns zuständigen Genen zurückzuführen. Das sind erstaunlich wenige Gene, muss man sagen. Die Veränderungen hatten jedoch einen Kaskadeneffekt – eine Schneeballwirkung, wenn man so will –, der die Veränderung von Tausenden Genen in relativ kurzer Zeit bewirkte.«

Monk zog nachdenklich die Stirn kraus. »Und dieser Schneeballeffekt hat unser heutiges Gehirn erschaffen, das uns von den Schimpansen und Frühmenschen unterscheidet?«

»Außerdem verdanken wir ihm unsere einzigartigen menschlichen Eigenschaften. Unsere Kognition, unsere Selbstbewusstheit, unser Bewusstsein.« Sie musterte die Gesichter ihrer aufmerksamen Zuhörer, erleichtert über die Gelegenheit zum Reden, denn das lenkte sie von ihrer Sorge um Lena ab. »Was uns zum Großen Sprung nach vorn zurückführt. Vor dem Sprung hat die Menschheit hundertfünfzigtausend Jahre lang praktisch stagniert. Wir konnten zwar primitive Steinwerkzeuge anfertigen, aber es gab keine Kunst, wir haben keinen Schmuck verwendet, und es gab keine Bestattungsrituale.«

»Und dann?«

»Ein plötzlicher Durchbruch. Wir verwendeten Knochenwerkzeuge anstelle von Faustkeilen, entwickelten neue Gerbtechniken, fertigten aus Muscheln Schmuck an. Plötzlich trugen wir alle Halsketten und Armbänder und gaben unseren Toten Grabbeigaben mit: Nahrung, Werkzeuge und andere Dinge. Vor allem aber schufen wir auf einmal prachtvolle Kunstwerke und schmückten Höhlenwände mit Darstellungen unserer Umwelt. Das war die eigentliche Geburt des heutigen Menschen.«

»Und was ist der Grund für all das?«, meldete sich Monks mürrisch dreinblickender Begleiter zu Wort.

»Der liegt nach wie vor im Dunkeln«, antwortete Maria. »Daran forschen meine Schwester und ich. Unser Gehirn ist jedenfalls nicht größer geworden. Anhand von Knochenfunden wissen wir, dass die Schädeldecke vor und nach dem Großen Sprung die gleiche Größe hatte. Da man die Entwicklung nicht auf anatomischer Basis erklären kann, gibt es zahlreiche Theorien hinsichtlich der exakten *Ursache* des Intelligenzsprungs. Manche Forscher glauben, eine bessere Ernährung mit einem höheren Gehalt an Omega-Fettsäuren habe das Denken gefördert. Andere sehen den Klimawandel und den höheren Überlebensdruck als Ursache. Ein drittes Lager nimmt an, unsere Vorfahren seien damals aus Afrika ausgewandert, wobei unser Gehirn neuen Reizen ausgesetzt worden sei und in der Folge neue Überlebenstechniken entwickelt habe.«

»Und Ihre Theorie?«, fragte Monk.

Sie zeigte auf ihr gerahmtes Diplom an der Wand. »Ich bin Genetikerin. Wenn das Gehirn nicht wesentlich größer geworden ist, muss die Ursache des Wandels auf der genetischen Ebene zu finden sein. Erinnern Sie sich: Es waren eine Handvoll Mutationen, die den modernen Menschen hervorgebracht haben. Desgleichen könnte vor fünfzigtausend Jahren etwas passiert sein, das unser Genom so grundlegend verändert hat, dass der Große Sprung nach vorn möglich wurde.«

»Zum Beispiel?«, fragte Kowalski.

Monk übernahm die Antwort. »Zum Beispiel durch die Aufnahme von Genen einer anderen Spezies.«

Maria nickte. »Um diese Zeit herum traf der Homo sapiens auf die Neandertalerstämme und paarte sich mit ihnen. Sind Sie vertraut mit dem Begriff der Heterosis?«

Kowalski zuckte mit den Achseln, doch Monk verschränkte einfach nur die Arme. Sie vermutete, dass er wusste, worauf sie hinauswollte. Möglicherweise war er ihr auch schon mehrere Schritte voraus, überließ ihr aber dennoch die Führung.

»Die Heterosis wird auch als Hybrid-Leistungsfähigkeit bezeichnet«, erklärte sie. »Dieses biologische Phänomen tritt auf, wenn zwei verschiedene Arten Nachkommen zeugen – Hybride –, die bessere Eigenschaften aufweisen als ihre Eltern.«

»Und Ihre Hypothese lautet, Neandertaler und Frühmenschen hätten besonders intelligente Nachkommen gezeugt, die den Großen Sprung ermöglicht haben«, sagte Monk.

»Darüber forschen Lena und ich. Zwei bis drei Prozent des Genoms des heutigen Menschen besteht aus Neandertalergenen – mit Ausnahme der meisten afrikanischen Populationen, die sich nicht mit Neandertalern vermischt haben. Übrigens unterscheiden sich die Genomanteile von einem Individuum zum anderen. Fügt man die verschiedenen Teile zusammen, beläuft sich der Beitrag der Neandertaler auf *zwanzig* Prozent. Das dürfte ausgereicht haben, den Verlauf der menschlichen Evolution zu ändern. Genetiker haben bereits herausgefunden, dass einige Abschnitte der Neandertaler-DNA unseren umherwandernden Vorfahren vermutlich geholfen haben, sich an das nördliche Klima anzupassen, beispielsweise durch stärkere Körperbehaarung und schwächere Pigmentierung der Haut.«

»Aber bislang gibt es keinen Hinweis auf gesteigerte Intelligenz, sehe ich das richtig?«, fragte Monk.

»Das stimmt. Meine Schwester und ich neigen auch nicht zu der Annahme, dass es eine solche Korrelation gibt.«

Monk runzelte die Stirn. »Weshalb?«

»Weil die afrikanische Population der Frühmenschen, deren Genom keine Neandertalergene enthält, ebenfalls am Großen Sprung nach vorn partizipiert hat. Das ist das zweite Rätsel, das dieser Wendepunkt der Menschheitsgeschichte aufwirft. Die Veränderung war kein isoliertes Phänomen, sondern betraf nahezu gleichzeitig weit verteilte Populationen und Stämme. Sie umfasste Europa, Asien und den afrikanischen Kontinent.«

»Und wie erklären Sie sich das?«

»Wir glauben, dass der Große Sprung nach vorn durch genetische Veränderungen *und* Sozialtechnik ausgelöst wurde. Der globale Wandel wurde demnach durch die Vermischung der Arten in Gang gesetzt, was die erwähnten leistungsfähigeren Hybride hervorgebracht hat – einzigartige Individuen, die anders dachten und handelten als der Rest. Sie lösten wiederum rasche soziale Veränderungen aus – auf den Gebieten der Kunst, der Rituale und der Waffenherstellung. Die neu erworbenen Fertigkeiten wurden weitergegeben und verteilten sich durch Migration auf der ganzen Welt. Genetische Untersuchungen zeigen, dass die Wanderwege des Frühmenschen keine Einbahnstraßen waren. Es kamen nicht nur Menschen aus Afrika hierher, sondern einige Populationen – auch solche mit Neander-talergenen – kehrten auch nach Afrika zurück.«

»Wenn ich Sie richtig verstehe«, sagte Monk, »glauben Sie, dass die Vermischung der Arten einzigartige Individuen hervorgebracht hat, die einen Sprung nach vorn ausgelöst haben. Dann haben sich die neue Denkweise und ihr Wissen verbreitet.«

»Genau. Das ist nicht bloß unsere Hypothese, sondern die Weiterführung der Überlegungen eines Philosophen von der Oxford University aus dem Jahr 2013. Er schrieb, es bräuchte nur eine Handvoll superbegabte Individuen – ausgestattet mit überlegener Intelligenz –, um die Welt mittels ihrer Kreativität und ihren global verbreiteten Entdeckungen und Innovationen zu verändern. Der Artikel bezog sich auf die Zukunft, lässt sich aber auch auf die Vergangenheit anwenden und könnte den Großen Sprung nach vorn erklären, den die Menschheit vor fünfzigtausend Jahren bewerkstelligt hat.«

»Superbegabte Individuen?«, wiederholte Monk. »Wie ihre theoretischen Hybride?«

»Möglicherweise. Daran forschen meine Schwester und ich: was es bedeutet, die erste Generation nach der Vereinigung von Homo neandertalensis und Homo sapiens zu sein. Fünfzig Prozent Neandertaler und fünfzig Prozent moderner Mensch. Ein Hybrid im eigentlichen Wortsinn. Wir wissen, dass die Zahl der Neandertalergene in unserem Genom rasch abgenommen hat, bis nur noch zwei bis drei Prozent übrig geblieben sind, zu wenig, um auf unsere heutige Intelligenz eine stimulierende Wirkung auszuüben.« Sie schaute sich im Raum um. »Aber was wäre, wenn man die biologische Uhr zurückdrehen und den wahren Hybriden neu erschaffen könnte?«

»Und darauf zielt Ihre Arbeit ab?« Monk klang gleichermaßen entsetzt wie verblüfft.

»Unsere Arbeit zielt nicht nur darauf ab, wir haben das Ziel bereits verwirklicht.« Maria erhob sich. »Möchten Sie ihn kennenlernen?«

11:35

Die wollen mich wohl verarschen…

Kowalski blickte durch die Glasscheibe in den Kindergartenraum, der für einen sehr eigenartigen Benutzer geschaffen war. An der Decke waren Seile gespannt. In der Ecke hing ein Schaukelreifen. Auf dem Boden waren große Bauklötze aus Plastik verteilt.

Inmitten des Durcheinanders schaute sie ein kleines Pelzwesen an, das sich auf die Fingerknöchel des einen Arms stützte. Mit der flachen Nase sog es die Luft ein, als nähme es Witterung auf.

»Er heißt Baako«, stellte Maria das Tier vor.

»Das ist ein Gorilla«, sagte Kowalski, der seine Geringschätzung nicht verhehlen konnte und es auch nicht wollte. In der Vergangenheit hatte er schlechte Erfahrungen mit Affen gemacht.

Kein Wunder, dass Painter das unter den Tisch hat fallen lassen.

»Das ist ein Flachlandgorilla«, erklärte Maria. »Ein dreijähriges, noch nicht geschlechtsreifes Männchen.«

Auch Monk musterte den Affen verblüfft. »Das ist Ihr Hybrid?«

Amy Wu, die Forscherin von der National Science Foundation, übernahm die Antwort. »An menschlichen

Embryonen konnten wir die Studie auf keinen Fall durchführen. Das hätte eine Protestwelle ausgelöst. Menschliche DNA zu Versuchszwecken zu verändern ist zwar nicht grundsätzlich verboten, wird aber kritisch gesehen. Vor allem, wenn es darum ginge, Menschenhybride zu erschaffen.«

»Ganz zu schweigen von den moralischen und ethischen Implikationen«, fügte Maria hinzu. »Deshalb haben wir uns für den Gorilla als Modell entschieden. Das Genom des Homo neandertalensis wurde vor sechs Jahren vollständig analysiert. Aufgrund dieser Daten und mithilfe der neuesten Techniken zur Genmanipulation haben wir das Neandertalergenom von Grund auf neu aufgebaut. Dann haben wir mit der Probe ein Gorilla-Ei befruchtet und einen Hybridembryo erzeugt, den ein weiblicher Gorilla als Leihmutter ausgetragen hat.«

Maria deutete den Abscheu in Kowalskis Blick anscheinend fälschlicherweise als ungläubiges Staunen und versuchte zu erklären, wie dieses Monster erschaffen worden war. »Mensch-Tier-Hybride werden im Labor schon seit Jahren erschaffen. Im Jahr 2003 hat eine Gruppe chinesischer Wissenschaftler erfolgreich menschliche Zellen mit Kanincheneizellen verschmolzen und selbstständig wachsende Embryos erzeugt. Im darauf folgenden Jahr berichtete die amerikanische Mayo-Klinik, sie habe Tauben erschaffen, in deren Adern Menschenblut fließt. Seitdem haben Mäuse Lebern und sogar Gehirne ausgebildet, die aus menschlichen Zellen bestehen. Ähnliche Projekte befassen sich mit anderen Arten, mit Katzen, Schafen, Rindern und so weiter.«

Amy Wu deutete aufs Fenster und das Pelzwesen, über das sie sprachen. »Ich denke, dieser Bursche ist nur der erste Schritt und wird in naher Zukunft von ehrgeizigeren Projekten in den Schatten gestellt werden.«

»Ich nehme an, Sie haben wegen der Verwandtschaft zum Menschen mit einem Gorilla begonnen«, sagte Monk.

»Das ist richtig.«

Monk blickte durch die Fensterscheibe. »Weshalb haben Sie sich nicht für einen Schimpansen entschieden? Die stehen uns genetisch doch angeblich noch näher?«

»Ja und nein«, antwortete Maria. »Schimpansen haben mit uns zwar über achtundneunzig Prozent der Gene gemeinsam, während es bei den Gorillas nur neunundsechzig Prozent sind, aber bei unserer Studie geht es eher um Qualität als um Quantität. Was die Sequenzen betrifft, die für die Sinneswahrnehmung, das Gehör und, wichtiger noch, die Gehirnentwicklung, maßgeblich sind, steht uns das Genom des Gorillas näher als das der Schimpansen.«

»Das wird auch durch Kommunikationsstudien belegt, die Schimpansen mit Gorillas vergleichen«, fügte Amy hinzu. »Washoe und Nim sind die beiden bekanntesten Schimpansen, welche die Gebärdensprache beherrschen, doch ihr Vokabular ist auf zweihundert Zeichen beschränkt, während der Gorilla Koko fast eintausend Zeichen erlernt hat.«

Kowalski sah auf seine Hände und erinnerte sich an den Grund, weshalb Painter ihn hierhergeschickt hatte. »Weshalb ist die Gebärdensprache so wichtig?«, fragte er.

Marias Lächeln verursachte ihm rote Wangen. Sie hatte die gleichen hellblauen Augen und die gleichen Sommersprossen auf den Wangen wie ihre Schwester, die er auf dem Foto gesehen hatte. Allerdings hatte Maria einen hellblonden, asymmetrischen Bubikopf, der am rechten Ohr etwas länger war. Wenn sie den Kopf wandte, wurde über dem Kragen ihres Laborkittels ein daumengroßes Tattoo sichtbar, das die Doppelhelix der DNA darstellte.

»Die Sprachbegabung ist ein guter Indikator für Intelligenz und Erfindungsgabe«, fuhr sie fort und lenkte damit seine Aufmerksamkeit wieder auf sich. »Nach jahrzehntelanger Erforschung der Affensprache verfügen wir über einen Bezugspunkt, mit dem wir Baakos intellektuelle Entwicklung vergleichen können.«

Sie legte die flache Hand ans Fenster. »Wichtiger noch, wir haben es hier mit einer einzigartigen Persönlichkeit zu tun, die mit keiner anderen auf dem Planeten vergleichbar ist. Deshalb suchen wir natürlich nach einem Weg zur Verständigung, um dieses Wesen besser verstehen zu lernen.« Sie wandte sich wieder den Anwesenden zu. »Kommen Sie mit, dann werden Sie sehen, was ich meine.«

Maria geleitete sie zu einer Tür und schwenkte eine Magnetkarte vor dem elektronischen Schloss.

Kowalski folgte ihr widerwillig, denn er wusste, er hatte keine Wahl.

Das ist anscheinend mein Ressort bei Sigma – ich bin der Typ, der mit Affen redet.

Er trat durch die Tür und fand sich in einem großen Käfig wieder. Erst als die Außentür sich geschlossen und verriegelt hatte, öffnete Maria die vor ihnen befindliche Tür, anscheinend eine Sicherheitsvorkehrung. Kowalski folgte der Gruppe, die in den provisorischen Unterrichtsraum trat. Die Luft war für seinen Geschmack zu warm und zu feucht, und wenngleich es nicht stank wie in einem Stall, war doch ein deutlicher Geruch wahrnehmbar.

Maria trat vor die Gruppe und streckte den Arm aus. »Baako, komm her und sag Hallo.«

Der junge Gorilla richtete sich auf zwei Beine auf, hielt aber misstrauisch Abstand.

Kowalski musterte ihn argwöhnisch. Im Stehen reichte der Affe ihm bis zum Bauch, wirkte aber ausgesprochen kräftig. Kowalski suchte nach irgendwelchen Hinweisen auf die hybride Natur des Wesens, doch er kannte sich mit Gorillas nicht gut genug aus, um Unterschiede zu entdecken.

»Alles in Ordnung«, sagte Maria aufmunternd.

Baako zögerte noch einen Moment. Dann ließ er sich mit einem leisen Laut auf die Fingerknöchel des einen Arms nieder, hoppelte herbei und ergriff ihre Hand.

»Braver Junge.« Sie wandte sich an die Besuchergruppe. »Warten Sie besser, bis er sich Ihnen nähert.«

Amy Wu ließ sich auf ein Knie nieder. »Hey, Baako, kennst du mich noch? Wir haben Kitzelspiele gespielt.«

Der Gorilla versteckte sich hinter Marias Beinen.

»Du warst das letzte Mal vor sechs Monaten hier«, sagte Maria und legte dem Gorilla die Hand auf den Kopf. »Ich bezweifle, dass er sich noch an dich erinnert.«

Baako grunzte leise, als wollte er Widerspruch anmelden. Er ließ die Hand seiner Betreuerin los, hob beide Arme an die Brust und wackelte mit den Fingern. Man brauchte kein Experte für Gebärdensprache zu sein, um die Geste zu deuten.

[Kitzeln]

Amy lachte. »Richtig!«

Baako kam vor, Kopf und Schultern schüchtern gesenkt. Er näherte sich der Wissenschaftlerin und legte den Arm um sie. Amy kitzelte ihn an den Rippen. Der Gorilla schnaufte, was wie raues Gelächter klang. Kowalski aber hatte den Eindruck, dass der Bursche die Zuwendung der

Wissenschaftlerin eher über sich ergehen ließ. Zumal Baako die beiden anwesenden Männer nicht aus den Augen ließ.

Monk versuchte es als Nächster. »Wie wär's, wenn ich dich auch mal knuddeln dürfte?«, fragte er, ließ sich auf ein Knie nieder und streckte beide Arme aus.

Baako grunzte verunsichert.

»Das ist ein netter Mann«, sagte Maria und streifte mit der rechten Hand über die linke.

[Nett]

»Sag Hallo«, sagte sie aufmunternd.

Baako trat widerwillig vor, doch seinen zusammengekniffenen Augen nach zu schließen war er auch neugierig. Er schnüffelte. Als er vor Monk stand, winkte er in Stirnhöhe.

[Hallo]

Dann hielt er sich die hohle Hand vor die Brust und bewegte sie nach unten. Mit den Fingern signalisierte er mehrere Buchstaben.

[Ich bin Baako]

Mit seinen dunklen Augen musterte er Monk, der ihn verwirrt anschaute.

Kowalski stieß seinen Partner an. »Der Bursche hat Ihnen seinen Namen gesagt.«

Maria blickte Kowalski an und hob die Brauen. »Das stimmt.«

Kowalski zeigte auf Monk, dann buchstabierte er dessen Namen.

[Er heißt Monk]

Baako nickte heftig, anscheinend hatte er verstanden. Er kam näher, ergriff Monks Hand und drückte sie. Dann beugte er sich vor, beschnüffelte seine andere Hand, legte den Kopf schief und grunzte leise.

»Das ist eine Prothese«, sagte Monk zu Baako und Maria, die herüberkam.

»Ach«, sagte Maria. »Ist mir gar nicht aufgefallen.«

Kowalski wunderte das nicht. Die Prothese war ein Wunderwerk der Technik, nicht nur weil sie so lebensecht wirkte. Das von der DARPA gebaute Gerät verfügte über eine erstaunliche Fingerfertigkeit. Es handelte sich um das neueste Modell, das über ein Gehirnimplantat gesteuert wurde und es Monk erlaubte, die künstliche Hand nicht nur über die Titankontakte zu steuern, welche die Nerven seines Handgelenks mit der Prothese verbanden, sondern auch mittels Gedanken.

Monk demonstrierte eine weitere einzigartige Eigenschaft seiner neuen Hand. Er löste die Prothese vom Handgelenk und zog sie aus der Metallfassung hervor, die seinen Armstumpf umschloss. Er ließ Baako die Hand halten.

Der Gorilla wendete sie hin und her und betrachtete sie von allen Seiten. Monk konnte sogar dank der Drahtlosverbindung die Finger krümmen. Baakos Brauen wanderten staunend in die Höhe. Selbst Maria schnappte hörbar nach Luft. Baako führte die Prothese an den Mund und biss vorsichtig auf einen Finger.

Kowalski zuckte zusammen, denn er bezweifelte, dass die DARPA-Ingenieure mit diesem Missbrauch ihres technologischen Wunderwerks einverstanden gewesen wären. Monk sah das offenbar ähnlich und tat einen Schritt auf Baako zu.

Maria hielt ihn zurück und musterte Baako belustigt. »Keine Sorge«, sagte sie. »Er versucht bloß, Sie zu kitzeln. Gorillas machen das manchmal so und beißen sich gegenseitig in die Finger oder in den Bauch.«

Monk lachte – weniger, weil es kitzelte, sondern eher

vor Überraschung. »Ich spüre tatsächlich, was er da macht.«

»Erstaunlich.« Maria kniff die Augen zusammen und musterte erneut die Prothese. »Ich habe gelesen, dass die DARPA künstliche Gliedmaßen mit sensorischer Rückkopplung testet, hätte aber nie gedacht, dass sie schon so weit ist.«

Monk zuckte mit den Achseln. »Betrachten Sie mich als DARPAS Versuchskaninchen.«

Baako gab ihm die Hand zurück.

»Danke, kleiner Bursche«, sagte Monk.

Der Gorilla wandte sich nun Kowalski zu und betrachtete dessen Arme.

Kowalski hob die Hände. »Komm ja nicht auf irgendwelche komischen Ideen. Die sind echt.« Er verschränkte die Finger.

[Nicht beißen]

Baako grunzte laut, dann knurrte er protestierend.

Maria blickte lächelnd Kowalski an. »Sie gebärden gut. Ich bin beeindruckt.«

Verlegen zeichnete er eine Spirale in die Luft und setzte die Finger auf den Rücken der anderen Hand.

[Aber klar doch]

Baako war weniger beeindruckt. Er weigerte sich, näher zu kommen, und ließ sich auf den Po fallen. Dann stieß er Kowalski die Finger entgegen und zeigte auf ihn.

[Ich mag dich nicht]

Kowalski musterte den Affen böse.

Das beruht auf Gegenseitigkeit, Kumpel.

Baako sieht den Mann vor sich stehen, riecht seinen säuerlichen Schweiß, sieht die Geringschätzung in seinem Gesicht. Er weiß, dass der Mann ihn nicht mag, und versteht nicht den Grund. Er reagiert verletzt – und zornig.

Seine Mutter kommt herüber, die Lippen tadelnd zusammengepresst. Sie gebärdet.

[Das ist auch ein netter Mann]

Baako weiß nicht, wie er sich erklären soll, deshalb verschränkt er die Arme und schweigt.

Der Mann mag mich nicht, also mag ich ihn auch nicht.

Außerdem hat seine Mutter den Mann wegen seiner Gebärden gelobt. Er hat gesehen, wie sie ihn angelächelt hat. Sie sollte nur Baako loben.

Nicht diesen Mann.

Sie zeigt auf die Tür in der Rückwand und gebärdet energisch. »Geh auf dein Zimmer, Baako.«

Er grunzt, zeigt ihr, wie verletzt und frustriert er ist.

Sie deutet mit zwei Fingern auf seine Zimmertür.

[Los]

Er gehorcht schnaubend, richtet sich auf. Sich mit den Armen abstützend, entfernt er sich, innerlich bebend vor Zorn. Bevor er durch die Tür geht, sieht er sich noch einmal böse zu dem Mann um. Er gebärdet nicht, doch er denkt es.

Geh du weg.

»Er ist müde«, erklärte Maria. Sie hoffte, dass sie nicht zu hart mit dem kleinen Burschen umgegangen war, aber bisweilen musste man eben energisch sein.

»Keine Sorge«, meinte Monk und grinste. »Kowalski hat auf viele Leute diese Wirkung. Es dauert eine Weile, bis man sich an ihn gewöhnt hat.«

Sein Partner blickte finster drein, enthielt sich aber eines Kommentars.

Maria hatte Mitleid mit dem großen Burschen und versuchte, ihn wieder aufzurichten. »Baako hat heute Nacht nicht gut geschlafen. Er hatte Albträume wegen Lena.«

Amy trat näher. »Wirklich?«

Maria registrierte ihr Interesse und versuchte, sie abzulenken. »Das war Zufall.« Sie wollte auf keinen Fall erwähnen, dass auch sie beim Aufwachen böse Vorahnungen wegen ihrer Schwester gehabt hatte.

»Wo wir gerade von Lena sprechen«, sagte Monk, »was macht Ihre Schwester eigentlich in Europa?«

Maria nahm die Wendung des Gesprächs dankbar auf. »Wir haben ein Arbeitsstipendium des Max-Planck-Instituts für Evolutionäre Anthropologie in Leipzig bekommen. Dies ist das bedeutendste Forschungsinstitut auf dem Gebiet der Hominidenforschung. Das Stipendium hat es uns ermöglicht, an einem Programm mitzuarbeiten, welches das Ziel verfolgt, ein akkurateres Modell der genetischen Variabilität des Neandertalers zu erstellen und neue Methoden für die Gewinnung von DNA aus fossilen Knochen zu entwickeln.«

»Und weshalb ist Lena nach Europa geflogen und nicht Sie?«, fragte Monk.

»Wir interessieren uns zwar beide für Genetik, aber meine Forschung zielt eher auf das Makroverständnis der DNA ab. Auf die Endresultate, könnte man sagen. Lena hingegen befasst sich mit der Mikroebene und untersucht die Methoden des Genom-Editings und des Spleißens. Deshalb bot es sich an, dass sie das Stipendium wahrnimmt.«

Maria verschränkte schuldbewusst die Arme. Jetzt bedauerte sie ihre Entscheidung. Sie befand sich in Sicherheit, während Lena wer weiß was für Gefahren ausgesetzt war.

»Wir hielten das Stipendium für wichtig«, fuhr sie fort. »Ich kann die Zahl der Neandertalerfossilien mit einem zufriedenstellenden Gehalt an DNA an einer Hand abzählen. Gute Quellen sind dünn gesät. Lena und ich hatten die Hoffnung, mit besseren Proben, empfindlicheren Gewinnungstechniken und einem besseren Verständnis der Genvariabilität herauszufinden, was die Neandertaler so grundlegend von uns unterschieden hat und wie die Hybridisierung dieser Merkmale den Großen Sprung nach vorn ausgelöst haben könnte. Wir haben uns sehr viel davon versprochen.«

Sie stellte sich Lenas Gesicht vor.

Und jetzt steht so viel auf dem Spiel.

»Wissen Sie, mit wem sie dort zusammengearbeitet hat?«, fragte Monk.

Maria schüttelte den Kopf. »Da war ein ganzes Team vor Ort. Die Namen habe ich oben im Rechner. Jedenfalls sind das Experten auf unterschiedlichen Gebieten, die Hominiden erforschen, die zu unserem Genom beigetragen haben.«

Kowalski räusperte sich. »Dann tragen wir also nicht nur Neandertalergene in uns?«

Sie nickte. »Das ist richtig. Zeitgleich mit dem Homo sapiens und den Neandertalern lebte noch eine andere Hominidenart, der Denisova-Mensch. Auch der hat sich mit uns vermischt und zu unserem Genpool beigetragen.«

Kowalski schnaubte. »Klingt so, als wäre der *Pool* ziemlich trübe.«

»Ganz im Gegenteil! Die Denisova-Gene haben zum Überleben unserer Art beigetragen. Das Gen EPAS1 beispielsweise steigert die Hämoglobin-Produktion, wenn der Sauerstoffgehalt in der Atemluft zu niedrig ist. Eine Variante des Gens wird bei den Tibetern gefunden und ermöglicht es ihnen, in extremer Höhe bei niedrigem Sauerstoffgehalt zu überleben, zum Beispiel im Himalaja. Die Analyse zeigt, dass diese Variante vom Denisova-Menschen stammt.«

»Wäre das dann alles?«, fragte Kowalski spöttisch. »Oder gab es noch andere Höhlenmenschen, die an dieser prähistorischen Orgie teilgenommen haben?«

Maria blickte Amy an. Diese Frage war für ihre Freundin von besonderem Interesse.

Amy ergriff das Wort. »Genetische Analysen der Knochenfossilien von Neandertalern und Denisovanern deuten darauf hin, dass es noch eine *dritte* Spezies gab, die sich mit uns vermischt hat, eine bislang noch unbekannte Hominidenart.«

»Was wiederum beweist«, setzte Maria hinzu, »dass wir ohne diese Paarungen nicht die wären, die wir heute sind. Das stützt unsere Theorie der hybriden Vitalität, wonach die Vermischung von Mensch und Hominidenarten eine genetische Variabilität erzeugt hat, die es uns ermöglicht hat, uns in Europa und schließlich in der ganzen Welt auszubreiten. Die geborgten Gene sind der Grund, weshalb unsere Spezies bis heute überlebt hat.«

»Und deshalb führen Sie mit Baako Untersuchungen durch?«, fragte Monk. »Sie analysieren die einzigartigen Merkmale, die zum Großen Sprung beigetragen haben könnten?«

»Richtig. Baako ist zwar noch sehr jung, aber wir haben bereits bemerkenswerte Fortschritte seiner kognitiven Fähigkeiten festgestellt. Er lernt drei Mal schneller als alle anderen Affen in der Vergangenheit. Außerdem weist sein Gehirn signifikante Unterschiede auf. Der Kortex ist stärker gefaltet, und das Großhirn weist ein höheres Volumen auf. Das alles konnten wir mittels Kernspintomografie bestätigen.«

»Ich würde mir die Aufnahmen gern mal ansehen«, sagte Monk. »Das klingt faszinierend.«

»Sie sind auf meinem Rechner gespeichert. Ich kann Ihnen zeigen, wo...«

Ein Wimmern unterbrach sie. Es war so leise, dass man es gut hätte überhören können, doch der Mutterinstinkt veranlasste sie, sich dem Schlafkäfig zuzuwenden. Baako hockte im Schatten auf der Schwelle und ließ die Faust über der Brust kreisen.

[Es tut mir leid]

Amy tippte ihr auf den Arm. »Ich bringe die Besucher in dein Büro und helfe ihnen, die relevanten Berichte einzusehen. Da will wohl jemand Abbitte leisten.«

Maria tat es im Herzen weh, Baako so verletzt und zerknirscht zu sehen.

»Ich muss auch D. C. Bericht erstatten«, sagte Monk und wandte sich ab. »Vielleicht gibt es ja schon Neuigkeiten aus Kroatien.«

»Danke.«

Monk zeigte auf seinen Partner. »Den großen Burschen lasse ich in Ihrer Obhut zurück. Mein Gefühl sagt mir, dass er Teil des Problems ist und zur Lösung beitragen könnte.«

»Was habe ich denn gemacht?«, fragte Kowalski.

Monk achtete nicht auf ihn. »Sobald wir in Ihrem Büro fertig sind, rufe ich Kowalski an.«

Maria nickte. Sie vermutete, dass dies eine Ausrede war, die es Amy und Monk ermöglichen sollte, ihre Notizen unter vier Augen auszutauschen. Als die beiden hinausgingen, blickte sie Kowalski an. Ein wissenschaftlicher Beitrag war von ihm wohl nicht zu erwarten. Er diente lediglich als Babysitter.

Sie war sich nicht sicher, für wen von ihnen beiden das beleidigender war.

Doch sie war zu müde, um Einwände zu erheben, außerdem wollte sie Baako trösten. Ehe sie zu ihm ging, nahm sie das Handy aus der Tasche und drückte die Wahlwiederholungstaste. Sie ließ die letzte Nummer anzeigen – Lenas Nummer – und wartete darauf, dass die Verbindung hergestellt wurde. Sie erwartete, das übliche misstönende Piepen zu hören, das eine fehlgeschlagene Verbindung meldete.

Stattdessen rauschte es im Hörer, dann meldete sich eine Stimme.

»…ria!« Die Sprecherin klang erleichtert und bestürzt. »Hörst du mich?«

Die Verbindung brach ab. ANRUF UNTERBROCHEN wurde angezeigt.

Trotzdem rief Maria ins Mikrofon. »Lena!«

7

NEIN, NEIN, NEIN…

Lena versuchte verzweifelt, die Verbindung wiederherzustellen, doch es gelang ihr nicht. Sie atmete schwer. Gerard und Roland schauten sie an. Roland hatte ebenfalls zu telefonieren versucht, aber keine Verbindung bekommen.

»Sie war dran«, schimpfte Lena. »Meine Schwester.«

Sie standen Wache auf einer Felsleiste, die Ausblick bot auf einen unterirdischen See. Die Höhle war mindestens hundert Meter breit und doppelt so lang. An der rechten Seite strömte ein tosender Fluss aus einem Tunnel hervor und mündete in den See, der immer höher stieg. Der Grund, weshalb die Höhle noch nicht vollständig überflutet war, befand sich an der linken Seite. Dort hatte sich im dunklen See ein großer Strudel gebildet. Sie stellte sich vor, wie das Wasser in die Tiefe des Höhlensystems strömte und alles mit sich riss.

Wir kommen vielleicht als Nächstes dran.

»Das muss die Dobra sein«, sagte Roland, während er

den tosenden Wasserlauf musterte. »Der Fluss fließt durch das Dorf Ogulin, dann verschwindet er im Đulaabgrund.«

»Pater Novak hat vermutlich recht«, sagte Gerard. »Wenn wir mit dem Handy ein Signal reinbekommen, und sei es auch nur kurzzeitig, müssen wir uns in der Nähe der Schlucht befinden.«

Lena ließ resigniert ihr Handy sinken. »Wir sind so nah dran.«

Sie schaute zum tosenden Fluss hinüber.

Und doch ist das Ziel unerreichbar.

»Wenn wir nur gegen die Strömung anschwimmen könnten…«, sagte Roland.

Allen war klar, dass dies aussichtslos war. Wenn sie ins Wasser gingen, würden sie vom Strudel eingesaugt werden, ehe sie dem überirdischen Teil des Flusses auch nur nahe kämen.

Tränen der Verzweiflung traten Lena in die Augen, ihr verschwamm die Sicht. Sie wischte die Tränen zornig fort, denn sie wollte sich mit der Niederlage nicht abfinden. Dann klatschte das Wasser gegen ihre Stiefelkappen. Sie senkte den Blick. Der See hatte ihren Ausguck erreicht.

Gerard zeigte hinter sich. »Wir müssen zurückgehen.«

»Aber wohin?«, fragte Roland bedrückt. »Auch hinter uns werden die Höhlen überflutet.«

»Irgendwo muss es höheres Gelände geben«, sagte der französische Soldat entschieden. »Eine Stelle, wo wir das Unwetter aussitzen können.«

Niemand argumentierte dagegen, doch alle wussten, dass der Plan zum Scheitern verurteilt war.

Lena drückte das Handy an ihre Brust. Sie wünschte, sie könnte die Verbindung wiederherstellen, obwohl sie nicht glaubte, dass dies an ihrem Schicksal etwas ändern würde.

Wenigstens könnte ich mich dann von ihr verabschieden.

18:11

Vom Grund der Schlucht schaute Gray zu den Befestigungen der Burg Frankopan hoch. Der Regen platschte ihm ins Gesicht, Blitze durchzuckten die schwarzen Gewitterwolken.

Gray konzentrierte sich auf die nähere Umgebung. Von einem Felsvorsprung, der auf Straßenhöhe über den Abgrund hinausragte, hing ein Seil herab. Der schmale, muskulöse Fredrik Horvat glitt daran herab und landete neben ihm auf dem felsigen Flussufer. Hinter ihm ragte ein stählerner, U-förmiger Kai ins Wasser, an dem ein Schlauchboot der Firma Zodiac festgemacht hatte.

Als Fredrik den Gurt ablegte, versuchte Gray noch einmal, den Bergsteiger von seinem Vorhaben abzubringen. »Ich kann das allein machen«, sagte er. »Mit Booten kenne ich mich aus.«

»Aber Sie kennen weder den Fluss noch die Höhlen, die ihn verschlucken.« Fredrik klopfte ihm auf die Schulter. »Ich mache schon seit zwanzig Jahren Führungen in den Đulaabgrund. Ich kenne jeden Winkel und jede Abzweigung, jeden Fels und jeden Stein. Wenn Sie Ihre Freundin finden wollen, werden Sie mich brauchen.«

Trotz seines zur Schau gestellten Wagemuts flackerte die Angst in seinen dunklen Augen. Gray nahm ihm ab, dass er sich in den Höhlen auskannte, doch bei diesen

Wetterbedingungen war der Fluss unberechenbar. Die Strömung würde reißend sein, die Orientierungspunkte würden entweder überflutet oder weggeschwemmt sein.

Fredrik zeigte unbeirrt auf das Schlauchboot. »Steigen Sie ein. Ruhiger wird der Fluss nicht mehr.«

Gray schaute ein letztes Mal zum Felsvorsprung hoch. Seichan beugte sich über die Brüstung und blickte zu ihm hinab. Sie war nicht glücklich damit, zurückgelassen zu werden, doch es hatte keinen Sinn, bei dem Rettungsversuch mehr Menschenleben als unbedingt nötig aufs Spiel zu setzen. Außerdem befürchtete Gray, dass diejenigen, die Fredrik hatten ausschalten wollen, es bei einem Versuch nicht würden bewenden lassen. Deshalb war es besser, dass jemand ihm den Rücken freihielt.

Er winkte Seichan zu, doch sie drückte sich unwirsch vom Geländer ab. Offenbar war sie ihm immer noch böse.

Gray wandte sich ab und stieg ins Boot. Obwohl es festgemacht war, ruckte und schwankte es in der starken Strömung wie ein elektrischer Rodeobulle. Er kletterte in den Bug, während Fredrik die Leinen losmachte und sich an den Außenborder setzte.

»Festhalten!«, rief er und zog das Starterkabel durch.

Gray packte einen Gummigriff, als der Motor brüllend startete, doch das Geräusch ging nahezu unter im Grollen des Hochwasserflusses.

Das Schlauchboot legte ab und schoss auf den Fluss hinaus. Es wurde sogleich von der Strömung erfasst und drehte sich heftig, bis Fredrik es stabilisieren konnte. Dann rauschten die steilen Wände der Schlucht vorbei. Vor ihnen verschwand der Fluss im klaffenden Maul eines Tunnels.

»Los geht's!«, rief Fredrik.

Seichan beobachtete, wie das Boot einen Moment lang schlingerte und dann in den Tunnel hineinschoss. Sie krallte die Finger um das Eisengeländer, das den Wanderweg vom Abgrund trennte.

Ich sollte dort unten sein.

Als Fredrik ihnen vom Schlauchboot berichtete, hatten sie und Gray diesen Plan entwickelt. Allerdings hatten sie mit der Umsetzung zunächst gezögert. Über den Fluss in die Höhlen vorzudringen wäre gefährlich. Die Sigma-Zentrale hatte zwar das Signal des Handys der vermissten Genetikerin aufgefangen, doch das musste nicht bedeuten, dass die Frau noch lebte. Möglicherweise war sie in den Gängen ums Leben gekommen, und ihr Leichnam – oder bloß ihr Handy – war aus dem Gebirge ins Tal gespült worden.

Vor zehn Minuten aber hatte D.C. gemeldet, es sei eine kurze Verbindung hergestellt worden und die beiden Schwestern hätten ein paar Worte gewechselt.

Dann war die Frau also noch am Leben und irgendwo in den Höhlen gefangen.

Trotzdem hatte Seichan weiterhin den Advocatus Diaboli gespielt und auf die Gründe verwiesen, die dagegen sprachen, einen Rettungsversuch zu unternehmen. Welchen Sinn hätte es, wenn Gray – oder der Bergsteiger – sein Leben aufs Spiel setzte, um eine Frau zu retten? Alle wüssten doch, dass der Angriff von Dieben durchgeführt worden sei, die es auf die Artefakte einer archäologischen Grabungsstätte abgesehen hätten. Das Leben eines ausgebildeten Sigma-Agenten um einer einzelnen Person willen aufs Spiel zu setzen sei purer Leichtsinn. Deshalb sei eine vorsichtigere Herangehensweise ratsam – wie zum Beispiel, das Ende des Unwetters abzuwarten.

Ihre Argumente waren auf taube Ohren getroffen.

Sie hatte nichts anderes erwartet.

Das Geräusch von klatschenden Schritten veranlasste sie, sich umzudrehen. Dag kam über einen von Bäumen gesäumten Weg angelaufen. Er hatte die Lage am Hotel checken und herausfinden wollen, wie die örtlichen Polizeikräfte auf den Überfall der Gaststätte reagierten.

»Was haben Sie in Erfahrung gebracht?«, fragte sie. Durchs Laubwerk leuchteten die Lichter der Einsatzfahrzeuge.

»Im Moment geht alles drunter und drüber. Niemand weiß, wer...«

Ein lauter Knall ließ ihn verstummen. Er duckte sich leicht. Sie wusste sofort, dass dies kein Donner gewesen war. Sie wandte sich nach Westen, wo ein rußiger Feuerball in den dunklen Himmel aufstieg.

Sie dachte an die vom Regen aufgeweichten Felder am Stadtrand – und an den Helikopter, der dort abgestellt war.

Dag hatte anscheinend die gleiche Vermutung wie sie. »Jemand hat unser Transportmittel in die Luft gejagt«, sagte er in gedämpftem Ton.

In der Nähe heulten die Sirenen noch lauter. Am Hotel wurde gerufen. Kurz darauf entfernten sich die Blaulichter in Richtung Westen.

Seichan atmete durch die Nase, dann zog sie die SIG Sauer aus dem Schulterholster.

Dag musterte sie. »Was haben Sie vor?«

Sie achtete nicht auf ihn, sondern wandte sich wieder der Schlucht zu.

Sie vermutete, dass jemand den Helikopter gesprengt hatte – um sie und Gray hier festzuhalten und die Einsatzkräfte abzulenken.

Weg von hier.

Sie lauschte auf Schritte im Park, doch ein winselndes Geräusch lenkte ihre Aufmerksamkeit in die Tiefe. Drei kleine Lichter rasten flussabwärts auf sie zu. Jetskis. Auf allen dreien prangte das Logo der örtlichen Marina; offenbar wurden sie wie auch das Schlauchboot zur Erkundung der Höhlenwelt eingesetzt.

Allerdings waren die Fahrer keine Touristen.

Auf jedem Jetski saßen zwei behelmte Männer. Gewehrläufe ragten über ihre Schultern auf.

Der Gegner hat anscheinend ebenfalls mitbekommen, dass es eine Überlebende gibt.

Sie stützte den Arm auf den Lattenzaun und zielte auf das vorderste Wasserfahrzeug. Von ihrer erhöhten Position aus feuerte sie drei Schüsse ab. Die erste Kugel traf den Beifahrer. Er klappte zusammen und stürzte in den Fluss. Die zweite Kugel prallte vom Steuer ab, hinter das sich der Fahrer geduckt hatte. Das Fahrzeug geriet wie erhofft ins Schlingern. Sie bekam freies Schussfeld und traf den Mann mit der dritten Kugel in die Schulter. Der Fahrer wirbelte herum und fiel ins Wasser. Der steuerlose Jetski schlingerte umher und prallte gegen die Anlegestelle.

Einer weniger…

Sie richtete die Pistole aufs nächste Ziel, doch der Gegner hatte die Bedrohung erkannt. Die beiden verbliebenen Jetskis rasten im Slalom über den Fluss, kurvten hektisch hin und her. Sie feuerte das Magazin leer, doch alle Schüsse gingen daneben.

Dann verschwanden die beiden Fahrzeuge außer Sicht und wurden vom Tunnel verschluckt.

Sie schlug mit dem Pistolengriff gegen den Zaun und verfluchte den tollkühnen Plan – und den Mann, der so leichtsinnig war, ihn in die Tat umzusetzen.

Hol dich der Teufel, Gray…

18:21

Vielleicht haben wir einen Fehler gemacht.

Gray hockte geduckt im Bug – einerseits, damit Fredrik freie Sicht hatte, andererseits, um den tief herabhängenden Stalaktiten auszuweichen. Der angeschwollene Fluss füllte den großen Tunnel beinahe vollständig aus. Von der Decke hingen Stalaktiten, was aussah, als würden Kalksteinzähne ins Wasser beißen. Und diese Zähne waren durchaus imstande, das Schlauchboot aufzuschlitzen.

»Leuchten Sie geradeaus!«, sagte Fredrik warnend.

Gray gehorchte und legte die Hand fest um die Lampe im Bug des Boots. Mehr konnte er im Moment nicht tun.

Bei der kleinsten Biegung brandete das Wasser schäumend gegen die Felswände an. Starke Strömungen und Strudel drohten, das Boot in Nebenhöhlen abzulenken. Das aber war nicht die einzige Gefahr. Im Fluss trieben Baumstämme, die sich in der Strömung drehten und gegen die Wände prallten.

Währenddessen senkte sich die Decke immer weiter herab.

Fredrik steuerte das Boot geschickt durch die tosenden Fluten, was Gray beeindruckt zur Kenntnis nahm. Der Außenborder winselte und grollte. Die meiste Zeit arbeitete er im Rückwärtsgang, da der Bergsteiger das Boot zu verlangsamen suchte.

»Festhalten!«, rief Fredrik.

Gray hatte die Gefahr ebenfalls erkannt. Der Tunnel beschrieb eine scharfe Biegung nach links. Das Wasser staute sich schäumend an der Ecke und drohte, das Boot zu verschlingen.

Eine Veränderung des Motorengeräuschs lenkte Grays Aufmerksamkeit zum Heck. Fredrik hatte auf Vorausfahrt umgeschaltet und gab wieder Gas. Gray begriff, was er vorhatte. Wenn sie das Hindernis bewältigen wollten, mussten sie *Tempo* machen.

Gray drehte sich wieder um. Das Schlauchboot schoss auf den Mahlstrom zu. Der Motor arbeitete jetzt mit der Strömung zusammen anstatt dagegen an. An der Biegung angelangt, brüllte der Motor noch lauter auf. Das Boot legte sich auf die Seite, raste auf einem Ponton fast in der Senkrechten dahin.

Gray hielt den Atem an, bis sie aus der Stromschnelle hervorschossen und in ruhigeres Fahrwasser gerieten.

Vor Erleichterung sackte er zusammen.

»Endstation!«, rief Fredrik und zeigte nach vorn.

Unmittelbar vor ihnen verschwand der Strahl des Bootsscheinwerfers in einer riesigen Höhle, die zur Hälfte von einem großen See ausgefüllt wurde.

Fredrik fuhr langsam weiter. »Das könnte knifflig werden«, sagte er.

»Weshalb?«

Fredrik antwortete mit einem einzigen Wort: »Charybdis.«

Gray runzelte die Stirn. Er verstand die Anspielung. In Homers Odyssee war Charybdis die Bezeichnung für einen

monströsen Strudel, der Seeleute und deren Schiffe ein-
saugte.

Das klang bedrohlich.

18:24

Roland hielt plötzlich an und rutschte mit einem Fuß aus,
als er sich umdrehte. Der Boden war nass. Das Wasser
strömte von dem Felsabsatz am See herab, von dem sie he-
runtergeklettert waren. Sie hatten der überfluteten Höhle
den Rücken gekehrt und waren den Weg zurückgegangen,
den sie gekommen waren.

Gerard ging voran und suchte nach einem Nebenweg,
der auf höheres Terrain führte, nach einer Fluchtmöglich-
keit vor dem steigenden Wasser.

»Warten Sie!«, sagte Roland.

Lena hielt erschöpft an. Ihre Helmlampe flackerte, die
Batterien gingen zur Neige. »Was gibt es?«

»Hören Sie.«

»Dafür haben wir keine Zeit«, knurrte Gerard.

»Verdammt noch mal, hören Sie!«, fluchte Roland. Später würde er Gott um Verzeihung bitten, doch im Moment
kam es darauf an, dass die anderen lauschten und aus der
Lethargie aufwachten, welche die Kälte und die Erschöpfung bei ihnen auslösten.

Sein Einsatz hatte Erfolg. Lena legte den Kopf schief;
plötzlich weiteten sich ihre Augen. »Ist das ein Motor?«

Im Tosen des Wassers machte sich ein höherfrequentes
Heulen bemerkbar.

»Das ist ein Motor!«, bestätigte Gerard. Er zeigte. »Los!
Zurück!«

Das brauchte man Roland nicht zwei Mal sagen. Er stapfte der Strömung entgegen und geriet mehrmals ins Stolpern. Am Ende musste er beinahe kriechen. Als er am Felsvorsprung anlangte, reichte ihm das Wasser bis zum Knöchel. Die Strömung drohte, ihn mit sich zu reißen. Gerard half Lena, bis sie ihn erreicht hatte.

Mit stillem Lächeln dankte er Gott für Seine Gnade.

Auf dem dunklen See leuchtete ein heller Stern.

Ein Boot!

»Halten Sie durch!«, rief jemand. »Wir sind gleich bei Ihnen!«

Hinter dem Schlauchboot tauchten zwei weitere Lichter aus dem Tunnel auf.

Roland schluchzte auf vor Erleichterung und winkte.

Offenbar war eine ganze Flotte aufgekreuzt, um sie zu retten.

18:27

Gray fuhr herum, als hinter ihm Scheinwerfer aufflamm-ten, untermalt vom Grollen der Motoren. Zwei Jetskis ka-men in die Höhle gerast.

Was zum Teufel...

Von den Scheinwerfern geblendet, konnte er nicht er-kennen, von wem die Jetskis gesteuert wurden, doch er hatte böse Vorahnungen. Im nächsten Moment bestätigten sie sich, als Schüsse knallten – doch er war bereits seinem Bauchgefühl gefolgt. Er riss die SIG Sauer aus dem Schul-terholster, erwiderte das Feuer und warf sich ins Heck.

Er riss Fredrik auf den Boden des Schlauchboots nieder.

Grays Kugeln ließen den Scheinwerfer des vorderen

Jetskis bersten. Bevor das Licht erlosch, machte er zwei maskierte Gestalten aus: den Fahrer und hinter ihm den Schützen. Das Fahrzeug wich Grays Sperrfeuer aus und schwenkte ab.

Der zweite Jetski steuerte in die entgegengesetzte Richtung, der Scheinwerfer schoss wie eine Sternschnuppe über den dunklen See.

Sie wollen uns in die Zange nehmen.

Gray knirschte mit den Zähnen. Wenn ihr Schlauchboot zwischen die beiden Jetskis geriet, war es aus mit ihnen. Nur er war bewaffnet und konnte immer nur nach einer Seite feuern. Er brauchte Unterstützung.

Mit der einen Hand feuerte er auf den Jetski mit dem intakten Scheinwerfer, mit der anderen zeigte er nach vorn.

»Fredrik! Bleiben Sie unten, aber sorgen Sie dafür, dass die Angreifer hinter uns bleiben!«

Der Bergsteiger bewies, dass er von echtem Schrot und Korn war. Er wälzte sich zum Motor und gab Gas. Das Schlauchboot raste los und versuchte, die beiden Jetskis abzuhängen.

Gray kroch nach Steuerbord und feuerte weiter auf das erleuchtete Fahrzeug, doch der Fahrer des anderen Jetskis – der mit dem ausgefallenen Scheinwerfer – hatte die Fassung wiedererlangt. Kugeln schlugen in die Luftkammer ein. Das Pfeifen entweichender Luft kündete von einer neuen Gefahr.

Selbst wenn er und Fredrik nicht angeschossen wurden, drohte das Schlauchboot unterzugehen.

Gray konzentrierte sich wieder auf den dunklen Jetski. Er musste den Scheißkerl abschütteln. Er hob die Waffe – da ertönte Gewehrfeuer aus einer anderen Richtung. Die

Mündungsblitze kamen von den drei Personen am Rand der Höhle.

Offenbar ist dort jemand bewaffnet und den maskierten Angreifern schon mal begegnet.

Der dunkle Jetski schwenkte zu der neuen Bedrohung herum und feuerte zur Höhlenwand. Zwei der Lichter erloschen. Das Gewehrfeuer aber dauerte an. Der Schütze, der ihm Unterstützung gab, war jedoch zu stark exponiert und würde nicht lange durchhalten.

Immerhin verschaffte ihm sein tapferer Einsatz eine Atempause, die es ihm erlaubte, sich mit dem anderen Wasserfahrzeug zu befassen.

Gray drehte sich erneut herum. Der Jetski mit dem intakten Scheinwerfer hatte sie inzwischen eingeholt und fuhr neben ihnen her. Gray verfluchte die Geschwindigkeit und Wendigkeit des kleinen Fahrzeugs. Er zielte sorgfältig. Wenn er richtig mitgezählt hatte, waren noch zwei Kugeln übrig, und die mussten sitzen.

»Festhalten!«, rief Fredrik.

Ehe er Einwände erheben konnte, stellte Fredrik den Motor ab. Das Boot wurde langsamer und ruckte, als Fredrik den Propellerschub umkehrte.

Der Jetski raste noch ein Stück weiter, dann schwenkte er inmitten einer Gischtwolke vor ihren Bug.

Verdammt...

Grays schlimmste Befürchtungen wurden wahr.

Das Schlauchboot befand sich jetzt zwischen den beiden Jetskis – der eine vorn, der andere hinten. Es tuckerte weiter im Rückwärtsgang dahin.

»Was haben Sie vor?«, rief Gray.

Die Schüsse an der anderen Seite der Höhle waren verstummt. Wer auch immer ihnen geholfen hatte, war jetzt entweder tot oder in Deckung gegangen. Der dunkle Jetski raste auf sie zu, ein Falke, der sich auf die verletzte Beute stürzte.

Gray blickte Fredrik an, der ein wahnsinniges Grinsen aufgesetzt hatte.

Aus der Richtung des vorderen Jetskis ertönte ein Schrei. Gray spähte über die Luftkammer hinweg. Das gegnerische Wasserfahrzeug drehte sich in einer dunklen Vertiefung im See. Der Strudel war zu stark für den schwachen Motor.

Der Jetski wurde gepackt und zusammen mit den beiden Passagieren in die Tiefe gesaugt. Einen Moment lang leuchtete noch die Kopfleuchte – dann erlosch sie.

Jetzt verstand Gray Fredriks Manöver. Er hatte den Gegner geradewegs ins Maul des Monsters Charybdis gelockt.

Doch es gab noch eine weitere Bedrohung.

Gray wandte sich um und zielte auf den verbliebenen Jetski, machte sich die momentane Verwirrung des Fahrers zunutze. Doch ehe er abdrücken konnte, wurde von der Höhlenwand aus gefeuert.

Der Schütze des Jetskis kippte zur Seite und stürzte in den See.

Das wäre einer weniger…

Gray fasste die SIG Sauer mit beiden Händen und drückte zwei Mal ab.

Das Helmvisier des Fahrers barst, sein Kopf ruckte zwei Mal nach hinten. Dann sackte er auf dem Steuer zusammen. Der führerlose Jetski passierte das Schlauchboot, hielt auf das Zentrum von Charybdis zu und wurde ebenfalls ins Wassergrab eingesogen.

»Wenden Sie das Boot!« Gray drehte sich um und zeigte

auf die Lichter an der Höhlenwand. »Holen wir sie ab, und dann lassen Sie uns verschwinden!«

Fredrik untersuchte die undichte Luftkammer, dann blickte er zum Fluss hinüber, der sich aus dem Tunnel ergoss. »Das heißt, falls wir können.«

18:33

Lena hockte mitten im Boot. Von den Schüssen klangen ihr noch die Ohren. Sie bemühte sich, an Roland vorbeizusehen, der die tiefe Fleischwunde an Gerards Oberarm verband. Der französische Soldat hatte die Jacke ausgezogen, nachdem er ins Boot geklettert war. Die Verletzung stammte nicht von einer Gewehrkugel, sondern von einem Felssplitter, der ihn gestreift hatte.

»Ohne Ihre Unterstützung hätten wir es nicht geschafft«, sagte ihr Retter zu Gerard und deutete auf das Gewehr. »Gute Arbeit.«

Er hatte sich als Commander Gray Pierce vorgestellt, militärischer Mitarbeiter der DARPA, wenn sie ihn richtig verstanden hatte. Aber eigentlich war es ihr egal, *wer* sie gerettet hatte, solange er ihr nur half, aus diesem Höllenloch herauszukommen.

Gerard zog die Waffe zu sich heran. »Das war ich ihnen schuldig... meinen Männern.«

Gray nickte ernst. Er wusste genau, was Loyalität unter Kameraden bedeutete.

Der Steuermann des Boots – ein Einheimischer namens Fredrik – brachte den Motor auf Touren. Sein Gesichtsausdruck verursachte ihr Herzklopfen. Während sie über den See rasten, rückte sie ein Stück von der undichten

142

Luftkammer ab. Als sie sich der Flussmündung näherten, flogen sie praktisch über das Wasser dahin.

»Wir müssen möglichst schnell sein!«, brüllte der Pilot. »Der Fluss ist stark angestiegen! Also ziehen Sie den Kopf ein! Es wird höllisch eng werden!«

Lena glaubte ihm aufs Wort und duckte sich, bis ihr Helm mit der Luftkammer gleichauf war. Trotzdem spähte sie weiter nach vorn; sie konnte den Blick einfach nicht abwenden.

Wenn ich schon hier sterben muss, dann mit offenen Augen.

Das Schlauchboot hatte den Flusslauf erreicht und schoss mit halsbrecherischer Geschwindigkeit in die Strömung. Sie wurden vom Schwung durch die Mündung und in den Tunnel hineingetragen, wo das Rauschen zu einem ohrenbetäubenden Tosen anschwoll. Das Schlauchboot vibrierte und schüttelte sich, schlingerte in der Strömung und wurde rasch langsamer.

Sie wusste, was ihnen bevorstand, wenn sie diesen Kampf verloren, und dachte an den gewaltigen Strudel. Was vor ihnen lag, war aber auch nicht besser.

Zehn Meter weiter toste der Fluss schäumend um eine scharfe Biegung.

Fredrik hielt auf die Innenseite des Tunnels zu, wo die Strömung weniger turbulent war. Er steuerte das Boot vorwärts, während es immer langsamer wurde. Er fluchte auf Kroatisch, duckte sich und zwang das Boot Zentimeter für Zentimeter um die Biegung.

Lena schaute zu der brodelnden Wasserwand auf, die sich an der Außenseite der Biegung auftürmte. *Oh Gott, oh Gott…*

Dann waren sie plötzlich durch, die Biegung lag hinter

ihnen. Das Wasser brandete noch immer gegen das Boot an, doch die Strömung war hier weniger stark.

Allerdings zeigte sich eine neue Gefahr.

»Kommen wir da durch?«, rief Roland.

»Wir müssen«, antwortete Fredrik.

Der angeschwollene Fluss reichte bis auf einen Meter an die Decke heran. Obendrein hingen Felsspieren herab – Stalaktiten.

Der Steuermann hatte den Motor ein wenig gedrosselt, um das Boot exakter durch das Labyrinth der Felsdolche manövrieren zu können.

Wenn wir uns an einem Stalaktiten verhaken...

Doch auch im Wasser lauerten Gefahren. Ein Geräusch lenkte ihren Blick nach unten. Ein scharfer Stein hatte ein großes Loch in den Boden des Schlauchboots gerissen.

Fredrik machte das Boot wieder flott, doch der Schaden war passiert. Wasser strömte ins Boot und schwappte umher.

»Schöpfen Sie mit dem Helm«, befahl Gray. »Schnell.«

Lena löste den Kinnriemen und riss sich den Helm vom Kopf. Roland und Gerard taten es ihr nach. Sie begannen den Kampf gegen den Fluss und schöpften Wasser, so schnell sie konnten.

Lena aber wusste, dass es zwecklos war.

Trotz des Winselns des überlasteten Außenborders trieb das schwerfällige Boot allmählich zurück. Gray wechselte einen Blick mit Fredrik. Der Steuermann schüttelte den Kopf.

Plötzlich erreichte sie von vorn ein neues Geräusch – ein vertrautes Geräusch.

Das unverwechselbare Winseln eines Jetskis hallte von den Wänden wider. Ein dunkler Schemen mit hellem

Scheinwerfer gelangte in Sicht. Der Fahrer hatte sich weit auf den Lenker herabgebeugt, um den Stalaktiten auszuweichen, und näherte sich rasch.

Offenbar war der Gegner noch nicht mit ihnen fertig.

Laut fluchend hob Gerard das Gewehr an – doch Gray drückte den Lauf wieder nach unten.

»Nicht schießen.«

18:46

Seichan näherte sich dem sinkenden Boot.

Währenddessen hielt sie Ausschau nach den anderen beiden Jetskis. Nachdem die gegnerischen Fahrzeuge im Tunnel verschwunden waren, hatte sie sich zur Anlegestelle abgeseilt, gegen die das dritte Fahrzeug geprallt war. Zum Glück steckte noch der Schlüssel des Fahrers, den sie erschossen hatte.

Jetzt raste sie auf dem requirierten Jetski dem Schlauchboot entgegen. Als sie es erreicht hatte, schwenkte sie herum und kam neben dem Boot zum Stillstand. Mit einem Blick erfasste sie die Situation: das Wasser, das sich auf dem Boden sammelte, die erschlaffte Luftkammer, den heulenden Motor, der gegen die Strömung nicht ankam.

»Werft mir eine Leine zu!«, sagte sie.

Sie erntete verwirrte Blicke, doch wenigstens Gray hatte sie verstanden.

Er warf ihr die Festmachleine zu. Seichan fing sie auf und befestigte sie am Schlepphaken hinter dem Sitz. Gray wickelte sich das andere Ende um die Hand und stemmte die Beine gegen die Luftkammern im Bug.

Seichan nickte ihm zu und gab Gas. Als die Leine sich

gespannt hatte, verstärkte sie den Zug. Zunächst nahmen sie kaum Fahrt auf.

Mach schon, du elendes ...

Die beiden Fahrzeuge stemmten sich vereint gegen die Strömung. Sie arbeiteten sich quälend langsam vor, kämpften um jeden Meter. Nach einer gefühlten Stunde wurde es vor ihnen heller.

Sie erreichten die Tunnelmündung. Seichan hob das Gesicht in den strömenden Regen. Weiße Blitze zuckten über den Himmel. Noch nie hatte sie schlechtes Wetter so genossen. Sie schleppte das Schlauchboot zur Anlegestelle, und nach einigen Manövern konnten alle aussteigen.

Dann sprang sie vom Jetski ab – in Grays Umarmung.

Er presste sie an sich. »Ich hab dir doch gesagt, du sollst hier warten«, flüsterte er ihr ins Ohr.

Sie lehnte sich zurück und blickte ihn stirnrunzelnd an. »Und dir den ganzen Spaß überlassen?«

19:12

Gray wartete mit den anderen am Straßenrand. Sie hatten Schutz gesucht unter den Bäumen eines kleinen Parks. Über der Straße ragte finster die Burg Frankopan auf. Er wollte das verfluchte Dorf so schnell wie möglich hinter sich lassen. Er kannte den Gegner nicht, doch es war klar, dass es sich um Paramilitärs handelte. Das war ein organisierter Angriff gewesen.

Ich will endlich wissen, was Sache ist.

Das Motorengeräusch eines Wagens lenkte seine Aufmerksamkeit auf die Straße. Ein BMW schoss um die Ecke und bremste abrupt am Straßenrand. Hinter dem Steuer saß Dag, doch in der Zwischenzeit hatte er den Wagen gewechselt. Diesmal fuhr er keine Limousine, sondern einen SUV vom Typ X5.

»Bitte einsteigen«, sagte Dag durchs offene Seitenfenster. »Die Straßen sind im Moment offen, aber die Polizei sucht nach den Leuten, die die Gaststätte überfallen haben, und die Gebirgspässe sind bei diesen Wetterbedingungen schwer passierbar. Wir sollten gleich losfahren.« Er langte durchs Fenster und klopfte auf die Karosserie. »Hab ich mir von einem Freund ausgeliehen. Den Vierradantrieb werden wir vielleicht brauchen, wenn wir über das Gebirge nach Zagreb fahren wollen.«

»Sie bleiben hier«, sagte Gray und riss die Fahrertür auf.

Dag zog die Tür wieder zu. »Kennen Sie sich hier aus? Wer weiß, wie es dort oben auf den Straßen aussieht.« Er klopfte sich auf die Brust. »Ich kenne das Gebirge wie meine Westentasche.«

Gray blickte fragend den Bergsteiger an.

Der Mann hob abwehrend die Hände. »Nichts für ungut, aber ich glaube, ich habe lange genug den Fremdenführer für Sie gespielt.«

Gray konnte es ihm nicht verdenken. Er nickte.

»Und außerdem«, sagte Fredrik, »will ich dafür sorgen, dass Commandant Gerard die medizinische Behandlung bekommt, die er braucht.«

Gray blickte den Franzosen an. Der Soldat hatte sich ebenfalls geweigert, sie zu begleiten, denn er wollte herausfinden, was mit seinen Männern passiert war. Gray hatte dafür Verständnis, denn er selbst hätte sich nicht anders entschieden. Gerard aber hatte versprochen, das

Ergebnis seiner Nachforschungen mit ihnen zu teilen. Er würde ihnen alles übermitteln, was er über den Gegner und die beiden entführten Professoren herausfand. Gray hatte dem Soldaten eine sichere Nummer gegeben.

Als alles geregelt war, stieg Gray mit seinen Begleitern in den SUV ein. Er setzte sich auf den Beifahrersitz; Seichan, Lena Crandall und Pater Novak nahmen hinten Platz. Sie wollten nach Zagreb fahren und dort überlegen, wie es weitergehen sollte.

Als Gray sich von den beiden zurückbleibenden Männern verabschiedet hatte, fuhren sie los.

Lena beugte sich vor. Sie hielt ein Handy in der Hand. Gray hatte den Akku herausgenommen, da er fürchtete, der Gegner könnte sie erneut orten.

»Wann darf ich meine Schwester anrufen?«

»Noch nicht«, sagte er. »Einstweilen ist es besser, wenn der Gegner Sie für tot hält.«

Sie lehnte sich wieder zurück, unzufrieden mit der Antwort und voller Sorge um ihre Schwester.

Er versuchte, sie zu beruhigen. »Ihre Schwester befindet sich in Sicherheit.«

Lena seufzte. »Das hoffe ich jedenfalls.«

8

MARIA SASS AN dem kleinen Tisch in Baakos Unterrichts-
zimmer. Sie sah auf das Handy, das auf der Resopaltisch-
platte lag. Nach dem kurzen Kontakt mit Lena hatte sie
Monk und Amy benachrichtigt. Die beiden waren in ihrem
Büro und telefonierten seit einer Stunde mit D. C., hatten
bislang aber keine Neuigkeiten zu vermelden gehabt.

Zumindest haben sie mir nichts gesagt.

Sie musterte den großen Mann, der ihr Gesellschaft leis-
tete. Joe Kowalski hielt sein eigenes Handy in der Hand und
wartete auf einen Anruf seines Partners. Er tigerte hin und
her wie ein eingesperrtes Tier und machte den Eindruck,
als warte er ebenso gespannt auf Neuigkeiten wie sie. Nach
dem kurzen Telefonat mit Lena wäre Maria beinahe zusammengebrochen, doch er hatte sie in den Arm genommen
und getröstet, hatte ihr ins Ohr geflüstert, dass sein Kollege
Gray ihre Schwester ganz bestimmt finden werde.

Sie war dankbar für seine Anteilnahme und beobachtete, wie er die nächste Runde durch den Raum drehte.
Sein Gesicht war faltenzerfurcht und vernarbt, sein Kinn

kantig. Seine Nase hatte einen Buckel, anscheinend war sie einmal gebrochen gewesen. Er war ganz offensichtlich kampferprobt, wirkte aufgrund seiner abstehenden Ohren aber auch jungenhaft.

Ein vertrautes Grunzen lenkte sie ab.

Baako stand vor dem Whiteboard. In der linken Hand hielt er einen Markierstift. Damit hatte er vier Buchstaben auf die Tafel geschrieben.

Maria sprang überrascht auf. Sie und Lena hatten Baako die Grundlagen des Buchstabierens vermittelt, ein notwendiger Bestandteil der Gebärdensprache. Beim Unterricht hatten sie Buchstabenklötze aus Plastik verwendet und ihm einfache Worte wie *Katze* und *Hund* sowie die Namen von ein paar Leuten beigebracht, darunter sein Betreuer Jack, sein pelziger Freund Tango und natürlich Maria und Lena.

Kowalski hielt neben ihr an, ebenso verdutzt wie sie. »Er kann schreiben?«

»Er malt und zeichnet gern, aber bisher hat er noch nie etwas geschrieben.«

Baako bemerkte, dass sie aufmerksam geworden waren, und blickte mit seinen großen Augen von einem zum anderen. Er grunzte verunsichert, als wüsste er nicht, ob das in Ordnung ging.

Das ist mehr als in Ordnung.

»Was für ein kluger Junge«, gurrte Maria.

Baako tippte sich mit dem Zeigefinger der rechten Hand an die Brust, was er mehrfach wiederholte.

[Liebe, Liebe, Liebe]

Schließlich tippte er mit dem Markierstift unter jeden einzelnen Buchstaben und blickte Maria an.

Sie lächelte. »Ich habe Lena auch lieb.«

Baako hatte anscheinend ihre Handygespräche belauscht und begriffen, dass sie sich um Lena Sorgen machte. Die Sorge hatte er sich zu eigen gemacht. Vielleicht spürte er Marias Anspannung, und um sein Mitgefühl auszudrücken, hatte er die verborgene Gabe aktiviert.

Vor Überraschung und Zuneigung traten ihr Tränen in die Augen. Sie wischte sie weg.

Das sollte Lena sehen.

Baako ließ den Stift fallen, kam zu ihr herüber und legte ihr einen Arm um die Hüfte.

»Du bist ein braver Junge«, murmelte sie.

»Seine Handschrift lässt zu wünschen übrig«, bemerkte Kowalski. Er lächelte spöttisch, vermochte es aber nicht, sein ehrfürchtiges Erstaunen zu verbergen.

Sie löste sich aus Baakos Umarmung. »Ich glaube, wir alle könnten ein bisschen frische Luft vertragen«, sagte sie, sah auf die Uhr und wandte sich an Kowalski. »Normalerweise mache ich mittags einen Spaziergang mit diesem pelzigen Burschen, und der ist anscheinend überfällig.«

Der große Mann blickte zum Beobachtungsfenster. »Wo gehen Sie mit ihm hin?«

»Das Primatenzentrum liegt auf einem vierzig Hektar großen bewaldeten Grundstück. Wir nehmen immer den gleichen Weg.« Sie tätschelte Baako. »Er mag das.«

Sie verspürte einen Anflug von schlechtem Gewissen, denn sie wusste, wie sehr er den Aufenthalt im Freien genoss. Er gehörte nach draußen, nicht in einen Käfig. Andererseits war er viel mehr als ein gewöhnlicher Gorilla. Nur hier im Zentrum, wo er optimal betreut wurde, konnte er sein ganzes Potenzial verwirklichen. Sie seufzte, von ihren eigenen Argumenten nicht überzeugt.

Red's dir nur weiter ein.

Maria räusperte sich und blickte Kowalski an. »Sie müssen nicht mitkommen«, sagte sie. »Wenn Sie lieber zu Ihrem Kollegen gehen möchten...«

Er zuckte mit den Achseln. »Ich könnte ein bisschen frische Luft gut brauchen.«

Das bezweifelte sie; vermutlich hatte er Anweisung, in ihrer Nähe zu bleiben. Sie jedenfalls wollte hier raus und die Wolke der Angst hinter sich lassen, die sich im Verlauf der letzten Stunde verdichtet hatte.

Besser ein bisschen Bewegung, als hier Däumchen zu drehen.

Sie ging zum Tisch und steckte das Handy ein für den Fall, dass Lena sich melden sollte.

Baako beobachtete sie und federte erwartungsvoll auf den Fingerknöcheln.

»Lust auf einen Spaziergang, Baako?«, fragte sie.

Er sprang in die Luft und grunzte freudig, dann lief er neben ihr her zum Sicherheitskäfig mit der Tür.

Kowalski schloss sich ihnen an.

»Das heißt wohl, ja.«

Als sie den Käfig aufsperrte, blickte Baako sich um. Sie spürte die Anspannung des jungen Gorillas – er vibrierte förmlich vor Vorfreude und vor Verärgerung, weil Kowalski sie begleitete.

Sie versuchte, Baako abzulenken. »Wie wär's, wenn wir Tango aus dem Zwinger holen? Er würde bestimmt auch gern spazieren gehen.«

Als sie den Queensland-Terrier erwähnte, vergaß Baako Kowalski. Er fasste Maria bei der Hand und zerrte sie zum Ausgang. Lachend sperrte sie das Schloss auf.

Draußen angelangt, rückte Baako näher an sie heran. Er hielt immer noch ihre Hand, wie man es ihm beigebracht hatte. Den anderen Arm reckte er in die Höhe und wartete darauf, dass sie die zweite Vorsichtsmaßnahme implementierte. Sie nahm zwei GPS-Tracker von einem Haken neben der Tür und streifte den einen dem Gorilla übers Handgelenk. Den anderen legte sie selbst an.

»So«, sagte sie. »Fertig.«

Er schnaubte leise.

Sie geleitete Baako und Kowalski zur Rückseite des Gebäudes. Baako hielt sich dicht an ihrer Seite, als sie an weiteren Labors vorbeikamen, in denen andere Forschungsprojekte durchgeführt wurden. Obwohl die Türen abgedichtet waren, witterte oder spürte er wohl die Anwesenheit anderer Tiere, größtenteils Primaten wie er: Rhesusaffen, an denen Hormonersatzpräparate getestet wurden, pechschwarze Kipunjis, an denen die Evolution des Wachstums studiert wurde, Totenkopfäffchen und Langschwanzmakaken aus der Impfstoffentwicklung und den neurowissenschaftlichen Forschungsprogrammen. Als hinter einer geschlossenen Tür ein Schimpanse kreischte, schmiegte Baako sich an sie.

»Alles in Ordnung«, sagte sie beschwichtigend.

Aber war es das? Wie wirkte sich das alles wohl auf Baako aus?

Sie eilte zu den Zwingern, wo sie von einem hageren Mann begrüßt wurde.

»Sie gehen mit dem großen Burschen spazieren?«, meinte Jack, der sich auf einen Besen stützte.

»Wir nehmen Tango mit.« Sie wies mit dem Kinn zu einem der Zwinger.

»Ich geh ihn holen«, sagte der Student. »Aber Sie sollten wissen, dass es nieselt. Nach dem Regenguss von heute Nacht sind die Wege bestimmt matschig. Vielleicht sollten Sie Gummistiefel anziehen.«

»Es geht schon.« Maria wandte sich an Kowalski und musterte dessen Anzug und seine erstaunlich eleganten Flügelspitzenschuhe. »Vielleicht möchten Sie doch lieber hier warten.«

Er blickte bedauernd auf seine Schuhe. »Das sind handgenähte Brunello Cucinellis.«

Jack machte einen Vorschlag. »Ich habe Ersatzgummistiefel und auch einen Overall. Die können Sie gerne benutzen. Sind vielleicht ein bisschen eng, sollten es aber tun.«

Kowalski zuckte mit den Achseln. »Wär mir recht.«

Maria wartete, während Jack den Mann in einen Umkleideraum führte. Sie blickte zur hinteren Laderampe, die Zugang bot zum weitläufigen Gelände des Primatenzentrums. Die Sorge lastete schwer auf ihr.

Bitte, Lena … halt durch.

Warme Finger schlossen sich um ihre Hand.

Als sie sich umwandte, musterte Baako sie. Der Ausdruck seiner karamellfarbenen Augen war leicht zu deuten.

Offenbar bin ich nicht die Einzige, die sich Sorgen macht.

Was tue ich nicht alles für Sigma…

In der Umkleide faltete Kowalski säuberlich seine Hose und legte sie auf die Flügelspitzenschuhe, die auf dem Boden des Metallspinds standen. Hemd und Sakko hatte er bereits an den Wandhaken gehängt. Nurmehr mit Boxershorts und Socken bekleidet, nahm er den geborgten Overall in die Hand. Der junge Mann, dem er gehörte, war fast so groß wie Kowalski, aber so dünn wie eine Bohnenstange. Zum Glück bevorzugte er anscheinend weite Kleidung.

Seufzend zwängte Kowalski sich in das geborgte Kleidungsstück. Er musste tief ausatmen, um den Reißverschluss an Bauch und Brust zu schließen.

Es wird schon gehen.

Er nahm das Schulterholster mit seiner Waffe von der Bank. Unter dem Overall hatte es keinen Platz, und der Genetikerin würde es vermutlich nicht gefallen, wenn er es offen trug. Monk hatte ihn um Diskretion gebeten. Deshalb hängte er das Holster neben seinem Sakko an den Haken.

»Den Gorilla darf ich eh nicht abknallen«, murmelte er.

Trotzdem verharrte seine Hand über dem Kolben der Pistole – einer nagelneuen Heckler & Koch Kaliber .45 – in der Schwebe. Er knirschte mit den Zähnen, konnte sich einfach nicht davon trennen.

Du gehörst zu mir, Baby.

Er zog die Waffe aus dem Holster und schob sie in die tiefe Gesäßtasche des Overalls. Die Auswölbung war nicht unbedingt diskret, aber was sollte er machen?

Er schlug die Spindtür zu, sperrte ab und zwängte die

Füße in die Gummistiefel. Jetzt war er bereit, sich Maria anzuschließen. Als er sie erreichte, kehrte der Student gerade mit einem grau-schwarz gefleckten jungen Hund von den Zwingern zurück.

»Tango«, stellte Maria den Hund vor.

Der Gorilla grunzte freudig, zog die Brauen hoch und schwenkte den Arm.

Jack machte den Hund von der Leine los, worauf Tango unter heftigem Schwanzwedeln seinen Freund ansprang.

»Bereit?«, fragte Maria.

»Bringen wir's hinter uns«, brummte Kowalski und folgte dem Gorilla und dem Hund.

Anscheinend bin ich jetzt Sigmas offizieller Tiersitter.

Sie traten durch die offene Tür auf die Laderampe hinaus. Leichter Nieselregen fiel aus dem grauen Himmel herab. Nach dem Gestank nach Tieren und Reinigungsmitteln wirkte die Luft aber angenehm frisch.

Sie gingen über die Betonrampe zu einem Kiesweg hinunter, der über eine feuchte Wiese führte. Jack, der Student, hielt die Leine in der Hand. Maria ließ die Hand des Gorillas los, worauf Baako, verfolgt vom bellenden Hund, durchs feuchte Gras hoppelte.

Fünfzig Meter entfernt lag der Wald, ein Mischwald mit Kiefern, Eichen und Paternosterbäumen.

»Kann man die beiden denn gefahrlos herumlaufen lassen?«, fragte Kowalski.

Sie zeigte zu einem Zaun, der sich in der Ferne abzeichnete. »Wir haben diesen Teil des Geländes umzäunen lassen. Der Maschendrahtzaun dürfte für Baako zwar kein großes Hindernis darstellen, aber er weiß, dass er nicht zur anderen Seite darf. Außerdem glaube ich nicht, dass er überhaupt würde flüchten wollen.« Sie schwenkte den

Arm. »Alles, was Baako etwas bedeutet, befindet sich hier. Und auch wenn er im Moment mit Tango herumtollt, ist er nicht gerade der Mutigste. Man könnte auch sagen, er ist ein Muttersöhnchen.«

Kowalski bemerkte ein leichtes Stocken in ihrer Stimme, Ausdruck von Zuneigung und vielleicht auch schlechtem Gewissen. Als sie weitergingen, verschränkte sie die Arme und schaute nachdenklich den beiden spielenden Tieren zu.

Kowalski stellte die Frage, die ihn schon eine ganze Weile beschäftigte. »Wie sind Sie und Ihre Schwester Genetiker geworden?«

»Was? Glauben Sie etwa, das wäre nur etwas für Männer?« Sie lächelte ihn spöttisch an. »Ich glaube, das kam daher, dass wir Zwillinge sind. Wenn man mit einer Person aufwächst, die mit einem identisch ist, während man gleichzeitig weiß, wie verschieden man in charakterlicher Hinsicht ist, möchte man diese Dichotomie besser verstehen. Und auch sich selber. Die Fragen verwandeln sich in Wissbegier, und die Wissbegier hat uns zu diesem Beruf geführt.«

»Also lag es nicht bloß an den sexy Laborkitteln?«, meinte er und grinste breit.

»Also, ein Anreiz waren die schon.«

Ihre beiden pelzigen Begleiter näherten sich inzwischen den Bäumen, wo ein schmaler Pfad in den Wald hineinführte. Jack trabte los, um sie nicht aus den Augen zu verlieren, und stellte damit die unerschöpfliche Vitalität der Jugend unter Beweis. Vielleicht aber wollte er auch nur aus dem Regen herauskommen.

Als der Nieselregen von dickeren Tropfen abgelöst wurde, zog Kowalski den Kopf ein. Auf einmal wünschte er, auch er hätte einen so dichten Pelz wie Baako und Tango. Er schritt schneller aus.

Als sie in der Mitte der Wiese angelangt waren, hielt Jack plötzlich an.

Bei Kowalski schrillten die Alarmglocken. Dann sah er es auch. Eine Bewegung im Wald, eine Verlagerung der Schatten. Ein Gewehrschuss ließ Maria zusammenschrecken. Er legte den Arm um sie, zog sie an seine Brust und drückte sie ins hohe Gras nieder.

Er beschützte sie mit seinem Körper, als es abermals knallte. Jack wirbelte herum, aus seiner Schulter spritzte Blut. Der junge Mann ging zu Boden.

»Unten bleiben!«, zischte Kowalski Maria zu.

Er riss die Pistole aus der Gesäßtasche und robbte durchs nasse Gras zum Studenten hinüber. Baako, der sich auf einen Arm stützte, kam herbeigehoppelt, den jungen Hund hatte er sich unter den anderen Arm geklemmt. Kowalski konnte ihm nicht rechtzeitig ausweichen. Der verschreckte Gorilla prallte gegen ihn, die Waffe entglitt seinen dreckverschmierten Fingern. Die Pistole flog in hohem Bogen ins Gras.

Verdammt.

Ohne sich um die Waffe zu kümmern, kniete Kowalski neben Jack nieder, der stöhnend auf dem Rücken lag. Verängstigt blickte er zu Kowalski auf. Dunkle Gestalten mit Gesichtsmasken tauchten aus dem Schatten des Waldes auf und liefen geduckt auf sie zu.

Kowalski blickte sich zum Primatenzentrum um.

Zu weit.

Geistesgegenwärtig tauchte er die Hand in Jacks Blut und schmierte es dem Studenten ins Gesicht. »Halten Sie die Luft an«, sagte er. »Stellen Sie sich tot.«

Das war alles, was er für den Jungen tun konnte.

Er kroch zurück zu Maria, während die Angreifer auf Baako und die Genetikerin zurannten. Der massige Gorilla war eine Insel im grünen Meer der Wiese.

Kowalski zerrte an Marias Arm. »Lassen Sie ihn. Wenn wir im hohen Gras bleiben, können wir vielleicht…«

»Kommt nicht infrage.« Sie entriss ihm ihren Arm. »Ich lasse ihn nicht im Stich.«

»Dr. Crandall!«, rief jemand. »Kommen Sie mit uns… zusammen mit Baako… dann passiert niemandem etwas.«

Kowalski unterdrückte einen Fluch. Die Mistkerle wussten anscheinend, dass Maria täglich einen Spaziergang unternahm, und hatten den Überfall entsprechend geplant.

Maria blickte Hilfe suchend Kowalski an.

Ächzend demonstrierte er ihr die einzige praktikable Option. Er richtete sich auf, hob die Arme und blickte den mit Sturmgewehren bewaffneten Angreifern entgegen. »Nicht schießen!«

Maria zögerte noch einen Moment, löste etwas von Baakos Handgelenk und befestigte es am Halsband des Hundes. »Zurück«, sagte sie und zeigte zum Primatenzentrum. »Lauf zurück!«

Der junge Hund schüttelte sich nur, zu verängstigt, um wegzulaufen.

Baako versetzte seinem pelzigen Freund einen Schubs. Das funktionierte. Der kleine Hund lief mit eingeklemmtem Schwanz in Richtung Laderampe los.

Kowalski versuchte, den Hund mit seinem Körper abzuschirmen, und schwenkte die Arme, um die Fremden abzulenken. Maria trug das Ihre dazu bei, indem sie sich aufrichtete. Baako hielt sie bei der Hand und ließ gleichzeitig etwas in ihre Gesäßtasche gleiten. Der Gorilla schmiegte sich wimmernd an sie.

»Ich mache, was Sie wollen!«, rief sie. »Aber tun Sie uns...«

Ein weiterer Schuss schnitt ihr das Wort ab.

Kowalski drehte sich zum Schützen um. Dessen rauchende Pistole wies zum Boden. Das war der Mann, der gerufen hatte, offenbar der Anführer der Gruppe.

Er stand vor Jacks erschlafftem Körper.

Kowalski knirschte mit den Zähnen und funkelte den Schützen an.

Du Dreckskerl.

Maria lehnte sich stöhnend gegen Kowalski. Der Anführer kam zwei Schritte näher und hob die Pistole, deren Lauf im Regen dampfte. Er zielte auf Kowalskis Brust.

Kowalski erwiderte seinen Blick. Er glaubte zu wissen, was bevorstand.

Wie üblich irrte er sich.

Maria trat vor ihn hin. »Nicht schießen! Wenn Sie wollen, dass ich Ihnen helfe, und wenn Sie Baako mitnehmen wollen, dann ist auch Joe mit von der Partie.« Sie stieß ihm den Ellbogen in den Bauch. »Er ist Baakos Trainer. Er weiß alles über ihn. Wie man ihn ruhig hält. Wie man ihn zur Mitarbeit bewegt.«

Sie sprach schnell und bemühte sich, ihre Worte bedeutungsvoll klingen zu lassen. Kowalski blickte auf seinen Overall nieder. Er schluckte mühsam und streckte die Hand zu Baako aus, denn der war seine einzige Hoffnung.

Lass mich nicht hängen, Kumpel.

Baako schaute ihn an, die braunen Augen glasig vor Angst, das Gesicht triefend nass. Schließlich hob er den

Arm und ergriff mit seinen ledrigen Fingern Kowalskis Hand.

Der Anführer musterte die Dreiergruppe. Schließlich senkte er die Pistole und wandte sich ab. »Bringt sie zum Hubschrauber!«, befahl er seinen Begleitern.

Kowalski ließ erleichtert die Luft entweichen.

Als das Angreiferteam sie in die Mitte nahm, ließ Baako seine Hand los, legte die Hände zusammen und reckte sie hoch. Die Bedeutung der Gebärde stand ihm ins Gesicht geschrieben.

[Hilf uns]

Der Gorilla klammerte sich an Maria, die ihn flehentlich ansah. Er wusste, dass er beiden etwas schuldig war. Sie hatten ihm vorerst das Leben gerettet.

Aber was zum Teufel kann ich allein schon ausrichten?

12:23

Monk rieb sich die Augen, dann las er die radiologische Beurteilung eines CT-Scans des hybriden Gorillagehirns noch einmal durch. Dessen Morphologie unterschied sich in vielerlei Weise von der eines normalen Gorillagehirns. Er überflog einen Absatz über die Faltungen von Baakos Kortex. Die Zahl der Gyri und Sulci – der Windungen und Furchen – war bei ihm drei Mal so hoch wie zu erwarten; die größere Oberfläche des Gehirns machte die zusätzlichen Faltungen notwendig.

Das war faszinierend, aber auch beunruhigend.

Hinter ihm telefonierte Amy mit dem Handy. Gerade eben hatte es geklingelt, vermutlich ein Bericht ihrer Kollegen im Weißen Haus.

»Verstanden«, sagte sie. »Ich werde entsprechend vorgehen. *Zàijiàn.*«

Monk spitzte die Ohren, als er die formelle chinesische Abschiedsformel hörte. Vielleicht war der Anruf ja doch nicht vom Weißen Haus gekommen, wenngleich er es nicht ausschließen konnte. Er beobachtete ihr Spiegelbild in der dunklen Ecke des Computermonitors. Sie steckte das Handy ein und fasste sich ins Kreuz, als habe sie eine Verspannung.

Als ihre Hand wieder zum Vorschein kam, hielt sie eine kleine silberne Pistole.

Monk reagierte instinktiv auf die Bedrohung. Er duckte sich und riss die Oberschenkel zu sich heran, sodass sein Bürostuhl nach hinten ruckte. Ein Schuss knallte, und der Monitor barst, während er sich zu Boden warf.

Er wälzte sich auf die Seite. Der Stuhl prallte gegen Amys Beine und drängte sie einen Schritt zurück. Er nutzte die Ablenkung und riss die Glock aus dem Schulterholster. Er schoss, ohne zu zielen, nicht um Amy zu töten, sondern um sie zu verwirren. Trotzdem streifte die Kugel ihren Oberschenkel. Mit einem Schmerzensschrei ging sie in die Knie und richtete die Pistole auf ihn.

Inzwischen hielt er die Glock beidhändig und zielte auf sie. Ihr Blick war eiskalt; die Fassade der kooperativen DARPA-Forscherin hatte sie fallen lassen.

Sie feuerten gleichzeitig.

Obwohl er auswich, versengte ihm ihre Kugel das Ohr. Sein Schuss streifte ihren Hals und warf sie auf den Rücken. Ohne sie aus den Augen zu lassen, schnellte er hoch. Sie funkelte ihn an und schaffte es, erneut die Waffe auf ihn zu richten, bevor er sie ihr aus der Hand treten konnte. Da ihm keine andere Wahl blieb, feuerte er erneut, diesmal auf ihren Kopf, denn er wollte kein Risiko eingehen.

Sie brach zusammen, die Pistole entglitt ihren erschlafften Fingern.

Obwohl er wusste, dass sie tot war, kickte er die Waffe beiseite.

Dann bückte er sich und zog das Handy aus ihrer Tasche. Sie konnte zwar nicht mehr reden, aber vielleicht fand sich auf dem Handy ja eine Erklärung für den Angriff.

Sein nächster Gedanke galt einer unmittelbareren Sorge.

Kowalski und Maria.

Der Anruf auf Amys Handy hatte vermutlich den Angriff ausgelöst.

Das konnte nur eines bedeuten.

Ich war ein loses Ende.

Mit der Waffe in der Hand eilte Monk zur Tür und rannte über den menschenleeren Flur zu Baakos Unterrichtsraum. Er stürmte in den Vorraum und kam vor dem Beobachtungsfenster schlitternd zum Stehen. Der Raum war leer.

Keine Toten, kein Blut, keine Hinweise auf einen Kampf.

Auch Baako war verschwunden.

Er schaute sich verwirrt um. *Wo steckten sie alle?*

Auf dem langen Flur, der zur Rückseite des Gebäudes führte, wurde laut gerufen. Er erkannte die aufgebrachte Stimme von Leonard Trask, dem Leiter der Forschungsstation, und eilte ihm entgegen.

»Wer hat den Hund freigelassen?«, rief der Mann. »Schaffen Sie den Köter wieder in den Zwinger!«

Monk lief auf den Lärm zu. Er hatte keine Ahnung, ob das mit der Abwesenheit der Gesuchten zu tun hatte, aber Trask wusste vielleicht, was geschehen war, oder konnte ihm wenigstens ein paar Hinweise geben.

Er kam an einer Reihe von Labors vorbei und landete in einem größeren Raum, der von Hundezwingern, Edelstahlkäfigen und Spinden gesäumt war. Durch eine offene Tür sah man in den Regen hinaus.

Am Boden saß ein triefnasser Hund, der am ganzen Leib zitterte.

Trask hatte den jungen Hund mit dem Stiefel an die Wand gedrückt. Eine Studentin im Overall der Emory University kam mit einer Leine angelaufen.

Monk hatte den Direktor erreicht. »Was ist hier los?«

Trask wandte sich mit rotem Kopf und wütendem Blick zu ihm um. »Jemand hat ...« Er verstummte, als er die Pistole in Monks Hand sah. »Was soll das?«

Monk hatte keine Zeit für Erklärungen.

Die Studentin befreite den Hund und befestigte die Leine an seinem Halsband. Dabei fiel etwas auf den Betonboden. Sie hob es auf und betrachtete es neugierig.

Trask streckte die Hand aus. »Lassen Sie mal sehen.«

Sie reichte es ihm. »Das scheint mir einer von Baakos Trackern zu sein.«

Monk trat näher. »Stimmt das?«

»Ja«, sagte Leonhard finster. »Aber was hat der bei dem Hund zu suchen?«

Die Studentin setzte nervös zu einer Erklärung an und zeigte zum Ausgang. »Dr. Crandall ist mit Baako und Tango spazieren gegangen.«

»Wann?«, fragte Monk.

»Das weiß ich nicht. Vielleicht vor einer halben Stunde.

Ich hatte gerade meine Schicht angetreten, als Jack Tango aus dem Zwinger geholt hat.«

Monk blickte zur feuchten Wiese hinaus.

»Wahrscheinlich sind sie noch im Wald«, sagte Trask. »Da gibt es ein Labyrinth von Wegen.«

Monk glaubte das nicht. Mit zusammengekniffenen Augen musterte er den Kiesweg, der sich durchs hohe Gras schlängelte. In der Mitte des Wegs zeichnete sich etwas Dunkles ab.

Verdammt.

Er fasste Trask beim Arm, zerrte ihn die Rampe hinunter und eilte mit ihm den Weg entlang. Wie befürchtet stellte sich der dunkle Umriss als Leiche heraus.

Trask wich bestürzt einen Schritt zurück. »Das ist Jack.«

Monk schaute sich um, doch die anderen waren nirgends zu sehen. Er musterte den dunklen Wald, ahnte aber, dass er zu spät gekommen war. Wer auch immer Amy Wus Anrufer gewesen sein mochte, er hatte sein Ziel erreicht.

»Sie sind weg«, murmelte er in den Regen hinein.

Monk wandte sich um und nahm Trask den Tracker ab.

Aber wenigstens nicht spurlos verschwunden.

12:48

Die Arme um die Beine geschlungen, hockt Baako an der Rückseite des Käfigs. Obwohl ihm vom Motorengeräusch der Kopf dröhnt, hört er seinen Herzschlag in den Ohren. Er möchte brüllen, sich auf die Brust trommeln, seine Angst herausschreien. Durch ein Fenster sieht er den peitschenden Regen und die vorbeihuschende Umgebung.

Vom Gestank im beengten Raum und dem Schwanken ist ihm übel.

Der einzige Ruhepunkt in diesem Durcheinander ist seine Mutter. Sie sitzt neben dem Käfig. Ihre Augen sind zu groß, ihre Haut zu weiß. Sie atmet zu schnell.

Mama...

Sie kann ihn nicht erreichen, denn man hat ihr die Arme gefesselt.

Der große Mann, der ihr gegenübersitzt, hat die Lippen zusammengepresst, seine Nasenflügel blähen sich, sein Blick huscht umher. Er sieht so aus, als wollte er sich auf die Brust trommeln, doch auch seine Arme sind gefesselt.

Die bösen Schattenmenschen, die ihre Gesichter verlsteckt haben, nehmen die übrigen Plätze ein. Jetzt zeigen sie ihr Gesicht, pellen den Schatten ab. Sie haben schmale Augen und eine andere Hautfarbe.

Wie die Frau, Mamas Freundin, die ihn besuchen kommt und ihn kitzelt.

Diese Menschen aber sind nicht nett.

Baako zieht den Kopf noch weiter ein und denkt daran, wie man ihn in den Käfig getrieben hat mit einem Stock, der gebrannt und blaues Feuer gemacht hat. Mama ist ihnen in den Arm gefallen. Sie hat Baako mit Worten getröstet, doch er war zu verängstigt, um sie zu verstehen. Trotzdem hat er sich von ihr in den Käfig bringen lassen.

Dann waren sie grob zu Mama gewesen. Sie haben sie durchsucht und ihr das Telefon abgenommen... und auch dem Mann. Baako weiß, was ein Telefon ist. Manchmal spricht er mithilfe von so einem Ding mit seiner Mutter oder Lena. Er wimmert, als er an sie denkt.

»Alles in Ordnung, Baako«, sagt Mama.

Mit leisem Schnauben drückt er seinen Zweifel aus.

Nichts ist in Ordnung.

Sie dreht sich zu ihm um, streckt die gefesselten Arme durch die Gitterstäbe. Mit der einen Hand bildet sie Buchstaben.

[Verstecken]

Er versteht sie nicht. Manchmal spielt seine Mutter mit ihm Versteckspiele. Zum Beispiel legt sie eine Banane in einen Kasten, den er drehen und wenden muss und in dem er herumtastet, bis er an die Banane herankommt.

Er bleckt die Zähne, zeigt seine Verwirrung.

Sie öffnet die andere Hand. Auf der Handfläche liegt etwas Rundes aus Plastik und Stahl. Er weiß, was das ist, und zeigt es ihr, indem er die Finger um sein Handgelenk legt. Er erinnert sich, dass sie ein rundes Ding abgenommen und es Tango gegeben hat. Das zweite runde Ding hat sie in die Tasche gesteckt, als die Männer auftauchten.

Mit der leeren Hand formt sie Worte und streckt ihm das Ding entgegen.

[Nimm ... Verstecke]

Er gehorcht und nimmt ihr das Ding ab.

Plötzlich ruft vorn jemand. Baako ist zu durcheinander, um den Mann zu verstehen, doch er hört seinen Ärger heraus.

Mama aber sagt Worte, die er versteht. »Baako hat Angst.« Gleichzeitig spricht sie mit den Fingern.

[Verstecke ... Jetzt]

Baako weicht an die Rückseite des Käfigs zurück. Er weiß nicht, was er tun soll, will aber ein braver Junge sein. Er überlegt und wendet den anderen den Rücken zu. Er führt die Hand an den Mund und schieb sich das Ding zwischen die Lippen. Mit der Zunge befördert er es in die Wangentasche und behält es dort.

Einer der bösen Männer dreht Mama auf dem Sitz herum, doch vorher nickt sie Baako zu und lächelt. Er weiß, was sie meint.

[Braver Junge]

Auch der große Mann auf dem Sitz gegenüber schaut ihn an. Er lächelt nicht, doch Baako liest die Anerkennung aus seiner Miene heraus.

Er lehnt sich zurück, ruhiger als zuvor. Eines ist sicher.

Ich bin ein braver Junge.

9

»*Qǐng bú shì… qǐng bú shì…*«, flehte der kniende Mann mit gesenktem Kopf. »*Shàojiàng* Lau, *qǐng bú shì.*«

Major General Jiaying Lau wandte ihm den Rücken zu und schaute auf ein Klemmbrett mit den aktuellen Berichten der verschiedenen Laborabteilungen der Einrichtung. Sie stand vor einem Fenster, das Ausblick bot auf den Zoo von Peking, einem der größten der Welt. Dies war auch der älteste Zoo Chinas, gegründet 1906 als Experimentierfarm.

Ein passender Anfang in Anbetracht des aktuellen Projekts.

Jiaying erfüllte es mit Stolz, dass die harte Arbeit und die jahrelangen sorgfältigen Vorbereitungen jetzt Früchte trugen. Sie blickte zum Park hinunter. Sie befand sich in einem der oberen Stockwerke von Changguanlou, einem Landhaus im französischen Barockstil in der Nordwestecke des Zoos, das im neunzehnten Jahrhundert die Kaiserin Dowager Cixi beherbergt hatte.

Sie stellte sich vor, wie einst die Kaiserin durch dieses

Fenster geschaut hatte. Jetzt war sie die Herrscherin, die alles im Blick hatte.

In gewisser Weise traf dies auch zu.

Zwar übte sie nicht die volle Kontrolle über die zahlreichen Gehege und die fünfzehntausend Tiere aus, die auf dem achtzig Hektar großen Parkgelände untergebracht waren – aber sie hatte das Sagen im unterirdischen Bereich, der es mit den Gebäuden aufnehmen konnte, die für die Olympischen Sommerspiele errichtet worden waren. Ihre Einrichtung verfolgte ein wichtigeres Ziel als globale Sympathiewerbung.

Jiaying schloss die Augen und vergegenwärtigte sich das ganze Ausmaß ihres Projekts.

Alles hatte angefangen mit Samen, die ein paar tausend Kilometer entfernt gesammelt worden waren. Hier im Keller hatten sie gekeimt und versprachen nun, den Ruhm des Landes zu mehren. Die Samen stammten aus einem Tal im Südwesten Tibets, nicht weit entfernt von der Grenze zu Nepal und Indien. Dieser Ort war Buddhisten und Hindus heilig. Der Grund dafür war der Berg Kailash. Dies war der höchste der schneebedeckten Gipfel, welche das Tal säumten, in dem der Legende nach Shiva in ewiger Meditation verharrte.

Sie missbilligte diesen alten Aberglauben. Sie schlug die Augen auf und blickte zur Skyline von Peking hinüber. Dort hatte sie an der Universität für Wissenschaft und Technik studiert und war vom stellvertretenden Generalsekretär zur Ausbildung an die Militärakademie geschickt worden. Sie straffte sich eingedenk dieser Ehre. Damals war sie neunzehn gewesen und ihre Zukunft ein Buch mit leeren Seiten, die noch beschriftet werden mussten.

Das aber ist bald vier Jahrzehnte her.

Sie betrachtete ihr Spiegelbild im Fenster, ihr kurz geschnittenes Haar, das sie sich sorgfältig hinter die Ohren gekämmt hatte. Sie konnte ihre Geschichte in den Gesichtsfalten lesen. Sie hatte keine Kinder und keinen Mann, sondern war mit ihrer militärischen Karriere verheiratet. Auf den Epauletten ihrer kiefergrünen Uniform glänzte ein einzelner Stern, denn sie war eine *shàojiàng*, Generalmajorin der Volksarmee. Sie polierte die beiden Sterne jeden Morgen, doch im Lauf der Jahre hatte sich eine gewisse Bitterkeit in das Ritual eingeschlichen, eine Unzufriedenheit darüber, dass nicht mehr Sterne ihre Uniform zierten.

Sie war sich bewusst, dass ihre Karriere ins Stocken geraten war – weil sie eine Frau war und weil sie in der Wissenschaftsdivision der Volksarmee tätig war. Dies hielt sie jedoch nicht davon ab, sich weitere Sterne und vielleicht sogar eine Beförderung zum Direktor der militärisch-wissenschaftlichen Abteilung zu wünschen, eine Position, die noch nie eine Frau eingenommen hatte. Das war ihr Ziel, doch um es zu erreichen, musste sie sich zunächst als würdig erweisen. Für diese Unternehmung setzte sie ihre ganze Karriere und ihren Ruf aufs Spiel.

Ich darf nicht scheitern.

Vor dem Fenster lag ein blauer See. Zahlreiche langbeinige Kraniche standen im Wasser, ihr weiß und rosa gefärbtes Gefieder leuchtete im Schatten einer grünen Laube, die mit Blüten gesprenkelt war. Sie ließ den Anblick auf sich wirken. Hinter dem See lagen verschiedene Gehege und Volieren inmitten einer Savannenlandschaft mit Wasserläufen und miteinander verbundenen Seen. An der anderen Seite des Parks lag die größte Attraktion des

Zoos, die alljährlich hunderttausende Besucher anlockte: das Pandahaus.

Doch so prachtvoll der Park auch wirkte, waren die wahren Wunder der Natur im unterirdischen Bereich verborgen; auf über dreißigtausend Quadratmetern mit Labors, Zwingern und klimatisierten Habitaten. Die Idee ging auf eine ähnliche Forschungseinrichtung zurück, die bei der US-Invasion des Irak unter dem Zoo von Bagdad entdeckt worden war.

Ihre Einrichtung aber stellte die primitive Anlage der Iraker in den Schatten und erstreckte sich über die ganze Breite des städtischen Zoos. Anfangs waren die Genforschungsprojekte der Einrichtung noch überschaubar gewesen, doch ihre Erwartungen waren in den vergangenen Jahren in demselben Maße gewachsen wie die technischen Möglichkeiten.

Und dann kam der Durchbruch, eine Entdeckung, die alles veränderte, der Fund auf den heiligen Hängen des Kailash in Tibet...

Vor über einem Jahrzehnt hatte man in dem abgelegenen Tal eine kleine anthropologische Forschungsstation errichtet, die das Genom der Einheimischen untersuchte. Der Ort war wegen des Zustroms von Pilgern ausgewählt worden, denn der Berg lockte Menschen aus nah und fern an. Die Anthropologen hatten eine genetische Datenbank der Migrationsmuster in der Region erstellt. Das Militär hatte die Forschung finanziert, um die Position Chinas zu untermauern, denn die Grenzen in dieser Region waren zwischen Indien, Tibet, Nepal und Bhutan umstritten.

Die Anthropologen hatten nicht nur genetische Proben genommen, sondern auch Geschichten über die Sichtung seltener Tiere wie dem Schneeleoparden oder dem tibetischen Silberbär gesammelt. Nach einer Weile fingen die Schäfer und Hirten an, den Wissenschaftlern Fundstücke mitzubringen: Teile fossilierter Knochen, alte Felle, versteinertes Holz.

Vor acht Jahren hatte ein tibetischer Hirte einen der Forscher zu einer Höhle hoch oben an den Hängen des Kailash geleitet, weit oberhalb der Schneegrenze, zu heilig, um sie zu betreten. Der Hirte behauptete, er habe den Bau eines Yetis entdeckt, des berüchtigten Monsters aus dem Himalaja. Solche Geschichten kursierten seit Jahrhunderten. Es gab sie in vielen Ländern, wo das Wesen unterschiedliche Namen hatte. In Bhutan wurde der Yeti Migo genannt; bei den chinesischen Bergstämmen hieß er Alma. Die Entdeckung des Tages aber war nicht der Bau des Yetis, sondern eine Höhle mit einem wissenschaftlichen Schatz, der alles Bisherige übertraf.

Zufällig war der Forscher vor Ort Mitglied der Akademie für Militärwissenschaft. Er hielt seine Entdeckung geheim und wandte sich an den stellvertretenden Direktor der Akademie, der Jiaying Lau mit weiteren Nachforschungen betraute. Als ihr die ganze Bedeutung der Entdeckung und die sich dadurch eröffnenden Möglichkeiten bewusst wurden, konfiszierte sie den Fund und brachte ihn nach Peking, wo sie im Geheimen die besten und klügsten chinesischen Wissenschaftler versammelte: Zoologen, Archäologen, Molekularbiologen, Gentechniker sowie Experten für Reproduktionsmedizin und Entwicklungsforschung.

Der Zoo und die Forschungseinrichtung waren der perfekte Ort, um das Rätsel zu erforschen, das die Menschheit vielleicht für immer verändern würde. Wenn diese Unternehmung aber Erfolg haben sollte, zumal in dem gesteckten Zeitrahmen, waren Sicherheitsversäumnisse nicht hinnehmbar.

»*Qǐng bú shì...*«, wiederholte der Mann flehentlich.

Der Kniende – ein achtundzwanzigjähriger Computertechniker namens Quon Zheng – hatte gestern über einen Militärsatelliten eine unautorisierte Nachricht abgesetzt. Er hatte versucht, eine Freundin in Schanghai zu erreichen. Zwar hatte er keine bösen Absichten verfolgt, doch solche Kontakte mit der Außenwelt waren den hier Beschäftigten verboten.

Jiaying schloss die Augen und dachte an den beschwerlichen Aufstieg am Hang des heiligen Bergs Kailash, dem angeblichen Wohnort Shivas, des Zerstörers der Illusionen.

Ihr Familienname Lau bedeutete *zerstören*.

Daraus schöpfte sie Kraft.

»Nehmen Sie ihn mit«, sagte sie zu den beiden Soldaten am Eingang. »Werfen Sie ihn in die Arche.«

Quon schrie auf vor Entsetzen und Furcht. Aufgrund seiner niedrigen Sicherheitseinstufung wusste er nicht genau, wohin man ihn brachte, doch in der engen Gemeinschaft kursierten Gerüchte von verschwundenen Personen, die nie wieder aufgetaucht waren.

Sie straffte den Rücken, als der Mann weggezerrt wurde, und blickte zum blauen Teich und den majestätisch umherstolzierenden Kranichen hinaus.

Als sie angesprochen wurde, schreckte sie zusammen. »*Chéngmahn, Shàojiàng Lau.*«

Der Sprecher hatte sich auf Kantonesisch für die Störung entschuldigt. Trotz der respektvollen Anrede war ihr die versteckte Beleidigung nicht entgangen. Sie stammte aus Südchina, aus einem armen Dorf in der Provinz

Guangdong, wo Kantonesisch gesprochen wurde. Der Sprecher wusste, dass Mandarin, der offizielle chinesische Dialekt, für sie eine Fremdsprache war, und wollte sie an ihre niedere Herkunft erinnern.

Jiaying wandte sich um und antwortete knapp auf Mandarin. »Sie stören nicht, *Zhōngxiào* Sun.« Sie hatte höflich gesprochen, aber seinen Rang – Oberstleutnant – betont, um ihm deutlich zu machen, dass er ihr Untergebener war. »Was gibt es?«

Chang Sun neigte den Kopf, bevor er weitersprach. Er war so groß wie sie und trug eine frisch gebügelte Kakiuniform, doch er war zwanzig Jahre jünger und mit allen Vorzügen der Jugend ausgestattet: straffe Muskeln, schwarzes Haar und ein faltenloses Gesicht. Aus seinen Augen leuchtete unverhohlener Ehrgeiz hervor.

Chang war der Offizier, den der tibetische Hirte zu der Höhle am verschneiten Hang des Kailash geleitet hatte. Seine Beteiligung an der Entdeckung hatte ihm eine Beförderung eingebracht – doch genau wie sie wollte er noch weiter vorankommen, auch wenn dies bedeuten würde, dass er sie irgendwann hinter sich zurückließ.

»Ich möchte Ihnen mitteilen, dass meine Leute mit dem Paket aus Kroatien eingetroffen sind«, sagte er. »Sie werden im Moment hierhergebracht.«

»Ausgezeichnet. Und was ist mit dem anderen Paket, dem aus den USA?«

»Ist noch unterwegs, aber sie sollten in den nächsten Stunden landen.«

Sie nickte anerkennend, zollte dem Mann widerwillig Respekt. Sie war zwar die Kommandantin, doch Chang Sun koordinierte die militärischen und geheimdienstlichen Aspekte der Operation. Er war ihr starker Arm im Ausland – und ihr war bewusst, dass er dies vermutlich eines Tages gegen sie verwenden würde.

Sie versuchte, ihm einen Dämpfer zu verpassen. »Ich habe gehört, dass wir unsere Kontaktperson im wissenschaftlichen Establishment des Weißen Hauses verloren haben – dass sie bei der Operation in Atlanta erschossen wurde.«

Chang schlug die Augen nieder. »Ein bedauerlicher Verlust, dessen wir uns nun würdig erweisen müssen.«

Damit war sie gemeint. Als wissenschaftliche Leiterin des Projekts fiel es in ihren Verantwortungsbereich, den Verlust nachträglich zu rechtfertigen.

»Und was ist mit den losen Enden in Kroatien?«, fragte sie. »Wurden sie beseitigt?«

Nach außen hin ließ sie sich nichts anmerken, doch es brodelte in ihr. Changs Aufklärer hatten zu spät erfahren, dass die Zwillingsschwester der amerikanischen Genetikerin sich bereits im Gebirge aufgehalten hatte. Sie war einen Tag früher eingetroffen als erwartet. Ursprünglich hatte man sie in Leipzig entführen wollen. Wenn sich beide Schwestern in ihrer Gewalt befänden, könnte sie die eine gegen die andere ausspielen, um sie zur Zusammenarbeit zu bewegen. Die Geheimdienstpanne hatte dazu geführt, dass sie den Angriff auf das Primatenlabor in den Vereinigten Staaten vorgezogen hatten. Die Eile war vermutlich der Grund, weshalb sie die Spionin im Weißen Haus verloren hatten.

»Wir glauben, dass Dr. Lena Crandall tot ist«, sagte Chang, »doch wir suchen weiter nach einer Bestätigung für unsere Vermutung.«

»Und die zehn Männer, die Sie dort verloren haben?«

Chang seufzte genervt. »Die sind sauber. Niemand kann

sie zu uns zurückverfolgen. Für den Fall, dass Anschuldigungen erhoben werden, haben wir bereits ein Dementi vorbereitet.«

»Haben Sie schon eine Vermutung, *wer* Ihre Leute ausgeschaltet hat?«

Chang schüttelte den Kopf und kniff leicht die Augen zusammen – seine Verärgerung galt jedoch nicht seinen toten Kameraden, sondern dem drohenden Eintrag in seiner Personalakte. »Noch nicht.«

»Vielleicht sollten Sie sich darauf konzentrieren«, schlug sie vor, erleichtert darüber, dass sie seine Aufmerksamkeit auf ein anderes Feld lenken konnte. Sie zeigte zur Tür. »Ich sollte mich jetzt auf die Begrüßung unserer Gäste vorbereiten.«

»Ja, Generalmajorin Lau.« Er verneigte sich und ging hinaus.

Sie wandte sich wieder dem Fenster zu und schaute zum blauen See hinaus, während die Sonne höher stieg und der neue Tag begann. Doch sie dachte an einen anderen See, der im Schatten des Kailash in Tibet lag: den Rakshastal oder Teufelssee, der seinen Namen dem bitteren Wasser und dem zehnköpfigen Dämon verdankte, der angeblich in seiner Tiefe lauerte.

Stirnrunzelnd betrachtete sie ihr Spiegelbild, wohl wissend, dass es auf der Welt schlimmere Dinge gab als Dämonen.

Zumal ich an ihrer Erschaffung beteiligt war.

Die Hände auf den Rücken gefesselt, stolperte Quon Zheng durch den Flur. Zwei Soldaten hatten ihn in die Mitte genommen. Der eine hielt ihn am Ellbogen fest; der andere trieb ihn mit einem Elektroschocker an. Der breite Flur führte durchs Zentrum der Anlage zur anderen Seite, zu der nur wenige Zugang hatten. Ein paar Mitarbeiter schauten ihn an, wandten aber gleich verängstigt den Blick ab und machten ihnen Platz.

Aus einem Seitengang tauchten vier Soldaten mit zwei erschöpft wirkenden älteren Männern auf, denen man ebenfalls die Hände auf den Rücken gefesselt hatte. Ihnen folgten zwei weitere Soldaten, die eine große sargähnliche Kiste schleppten. Vermutlich kamen sie von einem der militärischen Hubschrauberlandeplätze, welche die Forschungseinrichtung versorgten.

Er blickte furchtsam zu ihnen hinüber und erinnerte sich, wie er vor zehn Monaten hier eingetroffen war, hoffnungsvoll und stolz. Seine Augen füllten sich mit Tränen, als er an seine alte Mutter dachte, die so gerne die Teegärten von Schanghai besucht hatte, und an seine jüngere Schwester, die ihre Mutter abgöttisch liebte. Und er dachte an die im Dunkeln leuchtenden Augen seiner Freundin, an die zärtliche Berührung ihrer Lippen.

Stimmen lenkten seine Aufmerksamkeit auf die nähere Umgebung. Die frisch eingetroffenen Gefangenen unterhielten sich flüsternd auf Englisch und schauten sich um. Die Gruppe war in Eile; vermutlich brachte man die Männer zu dem Büro von Generalmajorin Lau. Quon fing den Blick des älteren Mannes auf. Auch er wirkte verängstigt, doch er sprach ruhig, mit britischem Akzent.

Er rief Quon an, vielleicht weil er in ihm einen Leidens-
genossen sah.

»Heh, Sie! Wo sind wir hier?«

Quon hatte ihn verstanden. Er presste ein einzelnes
Wort hervor, Warnung und Charakterisierung zugleich:
»*Dìyù*...« Er wandte den Kopf und wiederholte das Wort.
»*Tā shì dìyù!*«

Die Fremden entfernten sich von ihm, der bestürzte
Ausruf des anderen Gefangenen, verfremdet durch französischen Akzent, erreichte Quons Ohren.

»Der Mann hat gesagt... er hat gesagt, *dieser Ort ist die
Hölle.*«

Quon wollte ihnen etwas zurufen, doch da rammte man
ihm einen Elektroschocker in den Rücken, und ein sengender Schmerz breitete sich aus. Er hielt sich nur deshalb auf
den Beinen, weil die Hand des einen Soldaten seine Schulter wie ein Schraubstock umklammerte.

Halb zerrte, halb schob man ihn durch das Labyrinth
der Gänge. In den abgehenden Räumen waren Schafe und
sogar zottelige Yaks untergebracht. Schließlich erreichten
sie einen hohen überwölbten Durchgang, der mit einer
schwarzen Stahltür verschlossen war. Darüber leuchteten
zwei rote Schriftzeichen.

Quon stöhnte auf. »Nein!«
Die Arche.

Das Gewölbe war berüchtigt, wenngleich nur wenige wussten, was hinter den Stahltüren verborgen war.

Einer der Soldaten drückte die flache Hand auf einen blau leuchtenden Scanner an der Wand. Das dicke Tor schwang ächzend auf.

Kalte Luft wehte Quon entgegen, der Geruch war noch stärker als in den Ställen der Yaks. Ihm sträubten sich die Nackenhaare. Von Grauen erfüllt, wollte er zurückweichen, doch kräftige Hände packten ihn bei den Schultern. Man nahm ihm die Handfesseln ab und schob ihn durch die Öffnung.

Unmittelbar hinter der Schwelle fiel er auf die Knie. Er befand sich in einem Käfig. Hinter den dicken Gitterstäben lag ein großes Gehege, herausgeschnitten aus dem Felsgestein. Die Wände ragten senkrecht zwanzig Meter hoch und fassten eine Grube ein, auf deren Boden große schwarze Steine verteilt waren. An beiden Seiten lagen Höhlen, einige auf Bodenniveau, andere weiter oben.

Die Tür fiel hinter ihm zu.

Das Herz klopfte ihm in der Brust.

Bitte, nicht...

In den Höhlen regten sich Schatten. In der Nähe verlagerte sich einer der Steine, entfaltete sich zu einem unfassbaren Grauen.

Quon schrie auf und wich zur Stahltür zurück – als der Ausgang des kleinen Käfigs klirrend angehoben wurde.

TEIL 2

DAS EVA-RELIKT

10

ANGST UND HOFFNUNG spiegelten sich in Lenas Gesicht wider, als Gray in die kleine Küche trat. Von Hand bearbeitete Sparren stützten die niedrige Decke, die Ziegelsteinwände stammten aus dem siebzehnten Jahrhundert. Die Küche gehörte zur Pfarrei der Katharinenkirche in Zagreb, der Hauptstadt Kroatiens. Die Genetikerin saß an einem alten Eichentisch. Hinter ihr knisterte und knackte im rußgeschwärzten Kamin ein Feuer.

»Gibt es Neuigkeiten von Maria?«, fragte Lena.

Auch Seichan sah ihn erwartungsvoll an. Sie wandte sich von der Arbeitsfläche ab und reichte ihm einen Becher mit dampfendem Kaffee. Er nahm ihn entgegen, schnappte sich ein Stück Käsegebäck – Štrukli genannt – von einem Teller und ging zum Tisch.

»Es gibt Neuigkeiten aus Washington«, antwortete Gray. »Die GPS-Tracker, die vermutlich zur Gruppe Ihrer Schwester gehören, werden weiterhin überwacht, doch das Signal bricht immer wieder ab.«

Lena schlug den Blick nieder, die Hände um die Tisch-

183

platte gekrampft. »Die Geräte sind eigentlich nur für kurze Entfernungen gedacht. Sie sollten uns helfen, Baako zu finden, falls er sich im Wald verirren oder über den Zaun klettern sollte.«

Gray versuchte, sich den hybriden Gorilla vorzustellen. Während der gefährlichen nächtlichen Fahrt von Ogulin nach Zagreb, mitten durchs stürmische Gebirge, hatte Lena ihm von ihrem Forschungsprojekt erzählt – und von ihrem ungewöhnlichen Forschungsgegenstand. Der Überfall auf das Primatenzentrum musste mit dem hiesigen Vorfall in Verbindung stehen.

Doch worin besteht der Zusammenhang?

Er dachte an Kowalski und fragte sich, ob er noch am Leben war.

Und Lena machte sich Sorgen um ihre Schwester.

Er versuchte, sie zu beruhigen. »Einstweilen funktioniert der Tracker noch, und wir wissen, dass er sich in westliche Richtung über den Pazifik bewegt. Wir haben bereits ein Team in der Luft, das ihm folgt und den Abstand verringert. Sobald die Entführer landen, zieht sich die Schlinge zu.«

Painters größte Sorge, dass die beiden Angriffe von China aus koordiniert worden sein könnten, ließ er unerwähnt. Wenn das zutraf, würde sich Marias Befreiung nach Erreichen des Festlands günstigstenfalls als schwierig erweisen.

Schlimmstenfalls als unmöglich.

Lena sprach eine weitere Sorge aus. »Die Akkuladung der Tracker reicht höchstens noch einen Tag. Wenn die Akkus leer sind, bevor sie landen, können wir sie nicht orten.«

Gray setzte sich auf eine Bank. Dieses Detail hatte Painter nicht erwähnt.

Falls er überhaupt davon weiß.

Jedenfalls waren Gray weitgehend die Hände gebunden. Painter hatte ihn damit beauftragt, Lena in die Staaten zurückzubringen. Im Moment warteten sie auf weitere Anweisungen.

»Was ist mit Professor Wrightson und Dr. Arnaud?«, fragte Lena.

Er schüttelte den Kopf. Wenn der britische Geologe und der französische Paläontologe noch am Leben waren, hatten sie das Gebiet vermutlich längst verlassen. Ihm ging es vor allem darum, nicht aufzufallen und Lenas Überleben so lange zu gewährleisten, bis sie abgeholt wurden. Als sie die Stadt erreichten, hatte Pater Novak ihnen angeboten, den Rest der Nacht in der Kirche zu verbringen. Sie hatten auf den Pritschen im Hinterzimmer nur ein paar Stunden geschlafen, doch in einer Stunde würde die Sonne aufgehen.

Dann müssten sie weiterziehen.

Stiefelgepolter lenkte Grays Aufmerksamkeit zur Küchentür. Roland Novak trat ein, ein Buch von der Größe eines Atlas unter den Arm geklemmt. In der anderen Hand hielt er ein kleines Buch und eine rechteckige Metallplatte. Der junge Priester wirkte erschöpft, unter seinen geröteten Augen hatte sich Tränensäcke gebildet. Er sah aus, als habe er kein Auge zugetan. Trotzdem zitterte er vor Erregung.

»Das sollten Sie sich ansehen«, sagte er, trat an den Tisch und zog Seichan mit sich.

Er legte das große Buch auf den Tisch. Der Titel in Goldprägung lautete: *Mundus Subterraneus.*

»Das ist das Buch, das Pater Athanasius Kircher 1665 veröffentlicht hat«, sagte er und legte das kleine Buch ne-

ben das große. »Und das hier haben wir in der anderen
Höhle gefunden – ich glaube, es handelt sich um ein Journal des Geistlichen.«

Gray betrachtete das auf dem Einband abgebildete
Labyrinth.

Roland und Lena hatten ihm geschildert, was sie im
Höhlensystem im Innern des Gebirges entdeckt hatten:
eine gotische Kapelle mit den sterblichen Überresten eines
männlichen Neandertalers, dessen Gebeine die Angreifer
mitgenommen hatten. Die Kapelle stand anscheinend in
Verbindung mit Athanasius Kircher, einem Jesuitenpriester aus dem siebzehnten Jahrhundert, der vermutlich die
Gebeine eines zweiten Neandertalers entfernt hatte, wahrscheinlich die einer Frau.

Roland war in den vergangenen Stunden anscheinend
dieser Spur nachgegangen. Die Beharrlichkeit des Priesters – von seiner Tapferkeit im Angesicht der Gefahr

ganz zu schweigen – erinnerte Gray an einen geschätzten Freund, einen Vatikanpriester, der bei der Jagd nach alten Wahrheiten ums Leben gekommen war.

Jetzt könnte ich deinen Rat gut brauchen, Vigor.

Mit den Gedanken bei seinem verstorbenen Freund hörte er Roland zu.

»Bedauerlicherweise«, sagte der Priester, »sind die Aufzeichnungen nicht mehr leserlich, allerdings haben wir ein paar Hinweise entdeckt.«

»Wie zum Beispiel den Schlüssel«, setzte Lena hinzu. Sie zog einen großen Schlüssel aus der Tasche und legte ihn auf den Tisch. Das Metall war korrodiert, doch der Engel und der Bogen aus Totenschädeln waren deutlich zu erkennen.

Roland nickte. »Ich habe keine Ahnung, in welches Schloss der Schlüssel passt, aber ich habe mich entschieden, als Erstes dem offensichtlichsten Hinweis nachzugehen.« Er fuhr mit dem Finger am Außenrand des Labyrinths auf dem Einband entlang. »Das kam mir irgendwie bekannt vor. Ich glaube, dies ist die Darstellung des kretischen Labyrinths, in dem der Legende nach der Minotaurus gefangen war. Schauen Sie sich das an.«

Der Priester zog eine Dokumentenmappe aus dem großen Buch hervor und schlug eine Seite mit der Abbildung einer Silbermünze auf. »Die wurde in Knossos geprägt, der kretischen Hauptstadt.«

Gray verglich das Labyrinth auf der Münze mit dem auf dem Buchdeckel. »Sie sind nahezu identisch.«

»Im Zuge meiner Nachforschungen habe ich herausgefunden, dass dieses Labyrinth nicht bloß in Kreta zu finden ist. Entsprechende Muster sind in Steine in aller Welt eingeritzt. Man findet sie in Italien, Spanien, Irland, sogar in Finnland. Und es sind nicht Felszeichnungen allein. Im großen indischen Sanskritepos Mahabharata wird eine als Padmavyuha bezeichnete Militärformation beschrieben, die das gleiche Muster zeigt.«

»Interessant.« Lena zog das Foto der Münze näher zu sich heran. »Die alten Zivilisationen haben das Wissen um dieses Muster anscheinend geteilt und es in ihre Mythologie aufgenommen. In Kreta war es das Gefängnis des Minotaurus. In Indien eine Schlachtformation.«

»Vielleicht verweist es auf einen realen Ort.« Roland sah auf den Einband des Journals nieder. »Jedenfalls denke ich, dass das Labyrinth für Pater Kircher irgendeine Bedeutung gehabt haben muss. Deshalb habe ich nach weiteren Belegen für das Interesse des Paters an solchen Labyrinthen gesucht – und bin in dem Buch fündig geworden.«

Der Priester legte die Hand auf den großen Band mit dem Titel *Mundus Subterraneus.*

Seichan setzte sich neben Lena. »Wer war dieser Geistliche eigentlich? Ich habe noch nie von ihm gehört.«

Roland schlug lächelnd das Buch auf. Gray wusste, dass man ihn wegen seiner gründlichen Kenntnis des Jesuitenpriesters zu dem archäologischen Fundort hinzugezogen hatte. Wenn überhaupt jemand wusste, wie dies alles zusammenhängen mochte, dann dieser Mann.

Der Priester hielt bei einer Seite mit dem Porträt eines Mannes in Mönchskutte und Spitzhut mit Blättern inne.

P. ATHANASIVS KIRCHERVS FVLDENSIS
e Societ: Iefu Anno ætatis LIII.

Honoris et observantiæ ergò sculpsit et D.D.C.Bloemaert Romæ 2 Maij A. 1665.

Roland senkte respektvoll die Stimme. »Pater Kircher galt vielen als Leonardo da Vinci seiner Zeit. Er war ein wahrer Vertreter der Renaissance und hatte ein reges Interesse an zahlreichen Disziplinen: Biologie, Medizin, Geologie, Kartografie, Optik und sogar Konstruktionswesen. Eine seiner größten Leidenschaft aber waren die Sprachen. Er begriff als Erster, dass eine direkte Verbindung zwischen dem alten Ägyptisch und den noch in Gebrauch befindlichen koptischen Sprachen bestand. Für viele Gelehrte war Athanasius Kircher der Begründer der Ägyptologie. Er verfasste umfangreiche Bände über die ägyptischen Hieroglyphen. Später gelangte er zu der Überzeugung, dass dies die Sprache Adam und Evas gewesen sei, und ritzte sogar seine eigenen Hieroglyphen in mehrere ägyptische Obelisken ein, die in Rom zu finden sind.«

Grays Interesse war geweckt. Er betrachtete Kirchers Gestalt, seine nachdenklichen Augen, und fühlte sich an seinen alten Freund Monsignore Vigor Verona erinnert. Obwohl die beiden Männer durch Jahrhunderte getrennt gewesen waren, hätten sie Brüder sein können – und vielleicht waren sie dies in gewisser Hinsicht auch. Beide waren Männer des Glaubens, die Gottes Schöpfung nicht allein mithilfe der Bibel zu ergründen suchten, sondern auch mittels der Erforschung der Natur.

Roland fuhr fort: »Pater Kircher gründete im Vatikan ein Museum, an dem er unterrichtete und Forschung betrieb. Im Museum Kircheranium gab es eine umfangreiche Sammlung von Altertümern, eine große Bibliothek und mehrere seiner Erfindungen. Um Ihnen einen Eindruck von den Ausmaßen zu vermitteln – und von der Bedeutung des Mannes zu jener Zeit –, hier eine Radierung des Museums.«

Roland zog eine weitere Abbildung aus der Mappe hervor.

Gray betrachtete das weitläufige Gewölbe, welches das Lebenswerk eines einzigen Mannes enthielt. Es wirkte beeindruckend, das musste er zugeben.

Seichan sah das Ganze ein wenig nüchterner. »Und wie ist der Jesuitenpriester in dem abgelegenen kroatischen Gebirge gelandet?«

Roland schüttelte andeutungsweise den Kopf. »Eigentlich wusste niemand, dass er hier gewesen ist. Als ich im Zuge meiner Doktorarbeit Nachforschungen zu Pater Kircher anstellte, fand ich heraus, dass er im Frühjahr 1669 in unserer Stadt eingetroffen ist, um die Befestigung der Kathedrale von Zagreb zu beaufsichtigen.«

Gray hatte bei der Fahrt durch die Stadt einen Blick auf die Kathedrale geworfen. Man konnte sie eigentlich nicht übersehen, denn sie war das höchste Gebäude von Zagreb.

»Wegen der osmanischen Bedrohung«, erklärte Roland, »wurden rund um die Kathedrale dicke Mauern errichtet. Pater Kircher war von Leopold I., dem Kaiser des Heiligen Römischen Reiches, gebeten worden, bei der Errichtung eines Wachturms an der Südseite zu helfen, der als militärischer Beobachtungsposten dienen sollte. Bei meinen Nachforschungen fand ich heraus, dass der Geistliche wochenlang abwesend war. Die Einheimischen glaubten, er habe vom Kaiser einen speziellen Auftrag erhalten, und der Wachturm habe lediglich von seinen eigentlichen Absichten ablenken sollen.«

»Die möglicherweise kein Geheimnis mehr sind«, sagte Gray und wies mit dem Kinn auf das Journal. »Aber selbst wenn jemand die Höhle mit den Knochen und Zeichnungen entdeckt hatte, weshalb hätte der Kaiser ausgerechnet Pater Kircher mit den Nachforschungen beauftragen sollen?«

»Das kann ich nicht genau sagen, aber der Geistliche war bekannt für sein Interesse an Fossilien und alten Knochenfunden.« Roland blätterte im Buch, während er seine Erläuterungen fortsetzte. »Dieses Werk von Pater Kircher deckt alle Aspekte der Erde ab – angefangen von der Geologie und Geografie bis zur Chemie und Physik. Die Idee dazu kam ihm, als er den Vesuv besuchte, kurz nach dem Ausbruch im Jahr 1637. Er hat sich sogar in den rauchenden Krater abgeseilt, um den Vulkanismus besser verstehen zu lernen.«

Der Bursche hat jedenfalls Einsatz gezeigt, dachte Gray.

»Pater Kircher gelangte zu der Überzeugung, dass die Erde von einem riesigen Netzwerk von Tunneln, Quellen und Wasserreservoirs durchzogen ist. Bei seiner Erkundung der unterirdischen Welt hat er Tausende von Fossilien gesammelt und dokumentiert.«

Roland hielt bei der Abbildung eines versteinerten Fisches inne.

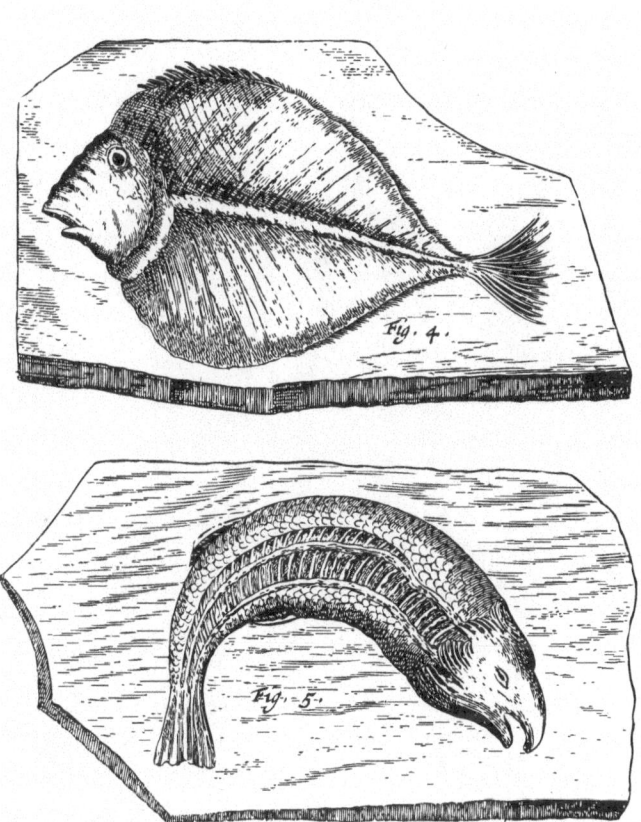

»In dem Buch finden sich zahllose solche Abbildungen«, sagte Roland. »Aber Pater Kircher hat in Norditalien auch Höhlen mit Knochen entdeckt. Die Beinknochen eines Mammuts schrieb er allerdings fälschlicherweise einer Spezies von Riesen zu, die angeblich zeitgleich mit den Frühmenschen lebten.«

Er blätterte zu einer maßstäblichen Abbildung der mythischen Riesen vor.

Roland lächelte, als er die belustigte Reaktion seiner Zuhörer registrierte. »Zugegeben, der Geistliche hat einige gewagte Schlüsse gezogen, aber er war nun mal ein Kind seiner Zeit und hat sich bemüht, die Welt mit den Werkzeugen und dem Wissen zu verstehen, die ihm zur Verfügung standen. Das Buch *Mundus Subterraneus* enthält viele skurril anmutende Spekulationen, angefangen von alten Monstern bis zum verschollenen Kontinent Atlantis.«

Gray richtete sich auf und straffte den verspannten Rücken. Allmählich verlor er die Geduld. »Was hat das mit den Funden in der Höhle zu tun?«

Roland ließ sich nicht aus der Ruhe bringen. »Ich kenne den Grund, weshalb Pater Kircher ins Gebirge geschickt wurde.«

Gray musterte den Priester aufmerksam und bemerkte ein Funkeln in dessen Augen.

Roland nahm die Metallplatte in die Hand und drehte sie um. Die silbrige Oberfläche sah aus wie frisch gereinigt. »Diese Plakette war an der Außenwand der Höhlenkapelle angebracht.«

Gray betrachtete die lateinische Inschrift. Am unteren Rand war eine Reihe von Symbolen zu erkennen. »Sie konnten den Text übersetzen?«

Roland nickte. »Im Wesentlichen handelt es sich um eine Warnung, die Höhlen zu betreten. Wer es dennoch tue, begehe ein Verbrechen, das mit dem Tod bestraft werde.«

»Warum das?«, fragte Seichan. »Was wollte man schützen?«

Roland fuhr mit dem Daumen an einer lateinischen Zeile entlang und übersetzte laut. »Hier ruhen die Gebeine Adams, des Stammvaters der Menschheit. Möge sein ewiger Schlummer ungestört bleiben...« Er holte tief Luft und beendete den Satz. »...damit die Welt nicht untergehe.«

Lena erschauerte bei diesen Worten. Sie starrte das aufgeschlagene *Mundus Subterraneus* an, die Seite mit der Darstellung des Riesen, und dachte an die Schatten, die über
die Höhlenwände getanzt hatten. Die dunklen Gestalten
hatten die Tierherden weit überragt.

*Als wäre dies eine Armee von Kirchers Riesen gewe-
sen.*

Gray meldete sich zu Wort und lenkte sie vom Buch
ab. »Weshalb hat Pater Kircher geglaubt, die Neandertalerknochen stammten von Adam?«

»Offenbar hat er sich geirrt, so wie bei den Mammutknochen.« Roland zuckte mit den Achseln. »Vielleicht ver-
leitete das hohe Alter der Knochen ihn zu der Annahme.
Oder aber er hat noch etwas anderes entdeckt. Da waren
diese seltsamen Felszeichnungen, die sternförmig angeordneten Handabdrücke...«

Er blickte Lena an.

Sie schüttelte den Kopf, denn auch sie hatte keine Erklärung. Allerdings musste sie an ein anderes Mysterium
denken. »Was ist mit den anderen Überresten, die Pater
Kircher möglicherweise mitgenommen hat? Hat er geglaubt, die stammten von Eva?«

»Möglicherweise«, räumte Roland ein. »Aber die feh-
lenden Knochen werden auf der Platte nicht erwähnt.«

»Angenommen, Kircher glaubte, es handele sich um
Evas Gebeine. Wohin könnte er sie gebracht haben?«

»Das weiß ich nicht.« Roland runzelte die Stirn. »Jedenfalls noch nicht.«

Seichan tippte auf den unteren Rand der Metallpla-
kette. »Was haben diese Symbole zu bedeuten?«

○○○○○○○○○○○●○●●●●●●●●●●●●●●○●○○○○○

Lena waren die teilweise verblassten kleinen Kreise ebenfalls aufgefallen. »Das erinnert an die Mondphasen. Es sind achtundzwanzig Symbole, das entspricht dem vollen Mondzyklus.«

»Ich glaube, Dr. Crandall hat recht«, sagte Roland. »Pater Kircher war geradezu besessen vom Mond. Er glaubte, er sei nicht nur von entscheidender Bedeutung für die Erde – wie zum Beispiel die Gezeiten –, sondern auch für das Leben des Menschen. Mithilfe von Teleskopen hat er detaillierte Mondkarten angefertigt, von denen einige in *Mundus Subterraneus* zu finden sind.«

Er blätterte ein paar Seiten weiter bis zu einer handgezeichneten Darstellung der Mondoberfläche.

Die Krater, Gebirge und Mare waren für die damalige Zeit bemerkenswert detailliert dargestellt. Lena schwankte zwischen Bewunderung für die Arbeit des Geistlichen und Geringschätzung für dessen verwegene Spekulationen.

Gray blickte das andere Buch an. »Kircher wollte anscheinend etwas mitteilen, als er das Journal in der Skulpturenhöhle zurückgelassen hat.«

Lena vergegenwärtigte sich die mit Rinnen und Höckern aus Kalzit überkrusteten Wandnischen. In dem Alkoven mit dem Buch waren einige Ablagerungen zerbrochen gewesen. »Pater Kircher hat nicht bloß die Gebeine mitgenommen«, sagte sie. »Er hat auch noch einen Gegenstand mitgenommen und stattdessen das Buch zurückgelassen. Möglicherweise als Hinweis für einen zukünftigen Forscher.«

»Aber was bedeutet das?«, fragte Gray.

Lena schüttelte bedauernd den Kopf. »Was immer er uns mitteilen wollte, ist längst zerstört.« Sie stupste den Schlüssel auf dem Tisch an. »Aber ich vermute, dass es uns zu dem Schloss führen sollte, das sich mit dem Schlüssel aufsperren lässt.«

Gray betrachtete weiterhin das Journal. Lena meinte zu sehen, wie es hinter seinen sturmblauen Augen arbeitete. Schließlich setzte er die Zeigefingerspitze auf das unter dem Labyrinth aufgeführte Datum.

»Sechzehnhundertneunundsiebzig«, las er vor, dann wandte er sich an Roland. »Haben Sie nicht gesagt, Pater Kircher sei *1669* nach Zagreb geschickt worden?«

Der Geistliche trat näher und stellte sich dicht neben Gray. »Das stimmt. Die Diskrepanz hätte mir schon eher auffallen müssen. Das bedeutet, dass Pater Kircher zehn Jahre später zu dem Höhlensystem zurückgekehrt ist – und bei der Gelegenheit das Buch und den Schlüssel hinterlegt hat.«

»Aber warum?«, fragte Lena.

Roland blickte in die Runde. »Das weiß ich nicht, aber Pater Kircher ist im darauf folgenden Jahr gestorben. Vielleicht wollte er der Nachwelt vor seinem Tod noch etwas übermitteln.«

Lena hob den Schlüssel hoch und betastete das Metall, das im Lauf der Jahrhunderte korrodiert war. *Wo befand sich das zugehörige Schloss? Was hatte der Leonardo da Vinci seiner Zeit versteckt?*

Gray nahm das Journal in die Hand und schlug es vorsichtig auf. Er betrachtete das modrige Papier, auf dem der Priester seine letzten Worte niedergeschrieben hatte. Er besah sich den Abdruck des Schlüssels, dann untersuchte er die Innenseiten des Einbands. Plötzlich kniff er die Lippen zusammen. Er trat vor den Kamin und hielt das Buch nahe an die Flammen – nicht um es zu verbrennen, sondern um es eingehender in Augenschein zu nehmen.

»Auf der Innenseite des Einbands ist etwas gezeichnet. Kaum zu erkennen.«

Roland und Lena traten neben ihn.

Lena blickte ihm über die Schulter. »Er hat recht«, murmelte sie und betrachtete mit zusammengekniffenen Augen die verblasste Abbildung eines Kreuzes und eines Geweihs.

Seichan gelangte zu einem anderen Schluss. »Sind das da Flammen unter dem Kreuz?«

Roland trat einen Schritt zurück und machte große Augen. »Nein, das sind keine Flammen. Das sind Geweihsprossen.«

Geweihsprossen?

Er blickte in die Runde. »Ich weiß, wohin Pater Kircher uns schicken will.«

6:33

Gray schaute zu, wie Roland sich von den Büchern und alten Botschaften abwandte und zum Kühlschrank hinüberging. Er nahm eine Flasche Likör heraus und stellte sie neben die Bücher, den Schlüssel und die geheimnisvollen Botschaften auf Latein.

Seichan nahm die dunkelgrüne Flasche in die Hand und betrachtete das deutsch beschriftete Etikett. »Jägermeister? Wenn wir feiern wollen, weshalb dann nicht mit Messwein?«

»Der Monsignore trinkt vor dem Zubettgehen gern ein, zwei Gläschen«, erklärte Roland. »Der Likör ist in Kroatien sehr beliebt. Aber das ist nicht der Grund, weshalb ich Ihnen das zeige.«

Er drehte das Etikett zu Gray herum, als wäre der Grund offensichtlich.

Gray beugte sich vor. »Das Symbol…«

Auf der Flasche war ein Hirsch abgebildet, sein Geweih umrahmte ein leuchtendes Kreuz.

»Das Logo verweist auf den heiligen Hubertus, den Schutzheiligen der Jäger«, erklärte Roland. »Die deutschen Förster und Wildhüter wurden früher als Jägermeister bezeichnet. Daher die Verbindung zu dem Likör.«

»Aber was hat das mit Pater Kircher zu tun?«, fragte Lena.

Roland bat mit erhobener Hand um Geduld. »Angeblich ist dem heiligen Hubertus bei der Jagd ein prachtvoller Hirsch mit einem goldenen Kruzifix zwischen den Geweihsprossen erschienen, doch viele katholische Gelehrte schreiben das Erlebnis dem heiligen Eustachius zu, der fünfhundert Jahre früher gelebt hat. Der Legende nach jagte der römische General Placidus nahe Rom einen

Hirsch, als er eine ähnliche Vision hatte und daraufhin zum Christentum konvertierte und den Namen Eustachius annahm.«

»Trotzdem«, sagte Gray, »worin besteht die Verbindung?«

»Als sich sein Alter bemerkbar machte, zog Pater Kircher sich aufs italienische Land zurück, wo er bei seinen Wanderungen auf den Hängen des Tals von Giovenzano eine verfallene Kirche entdeckte. Kaiser Konstantin hatte sie zu Ehren des heiligen Eustachius erbaut.«

Des Schutzheiligen der Jäger.

Roland fuhr fort. »Nachdem er diese vergessene Kirche mitten im Nirgendwo entdeckt hatte, nahm Kircher die Restaurierung in Angriff, sammelte Geld und beaufsichtigte die Wiederherstellung. Angeblich packte er auch selbst mit an und managte die Bauarbeiten, bei denen strenge Geheimhaltung galt.«

»Sie glauben, er könnte dort etwas versteckt haben«, sagte Gray.

»Den historischen Dokumenten zufolge war er besessen von dem Ort, an dem er seine letzten Jahre verbrachte. Er wollte sogar dort bestattet werden.«

»Wurde er in der Kirche beigesetzt?«, fragte Lena.

»Seltsamerweise nur sein *Herz*.« Roland blickte zu Boden und gab den anderen Gelegenheit, die Information zu verarbeiten. »Auch Papst Innozenz III. wollte, dass sein Herz dort bestattet werde.«

Irgendetwas hat es mit dem Ort auf sich.

Gray nahm den alten Schlüssel in die Hand, fuhr mit dem Daumen über die Totenschädel am Griff und dachte an die Gebeine, die Pater Kircher an sich genommen hatte.

*Ich würde das eindeutig als Gebeinschlüssel bezeich-
nen.*

»Es könnte sich lohnen, dort mal nachzuschauen«,
meinte Seichan. Offenbar war sie es leid, auf Anweisungen zu warten, und konnte es gar nicht mehr erwarten,
wieder aktiv zu werden.

Gray war ebenfalls in Versuchung – und da war er nicht
der Einzige.

»Ich komme gerne mit«, sagte Roland, was niemanden
verwunderte. »Mein Fachwissen könnte Ihnen von Nutzen sein.«

»Ich komme auch mit«, sagte Lena, und das war nun
doch eine Überraschung.

Gray wollte Einwände erheben, doch Lena stellte sich
vor den Kamin und schaute ihn entschlossen an.

»Jemand hat die Gebeine aus der Höhle entwendet«,
sagte sie. »Und wir alle wissen, dass der Grund nicht die
hohen Schwarzmarktpreise waren. Zumal die Aktion zeitgleich mit dem Überfall in Atlanta durchgeführt wurde.«
Ihr stockte die Stimme, als sie an ihre Schwester dachte,
doch sie sprach unbeirrt weiter. »Das Genmaterial der
Knochen muss für jemanden einen hohen Wert haben. Ich
konnte nur einen kurzen Blick darauf werfen, doch es war
zu erkennen, dass die Schädelform eigenartig war. Hätte
ich ihn eingehender untersuchen können …«

»Sie hat recht.« Roland rückte dichter an sie heran, un-
terstützte sie physisch und mit Worten. »Wenn wir herausfinden, wohin Pater Kircher die übrigen Knochen gebracht
hat, kriegen wir vielleicht auch heraus, was hinter dem
Überfall steckt. Ich glaube, Pater Kircher hat in den Höhlen eine bedeutsame Entdeckung gemacht, und wenn wir
uns Gewissheit verschaffen wollen, brauchen wir jeman-

den, der sich mit Neandertalern und Frühmenschen auskennt.«

»Sie haben beide recht«, meinte Seichan achselzuckend. »Irgendetwas ist uns bei alldem entgangen. Solange wir es nicht wissen, können wir Painter bei seinem Einsatz in China nicht unterstützen.«

Obwohl er überstimmt war, gab Gray nur widerwillig nach. Er hatte den Auftrag, Lenas Sicherheit zu gewährleisten.

Die Genetikerin hatte anscheinend seine Gedanken erraten. »Niemand wird vermuten, dass ich nach Rom reise«, sagte sie. In ihren Augen lag ein ähnliches Funkeln wie in Seichans Blick, eine Mischung aus Ungeduld und Entschlossenheit. »Außerdem will ich nicht untätig herumsitzen und Däumchen drehen, solange Maria in Lebensgefahr ist.«

Ehe Gray etwas erwidern konnte, meldete sich sein Satellitentelefon mit dem Rufzeichen der Sigma-Zentrale. Er nahm den Anruf entgegen und vernahm Painter Crowes Stimme.

»Commander Pierce, ich habe Ihre Abholung veranlasst. Ein Kontaktmann der kroatischen Luftwaffe wird Sie alle an Bord eines Militärtransporters nehmen und nach …«

Er fiel dem Direktor ins Wort, den Blick auf die Gruppe am Kamin gerichtet. »Sir, es hat eine Planänderung gegeben.«

Der Mann saß in einem kleinen Café. Er hielt eine aufgeschlagene Zeitung in den Händen, schaute aber durchs
Fenster nach draußen. An der anderen Seite des Kathari-
nenplatzes lag eine Barockkirche gleichen Namens, deren
weiße Fassade im morgendlichen Sonnenschein leuchtete.
Dies war eine von Dutzenden katholischen Kirchen der
Stadt. Von seinem Platz aus sah er die Zwillingstürme der
gotischen Kathedrale von Zagreb in den Himmel ragen.

An diesem Gebäude waren zwei weitere Männer postiert, zusätzlich zu denen am Flughafen und am Haupt-
bahnhof.

Die katholischen Kirchen wurden überwacht, weil mut-
maßlich ein Priester zu der Gruppe gehört hatte, die gestern in die Höhlen vorgedrungen war. Ob dieser Mann
oder die Amerikanerin aus dem Gebirge entkommen waren, war unbekannt, doch Zhōngxiào Sun hatte darauf
bestanden, dass die Stadt abgeriegelt wurde und dass sie
Ausschau hielten nach Überlebenden.

Die Anweisungen kamen ihm nicht ungelegen. Wenn er
an seine Kameraden dachte, die im Gebirge ums Leben gekommen waren, wurde er von rasendem Zorn erfasst. Ihr
vergossenes Blut rief nach Rache.

Eine Bewegung lenkte seine Aufmerksamkeit auf eine
nahe gelegene Kunstgalerie. Der Informationsbroschüre
zufolge, mit der er sich die Wartezeit verkürzt hatte, war
die Galerie Klovi evi Dvori früher einmal das Kathari-
nenkloster gewesen. Eine schwarze Limousine hatte vor
dem Eingang gehalten. Der Motor lief noch, der Auspuff
dampfte.

Vier Personen eilten vom Galerieeingang zum wartenden Wagen. Darunter war eine Frau, deren blondes Haar inmitten der dunklen Kleidung hervorstach. Als die Wagentür aufging, sah er den Fahrer, der eine Uniform der kroatischen Luftwaffe trug.

Sein Herzschlag beschleunigte sich, eiskalte Gewissheit machte sich in ihm breit.

Ohne die Zeitung sinken zu lassen, nahm er das Handy in die Hand, drückte eine Taste und hielt es sich ans Ohr.

»Zhōngxiào Sun, ich habe sie gefunden.«

11

DIE STEWARDESS BEUGTE sich mit einem Tablett voller dampfender Tücher, sorgfältig zu Kranichen gefaltet, zu ihm herab. »Falls Sie sich erfrischen möchten – wir landen in weniger als einer Stunde in Peking.«

Monk nahm eine Serviette vom Tablett, die Fingerspitzen seiner Handprothese übermittelten ihm die Empfindung von feuchter Wärme. »Danke.«

»Und für Ihre Frau?« Die Stewardess streckte das Tablett weiter vor.

Monk wandte sich an seine Begleiterin. »Schatz?«

»*Búyào xièxie*«, erwiderte die Frau höflich und schwenkte abwehrend die Hand.

Als die Stewardess gegangen war, tupfte Monk sich das Gesicht mit dem feuchten Tuch ab. Die Wärme nahm einen Teil seiner Müdigkeit fort.

»Reist ihr immer so?«, fragte die Frau, schlug die dunklen Augen auf und streifte sich mit dem Handrücken eine kastanienrote Haarsträhne aus dem herzförmigen Gesicht.

210

Er hob die Schultern. »Bedauerlicherweise reisen wir meist gefesselt im Kofferraum.«

Kimberly Moy war ebenso alt wie Monk, doch ihrer Schönheit war eine Zeitlosigkeit eigen, die sie jünger erscheinen ließ – was nicht unbedingt hilfreich war, da sie als Ehepaar firmierten.

Allerdings machte es den weiten Flug viel erträglicher. *Sorry, Kat.*

Seine richtige Ehefrau befand sich in D. C. und koordinierte zusammen mit Direktor Crowe in der Sigma-Zentrale die Teams vor Ort. Kat hatte Kimberly Moy für den Einsatz empfohlen. Sie hatten zusammen die Marineakademie besucht und waren dort Freundinnen geworden. Kimberly hatte sich der DIA angeschlossen, doch sie waren in der geheimnisvollen Welt der US-Geheimdienste Verbündete geblieben. Kat hatte für die Eignung ihrer Freundin gebürgt. Sie beherrschte nicht nur alle Dialekte ihres Heimatlandes, sondern war auch eine hervorragende Schützin und stach die meisten Männer im Nahkampf aus.

Kimberly stellte die Rückenlehne etwas nach hinten. »Daran könnte ich mich gewöhnen.«

Sie befanden sich an Bord einer silbernen Boeing 757, die vom Four Seasons Resort zu einer First-Class-Maschine mit nur zweiundfünfzig Sitzen umgebaut worden war, von denen gegenwärtig lediglich die Hälfte besetzt war. Die Reiseroute dieses halbprivaten Flugs führte in vierundzwanzig Tagen durch acht Länder. Kat hatte dafür gesorgt, dass sie in Tokio an Bord gehen und nach Peking fliegen konnten, um ihre Tarnung als reiche Amerikaner auf Weltreise zu stützen.

Im Moment hatten sie den hinteren Bereich des Flugzeugs für sich.

Monk sah auf das Satellitentelefon. Das Display zeigte eine Karte von Chinas Küste. Painter übermittelte ständig die aktuellen GPS-Daten von Baakos Handgelenktracker. Das Signal war in Chinas Hauptstadt zur Ruhe gekommen, doch es blieb abzuwarten, ob es dort verharren oder sich wieder in Bewegung setzen würde.

Monk und Kimberly sollten den Aufenthaltsort von Maria, Kowalski und Baako eingrenzen. Ein Eingreifteam war bereits unterwegs, folgte ihnen auf den Fersen und wartete auf den Einsatzbefehl.

Das Telefon vibrierte, als eine neue Nachricht eintraf. Sie stammte von Painter. Als er sie überflog, wurde ihm das Ausmaß der vor ihnen liegenden Herausforderung bewusst. Die Nachricht enthielt alle Informationen, die Sigma über Dr. Amy Wu gesammelt hatte, die Forscherin von der National Science Foundation, die den Angriff auf das Primatenzentrum organisiert hatte. Die Chinesen hatten sie als Maulwurf in die NSF eingeschleust, und sie hatte sich bis in den Wissenschaftsrat des Weißen Hauses vorgearbeitet.

Das Motiv für den Verrat lag im Dunkeln. Amy Wu war Amerikanerin in vierter Generation und hätte für die politische Ideologie Chinas eigentlich unempfänglich sein sollen. Weder in ihrer Personalakte noch in ihrer Korrespondenz fanden sich Hinweise auf eine kommunistische Gesinnung. Allerdings hatten die Finanzermittler herausgefunden, dass Zahlungen aus Peking über Wus Büro in zahlreiche Forschungsprojekte weitergeleitet worden waren.

Das ergibt keinen Sinn.

Er reichte das Telefon an Kimberly weiter. Als sie den Bericht gelesen hatte, gab sie es ihm zurück. Sie senkte die

Stimme, obwohl drei Reihen vor ihnen unbesetzt waren und alle Passagiere in der Nähe Kopfhörer trugen.

»Wir überwachen schon seit Jahrzehnten die chinesischen Aktivitäten auf US-Gebiet«, sagte sie. »Es gibt nicht bloß die Hackerangriffe, von denen in den Medien berichtet wird, sondern die Chinesen schleusen auch ständig Maulwürfe und Spione ein. Es gibt in allen technologischen und wissenschaftlichen Feldern chinesische Studenten in Ausbildung und auf Postdoktorandenstellen. Sie studieren hier und kehren dann nach Hause zurück, wo sie ihr Wissen häufig gegen uns verwenden.«

»Weshalb lassen wir das zu?«

»Gute Frage. Die einfachste Antwort lautet, wir haben nicht genügend amerikanische Studienabsolventen für die Postdoktorandenprogramme. Gegenwärtig wird die Hälfte der Doktortitel in Physik an ausländische Studenten verliehen, von denen die meisten wieder in ihre Heimat zurückkehren. Man könnte das auch als Entwicklungshilfe betrachten, denn ein Großteil der finanziellen Aufwendungen wird vom amerikanischen Steuerzahler getragen in Form von Spenden für Forschung und Finanzhilfen, ganz zu schweigen von der Steuerbefreiung für Colleges und Universitäten.«

»Dann geben wir das Wissen also nicht nur ins Ausland weiter, sondern bezahlen auch noch dafür.«

»Manche meinen, auf lange Sicht würde sich das auszahlen.«

»Inwiefern?«

»Es dient der Verbreitung des amerikanischen Kapitalismus, unserer Geschäftspraktiken und Erziehungsnormen. Die Kehrseite ist natürlich, dass wir unsere eigenen Wettbewerber fördern. Wissenschaftler und Techniker treiben

die Innovation voran – und wir exportieren das intellektuelle Kapital ins Ausland.«

Allmählich verstand Monk, weshalb Kat Kimberly für
diesen Einsatz ausgewählt hatte. Sie kannte sich auf ihrem
Gebiet jedenfalls aus.

»Zum Beispiel gab es eine chinesische Studentin, die
jahrelang in Harvard studiert und mit unseren besten
Genetikern und Bioingenieuren zusammengearbeitet hat.
Vor Kurzem ist sie nach Schanghai zurückgekehrt und
setzt das erworbene Wissen nun für Zwecke ein, die in
den meisten westlichen Staaten als unethisch betrachtet
werden.«

»Was hat sie gemacht?«

»Sie hat ein Forschungsprogramm initiiert, bei dem es
um die genetische Veränderung menschlicher Embryonen
geht.« Kimberly lehnte sich zurück und schüttelte betrübt
den Kopf. »Diese Verfahren sind bereits seit über vierzig
Jahren verboten – und das aus gutem Grund. Man kann
diese Art Forschung als ersten Schritt zur Eugenik betrachten. Die Wissenschaft wäre dann ein Mittel zur Erschaffung eines besseren Menschen. Es geht hier darum,
vererbbare Merkmale in den menschlichen Genpool ein-
zubringen, der dadurch unumkehrbar zerstört werden
würde. In Zukunft gäbe es dann eine neue Klasse von
Menschen – diejenigen, die dazu bestimmt sind, den anderen überlegen zu sein.«

Monk runzelte die Stirn. »Glaubst du, das könnte das
Motiv hinter dem Angriff sein? Amy Wu hat Geldmittel
für das Forschungsprojekt der Crandall-Schwestern auf-
getrieben, bei dem es um den genetischen Ursprung der
menschlichen Intelligenz geht.«

»Schwer zu sagen. Allerdings vermute ich, dass Dr. Wus

Engagement weniger durch Loyalität, als vielmehr eigene wissenschaftliche Ambitionen motiviert war. In der heutigen Forschung geht es eher darum zu beweisen, dass etwas *möglich* ist, als zu bewerten, ob es auch getan werden sollte. Es geht um die Erkenntnis um der Erkenntnis willen. Die Auswirkungen bleiben außen vor.«

Monk dachte an Amy Wus Bemerkung zu diesem Forschungszweig: *An menschlichen Embryos konnten wir die Studie auf keinen Fall durchführen. Das hätte eine Protestwelle ausgelöst.* Für sie ging es nicht um richtig oder falsch, sondern darum, nicht ins Fadenkreuz der Öffentlichkeit zu geraten.

Das Telefon vibrierte erneut. Eine neue SMS von Painter war eingetroffen.

SIGNAL ABGEBROCHEN. TRACKER WURDE ENTWEDER ENTDECKT ODER AKKU IST LEER. LETZTE KOORDINATE IN PEKING IM ANSCHLUSS.

Monk rief die Karte auf und zoomte zu dem leuchtenden Punkt im Straßennetz der Stadt. Die verzeichnete Wegstrecke endete in einem Park.

Kimberly beugte sich herüber und blickte aufs Display. »Das ist der Zoo.«

Monk nickte. In Anbetracht der Tatsache, dass der Gegner einen Gorilla entführt hatte, ergab das Sinn.

»Was nun?«, fragte Kimberly.

Er schaute sie an. »Meine liebe Frau, es sieht so aus, als würden wir den berühmten chinesischen Pandas einen Besuch abstatten.«

Maria eilte geduckt unter den kreisenden Rotorblättern hindurch. Der Helikopter hatte sie von einem Militärflughafen am Stadtrand von Peking zu einem Hubschrauberlandeplatz am Ufer eines breiten Flusses gebracht. Der Wasserlauf beschrieb einen Bogen, überschattet von Trauerweiden. Beim Anflug hatte sie auf eine Parklandschaft mit Käfigen, Gehegen und großen Gebäuden hinabgeblickt. Die gewundenen Wege hatten von Menschen gewimmelt.

Ein Tierpark... vermutlich der Zoo von Peking.

Als sie den Gefahrenbereich der Rotoren hinter sich gelassen hatte, richtete sie sich auf. Kowalski schloss mit mürrischer Miene zu ihr auf.

»Hier stinkt's.«

Sie musste ihm recht geben. Es stank nach Autoabgasen. Die Hochhäuser an der anderen Flussseite waren in gelblichen Smog gehüllt. Sie hatte von der Luftverschmutzung in Peking gelesen, sich aber nicht vorstellen können, dass es so schlimm sein könnte. Ihr brannten bereits die Augen, und sie hielt sich die Hand vor den Mund, weil sie heftig husten musste.

»Weitergehen«, sagte hinter ihnen jemand.

Sie wandte sich zu dem hochgewachsenen, bissigen Anführer um. Unterwegs hatte sie mitbekommen, dass er Gao hieß, doch ob dies sein Vor- oder sein Familienname war, konnte sie nicht sagen. Er war Mitte dreißig. An den Ohren war sein schwarzes Haar kurz geschnitten, auf dem Schädel war es länger.

Hinter ihm fuhr ein kleiner Gabelstapler rückwärts aus der Ladeluke des Helikopters. Er beförderte den Käfig mit Baako. Der Gorilla umklammerte die Gitterstäbe und schaute sie ängstlich an. Er hatte die Lippen gespitzt, doch der Antrieb des Helikopters übertönte ihn.

Als sie zu ihm gehen wollte, verstellte Gao ihr den Weg. »Los«, sagte er und hob drohend die Pistole.

Mit dieser Waffe wurde Jack umgebracht, rief sie sich in Erinnerung. In ihrer Brust brannte der Zorn über die kaltblütige Ermordung ihres Studenten. Hilflos ballte sie eine Hand zur Faust. Sie fixierte den Schuft, zeigte ihm ihre Verachtung.

Kowalski fasste sie beim Arm und zog sie mit sich. »Ein andermal«, brummte er. Es klang wie ein Versprechen.

Sie ließ sich über das Flugvorfeld führen und schaute umher, versuchte, sich zu orientieren. In der Ferne stand ein Gebäude mit Gewölbedach. Ein riesiges Wandgemälde überragte die Bäume – eine Meeresszenerie mit umhertollenden Robben, Orcas und Delfinen.

Ein Aquarium…

Ihr Ziel aber lag ganz in der Nähe: ein unscheinbarer zweistöckiger Betonblock mit Satellitenschüsseln und Antennen auf dem Dach. Ein großes Rolltor öffnete sich, dahinter kam ein Lastenaufzug zum Vorschein.

Der Gabelstapler flitzte mit Baakos Käfig an ihnen vorbei und fuhr in den Lift hinein. Maria beeilte sich, zu ihm aufzuschließen.

»Sie nicht«, sagte Gao und trat an ihr vorbei. Er zeigte auf Kowalski. »Sie begleiten den Gorilla. Beruhigen Sie ihn.«

Kowalski schaute sie an. Ihre List zu behaupten, er sei Baakos Pfleger, hatte anscheinend angeschlagen.

Um es dabei zu belassen, nickte sie Kowalski zu. »Tun Sie, was Sie können, um ihm die Angst zu nehmen.«

Er hob eine Braue, die Frage stand ihm ins Gesicht geschrieben. *Wer, ich?*

»Baako ist auf ein vertrautes Gesicht angewiesen. Er braucht jemanden, den er kennt«, sagte sie.

Selbst wenn die Bekanntschaft nur flüchtig ist.

Baako aber war klug. Er wusste, dass sie Kowalski vertraute, und die Anwesenheit des Hünen sollte ihm in der fremden Umgebung wenigstens ein bisschen Rückhalt geben. Hoffentlich würde es Kowalski gelingen, Baako davon abzuhalten, in Panik zu geraten. Da die Fremden ihn mit einem Viehtreiber malträtiert hatten, fürchtete sie um sein Wohlergehen. Sie wollte verhindern, dass Baako noch länger gequält wurde.

Als der Käfig in den Aufzug befördert wurde, weckte dies eine noch größere Angst. Was hatten sie mit ihm vor? Und mit ihr?

Kowalski sah ihr die Sorge offenbar an. »Keine Bange. Ich kümmere mich um den kleinen Burschen.«

Spontan trat sie vor und umarmte ihn. Er versteifte sich überrascht, dann entspannte er sich. Er legte die Arme um sie und drückte sie an sich, wobei er eine Behutsamkeit an den Tag legte, die seine Furcht einflößende Erscheinung Lügen strafte. Die Wärme seines Körpers und die Kraft seiner Umarmung beruhigten sie mehr als seine Worte.

»Los!«, rief Gao. Er rammte Kowalski den Pistolenlauf zwischen die Rippen.

Kowalski ließ Maria los und funkelte Gao so böse an, dass der chinesische Soldat einen Schritt zurückwich.

Ein anderer Soldat mit Gewehr trieb Kowalski zum Lastenaufzug. Maria wurde zu einer schmalen Tür an der Seite geleitet.

»Wohin bringen Sie mich?«, fragte sie Gao.

»Zu Generalmajorin Lau. Sie wird entscheiden, ob Sie weiterleben dürfen.«

14:45

Wie weit geht es denn noch hinunter?

Da sich ihm der Magen hob, wusste Kowalski, dass der Aufzug nach unten fuhr, doch er hatte keine Ahnung, wie viele Stockwerke er zurücklegte. Es dauerte volle fünfzehn Sekunden, bis er zum Stillstand kam. Kowalski wartete neben Baakos Käfig, der noch immer auf der Gabel des Gabelstaplers ruhte. Vier Bewaffnete waren bei ihm in der Kabine, zu viele, als dass er sie hätte überwältigen und sich den Weg freikämpfen können.

Jemand zupfte an seinem Ärmel.

Er blickte auf die fellbedeckten Finger, die sich an seinem Overall festklammerten. Der Gorilla presste das Gesicht an die Gitterstäbe und schaute ihn mit seinen dunklen Augen an.

Ja, ja, ich weiß… du hast Angst, Kumpel.

Als die Aufzugtür sich scheppernd öffnete, machte er seinen Arm los. Im Moment durfte er sich nicht ablenken lassen. Er musste sich konzentrieren und sich die Räumlichkeiten einprägen. Wenn sie fliehen wollten, musste er den Ausweg kennen.

Baako trötete leise, als der Gabelstapler aus der Aufzugkabine zurücksetzte. Kowalski blickte in einen höhlenartigen, zwei Stockwerke hohen Raum, dessen Wände von Regalen gesäumt waren. Weitere Gabelstapler flitzten summend umher und beförderten Kisten und Kartons.

Der Druck eines Gewehrlaufs veranlasste Kowalski,

aus dem Fahrstuhl zu treten und Baakos Käfig zu folgen. Er bemühte sich, einen furchtsamen Eindruck zu machen, als er durchs Lager ging. Mit hängenden Schultern
hielt er Ausschau nach etwas Nützlichem, doch die Kisten
und Kartons waren chinesisch beschriftet. Er hatte keine
Ahnung, was sich darin befand, ob halb automatische Gewehre oder Nudelpakete.

Sie ließen das Lager hinter sich und marschierten durch
ein Labyrinth von Gängen, über Rampen und durch einen
unterirdischen Stall mit Ziegen, Schafen und ein paar
grämlich dreinschauenden Sauen.

Was zum Teufel geht hier vor?

Die Zahl der Angestellten, denen sie begegneten – die
meisten mit Laborjacken, Uniformen oder Overalls bekleidet – nahm immer mehr ab, bis sie schließlich zu einem
mit roten Schildern markierten Bereich gelangten.

Kowalski ahnte, was darauf geschrieben stand.

Sperrbereich... Betreten verboten.

Sie eilten trotzdem weiter und begegneten hier noch weniger Menschen. Schließlich gelangten sie zu einem langen
Flur, gesäumt von Pferchen in der Größe einer Garage.
Die Ställe waren leer, doch den vielen Kratzern, Scharten
und Flecken nach zu schließen waren sie in der Vergangenheit intensiv in Gebrauch gewesen.

Eine massive Stahltür mit einem roten Schild darüber
schloss den Gang ab wie ein Banktresor. Einer der Bewacher
zeigte darauf, doch ein anderer drückte seinen Arm nach
unten und machte eine ärgerliche Bemerkung. Offenbar
war Neugier hinter diesen Türen nicht angebracht.

Kowalski kniff die Augen zusammen.

Interessant...

Doch das war nicht ihr Ziel. Der Gabelstapler hielt etwa

auf halber Länge des Flurs, worauf der Fahrer etwas auf Chinesisch rief. Ein Bewacher eilte nach vorn und sperrte einen der Ställe auf, während der Fahrer die Gabel mit dem Käfig absenkte. Zwei andere Soldaten gingen nach vorn, schulterten ihr Gewehr und lösten die Viehtreiber vom Gürtel. Der vierte Mann zielte unentwegt auf Kowalskis Brust, hielt aber Abstand für den Fall, dass sein Gefangener aufsässig werden sollte.

Die Soldaten mit den Viehtreibern brüllten und malträtierten den am Boden hockenden Baako mit den Elektroschockern. Sie rissen die Tür auf und versuchten, den Gorilla in den Käfig zu treiben. Kowalski hatte Mitgefühl mit dem zitternden Tier.

»Es reicht!«, rief er schließlich. Er hob die Arme und zeigte die leeren Handflächen vor. »Lasst mich das machen, sonst kriegt er noch einen Herzanfall.«

Kowalski wusste nicht, ob die Soldaten Englisch sprachen, doch er verdeutlichte seine Absicht, indem er langsam zur offenen Käfigtür ging und den pelzigen Burschen zu sich heranwinkte.

»Ist okay, Baako«, sagte er. »Wir machen das gemeinsam.«

Ob die Soldaten ihn verstanden oder nicht, jedenfalls ließen sie ihn gewähren.

Kowalski beugte sich in den Käfig hinein. Baako atmete schwer. Er hatte die Lippen zusammengepresst, und sein Blick huschte hin und her. Er stand kurz vor einem totalen Zusammenbruch.

Kowalski klopfte sich auf die Brust. *Schau mich an, Kumpel.*

Baako fasste ihn in den Blick.

Kowalski hob die Arme und gebärdete langsam, appellierte an Baakos Ausbildung, um ihn mit etwas Gewohntem von seiner blinden Panik abzubringen. Zuletzt überkreuzte er die zu Fäusten geballten Hände und tippte sich aufs Handgelenk.

[Ich beschütze dich]

Baako atmete noch immer schwer, doch sein Blick wurde stetiger. Er löste die Arme von seinen pelzigen Knien, schlug die Fäuste gegeneinander und grunzte leise.

Kowalski nickte. »Schon besser.«

Baako reichte ihm die Hand. Kowalski musste an seine jüngere Schwester Anne denken. Auch sie hatte ihm häufig so die Hand gereicht und sich von ihrem großen Bruder trösten lassen, wenn sie sich unbehaglich fühlte, sei es bei einem Arztbesuch oder wenn der Vater wieder einmal im Rausch wütete.

Warme Finger legten sich um seine Hand.

Gut so, Kumpel.

Kowalski geleitete Baako auf den Boden und ging mit ihm zum Käfig. Von einem Käfig zum nächsten.

Einer der Bewacher brüllte sie an. Baakos Griff wurde fester. Es tat weh. Kowalski biss die Zähne zusammen und winkte mit der freien Hand.

»Lasst uns gefälligst in Ruhe!«, grollte er und führte Baako in den Käfig.

Es war ein jämmerliches Behältnis. Der Betonboden war mit Stroh bedeckt. In der Ecke stand ein Eimer, halb gefüllt mit grünlichem Wasser. Es gab keine Spielzeuge, keine Kletterseile, nichts, was den Gorilla von der tristen Umgebung hätte ablenken können. Stattdessen hingen an der Rückwand bedrohlich wirkende Handfesseln.

Ein Soldat rief ihm etwas zu, leiser als zuvor. Er bedeutete ihm, den Käfig zu verlassen.

Kowalski blickte auf die Hand des Gorillas.

Scheiß drauf.

Er ließ sich auf den kalten Betonboden plumpsen und klopfte einladend aufs Stroh, dann rief er dem Soldaten zu: »Ich bleibe hier.«

Besser hier als anderswo.

Der Soldat besprach sich mit seinen Kameraden; offenbar gelangten sie zu einer Übereinkunft. Einer schob einen Flechtkorb mit braunfleckigen Bananen, Karotten und belaubten Zweigen über die Schwelle und beförderte ihn mit einem Fußtritt weiter in den Käfig hinein. Ein zweiter Soldat drückte die Tür zu und verschloss sie mit einem großen Schlüssel.

»Botschaft angekommen«, murmelte Kowalski.

Der Gabelstapler setzte zurück, die Soldaten folgten ihm. Hinter ihnen fiel eine Doppeltür zu und sperrte den Käfigtrakt ab. Kowalski bekam gerade noch mit, wie einer der Männer draußen vor dem Eingang Posten bezog.

Offenbar wollen sie bei ihren neuen Gefangenen keinerlei Risiko eingehen.

Er löste seine Hand aus Baakos Umklammerung, richtete sich auf und blickte zu dem Stahltor am anderen Ende des Flurs hinüber. Daneben leuchtete ein Handabdruckscanner, an der Decke waren Kameras angebracht, die auf die Käfige ausgerichtet waren.

Baako nutzte die Gelegenheit, um die Umgebung zu erkunden, und sog witternd die Luft ein. Dann senkte er die Nase auf einen dunklen Fleck am Boden. Im nächsten Moment wich er zurück.

Kowalski konnte es ihm nicht verdenken. Der Fleck sah aus wie getrocknetes Blut.

Um Baako abzulenken, hob er den Korb hoch und

brachte ihn zum Affen. »Ist was anderes als Pizza und Bier, aber was soll's.«

Er stellte den Korb ab, holte eine Banane hervor und reichte sie Baako. Der Gorilla ließ sich nieder und zeigte ihm schmollend die kalte Schulter. Er hatte seit seiner Gefangennahme nichts mehr gegessen. Maria hatte ihn dazu bewegt, etwas zu trinken, doch das war auch schon alles.

»Du musst essen«, sagte Kowalski.

Baako wandte sich herum und fasste sich furchtsam an die Lippen.

Scheiße, vergiss das mit dem Tracker…

Kowalski stellte sich zwischen die Kameras und Baako. Er streckte die Hand aus. »Alles gut. Spuck's aus.«

Baako hatte ihn verstanden und gehorchte. Das speichelgetränkte Armband mit dem Tracker fiel auf Kowalskis Handfläche. Den Rücken den Kameras zugewandt, untersuchte er den Sender. Die grüne Kontrolllampe leuchtete nur noch schwach. Der Akku machte schlapp.

Dass wir hier unter dem ganzen Beton begraben sind, kommt noch dazu.

Er fluchte unterdrückt.

Baako schnüffelte besorgt und zog den Kopf ein, weil er annahm, Kowalski sei auf ihn böse.

»Nicht deine Schuld, Kumpel.« Kowalski steckte den Tracker ein. Im Moment hatte er andere Sorgen. »Jetzt wird erst mal gegessen.«

Er streckte erneut die Hand mit der Banane aus, was ihm aber nur einen traurigen Blick seines Käfigkumpels einbrachte. Auch seine Schwester Anne hatte häufig Grimassen geschnitten, wenn er versucht hatte, sie zum Essen zu bewegen. Manchmal war Traurigkeit der Grund gewesen, häufiger aber die jämmerlichen Kochkünste ihres Bruders.

Kowalski setzte sich neben Baako. Er legte sich die Banane auf den Schoß, dann streckte er die Arme seitlich ab, ballte die Hände zu Fäusten und spannte den Bizeps an.

[Damit du groß und stark wirst]

Er wiederholte das Ganze, streckte diesmal aber die Finger aus und ballte sie dann zu Fäusten.

[Und tapfer]

Er legte die Finger zusammen und führte sie an die Lippen.

[Deshalb musst du essen]

Baako beäugte die Banane. Kowalski nahm sie in die Hand, schälte sie und bot sie dem Gorilla an.

Endlich ergriff Baako die Banane. Er schob sie sich zwischen die Lippen und wiederholte Kowalskis erstes Zeichen, indem er die Fäuste hob und die Armmuskeln anspannte. Dann zeigte er auf Kowalski.

[Du musst auch stark werden]

Baako biss die Banane in der Mitte durch und reichte ihm die eine Hälfte.

Kowalski schnitt eine Grimasse und blickte auf die Banane.

Ach, was soll's…

Er nahm die halbe Banane an, entfernte den Rest der Schale und schob sie sich in den Mund.

Der Hunger zwingt's rein.

Wohin bringen sie mich?

Maria schritt furchtsam durch den luxuriös ausgestatteten Flur. Die Wände waren mit rubinroter Seide bedeckt, die Fenstersimse vergoldet. Der handgewebte Teppich sah aus wie ein Wandbehang.

Wo bin ich hier gelandet?

Als Kowalski und Baako weggeführt wurden, hatte Gao sie mit dem Aufzug in einen unter dem Park gelegenen Komplex gebracht. Ein Soldat hatte sie mit einem Elektrowagen erwartet und durch die Anlage gefahren. Durch die Türfenster hatte sie in große Labors geblickt. Die Ausrüstung kannte sie von ihrer genetischen Forschung her: Thermozykler für die Vervielfältigung von DNA, Hybridisierungsöfen für die Inkubation von Nukleotidproben, Zentrifugen für die Trennung von Makromolekülen. In einem Labor hatte sie sogar ein Elektrophoresegerät von SequiGene gesehen, das sie in ihrem eigenen Labor für die Sequenzierung von DNA verwendete.

Schließlich waren sie zu einem weiteren Aufzug gelangt, und Gao hatte sie mit vorgehaltener Waffe in die Kabine getrieben, die sie in dieses alte Gebäude gebracht hatte. Das Gebälk und die alten Möbel vermittelten ihr das Gefühl, ins siebzehnte Jahrhundert versetzt worden zu sein. Durch die kleinen Fenster des Flurs blickte sie auf einen See mit Scharen von Watvögeln hinunter. Hinter den Bäumen zeichneten sich Tiergehege ab.

Dann befinde ich mich also immer noch auf dem Zoogelände.

Vor einer geschlossenen Tür stand ein Wachposten in Kakiuniform und hohen schwarzen Stiefeln. Er war ein paar Jahre älter als sie, wirkte trotz seiner martialischen Erscheinung aber irgendwie anziehend, ein Eindruck, der durch sein freundliches Willkommenslächeln noch verstärkt wurde – allerdings galt es ihrem Begleiter.

»Gao, huānyíng huí jiā, dìdi.«

Gao schob die Pistole ins Holster und umarmte den Mann. »Xiè xie, Chang.«

Der warmherzigen Begrüßung nach zu schließen waren die beiden Brüder. Maria fiel jetzt auch die Familienähnlichkeit auf. Während sie sich in gedämpftem Ton unterhielten, bemerkte sie bei Gao eine gewisse Ehrerbietung – nicht weil sein Bruder älter war, sondern weil er einen höheren Rang hatte.

Schließlich klopfte der ältere Bruder – Chang – an die Tür und öffnete sie auf eine gedämpfte Antwort hin. Chang trat als Erster ein, dann schubste Gao sie in den Raum.

Sie dachte an Gaos Antwort auf ihre Frage, wohin man sie bringe.

Zu Generalmajorin Lau. Sie wird entscheiden, ob Sie weiterleben dürfen.

Maria hatte erwartet, von einer älteren Armeeangehörigen mit undurchdringlicher Miene vernommen zu werden. Stattdessen saß hinter dem breiten Schreibtisch eine schlanke Frau in gestärkter grüner Uniform. An der Brust hatte sie bunte Bänder, auf den Schulterklappen zwei Sterne. Dem grauen Haar und den Gesichtsfalten nach zu schließen war sie Mitte fünfzig.

Und sie war nicht allein.

Zwei ältere Männer – beide keine Chinesen – saßen auf einem Sofa. Zwei bewaffnete Wachposten flankierten das breite Fenster hinter dem Schreibtisch.

Der ältere der beiden Männer erhob sich. Verwirrung

und Bestürzung lagen in seinem Blick, als er seine Brille zurechtrückte und sie von oben bis unten musterte.

»Lena?«

Maria war diese Verwirrung gewohnt und korrigierte den Mann. »Lena ist meine Zwillingsschwester... Ich bin Maria.«

»Ja, natürlich«, sagte der Mann und nahm verlegen wieder Platz.

Auch ohne seinen britischen Akzent hätte sie ihn erkannt. Das war Professor Alex Wrightson, der Geologe, der das Höhlensystem in Kroatien entdeckt hatte. Monk hatte ihr im Primatenzentrum Fotos der beiden entführten Wissenschaftler gezeigt. Sein Sitznachbar war offenbar der französische Paläontologe Dr. Dayne Arnaud. Er war zwar ein paar Jahrzehnte jünger als der Geologe, wirkte im Moment aber ebenso erschöpft und mitgenommen wie er.

Die Frau trat hinter dem Schreibtisch hervor. »Dr. Crandall, ich bin eine große Bewunderin Ihrer Arbeit. Ich bin Jiaying Lau, Generalmajorin der Volksarmee.«

Die Generalin streckte die Hand aus. Maria schüttelte sie, denn sie wollte zu der Frau, die über ihr Schicksal entscheiden würde, nicht unhöflich sein.

Jiayings Blick wanderte zu Gao und dessen älterem Bruder. Sie sagte etwas auf Mandarin und deutete zur Tür. Chang wirkte beunruhigt und erhob Einwände, doch seine Vorgesetzte setzte sich darüber hinweg. Er ging steif hinaus, gefolgt von Gao.

Nach dem widerwilligen Abgang der beiden Männer verspürte Maria einen Hauch von Sympathie für ihre Gastgeberin. Sie räusperte sich und ging in die Offensive, mit durchgedrücktem Rücken und klarer Stimme. »Woher kennen Sie meine Arbeit?«

Jiaying deutete auf den Sessel gegenüber dem Sofa. »Wer, glauben Sie, hat Ihre Forschung finanziert?«

Maria ließ sich geschockt in den Sessel fallen. »Wie ... wie meinen Sie das?«

»Ihre Fürsprecherin bei der National Science Foundation, die Frau, die im Wissenschaftsrat des Weißen Hauses saß und Ihnen und Ihrer Schwester geholfen hat, die benötigten Fremdmittel zu bekommen ...«

»Amy ...«

Jiaying neigte bestätigend den Kopf. »Dr. Wu wurde gut bezahlt, um den Geldfluss von Peking an das Primatenzentrum in den Vereinigten Staaten zu erleichtern. Ihr Tod bedeutet einen herben Verlust.«

Ihr Tod?

Maria ließ sich keine Regung anmerken, während sie sich bemühte, das Gehörte zu verarbeiten. Wenn die Information zutreffend war, bedeutete dies, dass sie und Lena die ganze Zeit über für die Chinesen gearbeitet hatten. Sie waren Marionetten gewesen, deren Fäden Amy Wu gezogen hatte.

Wie hatte das geschehen können?

Maria hatte Amy für eine Freundin gehalten. Stattdessen war sie eine Art Maulwurf gewesen. Ihr Atem beschleunigte sich, und sie hätte den Kopf am liebsten auf die Knie gesenkt. Amy hatte sie und Lena angespornt, schneller zu arbeiten und ihre anfänglichen Bedenken hinsichtlich der Erschaffung eines hybriden Gorillas hintanzustellen.

Maria hatte die Vorstellung, Menschenaffen in der Forschung einzusetzen, stets widerstrebt. Zu diesem Thema hatte sie mit Amy hitzige Debatten geführt. Affen waren intelligente Tiere mit einem vielfältigen Gefühlsleben und erstaunlichen kognitiven Fähigkeiten. Sie verfügten über Selbstbewusstsein und verstanden ihre individuelle Stellung in Vergangenheit und Zukunft. Hatten Menschen das Recht, sie im Namen der Wissenschaft einzusperren und zu quälen?

Am Ende aber hatte Amy ihre Vorbehalte zerstreut und sie dazu beschwatzt, sich über ihre Bedenken hinwegzusetzen.

Und jetzt schau dir an, wohin das geführt hat.

Tief in ihrem Innern wusste Maria, dass Amy nicht allein die Schuld traf. Sie hatte sich überreden lassen, weil sie die Wahrheit herausfinden und ihre Hypothese vom Großen Sprung nach vorn hatte beweisen wollen. Vor allem aber wollte sie auf einem Gebiet reüssieren, auf dem schon viele andere gescheitert waren.

Die Chinesen eingeschlossen.

Sie und Lena hatten innovative Techniken für die Hybridisierung und die Keimbahnmanipulation entwickelt, die bislang noch nicht publiziert waren. Nicht einmal Amy war vollständig eingeweiht gewesen.

Gott sei Dank.

Allmählich wurde Maria klar, weshalb man sie entführt hatte, doch mit diesen Techniken kannte Lena sich besser aus als sie. Ihre Schwester war die technische Expertin und hatte sich mit der molekularen Ebene des Projekts befasst. Maria hatte sich mit dem großen Ganzen beschäftigt; mit der Aufzucht und Erziehung Baakos und mit den Versuchen.

»Wir hoffen, dass Sie sich bereit erklären werden, Ihre Forschung hier fortzuführen«, sagte Jiaying und bestätigte damit Marias böse Vorahnungen. »Ich habe Verständnis dafür, dass die Art und Weise, wie wir Sie und das Versuchsobjekt hierhergebracht haben, Ihr Missfallen erregt hat. Aber wir sind beide Wissenschaftler und forschen nach der Wahrheit. Kommt es wirklich darauf an, ob Sie hier oder in den Vereinigten Staaten arbeiten? Wenn Sie kooperieren, könnten Sie ein wundervolles Leben führen. Die chinesische Regierung würde Ihre Arbeit in jeder Beziehung unterstützen, ohne die roten Linien und ethischen Einschränkungen, die Ihnen in den Vereinigten Staaten die Hände binden.«

Maria bemühte sich, Interesse zu zeigen.

»Dies gilt natürlich auch für Ihre Schwester«, setzte Jiaying hinzu.

»Lena?«

Bevor sie entführt worden war, hatte Maria auf eine Nachricht des Rettungsteams gewartet, das ihre Schwester aus dem überfluteten Höhlensystem befreien wollte. Seitdem hatte sie nichts mehr von ihm gehört.

»Ist … ist sie noch am Leben?«, flüsterte Maria.

»Sie wurde in Zagreb gesichtet«, bestätigte Jiaying. »Wir hoffen, dass Sie Ihre Schwester bald wiedersehen werden.«

Maria krampfte die Hände auf dem Schoß ineinander, damit sie nicht zitterten. Sie blickte die beiden Männer an.

Professor Wrightson lächelte matt. »Solange sie lebt, besteht noch Hoffnung.«

Dr. Arnaud wich ihrem Blick aus; er war anscheinend weniger optimistisch.

Maria versuchte, das Thema zu wechseln. »Weshalb haben Sie den Überfall auf das Höhlensystem überhaupt durchgeführt? Ging es darum, meine Schwester zu entführen?«

»Eigentlich hatten wir vor, sie in Deutschland zu entführen, im Max-Planck-Institut. Aber wegen des schlechten Wetters ist sie einen Tag früher als erwartet abgereist. Die Launen des Zufalls können die beste Strategie zunichtemachen.«

»Aber was haben Sie in den Höhlen gesucht?«

»Das kann ich Ihnen gerne zeigen.«

Jiaying forderte sie mit einer Handbewegung auf, zu einer länglichen Transportkiste aus Plastik hinüberzugehen, die neben dem Sofa stand. Die Verriegelung war bereits geöffnet, deshalb brauchte die Generalin lediglich den Deckel hochzuklappen. Maria blickte auf ein versteinertes Skelett nieder. Obwohl ihr das Herz bis zum Hals schlug, wurde ihr professionelles Interesse auf der Stelle geweckt.

Sie ließ sich auf ein Knie nieder, untersuchte den Schädel und staunte, wie gut erhalten er war. »Das sind keine Menschenknochen... jedenfalls nicht die eines Homo sapiens.«

»Ein Neandertaler«, sagte Wrightson.

Stirnrunzelnd fuhr sie über den Überaugenwulst. »Nein, das glaube ich nicht. Jedenfalls spricht einiges dagegen. Die Gesichtsknochen sind zu flach und die Backenzähne zu klein, soweit sich das erkennen lässt.«

Als sie aufschaute, lächelte Jiaying.

Dayne Arnaud meldete sich mit belegter Stimme zu Wort. »Das ist mir ebenfalls aufgefallen. Und nachdem ich mehrere sorgfältige Messungen durchgeführt habe, bin ich zu dem Schluss gelangt, dass wir es hier mit den sterblichen Überresten eines Hybriden zu tun haben, der von einem modernen Menschen und einem Neandertaler gezeugt wurde.«

Maria setzte sich auf die Fersen. »Wenn das stimmt...«

»Wäre dies der erste Fund überhaupt«, beendete Arnaud den Satz. »Ein äußerst seltenes Exemplar, und noch dazu in makellosem Zustand. Professor Wrightson hat die Knochen mit der C14-Methode auf das Ende der letzten Eiszeit datiert. Das war vor etwa vierzigtausend Jahren.«

Der Geologe nickte. »Am interessantesten aber sind die Widersprüche hinsichtlich…«

»Das reicht, Alex«, fiel Arnaud ihm ins Wort. »Niemand hat ein Interesse an solchen anomalen Details.«

Wrightson setzte zu einer Entgegnung an, doch dann lehnte er sich zurück und verschränkte die Arme. Offenbar gerieten die beiden Forscher häufiger aneinander.

Arnaud schloss einen Moment lang die Augen. Anscheinend versuchte er, die Fassung wiederzuerlangen. »Dieser erstaunliche Fund war der Grund, weshalb ich mich an das Max-Planck-Institut gewandt habe. Ich habe Ihre Schwester gebeten, nach Kroatien zu kommen.«

»Weil wir die Hybridisierung der Neandertaler untersuchen«, sagte Maria.

Der Paläontologe nickte. »Ich war der Ansicht, dass es mit der entsprechenden Ausrüstung möglich wäre, DNA zu extrahieren, und wollte Ihre Meinung dazu hören.«

Maria verstand. Eine solche Entdeckung könnte viele offene Fragen beantworten und den Entwicklungsweg der menschlichen Spezies aufzeigen.

Wenn Lena und ich eine solche Probe zur Verfügung hätten…

Jiaying lenkte ihre Aufmerksamkeit weg vom wissenschaftlichen Potenzial und zurück zu der unmittelbaren Bedrohung. »Wir haben durch einen unserer Informanten am Max-Planck-Institut von Dr. Arnauds Entdeckung erfahren und sogleich Maßnahmen eingeleitet. Vielleicht ein wenig vorschnell.«

Die Effizienz des weitverzweigten chinesischen Netzwerks von Maulwürfen und Spionen veranlasste Maria, den Kopf zu schütteln. An allen technischen Universitäten in den Vereinigten Staaten und in Übersee studierten auch Chinesen, doch anscheinend hielten viele von ihnen auch Augen und Ohren auf und meldeten bedeutende Entdeckungen an die Machthaber weiter.

Jiaying fuhr fort: »Ein solcher Fund würde uns mindestens zehn Jahre Forschungsarbeit ersparen. Vor allem wenn sich das richtige Team damit befasst.«

Sie blickte Maria und die anderen Gefangenen an.

Maria verstand, was sie meinte. »Woran genau forschen Sie hier eigentlich?«

»Das würde ich Ihnen lieber zeigen.«

Jiaying deutete zur Tür. Die beiden Männer erhoben sich.

Wrightson fasste sich stöhnend ins Kreuz. »Keine Ruhe den Gottlosen.«

Arnaud schob sich mürrisch an ihm vorbei.

»Ich hoffe, ich kann Sie zur Zusammenarbeit bewegen«, sagte Jiaying zu Maria. »Auch Dr. Arnaud wäre als Paläontologe von großem Wert für uns. Für einen Geologen wie Wrightson hingegen, und sei er noch so berühmt, haben wir keinen Bedarf. Aber vielleicht können Sie uns in anderer Hinsicht nützlich sein.«

Der alte Mann blickte sie verdutzt an.

Jiaying nahm die Waffe aus dem Holster, zielte auf Wrightson und drückte ab.

Mit erstaunter Miene fiel der Geologe aufs Sofa zurück. In seiner Stirn qualmte ein kleines Loch.

Maria klingelten vom Schuss die Ohren. Sie taumelte zurück und wäre beinahe gestürzt, doch Jiaying ergriff ihren Arm und stützte sie. Maria musterte entgeistert die chinesische Generalmajorin. Sie ahnte, was die Chinesin mit der Aktion bezweckte.

Die Hinrichtung war eine Lektion.

Maria hatte verstanden.

Macht euch nützlich ... oder sterbt.

12

GRAY LENKTE DEN Mercedes-SUV um eine weitere Haar-
nadelkurve. Sie befanden sich in den Monti Predestini.
Obwohl die Fahrt vom Flughafen ins Hochland nur eine
Stunde gedauert hatte, hatte er das Gefühl, sich in einer
anderen Zeit zu befinden. Das Getriebe Roms war hinter
ihnen zurückgeblieben und hatte den Feldern und Wein-
gärten des ländlichen Italiens Platz gemacht.

Hinter ihm saß Lena Crandall. Sie hatte das Fenster geöffnet und genoss die warme Frühlingsluft, doch ihr Blick
war aus Sorge um ihre Schwester gequält. Nach der Ankunft in Italien hatte Sigma ihnen mitgeteilt, dass der GPS-
Tracker ausgefallen war. Der letzte bekannte Aufenthaltsort von Maria lag irgendwo in Peking. Monk war soeben
dort gelandet, um die Suche nach den entführten Personen
fortzusetzen.

Grays Team verfolgte derweil eine andere Spur.

Pater Roland saß neben Lena auf dem Rücksitz. Er
steckte die Nase in einen kleinen Fremdenführer und
balancierte ein iPad auf dem Knie, in dem alle Informatio-

nen über Athanasius Kircher gespeichert waren. Der Priester hatte den Fremdenführer im Dorf Guadagnolo gekauft, wo sie im Ristorante da Peppe zu Mittag gespeist hatten, ein Restaurant im Familienbesitz, von dessen Decke selbst gemachte Würste hingen. Roland hatte bei den anderen Gästen Erkundigungen zum Santuario della Mentorella eingeholt, ihrem Ziel.

Das katholische Sanktuarium – dessen Ruinen Pater Kircher entdeckt und restauriert hatte – lag auf dem Gipfel des Monte Guadagnolo. Es ruhte wie ein Adlernest oberhalb des Tals Giovenzano auf einem Felsvorsprung des Berghangs. Der Legende nach hatte der heilige Eustachius an diesem Ort den Hirsch mit dem leuchtenden Kreuz zwischen den Geweihsprossen erblickt.

Gray vergegenwärtigte sich die verblasste Zeichnung in Pater Kirchers Journal.

Hoffen wir, dass bei der Unternehmung auch etwas rumkommt.

Nach der letzten Kurve tauchten vor ihnen mehrere Gebäude mit Tonziegeldächern auf, die den Gipfel krönten. Er kam an einem polnisch, italienisch und englisch beschrifteten Schild vorbei.

Seichan, die auf dem Beifahrersitz saß und den Ellbogen aus dem offenen Fenster streckte, runzelte die Stirn. »Weshalb gibt es hier so viele polnische Beschriftungen?«

Sie hatte recht. Auch in dem kleinen Dorf, in dem sie zu Mittag gegessen hatten, waren im Schaufenster des Buchladens polnische Bücher ausgestellt gewesen.

»Im Jahr 1857«, erklärte Roland, »hat Papst Pius XI. diese Kirche dem polnischen Orden der Resurrektionisten überschrieben. Interessanterweise hat Johannes Paul II. das Sanktuarium häufig besucht. Auch unmittelbar nach seiner Wahl zum Papst ist er hierhergekommen. So wie sein Nachfolger Papst Benedikt.«

»Dann hat Pater Kircher also sein Herz hier bestatten lassen«, bemerkte Gray. »Wie auch der damalige Papst. Und die Päpste unserer Zeit unternehmen ihre erste Pilgerfahrt hierher. Offenbar hat dieser Ort eine besondere Bedeutung.«

Roland hielt den Fremdenführer hoch. »Hier steht, dass in dem Heiligtum Reliquien von über zweihundert Heiligen aufbewahrt werden.«

Lena wandte interessiert den Kopf. »Weshalb so viele?«

»Vermutlich weil viele Leute diese Kirche für das älteste Marienheiligtum der Welt halten.«

Lena zog die Stirn kraus. »Marienheiligtum?«

»Die Kirche ist der Madonna geweiht, der Heiligen Jungfrau Maria«, erklärte Roland. »Die Kultstätte wurde im vierten Jahrhundert von Kaiser Konstantin gegründet. Der Benediktinerorden hat sie fast tausend Jahre lang gehütet, bis sie schließlich verfiel. Angeblich hat der heilige Benedikt hier in einer Höhle dicht neben dem Heiligtum gelebt und seine Tage im Gebet verbracht. Man kann die Grotte noch besichtigen.«

»Ich glaube, wir haben erst mal genug von Höhlen«, sagte Lena, was ihr ein Zwinkern von Seichan einbrachte.

Gray fuhr bis zum Ende der kurvenreichen Straße, passierte einen Friedhof und hielt auf dem fast leeren Klosterparkplatz. Die Kirche lag ganz in der Nähe. Die unscheinbare romanische Fassade ließ nichts von ihrer wahren Bedeutung erkennen. Über der schlichten Holztür spiegelte sich in einem rosettenförmigen Fenster die Sonne wider, darunter stand die Bronzestatue eines Papstes, die Arme segnend erhoben.

»Das ist die Kirche?«, fragte Lena enttäuscht.

Gray stieg aus und schaute sich um. Was der Kirche an Pracht fehlte, machte der Felsvorsprung locker wett. Der Gebirgszug verblasste in nördlicher und südlicher Richtung in der Ferne, während sich im Osten ein weites Tal öffnete, dessen felsige, teilweise baumbestandene Hänge zu den Feldern hin abfielen.

Die anderen gesellten sich zu ihm.

»Wir sollten uns als Erstes die Kirche ansehen«, schlug Roland vor. »Die Nonnen wissen vermutlich mehr über die Geheimnisse dieses Ortes als jeder Fremdenführer.«

Der Priester näherte sich dem Eingang und nestelte am Priesterkragen. Gray überließ ihm die Führung und folgte ihm mit den beiden Frauen. Wenn jemand den einheimischen Nonnen ihre Geheimnisse entlocken konnte, dann ein Priester desselben Glaubens.

Die Sonne stand hoch am Himmel, und der warme, helle Tag ließ die Erinnerung an das kalte, stürmische Gebirge in Kroatien verblassen. Trotzdem behielt Seichan die Umgebung im Auge und blickte immer wieder zu der einsamen Straße hinüber. An der Kirchentür hielt sie inne.

»Stimmt was nicht?«, fragte Roland.

»Die Straße …« Sie kniff die Augen zusammen. »Das ist die einzige Zufahrt.«

Das stimmte. Sie waren auf diesem Gipfel isoliert. Es wäre nicht schwierig, sie hier festzunageln. Nach den Ereignissen in Kroatien konnte er ihr nicht verdenken, dass sie misstrauisch war. Er straffte seine leichte Jacke und spürte das Gewicht der SIG Sauer im Schulterholster.

Sie bemerkte die Bewegung und erwiderte seinen Blick. »Ich bleibe hier draußen. Schaut ihr euch nur um.«

Er wusste ihre Vorsicht zu schätzen. Zwar deutete

nichts darauf hin, dass man sie verfolgt hatte, doch warum ein Risiko eingehen? Er berührte ihre Hand, streifte mit den Fingern über ihr Handgelenk und dachte daran, wie er die zarte Haut geküsst hatte. Jetzt aber spürte er den stählernen Griff des Dolchs, der in der Ärmelscheide steckte. Das erinnerte ihn an das wahre Wesen der Frau, die er liebte – eine Mischung aus Zartheit und stählerner Entschlossenheit.

Das war Seichan.

Roland öffnete die Kirchentür.

»An die Arbeit«, flüsterte Seichan Gray mit kehliger Stimme zu. In ihren leuchtend grünen Augen lagen Mutwillen und eine Drohung: *Lass mich nicht zu lange warten. Wer weiß, was für Dummheiten ich sonst noch anstelle?*

11:21

Als Roland die Kirche betrat, tauchte er die Finger in das Weihwasserbecken neben der Tür, sprach leise ein Gebet und schlug ein Kreuz. Wie gewöhnlich empfand er Ehrfurcht beim Betreten eines Gotteshauses. Der leichte Weihrauchduft, der sich mit dem vanilleartigen Geruch der Opferkerzen mischte, begrüßte ihn wie ein alter Freund.

So schlicht die Kirche von außen wirkte, so eindrucksvoll war das Innere mit den weiß getünchten Wänden und den hohen gotischen Stützpfeilern. Holzbänke reihten sich vor dem Altar, auf einem Podest stand eine prachtvolle Orgel aus dem achtzehnten Jahrhundert. Das durch die Buntglasfenster einfallende Tageslicht erhellte jahrhundertealte Fresken und Gemälde. Der Hauptaltar aber enthielt den wahren Schatz des Sanktuariums Mentorella.

In einem Alkoven hinter dem Altar stand eine große Madonnenstatue aus Holz. Sie stammte aus dem zwölften Jahrhundert. Maria saß auf einem Thron und hielt das Jesuskind auf dem Schoß. Sie und das Kind trugen mit Edelsteinen und Perlen besetzte Kronen. Hohe Bronzeleuchten flankierten die Statue und erzeugten den Eindruck, sie würde von innen heraus leuchten, so als wäre das Holz von Heiligkeit durchdrungen.

Angezogen von ihrer Schönheit, näherte sich ihr Roland.

Lena brach den Bann. »Wann fangen wir eigentlich mit der Suche an?«

Er wurde langsamer und erinnerte sich an den Zweck ihres Besuchs: die Suche nach dem, was Pater Kircher aus dem Höhlensystem herausgeholt hatte. Er wartete, bis Lena und Gray in der Mitte des Kirchenschiffs zu ihm aufgeschlossen hatten, und schaute sich um. Außer ihnen hielten sich nur wenige Personen in der Kirche auf: Zwei Touristen – ein Mann und eine Frau – schritten langsam außen an den Sitzbänken entlang, eine ältere Frau, das Haar mit einem Kopftuch zurückgebunden, hatte den Kopf im Gebet gesenkt.

Neben dem Altar stand eine schwarz gewandete Nonne, die Arme verschränkt, die Hände in den Ärmeln verborgen. In Anbetracht des hohen Alters des Klosters hätte er eher mit einer älteren Nonne gerechnet, doch die Frau war in den Zwanzigern. Das Haar hatte sie unter ihrer Haube versteckt, doch aus ihren hellblauen Augen leuchtete die Jugend hervor. Als sie seinen Priesterkragen bemerkte, senkte sie demütig den Kopf.

»Mal sehen, ob sie uns helfen kann«, sagte Roland und ging zwischen den Sitzbänken hindurch zum Altar.

»*Dzien dobry*«, begrüßte sie ihn auf Polnisch, dann wiederholte sie den Gruß auf Italienisch. »*Buongiorno.*«

Er lächelte über ihren Versuch, allen Besuchern gerecht zu werden – oder jedenfalls denen, welche die größten Besuchergruppen bildeten. »*Lei parla inglese?*«, fragte er auf Italienisch.

»Gewiss, Hochwürden, gewiss«, antwortete sie mit polnischem Akzent. »Ich habe sogar zwei Jahre in Atlantic City gelebt. Als Blackjack-Dealerin.«

Roland lachte. »Ein ziemlich ungewöhnlicher Weg, dem Herrn zu dienen.«

Sie lächelte scheu und schlug verlegen die Augen nieder. »Der Job war gut bezahlt, und ich habe dadurch ein bisschen was von der Welt gesehen.«

»Ich verstehe«, sagte er mit freundlichem Lächeln und stellte sich und seine Begleiter vor. »Dürfte ich Sie nach Ihrem Namen fragen?«

»Schwester Clara.«

»Sehr schön. Schwester Clara, es wäre nett, wenn Sie uns helfen könnten.«

»Das würde ich gerne tun, Hochwürden.«

»Wir sind von Kroatien hergekommen, um mehr über das Sanktuarium in Erfahrung zu bringen. Wir interessieren uns speziell für den Priester, der im siebzehnten Jahrhundert den Wiederaufbau beaufsichtigt hat.«

»Sie meinen Pater Kircher.«

Roland reagierte bestürzt, doch dann wurde ihm bewusst, dass es nicht verwunderlich war, dass die Nonne über die Geschichte des Orts Bescheid wusste.

»Ja, genau«, erwiderte er. »Ich unterrichte an einer katholischen Universität in Zagreb und habe meine Doktorarbeit über den Pater geschrieben. Ich würde gern mehr über seine letzten Jahre erfahren. Vor allem interessiert mich der Grund für sein starkes Engagement. Ich hatte gehofft, dass Sie und Ihre Mitschwestern vielleicht mehr wüssten, als den Fachbüchern zu entnehmen ist.«

»Selbst wenn es sich um eine Legende oder ein Gerücht handeln sollte«, setzte Gray hinzu. »Wir interessieren uns für alle Informationen zu seinem Wirken an diesem Ort.«

Schwester Clara deutete auf den Marmorboden vor dem Altar. »Vielleicht sollten wir gleich hier anfangen. Pater Kirchers Herz wurde am Fuße des Altars bestattet, nachdem er den Papst um Erlaubnis ersucht hatte. Er hat sich gewünscht, dass die Gnade der Madonna ihm ewig leuchten möge.«

Lena ergriff das Wort. »Dann war Pater Kircher also besessen von der Jungfrau Maria.«

»Er hat sie *verehrt*, das ist wohl zutreffender. Deshalb hat er sich auch für den Wiederaufbau des Sanktuariums eingesetzt. Das ist nämlich die älteste Verehrungsstätte, die der Heiligen Mutter geweiht ist.«

Roland musterte Lena forschend und stellte fest, dass ihr irgendetwas dämmerte. Er zog sie und Gray beiseite und fragte leise: »Lena, was meinen Sie?«

»Eva war eine Frau, unser aller *Mutter*«, antwortete sie flüsternd. »Wenn Pater Kircher einen Ort gesucht hat, der ihrer würdig ist...«

Dann wäre dies der perfekte Ort, um ihre Gebeine zu bestatten.

»Aber falls Sie recht haben, wo könnte das Grab dann versteckt sein? Wie hat er es gekennzeichnet?«

Gray hatte einen Vorschlag. »Sie haben erwähnt, Pater Kircher sei fasziniert gewesen von Hieroglyphen und habe sogar sein eigenes Namenszeichen in ägyptische Obelisken eingekratzt.«

»Das stimmt, aber was hat das …«

Gray setzte nach. »Ist er nicht zu der Auffassung gelangt, bei den Hieroglyphen könnte es sich um die Sprache von Adam und Eva handeln?«

Roland reagierte überrascht. Auf einmal sah er den Amerikaner in neuem Licht.

»Finden wir's heraus«, sagte er und ging zurück zu Clara. »Schwester, es heißt, als Pater Kircher die Bauarbeiten beaufsichtigte, habe er bei der künstlerischen Gestaltung und Ausschmückung auch selbst Hand angelegt.«

»Das stimmt.«

»Faszinierend. Es mag vielleicht seltsam klingen, aber wurden irgendwo auf dem Gelände Hieroglyphen eingeritzt oder als Verzierung benutzt?«

Clara hob verwundert die Augenbrauen. »Tatsächlich, Hochwürden.« Sie wandte sich zu einem Seiteneingang. »In der Kapelle des heiligen Eustachius. Ich zeige Ihnen den Weg, wenn Sie möchten.«

Roland nickte und versuchte, sich seine Erregung nicht anmerken zu lassen. »Wir wären Ihnen sehr verbunden.«

Die Nonne geleitete sie am Altar vorbei zu einer schmalen Holztür und hielt sie ihnen auf. Von einem kleinen Hof strömte Sonnenschein herein. Ein Kiesweg führte durch einen verwilderten Garten mit Olivenbäumen und Rosenbüschen, in dem mehrere Marmorstatuen aufgestellt waren.

»Der Weg gabelt sich nach einer Weile«, sagte sie. »Zur Linken gelangt man über eine steile Treppe zur Höhle des heiligen Benedikt, der rechte Weg führt zur Scala Santa, der heiligen Leiter. Am Ende der Marmortreppe liegt die Kapelle des heiligen Eustachius.«

Gray trat als Erster ins Freie und nickte Clara zu. »Ich danke Ihnen, Schwester.«

Bevor Roland durch die Tür treten konnte, berührte Clara ihn am Arm. »Sie haben nach Legenden bezüglich Pater Kircher gefragt.« Sie wies mit dem Kinn zum höchsten Punkt des Bergs. »Es heißt, Pater Kircher habe zusammen mit einem einzigen Maurer an dem Gebäude gebaut. Die einzige andere Person, die er während der Bauzeit hierherbrachte, war demnach ein Freund, ein Bischof namens Nicolas Steno. Unseren Aufzeichnungen zufolge haben Bischof Steno und Pater Kircher hier viel Zeit miteinander verbracht. Nach dem Tod des Paters hat der Bischof sein Herz in das Sanktuarium Mentorella gebracht.«

»Das ist äußerst interessant«, sagte Roland. »Danke, Schwester.«

Mit dem Anflug eines Lächelns neigte sie den Kopf, trat zurück und schloss die Tür.

Als er Gray hinterherging, schloss Lena sich ihm an. »Worum ging es?«

»Vielleicht war es unwichtig, aber ich bin bei meinen Recherchen zu Pater Kircher auf den Namen Nicolas Steno gestoßen. Das war ein dänischer Wissenschaftler, mehrere Jahrzehnte jünger als Pater Kircher. Sie waren in den gleichen Kreisen tätig und wurden enge Freunde. Besonders interessant aber ist, dass man Stenos Forschungsfeld heute als Paläontologie bezeichnen würde. Er befasste sich mit Fossilien, alten Knochen und so weiter.«

»Sie glauben, wenn Pater Kircher die angeblichen Gebeine Evas an sich genommen hat, könnte sein junger Freund ihm geholfen haben.«

Sie gelangten zur Weggabelung, wo Gray sie erwartete. Roland deutete auf die steile Treppe, die nach rechts abging. »Schwester Claras Schilderung war zu entnehmen, dass die beiden Männer aus der Kapelle ein großes Geheimnis gemacht haben.«

Gray musterte den anderen Weg, der zu einem Felsvorsprung mit einem dunklen vertikalen Einschnitt hinunterführte. »Das muss die berühmte Grotte sein.« Er zeigte auf den Glasschrein am Eingang, der mit Schädeln und Knochen gefüllt war. »Aber was ist das?«

»Ein Ossarium«, erklärte Roland. »Dem Fremdenführer zufolge enthält es die sterblichen Überreste von Mönchen und Ordensbrüdern, die hier gelebt haben. Die Inschrift auf dem Marmorpodest lautet: *Vergesst nicht: Was Ihr seid, waren wir. Was wir sind, werdet Ihr sein.*«

»Das mag ja zutreffen, aber morbide ist es trotzdem.« Gray wandte sich der Marmortreppe zu und stieg in die Höhe.

Lena folgte ihm und blickte sich zum Ossarium um. »Dann können wir nur hoffen, dass es noch eine Weile dauert, bis wir so werden.«

Roland lächelte. *Das war ebenfalls wahr.*

Gray geleitete sie die steile Scala Santa hinauf. Die Stufen bestanden aus weißem Marmor, der von den Sandalen, Stiefeln und Schuhen der Besucher der vergangenen Jahrhunderte abgenutzt worden war. Eine niedrige Mauer an der linken Seite bewahrte die Touristen davor, in die Tiefe zu stürzen.

»Jetzt verstehe ich, weshalb man die Treppe als heilige Leiter bezeichnet«, bemerkte Lena schnaufend.

»Der mühsame Aufstieg soll die Pilger demütig stimmen«, japste Roland.

»Der Zweck wird jedenfalls erreicht.«

Roland beschattete die Augen mit der Hand und schaute

nach oben. Die schlichte kleine Kapelle mit dem Ziegeldach stand auf dem Felsvorsprung oberhalb des Tals und zeichnete sich als Silhouette vor dem wolkenlosen Himmel ab. Vier Bogenfenster wiesen in die Himmelsrichtungen.

Roland keuchte, als er den Eingang erreichte. Er hielt inne, um Atem zu schöpfen, und ließ das Panorama der weißen Felswände und mit Tannen bestandenen Hänge auf sich wirken. Ein leichter Wind führte Pinienduft mit sich. Mit einem Anflug von Unbehagen wandte er sich schließlich dem Eingang zu.

Was hat Pater Kircher hier versteckt... und weshalb?

11:48

Lena trat hinter Roland in die schummrige kleine Kapelle. Nach dem mühsamen Aufstieg hatte sie etwas Großartiges, Prachtvolles erwartet, doch der Innenraum war spartanisch. Der einzige Schmuck war der kleine Marmoraltar mit mehreren tropfenden Kerzen, die ein schlichtes Steinkreuz beleuchteten. Der Raum war kaum größer als eine Doppelgarage, die hohen überwölbten Fenster boten Ausblick nach allen Seiten.

Roland musterte die Gewölberippen an der Decke. »Das ist das gleiche Muster wie in der Kapelle in der Höhle.«

Lena stellte erstaunt fest, dass er recht hatte. Wenn die Höhlenkapelle der Bestattung eines männlichen Neandertalers gedient hatte, bedeutete dann die gleichartige Konstruktion, dass hier die Gebeine einer Frau bestattet waren?

Roland blickte sich um. »Schwester Clara hat gemeint, es gebe hier Hieroglyphen.«

Gray schritt den Raum ab und fuhr unterhalb der Fenster mit den Fingern über die Wand. »Die Ziegel sind alle beschriftet, und die Beschriftung zieht sich um den ganzen Raum herum. Die obersten Zeichen sind lateinisch. Der Text darunter ist griechisch.«

Lena gesellte sich zu ihm und ließ sich auf ein Knie nieder.

»In der nächst unteren Ebene stehen chinesische Schriftzeichen.« Gray sah sich um. »Und ganz unten ägyptische Hieroglyphen.«

Roland ging in die Hocke. »Die Anordnung folgt dem Alter der Kulturen. Immer weiter in die Vergangenheit zurück.«

Lena fuhr mit den Fingerspitzen über die unterste Ebene und untersuchte die Zeichen, beeindruckt von der Akkuratesse, mit der Pater Kircher sie wiedergegeben hatte. Sie arbeitete sich an den Wänden entlang vor und betrachtete die in drei Reihen angeordneten Hieroglyphen.

Roland kroch neben ihr her. »Eins von Pater Kirchers bedeutendsten Werken war ein dreibändiges Epos mit dem Titel *Oedipus Aegyptiacus*. Darin behandelte er Ägypten, die Hieroglyphen und altes Wissen. Er verschmolz griechische Mythen, pythagoreische Mathematik, arabische Astrologie, biblische Erzählungen und sogar die Alchemie und spürte darin dem universellen Ursprung allen Wissens nach.«

»Sozusagen die große vereinigte Theorie der Intelligenz«, sagte Lena.

Roland nickte.

Lena empfand auf einmal eine tiefe Verbundenheit zu dieser historischen Persönlichkeit. *Maria und ich erforschen das Gleiche. Wir suchen nach dem wahren Ursprung der menschlichen Intelligenz.*

Gray betrachtete die Hieroglyphen. »Können Sie das übersetzen?«

Roland runzelte die Stirn. »Vermutlich ist das alles bedeutungslos. Pater Kircher glaubte, er habe eine Möglichkeit entdeckt, die Hieroglyphen zu entziffern, doch das beruhte auf Selbsttäuschung.«

»Was erhoffen wir uns dann hier?«, fragte Lena.

Niemand wusste darauf eine Antwort. Stille senkte sich herab.

Einige Minuten später, als sie sich bereits ihre Niederlage eingestehen wollten, regte sich Gray. Er beugte sich zur Wand vor. »Schauen Sie sich das mal an. Die beiden Antilopen in der mittleren Reihe. Achten Sie auf die mit den aufrechten Hörnern.

Er rieb mit dem Daumen über die Vertiefung zwischen den Hörnern, deren Durchmesser etwa der Dicke eines kleinen Fingers entsprach. Er blickte sich zu seinen Begleitern um. »Das wirkt wie die hieroglyphische Darstellung des Eustachius-Symbols. Des Hirschs mit dem Kreuz zwischen dem Geweih.«

»Das in Pater Kirchers Journal dargestellt ist«, sagte Lena und beugte sich vor. »Aber was hat das zu bedeuten?«

Gray wandte den Kopf zu ihr herum und streckte die Hand aus. »Dürfte ich mal den Schlüssel sehen, den Sie gefunden haben?«

Gray führte das Ende des Schlüssels in die Vertiefung zwischen den Hörnern. Der Durchmesser war der gleiche. »Der Schlüsselbart hat einen guten Zentimeter Abstand vom Ende. Das wirkt wie eine Stanze.«

Roland schaute skeptisch drein. »Sie glauben, damit könne man die Vertiefung öffnen.«

Gray holte einen Kuli hervor und schob die Spitze in die Vertiefung. »Das Material da drinnen ist eindeutig weicher.« Er zerrieb es zwischen den Fingern. »Feiner Sand und vielleicht etwas Wachs.«

Roland schluckte und rieb sich das Kinn. »Probieren Sie's.«

Gray wandte sich wieder der Wand zu, schob das Schlüsselende ins Loch und schlug mit der flachen Hand auf den Schlüssel. Knirschend sank er bis zum Bart ein. Gray zog ihn heraus und pustete in das Loch.

»Ich glaube, es hat funktioniert«, sagte er. »Durch den Schlag hat sich an der Unterseite ein vertikaler Schlitz gebildet. Der Schlüsselbart sollte da hineinpassen.«

Um sicherzugehen, zog Gray einen Dolch aus der Stiefelscheide hervor und säuberte mit der Spitze den Schlitz. Dann schob er den Schlüssel hinein. Er musste fest drücken und ein wenig herumstochern – doch dann ließ sich der Schlüssel samt Bart mühelos bis zu dem mit Totenschädeln verzierten Griff versenken.

Gray blickte seine Begleiter fragend an.

Nach so vielen Jahrhunderten funktioniert das Schloss bestimmt nicht mehr, dachte Lena.

»Tun Sie's«, sagte Roland mit leuchtenden Augen. »Pater Kircher war nicht nur ein Experte für alte Sprachen, sondern hat auch alle möglichen mechanischen Geräte konstruiert, angefangen von magnetischen Uhren bis zu Aufziehautomaten. In seinem römischen Museum gab es sogar Statuen, die sprechen konnten, indem sie die Stimme einer Person im Nebenzimmer verstärkten.«

Gray packte den Griff des Schlüssels fester und drehte ihn entschlossen herum.

Lena hielt den Atem an.

Ein lautes Knirschen durchdrang die Wand. Dann senkte sich eine große Marmorplatte am Fuße des Altars ab und bildete eine Rampe. Eine Staubwolke stieg empor.

Lena richtete sich auf, hielt aber ängstlich Abstand zu der Öffnung. Roland wartete an ihrer Seite, während Gray den Schlüssel herauszog und neben sie trat.

Die Rampe endete an einer dunklen Treppe. Die Stufen waren aus dem Felsgestein herausgehauen und führten steil in die Tiefe.

»Das sieht beinahe so aus wie das dunkle Spiegelbild der heiligen Leiter«, flüsterte Roland.

Lena bewegte eine andere Frage.

Wo mag das alles noch hinführen?

Seichan hielt sich im Schatten der Klostermauern. Die Sonne stand hoch am strahlend blauen Himmel. Ein Falke kreiste langsam in den Luftströmungen des sich erwärmenden Gebirges. Es roch nach Pinien und dem Rosmarin im Klostergarten. Seichan hörte die gedämpften Stimmen der Nonnen im Gebäude, die im Gebet an- und abschwollen.

Sie versuchte, sich das Leben in dieser Abgeschiedenheit vorzustellen, im Einklang mit sich selbst und Gott. Ihre Kindheit in den Slums von Südostasien war voller Angst und Gewalt gewesen. Dort hatte man sie auch rekrutiert und einer brutalen Ausbildung unterzogen, um die letzten Reste von Menschlichkeit auszumerzen, die ihr verblieben waren. Erst spät hatte sie sich mit ihrer Vergangenheit versöhnt und begonnen, die begangenen Verbrechen zu sühnen, um eine Art von Frieden zu finden.

Einen Frieden, dem sie noch immer misstraute.

Sie wusste, wie leicht man alles verlieren konnte.

Sie blickte zur Kirche, zu der Kapelle auf dem Berg. Vor ein paar Minuten hatte sie beobachtet, wie Gray mit den anderen hinaufgestiegen war. Sie zweifelte nicht an seiner Liebe und leugnete auch nicht ihre eigenen Gefühle. Doch sosehr sie es auch zu verbergen suchte – und sie war gut darin, sich zu verstellen –, vermochte sie die Unruhe, die sie in seiner Nähe empfand, doch nicht zu ignorieren. Es war eine Mischung aus Verlustangst und schlechtem Gewissen, weil sie glaubte, sie habe ihn nicht verdient.

Oder mein neues Leben.

Das Schlagen der Eingangstür lenkte ihre Aufmerksamkeit auf die Kirche. Ein Paar mittleren Alters ging zum kleinen Parkplatz. Die Frau ergriff die Hand ihres Mannes so selbstverständlich und mühelos, wie ein Vogel sich auf einem Ast niederlässt. Sie machte eine Bemerkung, die den Mann zum Lächeln brachte. Im Gehen rückten sie kaum merklich näher zusammen. Dieser Tanz war älter als die Zeit, getragen vom Einklang ihrer Herzen, im Lauf der Jahre auf einen vollkommenen Rhythmus abgestimmt.

Seichan verlagerte die Haltung und straffte den Rücken. Das Paar irritierte sie – nicht weil sie die beiden beneidete, sondern weil sie es nicht tat. Sie fand sie naiv, blind gegenüber den harten Realitäten des Lebens. Für sie selbst war ein solcher Frieden eine Illusion, eine Realitätsverleugnung wie bei einem Pferd, dem man Augenklappen anlegt, damit es die Gefahren in seiner Umgebung nicht wahrnimmt.

Letztlich fand man wahren und dauerhaften Frieden nur im Tod.

Und ich habe nicht vor, mich kampflos zu ergeben.

Ein widerhallendes Brummen lenkte ihre Aufmerksamkeit zur Straße. Ein Touristenbus bog langsam um eine enge Kurve. Auf der Seite prangte ein stilisierter Drache. Ähnliche Busse hatte sie schon in ganz Europa gesehen, besetzt mit kamerabehängten asiatischen Touristen, die stets als Gruppe auftraten und sich durch die Mauer ihrer Heimatkultur gegen fremde Einflüsse schützten. Sie wusste, dass einige Reisegesellschaften ihren Kunden sogar von einheimischem Essen abrieten und ihnen stattdessen Asienimbisse und Chinarestaurants empfahlen.

Obwohl diese Busse in Europa ein gewohnter Anblick waren, zog Seichan sich weiter in den Schatten des Klosters zurück. Sie wusste, dass Kowalski und Lenas Schwester von Chinesen entführt worden waren, die vermutlich auch hinter dem Überfall in Ogulin steckten.

Vorsichtshalber ging sie zu einem schmalen Fenster hinüber, das offen stand, um den frischen Wind ins Innere zu lassen. Die Stimmen der Nonnen beim Mittagsgebet, die aus dem jahrhundertealten Gebäude drangen, wurden lauter. Zuvor hatte sie sich die Umgebung angeschaut und das Gelände abgeschritten, um sich einen Überblick über mögliche Annäherungs- und Fluchtwege zu verschaffen.

Sie ging in die Hocke, lauschte auf das Knirschen der Reifen und wartete, bis der Bus auf den Parkplatz einbog. Dann schnellte sie hoch und hechtete durch das Fenster in den dahinterliegenden Raum. Von dort aus beobachtete sie, wie der Bus in einer Wolke aus Staub und Dieselruß zum Stillstand kam.

Nach einer Weile öffneten sich die Türen, und die Insassen stiegen aus, streckten sich, gähnten und holten die Kameras hervor. Die Fremdenführerin – ein Kolibri von einer Frau in hellroter Jacke, die zur Buslackierung passte – öffnete einen Schirm in der gleichen Farbe. Sie plapperte laut auf Mandarin und sammelte ihre Schützlinge um sich. Nach einigem Hin und Her marschierte sie mit ihnen zur Holztür der Kirche.

Seichan musterte die Touristen. Es waren ausnahmslos Chinesen, angefangen von kleinen Kindern bis zu gebeugten Alten. Das war eindeutig kein Angriffsteam. Allerdings bot eine solche Gruppe auch die perfekte Tarnung für jemanden, der sich Seichans Gruppe nähern wollte. Sie musterte aufmerksam jeden einzelnen Touristen, achtete darauf, wie sie sich bewegten, mit wem sie redeten, wie sie interagierten.

Sechs Männer – alle Ende zwanzig oder Anfang dreißig – erregten ihre Aufmerksamkeit. Sie bildeten keine Gruppe und unterhielten sich nicht mit ihren Begleitern. Stattdessen musterten sie ein wenig zu aufmerksam die Umgebung, und einer fixierte sekundenlang den Mercedes-SUV, mit dem sie hergekommen waren. Als der Mann sich wieder umdrehte, bemerkte sie die Ausbeulung an seiner leichten Jacke.

Das konnte eine Kamera sein – doch das glaubte sie nicht.

Sie duckte sich und überlegte, was sie unternehmen sollte. Eines war jedenfalls sicher: Mit der Ruhe war es vorbei.

12:32

Gray stieg mit seinen Begleitern die dunkle Treppe hinunter. Sie war schmal und gefährlich steil, sodass sie hintereinandergehen mussten. Er hielt eine Stiftleuchte in der Hand, Lena folgte ihm und leuchtete mit ihrem Handy. Es war hier mehrere Grad kühler als in der Kapelle und auch trockener als erwartet.

Als beträten wir ein ägyptisches Grab.

Roland streifte mit den Fingern über die Wand. »Es würde mich nicht wundern, wenn der Gang in eine Höhle führen würde, die der Grotte des heiligen Benedikt ähnelt.«

Nach ein paar weiteren Stufen erwies sich die Vermutung des Priesters als zutreffend, denn der Strahl von Grays Taschenlampe verschwand in einer Höhle. Ihr Durchmesser betrug lediglich fünf Meter. Sein Stiefelabsatz sank in den Schotterboden ein. Er trat beiseite, damit die anderen eintreten konnten. Ihre knirschenden Schritte hallten in der Enge laut wider, vermochten die Überraschungslaute seiner Begleiter aber nicht zu übertönen.

Lena reckte das Handy in die Höhe.

Roland schwankte, als fiele er gleich auf die Knie.

An der anderen Seite der Höhle saß auf einem Thron aus Felsgestein eine Bronzefigur der Jungfrau Maria. Dies war die perfekte Replik der Holzmadonna in der Kirche des Sanktuariums – angefangen von der juwelenbesetzten Krone bis zum Jesuskind auf ihrem Schoß.

»Sie ist wunderschön«, murmelte Roland.

Lena dämpfte seine Begeisterung. »Aber wir sind nicht deshalb hier.« Sie schaute sich in der Höhle um. »Das ist bloß wieder eine Kapelle. Vielleicht hat Pater Kircher hier zur Heiligen Jungfrau gebetet.«

»Aber einen heiligen Ort zu entdecken, der jahrhundertelang unzugänglich war...« Roland war sichtlich gerührt. »Das ist wundervoll.«

Gray trat näher und leuchtete die Figur ab. »Im Moment ist es mir weniger um Wunder, als vielmehr um Antworten zu tun. Zum Beispiel wüsste ich gern, weshalb Pater Kircher die Figur hier unten versteckt hat.«

Er schaute zu den heiteren Augen der Madonna auf und vergegenwärtigte sich Schwester Claras Worte, die gesagt hatte, Pater Kircher habe sich gewünscht, dass die Gnade der Madonna seinem Herzen leuchten möge.

Hier muss es noch mehr geben.

Er senkte den Blick und schob den Schotter beiseite. Das körnige Material stammte offenbar nicht vom Bau der Kapelle, sondern wirkte eher wie Katzenstreu. Roland wurde ebenfalls darauf aufmerksam.

Gray bückte sich, hob ein paar Körner auf und rollte sie zwischen den Fingern.

»Das Zeug habe ich auch im Schlüsselloch gespürt. Es muss eine Art Sand sein.«

Roland ging in die Hocke und untersuchte das Material. »Das ist kein Sand«, sagte er und schaute lächelnd zu ihm auf. »Das ist Kieselerde.«

»Kieselerde?«, wiederholte Lena.

»Eine Form von Siliziumdioxid«, erklärte Roland. »Es wird in Beuteln abgepackt Tablettendosen beigelegt, damit sie trocken bleiben.«

Kein Wunder, dass mir die Luft hier unten so trocken vorkommt.

»Das Material war zu Pater Kirchers Zeiten eine wissenschaftliche Kuriosität«, fuhr Roland fort. »Er hat Abhandlungen über Herstellung und Trocknungseigenschaften verfasst. Er hat es sogar für seine mechanischen Geräte verwendet, um sie vor Korrosion zu bewahren.«

Lena blickte zur Treppe. »Wie zum Beispiel beim Schließmechanismus.«

Roland nickte.

»Vielleicht ist das noch nicht alles«, setzte Gray hinzu. »Pater Novak, Sie haben doch erwähnt, Kircher habe auch bewegliche Statuen gebaut, die in seinem Museum ausgestellt waren.«

Rolands Augen weiteten sich. »Sie glauben...« Er wandte sich zur Madonnenstatue um. »Das wäre ja...«

Es gab nur eine Möglichkeit, das herauszufinden.

Gray näherte sich der Statue und untersuchte sie im Schein der Stiftleuchte, denn er hatte eine Vermutung. Auf Marias Kopf wurde er fündig: In der Mitte befand sich eine kreuzförmige Öffnung, eingerahmt von einem Halbmond von Juwelen.

Sieht aus wie ein Geweih.

Roland schlug ein Kreuz und sprach leise ein Gebet.

Auch Lena war beeindruckt.

Gray reichte Roland die Leuchte und zog Kirchers Skelettschlüssel aus der Tasche. Er musste sich auf den Schoß der Statue stützen, um an den Scheitel heranzukommen.

»Vorsichtig«, warnte Roland. Gray schob den Schlüssel in die kreuzförmige Öffnung und passte ihn sorgfältig ein. Er drehte ihn einmal vollständig herum – doch es geschah nichts. Er versuchte es noch einmal, wieder ohne Erfolg.

»Vielleicht ist der Mechanismus defekt«, sagte Lena und verschränkte nervös die Arme.

Gray versuchte es erneut und spürte diesmal einen Widerstand. »Ich habe den Eindruck, als spanne sich irgendetwas an.«

»Machen Sie weiter«, sagte Roland mit leuchtenden Augen.

Gray gehorchte, und mit jeder Drehung des Schlüssels wurde der Widerstand stärker. Jetzt wurde ihm klar, was Roland vermutete.

Ich ziehe einen Mechanismus auf.

Schon bald musste er Kraft aufwenden, und die kleinen Totenschädel drückten sich schmerzhaft in seine Fingerkuppen. Schließlich ertönte in der Statue eine Art Glocke.

Gray zog den Schlüssel hervor und taumelte zurück.

Roland fasste ihn beim Ellbogen – nicht um ihn zu stützen, sondern vor Schreck. »Schauen Sie!«

Es tickte innerhalb der Statue, dann spaltete sich die Madonna vom Scheitel bis zum Fuß. Sie klappte in zwei Hälften auseinander wie ein Bronzesarkophag.

Gray und dessen Begleiter machten große Augen.

Im Hohlraum der Statue befand sich ein Skelett. Die Knochen und der Schädel waren sorgfältig angeordnet und mit Bronze in der gleichen Haltung fixiert, die auch die Madonna einnahm. Die Knochengestalt saß friedlich da und blickte mit ihren Augenhöhlen auf sie nieder. Die dicken Augenwülste ließen erkennen, dass dies kein Vertreter des modernen Menschen war.

»Wir haben sie gefunden«, flüsterte Lena. »Wir haben Eva gefunden.«

»Nicht nur das«, sagte Roland und trat vor. »Sehen Sie, was sie in Händen hält.«

Mit einem Arm umfasste sie einen auf ihrem Schoß liegenden, einen Meter langen Knochenstab, als hielte sie das Jesuskind, doch etwas anderes zog die Blicke auf sich. Auf ihren Knien lag ein Steinbrocken von der Größe einer Grapefruit.

Gray leuchtete darauf. Sternförmige Krater und glatte Flächen zeichneten sich darauf ab.

»Das ist ein Modell des Mondes«, sagte Roland. »Die uns zugewandte Seite ist nahezu perfekt dargestellt.«

Lena trat näher. »Unglaublich.«

Gray verstand die Aufregung nicht. Roland hatte ihnen Pater Kirchers Zeichnungen der Mondoberfläche gezeigt. Deshalb sah er keinen Anlass für ihr Erstaunen.

»Was ist?«, fragte er.

Lena blickte ihn an. Sie musste schlucken, bevor sie sprechen konnte. »In der Rückseite der Kugel stecken dunkle Kalzitbrocken.«

Gray runzelte die Stirn.

»Das hier stammt nicht aus Pater Kirchers Zeit«, erklärte Roland. »Das Objekt muss aus der Nische in der prähistorischen Skulpturengalerie stammen, über die wir gesprochen haben. Es wurde von einem jahrtausendealten Tropfstein abgebrochen.«

Lena zeigte darauf. »Das heißt, dieses Mondmodell ist mehrere zehntausend Jahre alt.«

Gray starrte die Kugel an.

Das war nun wirklich unglaublich.

Roland trat einen Schritt zurück und fasste sich an die Stirn. »Kein Wunder, dass Kircher so besessen war vom Mond und nach dem Ursprung des alten Wissens suchte. Die Entdeckung hat ihn ebenso fassungslos gemacht wie uns.«

»Vielleicht hat er das Höhlensystem deshalb versiegelt«, sagte Lena. »Und vor dem Betreten gewarnt.«

»Und hat deshalb die wichtigen Funde hier unten versteckt«, setzte Roland hinzu.

Lena legte dem Priester eine Hand auf den Arm. »Damit erwies Kircher sich als *wahrer* Wissenschaftler. Er hat seinen Fund für die Nachwelt bewahrt.«

Roland seufzte. »Offenbar hat er die letzten Jahre seines Lebens auf die Erforschung dieses Geheimnisses verwandt. Seine Erkenntnisse hat er nur den engsten Kollegen offenbart. Und obwohl er die Bedeutung seiner Entdeckung nie ganz verstanden hat, hat er seinen Fund gleichwohl verehrt.«

Gray betrachtete die wundervoll gearbeitete mechanische Madonna. Da konnte er ihr nicht widersprechen.

Lena fuhr mit der Hand über den langen Stab, den die Neandertalerfrau in den Knochenhänden hielt. »Ich denke, der ist aus Elfenbein geschnitzt, vermutlich aus dem Stoßzahn eines Mammuts.«

»Was soll das sein?«, fragte Gray.

»Keine Ahnung. Vielleicht ein Gehstock. Den arthritischen Veränderungen einiger Knochen nach zu schließen war die Frau sehr alt, als sie starb.«

Gray musterte den Stab. Er spürte, dass mehr dahinterstecken musste als ein prähistorischer Gehstock. Dafür war er zu prominent platziert. Außerdem waren Kerben zu erkennen wie bei einer Messlatte.

Lena beugte sich vor. »Schauen Sie. Der kleine Finger der einen Hand hat Verdickungen, die von einem Bruch stammen.«

»Ein gebrochener Finger.« Roland blickte ihr über die Schulter. »Wie bei den Handabdrücken über ihrem Grab.«

»Und wie in der Höhle mit den Nischen und den Statuen. Das bedeutet, die Abdrücke stammen alle von derselben Frau. Vermutlich hat sie auch die Wandmalereien und die Mondskulptur angefertigt.«

Gray hielt sich im Hintergrund, während Lena und Roland das Skelett untersuchten. Plötzlich fiel ihm etwas auf, was seine Begleiter übersehen hatten. Die Innenseite der beiden Madonnenhälften barg weitere Geheimnisse. Auf der einen Seite war eine Landkarte in das Metall eingeritzt. Gray machte eine große Insel aus, die Details waren aus diesem Abstand nicht zu erkennen.

An der anderen Seite lag auf dem Ärmel ein Buch. In den Ledereinband war ein vergoldetes Labyrinth eingeprägt.

Als er die Stiftleuchte ein wenig schwenkte, wurde Roland darauf aufmerksam. Der Priester atmete zischend aus, als er begriff, was er da vor sich hatte.

Roland streckte die Hand nach dem Buch aus, ließ sie aber wieder sinken. »Das ist eine Kopie von Kirchers Journal.«

Ehe sie das weitere Vorgehen festlegen konnten, summte das Handy in Grays Tasche. Er nahm den Anruf entgegen und vernahm Seichans Stimme.

»Ich habe schon mehrfach versucht, dich zu erreichen«, sagte sie hektisch. »Wir haben Gesellschaft bekommen.«

13

»DEM ÜBERSICHTSPLAN ZUFOLGE«, sagte Monk, »sollte das Gorillagehege hinter der nächsten Biegung liegen.«

Er und Kimberly folgten einem von Bäumen gesäumten Weg, der sich an den Plexiglasfenstern der Affengehege entlangschlängelte. Er hatte den Jackenkragen hochgeschlagen und hielt Händchen mit Kimberly, während sie durch den Zoo von Peking schlenderten und so taten, als wären sie ein Ehepaar.

Er sah auf die Uhr.

Vor fünfzehn Minuten hatten sie die Anlage betreten und waren durch das hohe überwölbte Tor geschritten, dessen filigranes Schmiedeeisen wilde Drachen darstellte. Die schäbigen Tiergehege aber wurden dem majestätischen Eingang nicht gerecht.

Die meisten Besucher steuerten die größte Attraktion des Zoos an, das Pandahaus, das praktischerweise ganz in der Nähe des Eingangs lag. Die Anlage wirkte modern und einladend und beherbergte Riesenpandas, den Nationalschatz Chinas. Er und Kimberly hatten dem Sog der

264

Masse jedoch widerstanden und waren weiter in den Park hineingegangen.

Was sie hinter dem Pandahaus sahen, war nicht nur enttäuschend, sondern herzzerreißend.

Monk kam an einem Gehege mit goldhaarigen Affen vorbei. Die Glasscheibe war schmutzig, der Käfig verdreckt. Mehrere Besucher hatten sich unter dem Geländer hindurchgezwängt, klopften gegen das Glas, riefen und neckten die verängstigt wirkenden Tiere.

Dieses Verhalten war hier anscheinend gang und gäbe. Es schritten keine Wärter ein. In einer Betongrube saß ein Gobibär, der Boden des Gefängnisses war übersät mit den Verpackungen von Schokoriegeln, Bechern, Servietten. Ein lachender Halbwüchsiger kippte dem teilnahmslosen Bären eine Flasche Cola über den Kopf. Monk musste sich beherrschen, um den Kerl nicht über das Geländer in die Grube zu werfen.

Kimberly spürte anscheinend seine wachsende Empörung. »Ich weiß, das ist ernüchternd«, flüsterte sie. »Die Vernachlässigung, das beschämende Verhalten der Besucher, der beklagenswerte Zustand der Gehege…«

»*Beklagenswert* trifft es nicht ganz«. Monk schwenkte die Hand. »Das ist ein Dreckloch.«

»Das ist lediglich ein Spiegelbild des Zustands des Landes«, versuchte sie, ihn zu beruhigen. »Ja, das ist rückständig im Vergleich zu den heutigen Zoos, aber bevor wir gelandet sind, habe ich gelesen, dass man bereits in Erwägung zieht, den Zoo an den Stadtrand zu verlagern, wo die Grundstücke billiger sind und man den Tieren größere Gehege bieten kann.«

»Weshalb so lange warten?«, entgegnete er. »In Anbetracht der Summen, die die chinesische Regierung

ins Olympische Dorf investiert hat, sollte es doch möglich sein, hier etwas zu verbessern. Ein bisschen Aufsicht
würde auch schon reichen. Die Regierung hat doch sonst
kein Problem damit, die Leute herumzuscheuchen. Weshalb duldet man das?«

Er zeigte auf einen Besucher, der mit einem Fuß heftig gegen die Umzäunung des Fuchsgeheges trat. Das Tier
duckte sich zitternd.

»Was ist nur los mit diesen Leuten?«, brummte er.

»Du solltest bedenken, dass die Chinesen Tiere noch
immer vor allem als Nahrungsquelle, Medizin oder Unterhaltung betrachten. Auf den Hinweisschildern waren bis
vor Kurzem die schmackhaftesten und medizinisch wert-
vollsten Teile der Tiere aufgeführt.« Sie musterte Monk
mit schief gelegtem Kopf. »Wie du siehst, gibt es bereits
Fortschritte.«

Angewidert ging er weiter in Richtung der Affengehege. In einer Stunde würde der Zoo schließen, und zuvor wollte er möglichst viele Informationen sammeln. Da
das Gelände jedoch achtzig Hektar groß war, mussten sie
sich die verbliebene Zeit gut einteilen. Deshalb hatten sie
entschieden, sich auf die große Affenabteilung zu konzentrieren. Wenn man Baako in den Zoo gebracht hatte, lag
es nahe, sich dort als Erstes umzusehen.

Nach der Schließung würden er und Kimberly außen
um den Zoo herumgehen und nach Hinweisen auf den
Verbleib von Kowalski und Maria Crandall Ausschau halten. In der Sigma-Zentrale wartete Painter auf weitere Sig-
nale des GPS-Trackers, während Kat an einer detaillierten
Karte des Geländes arbeitete, die auch die unterirdischen
Anlagen einbezog.

Monk schaute zu Boden. Painters kurzer Einweisung

zufolge gab es hier zahlreiche unterirdische Anlagen, doch das wahre Ausmaß war unbekannt.

Kimberly ahnte, woran er dachte. »Da unten könnte alles Mögliche vor sich gehen«, sagte sie.

»Wie meinst du das?«

»Die Dìxià Chéng, die Unterirdische Stadt, ist ein beliebtes Touristenziel in Peking. Sie wurde in den Siebzigerjahren als Bunkeranlage errichtet, nimmt eine Fläche von zweihundert Quadratkilometern ein und hat angeblich über hundert Eingänge, die meisten davon in Geschäften oder am Straßenrand verborgen. Ein kleiner Teil davon ist für die Öffentlichkeit zugänglich, der Rest ist geheim.«

Monk versuchte, sich die gewaltige Anlage unter seinen Füßen vorzustellen. »Glaubst du, sie erstreckt sich bis hierher?«

»Möglich wäre es. Sie verbindet die wichtigsten Orte der Stadt, den Bahnhof, den Platz des Himmlischen Friedens und die Verbotene Stadt.«

Monk rieb sich nachdenklich das Kinn. Weitere Nachforschungen könnten sich als lohnend erweisen.

»Siehst du«, lenkte Kimberly seine Aufmerksamkeit wieder nach vorn. »Die Schimpansen.«

Monk schaute sich um. Endlich hatten sie den Bereich des Zoos erreicht, in dem die Menschenaffen untergebracht waren.

Das Schimpansengehege wirkte kaum besser als die anderen. Die Glasscheibe war verschmiert, der Käfigboden mit Exkrementen und Urinlachen verschmutzt. Die Tiere hockten teilnahmslos auf dem Beton und lausten sich gegenseitig. Die Besucher schlugen gegen die Glasscheibe und versuchten, die Affen mit Rufen auf sich aufmerksam zu machen.

Im Nachbarkäfig saß ein einzelner Gorilla. Das große Tier hockte in der Ecke und wandte den Besuchern den Rücken zu. Monk vermochte sich ein Leben in solcher Isolation, ohne jede geistige Anregung und ständiger Belästigung ausgesetzt, nicht vorzustellen. Wenn die Zustände in Chinas Hauptstadt so schlimm waren, wollte er gar nicht wissen, wie es in den kleineren Zoos des Landes aussah.

Kimberly hatte sich inzwischen die anderen Käfige angeschaut. »Keine Spur von Baako«, flüsterte sie Monk zu.

Sosehr Monk das entführte Versuchstier finden wollte, war er doch auch erleichtert. Kein Lebewesen hatte eine solche Behandlung verdient.

Vielleicht spürte der Gorilla seine Anteilnahme, denn auf einmal drehte er sich um und blickte Monk mit seinen großen dunklen Augen traurig an. Er blähte witternd die Nüstern, dann wandte er sich wieder ab.

Tut mir leid, großer Bursche. Wenn ich könnte, würde ich dich retten.

»Hier kommen wir nicht weiter«, sagte Kimberly.

Er sah das genauso. »Lass uns verschwinden.«

Bevor ich noch jemanden erschieße.

Er ging mit Kimberly zurück zum Haupteingang. Hinter den Gehegen erstreckte sich eine recht ansehnliche Parklandschaft mit von Weiden gesäumten Wasserläufen, großen blauen Teichen mit Watvögeln, zahlreichen Holzpavillons und bunt bemalten Kolonnaden.

Diese Schönheit wog die Qualen der Tiere jedoch nicht auf.

Monks Stimmung verdüsterte sich immer mehr. Dass sie noch immer keinen Hinweis auf die Entführten gefunden hatten, machte es auch nicht besser. Trotzdem wollte er die Hoffnung nicht ganz aufgeben.

Maria und Baako waren nicht allein.

Na los, Kowalski, geben Sie uns ein Zeichen.

17:18

»Mach schon«, brummte Kowalski.

Er gebärdete die Aufforderung und wandte der Kamera auf dem Gang dabei den Rücken zu. Er wusste nicht, ob gerade jemand zusah, wollte aber kein Risiko eingehen.

Baako blickte ihn ablehnend an.

Kowalski machte das Okay-Zeichen, ermutigte den Gorilla zum Mitmachen. Das Ganze musste überzeugend wirken. Seit einer Stunde versuchte er, sich Baako verständlich zu machen.

Er gebärdete weiter.

[Du musst, Kumpel... wenn du Maria wiedersehen willst]

Kowalski war sich nicht sicher, wie gut sein bepelzter Gefährte ihn verstand, doch der Plan war seine einzige Hoffnung.

Baako zögerte und gab ängstliche Laute von sich. Er hob die Hand, spreizte die Finger und tippte sich mit dem Daumen ans Kinn. Er grunzte fragend.

[Für Mama?]

»Genau«, sagte Kowalski, als ihm klar wurde, dass der Gorilla Maria meinte.

Der Junge ist wirklich verdammt klug. Vielleicht klappt es ja.

Kowalski näherte sich ihm und senkte leicht das Kinn. Baako erwiderte seinen Blick. Kowalski nickte.

Jetzt oder nie, kleiner Bursche.

Baako holte mit dem Arm aus und schlug Kowalski ins Gesicht. Mit den Nägeln kratzte er ihm die Wange auf. Der Hieb war fester, als Kowalski erwartet hatte. Er kippte nach hinten und fragte sich, ob sein Kopf noch fest auf dem Hals saß.

Baako schreckte zurück und duckte sich leicht.

Kowalski richtete sich in eine sitzende Haltung auf, rutschte auf dem Hintern zum Gitter und gebärdete mit den Händen.

[Alles in Ordnung]

Dann krümmte er den Zeigefinger und forderte Baako auf, ihn erneut anzugreifen.

Baako schnellte vor. Kowalski wich hastig zurück, seine Angst war nicht gespielt. Der Gorilla war viel kräftiger, als man meinen mochte. Baako rammte Kowalski die Schulter gegen die Brust und drückte ihn gegen die Gitterstäbe.

Kowalski atmete pfeifend aus, dann schrie er aus vollem Hals: »Hey! Hilfe! Lasst mich hier raus!«

Die Tür am Ende des Gangs sprang auf. Er blickte sich über die Schulter um und sah zwei Uniformierte herbeieilen. Der eine hatte einen Viehtreiber dabei, der andere ein Gewehr.

Er verkniff sich ein Stöhnen. Er hatte gehofft, dass ein einzelner Wachmann auftauchen würde, den er überwältigen könnte.

Dann also Plan B.

Ehe die Wachen ihn erreicht hatten, hob Kowalski beide Arme vor die Brust und bewegte sie hin und her.

Das mochte so aussehen, als versuchte er, Schläge abzuwehren, doch in Wirklichkeit war es ein Zeichen.

[*Sei aggressiv*]

Baako brauchte keine extra Aufforderung mehr. Als er die Soldaten sah und das Knistern des Viehtreibers hörte, wurde er wütend. Zwei Meter vor dem Gitter nahm er Aufstellung. Mit einem Arm stützte er sich ab, mit dem anderen klopfte er sich auf die Brust. Außerdem bleckte er die Zähne.

»Lasst mich raus!«, rief Kowalski.

Der Mann mit dem Viehtreiber steckte einen Schlüssel ins Schloss und riss die Tür auf. Mit der anderen Hand richtete er das Funken sprühende Ende des Viehtreibers auf Baako. Kowalski nutzte die Gelegenheit und wälzte sich in den Flur. In seiner Eile, den Käfig zu verlassen, rempelte er den Wachmann an und wurde weggestoßen.

Der andere Soldat hielt auf Abstand. Er hatte das Gewehr angelegt und zielte abwechselnd auf Baako und Kowalski.

Kowalski machte Baako verstohlen ein Zeichen und senkte die flache Hand.

[*Zurück*]

Baako protestierte lautstark, wandte sich aber ab und zog sich auf allen vieren zur Rückseite des Käfigs zurück.

Der Wachmann schlug unter lautem Scheppern die Tür zu und sperrte sie ab.

Kowalski betastete die tiefen Kratzer in seinem Gesicht und verrieb das Blut. »Ich dachte schon, er würde mich umbringen.«

Die beiden Soldaten besprachen sich auf Mandarin. Erst jetzt erkannte Kowalski den Mann mit dem Viehtreiber wieder. Das war das Arschloch Gao, der Anführer des

Teams, das sie entführt hatte. Der Mistkerl hatte Maria weggebracht und war zurückgekommen, um nach seinen anderen beiden Gefangenen zu sehen.

Gao spuckte Baako durch die Gitterstäbe hindurch an, dann bedeutete er Kowalski mit dem Viehtreiber, sich in Bewegung zu setzen. Er und der Mann mit dem Gewehr nahmen ihn in die Mitte.

Kowalski hatte die Arme halb erhoben und versuchte, einen möglichst belämmerten Eindruck zu machen. »Bringen Sie mich zu Dr. Crandall. Sie sollte von dem Vorfall erfahren.«

Er bekam keine Antwort, ließ sich aber folgsam aus dem Zellenblock hinausführen. Bevor die Tür hinter ihm zufiel, blickte er sich schuldbewusst zu Baako um. Es tat ihm leid, den kleinen Burschen allein zurückzulassen. Er ballte beide Hände und drückte sie an die Brust.

[Sei tapfer]

17:22

Baako blickt dem großen Mann hinterher, sieht, wie die Tür zufällt. Er erinnert sich an die letzten Worte des Mannes, empfindet aber nichts als Angst. Dass er mit seiner empfindlichen Nase das Blut unter seinen Fingernägeln wittert, macht es auch nicht besser. Er atmet schwer und sackt auf dem Boden zusammen.

Er schlingt die Arme um die Knie und wünscht sich, Mama würde ihn umarmen.

Er schaut sich im Käfig um. Es gibt kein Spielzeug, keine Zeichentafel, keine Kletterseile. Er blickt zum Futtereimer, hat aber keinen Hunger.

Da ist nur Angst.

Er drückt sich in die Ecke, möglichst weit von dem stinkenden Haufen entfernt, den er dorthin machen musste. Hier gibt es keine Toilette. Er schämt sich – nicht nur deshalb, weil man ihm beigebracht hat, nicht auf den Boden zu machen, sondern weil er weiß, was hier versteckt ist, was der Mann hier versteckt hat.

Grunzend macht er seinem Frust Luft.

Er führt den Daumen ans Kinn, schaukelt mit dem Oberkörper.

[Mama, Mama, Mama …]

Plötzlich Lärm – Gebrüll, ein durchdringendes Kreischen. Es kommt von der großen glänzenden Tür am Ende des Gangs. Auf dem darüber angebrachten Schild leuchten rote Buchstaben, eine zornige Warnung. Etwas hämmert gegen die Tür.

Baako erstarrt, wagt nicht, sich zu bewegen, aus Angst, die Aufmerksamkeit des Tieres auf sich zu lenken, das so laut brüllt. Seine Fellhaare zittern. Das Gebrüll klingt nach Blut. Seine eigenen Fingerspitzen riechen danach. Abends haben seine beiden Mütter ihm Geschichten erzählt, manchmal auch Bilder gezeigt. Auf einigen waren Monster zu sehen: Schatten, die unter dem Bett lauerten, oder Trolle, die sich unter einer Brücke versteckten.

Trolle fressen Ziegen, *hat Mama zu ihm gesagt.*

Er weiß nicht, was da gebrüllt hat. Jetzt ist es wieder ruhig, aber Baako hat Angst, dass er die Ziege sein könnte.

Er wendet sich von der glänzenden Tür ab und blickt zur Flügeltür an der anderen Seite des Gangs hinüber, durch die der große Mann verschwunden ist. Doch er denkt an jemand anders.

Mama, wo bist du?

Maria lief in dem achteckigen Raum hin und her. Der Boden bestand aus glattem Beton, die Wände waren einheitlich weiß. In verglasten Wandnischen waren alte Artefakte und Werkzeuge ausgestellt, die einen starken Kontrast zur modernen Sterilität des Raums bildeten.

Dr. Dayne Arnaud stand leicht vorgebeugt vor einer Wandnische, die Hände hinter dem Rücken verschränkt. Der Paläontologe betrachtete einen prähistorischen Faustkeil. Seinem gequälten Gesichtsausdruck nach zu schließen interessierte er sich jedoch weniger für den Gegenstand, sondern suchte lediglich ein wenig Ablenkung.

Maria konnte es ihm nachempfinden. Die brutale, unerwartete Exekution von Professor Wrightson belastete sie beide.

Sie blickte zu den beiden bewaffneten Männern hinüber, die den Eingang bewachten. Jiaying Lau hatte sie und Dr. Arnaud in den unterirdischen Komplex auf dem Zoogelände eskortiert, sie in dem Ausstellungsraum zurückgelassen und erklärt, sie käme bald wieder.

Das war vor über einer Stunde gewesen. Inzwischen waren Marias Nerven so straff gespannt wie Klaviersaiten. Neben dem französischen Paläontologen hielt sie an.

Vielleicht bringt es was, wenn wir uns austauschen…

»Dr. Arnaud«, sagte sie. »Haben Sie irgendwelche Vermutungen oder Theorien bezüglich dieser Anlage?«

Er blickte zum Ausgang und schüttelte leicht den Kopf.

Sie seufzte, ließ aber nicht locker. »Es muss sich um ein geheimes Genomprojekt handeln, das sich mit alter DNA befasst. Aber es geht auch noch um etwas anderes, das die Chinesen unter Verschluss halten. Haben Sie irgendetwas

aufgeschnappt, nachdem man Sie und Professor Wrightson entführt hat?«

»*Hélas, Docteur Crandall*«, sagte Arnaud, dann hielt er
inne und wechselte ins Englische. »Verzeihung. Aber bedauerlicherweise spreche ich kein Mandarin, deshalb hilft
uns das wenige, das ich aufgeschnappt habe, nicht weiter.«

Da saßen sie im selben Boot.

»Aber«, sagte er und schwenkte den Arm, »den Ausstel-
lungsstücken lässt sich einiges entnehmen.«

»Wie meinen Sie das?«

»Lassen Sie es mich Ihnen zeigen.«

Er trat vor eine der größeren Wandnischen. Auf einem
Wandbrett ruhte ein von hinten beleuchteter Schädel, weit
größer als jeder Menschenschädel, aber ganz ähnlich geformt.

Der muss von einem Affen stammen, dachte sie.

Als Arnaud das Wort ergriff, schwang Neid in seiner
Stimme mit. »Etwas Derartiges wurde noch nie gefunden.
Jedenfalls nicht so gut erhalten.«

»Was ist das?«

»Eine Gorillaart. Giganthopecus blacki. Diese Tiere
streiften im Hochland Südchinas und Vietnams umher
und sind vor hunderttausend Jahren ausgestorben.«

Sie betrachtete den Schädel. »Das Tier muss sehr groß
gewesen sein.«

»*En effet*«, pflichtete er ihr bei. »Es war drei Meter groß
und wog fünfhundert Pfund.«

Sie versuchte, sich das Tier vorzustellen.

»Alles, was wir über diese Spezies wissen«, fuhr Arnaud
fort, »gründet auf einer Handvoll Backenzähnen und ein
paar Kieferfragmenten. Der erste Zahn wurde 1935 in
einer Apotheke in Hongkong entdeckt.«

»In einem Drugstore? Was hatten die Zähne dort zu suchen?«

»In der chinesischen Medizin werden Knochen in Pulverform häufig als Inhaltsstoffe von Elixieren verwendet.«

»Aber was hat das mit den Vorgängen hier zu tun?«

Er ließ den Blick über die Sammlung schweifen. »Diesen und einigen anderen Exponaten nach zu schließen hat jemand eine Entdeckung von immenser Bedeutung gemacht. Diese Fossilien und Relikte könnten dazu führen, dass die Vorgeschichte des Menschen umgeschrieben werden muss.«

Stirnrunzelnd betrachtete sie den Gorillaschädel. »Die Vorgeschichte des *Menschen*?«

»Wie ich schon sagte, ist der Giganthopecus vor gerade mal hunderttausend Jahren ausgestorben und war somit ein Zeitgenosse der Frühmenschen aus dieser Region.« Er ging zur nächsten Wandnische weiter. »Und schauen Sie sich diese Knochen, Geweihe und Steinwerkzeuge an. Ich vermute, dass sie alle aus dem Oberen Paläolithikum stammen.«

Maria nickte bedächtig. Diese Periode kannte sie aufgrund ihrer eigenen Forschung. Damals hatte der Neandertaler mit den Menschen und einigen anderen Hominidenstämmen koexistiert: dem Denisova-Menschen, dem hobbitähnlichen Homo floriensis und ein paar überlebenden Vertretern des Homo erectus.

Es war ein Schlüsselmoment in der Geschichte der Menschheit gewesen.

Arnaud geleitete sie zu einer Steinfigur. Es handelte sich um die primitive Darstellung einer hockenden Schwangeren. »Solche Venusfiguren tauchten im Oberen Paläolithikum auf. Die Venus von Willendorf, die Venus von Laussel und so weiter. Wenn Sie genauer hinsehen, werden Sie rötliche Ockerspuren erkennen, die auf eine rituelle Verwendung hindeuten.«

»Dann glauben Sie also, dass die ganze Sammlung aus einem relativ kleinen Zeitfenster stammt?«

»Nicht nur das, sondern auch vom selben Ort. Der Schädel des Giganthopecus deutet darauf hin, dass er sich im Süden Chinas befindet, vielleicht im Himalaja. Was mich zu diesem ungewöhnlichen Objekt führt.« Er ging zu einer anderen Vitrine weiter, in der ein kleinerer Schädel präsentiert wurde. »Beachten Sie die Mischung aus archaischen Merkmalen und moderner Anatomie bei diesem Exemplar. Das flache Gesicht, die dicken Schädelknochen, die breite Nase.«

»Könnte von einem Menschen stammen.«

»Aber nicht ganz.« Arnaud blickte sie an. »Der Schädel stammt von einem Höhlenbewohner, einem Stamm, der erst vor Kurzem in den südchinesischen Provinzen entdeckt wurde. Man bezeichnet sie als Rotwildhöhlenmenschen, und sie versetzen Paläontologen und Archäologen gleichermaßen in Erstaunen.«

»Wieso das?«

»Weil es sie eigentlich nicht geben dürfte. Lange Zeit galt als erwiesen, dass die Neandertaler die letzten überlebenden nahen Verwandten des modernen Menschen waren und vor dreißig- bis vierzigtausend Jahren ausgestorben sind. Die Knochen der Rotwildhöhlenmenschen aber sind erst elftausend Jahre alt.«

Sie machte große Augen. Nach geologischem Maßstab war das ein Klacks.

»Die meisten Paläontologen glauben, es handele sich um eine Subspezies des Menschen, eine Kreuzung aus

Homo sapiens und dem älteren Hominidenstamm der Denisova-Menschen, was belegen würde, dass unsere Ahnenreihe vielfältiger ist als ursprünglich angenommen.«

Sie wusste, dass er recht hatte. Es gab zahlreiche Belege dafür, dass das menschliche Genom Gene von Neandertaler und Denisova-Mensch enthielt. Die genauen Anteile variierten je nach Region. Vieles aber lag noch im Dunkeln. Eine aktuelle umfangreiche Untersuchung legte beispielsweise nahe, dass eine bislang noch unbekannte *dritte* archaische Gruppe einen Beitrag zu unserem Genom geleistet hatte.

Das eröffnete faszinierende Möglichkeiten.

Was ließe sich über unsere Vergangenheit erfahren, wenn das Rätsel gelöst würde?

»Glauben Sie, das ist es, woran die Chinesen hier forschen?«, fragte sie. »Dass sie versuchen, die genetischen Wurzeln des Menschen zusammenzupuzzeln?«

»Das weiß ich nicht.« Er ließ den Blick durch den Raum schweifen. »Aber dem hervorragenden Zustand dieser Fossilien und Relikte nach zu schließen – die einen entscheidenden Wendepunkt der Geschichte markieren – haben die Chinesen eine bedeutende Entdeckung gemacht, die sie für so wertvoll halten, dass sie sie der wissenschaftlichen Gemeinde vorenthalten.«

Sie überlegte, was der Bau des unterirdischen Laborkomplexes gekostet haben mochte. Es musste sich um eine Summe in der Größe des Manhattan-Projekts handeln. Noch beunruhigender aber war die Frage, *wer* hinter alldem steckte. Sie blickte zu den uniformierten Wachposten hinüber. »Wenn Sie recht haben mit der Entdeckung, weshalb wird die Anlage dann vom chinesischen Militär betrieben?«

Arnaud runzelte die Stirn. »Vielleicht suchen sie nach einer Möglichkeit, die Entdeckung militärisch zu nutzen.«

Maria atmete tief durch, bestürzt über die Implikationen.

»Aber wurde nicht auch Ihre Forschung, Dr. Crandall, von der DARPA finanziert, der wissenschaftlichen Abteilung des US-Militärs?«

Das war sicherlich richtig.

Habe ich mir nicht auch die Hände schmutzig gemacht?

Ihre Forschungsmittel stammten von der für Biotechnologie zuständigen DARPA-Abteilung, welche die Aufgabe hatte, die Grenze zwischen Biologie und Naturwissenschaft zu erforschen. Bevor sie das Geld der DARPA annahm, hatte sie sich über die anderen BTA-Projekte informiert, bei denen es vor allem um die Verbesserung der Kampfkraft von Soldaten ging, angefangen von technologisch fortschrittlichen Prothesen bis zu Gehirnimplantaten. Eines der Projekte befasste sich auch mit der Steigerung der menschlichen Intelligenz mittels Genmanipulation. Sie vermutete, dass auch ihre und Lenas Forschung mit Baako diesem langfristigen Ziel untergeordnet war.

Sie schloss die Augen, denn sie konnte die Wahrheit nicht länger leugnen. Ob es ihr gefiel oder nicht, es war ein weltweites biotechnologisches Wettrüsten entbrannt. Und sie und Lena hatten daran Anteil.

Aber für wen haben wir wirklich gearbeitet? Sie vergegenwärtigte sich Amy Wus lächelndes Gesicht. *Für China oder die Vereinigten Staaten?*

Ihr Atem beschleunigte sich, als ihr bewusst wurde, dass sie keine andere Wahl hatte, als nach vorn zu schauen, wenn sie überleben wollte. Sie dachte an die brutale Hinrichtung von Professor Wrightson.

Mach dich nützlich... sonst stirbst du.

Sie blickte zum Eingang, denn sie wusste, dass eine einzige Person über ihr Schicksal entscheiden würde.

Wie aufs Stichwort öffnete sich die Tür, und jemand trat ein, gefolgt von einem bewaffneten Soldaten. Allerdings war es nicht die Person, mit der sie gerechnet hatte.

Kowalski stapfte in den Raum. Er blickte sich finster zu dem Mann mit der Pistole um – es war Gao, der Schuft –, dann wandte er sich Maria zu. Auf der linken Wange hatte er ein Pflaster, und er war mit einem sauberen grauen Overall bekleidet.

»Da sind Sie ja«, brummte er.

»Was ist passiert?« Sie blickte ihm forschend ins Gesicht. »Hat Baako...«

Kowalski betastete das Pflaster. »Er ist ausgerastet. Hat mich angegriffen.«

Maria stockte der Herzschlag, doch dann legte Kowalski die Finger aneinander und formte unter dem Kinn eine Kuhle.

[Das ist gelogen]

Er fixierte sie eindringlich. »Wir sollten zusammen runtergehen und versuchen, ihn zu beruhigen.«

Ehe sie antworten konnte, stieß Gao Kowalski weiter in den Raum hinein. »Die Generalmajorin will, dass Sie hier warten.«

Kowalski biss frustriert die Zähne zusammen.

Sieht so aus, als säßen wir hier fest.

Ohne weitere Erklärung wandte Gao sich ab und stürmte hinaus. Irgendetwas hatte den Soldaten offenbar beunruhigt.

»Was soll das alles?«, fragte Maria.

Kowalski machte ein grimmiges Gesicht und senkte die Stimme zu einem Flüstern. »Ich glaube, die haben uns auf dem Kieker.«

18:05

»Ich bin sicher, dass mein Bruder keine Spuren hinterlassen hat, denen die Amerikaner folgen konnten«, erklärte Chang Sun. Der Oberstleutnant hatte Haltung angenommen, doch seine Augen funkelten verärgert. »Darauf würde ich mein Leben verwetten.«

Die Wette gilt, dachte Jiaying.

Sie stand im Sicherheitsbüro der Forschungsanlage. Zuvor hatte sie eine Warnung des Ministeriums für Staatssicherheit erhalten, das die Geheimdienstaktivitäten anderer Staaten überwachte. Im US-Geheimdienst kursierten Gerüchte. Offenbar ahnten die Amerikaner, wer hinter dem Angriff auf das Primatenzentrum steckte. Wenn das zutraf, musste sie davon ausgehen, dass die Amerikaner Agenten herschicken würden.

Wenn sie nicht schon hier sind.

Sie war persönlich ins Büro gekommen, in das Zentrum der von Chang geleiteten Abteilung, um die Sicherheitsvorkehrungen zu erhöhen. Dies war eine absichtsvolle Revierverletzung, die ihren Zorn demonstrieren sollte, ein Hinweis darauf, dass sie Zweifel an den Fähigkeiten des Oberstleutnants hatte.

Sie ließ den Blick über die an den drei Wänden aufgereihten Monitore schweifen. Normalerweise saßen Techniker an den hufeisenförmig angeordneten Tischen und beobachteten die Videobilder, die aus dem unterirdischen Komplex und vom Zoogelände übertragen wurden. Sie hatte sie gebeten hinauszugehen, denn sie wollte das Gespräch mit Chang unter vier Augen führen.

Sie ließ den Mann noch einen Moment schmoren und blickte auf den Monitor, der Dr. Crandalls Gorilla in seinem Käfig zeigte. »Und Sie haben das Tier und den Käfig sorgfältig nach versteckter Elektronik abgescannt?«

»Gao hat sich persönlich darum gekümmert. Er hat das Tier und den Zoowärter eingehend untersucht. Wie ich schon sagte, mein Bruder hat sich nichts zuschulden kommen lassen, was die Amerikaner hätte veranlassen können, die Nase in unsere Angelegenheiten zu stecken.«

»Dem Ministerium für Staatssicherheit zufolge tun sie genau das.«

»Dann muss der Maulwurf im Weißen Haus die Amerikaner auf unsere Spur geführt haben. Wer weiß schon, was Dr. Wu ihnen erzählt hat, bevor sie gestorben ist, oder was die Amerikaner anschließend noch in Erfahrung gebracht haben?«

Jiaying musste zugeben, dass dieses Szenario einiges für sich hatte. Zum Glück hatte Dr. Wu nur in groben Zügen über die Forschungslabors Bescheid gewusst. Trotzdem hatte Jiaying nicht vor, Chang oder dessen jüngeren Bruder vom Haken zu lassen. Das würde sie erst dann tun, wenn sie sicher war, dass die Amerikaner von der Existenz dieser Forschungseinrichtung keine Ahnung hatten.

»Was ist mit Dr. Crandall?«, fragte Chang.

Jiaying blickte zu einem anderen Monitor, der aus der Deckenperspektive den Raum zeigte, in dem sich die amerikanische Genetikerin und der französische Paläontologe aufhielten. Gerade eben hatte Gao den großen Tierpfleger zu ihnen gebracht.

»Wenn ich zu ihr gehe, nehme ich einen Techniker mit, der sie scannen soll«, sagte sie. »Ich habe noch eine Menge mit ihr zu besprechen.«

»Glauben Sie, sie wird kooperieren?«

»Das hängt entscheidend davon ab, ob es Ihnen gelingt, ihrer Schwester habhaft zu werden. Wie geht es in Italien voran?«

Jiaying bereitete es Vergnügen, Chang sein Versagen unter die Nase zu reiben. Lena Crandall hatte sich offenbar aus dem kroatischen Höhlensystem befreien können und war mit einer kleinen Gruppe von Personen unbekannter Identität auf der Flucht. Jiaying wunderte sich noch immer über den seltsamen Weg, den Lena und deren Begleiter in Italien eingeschlagen hatten.

Das ergab keinen Sinn.

Was haben sie in dem abgelegenen katholischen Sanktuarium verloren?

»In einer Stunde wissen wir mehr«, sagte Chang steif.

»Hoffentlich wissen wir dann auch genug. Ich schlage vor, dass Sie sich darauf konzentrieren und Maria Crandall mir überlassen.«

Jiaying blickte auf einen dunklen Monitor. Um diesen Videofeed zu aktivieren, war ein spezieller Schlüssel erforderlich, über den nur sie und Chang verfügten. Er ermöglichte den Einblick in die Arche. Sobald beide Schwestern sich in ihrer Gewalt befänden, würde sich das vorliegende Problem rasch lösen lassen.

Notfalls aber würde Jiaying ihr Ziel auch mit nur *einer* Schwester erreichen.

Sie fixierte Chang mit kaltem Blick. »Sorgen Sie dafür,

dass die Außengrenze des Geländes ständig überwacht wird und dass keine Fremden Zutritt erlangen.«

»Und mein Bruder?«

Sie wandte sich ab und ging zur Tür. »In Kürze wird ein Vertreter des Ministeriums Gao befragen. Anschließend muss Ihr Bruder das Gelände so lange verlassen, bis wir uns einen Überblick über das ganze Ausmaß seines Versagens verschafft haben.«

»Aber …«

»Wollen Sie meine Befehle in Zweifel ziehen, *Zhōng xiào* Sun?«

Sie spürte, wie Changs Blick sich in ihren Rücken bohrte. Sie zog es vor, die beiden Brüder getrennt zu halten, damit Chang ohne Unterstützung zurechtkommen musste. Der Oberstleutnant würde mehr Umsicht walten lassen, wenn er wusste, dass die Karriere seines Bruders gefährdet war.

»*Bù, Shàojiàng* Lau«, sagte er.

Sein ehrerbietiger Tonfall brachte sie zum Lächeln.

So gefällst du mir schon besser.

Sie ging hinaus, entschlossen, auch den nächsten Gesprächspartner ihrem Willen zu unterwerfen.

18:18

Maria streckte die Arme zur Seite, während ein Techniker in weißem Laborkittel sie mit einer elektronischen Sonde scannte. Generalmajorin Jiaying Lau schaute reglos zu. Die Frau hatte sie aufgefordert, sich scannen zu lassen, ohne einen Grund zu nennen.

Der dürfte wohl klar sein.

Die Chinesen vermuteten anscheinend, dass sie einen GPS-Tracker eingeschleust hatten, hatten aber keine Ahnung, wo er sich befand. Anscheinend wollten sie auf Nummer sicher gehen. Sie schaute über den Kopf des Technikers hinweg zu Kowalski hinüber. Er wirkte gelassen. Die Wachleute hatten ihn und Baako bestimmt schon gescannt.

Der Techniker sagte etwas zu Jiaying, neigte den Kopf und entfernte sich. Maria ahnte, was er seiner Vorgesetzten mitgeteilt hatte: *Alles in Ordnung.* Aber was war mit dem Tracker geschehen? War es Kowalski gelungen, ihn in Baakos Käfig zu verstecken? Oder hatte Baako ihn verschluckt?

Sie hatte so viele Fragen, doch Jiaying war zurückgekehrt, bevor sie sie Kowalski stellen konnte.

Die Generalmajorin trat vor. »Da das geregelt ist, Dr. Crandall, sollten wir unsere frühere Unterhaltung bezüglich der hier durchgeführten Forschung fortsetzen. Ich glaube, sobald Ihnen klar ist, woran wir hier arbeiten, werden Sie sich beteiligen wollen.«

Den Teufel werde ich tun, dachte Maria, wandte sich aber um und ließ den Blick durch den achteckigen Raum voller Fossilien und Relikte schweifen.

»Wenn ich raten müsste, würde ich sagen, es geht darum, mittels Genmanipulation kampfstärkere Soldaten zu züchten.«

Jiaying zeigte keine Reaktion, sondern neigte nur kaum merklich den Kopf. »Oberflächlich betrachtet, trifft das vielleicht zu. Hinter den größten wissenschaftlichen Erfolgen stecken stets elementare Bedürfnisse.«

»Anders formuliert, Notwendigkeit ist die Mutter der Innovation«, zitierte Maria.

»Das gilt seit dem Anbeginn der Zeit. Allerdings gelangt vieles von dem, was das Militär im Geheimen fördert, irgendwann an die Öffentlichkeit. Denken Sie ans globale Internet. Angefangen hat es als kleines Informationsnetz des US-Militärs, breitete sich aber schon bald aus und veränderte die ganze Welt. Desgleichen werden die Hürden, die wir heute nehmen, morgen die Entwicklung der Menschheit beeinflussen.«

»Aber Sie sprechen davon, das menschliche Genom dauerhaft zu verändern. Wer weiß schon, welche nachteiligen Folgen das auf lange Sicht haben könnte.«

Jiaying seufzte. »Sie denken nicht rational. Die Menschen haben ihr Genom bereits verändert. Das Rauchen bewirkt Mutationen der Spermien. Bei älteren Männern, die Kinder zeugen, ist die Wahrscheinlichkeit hoch, dass sie Zufallsmutationen weitergeben. Ist es da nicht besser, wenn wir kontrolliert vorgehen, um den Schaden zu begrenzen?«

»Das ist der Schlüsselbegriff. *Kontrolle.* Sie begeben sich auf einen abschüssigen Weg, der zur Eugenik führt, zur Umformung des Menschen, zum Designen von Babys und zur Ausmusterung oder Diskriminierung der Schwächeren. Daraus kann nichts Gutes entstehen.«

»Nichts Gutes? Wir könnten Erbkrankheiten ausmerzen, den Krebs heilen, das Leben verlängern und ja, wir konnten auch die Natur verbessern. Seit wann ist die Natur denn unfehlbar? Was ist so schrecklich an der Vorstellung, dass der Mensch Einfluss auf seine evolutionäre Entwicklung nimmt? Auch Ihr Land hat diese Forschung nicht verboten.«

Das wusste Maria nur allzu gut. Auch ihr eigenes Projekt konnte man als Schritt in diese Richtung betrachten.

Was war der ethische Unterschied zwischen der Erschaffung Baakos und der Zeugung eines neuen Menschen?

Dayne Arnaud brach das nachfolgende Schweigen. »Aber, Generalmajorin Lau, Sie haben eine Entdeckung gemacht, die Sie auf diesen Weg gebracht hat. Eine bedeutsame Entdeckung, die zum Bau dieser geheimen Anlage geführt hat. Dürfte ich fragen, was das war?«

»Danke, Dr. Arnaud, dass Sie mich daran erinnern. Das war der Grund, weshalb ich Sie habe hierherbringen lassen.« Sie ging zur Wand hinüber, die dem Eingang gegenüberlag. »Ist Ihnen der Berg Kailash im Süden Tibets ein Begriff?«

»*Non*«, entgegnete er. »Noch nie gehört.«

»Das ist ein heiliger Berg des Himalaja, für Hindus und Buddhisten gleichermaßen ein Ort der Verehrung. Auf diesem Gipfel verharrt der Legende nach Shiva in ewiger Meditation. Seit Jahrhunderten pilgern Menschen dorthin. Vor acht Jahren hat ein tibetischer Hirte bei der Suche nach einem verirrten Schaf mehrere Höhlen am Berghang entdeckt und sie einem einheimischen Anthropologen gezeigt.«

Maria schaute sich im Raum um. »Und diese Fundstücke stammen alle von dort?«

»Aus diesen Höhlen und von umliegenden Bergen.« Jiaying trat vor die Wand und legte die Hand auf eine unauffällige Stelle. Ein quadratischer elektronischer Handflächenleser leuchtete auf. »Aber in der ersten Höhle, die der Hirte entdeckt hatte, haben wir das hier gefunden.«

Eine versteckte Schublade glitt aus der Wand hervor. Sie war so breit und so tief wie ein Sarg. Flackernd schaltete sich die Innenbeleuchtung ein.

»Der Hirte glaubte, in der Höhle habe ein Yeti gelebt«,

erklärte Jiaying. »Vielleicht lag er damit auch nicht ganz falsch. Vielleicht gründet der Mythos von dem Wesen, das durchs Hochland streift, ja auf diesen Knochen. Sie könnten auch der Ursprung der Legenden sein, wonach im Innern des Bergs ein Gott schlummert. Am Ende aber war die Wahrheit noch weit aufregender und erhellender.«

Jiaying trat beiseite, damit Maria und Arnaud in das Schubfach blicken konnten. Der Paläontologe sog scharf die Luft ein. Maria schlug überrascht die Hand vor den Mund.

In dem Schubfach lag das komplette Skelett eines Anthropoiden. Die Schädelform entsprach der des modernen Menschen, abgesehen von den größeren Augenwülsten und der doppelten Längsnaht auf dem Schädel. Bemerkenswert aber war vor allem die *Größe* des Schädels. Das Skelett war fast zweieinhalb Meter lang, der Schädel doppelt so groß wie der eines Menschen.

Das waren die Gebeine eines wahren Riesen.

»Das kann doch nicht wahr sein«, brummte Kowalski.

»Doch, ist es«, sagte Arnaud mit respektvoll gedämpfter Stimme. »Entsprechende Schädelfragmente habe ich bereits gesehen, aber noch kein vollständiges Skelett. Nach der alten Nomenklatur wird die Spezies als Meganthropus bezeichnet, als Großer Mensch.«

»Also, auf den Burschen trifft das jedenfalls zu«, meinte Kowalski.

Arnaud fuhr fort. »Die Paläontologen haben sich inzwischen auf die Bezeichnung *Homo erectus palaeo-javanicus* geeinigt. Sie glauben, es handele sich um einen Nebenzweig unserer älteren Verwandten. Überreste dieser besonders großen Nachfahren des Homo erectus wurden in ganz Südostasien gefunden.«

»Was haben diese Wesen lebend gewogen?«, fragte Maria.

Jiaying übernahm die Antwort. »Der Knochendichte und der Größe des Schädels nach zu schließen lag das Gewicht zwischen dreihundert und dreihundertfünfzig Kilo.«

Kowalski blickte sie fragend an.

»Das sind sechs- bis siebenhundert Pfund«, erklärte Maria.

Doppelt so schwer wie ein durchschnittlicher Gorilla.

»Soweit ich das erkennen kann«, warf Arnaud mit Blick auf Jiaying ein, »weist dieses Exemplar einige Merkmale auf, die es vom typischen Meganthropus unterscheiden.«

Jiaying nickte. »Da haben Sie recht. Vergleichende Untersuchungen haben ergeben, dass dieses Exemplar der Verbindung eines Meganthropus mit Frühmenschen entstammt. Daher haben wir ihm den Namen Homo meganthropus gegeben. Diese Einschätzung wird durch das Genom gestützt, das wir vollständig analysiert haben.«

Maria vermochte es nicht, ihre Bestürzung zu verbergen. »Soll das heißen, Sie konnten aus den Knochen DNA extrahieren?«

»So ist es.«

Bein genauerem Hinsehen bemerkte Maria mehrere kleine Bohrlöcher am Becken und an den Schienbeinen. Sie richtete sich auf, als ihr plötzlich eine Erkenntnis dämmerte. Genetiker und Anthropologen hatten bereits die Hypothese aufgestellt, es gebe einen *dritten* Hominiden, der einen genetischen Beitrag zum Genom des modernen Menschen geleistet habe, vermutlich ein nicht klassifizierter Nebenzweig des Homo erectus, genau wie dieses Fossil. Untersuchungen der Gendrift hatten ergeben, dass

der unbekannte Stamm vermutlich irgendwo in Zentral-
eurasien gelebt hatte.

Sie blickte auf das Schubfach.

*Sehe ich hier eines dieser Exemplare vor mir? Ist das
unser unbekannter Verwandter?*

Arnaud verfolgte den gleichen Gedankengang, jedoch
aus anderem Blickwinkel. »Wenn es stimmt, dass diese
Spezies sich mit dem Frühmenschen vermischt hat, wann
soll das stattgefunden haben? Sie haben die Knochen doch
bestimmt datiert.«

»Das haben wir. Sie sind rund dreißigtausend Jahre alt.«

Selbst Kowalski verstand, was das bedeutete. »Dann
haben diese Riesen also zeitgleich mit uns gelebt.«

»Eine Zeit lang jedenfalls«, bestätigte Jiaying. »Wenn
man an all die Yeti-Sichtungen im Himalaja denkt, leben
sie womöglich noch immer. Es gibt Geschichten von Yetis,
die in abgelegenen Dörfern Frauen rauben und mit ihnen
Nachkommen zeugen. Also, wer weiß?«

Die Generalin lächelte vergnügt über diesen Aberglauben. Maria aber fragte sich, ob die Geschichten womöglich einen Funken Wahrheit bargen. Vielleicht handelte es
sich ja um kollektive Erinnerungen an die Frühzeit. Auch
im Alten Testament war die Rede von zwei bis drei Meter
großen Riesen, die Seite an Seite mit dem Frühmenschen
gelebt hatten.

»Haben diese großen Burschen nur hier gelebt?«, fragte
Kowalski. »In China?«

»Das wissen wir nicht genau«, antwortete Jiaying.

»Vielleicht ja doch«, sagte Arnaud. »Im Jahr 1890 hat ein
Landsmann von mir, ein Anthropologe mit Namen Georges
Vacher de Lapouge, in Castelnau-le-Lez in Frankreich meh-
rere neolithische Knochen entdeckt. Sie wurden bekannt als

der Riese von Castelnau, denn dieses Wesen war drei Meter groß. Die Knochen wurden an der Universität von Montpellier von Zoologen, Paläontologen und Anatomen untersucht – sie alle bestätigten Vacher de Lapouges Entdeckung. Ähnliche Knochen wurden später bei der Anlage eines Stausees gefunden; die Schädel waren doppelt so groß wie die eines durchschnittlichen Menschen. Alle diese Funde datieren aus der letzten europäischen Eiszeit und sind somit etwa so alt wie die Knochen hier in der Schublade.«

»Und was wurde aus den Riesen?« Kowalski schwenkte den Arm über dem Skelett. »Ich kann mir nicht vorstellen, dass unsere schwächlichen Vorfahren diese Burschen ausgelöscht haben... jedenfalls nicht ohne fremde Hilfe.«

»Vielleicht haben wir sie einfach ausgetrickst.« Arnaud beugte sich vor und betrachtete den Schädel aus der Nähe. »Dem Schädelvolumen nach zu schließen war diese Spezies nicht besonders intelligent. Möglicherweise smart genug, um Werkzeuge zu benutzen und Feuer zu machen wie der Homo erectus. Aber das war's wohl auch schon.«

Maria musterte stirnrunzelnd den Raum. »Woher stammen all die anderen Artefakte? Die Knochen und die Geweihwerkzeuge, ganz zu schweigen von der Venusfigur. Wollen Sie behaupten, die habe alle dieser Hybrid angefertigt?«

»Das kann ich mir nicht vorstellen«, sagte Arnaud und richtete sich auf.

»Und damit haben Sie wohl recht«, bestätigte Jiaying. »Wir hatten fünf Jahre Zeit, uns Gedanken über das Verhalten des Stamms zu machen, die Höhlen zu erkunden und die Nachbarstämme zu untersuchen.«

»Wie zum Beispiel die Rotwildhöhlenmenschen«, sagte Arnaud und blickte einen kleineren Schädel an.

Jiaying nickte. »Die fortschrittlichen Werkzeuge, die hier ausgestellt sind, stammen von diesem Stamm, aber wir haben auch in den Höhlen des Kailash mehrere Verstecke mit ähnlichen Waffen und Artefakten gefunden. Zusammen mit diesen Stücken...«

Sie berührte einen weiteren Handflächenleser, worauf ein Teil der Wand nach oben glitt. Dahinter kam eine verglaste Nische zum Vorschein. Halogenlampen beleuchteten eine Sammlung von verkohlten Schädelteilen sowie Fragmente von Becken- und Schienbeinknochen. Es war, als blicke man in eine Brandruine hinein.

»In der Tiefe der Höhlen, die der Meganthropus bewohnte, haben wir ein primitives Krematorium entdeckt. In der Asche wurden diese Knochenreste des Rotwildhöhlenmenschen gefunden.«

Maria vermochte nicht, ihren Abscheu zu verbergen. »Soll das heißen, die Meganthropus-Hominiden waren Kannibalen?«

Jiaying wandte sich um. »Unsere archäologischen Untersuchungen deuten darauf hin, dass sie kriegerische Wilde waren. Sie haben sicherlich Jagd auf ihre Nachbarn gemacht, ein Verhalten, das vermutlich auf tief verwurzelter Xenophobie beruhte. Der Meganthropus konnte zwar selbst keine Werkzeuge oder Waffen herstellen, hatte aber keine Hemmungen, derartige Gegenstände zu stehlen und sie sich anzueignen.«

»Was ist aus ihm geworden?«, fragte Maria.

»Wir glauben, dass seine Aggressivität sich schließlich gegen die eigene Gruppe richtete und das Aussterben herbeiführte. In dem Krematorium haben wir auch verbrannte Schädelfragmente anderer Meganthropus-Hominiden gefunden.«

Maria atmete gedehnt aus.

Dann haben sie also ihre eigenen Leute gegessen.

Arnaud hatte noch eine Anmerkung. »Vielleicht ist dieses Verhalten der Grund, weshalb wir so wenige Hinweise auf diesen Stamm gefunden haben. Wenn sie ihre Toten verzehrt und verbrannt haben, würde das erklären, weshalb sie nur wenige Fossilien hinterlassen haben.«

»Weshalb dieser Fund so bedeutsam ist«, sagte Jiaying. »Er bietet uns die Gelegenheit, unser gemeinsames genetisches Erbe zu erforschen und Gene zu extrahieren, die kompatibel mit dem modernen Menschen sind – verlorene DNA-Sequenzen, die der Menschheit von Nutzen sein könnten.«

»Von Nutzen?«, wiederholte Maria. »Inwiefern?«

»Der Homo meganthropus zeigt uns, dass wir kräftiger und größer sein könnten. Es geht nur darum, das alte Potenzial zu reaktivieren.«

»Um tüchtigere Soldaten zu erschaffen«, sagte Maria.

»Sie denken in zu kleinem Maßstab. An der Harvard University, an der auch Sie tätig sind, haben Genetiker *zehn* natürlich vorkommende Genvarianten isoliert, die der Menschheit von Nutzen sein könnten. Eine bewirkt eine höhere Knochendichte und widerstandsfähigere Gliedmaßen. Eine andere Variante schützt vor Alzheimer. Eine dritte reduziert das Risiko von Herzkrankheiten.« Sie deutete auf das offene Schubfach. »Weshalb sollten wir nicht auch *diese* genetische Ressource nutzen? Weshalb sollten wir uns nicht zum Wohle aller das alte Potenzial nutzbar machen?«

»Deswegen.« Maria wies mit dem Kinn auf die verkohlten Knochen. »Rohe Körperkraft – ohne steuernde Intelligenz – führt in die Katastrophe.«

Anstatt ihr zu widersprechen, lächelte Jiaying. »Ganz richtig, Dr. Crandall.«

Maria blinzelte heftig. Auf einmal begriff sie, weshalb man sie in das Labor gebracht hatte und weshalb die Knochen des in Kroatien entdeckten Neandertalerhybrids so wichtig waren. Ihre eigene Forschung befasste sich mit den evolutionären Wurzeln der Intelligenz, mit jener einzigartigen Gensequenz, die den Frühmenschen über seine Vorfahren erhoben hatte.

Sie sah auf das offene Schubfach. Die Chinesen hatten offenbar die *Muskelkraft* entdeckt; jetzt wollten sie das dazu passende *Gehirn.*

Ehe sie Einwände vorbringen konnte, öffnete sich hinter ihnen die Tür. Chang trat in den Raum. Er ignorierte alle Anwesenden und fasste die Generalmajorin in den Blick. Er wirkte nervös und erstattete hastig Meldung auf Mandarin.

Jiayings Lächeln vertiefte sich daraufhin.

Maria bekam Herzklopfen.

Was diese gefühlskalte Frau glücklich macht, kann für uns nichts Gutes bedeuten.

Nach dem kurzen Wortwechsel wandte Jiaying sich an Maria.

»Dr. Crandall, ich habe wundervolle Neuigkeiten. Es sieht so aus, als würde Ihre Schwester schon bald zu uns stoßen.«

14

»WIE GEHT ES jetzt weiter?«, fragte Lena.

Vor ein paar Minuten hatte sie in der Stille der kleinen Höhle die Warnung gehört, die Seichan an Gray übermittelt hatte: *Wir haben Gesellschaft bekommen.* Jetzt stand Gray am Fuß der Treppe, die zur Kapelle des heiligen Eustachius führte. Er hielt eine schwarze Pistole in der Hand und bewachte den einzigen Fluchtweg. Sie musterte die dunkle Treppe. Selbst wenn sie die Kapelle erreichten, was würde das nützen? Denn unten wartete der Gegner.

»Sind Sie fertig mit Fotografieren?«, fragte Gray.

Sie reckte das Handy. »Ja.«

Nach Seichans Anruf hatte Lena Pater Kirchers Eva aus verschiedensten Blickwinkeln fotografiert. Sie hatte sich bemüht, möglichst alle Details des Skeletts festzuhalten und auch die Relikte zu dokumentieren, die es in den Knochenhänden hielt: die Mondskulptur und den merkwürdigen Stab. Außerdem hatte sie Fotos von der hohlen Bronzestatue gemacht, in der die sterblichen Überreste jahrhundertelang verborgen gewesen waren.

Roland wandte sich von der Madonnenfigur ab. »Ich bin hier ebenfalls fertig.«

Er hielt das Journal von Athanasius Kircher in die Höhe, in dessen Ledereinband das goldene Labyrinth eingeprägt war. Zuvor hatte er es aus dem Metallärmel der hohlen Statue herausgelöst.

Roland zeigte auf die untere Hälfte. »Lena, haben Sie gute Fotos der Landkarte hinbekommen?«

»Ich habe mein Bestes getan, aber die Schrift ist nicht gut zu erkennen.«

»Macht nichts«, sagte er und geleitete sie zur Treppe. »Ich habe so etwas Ähnliches schon mal gesehen. Gehen wir.«

Sie spürte, dass den Priester irgendetwas tief verstörte, hatte aber keine Zeit nachzufragen, denn sie hatten Gray bereits erreicht.

»Alles erledigt«, sagte Roland und blickte sehnsuchtsvoll zu der Bronzemadonna hinüber. Er hatte einige Messungen vorgenommen. Außerdem hatte er die Mondskulptur gelöst und in die Schultertasche gesteckt. Trotzdem trennte er sich nur ungern von Kirchers Eva.

Obwohl ihr das Herz bis zum Halse schlug, hatte Lena Verständnis für sein Zögern. Sie hätte die Gebeine gerne mitgenommen, um sie später einer Genanalyse zu unterziehen, doch die einzelnen Knochen waren mit dickem Bronzedraht verbunden – nicht nur miteinander, sondern auch mit dem Gerüst der mechanischen Skulptur. Da ihr weder ein Drahtschneider noch ausreichend Zeit zur Verfügung stand, musste sie sich mit den Smartphonefotos begnügen und mit dem, was Roland eingesammelt hatte. Wenn sie das hier überlebten, könnte sie später hierher zurückkehren.

»Folgen Sie mir«, sagte Gray und begann, die Treppe hochzusteigen. »Aber halten Sie Abstand. Ich möchte erst mal die Lage dort oben checken. Warten Sie auf mein Zeichen, bevor Sie sich zeigen.«

Im Gänsemarsch stiegen sie in die Höhe. Lena atmete schwer, hinter ihr keuchte Roland. Gray hatte weniger Mühe mit dem Aufstieg und machte kein Geräusch. Die Stiftlampe hatte er ausgeschaltet, die einzige Lichtquelle war die offene Falltür im Boden der Kapelle.

Gray war am Ende der Treppe angelangt. Er hielt an und inspizierte die dicke Marmorplatte, die zur Kapelle führte. Lena hatte vier Schritte hinter ihm angehalten.

Gray blickte auf sie nieder und zeigte auf die Wand. »Ich habe hier einen Hebel entdeckt. Ich glaube, damit lässt sich die Rampe manuell anheben und absenken.«

»Was sollen wir tun?«, fragte Roland.

Lena hatte eine Vermutung, die Gray im nächsten Moment bestätigte.

»Einer von Ihnen sollte die Hand auf den Hebel legen. Falls es Ärger gibt, betätigen Sie den Hebel und halten sich hier unten versteckt.«

»Was ist mit Ihnen?«, fragte Lena.

»Ich werde mich bemühen, den Gegner abzulenken. Sollte ich nicht zurückkommen, warten Sie bis Anbruch der Nacht und schleichen sich dann fort.«

Grays Gesicht lag im Schatten. Es war nicht zu erkennen, ob er selbst an seinen Plan glaubte.

»Roland«, fuhr Gray fort, »haben Sie die sichere Telefonnummer in D. C. gespeichert?«

»Habe ich.«

»Sollten wir getrennt werden, rufen Sie dort an. Direktor Crowe für Ihre Sicherheit sorgen.«

Anstatt sie zu beruhigen, machte der Notfallplan Lena bloß noch ängstlicher.

»O-kay«, sagte Roland mit brüchiger Stimme.

Gray nickte, dann drehte er sich um und eilte die Rampe hoch.

Lena erklomm die letzten Stufen und nahm neben dem aus der Wand hervorragenden Bronzehebel Aufstellung. Sie legte beide Hände darum. Das massive Metall übte eine beruhigende Wirkung auf sie aus. Sie blickte zu Roland hinab, dessen Gesicht von oben beleuchtet wurde. Blanke Furcht lag in seinen Augen. Hinter ihm erstreckte sich tiefe Dunkelheit.

Sie krampfte die Finger um den Hebel.

Bitte, lieber Gott, mach, dass ich den Hebel nicht betätigen muss.

13:02

Gray schlich zur Kapellentür. Dabei achtete er darauf, dass er von der steilen Treppe aus – der zur Kirche hinunterführenden heiligen Leiter – nicht zu sehen war. Er tippte auf das Mikrofon, das er mit Klebeband am Kehlkopf befestigt hatte.

»Seichan?«, flüsterte er. Er rückte den Ohrhörer zurecht und lauschte.

Er bekam keine Antwort.

Wo steckst du?

Während er darauf wartete, dass Roland und Lena fertig wurden, hatte er mehrfach versucht, mit Seichan Kontakt aufzunehmen – per Funk und über das Satellitentelefon. Nach ihrer Warnung war sie verstummt.

Irgendwas stimmt da nicht.

Er kroch vor ein Fenster, richtete sich auf und spähte nach draußen. Diese Seite war weniger exponiert als der Eingang. Die weißen Marmorstufen der heiligen Leiter leuchteten in der Mittagssonne. Im Moment war kein Mensch auf der Treppe zu sehen, doch von seiner erhöhten Position aus konnte er in den Garten hinter der Kirche blicken. Dort hatten sich mehrere Personen um den roten Sonnenschirm einer Fremdenführerin versammelt.

Bevor sie verstummt war, hatte Seichan die Ankunft eines Busses mit chinesischen Touristen gemeldet – darunter auch eine verdächtige Gruppe von mindestens sechs Männern.

Die Fremdenführerin senkte den Schirm und deutete zur Kapelle.

Gray knirschte mit den Zähnen.

Wollen die etwa hier heraufkommen?

Das war nicht gut. Er wollte vermeiden, dass Zivilisten gefährdet wurden, besonders, wenn er sich den Weg von diesem Felsengipfel freischießen musste.

Dann fiel ihm eine Bewegung ins Auge. Vom Hintereingang aus trat Schwester Clara in den Sonnenschein hinaus. Zwei Chinesen begleiteten die Nonne. Die Männer blickten in seine Richtung.

Gray duckte sich und verfluchte die Gutmütigkeit der Nonne. Hatten sich die Männer nach ihm und seinen Begleitern erkundigt, oder hatte Schwester Clara sie lediglich über die Geschichte der Kapelle informiert und ihnen die Legende des heiligen Eustachius erzählt? Einer der beiden Männer bedankte sich schließlich mit einem Nicken. Der andere entfernte sich und ging zu zwei dunklen Gestalten hinüber, die an der Weggabelung warteten. Sie wechselten ein paar Worte, dann gingen sie weiter zur Grotte des heiligen Benedikt, offenbar mit dem Auftrag, die Wohnhöhle des Einsiedlers zu durchsuchen.

Der zweite Mann gesellte sich zu dem Chinesen, der die Befehle gab. Der Anführer blickte zur Kapelle hoch.

Gray duckte sich noch tiefer.

Das wären dann vier Mann des Angriffsteams.

Die anderen beiden befanden sich entweder noch in der Kirche oder sicherten die Fluchtwege, die vom Berg hinunterführten. Der Gegner beabsichtigte, den Gipfel vollständig zu isolieren. Der einzige andere Fluchtweg war ein Sprung von der Felswand.

Bloß habe ich keinen Fallschirm dabei.

Ein gedämpftes Flüstern erreichte ihn aus dem Loch im Boden. Er verstand nur ein paar Worte, doch der fragende Tonfall war nicht zu überhören. Roland und Lena wollten wissen, was vor sich ging.

»Bleiben Sie unten«, sagte er und legte sich auf den Bauch. Er richtete die SIG Sauer auf die Tür, während die beiden Männer den steilen Aufstieg zur Kapelle begannen. Er überlegte, ob er sich vielleicht zur Falltür wälzen und bei Roland und Lena verstecken sollte, doch der Gegner wusste anscheinend, dass die Zielpersonen hier waren. Er fürchtete, die Angreifer könnten den Zivilisten oder den Nonnen im Kloster etwas antun, wenn sie nicht fündig wurden.

Außerdem war Seichan irgendwo dort draußen.

Deshalb blieb Gray an Ort und Stelle, entschlossen, ihr Rückendeckung zu geben.

Auf halber Höhe der Treppe öffnete der vordere Mann den Reißverschluss seiner Jacke, sodass man seine kugelsichere Weste sah. Außerdem hatte er sich ein kompaktes Sturmgewehr umgeschnallt. Es handelte sich um das ZH-05, die modernste Waffe der chinesischen Spezialkräfte. Sie war mit einem lasergesteuerten Granatwerfer ausgestattet.

Doch es sollte noch schlimmer kommen...

Auf dem Hof entfernten sich die Touristen von der Fremdenführerin und teilten sich auf; einige stiegen die Treppe hoch, andere wandten sich zur Grotte. Wenn Gray auf die Treppe feuerte, riskierte er, dass auch Zivilisten getroffen wurden.

Er brauchte einen neuen Plan.

Gray blickte sich über die Schulter um. Die Kapelle hatte vier Fenster, die offen standen und in die vier Himmelsrichtungen wiesen. Er musste die beiden Männer hier hereinlocken, weg von den Zivilisten. Auf dem Bauch kroch er zum Altar. Das darüber befindliche Fenster ging zu dem Bergsporn hinaus. Wenn er sich draußen versteckte und wartete, bis die Männer in der Kapelle waren, könnte er sie hoffentlich ausschalten.

Zunächst aber musste er dafür sorgen, dass Roland und Lena in ihrem Versteck blieben.

Als er die Falltür erreichte, schauten zwei bleiche Gesichter zu ihm hoch. »Machen Sie die Klappe zu«, sagte er. »Wir haben Gesellschaft bekommen.«

Lena nickte verängstigt und zog am Bronzehebel. Er bewegte sich nicht. Während sie mit dem jahrhundertealten Mechanismus kämpfte, legte sie vor Anstrengung die Stirn in Falten.

Roland zwängte sich neben sie und packte ebenfalls mit an. Endlich gab der Hebel nach. Der Boden erzitterte, und die Rampe wurde angehoben, begleitet vom rhythmischen Klicken der Zahnräder.

Zufrieden lief Gray zum Altarfenster hinüber.

Zumindest die beiden waren in Sicherheit.

Jetzt musste er nur noch Seichan finden.

Er sprang auf den Altar und hechtete zur Fensterbank des offenen Fensters. An der anderen Seite knallte es. Er landete im offenen Fenster und blickte sich um.

Ein dunkles Objekt flog pfeifend in die Kapelle.

Eine Granate.

Er registrierte sie kaum, sondern reagierte instinktiv. Die kleine Granate traf die Decke und prallte davon ab. Sie landete auf dem Altar und rollte über den Rand.

Gray blieb nichts anderes übrig, als aus dem Fenster zu springen – zuvor aber sah er noch, wie die Granate in der Bodenöffnung verschwand, bevor die Falltür zufiel.

Fluchend prallte er auf und warf sich flach auf den Granit. Er legte die Hände um den Kopf, dann bebte der Boden. Ziegel lösten sich vom Kapellendach und zerschellten ringsumher.

Er vergegenwärtigte sich Rolands und Lenas furchtsame Gesichter.

Was habe ich getan?

13:08

Was hast du getan, Gray?

Als die Granate explodierte, kauerte Seichan in einer kleinen Höhle. Während die Erschütterungen verebbten, flackerten unruhig die Kerzenflammen und warfen ihren unsteten Schatten an die Felswände der Grotte des heiligen Benedikt. Seichan behielt ihre sprungbereite Haltung bei, um sich notfalls im Freien in Sicherheit bringen zu können.

Draußen flüchteten schreiend Touristen. *Gut*, dachte sie grimmig. Dann sind bei dem bevorstehenden Feuergefecht wenigstens keine Kollateralschäden zu befürchten. Und dass es zu einem Schusswechsel kommen würde, daran hatte sie nicht den geringsten Zweifel.

Als sie sicher war, dass die Höhlendecke nicht einstürzen würde, machte sie sich wieder Gedanken um Gray. Die Explosion hatte wohl ihm gegolten, doch im Innern der Höhle konnte sie ihn nicht anfunken.

Eins nach dem anderen.

Sie kniete sich auf ein Bein und riss die Stahlklinge aus dem Hals des toten Angreifers. Dessen Kollege lag einen Meter entfernt, die Gurgel von einem Ohr zum anderen aufgeschlitzt. Sie hatte geahnt, dass der Gegner die dunkle Grotte durchsuchen würde, und ihren Hinterhalt entsprechend geplant. Sie hatte gehofft, es würde ihr gelingen, wenigstens *einen* Gegner auszuschalten.

Zwei waren natürlich noch besser.

Sie hatte auch noch einen *dritten* aus dem Verkehr gezogen, einen Wachposten am Parkplatz. Sie hatte keine Mühe gehabt, sich vom Kloster aus an ihn anzuschleichen. Als er sie bemerkte, hatte er zu langsam reagiert. Seinen Leichnam hatte sie unter dem Touristenbus versteckt, dann war sie um die Kirche herumgegangen und hatte sich in der Grotte auf die Lauer gelegt.

Sie wischte die blutige Klinge an der Brust des Toten ab, schob den Dolch in die Armscheide und zog den Ärmel darüber. Als zusätzliche Vorsichtsmaßnahme griff sie unter die Jacke des Toten und zog die Pistole aus dem Schulterholster. Die Waffe schob sie sich am Kreuz hinter den Gürtel. Dann glättete sie ihre Kleidung und überprüfte ihr Aussehen.

Wenigstens fielen die Blutspritzer auf dem schwarzen Stoff nicht so auf.

Sie rückte die Nonnenhaube zurecht. Als der Bus mit den chinesischen Touristen eingetroffen war, hatte sie sich im Kloster umgeschaut und in einem Schrank das Gewand entdeckt. Gab es hier auf dem Kirchengelände eine bessere Tarnung?

Als sie zufrieden mit ihrem Aussehen war, wandte sie sich zum Ausgang. Auf dem sonnenbeschienenen Weg stieß sie auf eine junge Chinesin mit ihrer vierjährigen Tochter. Sie kauerten hinter dem verglasten Ossarium, als könnten die Gebeine der verstorbenen Ordensbrüder sie schützen. Die Frau sah ihr furchtsam entgegen und legte die Arme fester um ihr Kind.

»*Xiūn, jiu ming!*«, sagte sie flehentlich.

Schwester, helfen Sie mir!

Seichan zeigte zu einem Durchgang im Zaun, der auf den Parkplatz führte. Mit leiser Stimme sagte sie auf Mandarin: »Geh zur Vorderseite des Geländes, mein Kind. Bleib nicht stehen. Geh die Straße hinunter.«

Die Frau zog ihr Kind an sich, vor Angst wie erstarrt.

Seichan rollte mit den Augen und nahm zu drastischeren Mitteln Zuflucht. Durch einen Schlitz im Gewand holte sie die Pistole des Angreifers hervor und wies mit dem Lauf zum Tor.

»Bewegung! Los!«

Das funktionierte besser.

Die Frau rannte mit dem Kind los wie ein aufgescheuchtes Kaninchen.

Jetzt, da der Weg frei war, ging Seichan zur Weggabelung weiter. Sie hatte jetzt freie Sicht auf die Kapelle am Berg. Zwei Männer stürmten die Treppe hoch. Der eine hielt eine Pistole in der Hand, der andere ein rauchendes Sturmgewehr. Als sie die Kapelle erreichten, warfen sie sich neben dem Eingang auf den Boden, mit dem Rücken zur Wand.

Aus Sorge um Gray beschleunigte sich ihr Herzschlag.

Sie hob die Pistole, doch die Entfernung war zu groß, um einen ordentlichen Schuss anzubringen. Sie tippte aufs Kehlkopfmikrofon.

»Gray, alles okay bei dir?«

Er meldete sich sofort, eine flüsternde Stimme in ihrem Ohr. »Ich lebe noch, falls du das meinst.«

Sie wurde von Erleichterung überwältigt, antwortete aber kurz und bündig. »Du musst die beiden Männer am Eingang ausschalten.«

»Verstanden. Übernimmst du den Rest? Wir müssen von diesem Felsen runter.«

Sie blickte zur Kirche. »Ich arbeite dran.«

Der letzte Angreifer musste sich im Altarraum versteckt halten, was in Anbetracht der Touristen, die sich in der Kirche aufhielten, ein Problem darstellte. Ein Blick zum Hof hinter der Kirche ergab, dass sich kaum noch jemand im Garten aufhielt. Die Fremdenführerin war noch im Freien und schaute ängstlich zur Kapelle hoch. Die kleine Frau war sich der Gefahr bewusst, bemühte sich aber tapfer, auch noch die letzten ihrer Schützlinge in der Kirche in Sicherheit zu bringen.

Durch die offene Tür sah Seichan die durcheinanderlaufenden Touristen.

Das wird kein gutes Ende nehmen.

Sie verbarg die Hände mitsamt der Pistole in den weiten Ärmeln des Ordensgewands. Mit gesenktem Kopf eilte sie auf den Hintereingang zu, in der Hoffnung, dass ihre

Tarnung lange genug Bestand haben werde, um den verbliebenen Angreifer zu überraschen. Sie wollte unbedingt verhindern, dass es in dem Sanktuarium mit den vielen Touristen zu einem Feuergefecht kam.

Die Fremdenführerin bemerkte sie und bedeutete ihr, sich zu beeilen. Sie hielt immer noch den Schirm in der Hand, nicht um sich vor der Sonne zu schützen, sondern um den Bewaffneten die Sicht zu nehmen.

Seichan wurde schneller.

Als sie sich der Tür näherte, knallten an der Kapelle auf dem Berg Gewehrschüsse. Einer der beiden Männer feuerte durch den offenen Eingang, der andere rannte geduckt in die Kapelle.

Am liebsten wäre sie dorthin gelaufen, um Gray zu helfen, doch sie hatte ihre eigene Agenda. Als sie sich der Tür näherte, stürmte eine dunkle Gestalt aus dem Kirchenschiff auf den Hof. Seichan erkannte den Mann augenblicklich wieder. Die Schüsse hatten ihn anscheinend ins Freie gelockt. Er lief ihr entgegen, ohne sich der Gefahr bewusst zu sein.

Lächelnd brachte sie die entwendete Pistole zum Vorschein und feuerte mehrere Kugeln auf seine Brust ab. Er wurde jäh gestoppt. Die letzte Kugel platzierte sie mitten auf seiner Stirn. Er stolperte mit erstauntem Gesichtsausdruck – dann fiel er nach hinten in den Kies.

Sie warf die Waffe weg, langte in einen Schlitz des Gewands und riss die SIG Sauer aus dem Hüftholster – eine Vorsichtsmaßnahme für den Fall, dass es noch weitere Gegner gab. Sie hatte anfangs zwar nur sechs gezählt, konnte sich aber getäuscht haben.

Wie sich herausstellte, hatte sie mit den *Männern* richtiggelegen.

Die Fremdenführerin senkte den Schirm, als suche sie dahinter Schutz. Über den Rand hinweg sah Seichan ihre Augen – und es lag keine Angst darin.

Gar nicht gut.

Seichan merkte, dass sie einen Fehler gemacht hatte.

Offenbar bin ich nicht die Einzige, die eine Tarnung benutzt.

Sie warf sich zur Seite, da wurde die Schirmbespannung auch schon zerfetzt. Eine Kugel traf ihre SIG Sauer und riss sie ihr aus der Hand.

Die Frau wirbelte den Schirm herum und stürzte sich auf sie.

13:12

Während weiter unten Schüsse knallten, lief Gray geduckt außen um die Kapelle herum. Von innen wurde gerufen; vermutlich teilte der Mann seinem Kollegen mit, dass die Kapelle sauber war. Die beiden Angreifer klangen verwirrt. Vermutlich wunderten sie sich auch, weshalb die Granate keine Schäden angerichtet hatte.

Gray wiederum beschäftigte die Frage nach dem Schicksal von Roland und Lena.

Am Fenster an der Südseite angelangt, richtete er sich auf und feuerte auf den Mann in der Kapelle. Er drückte zwei Mal ab und zielte beide Male auf den Kopf, da er wusste, dass der Gegner unter der Zivilkleidung eine schusssichere Weste trug. Beide Kugeln trafen ins Ziel, der Mann brach zusammen. Gray duckte sich, als das Fenster vom Eingang aus unter Feuer genommen wurde.

Er ging den Weg zurück, den er gekommen war, bis sich

die Kapelle zwischen ihm und dem Schützen befand. Das Wandfenster wies zum Eingang. Der Schütze hatte dort vermutlich Position bezogen und hielt in den drei Fenstern Ausschau nach einer Bewegung.

Gray drückte sich mit dem Rücken an die Wand. Die Pistole hielt er beidhändig und stützte die Hände auf der Brust ab. Bei dem bevorstehenden Schusswechsel kam es auf Reaktionsschnelligkeit an.

Plötzlich knallte es drei Mal in Folge.

Eine kleine Granate flog durch das Fenster über seinem Kopf. Sie traf einen zehn Meter entfernten Felsen und prallte davon ab. Offenbar hatte sein Gegner durch alle drei Fenster Granaten gefeuert, um ihn aus der Deckung zu treiben.

Der Plan funktionierte.

Da die erste Granate auf ihn zurollte, blieb Gray nichts anderes übrig, als sich umzudrehen und durchs Fenster zu hechten. Während die drei Granaten nacheinander detonierten, flog er mit ausgestreckten Armen durch die Luft und feuerte mit der Pistole in Richtung Eingang.

Sein Gegner ließ sich von dem Sperrfeuer nicht einschüchtern. Der Schütze lag auf dem Bauch und feuerte am Türrahmen vorbei in die Kapelle. Gray verspürte einen sengenden Schmerz am Bizeps, dann prallte er auf den Marmorboden und rutschte gegen den zweiten Angreifer, den er erschossen hatte.

Gray legte sich auf den Rücken, nutzte den Toten als Deckung und feuerte über ihn hinweg.

Die Situation war offensichtlich unhaltbar – was sich im nächsten Moment als wahr herausstellte.

Ein scharfer Knall hallte durch den Raum. Eine Granate schoss an seiner Nase vorbei, prallte gegen den Altar und wurde zu ihm zurückgeschleudert. Gray, der mit einem solchen Angriff gerechnet hatte, schleuderte den Toten über sich hinweg, fing die rollende Granate mit dessen Brust auf und deckte sie mit dem Leichnam ab.

Gray legte sich auf den Toten, im Vertrauen auf die dämpfende Wirkung der schusssicheren Weste des Mannes. Aus dem Augenwinkel sah er, wie der Schütze sich in Erwartung der Detonation vom Eingang entfernte.

Die Detonation schleuderte Gray inmitten einer Wolke aus Blut und Rauch in die Luft. Dann krachte er auf den Boden. Doch anstatt darauf liegen zu bleiben, stürzte er in die Tiefe, denn die Wucht der Detonation hatte die dicke Marmorplatte zerschmettert, unter der sich die Treppe verbarg.

Er prallte hart auf den dunklen Stufen auf.

Mit dröhnendem Schädel und halb taub von der Detonation, stemmte Gray sich auf die Knie hoch, dann richtete er sich auf. Er stolperte die Stufen hoch und streckte den Kopf aus dem Loch. Rauch wogte in der Kapelle. Ein helles Rechteck zeichnete sich in der Düsternis ab, das war der Eingang. Ein Schatten erschien darin.

Sein Gegner.

Durch die Rauchwolken gedeckt, hob Gray die SIG Sauer, die er die ganze Zeit über in der Rechten behalten hatte. Er zielte sorgfältig und feuerte die letzten verbliebenen Kugeln auf den Schatten ab.

Mit grimmiger Genugtuung beobachtete er, wie die Gestalt zusammenbrach.

Das dürfte wohl reichen.

Die Beine gaben unter ihm nach, er kippte zur Seite und fiel mit dem Oberkörper auf den Kapellenboden. Ihm wurde schwarz vor Augen, doch dann flammte in der Tiefe ein helles Licht auf, und zwei verschwommene Gestalten tauchten auf.

Jemand packte ihn bei den Schultern.

»Gray?«

Es war Lena.

Er formte mit den Lippen einen Namen.

»Sei... chan...«

13:15

Die nächste Kugel sprengte einer Engelsstatue einen Flügel ab.

Neun...

Seichan, die sich im Garten hinter dem Engel versteckte, zählte die Schüsse, welche die Asiatin mit ihrem Schirm abfeuerte. Wenn dies die gleiche Waffe war wie die, die Seichan dem Toten in der Grotte abgenommen hatte – eine chinesische QSZ-92 –, dann enthielt das Dual-Stack-Magazin fünfzehn Patronen, was bedeutete, dass ihre Gegnerin noch genügend Schuss in petto hatte.

Seit zwei Minuten spielte Seichan mit der gefährlichen Frau im Kirchgarten Katz und Maus. Hin und wieder knallte es in der Kapelle auf dem Berg. Seichan nutzte die Ablenkung, um die Position zu wechseln und ihre Gegnerin zu weiteren Schüssen zu verleiten.

Währenddessen bemühte sie sich, ihre Angst um Gray zu dämpfen und das Gewehrfeuer an der Kapelle zu ignorieren. Sie brauchte einen klaren Kopf. Ihre Gegnerin war diszipliniert, hervorragend ausgebildet und ebenso kaltblütig wie sie selbst.

Während sie durch den Garten tänzelte und sich mit

raffinierten Manövern vor dem höllischen Regenschirm schützte, erhaschte sie immer wieder einen Blick auf die Frau. Ihre Gegnerin war anscheinend nicht älter als zwanzig Jahre, vielleicht sogar jünger. Ihr glattes schwarzes Haar war zu einem geraden Pony geschnitten und reichte ihr bis unter die Ohren. Sie war höchstens ein Meter fünfzig groß, durchtrainiert und unglaublich schnell, was sie zu ihrem Vorteil nutzte.

Seichan hatte schon mehrfach versucht, an die SIG Sauer heranzukommen, die ihr aus der Hand gerissen worden war. Zwei ihrer Wurfmesser hatte sie bereits verwendet – das erste hatte die Schirmbespannung durchtrennt, aber die Frau verfehlt, das zweite hatte ihre Gegnerin geschickt mit den Stahlrippen abgewehrt.

Hinter der Engelsstatue kauernd, griff Seichan unter den zerfetzten Saum des Ordensgewands und zog das letzte Messer aus der Armscheide.

Dieser Wurf muss sitzen.

Mit der spiegelnden Klinge konnte sie ihre Gegnerin beobachten, ohne sich zu zeigen. Die Frau kam näher und schlug einen Bogen, um den nächsten Schuss anzubringen. Sie war vollständig hinter dem Regenschirm verborgen, doch hin und wieder lugten ihre dunklen Augen über den Rand, immer an einer anderen Stelle.

Seichan hatte freie Sicht auf den Hintereingang der Kirche. Die Tür stand immer noch offen. Schattengestalten zeichneten sich im Innern ab. Die Leute dort drinnen trauten sich wegen des Gewehrfeuers und der Detonationen nicht, ins Freie zu flüchten. Kinder weinten, die Eltern versuchten, sie zu trösten. Vermutlich war die Polizei bereits unterwegs.

Allerdings würde sie nicht rechtzeitig eintreffen.

Deshalb wartete Seichan, bis die Frau wieder auf den Kiesweg trat, dann wurde sie aktiv. Sie täuschte zur linken Seite der Statue hin an und tat so, als versuchte sie erneut, an die verlorene Pistole heranzukommen. Dann sprang sie in die andere Richtung und tauchte unter dem linken Engelsflügel hervor.

Als sie aus der Deckung kam, schleuderte sie den Dolch. Er flog unter dem Regenschirm hindurch und traf die verdutzte Frau an der Wade.

Seichan warf sich zu Boden, wälzte sich auf die Schulter und rutschte hinter einen Betonkübel. Sie spähte hinter dem Rosenbusch hervor und sah, wie ihre Gegnerin auf dem Kiesweg mehrere Schritte zurücktaumelte. Dabei gab sie noch immer keinen Laut von sich und schirmte sich weiterhin mit dem Schirm ab. Im Zurückweichen feuerte sie auf Seichan. Obwohl sie schlecht gezielt hatte, schlugen zwei Kugeln in den Pflanzenkübel ein.

Die Frau war verdammt gut.

Aber ich bin besser.

Als ihre Gegnerin zum Stehen kam und sich sammelte, befand sie sich nahe der offenen Kirchentür – genau dort hatte Seichan sie haben wollen, denn sie hatte im Innern der Kirche einen Verbündeten ausgemacht. Da die Frau sich ganz auf Seichan konzentrierte, war ihr entgangen, dass hinter ihr eine dunkle Gestalt aus dem Eingang geschlüpft war.

Seichan lächelte zufrieden.

Ich bin offenbar nicht die einzige Nonne, über die sie sich Sorgen machen muss.

Schwester Clara stürzte sich auf die Frau. Sie holte mit einem schweren Messingkreuz aus und schlug sie damit nieder.

Die Angreiferin ließ den Regenschirm fallen. Ein Windstoß erfasste ihn und rollte ihn über den Boden. Die Frau ging in die Knie und kippte zur Seite.

Seichan eilte zu ihr und hob im Laufen die Pistole auf. Als sie bei der Frau ankam, zeigten deren dunkle Augen das Weiße. Blut sickerte in den Kies. Ihre Brust aber hob und senkte sich noch im Atemrhythmus.

Sie lebte.

Aber nicht mehr lange.

Seichan zielte mit der Pistole auf die blasse Stirn der Angreiferin, doch Schwester Clara trat dazwischen.

»Nein«, sagte Clara.

Seichan durchbohrte die Nonne mit ihrem Blick, doch Clara weigerte sich nachzugeben. Im Gesicht der jungen Frau mischten sich Entschlossenheit und Mitgefühl. Um der unschuldigen Menschen in der Kirche willen hatte sie zur Gewalt Zuflucht genommen, doch einen kaltblütigen Mord wollte sie nicht dulden.

Seichan knurrte frustriert, doch sie war der Nonne etwas schuldig. Außerdem musste sie sich eingestehen, dass die Angreiferin ihnen wertvolle Informationen liefern könnte, wenn sie wieder zu sich kam. Gray würde sie bestimmt befragen wollen.

Seichan schaute zur Kapelle hoch. Das Gewehrfeuer war schon vor Minuten verstummt. Was hatte das zu bedeuten?

Ungeduldig und voller Sorge hob Seichan die noch heiße Waffe der Chinesin auf und reichte sie der Nonne. »Können Sie damit umgehen?«

Clara wich einen Schritt zurück. »Ja, aber ...«

»Entweder Sie bewachen sie, oder ich erschieße sie.«

Clara schluckte und nahm die Waffe entgegen. Seichan

wartete, bis Clara die Pistole auf die bewusstlose Angreiferin richtete. Erst dann wandte sie sich ab und eilte die
steile Treppe hoch. Mit jedem Schritt brannten die Ängste,
die sie bis jetzt zurückgehalten hatte, schmerzhafter in
ihrer Brust.

Hoffentlich ist dir nichts passiert, Gray.

13:18

Roland kletterte aus dem Geheimtunnel in die Kapelle.
Er reichte dem benommenen Gray die Hand und zog ihn
auf den Boden. Grays Kleidung war zerfetzt, und er blutete aus zahllosen Schnittwunden. An der einen Kopfseite
sickerte Blut.

Aber Sie haben uns das Leben gerettet.

Gray kroch zum Altar und lehnte sich mit dem Rücken
dagegen. Er trank aus der Wasserflasche, die Lena ihm im
Tunnel gereicht hatte. Jetzt hielt sie am Eingang Wache.

»Da kommt eine Nonne«, sagte sie besorgt. »Mit einer
Pistole.«

Rolands Herzschlag beschleunigte sich.

Gray wälzte sich auf die Knie und riss die Pistole aus
dem Holster.

Lena wandte sich herum. »Das ist Seichan«, meldete sie
erleichtert.

Gray plumpste auf den Hintern und murmelte: »Gott
sei Dank.«

Im nächsten Moment tauchte eine Schattengestalt auf
und fiel wie ein dunkler Falke in die Kapelle ein. Sie erfasste die Situation mit einem Blick, dann sah sie zu dem
Explosionsloch im Boden.

»Sieht so aus, als wärst du ganz schön aktiv gewesen«, meinte sie.

»Und du hast anscheinend eine neue Berufung gefunden«, krächzte Gray mit Blick auf ihr zerfetztes Ordensgewand. »Also, ich muss sagen, mir gefällt's.«

Roland runzelte die Stirn über den unangemessenen Wortwechsel, war sich aber bewusst, dass es um Stressbewältigung ging. Er spürte ihre wechselseitige Sorge und eine Verbundenheit, die tiefer reichte als jede professionelle Kameradschaft.

»Schluss mit dem Herumsitzen«, sagte Seichan. Sie ging zu Gray hinüber und reichte ihm die Hand. »Wir sollten von hier verschwinden, bevor die Polizei auftaucht.«

Gray lächelte mit blutigem Gesicht und ließ sich von ihr auf die Beine helfen. »Danke, Schatz.«

»Irgendjemand muss deinen Arsch schließlich aus der Feuerlinie holen.«

»Dafür kommst du ein bisschen spät.« Gray humpelte zur Tür, schaute sich aber mit verwirrter Miene zur Geheimtreppe um. »Die erste Granate, die durch die Lücke gerollt ist, bevor die Falltür sich geschlossen hat – was ist mit der passiert?«

»Sie ist an uns vorbeigefallen und die steile Treppe hinuntergerollt«, antwortete Lena.

»Sie ist in der Höhle hochgegangen«, sagte Roland. »Von der Detonation dröhnt mir immer noch der Schädel.«

»Aber wenigstens sitzt bei uns der Kopf noch auf den Schultern«, setzte Lena hinzu.

»Was ist mit Kirchers Madonna und dem Skelett?«

»Wir haben nachgesehen … bevor Sie auf uns runtergefallen sind.« Roland schüttelte bedauernd den Kopf. »Die

Granate ist anscheinend zu Füßen der Madonna detoniert. Die Bronzestatue ist zur Seite gekippt, zerbeult und verrußt.«

Lena seufzte schwer. »Die Knochen hat es übel erwischt. Sie wurden pulverisiert oder sind verbrannt. Wenigstens haben wir ein bisschen was gerettet. Hoffentlich können wir...«

Draußen knallte ein Schuss und schnitt ihr das Wort ab.

Roland fuhr zur Tür herum, doch Seichan stürmte an ihm vorbei und stieß Lena weiter in die Kapelle hinein.

Seichan richtete die Pistole auf die Treppe – dann fluchte sie.

Roland trat ans Fenster, das zum Kirchhof hinausging. Auf einem Gartenweg lag eine Nonne in dunklem Ordensgewand. Eine kleine Gestalt sprang über den Zaun und rannte weg.

»Was ist los?«, fragte Lena.

Seichan lief ohne weitere Erklärung ins Freie und eilte die heilige Leiter hinunter.

Gray humpelte ihr hinterher. »Warten Sie hier«, befahl er den anderen.

Roland schaute Lena an.

Sie biss sich auf die Lippe und schüttelte den Kopf. »Zum Teufel damit.«

Das war zwar nicht das, was er hören wollte, doch insgeheim stimmte er ihr zu. Er hatte genug vom Versteckspiel und von der hilflosen Warterei. Entschlossen trat er zusammen mit Lena aus der verräucherten Kapelle in den Sonnenschein hinaus. Seite an Seite eilten sie die Treppe hinunter.

Seichan erreichte den Hof trotzdem vor ihnen. Sie ließ sich neben der liegenden Gestalt auf ein Knie nieder. Es war Schwester Clara. Seichan behielt die Waffe in der Hand, während sie mit der Linken die Nonne untersuchte.

Roland und Lena erreichten den Hof dicht hinter Gray, der von der Anstrengung taumelte.

»Was ist passiert?«, fragte Gray und eilte zu Seichan.

Sie blickte ihm entgegen. In ihrem Gesicht spiegelten sich widerstreitende Emotionen, überwiegend aber dunkler Zorn. »Das Miststück hat meinen Dolch verwendet«, erklärte sie verstört. »Hat ihn sich anscheinend aus dem Bein gezogen und Schwester Clara niedergestochen. Ich habe vergessen, ihn mitzunehmen.«

Roland vermutete, dass das Versehen auf die Sorge um das Schicksal ihres Partners zurückzuführen war. Er kniete neben Schwester Clara nieder. Zu seiner Erleichterung lebte sie noch, war aber schwer verletzt. Ihr Gesicht war schmerzverzerrt. Das Gewand war blutgetränkt, die Klinge steckte in ihrem Bauch.

»Wollte auf sie schießen…«, flüsterte Clara und krallte die Hand um Rolands Ärmel. »Zu schnell.«

Clara schaute flehentlich zu ihm auf. »Vergeben Sie mir, Hochwürden.« Roland blickte unsicher die anderen an.

Unten im Tal schrillten Sirenen. Zwei Nonnen kamen aus dem Hintereingang der Kirche hervor. Die eine hatte einen roten Verbandskasten dabei.

»Wir müssen von hier verschwinden«, sagte Seichan und richtete sich auf.

Lena war das gar nicht recht. »Aber Schwester Clara…«

Roland ergriff die Hand der Nonne; auch er wollte ihr nicht von der Seite weichen.

»Ich glaube, die Verletzung ist nicht lebensgefährlich«, sagte Seichan. »Bald trifft Hilfe ein. Sie wird es überleben.«

Ihre Bemerkung klang gefühllos, doch Roland hörte das schlechte Gewissen aus ihrem Tonfall heraus.

»Gehen Sie nur«, flüsterte Clara mit schwacher, aber entschlossener Stimme. »Was immer die *potwory* vorhaben mögen, halten Sie sie auf.«

»Das verspreche ich«, sagte Roland.

Auch Lena nickte.

Jetzt, da Clara ihre Einwilligung gegeben hatte, richtete Roland sich auf und überließ die junge Nonne der Obhut ihrer Ordensschwestern. Er wandte sich zu Gray und Seichan um. Er wusste nicht, wohin das alles führen würde, doch eines stand für ihn unumstößlich fest.

Ich werde mein Versprechen halten.

15

»WOHIN BRINGEN SIE uns jetzt schon wieder?«, grummelte Kowalski.

Maria schüttelte den Kopf, denn sie wusste nicht mehr als er. Sie saß neben dem Hünen auf dem Rücksitz eines Elektrowagens, der durch den unterirdischen Komplex flitzte. Sie bemerkte, dass Kowalski an seinem Gesichtspflaster zupfte. Er hatte gesagt, Baako habe ihn angegriffen, hatte seiner Aussage aber mit einer flüchtigen Geste widersprochen.

[Das ist gelogen]

Die Sorge um Baako machte ihr zu schaffen. Außerdem wurde sie von Schuldgefühlen gepeinigt. Sie stellte sich ihren kleinen Jungen vor, allein an diesem fremden Ort. Bestimmt war er völlig verängstigt. Sie hätte ihn gern getröstet, doch sie waren unterwegs zu einem anderen Ziel.

Nachdem Generalmajorin Jiaying Lau ihnen die versteinerten Knochen der neu entdeckten Frühmenschenart – des Homo meganthropus – gezeigt hatte, hatte sie befohlen, die Gefangenen an einen anderen Ort zu bringen. Jetzt saß sie neben dem Fahrer und telefonierte mit dem Handy. Ihrem abgehackten, zornigen Tonfall nach zu schließen stauchte sie den Anrufer zusammen.

Schließlich bremste der Elektrowagen vor einer hohen Doppeltür. Eine bekannte Gestalt in Tarnuniform erwartete sie in steifer Haltung und mit undurchdringlicher Miene. Es war Chang Sun, Gaos Bruder.

Jiaying wandte sich zu ihren Begleitern um. »Warten Sie hier.«

Sie stieg aus und nahm Chang ein paar Schritte beiseite.

»Wo sollten wir auch schon hin?«, brummte Kowalski und rutschte noch tiefer in den Sitz.

Hinter ihnen hielt ein zweiter Wagen, besetzt mit Dr. Dayne Arnaud und zwei bewaffneten Soldaten. Arnaud stieg aus und wurde zu ihnen geleitet. Der Paläontologe musterte die hohe Doppeltür. Eine Stahlschiene führte an der Decke entlang und verschwand über der Tür.

Arnaud seufzte. »Offenbar kommen wir dem wahren Grund für unsere Entführung allmählich näher, Dr. Crandall.«

Maria hatte das gleiche Gefühl. Die Relikte hatten ihr klargemacht, dass die Chinesen darauf aus waren, aus den Knochen des Riesenmenschen DNA zu gewinnen, um leistungsfähigere Soldaten zu designen.

Aber wie weit mochten sie schon gekommen sein?

Arnaud verschränkte die Arme; offenbar hegte er die gleiche Sorge. »Wenn ich das richtig verstanden habe, geht es bei Ihrer Forschung – und der Ihrer Schwester – darum zu beweisen, dass der Große Sprung nach vorn auf das Auftauchen neuer Gene zurückzuführen war, die aus der Vermischung des Frühmenschen mit dem Neandertaler herrühren.«

»Das ist im Wesentlichen unsere Arbeitshypothese. Wir glauben, dass die Hybridisierung einen kleinen Stamm von Individuen hervorgebracht hat, die zu größeren intuitiven Entwicklungssprüngen imstande waren und die Welt mit anderen Augen sahen als ihre Eltern.«

»Und diese wenigen einzigartigen Wesen haben demnach den Großen Sprung angetrieben.«

Sein skeptischer Tonfall provozierte sie zum Widerspruch. »Die Theorie wird von verschiedenen statistischen Modellen gestützt. Wissen gleicht einem Virus, das sich unter geeigneten Bedingungen exponentiell vermehrt. Es bräuchte lediglich die Kreativität und Innovationskraft einer kleinen Population höherentwickelter Individuen, um die ganze Welt zu verändern: um neue Einsichten und neue Werkzeuge zu verbreiten und neue künstlerische Ausdrucksformen und Rituale einzuführen. Das ist eine der Gefahren bei dieser Art Forschung. Sollten heute solche höherentwickelten Wesen designt werden, würde das die Welt verändern.«

»Oder deren Ende herbeiführen«, setzte Arnaud mit Blick auf Jiaying hinzu. »Zumal wenn sie in die falschen Hände geraten.«

Maria verstand, was er meinte.

»Wie nahe sind Sie und Ihre Schwester Ihrem Ziel gekommen?«, fragte er.

Sie dachte an Baako, der ein Modell der Neandertalerhybridisierung war, und vergegenwärtigte sich seine erstaunliche Lernkurve. Sie und Lena hatten bereits bedeutende Fortschritte gemacht, doch vieles lag noch im Dunkeln.

Sie artikulierte ihre Zweifel. »Die Funktionsweise der Gene, welche die Intelligenz beeinflussen, ist noch weitgehend unbekannt. Vermutlich beruht sie auf einer komplizierten Interaktion zahlreicher Sequenzen. Wir erforschen eine unbekannte Grenze.«

»Aber Sie und Ihre Schwester sind Pioniere, deren Ruf bis hierher gedrungen ist.« Er blickte zu den beiden chinesischen Offizieren hinüber. »Sie müssen darauf achten, wer Ihnen folgt.«

Der Wortwechsel zwischen Jiaying und Chang wurde immer hitziger. Mehrmals hörte Marie Lenas Namen heraus. Offenbar war irgendetwas schiefgegangen. Was aber bedeutete das für das Schicksal ihrer Schwester?

»Klingt so, als wäre in Italien die Kacke am Dampfen«, murmelte Kowalski. Mit einem zufriedenen Grinsen verschränkte er die Arme. »Ich kann mir denken, wer dahintersteckt.«

19:26

»Und Sie haben keine Ahnung, wohin sie sich abgesetzt haben?«, fragte Jiaying. Mit verschränkten Armen wartete sie darauf, dass Oberstleutnant Chang sein neuerliches Versagen erläuterte.

Er hielt den Kopf gesenkt, sein Schweigen beantwortete ihre Frage.

Die neuesten Nachrichten aus Italien waren entmutigend. Lena Crandall war nicht nur der Falle entwischt, die Changs handverlesenes Team ihr gestellt hatte, sondern der SISMI – der italienische Militärische Nachrichten- und Sicherheitsdienst – hatte zudem die Toten geborgen.

»Die Italiener haben bestimmt einen Verdacht, wer die Männer beauftragt haben könnte«, sagte Chang, »aber wir können alles glaubhaft abstreiten. Die beteiligten Männer waren Gespenster, keine offiziellen Angehörigen der Volksarmee. Und da keine Einheimischen ums Leben gekommen sind, kann man die Aktion leicht als Terrorangriff auf ein christliches Ziel hinstellen.«

Changs Einschätzung würde sich vermutlich auf lange Sicht bewahrheiten, machte sein Versagen aber nicht kleiner. Marias Schwester war wieder einmal entwischt.

Chang, der sich dessen bewusst war, versuchte, die Verantwortung auf mehrere Köpfe zu verteilen. »Hätten Sie mir gesagt, dass Sie eine Agentin vor Ort haben, wäre die Sache anders ausgegangen.«

Jiaying lächelte verkniffen. »*Duì*«, pflichtete sie ihm bei. »Aber Oberleutnant Wei hat den Einsatz wenigstens *überlebt* und die Verfolgung der Flüchtigen aufgenommen.«

Oberleutnant Shu Wei gehörte zu den jüngeren Angehörigen der Regionalen Spezialkräfte von Chengdu, zu einer Einheit mit der Bezeichnung Falke, die auf Zielerfassung, Sabotage und Offensivschläge spezialisiert war. Shu Wei war auch Jiayings Nichte, die Tochter ihrer Schwester. Jiaying hatte ihre Kontakte zum militärischen Geheimdienst dazu genutzt, Shu Wei an dem Einsatz zu beteiligen mit dem Auftrag, zu infiltrieren und notfalls einzugreifen.

Jiaying fuhr fort. »Oberleutnant Wei hat auch in Erfahrung gebracht, *wer* Lena Crandall und den kroatischen Geistlichen begleitet. Es handelt sich um Amerikaner, vermutlich mit militärischem Hintergrund. Von einer Nonne hat Wei erfahren, wonach die Gruppe gesucht hat.«

»Und was war das?«, fragte Chang unterwürfig.

»Nach Informationen zu einem Priester aus dem siebzehnten Jahrhundert mit Namen Athanasius Kircher.«

Chang runzelte verwirrt die Stirn. Auch Jiaying konnte

sich keinen Reim darauf machen, ließ es sich aber nicht anmerken.

»Wei bleibt an der Sache dran. Sie soll herausfinden, ob aus dieser Richtung eine Gefahr für unsere Ziele droht. Und sie soll Lena Crandall eliminieren.«

»Aber ich dachte, Sie wollten die Genetikerin lebend in Ihre Gewalt bringen.«

»Nach Ihrem mehrfachen Versagen bin ich zu dem Schluss gekommen, dass dieser Plan zu riskant ist. Sie lebend hierherzuschaffen würde eine zurückhaltende Vorgehensweise notwendig machen, die wir uns nicht länger leisten können. Shu Wei stellt deshalb ein Einsatzteam zusammen, das die Bedrohung ein für alle Mal beseitigen wird.«

Chang straffte sich. »Ich habe keinen Zweifel, dass sie mit meiner Unterstützung…«

Jiaying drehte sich auf dem Absatz um. »Das wird nicht nötig sein. Sie sind hier vor Ort mehr als genug gefordert.« Sie stellte sich vor, wie seine Miene sich verdüsterte, dann streute sie noch ein wenig Salz in die Wunde. »Wenn Sie den naheliegenden Aufgaben Ihre ganze Aufmerksamkeit schenken, sollte es Ihnen gelingen, wenigstens die Sicherheit unserer Forschungseinrichtung zu gewährleisten.« Sie blickte sich zu ihm um. »Jedes weitere Versagen wird selbstverständlich härtere Maßregelungen nach sich ziehen.«

Sie wies mit dem Kinn zur Doppeltür.

Chang war immer noch zornig, doch in seinem Blick flackerte die Angst.

Gut.

Sie wandte sich zu Maria und den anderen um.

Jetzt werde ich unseren neuen Mitarbeitern die Folgen eines Scheiterns klarmachen.

Jetzt gibt's Ärger.

Kowalski beobachtete, wie die Generalmajorin sich ihrer Gruppe näherte. Sie wirkte selbstgefälliger, als ihm recht sein konnte.

»Kommen Sie«, sagte die Frau. »Ich möchte Ihnen zeigen, was wir erreicht haben – und wobei Sie uns helfen können.«

Sie bedeutete ihnen mit einer Handbewegung, ihr zu folgen, und befahl den beiden bewaffneten Soldaten mitzukommen.

»Ich schätze, die Teilnahme an der Besichtigungstour ist nicht freiwillig«, sagte Kowalski zu Maria, als sie sich der Generalmajorin anschlossen.

Sie gab keine Antwort, doch ihre Nervosität spiegelte sich in ihrem blassen Gesicht wider. Sie betastete die unter ihrem Ohr eintätowierte Doppelhelix, Zeichen ihres Berufs und vermutlich auch der Grund für ihre Besorgnis. Die Chinesen hatten es auf ihre genetische Expertise abgesehen – aber weshalb?

Jiaying ging zu der hohen Stahltür, die sich vor ihr öffnete. Ein Luftschwall drang heraus. Es roch nach Tieren, aber auch nach Antiseptikum und Bleiche.

Hinter der Schwelle lag ein weißer Raum mit Gerätschäften aus rostfreiem Stahl, der die halbe Fläche eines Footballfelds einnahm. An der einen Wand waren Käfige gestapelt, an der anderen befanden sich zehn Edelstahlställe. Das Ganze erinnerte an eine überdimensionale Leichenhalle. Allerdings waren die beiden nächstgelegenen Tische mit erhöhten Fußablagen ausgerüstet, wie man sie bei einem Gynäkologen erwarten mochte.

Einer der Tische war anscheinend kürzlich in Gebrauch gewesen. Ein Arbeiter in weißem Kittel spülte mit einem Schlauch Blut und Gewebe von der schrägen Tischoberfläche in einen Eimer aus rostfreiem Stahl. Noch verstörender waren die Glasgefäße auf der Arbeitsfläche hinter dem Tisch. Darin schwammen Organe, darunter ein übergroßes Herz.

Kowalski schluckte seinen Abscheu hinunter und wandte den Blick ab.

Techniker eilten im Raum umher, was so aussah, als wollten sie Generalmajorin Lau aus dem Weg gehen.

Maria musterte die Stahlkäfige an der anderen Seite. In mehreren Käfigen waren die Tiere eingesperrt, die Kowalski in einem solchen Forschungslabor erwartete: weiße Ratten, die ihre rosigen Nasen am Gitter platt drückten, mehrere Kaninchen und ein einzelner Schimpanse, der an der Rückwand des Käfigs hockte. Seine Arme waren bis zu den Achselgruben rasiert, auch der Kopf war unbehaart.

Ehe Kowalski sich nach dem Grund für den Haarschnitt erkundigen konnte, ergab sich die Antwort von selbst. Aus dem nächsten Käfig schaute ein junger Schimpanse heraus und folgte ihnen mit seinen braunen Augen. Die Augen waren das Einzige, was der arme Bursche bewegen konnte. Um seinen Hals hatte man eine perforierte Stahlplatte angebracht, die ihn fixierte und verhinderte, dass er sich an den Kopf fasste. Der Grund für die Fixierung lag auf der Hand. Die Oberseite des Schädels fehlte, das Gehirn war zu sehen. Es war gespickt mit bunten Elektroden, die mit einem an der Außenseite des Käfigs angebrachten Gerät verbunden waren. Das Tier wimmerte in einem fort mit verkniffenen Lippen.

»Ihr Scheiß ...«, setzte Kowalski an, schlug sich aber die Hand vor den Mund, als Generalmajorin Lau sich umsah. Das war kein guter Zeitpunkt, ihre Gastgeberin anzugehen. Das musste warten.

»Das ist ein Vivisektionslabor«, flüsterte Maria mit glasigem Blick, den Tränen nahe.

Im nächsten Käfig klammerte sich ein kleiner Affe – vielleicht ein junger Gorilla – an eine mit einem verschlissenen Tuch umwickelte Holzsäule, als wäre dies seine Mutter.

Der Franzose wurde langsamer und betrachtete das kleine Wesen, das sich an diesem Ort des Schreckens an das Einzige schmiegte, das ein wenig Trost versprach. Arnaud warf Maria einen besorgten Blick zu. Doch ehe er etwas sagen konnte, geleitete Generalmajorin Lau sie weiter in das Labor hinein.

»Hier entlang«, forderte sie sie auf.

Ihr Ziel war offenbar ein großes Fenster an der Rückseite des Raums. Es nahm die ganze Wand ein. Hinter der dicken Glasscheibe lag ein weiterer, noch größerer Raum.

Sie näherten sich dem Fenster.

»Dank der Techniken, die Sie und Ihre Schwester perfektioniert haben, Dr. Crandall«, sagte Generalmajorin Lau, »sind wir bereits weit gekommen.«

Kowalski, flankiert von Maria und Dr. Arnaud, trat vor das Fenster. Er blickte in einen höhlenartigen Raum hinunter, und diesmal konnte er sich nicht beherrschen.

»Ihr Scheißkerle ...«

Monk saß mit Kimberly Moy auf einer Parkbank und blickte auf den Nanchang. Der dunkle Wasserlauf, von einigen Straßenlaternen erhellt, floss mitten durch den Zoo von Peking. In der Nähe warb eine zu dieser Tageszeit geschlossene Fähranlegestelle für Rundfahrten durch den Park und Ausflüge zum Sommerpalast. Monk hatte freie Sicht auf den Flusslauf, der von mehreren Steinbrücken überspannt wurde.

»Was glaubst du?«, fragte Monk leise.

Kimberly massierte sich die Wade. Hinter ihnen lag ein dreistündiger Fußmarsch, erst durch den Park, dann an der Außenseite des Zoos entlang. Schließlich hatten sie den Nordrand des Parks erreicht, nachdem sie das Gelände nahezu vollständig umkreist hatten.

Ohne hochzusehen, sagte sie: »Eindeutig einer der neuen Armeehelikopter. Ein Z-18A, wenn ich mich nicht irre, geeignet für den Transport von Soldaten und Fracht.«

Auf jeden Fall groß genug, um eine Kiste mit einem Gorilla darin zu transportieren.

Monk hatte bemerkt, wie der Helikopter in einer unscheinbaren Ecke des Parks gelandet war, nicht weit entfernt vom großen Aquarium. Durch den Zaun hatte er nur einen kurzen Blick auf die Maschine werfen können. Da sie keinen Verdacht erregen wollten, waren sie zu dem Park am Flussufer weitergegangen und hatten sich auf die Bank gesetzt, von der aus sie einen Teil des Militärhubschraubers sehen konnten.

»Da drüben ist einiges los«, bemerkte Monk.

Seit zehn Minuten beobachteten sie das Kommen und Gehen von Uniformierten, die Kisten in den Frachtraum luden. Offenbar bereitete man sich auf den Abflug vor. Da sie fürchteten, die Chinesen könnten die Entführten erneut verlegen, hielt Monk Ausschau nach einer bewaffneten Eskorte, die eine Personengruppe zum Helikopter führte.

»Ich wünschte, ich könnte näher herankommen«, murmelte Monk. »Um mich zu vergewissern, dass sie nicht schon an Bord sind.«

»Und was würdest du dann tun?«, entgegnete Kimberly. »Hier wimmelt es nur so von Soldaten. Solange wir nicht wissen, dass die Entführten immer noch hier sind, würdest du dich bloß sinnlos in Gefahr begeben.«

Sie hatte recht, doch es war ihm zuwider, tatenlos herumzusitzen und zu warten.

Ein lautes Motorengeräusch lenkte seine Aufmerksamkeit auf die nahe Straße. Ein großer gepanzerter Personentransporter mit einem roten Stern an der Seite fuhr an ihnen vorbei und bremste scharf vor dem Nordtor des Parks. Soldaten sprangen am Heck heraus, ein Mann tauchte hinter dem schweren Artilleriegeschütz aus der Dachluke auf. Die Soldaten verteilten sich vor dem Tor. Kurz darauf setzten sich zwei Bewaffnete in entgegengesetzte Richtungen in Bewegung, offenbar in der Absicht, die Außenseite des Geländes zu inspizieren.

Monk vermutete, dass die übrigen Parkeingänge gleichermaßen gesichert wurden.

Er stupste Kimberly an. »Ist das jetzt ein Hinweis darauf, dass unsere Freunde sich noch auf dem Gelände befinden?«

Sie nickte. »Es könnte aber auch bedeuten, dass der chinesische Geheimdienst weiß, dass wir hier sind. Oder es zumindest vermutet.«

Sie ergriff seine Hand. Er verstand, was sie ihm sagen wollte.

Zeit zu verschwinden.

Als sich zwei Soldaten näherten, erhoben sie sich und gingen den Uferweg entlang. Er hielt sich dicht bei Kimberly und spielte den Touristen. Hand in Hand spazierten sie am Fluss entlang, weg vom Zoogelände. Monk hatte den Kragen hochgeschlagen und wandte das Gesicht von den Soldaten ab. Er rechnete damit, dass die Männer sie jeden Moment auffordern würden, stehen zu bleiben. Stattdessen ertönte hinter ihnen ein durchdringendes Heulen, untermalt vom Knattern der Rotoren.

»Nicht hinsehen«, sagte Kimberly und drückte ihm die Hand.

Monk hatte kein Bedürfnis, einen Blick über die Schulter zu werfen. Er stellte sich vor, wie der Helikopter abhob und in den Nachthimmel emporstieg. Er wusste nicht, ob Kowalski und Maria an Bord waren, trotzdem machte sich ein Gefühl der Niederlage in ihm breit.

Da sich ihnen keine andere Möglichkeit bot, entfernten Monk und Kimberly sich immer weiter vom Zoo und den Soldaten. Selbst wenn Kowalski und Maria sich noch auf dem Gelände aufhielten, waren die Aussichten, sie zu retten, jetzt, da das chinesische Militär die Muskeln spielen ließ, noch geringer geworden.

»Was nun?«, fragte Kimberly.

»Wir warten«, sagte er, auch wenn ihm seine Antwort zuwider war. »Wir müssen darauf hoffen, dass Kat und Direktor Crowe ein neues Trackersignal auffangen. Sonst sieht es übel aus.«

Vor einiger Zeit hatte Painter ihn informiert, dass das Extraktionsteam mit verschiedenen Flügen aus unterschiedlichen Richtungen in Peking eingetroffen war. Die fünf Soldaten sammelten sich nun am vereinbarten Treffpunkt und warteten auf Monks Einsatzbefehl.

Er machte ein finsteres Gesicht.

Sieht so aus, als müssten wir noch eine Weile warten.

Als sie weit genug entfernt waren, schaute Monk sich zum Zoo um.

Was zum Teufel geht dort vor?

19:50

Maria bemühte sich zu begreifen, was sie da sah.

Das kann nicht sein…

Zusammen mit Kowalski und Arnaud stand sie vor einer geschwungenen Fensterwand, durch die man in ein Habitat von der Größe einer Basketballarena schaute. Der Raum war offenbar aus dem Felsgestein herausgeschnitten, in den Wänden zeichneten sich dunkle Höhlen ab. Sie aber fesselte vor allem der Boden der Grube.

Drei Stockwerke unter ihr bewegten sich stark behaarte Tiere oder hockten inmitten laubloser Betonbäume auf dem Boden. Einige der »Bäume« hatten die Bewohner des Habitats zerbrochen. Sie waren zweieinhalb bis zwei Meter siebzig groß, wogen vermutlich eine halbe Tonne und waren somit doppelt so schwer wie ein Berggorilla. Ihre Beine waren so dick wie Baumstämme, ihre Arme nur wenig dünner. Einige stützten sich beim Gehen auf die Fingerknöchel, doch das größte Exemplar mit silbrigem Fell hatte sich zu voller Höhe aufgerichtet. Es schaute zu ihnen hoch und bleckte in lautlosem Gebrüll gelbe Fangzähne, die so lang waren wie eine ausgestreckte Hand.

Der Silberrücken bewachte seine Beute und fühlte sich von den Besuchern anscheinend bedroht. Vor ihm auf dem Boden lagen Stofffetzen, die vom Overall eines Arbeiters stammen mochten.

Ehe sie den Blick abwenden konnte, hob der Silberrücken etwas auf und schleuderte es zu ihnen empor. Sie wich zurück, als es gegen das Fenster prallte, verblüfft über die Kraft des Werfers und entsetzt über den Anblick des abgetrennten Arms, der gegen die Glasscheibe prallte und einen blutigen Schmierfilm zurückließ.

Der Gewaltakt brach den Bann.

»Was... was ist das?«, fragte sie.

»Wir nennen das die Arche«, antwortete Generalmajorin Lau. »Sie erlaubt es uns, unsere Schöpfungen zu beobachten. Ganz ähnlich wie der Unterrichtsraum in Ihrem Primatenzentrum.«

Maria ließ den Vergleich nicht gelten. Sie schüttelte den Kopf, kämpfte gegen ihren Abscheu an. »Das sind Gorillas...«

»Hybride«, korrigierte Jiaying überflüssigerweise.

Maria hatte bereits erkannt, dass dies keine gewöhnlichen Affen waren. Sie dachte an den massigen Schädel des prähistorischen Gorillas mit der Bezeichnung Gigantopithecus blacki. Diese Wesen waren nach Größe und Körperbau mit ihm vergleichbar, doch sie wusste, dass das dort unten etwas anderes war als eine wiedererweckte Spezies.

Arnaud ergriff das Wort und ermöglichte es dadurch Maria, sich zu sammeln. »Ich kann nur vermuten, dass Sie für die Erschaffung dieser Exemplare DNA des Meganthropus verwendet haben, den Sie uns eben gezeigt haben.«

Jiaying neigte bestätigend den Kopf. »Zu diesem

Zweck haben wir verschiedene Techniken eingesetzt und sie im Lauf der Jahre mittels Versuch und Irrtum verfeinert. Schließlich verwendeten wir von den Crandalls entwickelte Arbeitsvorschriften, was unser Programm beschleunigt hat. Doch während Maria und ihre Schwester Neandertaler-DNA extrahiert haben, um ihren Hybrid zu erschaffen, haben wir die Gene aus den Knochen des Meganthropus sequenziert.« Sie deutete zum Fenster. »Wie die Crandalls haben auch wir Gorillas für unser Anfangsmodell verwendet. Die Ergebnisse sind so bemerkenswert wie erhofft. Auch die Muskulatur der Exemplare hat sich als ungewöhnlich kräftig erwiesen: Genauer gesagt, sind sie *doppelt* so kräftig wie ein Gorilla und *zehn Mal* kräftiger als ein Mensch.«

Maria atmete schwer vor Abscheu und Entsetzen. Die kalten Worte der Generalmajorin hallten in ihrem Kopf wider. *Schließlich verwendeten wir von den Crandalls entwickelte Arbeitsvorschriften.*

Sie beobachtete, wie der riesige Silberrücken sich über seine Beute beugte, ein Stück Leber an die Schnauze führte und hineinbiss.

Was haben Lena und ich getan?

»Bevor wir mit Menschenversuchen beginnen«, fuhr Jiaying fort, »müssen wir natürlich noch ein paar ernste Probleme lösen.«

Maria blickte sie an. »Probleme welcher Art?«

»Die Tiere sind aggressiver als der typische Gorilla und töten sich häufig gegenseitig, es sei denn, wir versorgen sie mit reichlich Nahrung.«

Maria hatte gelesen, die Meganthropus-Stämme hätten Jagd auf ihre Nachbarstämme gemacht, aber auch auf die eigenen Artgenossen. Offenbar hatten die chinesischen

Genetiker nicht nur die Muskelkraft an die Hybride weitergegeben, sondern auch ihren Hang zum Kannibalismus.

Vielleicht gehen beide Eigenschaften sogar Hand in Hand.

Jiaying fixierte Maria mit ihren kalten Augen. »Das ist der Grund, weshalb wir Ihre Hilfe benötigen. Wir müssen das bisher Erreichte mit der gesteigerten Intelligenz ins Gleichgewicht setzen, die Sie Ihrem Forschungsobjekt mitgegeben haben.«

Maria dachte an Baakos sanftes Wesen. Sie konnte sich nicht einmal vorstellen, wie man seine Gutmütigkeit mit der Wildheit der Tiere in der Arche ins Gleichgewicht bringen sollte.

Das äußerte sie auch laut. »Um dieses Ziel zu erreichen, müsste man Hunderte von Variablen durchsieben, ganz zu schweigen von zahllosen epigenetischen Faktoren, die das Ganze weiter verkomplizieren könnten. Es würde Jahrzehnte des Herumprobierens dauern, falls es denn überhaupt möglich ist.«

»Das haben auch wir geglaubt«, räumte Jiaying ein. »Deshalb haben wir Ihre Forschung über Geheimkanäle mitfinanziert.«

Was Amy Wu ermöglicht hat, dachte Maria verbittert.

Jiaying straffte sich. »Dann haben wir von Dr. Arnauds Entdeckung im kroatischen Gebirge erfahren.«

Arnaud war genauso empört wie sie, dass man ihn mit dieser Horrorshow in Verbindung brachte. »Was hat meine Entdeckung mit alldem zu tun?«

»Das liegt an den genetischen Möglichkeiten der Gebeine, die von der ersten Hybridgeneration von Neandertaler und Frühmensch stammen. Wenn es uns gelingt, die DNA aus diesen Knochen zu extrahieren, könnten wir die spezifischen genetischen Faktoren bestimmen und isolieren, die zur gesteigerten Intelligenz des Hybrids geführt haben.«

Maria verschränkte die Arme, als ihr klar wurde, dass die Frau vermutlich richtiglag. Wenn sie Zugang hätten zu einer solch einzigartigen DNA, sollte es möglich sein, den spezifischen Code, der den evolutionären Großen Sprung der Menschheit ermöglicht hatte, zu definieren und zu extrahieren.

Zumindest würde das den Prozess erheblich beschleunigen.

Allmählich begriff sie, worum es hier eigentlich ging. Wer über diese kostbare genetische Fundgrube verfügte, befand sich bei dem globalen Wettlauf zur Konstruktion neuartiger Biowaffen im Vorteil. Die Knochen könnten sich als Heiliger Gral des nächsten Stadiums der Evolution des Menschen erweisen. Dabei ging es nicht nur um die Chinesen. Auch das Büro für Biotechnologie der DARPA hatte sich zum Ziel gesetzt, den genetischen Code der menschlichen Intelligenz zu entschlüsseln.

Kein Wunder, dass die Chinesen so schnell und energisch reagiert hatten. Bei dem Endspiel hier ging es nicht um die Dominanz eines einzelnen Landes; es ging um die Zukunft der Menschheit.

»Und dann ist da noch Baako«, fuhr Jiaying fort und ließ Maria damit aufmerken.

Kowalskis Miene verhärtete sich. »Was ist mit ihm?«

Jiaying wandte sich dem Fenster zu. »Abgesehen von dem Aggressionsproblem haben wir auch Schwierigkeiten mit der Reproduktion. Die weiblichen Hybride sind fruchtbar, die Männchen aber sind steril.«

Das war gar nicht so ungewöhnlich. Hybride eng verwandter Spezies waren häufig unfruchtbar. Beim Maultier, das der Paarung eines Esels mit einem Pferd entsprang, waren die männlichen Tiere ausnahmslos steril, die weiblichen nur manchmal fruchtbar.

Arnaud brachte ein Detail zur Sprache, das in diesem Zusammenhang vielleicht noch wichtiger war. »Die meisten Paläontologen glauben, das könnte auch auf Neandertalerhybride zutreffen. Die Männer waren vermutlich steril, während die Frauen möglicherweise lebensfähige Nachkommen gebären konnten.«

»Wenn das stimmt«, setzte Maria hinzu, »würde das bedeuten, dass die Neandertalergene im Genom des Menschen von Hybridfrauen stammen, nicht von Männern.«

»Und deshalb ist Baako so wichtig«, sagte Jiaying. »Ich weiß, dass Sie Ihr Versuchsobjekt untersucht haben und dass es fortpflanzungsfähig ist.«

Maria hob die Hand. »Nicht unbedingt. Die genetischen Untersuchungen deuten darauf hin, dass dies der Fall ist, aber Gewissheit haben wir keine, da Baako erst drei Jahre alt ist. Er ist noch nicht geschlechtsreif. Erst in drei bis vier Jahren wissen wir Genaueres.«

»Mag sein«, entgegnete Jiaying, »aber wir haben nicht vor, Baako zu paaren. Wir müssen lediglich die entsprechenden Gene im Y-Chromosom sequenzieren. Noch wichtiger sind natürlich die einzigartigen Neandertalergene, die nachweislich seine Intelligenz gesteigert haben.«

Maria wurde ganz flau.

Armer Baako...

»Andererseits«, fuhr Jiaying fort, »hätten wir diese Daten auch aus ein paar Abstrichen und Blutproben gewinnen können. Und das werden wir auch tun, zusammen mit einer Knochenmarkbiopsie. Sein wahrer Wert aber liegt in der einzigartigen Architektur seines Gehirns. Es könnte sich als äußerst nützlich erweisen, es im Hinblick auf die Expression dieser einzigartigen Gene am lebenden Versuchsobjekt zu untersuchen.«

»Sie wollen sein Gehirn analysieren?« Sie dachte an die Kernspintomografien, die sie seit früher Kindheit mit Baako durchgeführt hatten. »Um seine Entwicklung zu verfolgen?«

»Genau. Aber Sie und Ihre Schwester haben sich einer allzu zurückhaltenden Vorgehensweise bedient. Wir glauben, dass invasivere Untersuchungen umfassendere Resultate erbringen werden.« Jiaying blickte zu dem Schimpansen hinüber, dessen freigelegtes Gehirn mit Elektroden gespickt war. »Wir können solche Exemplare inzwischen bis zu zwei Jahre lang am Leben erhalten. Bei einem größeren Versuchsobjekt ließe sich diese Zeitspanne mindestens verdoppeln.«

Maria begriff, dass sie an Baako den gleichen Eingriff durchführen wollte. »Nein!«, platzte sie heraus. »Das lasse ich nicht zu.«

»Ihre Zustimmung ist nicht erforderlich. Die Veterinärchirurgen bereiten den Eingriff bereits vor.«

»Wann?«, fragte sie mit schwacher Stimme.

»Er wird morgen früh in den OP gebracht. In der Nacht kann er sich von den Reisestrapazen erholen.«

Maria zermarterte sich das Hirn nach einer Möglichkeit, das zu verhindern. »Wenn... wenn Sie das tun, werde ich nicht mit Ihnen kooperieren. Dann müssen Sie mich erschießen.«

Jiaying blickte Kowalski an. »Wenn es so weit kommt, erschieße ich zuerst Sie. Und ich werde nicht so rücksichtsvoll sein wie bei Professor Wrightson.«

Maria blickte Kowalski an.

Der zuckte mit den Achseln. »Sollen sie ruhig.«

Trotz seiner zur Schau gestellten Tapferkeit fuhr er sich mit der Zunge über die Unterlippe, ein nervöser Tick.

Jiaying aber war noch nicht fertig. Sie nickte der bewaffneten Eskorte zu und ließ die Amerikaner zu den Käfigen zurückführen. Vor dem angstvoll wimmernden Schimpansen hielten sie an. Jiaying verstellte ein Einstellrad an einem außen befestigten Gerät.

Der Schimpanse wehrte sich gegen seine Fixierung, ein gellender Schrei entrang sich seiner kleinen Brust. Die Augen quollen ihm hervor, vermutlich war er geblendet vom Schmerz.

»Aufhören!«, rief Maria.

Jiaying stand einfach nur da, ungerührt vom Leid des Tieres.

Kowalski hingegen konnte das nicht mit ansehen.

Plötzlich warf er sich nach vorn, schneller, als Maria für möglich gehalten hätte. Er prallte gegen einen der Bewacher und legte den Arm um dessen Gewehr. Obwohl der Mann das Gewehr noch geschultert hatte, betätigte Kowalski den Abzug.

Der Schuss knallte ohrenbetäubend laut.

Die Kugel ging zwischen den Gitterstäben hindurch und sprengte dem Schimpansen den halben Schädel weg. Das Schreien brach ab, der Affe erschlaffte und hing nur noch leblos an der Halsfixierung.

Kowalski hob die Arme und trat beiseite. Beide Gewehre zielten auf ihn. Auch Jiaying hatte ihre Pistole gezogen. Maria rechnete damit, dass der Mann jeden Moment exekutiert werden würde.

Stattdessen schob Jiaying ihre Waffe ins Holster. »Wie

ich sehe, hat Ihr Wärter ein weicheres Herz als Sie.« Die Generalin blickte Maria an. »Aber er wird Ihnen mit Baako nicht helfen können. Wenn Sie sicherstellen wollen, dass das Tier während der Prozeduren so gut wie möglich behandelt wird, erwarte ich nicht nur umfassende Kooperation von Ihnen – sondern auch Ergebnisse.«

Sie bedeutete den Soldaten, die Gefangenen aus dem Labor hinauszubringen.

»Es war ein langer Tag«, sagte Jiaying. »Man wird Sie auf Ihr Zimmer bringen.«

Maria wehrte sich. »Warten Sie! Ich möchte Baako sehen und die letzte Nacht bei ihm verbringen.«

Jiaying musterte sie durchdringend.

»Bitte«, sagte Maria flehentlich.

»Wenn Sie ihm etwas antun sollten«, warnte Jiaying mit Blick auf den toten Schimpansen, »und sei es aus falsch verstandenem Mitleid, wird jemand anders seinen Platz einnehmen.«

Jiaying fasste Kowalski in den Blick.

Maria hatte nichts dergleichen vor, deshalb nickte sie wortlos.

»Ich möchte auch mitgehen«, sagte Kowalski und fasste sich ans Gesichtspflaster. »Ich möchte helfen, Baako zu beruhigen, und Dr. Crandall notfalls schützen.«

Jiaying seufzte, dem Hin und Her überdrüssig. »Meinetwegen. Ich lasse Ihnen Schlafsäcke bringen. Aber vergessen Sie nicht, dass Sie ständig unter Beobachtung stehen.«

Maria berührte Kowalskis Hand, um sich bei ihm zu bedanken. Als sie durch die Doppeltür des Vivisektionslabors traten, hatte sie den Eindruck, das alles werde ihr zu viel.

Was sollen wir tun? Wie soll ich Baako gegenübertreten in dem Wissen, was morgen mit ihm passiert?

Sie taumelte, und ihr zitterten die Knie.

Ein starker Arm legte sich um ihre Hüfte und hielt sie aufrecht.

»Wir stehen das durch«, flüsterte Kowalski.

»Wie?« Sie schaute zu ihm auf.

Er zuckte mit den Schultern. »Keine Ahnung.«

»Aber wieso...«

»Ich hab mir gedacht, das ist das, was Sie von mir hören wollen.«

Seltsamerweise fand sie seine Aufrichtigkeit trostvoll.

Er half ihr in den wartenden Elektrowagen. »Dann wollen wir mal nach dem kleinen Burschen sehen.«

20:44

Die Doppeltür geht auf, und Baako erblickt seine Mutter. Vor Freude gerät er außer Rand und Band. Er springt an den Gitterstäben hoch und klammert sich daran fest, teilt ihr mit lauten Rufen mit, wie glücklich er ist.

Als sie näher kommt, drückt sie sich beide Fäuste an die Brust, ein Zeichen, das er gut kennt.

[Ich hab dich lieb]

Er lässt sich auf den Boden fallen, springt auf den Hinterbeinen auf und ab und wiederholt das Zeichen.

[Baako liebt Mama]

Sie lächelt, aber nicht so unbeschwert wie gewöhnlich. In ihren Augenwinkeln nimmt er Traurigkeit wahr. Er erschnüffelt ihre Angst. Er schlägt sich mit der flachen Hand auf den Unterarm. Das tut er nur, wenn er sich fürchtet.

340

Sie reibt die Handgelenke aneinander.

[Du bist hier sicher]

Sie wartet darauf, dass ihr einer der bösen Männer die Tür aufmacht. Baako kann deren Geruch nicht ausstehen. Ein langer schwarzer Stab wird zwischen den Gitterstäben hindurchgestreckt und spuckt Feuer. Er weicht knurrend zurück und bleckt die Zähne.

Schließlich geht die Tür auf, und Mama kommt herein. Bei ihr ist der große Mann, der mit den Händen sprechen kann. Gestern hat Mama seinen Namen buchstabiert [J-O-E]. *Das war zu Hause, wo Baakos Fernseher steht, sein Bett, sein Spielzeug, und wo sein bester Freund Tango lebt.*

Baako ist froh, dass Tango nicht an diesem bösen Ort ist.

Mama kommt zu ihm und nimmt ihn in den Arm. Sie drückt ihn und macht liebevolle Laute. Er antwortet ihr leise. Sie lehnt sich zurück. Sie hat Tränen im Gesicht. Sie wischt sie weg, doch es kommen immer neue Tränen nach. Sie wendet sich ab. Er schnauft sie an, streichelt ihr mit dem Handrücken über die Wange.

Mama mag das.

Diesmal aber lächelt sie nicht und küsst ihn nicht auf die Nase. Immer mehr Tränen rollen ihr aus den Augen.

Er senkt den Arm, dann hockt sich der große Mann – Joe – vor ihn hin und stützt sich mit einer Hand auf wie Baako. Mit der anderen Hand macht er Zeichen und spricht gleichzeitig.

[Alles in Ordnung?]

Baako schüttelt den Kopf. Er wendet sich so, dass Mama nichts mitbekommt, und schwenkt die Finger vor der Brust. [Angst]

Joe rückt näher und formt Worte mit seinen großen Händen.

[Wir werden beide stark sein... du und ich]

Joe zeigt auf Mama.

[Um ihretwillen... okay]

Baako nickt und wiederholt die letzte Geste.

[Für Mama]

Der Mann legt Baako eine Hand auf die Schulter. Er drückt sie fest – doch Baako weiß, dass er ihm nicht weh-tun will. Er blickt dem Mann in die Augen, dann drückt er beide Fäuste zusammen und schwenkt sie im Kreis.

[*Gemeinsam*]

Joe grinst und sagt etwas, das Baako versteht. »Braver Junge.«

Inzwischen sind die bösen Männer verschwunden, ha-ben zuvor aber zwei Pakete in den Käfig geworfen. Sie sind rot und riechen nach Federn. Sie erinnern Baako an die Kissen, die er von zu Hause kennt. Mama hat ihn ein-mal ausgeschimpft, weil er ein Kissen mit den Zähnen aufgerissen hatte, um an die Federn heranzukommen.

Mama und Joe schütteln die Pakete und breiten sie auf dem Boden aus.

Mama senkt den Kopf auf die flache Hand.

[Das sind Betten]

Baako hustet ungläubig. Manchmal neckt Mama ihn. Dann zeigt sie ihm den Reißverschluss. Er probiert ihn aus, bewegt ihn hin und her.

Joe sagt etwas, das Mama zum Lachen bringt. Das hört sich gut an. Dann zeigt Joe Baako, wie man die Betten öff-net. Als das eine offen ist, kriecht der Mann hinein, ver-schwindet komplett mit Armen und Beinen und tut so, als würde er schlafen.

Baako schnüffelt herum, während Joe und Mama sich so schnell unterhalten, dass er nichts versteht. Hin und wieder hört er seinen Namen heraus. Mama gibt ihm ein paar Bananen zu essen, dann kriecht auch sie in ihr Bett.

Baako schaut sie beide an, zupft am Reißverschluss.

Joe zieht den Arm aus seinem Bett hervor und klopft auf die Stelle zwischen ihm und Mama.

Baako versteht und steigt vorsichtig über ihn hinweg. Er dreht sich ein paar Mal um die eigene Achse. Joe brummt, als er versehentlich auf ihn tritt. Dann legt Baako sich nieder, rollt sich zwischen den beiden Menschen zusammen.

Mama gibt ihm einen Kuss auf die Stirn wie jeden Abend. Er schmiegt sich an sie, und sie legt den Arm um ihn. Er seufzt zufrieden.

Zum ersten Mal fühlt er sich hier sicher.

Trotzdem schiebt er Joe seine Hand entgegen.

Die Augen des Mannes funkeln im Dunkeln. Er brummt leise. Dann kommt seine große Hand aus dem Reißverschluss hervor und wandert zu Baakos Hand. Sie verschränken die Finger. Sie drücken sich gegenseitig die Hand, dann entspannen sich die Finger – doch sie lassen einander nicht los.

Joe vergräbt sich kopfschüttelnd tiefer im Bett. Gedämpfte Worte kommen heraus. »Bist du jetzt zufrieden?«

Baako blickt die verschränkten Finger an und versteht die Botschaft, als wäre sie mit Armen und Händen geformt. Sie besteht aus einem Wort, das ein Versprechen ist.

[Gemeinsam]

Er schließt die Augen und antwortet Joe in Gedanken.

Ja.

16

»WIR GLAUBEN, DASS die Chinesen Kowalski und Maria Crandall irgendwo auf dem Zoogelände gefangen halten«, sagte Painter über die sichere Leitung.

Das Telefon ans Ohr gedrückt, stand Gray im Fenster im zweiten Stock der Päpstlichen Universität Gregoriana. Das leer stehende Büro gehörte einem von Rolands Kollegen, einem Mediävisten, der gerade ein Sabbatjahr genommen hatte. Nach der Rückkehr aus dem Gebirge hatte Roland vorgeschlagen, sich am Nachmittag hier zu treffen und das weitere Vorgehen zu besprechen. Außerdem wollte der Geistliche in der großen Universitätsbibliothek einer Frage nachgehen, die er für wichtig hielt.

Gray hatte die Zeit dazu genutzt, der Sigma-Zentrale Meldung zu erstatten. »Was ist mit dem GPS-Tracker?«, fragte er. »Konnten Sie ein neues Signal auffangen?«

»Nein, aber in Anbetracht der erhöhten militärischen Aktivität im Umkreis des Zoos wissen die Chinesen vermutlich, dass wir über ihre Beteiligung informiert sind.

Zumindest ist Kat zu dieser Einschätzung gelangt, nachdem sie mit Monk gesprochen hatte.«

Kat machte sich bestimmt Sorgen um ihren Mann – und das aus gutem Grund. Monks Gesicht würde in Peking bestimmt auffallen.

»Was hat Monk vor?«, fragte Gray besorgt.

»Ich habe ihn und seiner Begleiterin Zurückhaltung auferlegt. Sie sollen keinen weiteren Verdacht erregen. Kat tut, was sie kann, um über inoffizielle Kanäle mehr in Erfahrung zu bringen. Im Moment aber tappen wir hinsichtlich der Gründe für den Übergriff auf amerikanischem Boden noch im Dunkeln.«

Ganz zu schweigen von den Übergriffen hier in Europa.

Gray hatte zahlreiche Pflaster und Verbände im Gesicht und an den Händen, der Rest war von Blutergüssen übersät. Er versuchte, sich auf das alles einen Reim zu machen.

»Die Chinesen hatten es offenbar auf die Knochenfunde aus der kroatischen Höhle abgesehen«, sagte er. »Und das wiederum steht in Verbindung mit der Suche der Crandalls nach dem genetischen Ursprung der menschlichen Intelligenz.«

»Das trifft vermutlich zu. Wir wissen, dass die Chinesen die Forschung der Crandalls insgeheim mitfinanziert haben, mithilfe einer Angehörigen der National Science Foundation namens Dr. Amy Wu. Das war's aber auch schon. Wir müssen herausbekommen, was an diesen Knochen so wichtig ist. Dieser Fund hat das alles anscheinend erst in Bewegung gebracht.«

»Wir gehen hier ein paar Hinweisen nach«, sagte Gray. Er hatte Painter bereits darüber informiert, was sie im Sanktuarium von Mentorella und dessen Verbindung zu Pater Athanasius Kircher herausgefunden hatten. »Im

Moment verfolgen die Chinesen die Spur anscheinend aus rein wissenschaftlicher Perspektive, doch es könnte sich als ergiebiger erweisen, der *historischen* Fährte nachzugehen, die Kircher angelegt hat.«

»Weshalb glauben Sie das?«

»Kircher war irgendetwas auf der Spur, das er einerseits für wichtig hielt, andererseits aber für so beunruhigend, dass er es geheim hielt. Wenn wir herausbekommen würden, was das war, wären wir den Chinesen ein Stück voraus. Auf jeden Fall aber würden wir besser verstehen, weshalb sie ein solch großes Interesse an den Knochen und der Forschung der Crandalls haben.«

»Gehen Sie der Sache ruhig nach«, sagte Painter skeptisch. »Im Moment haben wir eine Pattsituation, neue Informationen könnten sich deshalb als nützlich erweisen.«

»Ich halte Sie auf dem Laufenden.«

Gray unterbrach die Verbindung, blieb aber am Fenster stehen und blickte auf die Straßen hinunter. Es sah nicht danach aus, als wäre ihnen jemand vom Gebirge gefolgt, doch er wusste, dass eine chinesische Überlebende zu Fuß geflüchtet war. Kat hatte den Polizeifunk in der Gegend überwacht. Ein Bauer aus dem Dorf Guadagnolo hatte gemeldet, ein Motorrad sei aus seiner Scheune entwendet worden.

Das war bestimmt kein Zufall.

Er hielt Ausschau nach dem gestohlenen Motorrad, machte aber nur Vespas und Fahrräder aus. Dann fiel sein Blick auf ein Fenster zu seiner Rechten. Die Backsteinfassade drum herum wirkte dunkler als der Rest, die Glasscheiben waren kürzlich ausgewechselt worden. Er meinte, den Knall der Explosion zu hören, die hier vor Monaten stattgefunden hatte. Das Fenster gehörte zu den ehemaligen Räumlichkeiten von Monsignore Vigor Verona, Archivar des Vatikans und Universitätsprofessor.

Das Gewicht böser Vorahnungen legte sich auf seine Schultern, als er an seinen geschätzten Freund dachte – und natürlich auch an Vigors Nichte. Er verspürte Gewissensbisse.

Rachel…

Als sich eine Hand auf seine Schulter legte, schreckte er zusammen. Er hatte Seichan gar nicht kommen hören. Er hatte geglaubt, sie sei nebenan und halte bei Lena Wache, die auf dem Sofa schlummerte.

Seichan legte ihm den Arm um die Hüfte und drehte ihn zu sich herum. Sie blickte ihm tief in die Augen. Sie verstand, was ihn bedrückte.

»Meine Mutter hat mir mal gesagt, die Welt sei voller Gespenster«, flüsterte sie. »Und je älter man wird, desto stärker verfolgen sie einen.«

»Meine hat mich nur ermahnt, am Tisch gerade zu sitzen und nicht die Ellbogen aufzustützen.«

Seichan seufzte nur als Reaktion auf seinen Versuch, die Situation zu entschärfen. Sie neigte sich vor und drückte ihm die Lippen auf den Mund, brachte ihn zum Schweigen. Er spürte ihre Wärme, schmeckte sie, schnupperte den Jasminduft ihrer Haut. Sie wich ein wenig zurück und flüsterte mit belegter Stimme: »Die Geister sollen uns daran erinnern, dass wir noch lebendig sind, dass unser Herz noch schlägt, dass unser Körper vor Verlangen brennt und dass wir atmen.« Sie streifte mit ihren Lippen wieder über seinen Mund. »Vergiss das niemals… sonst waren all die Tode bedeutungslos.«

Gray zog sie an sich, drückte sie, spürte ihren Herzschlag an den Rippen, als er sie leidenschaftlich küsste.

Bestimmt nicht.

Hinter ihnen klirrte ein Schlüssel im Türschloss. Gray löste sich aus der Umarmung und legte die Hand auf die Pistole im Holster. Seichan machte einen Schritt zur Seite, in ihrer Hand funkelte bereits die Stahlklinge eines Dolchs. Die Tür schwang auf, und der zerzauste Pater Novak trat in den Raum.

Da er den Arm voller Bücher hatte, entging ihm, dass sie für das Schlimmste gewappnet waren. »Ich glaube, ich habe etwas Wichtiges entdeckt.«

17:52

Lena erwachte und geriet augenblicklich in Panik. Mit klopfendem Herzen stützte sie sich auf einen Ellbogen auf. Im Nebenraum war Rolands aufgeregte Stimme zu hören.

Offenbar gibt es Neuigkeiten.

Ursprünglich hatte sie ihn begleiten wollen – und sei es auch nur, um einen Blick in die berühmte Gregorianische Bibliothek zu werfen –, doch die seltenen Bücher waren für die Öffentlichkeit nicht zugänglich.

Sie rieb sich die Augen, erstaunt darüber, dass sie tatsächlich geschlafen hatte, wenn auch nur kurz und unruhig. Als sie sich todmüde hingelegt hatte, hatte sie befürchtet, dass die Sorge um ihre Schwester sie wach halten würde.

Offenbar war ich stärker erschöpft als gedacht.

Sie blickte zum schießschartenartigen Fenster des Ruheraums von Rolands Kollege hinüber. Der Raum war kaum größer als ein Schrank, ausgestattet mit Sofa und einem kleinen Gebetsschemel vor dem Wandkreuz. Er wirkte weniger wie ein Büro als wie eine der Kontemplation vorbehaltene Mönchszelle.

Rolands erregte Stimme weckte ihre Neugier. Sie stand auf und ging zur Tür. Im Nebenraum befand sich vor einem größeren Fenster ein Schreibtisch, flankiert von hohen Regalen mit eingestaubten Büchern. Die Mitte des Raums nahm ein breiter Bibliothekstisch mit mehreren unterschiedlichen Stühlen ein. Der Geruch nach Pfeifenrauch und Tabak war hier stärker, so als wäre Rolands Kollege gerade erst weggegangen.

»Schauen Sie sich das an!«, rief Roland ihr zu und stapelte die Bücher auf dem Tisch. »Wenn ich mich nicht irre, ist das wirklich erstaunlich.«

Lena ließ sich von seiner Begeisterung anstecken.

Roland griff in die Innentasche seines Sakkos und holte behutsam das alte Journal von Pater Kircher hervor, das er in der Bronzemadonna gefunden hatte. Er legte es respektvoll neben die anderen Bücher auf dem Tisch. Das vergoldete Labyrinth funkelte im Sonnenschein, der durchs Fenster einfiel.

Gray kam herüber, während Seichan am Fenster ausharrte und die Straße im Auge behielt. Mit ihrer Wachsamkeit erinnerte sie Lena daran, dass die Gefahr nicht vorüber war. Dies dämpfte ihre Neugier allerdings nur geringfügig. Maria war am besten damit geholfen, dass sie die Rätsel hinter dem Ganzen lösten.

Sie blickte auf Kirchers Journal, denn sie vermutete, dass darin die Antworten zu finden waren, nach denen sie suchten. Auf der Fahrt nach Rom hatte sie einen Blick hineingeworfen. Die Seiten waren in akkurater Handschrift lateinisch beschriftet. Außerdem waren Abbildungen und Seiten voller Zahlen darin enthalten.

»Dann haben Sie in Kirchers Journal also etwas entdeckt?«, fragte sie.

Roland runzelte die Stirn. »Bislang konnte ich nur einen flüchtigen Blick hineinwerfen. Es würde viele Stunden, wenn nicht gar Wochen dauern, mir einen Überblick zu verschaffen. Allerdings bin ich ein Stück weitergekommen.«

»Wonach haben Sie in der Bibliothek gesucht?«, fragte Gray. »Dazu haben Sie sich noch nicht geäußert.«

»Ich wollte Nachforschungen zu der Landkarte anstellen, die in der Bronzemadonna abgebildet ist.« Roland nahm ein iPad aus seiner Umhängetasche und legte es auf den Tisch. »Die kam mir bekannt vor. Ich bin ihr schon einmal in einem anderen Werk Pater Kirchers begegnet.«

Roland schaltete das Gerät ein und rief ein Foto der Landkarte auf, das Lena aufgenommen hatte.

Es zeigte eine Insel mit eingezeichneten Flüssen und mehreren Bergen.

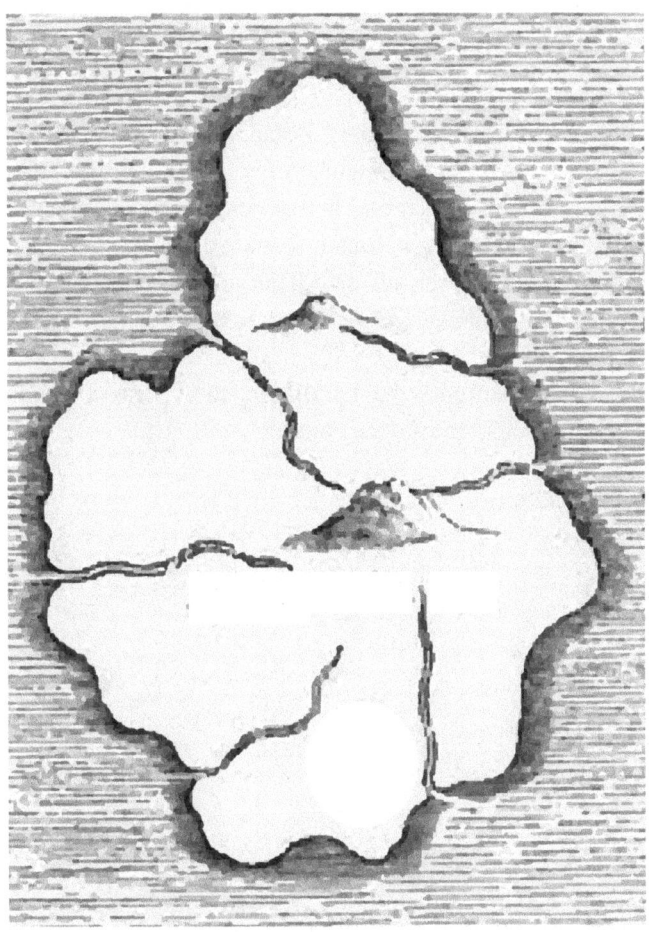

»Was soll das darstellen?«, fragte Gray.

Roland schaute mit leuchtenden Augen hoch. »Sie werden es nicht glauben, wenn ich nicht der Reihe nach vorgehe. Ich konnte es selbst kaum glauben.«

Lena rückte näher. »Berichten Sie.«

Roland tippte auf den Bildschirm. »Ich habe die Landkarte auf den ersten Blick wiedererkannt. Die vollständigere Version findet sich in Kirchers Werk *Mundus Subterraneus.*«

Lena erinnerte sich, dass Roland ihnen Abbildungen aus dem Buch des Jesuitenpriesters gezeigt hatte, einem Band mit realistischen und fantastischen Illustrationen.

»Einen Moment…« Roland wischte durch die Daten zu Pater Kircher, die er auf dem iPad gespeichert hatte, darunter eine vollständige Sammlung seiner Bücher. »Da ist es ja.«

Alle betrachteten die Landkarte, die er aus *Mundus Subterraneus* herauskopiert hatte.

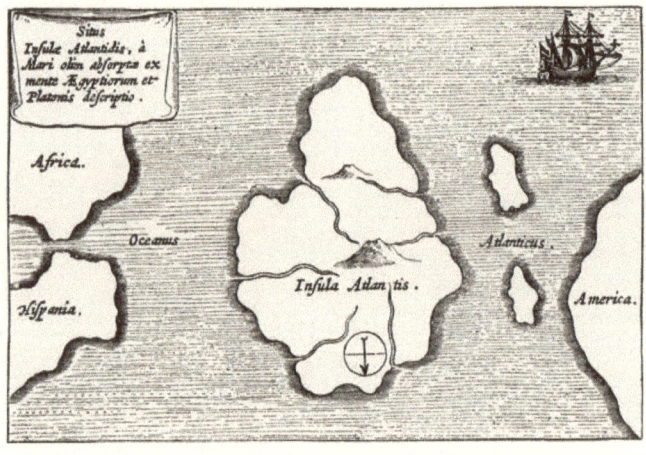

Die in der Mitte dargestellte Insel war eindeutig dieselbe wie die, die in die Innenseite der Bronzefigur eingeritzt war. Hier waren allerdings mehr Details aufgeführt, darunter Namen und eine Legende auf Latein.

Abgesehen vom Namen der Insel in der Mitte konnte Lena nicht viel entziffern. »Ist es das, wofür ich es halte?«

Roland grinste und las die Legende vor. »*Situs Insulae Atlantidis, a Mari olim absorpte ex mente Egyptiorum et Platonis descriptio.* Übersetzt: Die Lage der Insel Atlantis im Meer, nach ägyptischen Quellen und Platos Schilderung.«

»Das soll Atlantis sein?«, fragte Gray ungläubig.

»Genau. In *Mundus Subterraneus* hat Kircher geschrieben, diese Landkarte habe er anhand von Abbildungen auf alten Papyri erstellt, auf die er bei seinen Recherchen zu Ägypten gestoßen sei, sowie anhand der Schilderungen in Platons Schriften. Platon zufolge sei auf der Insel ein technologisch überlegenes Volk beheimatet, das auch große Lehrer hervorgebracht habe. In den ägyptischen Papyri sei die Rede von gottgleichen Inselbewohnern gewesen, die Wissen und Weisheit vermittelten und die alten Pharaonen berieten.«

Lena entging nicht die Parallele zur Theorie ihrer Schwester, wonach der Große Sprung nach vorn von einer kleinen Gruppe einzigartiger Individuen ausgelöst worden war.

»Sie sollten wissen«, fuhr Roland fort, »dass die Legende von den großen und geheimnisvollen Lehrern nicht auf die Griechen und Ägypter beschränkt war. Auch in den alten sumerischen Texten wird ein Volk großer Wesen erwähnt, die sich als Wächter bezeichneten. Diese Wächter werden auch in jüdischen Schriften und sogar in der Bibel erwähnt. Die relevantesten Berichte stammen jedoch aus dem Buch Henoch. Demzufolge hat ein Wächter namens Uriel Henoch über die Bewegungen der Sterne unterrichtet. In diesem Text werden auch noch andere Wächter erwähnt, die verschiedene Wissenschaften lehrten.«

Er zog ein Buch aus dem Stapel hervor, schlug es an

einer markierten Stelle auf und las vor. »Semjasa lehrt Zauberei und das Schneiden von Wurzeln... Baraqiel Astrologie... Kokabel die Sternzeichen... Araqiel die Zeichen der Erde... und Sariel den Lauf des Mondes.«

Roland beugte sich über das Buch. »Wie Sie sehen, findet sich der Mythos in verschiedenen Kulturen.« Er wandte sich an Lena. »Und was Ihre Forschung zu den hybriden Frühmenschen betrifft, so wird in den Schriftrollen vom Toten Meer erwähnt, dass die Wächter sich mit anderen Menschen vermischt und Kinder gezeugt hätten.«

Lena schluckte und ließ sich dies alles durch den Kopf gehen. Sie stellte sich Kirchers Eva vor und fragte sich, ob die Hybride von Neandertaler und Frühmensch womöglich der Ursprung dieser Legenden war. »Dann hat Pater Kircher also geglaubt, Eva sei eine Bewohnerin von Atlantis gewesen, der Heimat der alten Wächter?«, fragte sie fasziniert. »Ist das der Grund, weshalb er die Landkarte in die Innenseite der Bronzefigur geritzt hat, in der er ihre Gebeine verwahrt hat?«

»Das wäre möglich. Überlegen Sie. Nachdem die Madonna versiegelt worden war, waren Evas leere Augenhöhlen auf die Insel gerichtet, die er für ihre Heimat gehalten hat.«

»Die Knochen mit dem Atlantismythos in Verbindung zu bringen ist ziemlich gewagt«, bemerkte Gray.

Lena war anderer Meinung. Sie deutete auf die Mondskulptur, die neben Rolands Umhängetasche lag. »Kircher hat diese Darstellung aus dem prähistorischen Skulpturengarten mitgenommen, den wir in den Höhlen entdeckt haben. Ihm ist bestimmt ebenfalls aufgefallen, dass die ehemaligen Höhlenbewohner viel weiter entwickelt waren, als zu erwarten war. Erinnern Sie sich noch daran, dass

Kircher die Mammutknochen fälschlicherweise einem ausgestorbenen Volk von Riesen zugeschrieben hat? Dass er hinsichtlich dieser Knochen einen ähnlichen fantastischen Schluss gezogen hat, erscheint da wenig überraschend.«

»Bloß dass Hochwürden Kircher in diesem Fall richtiggelegen haben könnte«, sagte Roland mit leuchtenden Augen.

Lena wandte sich ihm zu. Diesmal konnte sie ihre Skepsis nicht verhehlen. »Was reden Sie da? Wie kommen Sie darauf?«

Roland blickte die auf dem Bildschirm leuchtende Landkarte an, dann schaute er wieder hoch. »Weil ich weiß, wo Atlantis gelegen hat.«

18:07

Roland registrierte die Bestürzung in ihren Gesichtern nicht ohne ein gewisses Maß an schuldbewusster Genugtuung. »Das kann ich gerne erläutern. Dann werden Sie die Botschaft, die Pater Kircher uns hinterlassen hat, besser verstehen.«

Er tippte auf das Display und zoomte die Insel aus dem Buch *Mundus Subterraneus*.

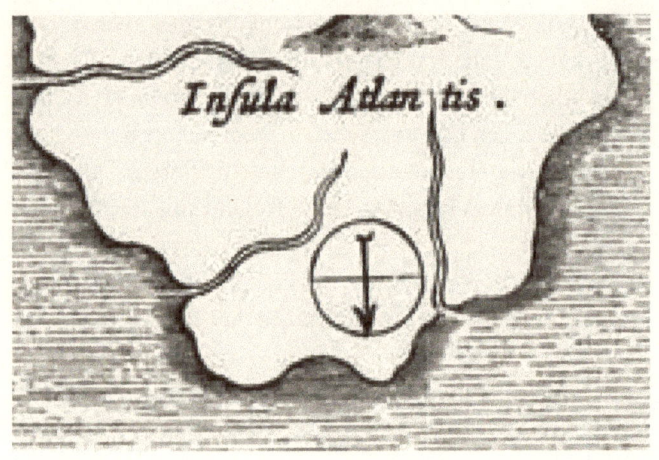

»Wenn Sie die Kompassrose auf der Landkarte betrachten, werden Sie bemerken, dass der Pfeil *nach unten* weist. Bei dieser Landkarte liegt Norden *unten* und Süden *oben*.«

»Genau umgekehrt wie bei den meisten Landkarten«, bemerkte Lena.

»Richtig, aber in der damaligen Zeit war das nicht ungewöhnlich.« Er ließ die Fingerspitzen über den Bildschirm des iPads tanzen und rief ein Bild auf, das er in der Universitätsbibliothek vorbereitet hatte. »Ich habe mir die Freiheit herausgenommen, die Landkarte zu drehen und englisch zu beschriften.«

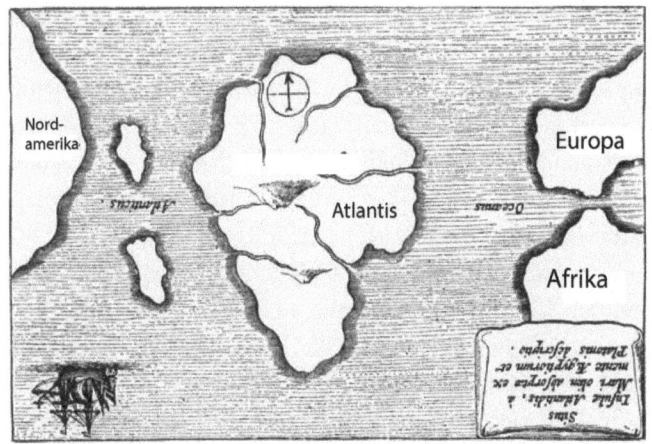

Gray betrachtete die Abbildung einen Moment lang. »Wenn ich mich nicht täusche, liegt die Insel Atlantis demnach mitten im Atlantik… oder jedenfalls irgendwo zwischen Nordamerika und Europa.«

»Was mit dem übereinstimmt, was Platon in seinem Dialog *Timaios* geschrieben hat.« Roland nahm das Buch vom Stapel und las eine markierte Passage vor. »Platon schreibt: *Damals nämlich war das Meer dort fahrbar, denn vor der Mündung, welche ihr in eurer Sprache die Säulen des Herakles heißt, hatte es eine Insel…* Das bezieht sich auf die Straße von Gibraltar.«

»Demnach lag Atlantis außerhalb des Mittelmeers«, bemerkte Gray.

»Korrekt.« Roland zeigte auf das Buch in seiner Hand. »Platon schreibt auch, es sei *größer als Libyen und Asien* zusammen gewesen.«

Gray runzelte die Stirn. »Wollen Sie damit sagen, bei der *Insel* Atlantis handele es sich in Wirklichkeit um den *Kontinent* Südamerika?« Er deutete auf die Abbildung von Kirchers Landkarte. »Ich muss zugeben, der Umriss der Insel weist eine gewisse Ähnlichkeit mit Südamerika auf, doch sie liegt mitten im Atlantik. Allerdings ist die Geografie etwas abenteuerlich.«

Roland hatte Verständnis für seine Skepsis, denn auch er hatte diese Argumente bereits im Kopf herumgewälzt. »Sie sollten bedenken«, sagte er, »dass die Darstellung auf älteren Landkarten basiert. Vielleicht haben die Kartografen den Kontinent falsch dargestellt und ihn an eine prominente Stelle verlegt, um die Eigenschaften der Landmasse hervorzuheben.«

Roland rief eine weitere Grafik auf, die er angefertigt hatte. »Wenn Sie die beiden Abbildungen vergleichen, werden Sie erkennen, dass die Ähnlichkeit sich nicht allein auf den Umriss beschränkt. Auch die Flussdeltas und Gebirge entsprechen einander.«

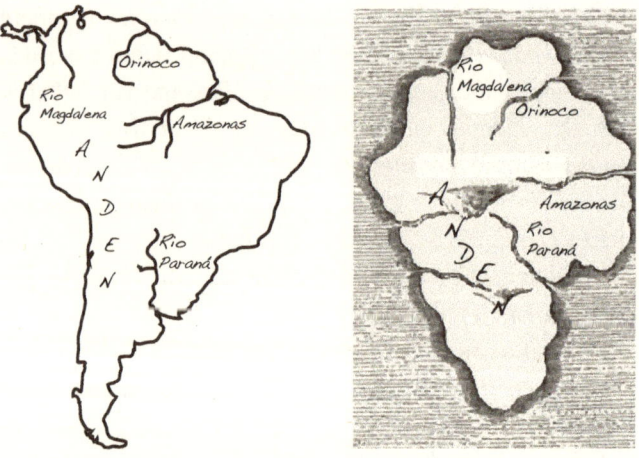

»Er hat recht«, sagte Lena, beugte sich vor und verglich die beiden Darstellungen. »Der Amazonas... der Orinoco … und die beiden anderen großen Flüsse. Das passt alles zusammen.«

Gray winkte ab. »Das ergibt trotzdem keinen Sinn. Wenn Südamerika einmal Atlantis war – die Heimat eines großen Volks gottgleicher Lehrer –, wie kommt es dann, dass sich keine Spuren von ihnen finden?«

»Wer sagt denn, dass es die nicht gibt?« Roland zog eine archäologische Zeitschrift aus dem Stapel hervor und klatschte sie auf den Tisch. »Anfang 2015 hat eine Gruppe honduranischer Archäologen, unterstützt von britischen SAS-Soldaten, die Ruinen einer im Regenwald verborgenen Stadt entdeckt. Sie glauben, es handele sich um Ciudad Blanca, die sagenumwobene Weiße Stadt, die von einer geheimnisvollen präkolumbianischen Zivilisation erbaut worden sein soll. Die ersten Berichte dazu finden sich in Briefen, die der Konquistador Hernán Cortés 1526 an den spanischen König gesandt hat. Darin ist von einem wundersamen Ort die Rede, dessen Bewohner angeblich von einem Affengott abstammten und deren Kinder ebenfalls Merkmale von Affen aufwiesen.«

»Affenähnliche Merkmale …« Lena richtete sich mit nachdenklicher Miene auf. »Wenn die Konquistadoren auf einen Stamm von Hominiden getroffen sind – oder Hybride wie Eva –, könnten sie sie fälschlicherweise mit primitiven Primaten in Verbindung gebracht haben.«

»Und das ist nicht der einzige Hinweis«, sagte Roland. »Satellitenfotos und bodendurchdringendes Radar bringen allmählich zum Vorschein, was im Dschungel des Kontinents verborgen ist, und enthüllen Schicht für Schicht uralte Zivilisationen, darunter die Ruinen von Städten, die Jahrtausende vor den Azteken, Inkas und Mayas erbaut wurden.«

Gray wirkte nach wie vor skeptisch. »Glauben Sie wirklich, eine dieser untergegangenen Zivilisationen sei die Heimat der Wächter?«

»Möglicherweise. Wenn diese Zivilisation über die erforderlichen Navigationskenntnisse und Segelschiffe mit hoher Reichweite verfügte, ist durchaus vorstellbar, dass sie regelmäßig Gesandte losgeschickt hat, die neuartige Werkzeuge verteilt und neue Techniken gelehrt haben. Vielleicht siedelten auch manche von ihnen in fremden Ländern, zeugten dort Kinder und wurden von der dortigen Kultur assimiliert.« Roland tippte auf den Bildschirm. »Oder aber sie zogen sich hierher zurück und versteckten sich.«

Lena nickte langsam. Dennoch hatte sie noch einen Einwand. »Aber hat Platon nicht auch gesagt, Atlantis sei zerstört worden und im Meer versunken? Südamerika gibt es jedenfalls noch.«

Roland schwenkte die Hand über den Büchern auf dem Tisch. »Man muss sich vor Augen halten, dass die griechischen und ägyptischen Aufzeichnungen von Menschen stammen, die sich kaum vorstellen konnten, dass jenseits der Straße von Gibraltar eine so große Landmasse liegt. Sieht man genauer hin, klingt es bei Plato eher nach dem Untergang einer Inselstadt oder eines isolierten Teils einer größeren Landmasse, der von Erdbeben und Flutwellen zerstört wurde.«

»Trotzdem«, beharrte Gray. »Selbst wenn Pater Kircher geglaubt hat, dass die unter der Kapelle verwahrten Gebeine von Eva stammten und mit den alten Wächtern in Verbindung standen, was folgt dann aus all den Verweisen auf Südamerika?«

Roland lächelte. »Sie führen uns zu der Stadt, zur Heimat der Wächter und ins Zentrum des Rätsels, dessen Erforschung Kircher seine letzten elf Lebensjahre gewidmet hat. Dies alles könnte uns helfen, den Grund herauszufinden, weshalb die Chinesen die Knochen geraubt und Lenas Schwester entführt haben.«

18:12

Gray seufzte. Rolands Bemerkung rief die Erinnerung an eine Unterhaltung wach, die er mit Painter Crowe geführt hatte. Dabei war es darum gegangen, dass die von Pater Kircher hinterlassenen historischen Spuren zu den Antworten führen könnten, die sie benötigten, um gegenüber den Chinesen in Vorteil zu geraten.

Ungeduldig bedeutete er Roland, er solle weiterreden, denn er ahnte, dass der Geistliche noch andere Erkenntnisse zu offenbaren hatte. »Fahren Sie fort«, sagte er. »Wenn Kircher seine letzten elf Lebensjahre auf die Erforschung des Rätsels verwandt hat, was hat er dabei herausgefunden?«

»Es geht weniger um *seine* Erkenntnisse als um die des Bischofs Nicolas Steno, mit dem er befreundet war.«

Diesen Namen hatte Schwester Clara erwähnt, als sie vom Bau des Sanktuariums von Mentorella berichtet hatte. Bischof Steno war demnach der einzige Kollege gewesen, dem Kircher Zugang zu der Kapelle mit den Gebeinen Evas gewährt hatte. Der jüngere Kollege war ein angehender Paläontologe mit einem regen Interesse an Fossilien und alten Knochen gewesen.

Roland nahm Kirchers Buch in die Hand. »Seinem Journal zufolge hat Kircher den jungen Nicolas in die Welt entsandt und ihm aufgetragen, den Hinweisen zu folgen. Er wollte, dass ein jüngerer und kräftigerer Mann als er die Nachforschungen fortführte. In Kreta, Ägypten, Afrika und schließlich sogar in der Neuen Welt.«

»Wonach sollte er suchen?«, fragte Lena.

»Nach der Wahrheit hinter den Knochen.« Roland hielt das Buch hoch. »Ich konnte den Inhalt noch nicht vollständig sichten, doch ich bin die Korrespondenz durchgegangen, die Kircher in das Journal aufgenommen hat. Alle Briefe stammen von Nicolas Steno, darunter auch mehrere Landkarten, die er auf seinen Reisen angefertigt hat. Eine dieser Landkarten hat meine Aufmerksamkeit erregt, denn sie könnte uns einen Hinweis liefern, wohin wir uns als Nächstes wenden sollen.«

Gray trat näher. »Was haben Sie entdeckt?«

»Zunächst sollten Sie sich das hier ansehen.« Roland rief auf dem iPad eine neue Abbildung auf. »Diese Landkarte stammt aus Pater Kirchers *Mundus Subterraneus* – eine detailliertere Darstellung von Südamerika.«

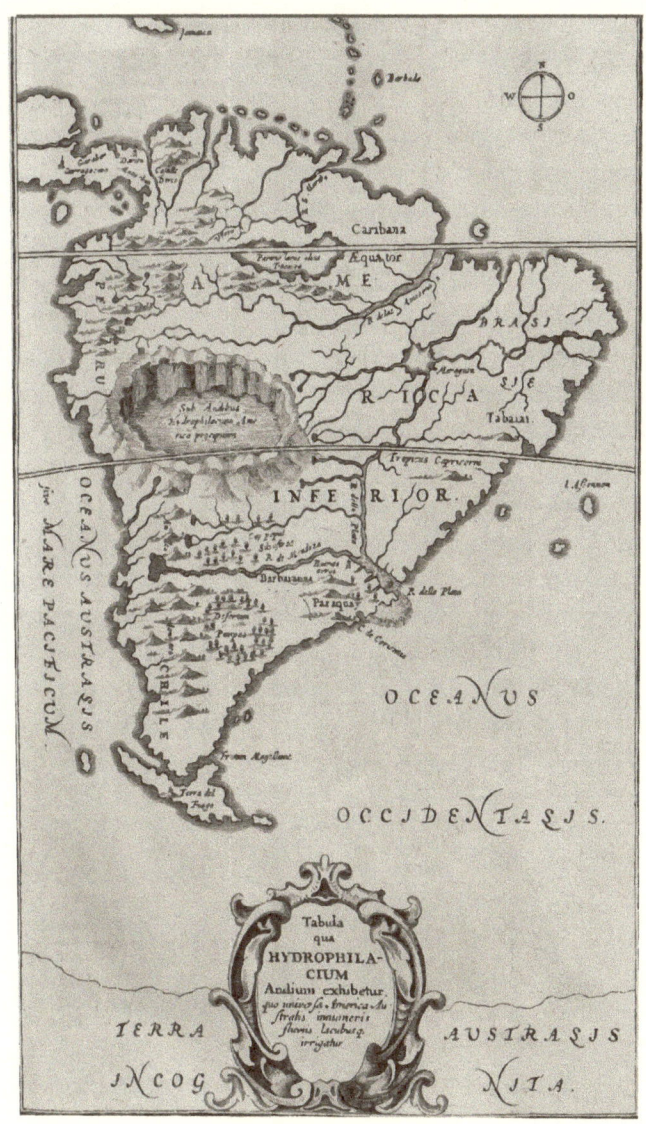

Gray betrachtete die Karte verwirrt. »Wurde das Buch nicht veröffentlicht, bevor Kircher Evas Gebeine entdeckte?«

»So ist es«, sagte Roland. »Anhand dieser Landkarte wollte er die einzigartigen hydrologischen Verhältnisse des Kontinents verdeutlichen und darstellen, wie die Flüsse von den Anden ins Meer strömen. Aber achten Sie auf das kraterähnliche Gebilde in der Mitte der Anden.«

»Was ist damit?«, fragte Gray.

»Pater Kircher hatte die Vermutung, dass sich in den Anden ein großes Wasserreservoir befindet, ein riesiger unterirdischer See, der den Kontinent mit Wasser versorgt.«

»Okay«, sagte Lena zurückhaltend. »Aber was hat das mit …«

»Dann schauen Sie sich das mal an«, fiel Roland ihr ins Wort und schlug Kirchers Journal auf. »Diese Illustration habe ich in Nicolas' Korrespondenz gefunden. Dies ist eine Kopie eines Teils der Landkarte, allerdings mit einem Zusatz, der neues Licht auf die ganze Sache wirft.«

Roland legte das Buch auf den Tisch, damit alle die Abbildung betrachten konnten.

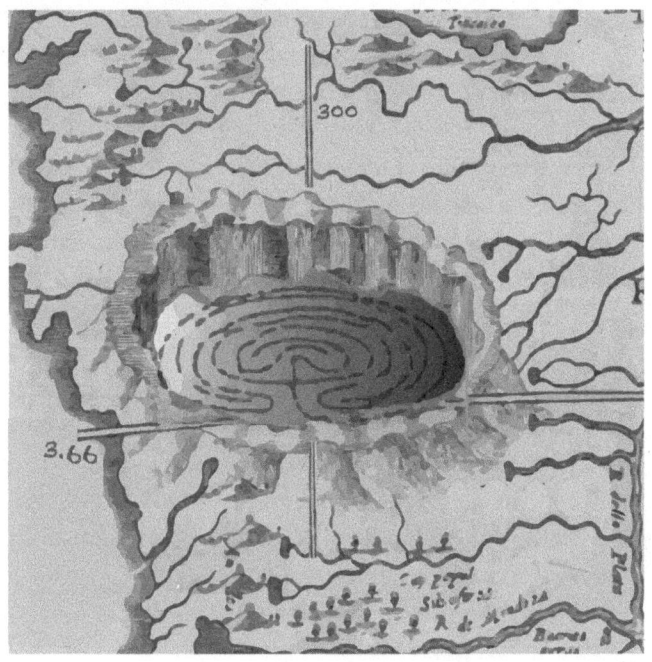

Es handelte sich um eine Darstellung des unterirdischen Sees, doch hier wurde die Wasserfläche von einer zweiten Zeichnung überlagert, die beinahe zu funkeln schien.

Lena sog scharf die Luft ein. »Das überlagerte Bild... das ist das gleiche wie auf dem Einband des Journals.«

Roland nickte. »Das berühmte Labyrinth des Minotaurus von Kreta.«

Gray erinnerte sich, dass Roland erklärt hatte, das gleiche Muster sei auch als Ritzzeichnung auf Felsen in Italien, Spanien, Irland und sogar Finnland gefunden worden. Außerdem wurde es sogar in einem indischen Sanskritepos erwähnt.

Roland schaute hoch. »Ich glaube, dass Nicolas Steno –

ausgehend von den Hinweisen aus Kroatien und Pater Kirchers Erkenntnissen – die Heimat der alten Wächter entdeckt und mit diesem Labyrinth markiert hat.«

Gray betrachtete den dargestellten großen See. »Sie haben erwähnt, beim untergegangenen Atlantis könnte es sich auch um eine versunkene *Stadt* gehandelt haben.« Er deutete auf das aufgeschlagene Journal. »Wollen Sie behaupten, dies könnte der Ort sein?«

»Möglicherweise. Jedenfalls glaubte das Kircher, aber vielleicht hat er auch bloß die Berichte von Nicolas Steno mit Platos Schilderungen verschmolzen. Wie dem auch sei, Nicolas hat im südamerikanischen Gebirge etwas entdeckt, was die Einzelteile miteinander verknüpft.«

»Wenn wir nur wüssten, wo genau der Ort sich befindet«, sagte Lena mit belegter Stimme. »Das wäre doch was, wenn wir dort nachsehen könnten.«

Roland blickte sie an. »Das können wir.«

»Und wie?«, fragte Gray.

Roland tippte auf den Krater. »Ich weiß genau, wo der sich befindet.«

Gray betrachtete die Landkarte eingehender und begriff, was Roland meinte. »Die Linien, die sich hier überschneiden. Sie sind mit Zahlen beschriftet.«

»Geografische Länge und Breite. Zu Zeiten von Pater Kircher wurde der Breitengrad ähnlich berechnet wie heute, während man beim Längengrad den Ferro-Meridian anstatt des Nullmeridians zugrunde gelegt hat.«

»Und Sie konnten die Daten umrechnen?«, fragte Gray, der ein Funkeln in den Augen des Geistlichen wahrnahm.

»Nicht nur das, ich habe den Ort bereits bestimmt.« Roland wandte sich wieder dem iPad zu und rief eine Landkarte mit einem Richtungspfeil auf.

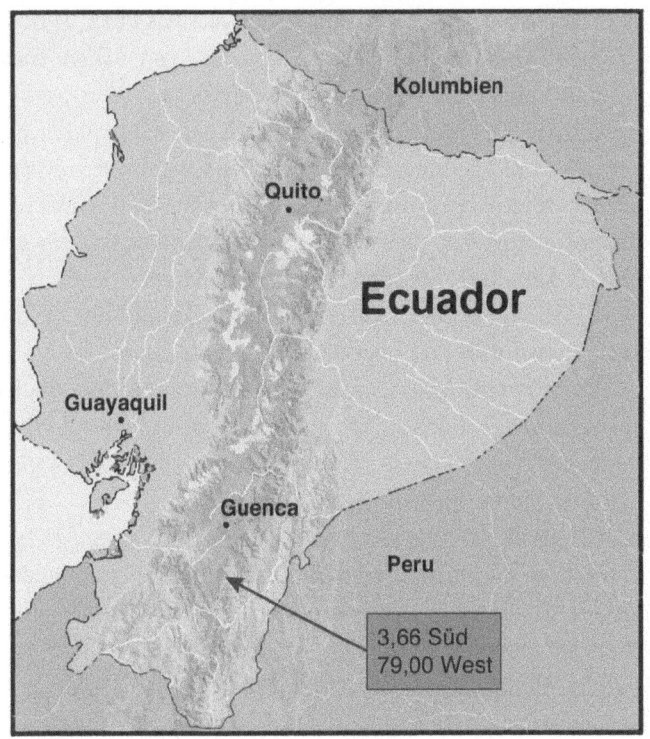

Kolumbien

Quito

Ecuador

Guayaquil

Guenca

Peru

3,66 Süd
79,00 West

»Der Ort befindet sich in Ecuador«, sagte Gray.

Roland nickte. »Und zwar tief in den Anden. Etwa acht-zig Kilometer südlich von Cuenca.«

Lena teilte Grays Skepsis. »Aber woher wissen wir, dass an der Sache etwas dran ist? Ich meine, das liegt doch mit-ten im Nirgendwo.«

Rolands Augen leuchteten. »Weil wir nicht die Ersten sind, die Kirchers Fährte in diesen Teil der Welt folgen.«

»Wie meinen Sie das?«, fragte Gray, der seine Überra-schung nicht verbergen konnte.

»Von meiner Doktorarbeit her weiß ich, dass ein anderer katholischer Kleriker – ein Mönch namens Pater Carlos Crespi – Anfang 1900 ein reges Interesse an Athanasius Kircher zeigte. Seine Faszination für dessen Werk ging so weit, dass er ihm sogar nacheiferte, auf wissenschaftlichem Gebiet wie auf religiösem. Pater Crespi war passionierter Botaniker, Anthropologe, Historiker und Musiker. Er eröffnete sogar eine Missionsstation in Cuenca, wo er fünfzig Jahre lang bis zu seinem Tod tätig war.«

»Cuenca?«, wiederholte Lena und blickte auf die Landkarte Ecuadors. »Das liegt ganz in der Nähe des Orts.«

»Richtig. Ich habe mich schon immer gefragt, weshalb ein versierter, gebildeter Mensch wie Pater Crespi sich entschlossen hat, den Rest seines Lebens in einem abgelegenen Andendorf zu verbringen. Jetzt sehe ich klarer.«

»Sie glauben, er ist wegen Kircher dorthin gegangen?«

»In den Regalen dieser Bibliothek findet sich noch immer ein Großteil der gesammelten Werke des Geistlichen, die aus der Zeit datieren, als das Museum Kircherianum hier an der Universität seine Pforten geschlossen hat. Dazu gehören zahlreiche Notizen, Briefe, Antworten auf Briefe und Entwürfe, von denen einige unveröffentlicht geblieben sind. Das meiste war jahrhundertelang vergessen und wurde nie katalogisiert. Bis sich jemand des Projekts angenommen hat.«

»Lassen Sie mich raten«, sagte Gray. »Das war Pater Carlos Crespi.«

»Er hat mitgeholfen, einen Großteil der Schriften zu ordnen und die alten Briefe zu restaurieren und zu konservieren. Darunter auch viele Briefe von Nicolas Steno.«

»Dann glauben Sie also, Crespi habe in den Briefen etwas gefunden, das ihn nach Ecuador geführt hat.«

»Ich kann mir nicht vorstellen, dass er die ganze Tragweite seines Fundes erkannt hat. Aber er hat anscheinend geglaubt, dass sich Nachforschungen lohnen würden.«

»Und deshalb hat er in Cuenca eine Missionsstation gegründet?«, fragte Lena. »Sozusagen als Tarnung?«

Roland zuckte leicht zusammen. »Nein. Ich glaube, er hat sich wahrhaft berufen gefühlt, den Einheimischen der Region zu helfen, war aber auch froh über die Gelegenheit, seinen Interessen nachgehen zu können. Die Menschen, denen er gedient hat, haben ihn aufrichtig geliebt.«

»Und was ist mit den Nachforschungen zu Kircher?«, fragte Gray. »Hat ihn diese Spur irgendwohin geführt?«

Roland lächelte geheimnisvoll. »Ja, zu einem Rätsel, das Archäologen jahrzehntelang in Erstaunen versetzt hat und das von einer britischen Andenexpedition gelöst wurde, an der über hundert Soldaten und Wissenschaftler teilgenommen haben, angeführt von einem bekannten amerikanischen Helden.«

Einem amerikanischen Helden?

»Wen meinen Sie?«, fragte Gray.

Roland hob die Steinkugel hoch und balancierte sie auf der flachen Hand, sodass man die Mondlandschaft sehen konnte, welche die Hälfte der Oberfläche einnahm.

»Die Expedition wurde von Neil Armstrong geleitet«, antwortete er mit breitem Lächeln. »Vom ersten Menschen auf dem Mond.«

Ehe Gray die Information verarbeiten konnte, wurde hinter ihm zornig gerufen.

»Dieses Miststück!«

Gray drehte sich um. Seichan wandte sich gerade vom Fenster ab und winkte aufgeregt.

»Lauft!«, rief sie aufgeregt.

Seichan hechtete über die Ecke des Schreibtischs.

Gerade eben hatte sie gesehen, wie eine Gruppe von Nonnen in dunklen Ordensgewändern aus dem Haupteingang des Universitätsgebäudes hervorgekommen war. Sie hatte ihnen zunächst keine Beachtung geschenkt, doch dann auf einmal löste sich eine Frau aus der Gruppe und näherte sich einem abgestellten Motorrad. Das kam ihr seltsam vor. Plötzlich drehte die Nonne sich um, teilte das Gewand und hielt auf einmal ein kompaktes Sturmgewehr in der Hand.

Als die Frau damit aufs Fenster zielte, erhaschte Seichan einen Blick auf das unter der Haube verborgene Gesicht. Das war die chinesische Angreiferin. Offenbar hatte sie die Tarnung als Fremdenführerin gegen die als Nonne eingetauscht und ciferte nun Seichan nach, die zuvor die gleiche Verkleidung gewählt hatte.

Als Seichan über die Tischplatte rutschte, zerschellte hinter ihr die Fensterscheibe. Ein dunkler Gegenstand schoss über sie hinweg und prallte von einem Deckenbalken ab.

Eine Granate.

Gray reagierte bereits. Er legte Lena den Arm um die Hüfte und schnappte sich mit der anderen Hand Kirchers Buch. Dann rempelte er den Priester an und schob ihn durch die Bürotür auf den Flur.

Seichan würde es nicht schaffen.

Sie landete auf dem Boden und rutschte auf dem Rücken unter den Bibliothekstisch. Sie drehte sich um und trat gegen die Tischplatte, sodass der Tisch umkippte. In diesem Moment prallte die Granate an der anderen Seite des Schreibtischs auf den Boden.

Die Detonation ließ den ganzen Raum erbeben und dröhnte ihr in den Ohren. Zusammen mit dem Tisch wurde sie inmitten eines Splitterregens und einer Wolke aus erstickendem Rauch Richtung Tür gedrückt.

Gray hatte es auf den Flur geschafft und war hinter der Wand in Deckung gegangen. Er packte Seichan beim Fuß und zog sie auf den Flur.

Sie wälzte sich herum und hielt in beide Richtungen Ausschau nach Anzeichen von Gefahr. Sie konnte keine entdecken. Dieser Bereich des Universitätsgebäudes war mit passwortgeschützten elektronischen Schlössern gesichert – doch in dem nach der Detonation zu erwartenden Durcheinander würden sich die Sicherheitsvorkehrungen leicht umgehen lassen.

Was vermutlich die dahinterstehende Absicht war.

Jemand wollte sie ausräuchern und ins Freie treiben.

Gray gelangte zu dem gleichen Schluss. »Wir müssen von hier verschwinden!«, übertönte er das Klingeln in ihren Ohren. »Aber wir dürfen nicht die gewöhnlichen Ausgänge nehmen.«

»Durch den Keller!« Roland zeigte den Flur entlang. »Es gibt da einen Servicetunnel, der zu einem alten römischen Aquädukt gehört. Der Ausgang liegt mehrere Straßen entfernt.«

»Bringen Sie uns dorthin«, sagte Gray und setzte sich in Bewegung.

Seichan folgte ihm, doch irgendetwas beunruhigte sie. Sie blickte sich zu der dunklen Wolke um, die aus der Bürotür hervorquoll. Die Detonation hatte zwar den Schreibtisch zerfetzt, aber nur eine Rauchwolke produziert.

Kein Schrapnell.

Gray bemerkte, dass sie zurückblieb. »Was ist los?«

Sie wandte sich verunsichert um und bedeutete ihm, er solle weiterlaufen. Gewiss war nur eines. »Wir müssen hier raus.«

19:31

Oberleutnant Shu Wei saß auf dem am Treffpunkt in der Nähe der Piazza Navona im Leerlauf tuckernden Motorrad. Die Sonne stand tief über dem Horizont, der Platz lag im Schatten. Touristen und Einheimische schlenderten plaudernd umher und ließen sich im Freien an den Tischen der Restaurants zum Abendessen nieder.

Niemand schenkte ihr Beachtung.

Zuvor hatte sie sich ihrer Verkleidung und des Gewehrs entledigt. Die ganze Zeit über hatte sie mit den drei ihr zugeteilten Männern in Rom Kontakt gehalten. Im Ohrhörer knackte es, als eine verschlüsselte Verbindung nach Peking hergestellt wurde.

Eine ernste Stimme meldete sich. »Meldung.«

Am schroffen Tonfall erkannte sie Generalmajorin Lau. Sie drückte den Rücken durch, als stünde ihre Tante leibhaftig vor ihr. »Die Zielpersonen sind auf der Flucht. Bedauerlicherweise haben die an den Ausgängen postierten Männer noch nicht gemeldet, dass sie das Gebäude verlassen haben.«

»Das ist in der Tat bedauerlich.«

Shu ärgerte sich über die unausgesprochene Kritik ihrer Gesprächspartnerin. Nach den Vorfällen im Gebirge hatte sie kaum Zeit gehabt, den Hinterhalt zu planen. Allein ihrem Einfallsreichtum und ihrem scharfen Verstand war es zu verdanken, dass sie überhaupt so weit gekommen waren.

Vor der Flucht aus dem Gebirge und dem Diebstahl des Motorrads hatte sie im Radkasten des Wagens auf dem Klosterparkplatz einen GPS-Tracker angebracht. Dann war sie den Zielpersonen gefolgt und hatte sich ihnen im Gewühl von Rom angenähert. Als sie sie erreichte, hatte die Vierergruppe das Universitätsgebäude betreten.

Anschließend war es ein Leichtes gewesen, in einem menschenleeren Flur eine Nonne zu überwältigen, die Leiche in einem Schrank zu verstecken und deren Gewand anzulegen. Anschließend hatte sie sich über die ungewöhnlichen Besucher erkundigt und herausgefunden, wohin sie sich gewandt hatten. Dann hatte sie gesehen, wie der kroatische Priester zur Bibliothek gegangen war. In der Absicht, ihn auf der Stelle zu eliminieren, war sie ihm nachgegangen, doch ehe sie ihm einen Dolch zwischen die Rippen stoßen konnte, hatte der Priester einen Bibliotheksbereich betreten, der ihr nicht zugänglich gewesen war.

Am Infoschalter hatte sie immerhin erfahren, dass er eifrig Nachforschungen anstellte. Sie erinnerte sich, dass die Nonne, die sie auf dem Hof des Sanktuariums von Mentorella angegriffen hatte, gemeint hatte, die Besucher interessierten sich für einen Priester aus dem siebzehnten Jahrhundert.

Offenbar führten sie diese Nachforschungen hier fort.

Während Shu darauf wartete, dass der Priester aus dem Magazin zurückkam, hatte sie Generalmajorin Lau angerufen und sie ins Bild gesetzt. Auch diesmal wieder stellte sich heraus, dass ihre Tante keine Unbekannten einer Gleichung außer Acht ließ. Um nicht irgendwann von neuen

Erkenntnissen überrumpelt zu werden, hatte Lau sie angewiesen herauszufinden, wonach die Zielpersonen suchten.

Deshalb hatte Shu in der Hauptbibliothek gewartet. Nach fast einer Stunde war der kroatische Priester aufgetaucht und in den Sicherheitsbereich der Universität gegangen, in dem die Büros der Professoren untergebracht waren. Shu hätte die Gruppe gern belauscht, doch ohne die entsprechende Ziffernkombination war ihr der Zugang zu dem Bereich verwehrt. Und ohne Lasermikrofon konnte sie sie auch nicht von der Straße aus abhören.

Generalmajorin Lau hatte vorgeschlagen, die Zielpersonen auszuräuchern und ihnen dann zu folgen. Die Nebelgranate hatte ihren Zweck erfüllt, doch die Zielpersonen konnten fliehen.

»Solltest du sie verloren haben«, sagte Lau warnend, »wird das Folgen haben. Das gilt auch für meine geliebte Nichte.«

»Das hat nichts zu bedeuten«, sagte Shu.

»Inwiefern?«

Shu betrachtete den Gegenstand, den sie in dem Durcheinander nach der Detonation der Nebelgranate im Büro an sich genommen hatte. Sie schaltete das iPad ein. Es gehörte dem Priester, der es in der Hektik zurückgelassen hatte.

Shu besah sich das letzte Bild, das die Zielpersonen sich angeschaut hatten, und lächelte.

»Ich weiß, wohin sie wollen«, sagte sie zu ihrer Tante.

TEIL 3

DIE VERGESSENE STADT

17

AUF KEINEN FALL bewegen.

Kowalski verharrte regungslos im Schlafsack. Beim Aufwachen hatte er gemerkt, dass sein Arm unter dem Gorilla festgeklemmt war. Baako hatte sich zusammengerollt. Er schnarchte leise, sein Kopf ruhte in Kowalskis Armbeuge. Maria schlief auf Baakos anderer Seite, eng an den kleinen Burschen geschmiegt. Sie hatte dem Gorilla einen Arm um die Schultern gelegt, ihre Fingerspitzen berührten Kowalskis Wange.

Er wollte sie nicht aufwecken, denn sie erwartete ein schrecklicher Tag. Er kannte die genaue Uhrzeit nicht, vermutete aber, dass es früher Morgen war. Generalmajorin Laus Zeitplan zufolge würde bald jemand Baako holen kommen und in den OP bringen. Kowalski dachte an den gequälten Schimpansen, dessen freigelegtes Gehirn mit Überwachungsgeräten verbunden gewesen war.

Diese Drecksäcke…

Er betrachtete das kleine Gesicht, das auf seinem Arm ruhte. Baakos Augenlider zuckten. Er träumte. Die hinter ihm liegende Maria atmete gleichmäßig und tief, die Lippen leicht geteilt. Ihre Gesichtszüge hatten sich entspannt, und sie sah noch jünger aus als im wachen Zustand. Er ertappte sich dabei, dass er ihre langen Wimpern anstarrte.

Er war bereit, alles zu unternehmen, um die beiden zu beschützen, konnte aber nichts weiter tun, als sie schlafen zu lassen und ihnen noch ein bisschen Frieden zu gönnen… auch wenn damit bald Schluss sein würde.

Er richtete den Blick auf die Überwachungskameras an der Decke des Flurs, dann schaute er zu der Stahltür am Ende des Zellenblocks hinüber. Dort leuchtete ein rotes Schild. Mit zusammengekniffenen Augen betrachtete er die Schriftzeichen.

Er konnte zwar kein Chinesisch, war sich aber sicher, dass er die Zeichen bereits im Vivisektionslabor gesehen hatte, über der geschwungenen Fensterfront, die Ausblick bot auf das Habitat der Gorillahybriden. Als er gestern die schwerfälligen Tiere beobachtet hatte, war ihm eine Stahltür in Bodenhöhe aufgefallen, die von dicken Gitterstäben geschützt gewesen war.

Das muss diese Tür gewesen sein.

Er musterte die anderen Käfige. Jetzt war ihm klar, woher die tiefen Furchen im Beton stammten und weshalb an den Wänden so dicke Handfesseln befestigt waren.

Offenbar führen sie hier Versuche an den Tieren durch.

Er vergegenwärtigte sich den größten Gorilla, den bulligen Silberrücken, der den blutigen Arm zu ihnen hochgeschleudert hatte, und dachte an die Wut, die in seinem Blick und seinem Gebrüll mitgeschwungen hatte. Die Tiere mochten von Natur aus wild sein und aufgrund ihrer genetischen Disposition zu Feindseligkeit und Aggression neigen, doch eines war jedenfalls sicher.

Sie sind verdammt sauer auf ihre Erschaffer.

Und das vermutlich aus gutem Grund.

Als hätte eines der Tiere seine Gedanken gelesen, ertönte unten im Gehege lautes Gebrüll, das in einen durchdringenden Schrei umkippte.

Maria zuckte zusammen, schlug die Augen auf und verzog angstvoll das Gesicht, während sie sich schlaftrunken umsah. Baako reagierte auf seine Weise. Er rollte sich zunächst noch fester zusammen, dann schnellte er hoch und nahm eine geduckte Haltung ein. Er schnaubte ängstlich, sein Blick huschte umher.

»Alles in Ordnung«, sagte Kowalski.

Das war gelogen. Aber was zum Teufel hätte er sonst sagen sollen?

Maria atmete mehrmals tief durch, dann setzte sie sich auf und legte Baako eine Hand auf die Hüfte. »Beruhig dich«, sagte sie mit sanfter Stimme. »Ich bin ja da.«

Baako gab einen Laut von sich und kauerte sich hin. Mit seinen großen braunen Augen fixierte er nervös die Stahltür, schlang den einen Arm um seine behaarten Knie und streckte den anderen Arm zu Maria aus.

Sie ergriff seine Hand und zog ihn an sich.

Kowalski schlängelte sich aus seinem Schlafsack hervor, richtete sich langsam auf und dehnte die verspannten Muskeln.

»Wie spät ist es?«, fragte Maria.

Er zuckte mit den Achseln. »Morgen, mehr weiß ich nicht.«

Sie leckte sich die Lippen und blickte zur anderen Seite des Zellenblocks hinüber, zu der Doppeltür, die in den anderen Teil der unterirdischen Anlage führte. Obwohl sie kein Wort sagte, stand ihr die Sorge ins Gesicht geschrieben. Sie zog Baako fester an sich, als könnte sie ihn allein mit ihrer Willenskraft beschützen.

Baako zitterte in ihrer Umarmung, denn er spürte ihre Anspannung und Angst.

Sie wandte sich an Kowalski. »Was sollen wir tun?«

»Sie müssen kooperieren«, antwortete Kowalski unverblümt, denn er hatte nicht die Absicht, ihre Lage zu beschönigen. »Andernfalls würde man Sie töten, und Baako käme trotzdem unters Messer. Wenn Sie am Leben bleiben, können Sie für ihn da sein – auch dann, wenn es zum Schlimmsten kommt.«

Mit seinen Worten konnte er die Bestürzung in ihrem Blick nicht zerstreuen. Das hatte er auch nicht bezweckt. Seine Bemerkung war eher an die gerichtet, die sie in ihrer Gefängniszelle beobachteten und belauschten.

Sollen sie ruhig glauben, wir ließen uns auf ihr Spiel ein.

Er wandte den Kameras den Rücken zu und hob die Hand. Er wollte Maria wenigstens ein wenig Hoffnung vermitteln. Mit den Fingern formte er drei Zeichen.

[GPS]

Eine tiefe Falte bildete sich auf ihrer Stirn, als sie sich bemühte, die Botschaft zu verstehen. Sie hatte sich bestimmt schon gefragt, was mit Baakos Armband und dem darin versteckten GPS-Tracker geschehen war. Bis jetzt hatte er kein Wort darüber verloren, da er fürchtete, dass seine gestrige Aktion bemerkt werden könnte.

Er blickte zu dem kalten Dunghaufen in der Käfigecke hinüber. Zum Glück war der Reinigungsservice hier ziemlich lax. Aber selbst wenn die Chinesen sauber gemacht hätten, hätten sie in dem Haufen nur ein paar Plastikfetzen gefunden.

Bei der gestrigen Mahlzeit – wenn man denn von einer Mahlzeit sprechen wollte – hatte er das Armband vom Gorilla zerkauen lassen und den GPS-Tracker herausgelöst. Das elektronische Gerät war kaum größer als eine Penny-Münze. Die Plastikfetzen hatten sie im Dunghaufen versteckt. Anschließend hatte Kowalski das Gerät dort platziert, wo die Chancen, dass das Signal an die Oberfläche drang, am größten waren.

Er fasste sich ans Gesichtspflaster. Er dachte an Baakos vorgetäuschten Angriff und seine Flucht aus dem Käfig. Dabei hatte er den Wachmann angerempelt, der die Käfigtür geöffnet hatte. Da der Mann nur für den tobenden Gorilla Augen gehabt hatte, war es Kowalski gelungen, ihm den GPS-Tracker in die Uniformtasche zu schieben. Mit etwas Glück würde der Mann nach dem Dienst an die Oberfläche gehen. Wenn der Tracker noch immer überwacht wurde, würde er Sigma zu dem Mann führen – und hoffentlich auch an diesen Ort.

Kowalski schirmte seine Hand mit dem Körper ab und buchstabierte mit den Fingern den Namen des Mannes.

[GAO]

Kat sprach gehetzt, die Erregung war ihr deutlich anzumerken. »Wir haben soeben ein Signal des GPS-Armbands aufgefangen.«

»Wo?«, fragte Monk.

»Ich schicke dir die Koordinaten und den Echtzeit-Track.«

Während Monk wartete, schaute er aus dem Hotelfenster zum achthundert Meter entfernten Zoogelände hinüber. Er hatte um ein Zimmer im obersten Stockwerk gebeten und von dort freie Sicht auf das Aquarium und den Nordeingang. Im Lauf der Nacht hatten er und Kimberly abwechselnd mit dem Fernglas nach militärischen Aktivitäten Ausschau gehalten.

Kimberly, die das Gespräch mithörte, zog die Jacke an. Als sie gerade eben mit ihrem Ehemann in Virginia gesprochen hatte, war ihre Stimme wärmer geworden, und ein Lächeln hatte um ihre Lippen gespielt. Monk merkte es, als ihre dreijährige Tochter ans Telefon ging. Ihr Tonfall wurde noch einschmeichelnder, ihre Stimme klang heller. Monk hatte selbst zwei Töchter und kannte diese Mischung aus Sorge und Liebe.

»Die Informationen sollten jetzt vorliegen«, sagte Kat.

Kimberly trat hinter ihn und blickte ihm über die Schulter. Ein leuchtender blauer Punkt markierte die Position, an der das GPS-Signal aufgetaucht war, eine punktierte Linie stellte den Weg dar, den es in Peking zurücklegte.

»Eigenartig«, murmelte Kimberly.

Monk schaute sie an.

»Die erste Position liegt etwa anderthalb Kilometer

südöstlich des Zoos.« Sie drehte sich um und klappte ihr Notebook auf. Ihre Finger tanzten über die Tasten. Satellitenkarten und verschiedene Datenfenster öffneten sich. Schließlich knurrte sie verärgert.

»Was ist?«, fragte Monk.

»An der Position befindet sich ein ehemaliges Restaurant. Es wurde 2012 geschlossen und nicht wieder eröffnet.« Sie klappte das Notebook zu und zeigte zur Tür. »Lass uns aufbrechen.«

Er hatte Verständnis für ihre Eile, denn ein zweiter blauer Punkt war aufgetaucht und wanderte langsam über das Stadtgebiet. Sie mussten den Ort erreichen, bevor das Signal erneut abbrach.

Monk schnappte sich seinen Rucksack und hetzte zur Tür, wo Kimberly ihn bereits erwartete. Sie eilten zum Aufzug und fuhren zur Lobby hinunter. Als sie im Taxi saßen, teilte Kimberly ihm ihre Lageeinschätzung mit.

»Da das Signal in so weiter Entfernung vom Zoo aufgetaucht ist, vermute ich, dass sich in dem ehemaligen Restaurant ein Zugang zur Dìxià Chéng befindet, zur Unterirdischen Stadt.«

Monk erinnerte sich, dass sie ein weitverzweigtes Bunkersystem aus der Ära des Kalten Krieges erwähnt hatte, das eine Fläche von rund zweihundert Quadratkilometern einnahm und die markanten Punkte von Peking miteinander verband.

»Dann glaubst du also, man hat Kowalski und Maria durch die Tunnel befördert?«

»So scheint es jedenfalls. In der Vergangenheit haben die Chinesen die Tunnel bisweilen dazu benutzt, Truppenbewegungen zu verbergen. Als 1989 auf dem Platz des Himmlischen Friedens durchgegriffen wurde, haben die

Soldaten die gleichen Tunnel benutzt, damit die Öffentlichkeit von den Manövern nichts mitbekam.«

»Ich könnte mir auch vorstellen, dass durch die Tunnel Material für den Bau unterirdischer Anlagen befördert wurde, ohne dass etwas davon an die Öffentlichkeit gelangt ist.«

»Das sollte nicht besonders schwer sein. Manche dieser Tunnel sind so breit wie eine vierspurige Autobahn. Genug Platz für ganze Panzer-Bataillone.«

Als das Taxi um eine Ecke bog, warf Monk einen Blick auf den Stadtplan. »Wir sind nur noch vierhundert Meter entfernt.«

Kimberly beugte sich vor, sagte etwas zum Fahrer und zeigte die Richtung an, die er einschlagen sollte. Dann lehnte sie sich wieder zurück.

»Anscheinend nähern wir uns einem Wohnbezirk«, sagte sie. »Einem der sogenannten *hutong*.«

»*Hutong?*«

»Das sind alte Wohnviertel mit schmalen Straßen und Gassen, ein Labyrinth von *siheyuan*, den traditionellen Hofhäusern der Chinesen. Ich habe den Fahrer gebeten, uns so nahe wie möglich heranzubringen. Anschließend gehen wir zu Fuß weiter.«

Monk runzelte die Stirn. »Weshalb sollte man Kowalski und Maria durch ein Wohngebiet transportieren, besonders wenn Baako noch bei ihnen ist?«

»Keine Ahnung. Aber auffällig wäre das schon.« Sie wandte den Kopf und musterte Monk von oben bis unten. »Wie auch deine Erscheinung in einer solchen Umgebung.«

Er nickte. *Man kann jedenfalls nicht behaupten, dass ich hier in der Menge untergehe.*

»Warte mal.« Kimberly drehte sich um und nahm mehrere Gegenstände aus ihrem Rucksack. Sie reichte ihm eine Baseballkappe mit aufgestickten chinesischen Schriftzeichen, eine dunkle Sonnenbrille und einen blauen Atemschutz. »Nimm das.«

Monk betastete den Atemschutz. Ihm war bereits aufgefallen, dass viele Einheimische sich mit einer solchen Maske vor dem allgegenwärtigen Smog schützten. Kappe, Sonnenbrille und Atemschutz würden ihn ausreichend tarnen, vor allem wenn er den Kopf gesenkt hielt.

Als er sich die Kappe auf den blanken Schädel setzte, rief Kimberly dem Fahrer etwas zu und zeigte zur nächsten Kreuzung.

Das wäre dann wohl die Endstation.

Kimberly gab Monk noch einen letzten Rat. »Überlass das Reden von jetzt an mir. Die Bewohner dieser Viertel sind gegenüber Fremden ausgesprochen misstrauisch. Das gilt besonders für Ausländer.«

Das Taxi hielt am Bordstein. Kimberly bezahlte den Fahrer in bar. Sie stiegen beide aus. Monk schaute sich um. An der anderen Straßenseite breitete sich eines der typischen Geschäftsviertel von Peking aus. Mehrere Hoteltürme gruppierten sich um ein großes Einkaufszentrum.

Kimberly geleitete Monk in die entgegengesetzte Richtung, in eine von Backsteinwänden gesäumte Gasse. Sie war so schmal, dass sie kaum nebeneinander hergehen konnten. Schon nach wenigen Schritten hatten sie die moderne Welt hinter sich gelassen und betraten einen Rest des alten Peking. Außen lagen winzige Läden, die Tabak, Antiquitäten oder buntes Süßzeug anboten. Die nächste Schicht wirkte persönlicher. Hier gab es Teehäuser, und aus einem kleinen Nachbarschaftstempel drang der Duft von Räucherwerk hervor.

»Noch ein kurzes Stück«, flüsterte Kimberly, nachdem sie verstohlen auf ihr Smartphone geschaut hatte.

Als sie ins Zentrum des Hutongs vordrangen, erhaschte Monk hin und wieder einen Blick in einen Innenhof, auf kleine Gärten, behängte Wäscheleinen und Taubenschläge.

Das Handy mit der Hand abschirmend, bemerkte er, dass das Signal um eine vor ihnen befindliche Ecke gebogen war und sich ihnen näherte. Er zeigte Kimberly das Display.

Sie sah sich suchend um und zerrte ihn in einen kleinen Kunstladen. Er bot kaum genug Platz für sie beide. Sie mussten sich zwischen Regalen mit Tuschekalligrafien, Papierstapeln, Tintenfässern und Stempeln hindurchzwängen. Die Besitzerin – eine kleine, verhutzelte Frau zwischen sechzig und hundert Jahren – lächelte sie zahnlos an.

Kimberly unterhielt sich mit der alten Frau in respektvollem Tonfall. Monk hatte sich halb abgewendet und blickte zwischen dem Handydisplay und der offenen Ladentür hin und her.

Schließlich erreichte der blaue Punkt ihre Position – und wanderte weiter. Gleichzeitig schritt ein groß gewachsener Mann in der Uniform der Volksarmee am Laden vorbei und verschwand in der Gasse.

Monk wartete noch einen Moment und hielt Ausschau nach weiteren Soldaten oder einer bewaffneten Eskorte, die Kowalski und Maria durch die Gasse geleitete. Stattdessen ging eine Gruppe schnatternder Kinder am Laden vorbei, vermutlich unterwegs zur Schule.

Monk blickte Kimberly an und bedeutete ihr, ihm zu

folgen. Er trat auf die Gasse hinaus, während Kimberly sich in bedauerndem Ton von der Ladenbesitzerin verabschiedete. Als sie beide im Freien standen, wies Monk mit dem Kinn auf den Soldaten, der gerade um die nächste Ecke bog.

»Das Signal kommt von dem Mann«, flüsterte Monk, als sie hinter den Kindern hergingen.

Kimberly schaute zurück und wieder nach vorn. »Was meinst du?«

Er wusste, worauf sie abzielte.

Das könnte eine Falle sein.

Vielleicht war der GPS-Tracker entdeckt worden, und der Soldat diente als Köder für die, welche sich von ihm führen ließen.

Nämlich für uns.

Monk versuchte, die Risiken einzuschätzen. Die naheliegende Vorgehensweise wäre gewesen, sich zurückzuziehen und die Lage neu zu bewerten, doch nachdem er fast einen ganzen Tag lang Däumchen gedreht und gewartet hatte, gewann seine Ungeduld die Oberhand. Eine bessere Chance, die Entführten zu befreien, hatte sich ihnen in den vergangenen vierundzwanzig Stunden nicht geboten. Der Student, der am Yerkes-Primatenzentrum erschossen worden war, legte Zeugnis ab von der Skrupellosigkeit der Entführer.

»Also, was ist?«, fragte Kimberly.

Monk schritt schneller aus. Es gab nur eine Möglichkeit, die offenen Fragen zu beantworten.

»Wir schnappen ihn uns.«

Maria spannte sich an, als die Doppeltür am Ende des Gangs aufsprang. Sie schnellte hoch und nahm zwischen Baako und der Käfigtür Aufstellung. Ein Gabelstapler tauchte auf und brachte die Transportkiste, in der man Baako hergeschafft hatte.

»Es ist wohl so weit«, brummte Kowalski, das Gesicht vor Zorn gerötet.

Vier Soldaten eskortierten den Gabelstapler. Alle waren mit Gewehren bewaffnet, einer mit einem Viehtreiber.

Baako schmiegte sich ängstlich an Marias Hüfte, denn seine Erinnerung an die Kiste und den Elektroschocker war noch frisch. Hilfe suchend streckte er den Arm zu Kowalski aus.

Kowalski ergriff Baakos Hand und blickte den Soldaten entgegen.

Als der Gabelstapler vor dem Käfig gehalten hatte, sprang ein weiterer Soldat aus der Kabine. Er rief dem Fahrer einen Befehl zu, worauf die Kiste abgesenkt wurde. Maria erkannte Chang Sun wieder, bekleidet mit makelloser Uniform, das schwarze Haar glatt anliegend, als hätte er gerade eben geduscht. Sie wunderte sich, dass er anstelle seines jüngeren Bruders Gao erschienen war. Seiner finsteren Miene und seiner steifen Haltung nach zu schließen ärgerte es ihn, dass er mit der untergeordneten Aufgabe betraut worden war, Baako abzuholen.

Er wies einen Soldaten an, die Käfigtür zu öffnen, und erteilte dem Mann mit dem Viehtreiber einen Befehl. Beide Soldaten beeilten sich zu gehorchen. Als die Tür offen stand, zielten Gewehre in den Käfig, und der Viehtreiber sprühte Funken.

Baako zitterte am ganzen Leib. Kowalski blickte auf seine Hand nieder, die der verängstigte Gorilla zu zerquetschen drohte. Trotzdem ließ er nicht los. Er trat einen Schritt vor und sprach Chang an.

»Sie stecken ihn nicht noch einmal in den Käfig«, sagte Kowalski. »Er bleibt bei uns.«

Changs Miene verdüsterte sich noch mehr.

Maria sprang Kowalski bei. »Wenn Baako heute operiert werden soll, könnte es sich nachteilig auswirken, wenn er zuvor unter Stress gesetzt wird. Generalmajorin Lau würde es bestimmt nicht gutheißen, wenn...«

Chang zog eine große Pistole aus dem Gürtelholster hervor. Maria begriff, dass sie einen Fehler gemacht hatte. Sie hätte Lau nicht erwähnen dürfen. Die Spannungen zwischen den beiden Offizieren waren ihr nicht entgangen. Außerdem kannte sie die Waffe, die Chang in Händen hielt. Es handelte sich um eine Betäubungspistole.

Kowalski hob die Hand, um ihrer Forderung Nachdruck zu verleihen. Doch ehe er etwas sagen konnte, zielte Chang mit der Pistole – und drückte ab.

Der gefiederte Pfeil schoss zwischen Maria und Kowalski hindurch und traf Baako an der Schulter. Der Gorilla jaulte auf und fegte den Pfeil auf den Boden. Das Betäubungsmittel aber war bereits freigesetzt worden. Wimmernd flüchtete der Gorilla zur Rückseite des Käfigs.

Maria folgte ihm.

Kowalski schloss sich ihr laut fluchend an.

Maria fiel vor Baako, der sich in die Ecke gekauert hatte, auf die Knie. Er hatte sich mit angstvoll geweiteten Augen zusammengekrümmt. Sie drückte ihn an ihre Brust und wiegte ihn.

»Ist ja gut, kleiner Bursche«, murmelte Kowalski.

Baako wandte sich ihm zu. Zitternd reckte er beide Fäuste, führte die Knöchel zusammen und rieb sie aneinander.

[Gemeinsam]

»Ich lass dich nicht allein«, versprach ihm Kowalski. »Wir sind ein Team.«

»Das stimmt«, sagte Maria. Sie wusste nicht, ob Baako sie verstand, versuchte aber, ihrer Stimme einen möglichst beruhigenden Klang zu verleihen.

Baako schaute zwischen ihnen hin und her. Sein Blick wurde bereits glasig. Der raschen Wirkung des Sedativums nach zu schließen musste es sich um M99 handeln, ein starkes Betäubungsmittel, das für gewöhnlich bei Zootieren eingesetzt wurde.

Als Baako allmählich erschlaffte, öffnete er die Hände, gebärdete »okay« und bildete mit den Fingern ein neues Zeichen. Obwohl er bereits benommen war, verstand Maria, was er ihnen sagen wollte.

Auch Kowalski hatte das Zeichen verstanden.

Baako hatte Kowalskis Bemerkung korrigiert. Statt *Wir sind ein Team* hieß es bei ihm: *Wir sind eine Familie.*

»Ganz richtig, kleiner Bursche«, bestätigte Kowalski.

Als hätte er begriffen, dass seine Botschaft angekommen war, legte Baako den Kopf in den Nacken und sackte auf dem Betonboden zusammen.

Hinter ihnen näherten sich Schritte.

Maria blickte sich zu Chang um.

»Jetzt ist er ruhig«, sagte er. »Kein Stress.«

Kowalski schnellte hoch, um den Mann anzugreifen. Chang richtete die Pistole auf die Brust des Hünen. Maria fiel Kowalski in den Arm. M99 war für Menschen hochgefährlich; schon ein paar Tropfen waren tödlich.

Kowalski funkelte Chang böse an, beherrschte sich aber.

Chang fasste Maria in den Blick. »Sie kommen mit.« Die Pistole blieb auf Kowalski gerichtet. »Sie bleiben hier.«

»Kommt nicht infrage«, entgegnete Kowalski drohend.

Maria legte ihm beschwichtigend eine Hand auf den Arm, denn diesen Kampf konnte er nicht gewinnen. »Schon gut. Ich kümmere mich um Baako.«

Kowalski schnaubte und setzte zu einer Entgegnung an, doch dann sah er offenbar ein, dass Gegenwehr zwecklos war. »Na schön«, knurrte er.

Als das geregelt war, traten drei der Soldaten in den Käfig und schleppten den erschlafften Baako zur Transportkiste. Maria hielt Baako den Kopf, damit er bei der ruppigen Behandlung keinen Schaden nahm. Auch wenn der Morgen weit Schlimmeres bereithielt.

Sie dachte an den gequälten Schimpansen mit dem frei- gelegten Gehirn. Sosehr die Folter, der man ihn unter- zogen hatte, sie aufbrachte, vermochte sie ihre Schuld- gefühle doch nicht zu verdrängen. Hatte sie denn mehr Rücksicht auf Baako genommen? Sie hatte ihn eingesperrt und ihn nur hin und wieder im Wald umhertollen lassen. Regelmäßig hatte sie ihn untersucht.

Sie dachte an das letzte Zeichen, das er gebärdet hatte.

[Wir sind eine Familie]

Tränen traten ihr in die Augen. Als er in die Kiste ge- pfercht wurde, legte sie ihm die Hand auf den Kopf. Baako war etwas ganz Besonderes.

Du solltest frei sein.

Ein Soldat drängte sie beiseite, die Gittertür wurde klir- rend zugeschlagen. Chang eskortierte sie zum Ausgang, der Gabelstapler folgte.

Sie blickte sich zu Kowalski um, der allein im Käfig

stand. Er fixierte sie, als wollte er sie zwingen, sich zu beruhigen. Zusätzlich hob er die Hand und wiederholte Baakos Zeichen.

[Familie]

Sie nickte ihm zu und nahm sich die Botschaft zu Herzen. Sie saßen alle im selben Boot. Die Angst vor drohendem Unheil aber folgte ihr auf dem Weg zum Vivisektionslabor.

Wie sollen wir nur heil aus dieser Sache rauskommen?

9:07

Einen Straßenblock von der Zielperson entfernt, beobachtete Monk, wie der Mann die Straße überquerte. Anscheinend war er unterwegs zu einem fünfstöckigen Wohngebäude am Rand des Hutongs.

Trautes Heim, Glück allein.

Kimberly blickte ebenfalls in die Richtung und ging schneller. Sie durften den Mann in dem weitläufigen Komplex nicht aus den Augen verlieren. Das GPS-Signal war ungenau. Wenn er ihnen entwischte, würden sie Mühe haben, seine Wohnung ausfindig zu machen.

Sie folgten dem Soldaten über die Straße und schlängelten sich durch den dichten Vormittagsverkehr. Der Mann blieb vor einem kleinen Hofeingang stehen.

Damit hatte Monk nicht gerechnet. Ihnen blieb nichts anderes übrig, als einfach weiterzugehen. Hätten sie angehalten oder kehrtgemacht, hätte das verdächtig gewirkt.

Kimberly zeigte auf die Wartebank der Bushaltestelle vor dem Wohngebäude.

Monk hielt den Kopf gesenkt und schob die Schutz-maske noch ein wenig höher. Sie gingen in wenigen Schritten Abstand an der Zielperson vorbei und setzten sich auf die Bank. Kimberly hielt Körperkontakt mit Monk und er-griff seine Hand, als wären sie ein Paar auf dem Weg zur Arbeit.

In einem spiegelnden Wagenfenster beobachtete Monk, wie der Mann sich mit einem Streichholz eine Zigarette ansteckte. Der Soldat hatte sich die Packung Zigaretten in einem der Hutongläden gekauft. Sein Auftreten war schroff gewesen, geradezu unhöflich. Offenbar war der Soldat erregt. Er nahm mehrere tiefe Züge, dann holte er ein Handy hervor.

Kimberly drückte Monk die Hand. Der Soldat sprach laut, sein Tonfall klang verärgert und frustriert. Offenbar war er mächtig sauer auf jemanden.

Monk dachte an Kowalski. Aus Erfahrung wusste er, wie nervig der Hüne manchmal sein konnte – allerdings war er auch erstaunlich einfallsreich. Anscheinend hatte er dem Soldaten den Tracker untergeschoben, damit der ihn als Kurier an die Oberfläche beförderte.

Jetzt müssen wir das zu unserem Vorteil nutzen.

Kimberly legte den Kopf auf Monks Schulter, als wäre sie müde. »Er unterhält sich mit seinem Bruder«, flüsterte sie ihm ins Ohr. »Offenbar wurde er beurlaubt und sieht einem Militärgerichtsverfahren entgegen. Zuvor wurde er stundenlang von einem Vertreter des Ministeriums für Staatssicherheit verhört.«

Sie lauschte. Monk beobachtete im Wagenfenster, wie der Mann die Zigarette wegwarf und sie mit dem Absatz austrat. Mit einem zornigen Ausruf beendete er das Telefonat und betrat das Gebäude.

Monk wartete, bis der Soldat verschwunden war, dann erhob er sich zusammen mit Kimberly.

Sie hielt sich dicht an seiner Seite. »Hat sich so angehört, als habe ihn jemand auf dem Kieker. Vielleicht auch seinen Bruder. Eine Vorgesetzte namens Lau.«

Monk überlegte, wie sich der Konflikt zu ihrem Vorteil nutzen ließe.

»Wenn ich Zeit hätte, auf meine Geheimdienstquellen zurückzugreifen«, fuhr Kimberly fort, »könnte ich Informationen zu der Frau einholen. Vielleicht würde das ein wenig Licht ins Dunkel bringen.«

»Eins nach dem anderen«, flüsterte Monk.

Sie bogen um die Ecke und betraten den Innenhof. Nach oben hin war er offen, die Fassaden waren gesäumt von etagenförmig angeordneten Laufgängen.

Die Zielperson stieg eine Treppe hoch.

Monk wartete an der Ecke. Er ließ sich auf ein Knie nieder und tat so, als binde er sich den Schuh, während er den Soldaten beobachtete. Im ersten Stock bog er auf den Laufgang ab, schritt an den Wohnungen entlang und hielt vor der siebten Tür an. Er holte einen Schlüsselbund hervor. Etwas silbrig Funkelndes flog aus der Hosentasche und landete vor seinen Füßen. Stirnrunzelnd bückte er sich und hob es auf.

Monk wich an die Wand zurück. Er blickte Kimberly an, die offenbar den gleichen Gedanken hatte wie er.

Das musste der GPS-Tracker sein.

Wir sind aufgeflogen.

Maria schaute hilflos zu, wie die Soldaten Baako aus der Kiste zogen und ihn auf eine Rolltrage legten. Dann schoben sie die Trage zu den hohen Türen des Vivisektionslabors. Maria ging neben dem bewusstlosen Baako her und vergewisserte sich, dass er noch atmete. Das Herz klopfte ihr bis zum Hals, und ihr kam ein bedrückender Gedanke.

Vielleicht wäre es für ihn am besten, wenn er auf dem OP-Tisch sterben würde.

Ein solches Ende wäre den Qualen, die ihn nach dem Eingriff erwarteten, sicherlich vorzuziehen. Ihr wurden die Augen feucht, doch sie drängte die Tränen zurück, denn sie wollte sich nicht geschlagen geben.

Im Labor herrschte rege Betriebsamkeit, die sich um einen der Stahltische herum konzentrierte. Ein OP-Team in blauen Kitteln legte Beutel mit sterilem OP-Besteck bereit. Marias Blick fiel auf ein Werkzeug in einer zerknitterten Plastiktüte.

Eine akkubetriebene Knochensäge.

Bei dem Anblick bekam sie weiche Knie.

Zwei Operateure kamen ihnen entgegen, übernahmen die Rolltrage und schoben Baako neben den OP-Tisch.

Maria blieb an seiner Seite, denn sie fürchtete, dass man sie fortschicken könnte. Dann aber reichte ihr eine Helferin eine Haube und eine OP-Maske. Das bedeutete, dass sie bei dem Eingriff dabei sein durfte – bei der *Verstümmelung*, verbesserte sie sich in Gedanken. Die Helferin spürte offenbar ihre Anspannung und berührte sie mitfühlend am Ellbogen, bevor sie weiter ihrer Arbeit nachging.

Maria stand da mit der Haube und der Atemmaske in

der Hand und wollte auf einmal weglaufen, dem Grauen den Rücken kehren. Stattdessen setzte sie die blaue Haube auf und stopfte die losen Haarsträhnen darunter.

Ich lasse dich nicht im Stich, Baako.

Als er von der Trage auf den OP-Tisch gelegt wurde, trat sie vor. Seine Hände und Füße waren mit gepolsterten Fesseln fixiert, was sie seltsam fand. Sie näherte sich ihm so weit, dass sie seine Hand ergreifen konnte. Sie fuhr mit den Fingern über seine dicken Fingerkuppen und das Fell am Rand der Handfläche. Es war ganz zart, was ihr in Erinnerung rief, dass er tatsächlich noch ein Kind war. Sie hatte die Hand oft gehalten, als sie ihm die ersten Gebärdenzeichen beigebracht hatte.

Eines davon war *Mama*.

Tränen rollten ihr über die Wangen. Sie konnte nichts dagegen tun. Sie konnte sie nicht einmal abwischen, denn sie hatte beide Hände um Baakos Finger gelegt.

Ach, mein lieber Junge, was habe ich dir bloß angetan?

Laute Geräusche lenkten ihre Aufmerksamkeit zur Eingangstür. Jiaying Lau war gekommen. Dayne Arnaud begleitete sie. Der französische Paläontologe wirkte ausgezehrt und hatte dunkle Augenringe. Als Jiaying eine Bemerkung machte, nickte er.

Ohne Baakos Hand loszulassen, blickte Maria Jiaying entgegen.

Die Generalmajorin wirkte ausgeruht und lächelte ein wenig selbstgefällig. Sie unterhielt sich kurz mit einem hochgewachsenen Mann im OP-Kittel, vermutlich der leitende Chirurg. Sie wechselten ein paar Worte, dann nickte Jiaying, und der Mann setzte die Operationsvorbereitungen fort.

Sie kam zu Maria herüber. »Wie es aussieht, sind wir heute Morgen im Zeitplan. Ich weiß Ihre Kooperation zu schätzen.«

Kooperation?

Maria hätte der Frau am liebsten die Augen ausgekratzt. Sie schaute Arnaud an, in dessen Miene sich ihre eigene Angst widerspiegelte.

Jiaying spürte anscheinend ihre Stimmung, ging aber nicht darauf ein. »Im Moment würde ich gern mit Ihnen über die *weitere* Zusammenarbeit sprechen.«

»Ich lasse Baako nicht allein«, sagte sie entschlossen.

»Etwas anderes habe ich auch nicht erwartet, Dr. Crandall. Das Chirurgenteam glaubt, dass Sie bei der OP eine große Hilfe sein können.«

Maria runzelte die Stirn. »Inwiefern?«

»Wir werden eine modifizierte Version der Montreal-Methode anwenden. Die Kraniotomie und die Platzierung der Elektroden werden am wachen Patienten vorgenommen.«

»Ohne Narkose?«, fragte Maria entsetzt.

Jiaying hob beschwichtigend die Hand. »Das ist sicher und relativ schmerzlos.« Sie deutete auf den leitenden Chirurgen. »Dr. Han wird das Betäubungsmittel neutralisieren und intravenös Propofol verabreichen. Nach der Applikation eines lokalen Anästhetikums wird die Kraniotomie unter leichter Sedierung durchgeführt. Sobald das Gehirn freiliegt, wird der Patient aufgeweckt. Und dann wird Ihre Expertise gebraucht.«

»Wofür?«

»Sie müssen mit dem Versuchsobjekt reden.«

Trotz der Brutalität des Ganzen verstand Maria, was von ihr verlangt wurde. »Sie möchten, dass ich Baako Fragen stelle, während Sie unterschiedliche Bereiche seines Gehirns elektrisch stimulieren.«

Jiaying nickte. »Anhand der Reaktionen wird das Forschungsteam eine detaillierte Karte der Gehirnarchitektur erstellen. Auf diese Weise kann man die Elektroden genau an den Stellen platzieren, die für zukünftige neurologische Tests relevant sind.«

Maria schluckte. So grauenhaft sich das anhörte, ergab es bei kalter klinischer Betrachtung doch Sinn. Sie versuchte, sich den wachen Baako mit offenem Schädel und fixiertem Kopf vorzustellen. Kein Wunder, dass er an Füßen und Handgelenken gefesselt war. Er würde sich fürchten und Trost von ihr erwarten.

Wie soll ich ihm in die Augen sehen, die voller Vertrauen und Liebe sind?

Sie wollte sich weigern, war sich aber auch bewusst, dass sie Baako zur Seite stehen musste.

Sie stöhnte auf und bat: »Bitte tun Sie das nicht.«

»Ich bin nicht blind gegenüber Ihren Bedenken, Dr. Crandall, aber die Wissenschaft muss unvoreingenommen vorgehen. Wir beide müssen unserer Verantwortung gerecht werden.« Jiaying deutete auf den französischen Paläontologen. »Dr. Arnaud wird heute die in Kroatien entdeckten Fossilien des hybriden Neandertalers einer gründlichen Analyse unterziehen. Sobald wir hier fertig sind, möchte ich, dass Sie ihm dabei helfen, möglichst viel verwendbare DNA aus den Knochen zu extrahieren.«

Maria hatte Jiaying längst ausgeblendet. Sie konnte nur noch an das denken, was Baako bevorstand. Und an nichts anderes.

Plötzlich legte Jiaying ihr eine Hand auf den Arm.

»…um Ihre Kooperation sicherzustellen«, beendete sie den Satz.

»Was?«, fragte Maria und schüttelte verwirrt den Kopf.

Jiaying zog sie mit sich zur Rückseite des Vivisektionslabors. »Ich habe Ihnen gerade erklärt, dass Versagen einen Preis hätte. Aber vielleicht ist es eindrucksvoller, wenn ich es Ihnen *demonstriere*.«

Sie geleitete Maria zu den Fenstern, die auf das karge Habitat hinausgingen, das als Arche bezeichnet wurde. Maria blickte auf die Felsen in der Grube hinunter. Hybridwesen waren im Moment keine zu sehen. Vermutlich schliefen sie gerade in den dunklen Höhlen. Allerdings bemerkte sie einen Haufen säuberlich abgenagter Knochen auf dem Boden. Sie dachte an den abgetrennten Arm, der gegen die Fensterscheibe geflogen war. Der Blutfleck war noch zu erkennen.

Dann fiel ihr an der Seite eine Bewegung ins Auge. Vor der großen Stahltür stand ein Käfig. Das Tor öffnete sich, und eine große Gestalt wurde in den Käfig gestoßen. Der Mann fiel auf die Knie, das Tor schloss sich hinter ihm. Er blickte zu den Fenstern hoch.

Kowalski…

»Wenn die Operation abgeschlossen ist, haben wir keine Verwendung mehr für Ihren Tierpfleger«, erklärte Jiaying. »Er dient dann nur noch der Steigerung Ihrer Motivation.«

Maria verstand, was sie meinte, und blickte zu dem Knochenhaufen hinunter.

Entweder ich helfe ihr… oder Kowalski stirbt.

Ein leiser Laut veranlasste sie, sich umzudrehen. Baako regte sich auf dem OP-Tisch. Er trötete angstvoll und zerrte an den Fesseln. Offenbar hatte man ihm bereits ein Gegenmittel verabreicht.

Jiaying folgte ihrem Blick. »An die Arbeit, Dr. Cran-dall.«

9:19

JETZT ODER NIE...

Vom Hof aus beobachtete Monk, wie der Soldat sich nach dem GPS-Tracker bückte. Die Zeit lief ihnen davon. Es gab nur noch ein schmales Zeitfenster, bis die Zielperson begreifen würde, was man ihr da untergeschoben hatte.

Monk machte Anstalten, die Treppe hochzustürmen, doch Kimberly hielt ihn fest.

»Ich mache das«, flüsterte sie. Sie schob ihn zurück und übernahm die Führung. »Du kommst mir hinterher.«

Gefolgt von Monk, näherte sie sich ohne übertriebene Eile der Treppe. Während sie nach oben stieg, plapperte sie zornig auf Mandarin, was sich anhörte, als wasche sie ihm den Kopf. Während sie die aufgebrachte Ehefrau spielte, forderte sie ihn mit bösem Blick auf, den Kopf gesenkt zu halten und eine zerknirschte Haltung einzunehmen.

Monk zog sich die Kappe tiefer in die Stirn. Im Lauf der Jahre hatte er von Kat eine elementare Lektion gelernt. *Eine Ehefrau hat immer recht.* Auch wenn in diesem Fall alles nur gespielt war.

Sie erreichten die Galerie, die am Gebäude entlangführte. Vor ihnen reihten sich Wohnungstüren aneinander. Unablässig schimpfend, näherte Kimberly sich dem Soldaten, der sich auf ein Knie niedergelassen hatte und den Tracker untersuchte.

Mit gesenktem Kopf schaute Monk sich um. Mehrere Bewohner lehnten am Geländer und rauchten, andere plauderten mit ihren Nachbarn. Auf dem Hof spielten lachende Kinder an einer kleinen Schaukel.

Monk wurde bewusst, wie gefährlich sein spontaner Impuls gewesen war. Wäre er geradewegs auf die Zielperson losgestürmt, hätte das fürchterliche Folgen haben können. Bestenfalls wäre ihre Deckung aufgeflogen.

Im Moment lagen noch *beide* Entwicklungen im Bereich des Möglichen.

Der Soldat holte ein Handy hervor und schickte sich an, seine Entdeckung zu melden.

Gar nicht gut.

Kimberly erreichte ihn als Erste und rief ihm zu, er solle aus dem Weg gehen. Offenbar war sie nicht nur eine gute Agentin, sondern verfügte auch über eine spitze Zunge.

Der Soldat richtete sich auf und murmelte eine Entschuldigung. Er drehte sich zu seiner Wohnungstür um und steckte den Schlüssel ins Schloss. Als er die Tür öffnete, rempelte Kimberly ihn von hinten an und schleuderte ihn über die Schwelle. Sie folgte ihm nach drinnen.

Monk eilte ihr hinterher.

»Mach die Tür zu«, sagte sie und trat dem Soldaten mit der Stahlkappe ihres Stiefels gegen die Stirn. Sein Kopf ruckte zurück, und er erschlaffte, vorübergehend außer Gefecht gesetzt. »Nimm ihm die Waffe ab und zieh ihn ins Zimmer.«

Kimberly trat an dem bewusstlosen Mann vorbei und zog eine Glock aus dem unter der Jacke verborgenen Schulterholster. Sie schaute sich rasch um, während

Monk den Soldaten entwaffnete. Dann packte er ihn bei den Schultern und zerrte ihn in die Einraumwohnung. Der Gefangene stöhnte.

»Unser Patient kommt zu sich«, flüsterte Monk.

Kimberly warf ihm eine Rolle Klebeband zu. Monk konnte nicht sagen, ob sie es gerade eben gefunden oder mitgebracht hatte. Die Frau schien auf alles vorbereitet zu sein.

Monk verklebte dem Mann den Mund, dann wickelte er ihm das Klebeband um Hände und Füße. Kimberly durchsuchte ihn und leerte seine Taschen. Zum Vorschein kamen eine gefaltete Landkarte, eine Kette mit Magnetkarten und eine Brieftasche.

Sie untersuchte den Inhalt der Brieftasche. »Das ist Gao Sun. Den Papieren und Rangabzeichen zufolge ist er Leutnant der chinesischen Armee.«

Inzwischen war der Mann zu sich gekommen und funkelte sie böse an. Monk setzte ihm das Knie auf den Hals und übte ein wenig Druck aus.

»Was jetzt?«, fragte er. »Das ist zwar nicht mein erstes Rodeo, aber du kennst das Land besser als ich.«

Kimberly musterte den Gefangenen. »Vermutlich wird er uns keine wichtigen Dinge verraten. Nach allem, was ich über die Ereignisse in Kroatien gelesen habe, ist davon auszugehen, dass die Chinesen eher Selbstmord begehen, als dass sie sich gefangen nehmen und befragen lassen.«

»Also, was sollen wir mit ihm machen?«

Sie nahm ein Kissen vom Sofa. »Wir können nicht riskieren, dass er sich befreit oder gefunden wird.«

Monk fragte sich, ob sie wirklich so kaltblütig war, den Mann zu töten. »Einen Moment noch«, sagte er.

Er richtete sich auf, ging zur Tür und hob das Handy auf, das der Mann hatte fallen lassen. Er versuchte zu wählen, doch es war gesperrt.

Kimberly streckte die Hand aus. »Gib mal her.«

Er reichte ihr das Handy.

Sie untersuchte es. »Es hat einen Fingerabdruckscanner.« Sie wandte sich dem Gefangenen zu und drückte mit Monks Hilfe seinen Daumen auf den Sensor. Das Display leuchtete auf. Sie führte ein paar Wischbewegungen aus, dann nickte sie. »Ich kann die Displaysperre manuell ändern, dann sind wir nicht auf seinen Fingerabdruck angewiesen.«

»Sehr gut.«

Sie reichte ihm das Handy zurück. »Was hast du damit vor?«

»Das ist unsere Rückversicherung.« Monk trat einen Schritt zurück, aktivierte die Kamera und machte ein Foto vom gefesselten Gao Sun.

»Wozu das?«

»Du hast doch gemeint, er habe zuletzt seinen Bruder angerufen. Dem Inhalt der Unterhaltung nach zu schließen arbeitet sein Bruder ebenfalls in der unterirdischen Anlage unter dem Zoo. Dass Gao sich in unserer Gewalt befindet, können wir vielleicht zu unserem Vorteil nutzen.«

»Da könntest du recht haben.« Sie ging zu einem Tisch, auf dem mehrere Fotorahmen standen, und nahm einen in die Hand. »Das habe ich schon mal gesehen.«

Monk betrachtete das Foto zweier uniformierter Männer, die sich gegenseitig den Arm auf die Schulter gelegt hatten und breit lächelten. Der eine war Gao. »Der andere muss sein Bruder sein«, sagte er.

Sie nickte, nahm das Foto aus dem Rahmen, faltete es zusammen und steckte es ein, dann warf sie den leeren Rahmen aufs Sofa. »Wie geht es jetzt weiter?«

Monk holte das Satellitentelefon hervor. »Es wird Zeit, dass wir die Truppen sammeln, die Painter geschickt hat. Ich stelle jemanden für die Bewachung unseres Freundes hier ab, und wir sehen uns mal den Eingang in die Unterirdische Stadt an.«

»Das muss ein wahres Labyrinth dort unten sein.«

»Aber wir wissen, wohin wir uns wenden müssen – nämlich in Richtung Zoo.«

»Hoffen wir, dass das reicht.«

Monk war sich der Größe der Herausforderung bewusst. Er konnte nur hoffen, dass es nicht bereits zu spät war. Als er wählte, dachte er an seinen Einsatzpartner.

Halt durch, Kowalski...

9:28

Mit dem Rücken zur Stahltür versuchte Kowalski, den Gestank des Habitats auszublenden. Es roch nach verfaultem Fleisch und ungewaschenen Leibern. Der Gestank erinnerte ihn an die Zeit, als er in den Riverdale Stables in der Bronx ein Zubrot verdient hatte. So ähnlich hatte es gestunken, wenn bei einer sommerlichen Hitzewelle eine alte Mähre verendet war.

Jedenfalls ist es nicht der Gestank, der mich umbringen wird.

Er legte die Hand auf den Torbogen aus Felsgestein, der die hinter ihm befindliche Stahltür von den Gitterstäben trennte. Schwere Gleitschienen fassten den Ausgang seines Käfigs ein. Wenn die Tür hochgezogen würde, wäre er dem ausgeliefert, was in der Arche lauerte.

Gerade eben hatte er Maria und die uniformierte Generalmajorin Lau oben am Beobachtungsfenster ausgemacht. Die Chinesen benutzten ihn offenbar als Druckmittel.

Er trat vor die Gitterstäbe, jeder so dick wie sein Handgelenk. Wenn Maria nicht kooperierte, war sein Schicksal besiegelt.

Seine Vermutung gerann zur Gewissheit, als sich in einer zehn Meter entfernten Höhle Schattengestalten regten. Ein großer Gorilla gelangte in Sicht, der sich mit den Fingerknöcheln abstützte. Sein Fell war pechschwarz, dicht und schwer an den Schultern, am Hintern kurz. Das Tier wog mindestens siebenhundert Pfund, das meiste davon Muskeln. Die Augenbrauen waren stark gewölbt. Es sog witternd die Luft ein, dann richtete es seine dunklen Augen auf den Fremden.

Kowalski bemerkte, dass der Gorilla ein glänzendes Metallhalsband trug, von dem ein Metallkasten auf die Halskuhle herabhing. Vermutlich handelte es sich um ein Elektrohalsband, das dazu diente, die Tiere unter Kontrolle zu halten.

Er wich einen Schritt von den Gitterstäben zurück.

Die Bewegung rief eine dramatische Reaktion hervor. Der Gorilla stürmte auf ihn zu. Kowalski duckte sich unwillkürlich, weil er fürchtete, das riesige Wesen könnte die Eisenstangen durchbrechen. Im letzten Moment aber bremste der Affe auf den Hinterbeinen ab, drehte sich leicht und kam auf dem Hinterteil zum Stillstand.

Der Gorilla drückte das flache Gesicht an die Gitterstäbe und schnaufte so stark, dass Kowalski den Luftzug spürte. Dann riss er das Maul so weit auf, als wollte er einen Basketball durchbeißen, entblößte seine langen gelben Fangzähne und brüllte. Der Lärm ließ Kowalskis Brustkasten erbeben und hallte in seinem Schädel wider.

Er schlug die Hände über die Ohren.

Dabei habe ich gerade angefangen, Affen zu mögen.

Plötzlich entfernte sich der Gorilla vom Käfig – oder wurde vielmehr weggestoßen. Ein anderer Affe nahm seine Stelle ein.

Der Neuankömmling war ein Silberrücken. Das war das Tier, das gestern die sterblichen Überreste eines Laboranten zerfetzt hatte. Dieser Bursche war noch einmal um die Hälfte größer als der andere und wog sicherlich über tausend Pfund. Der erste Gorilla, den er weggestoßen hatte, rappelte sich hoch, richtete sich auf die Hinterbeine auf und schlug sich mit der flachen Hand auf die Brust.

Der ältere Silberrücken grunzte ihn einmal kurz an. Die Wirkung war verblüffend. Der Gorilla mit dem schwarzen Fell ließ sich auf alle viere nieder, machte kehrt und trollte sich.

Der Boss der Truppe hatte sich erneut durchgesetzt.

Der Silberrücken wandte sich wieder Kowalski zu, ließ sich auf die Hinterbeine nieder und fixierte ihn. Keine Aggression, kein Gebrüll, keine Drohgesten – er starrte ihn einfach nur unverwandt an. Der Blick seiner boshaft funkelnden Augen war verstörender, als wenn er getobt hätte.

Mit dem Rücken zur Stahltür musterte Kowalski sein Gegenüber. Der Silberrücken saß nahezu regungslos da. Nur seine muskulöse Brust hob und senkte sich gleichmäßig, der Inbegriff von Geduld. Er konnte sich nicht vorstellen, dass die Chinesen es darauf abgesehen hatten, intelligentere Versionen dieses eine halbe Tonne schweren Monsters zu erschaffen. Zumal die Absicht des Affen klar ersichtlich war.

Er wartete auf das Läuten der Essensglocke.

18

»LEUTE, MAL HERHÖREN!«, tönte die Stimme des Piloten der Gulfstream G650 aus den Bordlautsprechern. »In dreißig Minuten landen wir in Cuenca.«

Gray betrachtete durchs Fenster den Mond, der tief am Nachthimmel stand. Er sah auf die Uhr. Trotz der neunstündigen Flugdauer würden sie aufgrund der Zeitverschiebung nur eine Stunde später landen, als sie von Rom aufgebrochen waren.

Er blickte wieder in die mit Ledersitzen und Tropenhölzern ausgestattete Kabine. Sie bot maximal einem Dutzend Passagieren Platz, doch im Moment hielten sich nur vier Personen darin auf. Hinten hatte Roland sich wieder einmal in Büchern vergraben, las aber meistens in Kirchers Journal. Lena half ihm bei seiner Recherche. Die beiden steckten immer wieder die Köpfe zusammen und unterhielten sich halblaut. Seichan hatte den Großteil des Flugs an der anderen Seite des Mittelgangs schlafend verbracht. Von der Durchsage des Piloten aufgeweckt, drehte sie sich auf dem in Schlafstellung gebrachten Sitz grummelnd auf die Seite.

Gray hatte Verständnis für ihre Erschöpfung. Er hatte ebenfalls vier Stunden lang geschlafen, denn sobald sie in der hoch in den Anden gelegenen Stadt Cuenca landeten, mussten sie voll einsatzfähig sein. Gerade eben hatte er mit Painter telefoniert und von ihm erfahren, dass über den Verbleib von Kowalski und Lenas Schwester noch nichts Genaues bekannt sei, dass Monk aber einer Spur nachgehe. Gray fiel es somit zu, der historischen Fährte zu folgen, die Pater Kircher angelegt hatte, und im Dschungel nach einer vergessenen Stadt zu suchen.

Kirchers Journal und den Anmerkungen auf der Landkarte zufolge war sein Kollege Nicolas Steno nach Südamerika gereist und mit den ungefähren Koordinaten der Stadt zurückgekehrt. Anders als Kircher bezweifelte Gray noch immer, dass die Stadt der Lehrer – der in alten Texten erwähnten *Hüter* – identisch mit dem mythischen Atlantis war. Deshalb hatte er die restliche Flugzeit darauf verwendet, sich über die Geschichte der Region schlauzumachen.

An der Rückseite der Kabine bewegte sich etwas. Lena näherte sich mit einem Buch. »Das soll ich Ihnen zeigen, bevor wir landen«, sagte sie, als sie ihn erreicht hatte.

Sie nahm ihm gegenüber Platz und legte das Buch auf den kleinen, am Boden fixierten Tisch. Sie schlug eine Seite mit der Abbildung eines Steins mit eingraviertem Labyrinth auf. Das gleiche Labyrinth prangte in Goldprägung auf Kirchers Journal und war an verschiedenen Orten in aller Welt zu finden.

»Das ist polierter Diorit«, erklärte Lena. »Gefunden wurde er im Dschungel in der Nähe von Cuenca, unserem Ziel.«

Gray beugte sich vor. *Dann wurde das Labyrinth also auch hier gefunden.*

»Ein Eingeborener hat Pater Crespi diesen Stein geschenkt.«

Er blickte auf. »Dem Missionar? Dem Mann, der wegen seines Interesses an Athanasius Kircher hierhergekommen ist?«

Sie nickte. »Die Missionsstation lag bei der Kirche der María Auxiliadora – Maria Hilf, würden wir sagen. Eine weitere Kirche, die der Jungfrau Maria geweiht ist, genau wie das Mariensanktuar, bei dem Kircher die Eva-Gebeine versteckt hat.« Sie wartete, bis er die Neuigkeit verarbeitet hatte, dann fuhr sie fort. »In den fünfzig Jahren seines Wirkens an diesem Ort hat er eine große Sammlung von Artefakten angelegt, die er vom Shuarstamm bekommen hat. Die Sammlung von insgesamt siebzigtausend Gegenständen hat er auf dem Kirchengelände verwahrt.«

»Woher stammten die Fundstücke?«

»Den Indianern zufolge aus einem weitläufigen Höhlensystem. Roland glaubt, dass die Fundstücke nicht zufällig zu Pater Crespi gelangt sind, sondern dass der Geistliche bei den Eingeborenen Nachforschungen zu einem solchen Ort im Dschungel angestellt hat.«

»Aber er hatte nicht die Koordinaten zur Verfügung, die wir haben.«

»Das ist richtig. Vermutlich haben Hinweise aus Kirchers Arbeiten Pater Crespi in diese Region geführt.«

»Aber nicht bis an die Schwelle der vergessenen Stadt.« Gray wies mit dem Kinn auf das Buch. »Was hat man ihm sonst noch gebracht?«

Lena blätterte im Buch und zeigte ihm weitere Artefakte: zwei Meter hohe Mumienbehälter, die vage an ägyptische Sarkophage erinnerten, komplett erhaltene Inka-Rüstungen, Regale mit ecuadorianischen Tonwaren, Schriftrollen aus Silber und Gold mit Abbildungen, die keine Bezüge zum regionalen Stil hatten.

Lena machte ihn auf diese Anomalien aufmerksam. »Den Archäologen zufolge, die die Sammlung gesichtet haben, scheinen die Motive und Darstellungen vieler Artefakte eher zu anderen Kulturen zu passen – zur assyrischen, babylonischen und ägyptischen.«

Sie deutete auf die Abbildung einer Kupferskulptur, die einen Mann mit Eidechsenkopf darstellte. »Das zum Beispiel ist eindeutig Nisroch, ein Gott aus dem alten Assyrien, der Zivilisation, die vor viertausend Jahren in Mesopotamien herrschte.« Sie zeigte auf eine Abbildung goldener, mit linear angeordneten Schriftzeichen bedeckten Plaketten. »Das sind Beispiele für die proto-phönizische Schrift. Experten haben auf anderen Gegenständen der Sammlung ägyptische Hieroglyphen, libysche und punische Schriftzeichen und sogar keltische Symbole gefunden. Pater Crespi war überzeugt, dass die Fundstücke Beleg sind für eine Verbindung zwischen der untergegangenen Dschungelzivilisation und dem Rest der Alten Welt, die in vorgeschichtliche Zeiten zurückreichte.«

Sie blätterte weiter bis zu einer Reihe von Fotos. »Noch erstaunlicher ist, dass die Eingeborenen ihm auch Zahnräder aus Kupfer und Messingrohre brachten, die keinen Drall aufwiesen. Alle diese metallurgischen Erzeugnisse überstiegen die technischen Fähigkeiten der Eingeborenenstämme.«

Gray nahm das Buch in die Hand und blätterte durch die Fotos von Pater Crespis Sammlung. Es gab Abbildungen zahlreicher Goldtafeln und Schriftrollen, verschiedener astrologischer Figuren, von Pyramiden und Göttern.

Auf einer Goldtafel war eine gebeugte Gestalt abgebildet, die eine Schreibfeder in der Hand hielt.

Er schüttelte den Kopf. »Das muss eine Fälschung sein.«

Lena zuckte mit den Schultern. »Pater Crespi hielt es für möglich, dass die Eingeborenen diese Gegenstände angefertigt hatten, um ihm eine Freude zu bereiten. Aber er konnte Fälschungen von echten Artefakten unterscheiden. Ich meine, wer würde so viel Gold hergeben, nur um einen alten Priester zu foppen?«

Als Beleg deutete sie auf die Abbildung eines ein Meter langen Krokodils mit Rubinen als Augen. Es musste ein kleines Vermögen wert sein, und es war kaum vorstellbar, dass Eingeborene derlei fälschen konnten.

»Was passierte mit Pater Crespis Sammlung?«, fragte er.

»Das ist ein weiteres Rätsel. Nach seinem Tod im Jahr 1982 wurde die Sammlung aufgelöst. Das meiste landete auf Anordnung der ecuadorianischen Regierung in Museumsdepots. Nur mit Sondererlaubnis erhält man dazu Zutritt. Andere Stücke werden im ecuadorianischen Militärstützpunkt Cayambe gelagert, tief im Dschungel gelegen.«

Auf einem Militärstützpunkt?

Lena blickte nach hinten. »Und Roland zufolge wurden angeblich einige Schlüsselartefakte in den Vatikan verbracht.«

Gray lehnte sich zurück. »Wenn das stimmt, war Pater Kircher nicht der einzige katholische Geistliche, der etwas zu verbergen suchte.«

Aber was wollten sie verbergen?

»Wenn wir Antworten haben wollen«, sagte Lena, »müssen wir das auf Kirchers Karte verzeichnete Höhlensystem finden. Das mit dem Labyrinth.«

An der anderen Seite der Kabine meldete Seichan sich zu Wort, die den Arm über die Augen gelegt hatte. Offenbar hatte sie sich schlafend gestellt und die Unterhaltung mitgehört. »Das sind doch alles nur Märchen, Gerüchte und Träume von verborgenen Schätzen.«

»Vielleicht nicht«, entgegnete Gray.

Seichan senkte den Arm, wandte sich zu ihm um und hob skeptisch eine Braue.

Während die anderen verschiedene Teile des Puzzles studiert hatten, hatte er die vergangenen Stunden damit verbracht, nach Hinweisen auf die Existenz der vergessenen Dschungelstadt zu forschen.

»Es gibt stichhaltige Belege«, sagte er, »dass in den Anden tatsächlich ein weitläufiges Höhlensystem existiert. Große Teile davon wurden von einem britisch-ecuadorianischen Forschungsteam 1976 fotografiert und kartiert.«

»Von dem Team, das Neil Armstrong geleitet hat«, sagte Lena.

»Er war der Ehrenpräsident der Expedition. Eine Stadt wurde nicht entdeckt, dafür aber die Überreste eines alten Grabmals sowie Hunderte neuer Arten von Pflanzen, Fledermäusen und Schmetterlingen.«

Seichan rollte mit den Augen. »Aber wie du schon sagtest, sie haben keine Stadt gefunden. Und wie ich schon sagte: alles Märchen.«

»Da bin ich mir nicht so sicher. Es gibt eine Legende, wonach es in den Höhlen eine große Bibliothek mit Büchern aus Metall und Kristalltafeln gibt. Ein gewisser Petronio Jaramillo hat berichtet, ein Angehöriger des Shuarstammes habe ihn in seiner Jugend in die Höhlen geführt. Das war 1946. Aus Angst vor Plünderern hat er den Ort jahrzehntelang geheim gehalten. Schließlich erklärte er sich bereit, eine Handvoll Personen dorthin zu führen, bestand aber darauf, dass auch Neil Armstrong an der Expedition teilnimmt. Wenige Wochen vor dem angesetzten Termin wurde er auf der Straße ermordet.«

Lena zuckte zusammen. »Ermordet?«

»Manche Leute glaubten, man habe ihn zum Schweigen bringen wollen. Andere nahmen an, jemand habe ihn zwingen wollen, seine Geheimnisse preiszugeben. Jedenfalls hat er das Wissen um den Ort mit in den Tod genommen.«

Lena nahm das Buch vom Tisch. »Glauben Sie, Pater Crespis Sammlung könnte von diesem Ort stammen?«

»Möglicherweise. Entweder von dort oder aus den Gängen, die ihn mit der vergessenen Bibliothek verbinden.«

Seichan streckte sich auf ihrem Liegesitz. »Aber warum hat der Ermordete darauf bestanden, dass Neil Armstrong an der Expedition teilnimmt?«

Gray zuckte mit den Schultern. »Vielleicht wollte er jemanden mit untadeligem Ruf dabeihaben. Oder es gab einen anderen Grund. Ich finde es noch immer seltsam, dass Armstrong sich bereit erklärt hat, an *beiden* Expeditionen teilzunehmen. Er war schließlich kein Archäologe. Und nach der Apollo-11-Mission lebte er sehr zurückgezogen und gab nur selten Interviews. Wieso hat er sich darauf eingelassen?«

»Ich glaube, ich kenne vielleicht den Grund«, sagte hinter ihm jemand.

Roland hatte sich ihnen lautlos genähert, seine Augen waren vor Erschöpfung und Verwunderung glasig. Er drückte sich Kirchers Journal an die Brust und blickte zum Fenster, in dem der Vollmond leuchtete.

»Und?«, fragte Lena.

»Wegen des Mondes... er ist nicht das, wofür wir ihn halten.«

21:02

Roland überging die ungläubigen Reaktionen. Er suchte nach Worten, um zu erklären, was er in Pater Kirchers Journal gefunden hatte.

Kein Wunder, dass er das geheim gehalten hat.

Vierzig Jahre vor der Entdeckung der Eva-Gebeine hatte die Inquisition Galileo zum Tode verurteilt, weil er erklärt hatte, die Erde sei nicht der Mittelpunkt des Universums. Die Enthüllungen in Kirchers Journal hätten für Kircher und alle, die mit seiner Entdeckung in Verbindung standen, ähnliche Folgen gehabt.

»Wenn der Mond nicht das ist, wofür wir ihn halten«, sagte Gray, »was ist er dann?«

Roland hielt Kirchers Buch in die Höhe. »Der Pater gelangte zu dem Schluss, dass der Mond nicht natürlichen Ursprungs ist.« Ehe jemand Einwände erheben konnte, straffte sich Roland. »Und ich stimme mit ihm überein.«

Seichan stellte ihren Sitz gerade und drehte sich um. Sie zeigte zum Fenster auf den Vollmond. »Wollen Sie behaupten, das wäre nicht real?«

Roland ließ sich auf einen Sitz sinken. »Ich habe die ganze Nacht lang die Details aus Kirchers Journal nachrecherchiert. Ich wollte seine Schlussfolgerungen widerlegen. Stattdessen habe ich weitere Belege gefunden.«

»Vielleicht sollten Sie uns aufklären«, sagte Gray und

wies mit dem Kinn auf das Buch. »Was haben Sie herausgefunden?«

»Es geht nicht nur um das, was ich im Journal des Paters entdeckt habe.« Roland blickte zum leuchtenden Mondgesicht hinaus. »Haben Sie sich schon mal gefragt, weshalb der Mond die Sonne bei einer Sonnenfinsternis so exakt verdeckt? Ist diese Übereinstimmung nicht ein merkwürdiger astronomischer Zufall?«

Den erstaunten Gesichtern seiner Zuhörer war zu entnehmen, dass sie darüber noch nicht nachgedacht hatten.

Wie die meisten Menschen.

»Das Phänomen beruht auf der Tatsache, dass der Mond vierhundertmal kleiner ist als die Sonne und dass sein Abstand zur Erde ein Vierhundertstel des Abstands der Erde zur Sonne beträgt.« Er schüttelte staunend den Kopf. »Und das ist noch nicht alles. Der Mond spiegelt exakt die jährliche Bewegung der Sonne. Der Mittsommervollmond steht an derselben Position und im gleichen Winkel wie der Mittwintersonnenuntergang. Sprechen diese Symmetrien nicht gegen einen Zufall?«

»Aber das ist noch kein Beweis«, sagte Lena, als spräche sie mit einem Verrückten.

Vielleicht bin ich ja verrückt... vielleicht habe ich mich zu sehr verstrickt.

Trotzdem ließ er nicht locker. »Man weiß bis heute nicht, wie der Mond sich gebildet hat. Die gängige Erklärung ist die sogenannte Kollisionstheorie, wonach die urzeitliche Erde mit einem marsgroßen Objekt zusammengestoßen ist. Aus dem abgesprengten Material soll sich der Mond gebildet haben.«

»Und was stimmt damit nicht?«, fragte Gray.

»Zwei Dinge. Erstens: Die Astronomen sind sich darin einig, dass die Erde nach einem solchen Zusammen-prall schneller hätte rotieren müssen. Um diesen Makel auszugleichen, geht man von einem *zweiten* Zusammen-prall aus, der mit gleicher Stärke aus der entgegengesetz-ten Richtung erfolgt sein soll.«

»Dann wäre die schnellere Rotation wieder abgebremst worden.« Gray runzelte die Stirn angesichts dieser un-wahrscheinlichen Erklärung.

»Die Astronomen räumen ein, dass es keine Belege für einen solchen Zusammenprall gibt. Was zum zweiten Problem der Kollisionstheorie führt. Dabei geht es um den merkwürdigen Betrag der Masse, die von der Erde abge-sprengt wurde und sich zum Mond verdichtet hat.«

»Merkwürdig, inwiefern?«, fragte Gray.

»Nachdem der Staub sich abgesetzt hatte, war der Um-fang der Erde exakt dreihundertsechsundsechzig Prozent größer als der des Mondes. Kommt Ihnen diese Zahl nicht seltsam vor?«

»Die Zahl dreihundertsechsundsechzig.« Lena zog die Stirn kraus. »Das entspricht fast exakt der Anzahl der Tage eines Jahres.«

»Die Erde dreht sich während eines Umlaufs um die Sonne dreihundertsechsundsechzigmal um die eigene Achse.« Roland sah auf das Buch auf seinem Schoß und fuhr mit dem Finger über das eingeprägte kretische Laby-rinth. »Deshalb haben die minoischen Priesterastronomen den Kreis in dreihundertsechsundsechzig Grad unterteilt. Die Sumerer haben das Gleiche getan und die Grad zu-sätzlich in sechzig Minuten und die Minuten in sechzig Sekunden unterteilt.«

»Wie es auch heute noch üblich ist«, bemerkte Lena.

»Abgesehen davon, dass wir auf dreihundertsechzig

Grad abgerundet haben«, korrigierte Roland. »Aber zurück zum Mond. Unser Schwestertrabant weist noch weitere Merkwürdigkeiten auf: Seine Masse ist geringer als erwartet; sein Gravitationsfeld weist stärkere und schwächere Regionen auf; der Kern ist ungewöhnlich klein. Und doch gäbe es ohne diesen merkwürdigen Mond kein Leben auf der Erde.«

Lena runzelte die Stirn. »Wie das?«

»Die Biologen glauben, dass die Anziehung des Mondes – die für die Gezeiten und die Gezeitentümpel verantwortlich ist – den Meeresbewohnern den Übergang aufs Festland erleichtert hat. Astrophysiker haben zudem nachgewiesen, dass die Masse des Mondes die Erdachse stabilisiert und dafür sorgt, dass sie gegenüber der Umlaufbahn geneigt bleibt. Ohne den Mond würde die Erde stärker eiern, was extreme Temperaturschwankungen und schlechteres Wetter zur Folge hätte und die Entstehung komplexerer Lebensformen nahezu unmöglich machen würde.«

»Dann gäbe es uns ohne den Mond also nicht«, sagte Seichan. »Und seine perfekte Symmetrie und seine Existenz widersetzen sich einer rationalen Erklärung. Ist es das, was Sie sagen wollen?«

Roland zuckte mit den Schultern und überließ es den anderen, eigene Schlussfolgerungen zu ziehen. »Vielleicht ist das der Grund, weshalb Neil Armstrong sich an den Expeditionen beteiligt hat. Vielleicht hat er auf dem Mond eine Erfahrung gemacht, die ihn veranlasst hat, in dieser Richtung Nachforschungen anzustellen.«

Gray schaute stirnrunzelnd zum Vollmond hinaus. »Der NASA fehlen zwei Minuten«, murmelte er.

Alle blickten ihn an.

»Was ist damit?«, fragte Seichan.

Gray war sich nicht sicher, welche Bedeutung er Rolands Erklärungen beimessen sollte. Neil Armstrongs Teilnahme an der archäologischen Exedition aber rief ihm ein weiteres Mysterium ins Gedächtnis, das mit der Apollo-Mission in Verbindung stand.

»Ich habe die Geschichte von einem Kollegen gehört, einem Astrophysiker, der bei der NASA gearbeitet hat«, erklärte Gray. »Bei der Fernsehübertragung der Mondlandung sind angeblich zwei Kameras überhitzt, was zu zwei Minuten Funkstille geführt hat. Anschließend wurde behauptet, die NASA verheimliche etwas, das Armstrong und seinen Kollegen bei der Landung aufgefallen sei. Dieses Gerücht erhielt später durch einen Funkoffizier der NASA neue Nahrung, der behauptete, der Vorfall sei inszeniert worden, um eine Entdeckung auf der Mondoberfläche zu verheimlichen.«

»Was soll das gewesen sein?«, fragte Lena. »Aliens vielleicht?«

»Das ist eine der Hypothesen, die in Umlauf waren.« Gray wandte sich an Roland. »Manche Leute vermuteten aber auch, man habe etwas verborgen, das unmittelbar mit dem Mond zu tun hatte.«

»Vielleicht lagen sie ja richtig«, sagte Roland. »Pater Kircher war jedenfalls überzeugt, dass es beim Mond nicht mit rechten Dingen zugeht. Über dieses Thema hat er sich in seinem Journal seitenweise ausgelassen.«

»Was haben Sie sonst noch in Erfahrung gebracht?«, fragte Gray.

Roland ergriff das Buch mit beiden Händen. »Der Großteil davon befasst sich mit den merkwürdigen Symmetrien zwischen Erde und Mond. Raten Sie mal, wie oft der Mond die Erde in zehntausend Tagen umkreist.«

Gray und Lena schwiegen.

»Dreihundertsechsundsechzigmal«, sagte er. »Diese Zahl ist auch noch in anderer Hinsicht von Bedeutung. Man könnte sie geradezu als Fundamentalcode unseres Planeten betrachten. Und das ist schon seit Urzeiten bekannt.«

»Seit wann genau?«, fragte Gray.

»Erinnern Sie sich an den Stab, der den Eva-Gebeinen beigefügt war?« Er nahm das Handy aus der Tasche und rief das Foto auf, das Lena aufgenommen hatte. Die Knochenhände umfassten einen mit Schnitzereien verzierten Stoßzahn eines Mammuts. »Der Pater nannte dies *de Costa Eve*, Evas Rippe. Wenn Sie genau hinsehen, werden Sie kleine Markierungen entlang des Stabs bemerken.«

Er zoomte das Foto und reichte das Handy herum.

»Was hat es damit auf sich?«, fragte Gray.

»Das ist ein alter Maßstab.«

»Um was zu messen?«, fragte Seichan.

»Alles. Das könnte der Schlüssel zu unserer Welt gewesen sein.«

Gray musterte ihn genervt, doch Roland ließ sich nicht aus der Ruhe bringen.

»In der italienischen Kapelle habe ich den Stab gemessen«, sagte er. »Er ist dreiundachtzig Zentimeter lang.«

Gray zuckte mit den Schultern. »Also knapp einen Meter oder ein Yard.«

»Das ist richtig, aber ...«

»Oh Gott!«, fiel Lena ihm ins Wort. Alle schauten sie an. »Die Länge! Ich weiß, worauf Sie hinauswollen. Das ist nicht der Normalmeter, den wir heute verwenden. Das ist der *megalithische* Meter.«

Roland nickte. »Genau. Diese Bezeichnung ist mir in den Sinn gekommen, als ich ein paar von Kirchers Behauptungen überprüft habe.«

»Was ist mit dem megalithischen Meter?«, fragte Gray und blickte zwischen Roland und Lena hin und her.

»In den Dreißigerjahren gab es da einen schottischen Ingenieur«, sagte Lena aufgeregt. »Sein Name fällt mir gerade nicht ein...«

»Alexander Thom«, sprang Roland ihr bei.

Sie nickte und fuhr eilig fort. »Er hat die megalithischen Fundorte in Schottland und England untersucht und festgestellt, dass die prähistorischen Erbauer ihre Riesensteine entlang lunarer oder solarer Linien aufgestellt haben. Er fertigte eine statistische Analyse der neolithischen Fundorte in Großbritannien und Frankreich an und stieß dabei auf eine merkwürdige Anomalie. An nahezu allen Orten wurde ein einheitliches Maß verwendet.«

»Der megalithische Meter«, sagte Roland. »Der entspricht der Länge des Stabs, den Eva in Händen hielt. Diese Länge tauchte im Lauf der Geschichte immer wieder und bei unterschiedlichen Kulturen auf. Die spanische Vara, das japanische Shaku, das Gaz der altindischen Harappakultur... sie alle stimmen mit dem megalithischen Meter weitgehend überein. Tausend minoische Fuß entsprechen dreihundertsechsundsechzig megalithischen Metern.«

»Schon wieder diese Zahl«, brummte Gray.

»Und wenn ich mich recht erinnere«, setzte Lena hinzu, »entspricht die Fläche innerhalb des Sarsenkreises von Stonehenge exakt eintausend megalithischen Quadratmetern.«

Seichan wandte sich an Lena. »Wie kommt es, dass Sie

so viel darüber wissen?«, fragte sie, denn es wunderte sie, dass eine Genetikerin auf diesem Gebiet so beschlagen war.

»Maria und ich haben uns mit Hinweisen auf Wissen beschäftigt, das sich in paläolithischen Zeiten global verbreitet hat. Das steht in Verbindung mit unserer Hypothese, dass eine kleine Gruppe von Menschen der Menschheit zum Großen Sprung nach vorn verholfen und ihr den Weg zur modernen Zivilisation geebnet hat.«

»Wie zum Beispiel die Wächter, die Roland erwähnt hat«, sagte Gray. »Die geheimnisvollen Lehrer, die in alten Schriften auftauchen.«

Seichan machte ein finsteres Gesicht. »Dann behaupten Sie also, die Wächter hätten eine universelle Maßeinheit in unterschiedlichen Kulturen populär gemacht.«

Gray schaute die Eva-Gebeine auf seinem Handydisplay an. Er betrachtete die einzigartigen Merkmale, die sie als Hybrid von Frühmensch und Neandertaler kenntlich machten.

Blicke ich hier einer Wächterin ins Gesicht?

Schließlich hob er den Blick. »Aber weshalb ist diese Maßeinheit von so großer Bedeutung? Weshalb ist sie der *Schlüssel* zur Welt, wie Sie es ausgedrückt haben?«

Lena versuchte, ihren Gedanken zu erläutern. »Weil der megalithische Meter auf den Maßen des Planeten gründet … genauer gesagt, ist er vom *Erdumfang* abgeleitet.«

»Pater Kircher ist zur gleichen Erkenntnis gelangt.« Roland schlug eine Seite mit Berechnungen auf, die um eine Darstellung der Erdkugel herum angeordnet waren. »Hier ist zu sehen, dass der Pater den Erdumfang in dreihundertsechsundsechzig Grad, die Grad in sechzig Minuten und die Minuten in sechzig Sekunden unterteilt hat.

Hier unten steht die Länge von einer Bogensekunde des Erdumfangs.

Er tippte auf die Zahl.

36.6 Costa Eve

»Wieder die gleiche Zahlenfolge – *drei-sechs-sechs*«, stellte Gray fest.

Seichan blickte ebenfalls auf die Seite. »Aber woher sollten die prähistorischen Menschen den Erdumfang gekannt und wie könnten sie solche Berechnungen angestellt haben?«

»Auf indirektem Weg. Um zu dem Ergebnis zu gelangen, hätten schon ein Bogen, ein Kiesel und ein Stab ausgereicht.« Roland schlug eine andere Seite auf, auf der ein primitives Pendel abgebildet war. »Pater Kircher hat das hier schematisch anhand des Planeten Venus dargestellt.«

»Roland könnte recht haben«, sagte Lena. »Wir wissen bereits, dass die Baumeister der Vorzeit die Bewegungen der Sterne kannten und dass viele Frühkulturen den Planeten Venus verehrten. Nehmen wir zum Beispiel die neolithische Anlage von Newgrange in Irland. Deren Erbauer haben den Eingang so platziert, dass die Venus zur Wintersonnenwende in ihr Bauwerk scheint.«

Gray lehnte sich zurück. »Dann glauben Sie also, jemand habe den megalithischen Meter anhand des Erdumfangs berechnet und ihn als universelle Maßeinheit eingeführt.«

»Das hat jedenfalls Pater Kircher geglaubt«, sagte Roland. »Er hat gewusst, dass diese Gebeine sehr alt sind, dass sie Unterschiede zum modernen Menschen aufweisen und dass die beigefügten Artefakte – der Elfenbeinstab, die perfekt modellierte Mondkugel – auf ein erstaunliches astronomisches Wissen hindeuten.«

Gray blickte Roland an. »Und nachdem er zu dieser Erkenntnis gelangt war, hat er im Geheimen versucht, mehr über diese Menschen herauszufinden.«

Roland nickte. »Da er ein frommer Mensch war, hat er in den religiösen Schriften nach Bestätigung gesucht. Er gelangte zu der Ansicht, dass es auch in der Bibel Hinweise auf diese spezielle Zahl gibt.«

»Wie meinen Sie das?«, fragte Gray.

21:09

Roland schluckte, denn es widerstrebte ihm ein wenig, die Erkenntnis zu enthüllen, auf die er in Kirchers Journal gestoßen war. Dem Pater war es vermutlich ebenso ergangen.

»Sind Sie mit dem Begriff *Gematrie* vertraut?«, fragte er schließlich. Als alle den Kopf schüttelten, fuhr er fort. »Das ist ein numerologisches System, das die Hebräer von den Babyloniern übernommen haben. Jedem Buchstaben wird eine Zahl zugeordnet, was den Worten eine zusätzliche Bedeutung verleiht. Dies wurde zur Grundlage eines mittelalterlichen kabbalistischen Systems zur Deutung der Heiligen Schrift. Später übernahmen auch die Christen diese mythische Betrachtungsweise der Bibel. Und da Pater Kircher unter anderem Mathematiker war, interessierte er sich auch für die Numerologie. Den Auslassungen in seinem Journal zufolge befasste er sich vor allem mit einer bestimmten Zahl und deren Beziehung zur Bibel.«

»Mit welcher Zahl?«

»Mit der Primzahl 37.« Roland blätterte zu der Abbildung von Evas Rippe zurück, die die Weltkugel umfing. »Zuerst dachte ich, Pater Kircher habe die Zahl 36,6 auf siebenunddreißig aufgerundet, doch er verweist auch auf das, was Lena und ich in Kroatien in Adams Grab entdeckt haben.«

Er wischte durch die auf seinem Handy gespeicherten Fotos bis zu den Handabdrücken über dem Grab des männlichen Neandertalers.

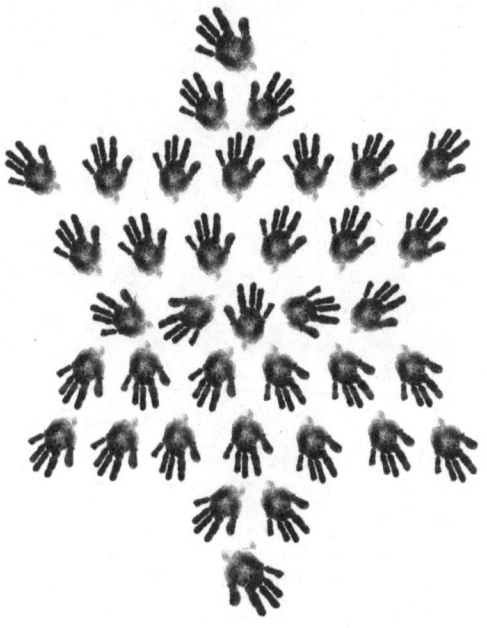

»Das sind insgesamt siebenunddreißig Handabdrücke.« Roland wandte sich an Lena. »Sie haben eine ähnliche sternförmige Petroglyphe über Evas Grab fotografiert, doch die war aus mehr Handabdrücken zusammengesetzt. Ich habe das Foto nicht auf meinem Handy, aber wären Sie so nett, die Handabdrücke von Evas Stern zu zählen?«

Stirnrunzelnd holte Lena ihr Handy hervor und suchte, bis sie das gewünschte Foto gefunden hatte.

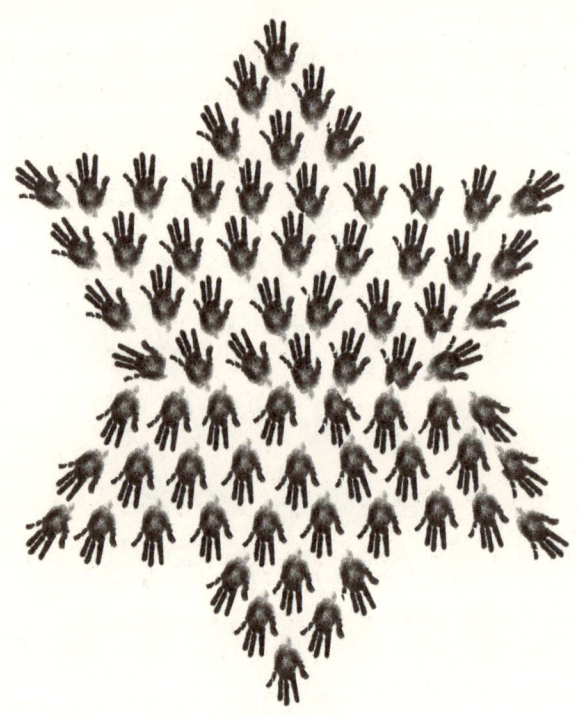

Sie zählte rasch die Handabdrücke und schaute dann hoch. »Es sind dreiundsiebzig.«

Roland nickte. »Das ist Pater Kircher ebenfalls aufgefallen.«

»Die Zahlen 37 und 73 sind gespiegelte Primzahlen«, sagte Gray.

»Pater Kircher bezeichnete diese Darstellungen wegen ihrer Form als *stella numeros…* als Sternzahlen.« Er blätterte im Journal. »Außerdem destillierte er mithilfe der Gematrie verborgene Bedeutungen aus der Bibel und gelangte zu dem Schluss, dass die Zahl siebenunddreißig für das Verständnis der Heiligen Schrift von fundamentaler Bedeutung ist.«

»Inwiefern?«, fragte Gray.

»Ein paar Beispiele. Das Wort *Glaube* wird in den Evangelien siebenunddreißig Mal verwendet. Wandelt man das hebräische Wort für Weisheit – *chokmah* – in seine kabbalistische Entsprechung um, erhält man ebenfalls den Zahlenwert siebenunddreißig.« Er blickte Lena an. »Sie suchen nach dem Ursprung der menschlichen Intelligenz. Und das einzige Wort in der Bibel, dem die Zahl siebenunddreißig entspricht, ist *chokmah*.«

»Weisheit«, sagte sie nachdenklich.

Er wandte sich den anderen zu. »Pater Kircher führt zahlreiche biblische Verbindungen zur Zahl siebenunddreißig auf, doch die überzeugendste findet sich in der Genesis, in der allerersten Zeile der Bibel. *Am Anfang schuf Gott Himmel und Erde*. Roland blätterte zu einer Seite mit der hebräischen Version des Verses. Darunter hatte Pater Kircher die numerologischen Entsprechungen notiert.

בראשית ברא אלהים את השמים ואת הארץ

296   407   395   401   86   203   913

»Addiert man die kabbalistischen Zahlen«, sagte er, »ergibt sich zweitausendsiebenhundertundeins.«

Gray runzelte die Stirn. »Und das bedeutet?«

Roland blätterte zur nächsten Seite weiter und deutete auf eine Berechnung des Geistlichen.

$$2701 = 37 \times 73$$

Gray beugte sich vor. »Das sind wieder die spiegelbildlichen Primzahlen.«

»Die Sternzahlen des Paters.« Roland nickte. »Eine solche Übereinstimmung kann eigentlich kein Zufall sein, zumal Pater Kircher noch einen Schritt weiter gegangen ist. Er hat den Wert jedes einzelnen Buchstabens mit der Anzahl der Buchstaben multipliziert und diesen Wert durch die Zahlenwerte der *Worte* geteilt. Das ergab eine weitere Zahl, die rational nicht zu erklären ist.«

Roland reichte das Journal Gray, damit er die mathematischen Berechnungen und das eingekreiste Endergebnis überprüfen konnte.

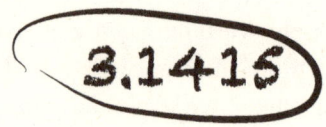

»Das ist Pi«, sagte Gray erstaunt.

»Eine Zahl, die zu Pater Kirchers Zeiten gut bekannt war.«

Lena lehnte sich zurück und sagte mit leiser, beinahe geistesabwesender Stimme: »Maria und ich haben uns für unsere Dissertation zum Ursprung der menschlichen Intelligenz auch mit der Zahl Pi beschäftigt. Wir haben sie als Marker für die Evolution des Wissens herangezogen. Die ältesten Näherungsberechnungen von Pi stammen aus der Zeit der Babylonier.«

Roland nahm das Journal wieder an sich. »Wie es aussieht, sind nicht nur die Sternzahlen im ersten Vers der Genesis verborgen, sondern auch die mathematisch bedeutsame Zahl Pi.«

Gray nahm ihm das Buch aus der Hand und blätterte zu der Seite mit der Abbildung der Erde zurück. Er tippte auf den darunter aufgeführten Kommentar: *36,6 Costa Eve.* »Wie Sie erwähnten, ergibt diese Zahl aufgerundet ebenfalls siebenunddreißig. Eine Zahl, die – wenn Sie recht haben – Sonne, Mond und Erde mit der Präzision einer Schweizer Uhr in Beziehung setzt.«

Lena war merklich blasser geworden. »Vielleicht geht es nicht bloß um die *Sterne.*«

Alle schauten sie an.

»Diese Zahl ist auch in unserem genetischen Code enthalten.«

21:12

Lena hatte davor zurückgescheut, dieses Thema anzusprechen. Als die Zahl siebenunddreißig zur Sprache kam, hatte sie an einen wissenschaftlichen Artikel aus dem Jahr 2014 denken müssen. Damals hatte sie ihn als statistische Anomalie abgetan, doch jetzt kamen ihr Zweifel.

Roland musterte sie aufmerksam. »Was meinen Sie?«

Sie sah auf ihre Hände. »Nahezu sämtliche Lebensformen unseres Planeten verwenden die DNA als Informationsspeicher, doch es gibt einen Code innerhalb des Codes, der Mutationen und Wandel entzogen ist. Die Synthese von Proteinen beruht auf einem komplizierten Regelwerk. Vor Kurzem entdeckten ein Biologe und ein Mathematiker eine

Reihe von perfekten Symmetrien, die in dem Code verborgen sind. Ein Muster, das auf dem Vielfachen einer einzigen Primzahl basiert.«

»Lassen Sie mich raten«, sagte Gray. »Ist es die Zahl siebenunddreißig?«

Sie nickte. »Ich erinnere mich an ein Beispiel aus dem Artikel. Demnach entspricht das Atomgewicht aller Aminosäuren unseres Körpers – insgesamt zwanzig – einem Vielfachen von siebenunddreißig.« Lena schüttelte andeutungsweise den Kopf. »Die Wahrscheinlichkeit dieses Musters wurde auf eins zu einer Dezillion berechnet, einer Eins mit dreiunddreißig Nullen.«

»Also so gut wie null«, bemerkte Seichan.

Roland runzelte die Stirn. »Man muss gar nicht in den mikroskopischen Bereich gehen, um die Verbindung zu unserer Biologie belegen zu können. Denken Sie mal an unsere Körpertemperatur.« Er blickte von einem zum anderen. »Sie beträgt siebenunddreißig Grad Celsius.«

Schweigen breitete sich in der Kabine aus.

Schließlich brach Gray die Stille. »Wenn das alles stimmt, reden wir über eine Zahl, die alles definiert. Die unsere DNA und unseren Körper mit der Bewegung von Sonne, Mond und Erde in Beziehung setzt.«

»Aber was hat das alles zu bedeuten?«, fragte Seichan.

Er schüttelte den Kopf, denn diese Frage konnte er ebenso wenig beantworten wie sie.

»Wenn es Antworten gibt«, sagte Roland, »sind sie hier zu finden.«

Der Priester hatte eine Abbildung aufgeschlagen, die er ihnen bereits gezeigt hatte. Es war der Ausschnitt von Südamerika mit dem Labyrinth über dem unterirdischen See. Lena erinnerte sich, dass in dem Gebirge angeblich eine Stadt verborgen war, ein Ort mit unglaublichen Schätzen und alten Bibliotheken mit Büchern aus Metall und Kristall.

Ob es einen solchen Ort wirklich gab?

Seichan fasste die Frage in Worte. »Wieso sind Sie sich da so sicher?«

Roland deutete auf das Journal. »Sehen Sie mal auf den *Breitengrad* unseres Zielorts.«

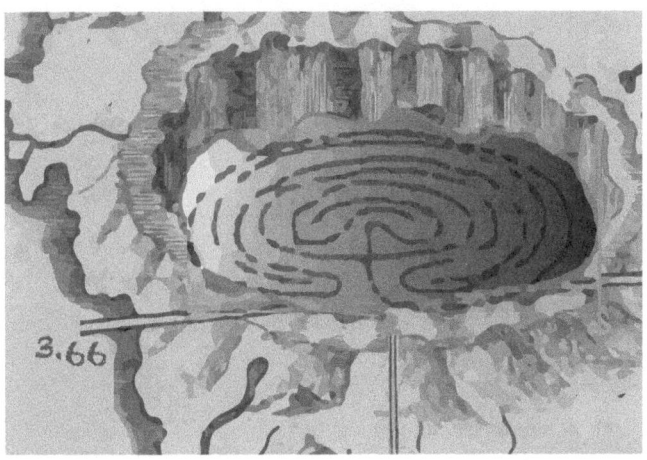

Gray beugte sich vor und las die Koordinaten vor: »3,66.«

Roland lächelte. »Möchte jemand behaupten, es handele sich dabei um einen Zufall?«

Der Pilot meldete sich über die Sprechanlage. »Bitte anschnallen, Leute. Wir beginnen den Landeanflug auf Cuenca.«

Lena wandte sich um und schaute aus dem Fenster. Vor ihnen machte der dunkle Regenwald einer hell erleuchteten Siedlung Platz. Sie richtete den Blick auf den Dschungel und die schroffen Berggipfel in der Ferne. Irgendwo dort draußen verbarg sich möglicherweise die größte Entdeckung in der Geschichte der Menschheit.

Trotzdem wünschte ein Teil von ihr, das Flugzeug möge sich auf die Seite legen und fortfliegen. Sie dachte an all das Blutvergießen, das sie hierhergeführt hatte, und an ihre Schwester Maria, die sich immer noch in Lebensgefahr befand.

Sie betrachtete den Mond, dieses Rätsel, das hoch am Nachthimmel stand. In diesem Moment dachte sie nicht an all die Zahlen, sondern an Rolands Bemerkung, wie erstaunlich es sei, dass die Mondscheibe die Sonne bei der Sonnenfinsternis vollständig verdecke. Diese Symmetrie von Umlaufbahn und Sonnengröße widersprach dem gesunden Menschenverstand. Und doch stand der Mond seit Jahrtausenden am Himmel, ein Rätsel für alle, die ihn betrachteten und sich Fragen stellten.

Sie dachte auch an Grays Bemerkung, dies alles – Sonne, Mond und Erde – besitze die Präzision einer Schweizer Uhr.

Eine beängstigende Frage ging ihr durch den Sinn.

Wenn das stimmte, wer war dann der Uhrmacher?

Das Flugzeug schüttelte sich, als das Fahrwerk ausgefahren wurde.

Vielleicht finden wir es bald heraus.

22:03

Im Halbdunkel des Hangars am Rande des Flughafens von Cuenca stieß Shu Wei dem kauernden Mann den Dolch unterhalb des Ohrs schräg von unten in den Kopf. Er öff-

432

nete den Mund, um zu schreien, doch der Tod ereilte ihn, bevor ein Laut herauskam. Er kippte nach hinten, der Kopf rutschte von der Klinge ab, und er fiel auf den Betonboden.

Shu Wei wandte sich ab und wischte mit einem Tuch das Blut von der Klinge. Sie hatte von dem Mann erfahren, was sie hatte wissen wollen. Die Zielpersonen waren vor einer Dreiviertelstunde in einem gemieteten Helikopter in den Dschungel geflogen. Die von einem angeheuerten Piloten gesteuerte Maschine war ins Gebirge unterwegs, wo die Passagiere sich mit zwei Führern des Shuarstammes treffen wollten.

Sie zog ein iPad aus der Innentasche ihrer Jacke. Sie hatte das Gerät in einem verrauchten Universitätsbüro in Rom an sich genommen. Es gehörte Pater Roland Novak. Während des Flugs hatte ein Experte für digitale Forensik den gesamten Speicherinhalt untersucht. Die meisten Daten bezogen sich auf Athanasius Kircher, einen Priester aus dem Mittelalter. Auch viele Werke des Geistlichen waren auf dem Tablet gespeichert. Sachdienliche Hinweise, die ihnen die Verfolgung hätten erleichtern können, waren keine darunter – mit Ausnahme der Abbildung, die sie ganz am Anfang betrachtet hatte. Sie ließ sie erneut anzeigen.

Kolumbien

Quito

Ecuador

Guayaquil

Cuenca

3,66 Süd
79,00 West

Es war eine Karte von Ecuador mit einer Ortsmarkierung.

Der gemietete Helikopter der Zielpersonen war dorthin unterwegs.

Sie runzelte die Stirn. Ihr wäre es lieber gewesen, die Gruppe hätte mit der Dschungelexpedition bis zum nächsten Morgen gewartet. Dann hätte sie versuchen können, sie hier in Cuenca im Schlaf zu überraschen.

Trotzdem hatte sie sich auf diese Eventualität vorbereitet.

Sie ging zu den zehn Männern hinüber, die sich am

Hangartor versammelt hatten. Alle waren handverlesen. Sie gehörten einer Einheit mit dem Codenamen *Gû* – Falke – an, die den Spezialkräften des Militärbezirks von Chengdu zugeordnet war. Sie hatten sich den Titel verdient, denn sie stürzten sich wie der namensgebende Raubvogel auf ihre Ziele und schalteten sie aus.

Ich werde dem Namen heute Nacht Ehre machen.

Ihr Stellvertreter näherte sich ihr. Oberstabsfeldwebel Kwan war einen Kopf größer als sie, seine Gliedmaßen waren muskelbepackt, sein Gesicht ein Zickzackmuster alter Narben. Das dunkle Haar hatte er zum Pferdeschwanz gebunden. Manche nannten ihn Schwarze Krähe wegen seiner Angewohnheit, seinen Opfern Trophäen abzunehmen: Schmuckstücke, Eheringe, Haarsträhnen oder auch mal ein Paar Hausschuhe. Sie hatte sich einmal nach dieser Marotte erkundigt. Er hatte gemeint, es gehe ihm nicht darum, das Töten zu glorifizieren, sondern dies sei ein Zeichen des Respekts vor den Toten.

Im Lauf der Zeit hatte sie ein besonderes Vertrauen zu ihm gefasst. Er wiederum hatte nie erkennen lassen, dass er ihr ihre Stellung neidete oder sie wegen ihres Alters oder Geschlechts gering schätzte, eine bemerkenswerte Eigenschaft.

»Der Helikopter ist betankt«, sagte er. In Anbetracht seiner einschüchternden Erscheinung war seine Stimme erstaunlich leise und sanft. »Der Antrieb wurde aufgewärmt.«

Sie nickte und schaute über das Rollfeld hinweg zu den dunklen Bergen hinüber.

Dann kann die Jagd beginnen.

19

IST JA GUT, Kleiner. Ist ja gut.

Maria hielt Baakos Hand. Da sein Handgelenk fixiert war, konnte sie ihm nur die Finger drücken. Sie waren so warm, als habe er Fieber. Seine Augen wirkten aufgrund des Beruhigungsmittels zwar glasig, doch er schaute sie flehentlich an, versuchte zu begreifen, was mit ihm geschah, und fragte sich, weshalb sie es zuließ. Tränen quollen ihm aus dem Augenwinkel. Den Kopf konnte er nicht bewegen, denn er war mit einem Ring aus rostfreiem Stahl am OP-Tisch fixiert.

Eine der Helferinnen rasierte ihm den Schädel mit einem Elektrorasierer.

Anderthalb Stunden waren vergangen, seit man Baako ins Vivisektionslabor gebracht hatte. Zu den langwierigen Vorbereitungen zählten eine gründliche Untersuchung, Bluttests und sogar eine Kernspintomografie. Generalmajorin Lau war gegangen und hatte den französischen Paläontologen weggebracht, da sie wollte, dass er die Analyse der Neandertalerknochen aus Kroatien in Angriff nahm.

436

Gerade eben war ein Labortechniker mit den Ergebnissen der Rückenmarkspunktur zurückgekommen. Dr. Han, der leitende Chirurg, hatte sie sich angeschaut. Da alle Werte in Ordnung waren, hatte er Anweisung gegeben, mit dem Eingriff zu beginnen.

Während die Helferinnen die Vorbereitungen abschlossen, wartete Dr. Han mit einer Lidocainspritze in der Hand, bereit, am Schädel eine Lokalanästhesie vorzunehmen. Andere OP-Helfer öffneten sterile Verpackungen.

Baako gab einen leisen Laut von sich.

»Ich weiß, du hast Angst«, flüsterte sie ihm zu, beugte sich vor und küsste ihn auf die Fingerspitzen. Sie ließ kurz seine Hand los und führte die geballten Hände an die Brust.

[Ich hab dich lieb]

Sie ergriff wieder seine Hand – als eine der Helferinnen ein Gerät ausprobierte. Das Sirren der Knochensäge ließ sie zusammenzucken. Baako reagierte noch heftiger. Er bäumte sich auf, weil er sehen wollte, was einen solchen Lärm machte, und weil er am liebsten geflüchtet wäre. Er drückte ihre Hand so fest, dass er ihr beinahe die Finger gebrochen hätte.

Trotzdem ließ sie nicht los. »Baako, ich bin da. Schau mich an.«

Sein Blick huschte panisch hin und her, richtete sich aber schließlich auf Maria.

»So ist's gut. Ich lass dich nicht allein.«

Tränen rollten ihm über die Wangen. Er wimmerte leise, was ihr das Herz zerriss.

Sie wollte ihn so gerne trösten und überlegte verzweifelt, wie sie ihn befreien könnte. Dabei wusste sie, dass jeder Versuch zum Scheitern verurteilt war. Der Eingang des Labors wurde bewacht. Während der tomografischen Untersuchung hatte Maria kurz nach Kowalski gesehen, dessen Leben von ihrer Kooperationsbereitschaft abhing. Er war noch immer in dem Käfig im Felsenhabitat gefangen. Allerdings war er nicht mehr allein. Vor der Käfigtür hockte ein großer Silberrücken. Hinter dem Rudelanführer waren weitere Hybridwesen zu erkennen.

Da sie wusste, welches Schicksal Kowalski erwartete, wenn sie nicht kooperierte, war Maria gezwungen zu tun, was von ihr erwartet wurde.

Was bleibt mir schon anderes übrig?

Sie schaute Baako in die Augen und legte ihre ganze Zuneigung in ihren Blick. Für ihn machte sie gute Miene zum bösen Spiel. Doch sie wusste, dass er ein feines Gespür und großes Einfühlungsvermögen besaß. In seinen gequälten Augen spiegelte sich seine Anstrengung wider, sich ihr mitzuteilen. Da seine Arme gefesselt waren, war er jedoch so gut wie stumm. Er konnte zwar ein paar Worte mit den Fingern buchstabieren, vermochte aber nicht, seine Gefühle auszudrücken, was sein Unbehagen steigerte.

Baako drückte ihre Hand ein wenig fester. Er presste die Lippen zusammen und gab einen leisen, wimmernden Laut von sich. Er versuchte es erneut, und diesmal konnte sie zwei Silben unterscheiden.

»Ma… ma…«

Maria schluckte, die Beine gaben ihr nach. Auch die OP-Helfer hatten Baakos Äußerung gehört. Sie blickten den Patienten auf dem Tisch an. Erstauntes Gemurmel war zu hören. Gorillas verfügten zwar über keinen Sprechapparat wie der Mensch, doch Baako verstand es trotzdem, einen Laut zu imitieren, den er gut kannte und verinnerlicht hatte.

»Mama«, wiederholte er, während er ihr in die Augen blickte.

Maria konnte nicht länger an sich halten. Sie fiel auf die Knie und schmiegte die Wange an Baakos Finger, von Schluchzern geschüttelt.

Gott steh uns bei.

11:08

»Die Suche könnte einen Tag, wenn nicht gar eine Woche dauern«, sagte Monk.

Er stand an der Schwelle der Dìxià Chéng – der Unterirdischen Stadt von Peking – und musterte den überwölbten Eingang am Fuß der Treppe. Die Tunnelwände waren krankenhausweiß gehalten, stellenweise war grüner Schimmel zu erkennen. Auf dem Boden stand knöcheltief schwarzes Wasser. Er war froh, dass er Nase und Mund mit der Schutzmaske bedeckt hatte, denn an diesem klaustrophobischen Ort musste es von Krankheitserregern nur so wimmeln. Trotz der Atemmaske roch es nach Algen, Schimmel und Moder.

Kimberly reichte ihm das Handy zurück. »Ich bezweifle, dass uns das hier etwas nützen wird.«

Das Display zeigte ein löchriges Diagramm des unterirdischen Kaninchenbaus an. Kat hatte es ihnen übermittelt. Auf der Basis von Geheimdienstinformationen hatte seine Frau eine grobe Übersichtskarte des zweihundert Quadratkilometer großen Geländes erstellt. Doch die Dìxià Chéng war vor einem halben Jahrhundert angelegt worden und im Lauf der Zeit vom sich ständig erweiternden U-Bahn-Netz der Stadt durchtrennt und unterteilt worden.

Kat hatte selbst einräumen müssen, dass die Karte nur ein grober Anhaltspunkt war.

Zudem hatten ihre Quellen keine Hinweise darauf erbracht, dass die Unterirdische Stadt sich tatsächlich bis unter den Zoo von Peking erstreckte, der etwa achthundert Meter vom geschlossenen Nudelimbiss entfernt lag.

Nachdem sie Gao Sun ausgeschaltet hatten, hatte Monk Painters Eingreiftruppe in dem Gebäude versammelt. Dies war der Ort, an dem das GPS-Signal aufgetaucht war. Sie waren durch ein Fenster an der Rückseite in das menschenleere Restaurant eingestiegen und hatten im Keller eine Treppe gefunden, die in die Unterirdische Stadt hinabführte. Kimberly zufolge war dies einer von etwa hundert Zugangspunkten zu dem weitläufigen Labyrinth.

Die Stahltür am Fuß der Treppe aber wirkte neu und war offensichtlich nachträglich eingebaut worden. Sie hatte ein elektronisches Schloss, das sich mit Gao Suns Magnetkarte jedoch problemlos öffnen ließ.

Durch die Gefangennahme Gao Suns hatten sie zusätzliche Informationen erlangt. Kat hatte mittels ihrer Kontaktleute den Namen seines Bruders herausgefunden: Chang Sun. Der Mann war Oberstleutnant bei der Volksarmee und hatte eine Ausbildung an der Akademie für Militärwissenschaft absolviert. Seine unmittelbare Vorgesetzte Jiaying Lau hatte ebenfalls an der Akademie studiert. Kat hatte ihnen ein Foto übermittelt, das sie in steifer Haltung in gestärkter kieferngrüner Uniform zeigte. Die Generalmajorin war vermutlich die Ursache der Verärgerung, die Gao bei seinem Telefonat mit seinem Bruder Chang zur Schau gestellt hatte.

Dann kennen wir also anscheinend die Hauptakteure, doch wie sollen wir die Schufte finden?

Ein lautes Platschen lenkte Monks Aufmerksamkeit nach vorn. Ein Mann der Eingreiftruppe kehrte aus der Dunkelheit zurück. Monk hatte vier Soldaten auf Erkundung geschickt. Der fünfte war in Gaos Wohnung geblieben und bewachte ihre Rückversicherung.

»Alles sauber«, meldete der Mann. »Aber Sie sollten sich mal ansehen, was wir entdeckt haben.«

Die fünf handverlesenen Soldaten waren Army Ranger, die wegen ihrer chinesischen Abstammung ausgewählt worden waren. Um ihre Tarnung komplett zu machen, trugen sie wie Monk und Kimberly Uniformen der Volksarmee.

Bist du in Rom…

»Zeigen Sie's mir«, sagte Monk.

Der Ranger – ein untersetzter Sergeant namens John Chin – schritt in den überfluteten Tunnel hinein, vorbei an Räumen voller verrosteter Fahrräder und verschimmelter Möbel. Der schmale Gang stieg leicht an, sodass sie nach einer Weile trockenen Boden erreichten. Vor ihnen wurde es heller.

Bald darauf hatte Monk die anderen Ranger erreicht, die beiden unerschrocken dreinblickenden Brüder Henry und Michael Shaw und den kleineren Soldaten, der einfach nur Kong genannt wurde. Monk war sich nicht sicher, ob das sein Nachname oder ein Spitzname war, den er wegen seiner geringen Körpergröße bekommen hatte.

Kimberly schaute verblüfft nach vorn. Der Gang mündete in einen Tunnel, in dem ein Panzer Platz gehabt hätte. Die grauen Wände und die gewölbte Decke wurden von Natriumdampflampen erhellt. Der Tunnel erstreckte sich in beide Richtungen, nach Süden und nach Norden, und beschrieb in der Ferne eine Biegung.

»Das muss der richtige Weg sein«, bemerkte Monk. »Und zu unserem Glück hat Gao uns ein Transportfahrzeug dagelassen.«

Ein Armeejeep – ein Halbtonner vom Typ BJ2022 mit Vierradantrieb – stand an der Mündung eines kleineren Seitentunnels. Auf der grünen Lackierung der Vordertüren prangte der rote Stern der Volksarmee.

Kimberly holte den Schlüsselbund hervor, den sie dem Gefangenen abgenommen hatte. »Also, wer hat Lust auf eine Spritztour?«, fragte sie mit dem Anflug eines Lächelns, das auf ihre Begleiter übersprang.

Sie stiegen rasch ein. Kimberly setzte sich ans Steuer. Sollten sie auf Checkpoints treffen, hatte sie mit ihrem hübschen Gesicht und ihrer spitzen Zunge die besten Aussichten, sie unbeschadet zu passieren.

Monk stieg hinten ein und zwängte sich zwischen die beiden Shaw-Brüder, damit er nicht gleich auffiel. Die Kappe drückte er sich tief in die Stirn und zog die Atemmaske noch ein Stück höher. Diese Vorsichtsmaßnahmen würden allerdings nur eine oberflächliche Musterung überstehen.

Ich muss es drauf ankommen lassen.

Er beugte sich vor und zeigte nach Norden, in die Richtung des Zoos. »Fahr los. Wir wollen doch mal sehen, wohin die Straße führt.«

Der Motor heulte auf, der Lärm wurde von den Betonwänden reflektiert.

Er ließ sich zurücksinken.

Hoffen wir, dass es nicht schon zu spät ist.

Baako spürt ein Brennen am Schädel.

Er bäumt sich in Panik auf, doch seine Arme und Beine sind gefesselt. Er kann den Kopf nicht bewegen. Er kann nur mit den Augen rollen. Deshalb hat er gesehen, wie der große Mann sich mit einer Spritze in der Hand über ihn gebeugt hat.

Mit Nadeln kennt Baako sich aus. Auch Mama sticht ihn manchmal damit und gibt ihm hinterher eine Belohnung: Banane mit Honig.

Aber diese Spritze tut richtig weh.

Er schaut Mama an. Sie hält Baakos Hand. Sie redet leise auf ihn ein, doch ihre Wangen sind nass. Er riecht ihre Angst. Ihr Geruch ist stärker als der beißende Gestank im Raum und steigert seine Panik.

Mama, mach, dass das aufhört. Ich werde auch ein braver Junge sein.

Doch es hört nicht auf. Er wird immer wieder am Kopf gestochen, und jedes Mal brennt es.

Endlich geht der Mann weg.

Mama beugt sich zu ihm herüber. »Alles wird gut«, sagt sie.

Er muss ihr glauben, doch er schluckt und schluckt, und das Klopfen in seinen Ohren hört nicht auf. Dann lässt das Brennen auf seinem Kopf allmählich nach. Zurück bleiben Kälte und das Gefühl, seine Kopfhaut sei dick und taub.

Das ist auch nicht besser.

»Du bist mein Junge«, sagt Mama. »Mein braver Junge.«

Sie sagt, was er so gerne hört, doch aus ihren Augen kommen Tränen. Sie streichelt ihm die Stirn, doch die

Taubheit hat sich bis dorthin ausgebreitet. Er spürt kaum noch ihre Fingerspitzen.

»Schlaf jetzt, mein kleiner Junge«, flüstert sie, wie sie es daheim so oft getan hat. »Wenn du aufwachst, bin ich da.«

Sie schaut den großen Mann an, der an einem milchigen Beutel hantiert, von dem ein Plastikschlauch zu Baakos Arm führt. Baako hat das Gefühl, dass er leichter wird, bis er meint zu schweben. Er denkt an den blauen Luftballon, den Mama ihm zum Spielen gegeben hat. Als er die Schnur losgelassen hat, ist der Ballon in den Himmel emporgestiegen.

Jetzt ist er der Luftballon.

Mamas Gesicht verschwimmt und verblasst.

Er ruft nach ihr, versucht, ihr zu sagen, dass sie bleiben soll.

Mama, geh nicht weg.

Dann wird es schwarz um ihn.

11:28

Als Baako auf dem Tisch erschlaffte, ließ Maria seine Hand los. Sie richtete sich auf und schlang zitternd die Arme um die Brust. Als ihm der Schädel betäubt wurde, hatte sie seine Angst und Qual deutlich gespürt. Jetzt schlief er wenigstens, vom schnell wirkenden Propofol-Tropf betäubt. Seine Brust hob und senkte sich in gleichmäßigem Rhythmus. Er wirkte friedlich.

So würde es nicht lange bleiben.

Das OP-Team – bestehend aus zwei Chirurgen und drei Helferinnen – deckte ihn bereits ab. Sie würden ihn nur so lange betäubt halten, bis sie die Schädelhaut entfernt und den Schädel geöffnet hatten. Sobald das Gehirn freilag, würden sie den Tropf abstellen, und Baako würde in Minutenschnelle aufwachen.

Dann würde sein wahrer Albtraum beginnen.

Da sie es nicht ertrug, die letzten Vorbereitungen mit anzusehen, trat sie vor die geschwungene Fensterfront, die Ausblick bot auf das Habitat der Hybride. Sie legte die Stirn an die Glasscheibe und blickte nach unten. Kowalski war noch immer im Käfig am Ausgang eingesperrt, davor warteten die Hybride, angeführt vom Silberrücken. Der große Mann hinter den Gitterstäben wirkte im Vergleich zu dem schweren Tier wie eine Stoffpuppe.

Maria fragte sich, wie die Forscher diese aggressiven Wesen wohl kontrollierten. Sie legte die Hände aufs Glas. War es auch wirklich bruchsicher? Die Hybride waren bestimmt imstande, über die Betonfelsen bis zum Fenster hochzuklettern.

Das Geräusch von Schritten veranlasste sie, sich umzudrehen. Eine der OP-Helferinnen – eine junge Frau mit funkelnden Augen – hatte sich ihr genähert. Sie hielt ein Glas mit Eiswasser in der Hand und legte vor dem letzten Abschnitt der Operation eine Pause ein. Dies war die Helferin, die bei Marias Eintreten einen Anflug von Mitgefühl bekundet hatte. Sie wies mit dem Kinn zum Fenster, vielleicht hatte sie ihre Gedanken erraten.

»Die kommen hier nicht rein«, sagte sie. Sie sprach leise, offenbar aber nicht aus Angst vor irgendwelchen Lauschern. Sie machte einen sanftmütigen Eindruck. Sie deutete auf eine Reihe großer Kästen, die vor dem Fenster angebracht waren. »Sie senden auf einer Frequenz, die auf die Halsbänder der Tiere abgestimmt ist.«

Maria waren die Halsbänder der Hybride bereits aufgefallen. »Sind das Elektrohalsbänder?«

»Genau. Die Sender schirmen das Habitat auf Fenster-
höhe ab.«

Maria nickte. Wenn die Tiere zu weit nach oben kletterten und die unsichtbare Barriere erreichten, bekamen sie
einen Stromschlag verpasst und wurden zurückgetrieben.

»Und im Notfall…« Die OP-Helferin zeigte nach links
zu einem verschlossenen Schrank, in dem ein Betäubungsgewehr untergebracht war. In der Glasscheibe des nächstgelegenen Fensters zeichnete sich eine verriegelte Klappe
ab. »Aber keine Angst. Die Waffen wurden noch nie eingesetzt. Hier kann einem nichts passieren.«

Maria verkniff sich eine scharfe Entgegnung. Sie
schaute zu Kowalski hinunter. Er bemerkte es und winkte
ihr zu. Sie legte wieder die flache Hand aufs Glas und versuchte, ihm zu übermitteln, dass sie sich nach Kräften be-
mühe, sein Überleben sicherzustellen.

Hinter ihr erteilte Dr. Han eine Anweisung. Die Helferin zuckte zusammen, nickte Maria eilig zu und beeilte sich, dem Befehl ihres Vorgesetzten nachzukommen.
Maria wandte sich um. Baako war vollständig abgedeckt.
Das OP-Team wusch sich an der Seite gerade die Hände.

Kalte Furcht breitete sich in ihr aus.

Es geht los.

11:35

»Also, das sieht nicht gut aus«, sagte auf dem Rücksitz
Monk.

Als Kimberly um eine weite Kurve bog, versperrte ihnen

plötzlich eine Barrikade aus Holz den Weg. Gekrönt wurde sie von Stacheldraht, neben dem Tor befand sich der Verschlag eines Wachpostens. Auf dem Parkplatz hinter der Barrikade waren mehrere Jeeps und Motorräder abgestellt.

»Was meinst du?«, fragte Kimberly, als sie langsam auf das Hindernis zufuhr.

»Das erinnert mich an die Südgrenze des Zoos«, antwortete Monk. »Also schätze ich, dass wir hier richtig sind.«

Monk hatte die zurückgelegte Strecke mithilfe des in sein Satellitentelefon eingebauten Beschleunigungsmessers nachverfolgt, doch nach den ersten fünfhundert Metern hatten sie den Bereich von Kats Karte verlassen und waren ins Niemandsland vorgedrungen. Unterwegs waren sie an zahlreichen Abzweigungen vorbeigekommen, darunter auch zwei, drei Tunneln, die noch größer waren als der, dem sie folgten. Das Ganze war ein richtiges Labyrinth. Da es nirgendwo Hinweisschilder gab, waren sie einfach dem Tunnel gefolgt, der zum Zoo zu führen schien.

Zumindest das hat anscheinend funktioniert.

Jetzt aber standen sie vor einer neuen Herausforderung.

Die Durchfahrt wurde von einer Reihe hüfthoher Stahlpoller blockiert. Ein Wachposten trat aus dem Verschlag hervor und sah ihnen entgegen.

Kimberly fuhr langsam weiter und bremste vor den Pollern. Der Wachposten näherte sich gelangweilt der Wagentür. Vermutlich kannte er das Fahrzeug und machte sich deshalb nicht die Mühe, das geschulterte Gewehr in Anschlag zu bringen.

An diesem Checkpoint ist anscheinend nicht viel los.

Der Wachposten hatte das Fahrzeug erreicht und beugte sich zum Fahrerfenster vor.

Monk hielt den Kopf gesenkt und stellte sich schlafend wie ein Soldat, der müde war vom Dienst. Kimberly sagte etwas zum Wachposten, dann wandte sie sich ab, langte nach ihrem Tornister und tat so, als suche sie nach ihren Papieren oder dem Einsatzbefehl.

Währenddessen streckte der Mann den Kopf durchs Fenster und musterte die Passagiere. Monk spürte, dass einer der Shaw-Brüder nach seiner Seitenwaffe griff.

Die Ruhe bewahren, dachte er eindringlich.

Plötzlich fuhr Kimberly herum und legte dem Soldaten den Arm um den Hals. Mit der anderen Hand drückte sie ihm eine Spritze an den Hals, die ihm mittels Hochdruckinjektion ein starkes Betäubungsmittel in den Kreislauf injizierte. Sie hielt ihn so lange fest, bis er erschlaffte.

Sergeant Chin sprang aus dem Wagen und lief zum Verschlag. Er schaute sich um, dann schlug er mit der Faust auf einen Schalter. Die Poller verschwanden in der Straße. Er kam zurück und schleppte den bewusstlosen Soldaten in den Verschlag.

»Die Bewusstlosigkeit wird mindestens eine Stunde lang anhalten«, sagte Kimberly, als sie den Jeep durch die Straßensperre lenkte. »Aber wir müssen uns beeilen. Es wird nicht lange dauern, bis jemand feststellt, dass der Checkpoint unbesetzt ist.«

Chin war dem Jeep zu Fuß gefolgt. Er behielt den Parkplatz im Auge und hielt Ausschau nach weiteren Soldaten. Hinter dem Parkplatz endete der Tunnel an einem hohen Rolltor, durch das ein Doppeldeckerbus hindurchgepasst hätte. Davor stand mit dem Heck zum Tor ein Kipplaster. Chin warf einen Blick in die Fahrerkabine, dann bedeutete er ihnen, dass die Luft rein sei.

Kimberly hielt an, und alle stiegen aus. Sie zeigte zu

der Tür neben dem Rolltor. Neben dem Türknauf leuchtete blau ein Kartenleser.

Sie holte Gaos Magnetkarte hervor. »Hoffen wir, dass das ebenfalls funktioniert.«

»Und dass es keine zusätzlichen biometrischen Sensoren gibt«, flüsterte Monk. »Handflächenleser, Irisscanner.«

Kimberly zuckte mit den Schultern. »Notfalls können wir immer noch den Wachposten herschleppen und seine Hand oder sein Auge benutzen.«

Da hat sie recht …

Die Frau war wirklich nicht auf den Kopf gefallen. Kat hatte eine gute Wahl getroffen. Kimberly schwenkte Gao Suns Magnetkarte vor dem leuchtenden Scanner.

Das Schloss entriegelte sich mit einem deutlich vernehmbaren Klicken.

»Ganz einfach«, murmelte sie.

Sie zogen das Tor auf – und sahen sich auf einmal einem verblüfften Mann im Blaumann gegenüber. Auf seiner Kappe prangten die gleichen Zeichen wie auf der Tür des Kipplasters. Der Arbeiter wich erschrocken zurück und murmelte eine Entschuldigung. Er musterte kurz die uniformierten Gestalten und machte ihnen den Weg frei.

Kimberly nickte ihm zu und trat durch die Tür. Monk bildete den Abschluss. Er schob die Sonnenbrille ein Stück weiter die Nase hoch und hoffte, dass der Sonnenschutz dem Mann hier im Untergrund nicht verdächtig vorkommen würde – doch seine Sorgen galten dem Falschen.

Chin folgte Kimberly. Als der Sergeant über die Schwelle trat, bemerkte Monk beim Kartenleser eine Veränderung. Die blaue Farbe machte Rot Platz.

Er spannte sich an.

Verdammter Mist.

Eine über dem Eingang angebrachte Hupe plärrte los.

Kimberly fuhr herum. Bestürzung zeichnete sich auf ihrer Miene ab, aber auch Begreifen. Das Tor war anscheinend mit Sensoren ausgestattet, die registrierten, wenn jemand ohne Magnetkarte hindurchging.

Der Lkw-Fahrer versuchte wegzulaufen, doch Chin schlug ihn von hinten mit der Pistole nieder.

Kimberly winkte Monk zu, den Blick an die Decke gerichtet. »Komm rein! Schnell!«

Ein schweres Sicherheitstor senkte sich herab. Die Shaw-Brüder stürmten über die Schwelle. Monk folgte ihnen und wälzte sich unter der herabsinkenden Barriere hindurch. Kong bildete den Abschluss. Er warf sich auf den Bauch und rutschte durch die schmale Lücke. Dann verfing sich sein Gürtel an der Metallschwelle, und er kam auf halber Strecke zum Halten.

Die Panik stand ihm ins Gesicht geschrieben.

Oh nein.

Monk packte den unteren Rand des Sicherheitstors mit der Prothese und stemmte sich gegen das knirschende Getriebe, wohl wissend, dass er nicht lange durchhalten würde. Chin fasste Kong bei den Armen und riss ihn durch die Lücke, dann ließ er sich nach hinten fallen und beförderte seinen kleineren Teamkollegen in Sicherheit. Hinter Kongs Füßen setzte die Barriere scheppernd auf dem Boden auf.

Während der Alarm unablässig weitertonte, warf Monk die Sonnenbrille weg.

Das war's dann wohl mit der Tarnung.

Maria musterte entsetzt die Szenerie.

Als die Sirenen losheulten, war das OP-Team rund um den Tisch erstarrt. Dr. Han hielt noch immer das Skalpell in der Hand, mit dem er den ersten Einschnitt auf Baakos rasiertem Schädel vorgenommen hatte.

Maria konnte den Blick nicht von dem Blutrinnsal abwenden, das aus dem etwa acht Zentimeter langen Einschnitt quoll. Ihr ganzer Körper fühlte sich taub an, deshalb hatte sie den Alarm zunächst kaum wahrgenommen. Jetzt schwirrte ihr der Kopf. Was war da los?

Alle Gesichter wandten sich der hohen Tür an der anderen Seite des Vivisektionslabors zu. Besorgtes Gemurmel war zu hören; offenbar war man sich unsicher, ob man die Operation fortsetzen sollte.

Ehe eine Entscheidung fiel, wurde Maria tätig. Ohne groß zu überlegen, stürmte sie zum OP-Tisch, entschlossen, Baako zu schützen, selbst wenn es nicht mehr bedeutete, als das Unvermeidliche hinauszuzögern. Sie trat Dr. Han von hinten in die Kniekehlen und entriss ihm das Skalpell, als er zusammenbrach. Dann packte sie den Kragen seines Kittels und zog ihn dicht an sich heran.

Sie setzte die Klinge auf seine Halsschlagader.

»Weckt Baako auf!«, rief sie.

Dr. Han hatte den ersten Schock überwunden und begann, sich zu wehren. Sie ritzte ihm die Haut, worauf er sich wieder versteifte.

»Macht schon!«, schrie Maria.

Endlich reagierte einer aus dem OP-Team. Es war die Helferin, die freundlich mit ihr geredet hatte. Die junge Frau wandte sich um und klemmte den Tropf ab.

»Entfernen Sie auch den Katheter«, sagte Maria und funkelte die anderen an. »Machen Sie ihn los!«

Als niemand ihrer Forderung nachkam, verdrehte sie ein wenig den Kragen von Dr. Hans Kittel und drückte mit der Klinge etwas fester zu. Er schnappte erschrocken nach Luft, dann befahl er seinen Untergebenen zu gehorchen. Vermutlich war ihm klar geworden, dass sie mit dem Patienten nirgendwohin konnte. Weshalb also nicht kooperieren?

Während Maria ihm unentwegt das Messer an den Hals hielt, entfernten die OP-Helferinnen die Abdeckungstücher und schnallten Baako los.

»Versorgen Sie die Schnittwunde«, wies sie den Assistenzarzt an. Ihr Tonfall war weniger aggressiv als zuvor, denn das Adrenalin in ihrem Körper baute sich allmählich ab.

Trotzdem gehorchte der Arzt und verschloss den Schnitt mit einem Klammerpflaster, dann klebte er eine Mullkompresse darüber. Als er fertig war, waren die Sirenen verstummt.

Die Chinesen sahen sie an und warteten auf weitere Anweisungen.

Maria schaute sie hilflos an.

Wie geht es jetzt weiter?

11:44

Generalmajorin Lau befand sich im Auge des Orkans.

Als der Alarm losging, hatte sie die Vorschriften für den Fall eines Sicherheitsverstoßes befolgt und sich auf schnellstem Weg zur Kommunikationszentrale der Anlage begeben. Sechs Männer saßen an den vor der Videowand aufgereihten Tischen. Das größte Display zeigte eine dreidimensionale Karte aller vier Etagen der Anlage an mit kilometerlangen Tunneln, zahllosen Labors, Büros und sonstigen Räumlichkeiten.

Das Sicherheitsproblem war am Südtor der Anlage aufgetreten, wo sie an das Labyrinth der alten Schutzbunker und die Gänge der Unterirdischen Stadt grenzte.

»Wie viele Eindringlinge gibt es?«, wandte Jiaying sich an Chang Sun.

»Ist noch nicht bekannt.« Der Oberstleutnant drückte sich einen Knopf ins Ohr, der den Funkverkehr der Sicherheitsteams übertrug, die sich dem Bereich näherten. »Wir haben jetzt die Feeds der Überwachungskameras.«

Auf den Displays liefen die Bilder rückwärts. Schließlich hob einer der Techniker die Hand.

»Da«, sagte Chang.

Sie ging zum Oberstleutnant hinüber. Der Techniker startete das Video am Zeitpunkt des unerlaubten Eindringens. Die Bilder stammten von der Kamera gegenüber der Laderampe. Sie beobachtete, wie mehrere Personen in den Raum stürmten und am Eingang einen Arbeiter angriffen.

Chang griff am Techniker vorbei, stoppte die Videoaufzeichnung und tippte auf die angezeigten Gesichter. Sie wurden von blauen Kästen eingerahmt, die anschließend größer angezeigt wurden.

»Es sind insgesamt sechs«, beantwortete er Jiayings Eingangsfrage. »Eine Frau und fünf Männer. Alle in Armeeuniform.«

Jiaying beugte sich vor. »Gehören die zu uns?«

Es war nicht auszuschließen, dass das Ministerium für Staatssicherheit eine geheime Überprüfung der Sicherheitsvorkehrungen angeordnet hatte. Allerdings kam ihr das Ganze nicht wie eine Übung vor.

Chang deutete auf eines der eingerahmten Gesichter und bestätigte ihren Verdacht. Der Mann hatte die Sonnenbrille abgenommen, und jetzt sah man, dass es sich um einen Ausländer handelte. »Das sind Amerikaner«, sagte er und wandte den Kopf zu ihr herum. »Da bin ich mir sicher.«

Der Zorn kochte in ihr hoch. »Wo sind sie jetzt?«

Er seufzte genervt. »Sie haben den Überwachungsbereich am Tor inzwischen verlassen. Aber sie werden nicht lange unsichtbar bleiben. Sobald eine Überwachungskamera sie erfasst, werden meine Teams sie stellen.«

»Wie viele Leute haben Sie vor Ort?«

»Über hundert.« Chang richtete sich auf. »Und da sämtliche Durchgänge geschlossen sind und überall zusätzliches Wachpersonal postiert ist, stecken die Eindringlinge in der Falle. Es ist nur eine Frage der Zeit, bis wir sie aufspüren werden.«

Sie nickte und zwang sich, ruhig zu atmen. Der Vorfall beunruhigte sie zwar, doch andererseits verspürte sie auch eine gewisse Erleichterung. Sie hatte vermutet, dass die Amerikaner Einsatzkräfte hierhergeschickt hatten, doch bis jetzt war das eine rein hypothetische Bedrohung gewesen, eine unbekannte Variable, auf die sie keinen Einfluss nehmen konnte. Jetzt hatte sie es mit einer quantifizierbaren Größe zu tun, die sie eliminieren und vielleicht sogar zu ihrem Vorteil nutzen konnte.

»*Zhōngxiào* Sun!«, rief ein Techniker.

Jiaying ging mit dem Oberstleutnant zu ihm hinüber, in der Erwartung, dass man die Eindringlinge aufgespürt hatte. Auf dem Display aber war das Vivisektionslabor zu sehen. Maria Crandall bedrohte eine Geisel mit einem Messer, die Operation war offenbar unterbrochen worden.

Jiaying schüttelte den Kopf über die Frau, die sich anscheinend von ihrem Mitgefühl zum Versuchsobjekt zu einer Dummheit hatte verleiten lassen.

Von einer Wissenschaftskollegin hätte ich mehr erwartet.

Andererseits hatten sich die Amerikaner schon häufiger als zart besaitet erwiesen. Sie waren verhätschelt, hielten sich für überlegen und waren blind gegenüber den globalen Machtverschiebungen.

Im Gegensatz zu China, das schon früh seine Lektionen gelernt hatte.

Ihre Erziehung lässt anscheinend schwer zu wünschen übrig, Dr. Crandall.

»Verbinden Sie mich mit dem Labor«, befahl sie.

Chang sagte etwas zu dem Techniker, der ein paar Tasten drückte und Jiaying ein schnurloses Mikrofon reichte. »Das Labor habe ich auf die Monitorlautsprecher gestellt.«

»Ausgezeichnet.« Sie hob das Mikrofon an die Lippen. »Dr. Crandall, ich bitte um Ihre Aufmerksamkeit.«

Auf dem Bildschirm wich Maria einen Schritt zurück und zog den Chirurgen mit sich. Sie schaute zu den Deckenlautsprechern hoch.

»Wie ich sehe, sind Sie in Panik geraten, doch ich kann Ihnen versichern, dass es sich bei den Alarmsirenen um eine Übung gehandelt hat«, sagte sie in der Absicht, die Hoffnungen der Amerikanerin zunichtezumachen. »Allerdings sollten Sie wissen, dass den Vorschriften gemäß alle Räume verriegelt wurden.«

Das immerhin war *nicht* gelogen.

Maria konnte nirgendwohin fliehen.

»Für Sie und Ihr Versuchsobjekt wird das keine Folgen haben, Dr. Crandall. Bedauerlicherweise gilt das nicht für Ihren Begleiter.«

Maria schaute sich zu der hinter ihr befindlichen Fensterwand um.

»Ich habe Sie gewarnt«, sagte Jiaying.

Es war Zeit für eine Lektion.

11:55

Kowalski sprang in dem kleinen Käfig auf die Beine, verunsichert von der Stille nach dem Gellen der Sirenen. Er war jetzt seit über drei Stunden hier drinnen gefangen und zu der Ansicht gelangt, dass der Käfig im Grunde nichts weiter als ein Snackautomat für die Tiere im Gehege war. Als die Sirenen losgingen, hatte er zunächst geglaubt, dies sei die Essensglocke und mit ihm gehe es zu Ende.

Er war nicht der Einzige, den der Lärm aufgeschreckt hatte.

Die in der Enge des Geheges gellende Hupe hatte die Gorillahybriden gereizt. Einige hatten sich in die Höhlen zurückgezogen, um dem Lärm zu entgehen. Andere hatten sich enger um den Anführer geschart. Der mächtige Silberrücken hockte noch immer vor der Käfigtür, scheinbar unempfindlich gegenüber dem Lärm. Dass er ihn überhaupt mitbekam, war nur daran zu erkennen, dass er sich hin und wieder umsah und zu den Fenstern hochschaute.

Auch Kowalski blickte zu der geschwungenen Fensterfront hoch in der Hoffnung, Maria zu sehen. Eine einzige Frage beschäftigte ihn.

Was geht dort oben vor?

Er fürchtete, dass die Chirurgen den Eingriff an Baako inzwischen abgeschlossen hatten. Er hätte Maria gern getröstet und ihr zur Seite gestanden, auch wenn er nicht viel hätte ausrichten können. Außerdem versuchte er, nicht an Baakos trauriges Schicksal zu denken, denn das hätte ihn nur noch zorniger gemacht.

Eine Bewegung lenkte seine Aufmerksamkeit wieder zum Boden des Geheges. Der Silberrücken schaukelte langsam vor und zurück. Kowalski erwiderte seinen finsteren, unverwandten Blick.

Man könnte meinen, der Mistkerl weiß irgendwas.

Kowalski drückte sich mit dem Rücken fest an die Gitterstäbe und wünschte, er hätte sich hindurchzwängen können. Plötzlich knirschte es über ihm laut – dann wurde die Käfigtür langsam angehoben.

Oh Scheiße…

20

WÄHREND DER GEMIETETE Helikopter immer weiter ins Gebirge vordrang, schaute Gray, der auf dem Sitz des Kopiloten saß, zum Dschungel hinunter. Obwohl es bereits eine Stunde vor Mitternacht war, schimmerte das von silbrigen Nebelschwaden durchwirkte dunkelgrüne Laubdach im Schein des Vollmonds. Der Urwald war scheinbar unberührt von Menschenhand, tiefe Schluchten wechselten sich mit schroffen Felszungen aus Granit ab.

Er warf einen Blick auf die Höhenanzeige. Die kleine Stadt Cuenca, von der aus sie gestartet waren, lag in einer Höhe von zweitausendvierhundert Metern. Der Zielort – etwa vierundsechzig Kilometer südlich der Stadt gelegen – lag noch höher in den ecuadorianischen Anden.

Lenas Stimme tönte aus dem Kopfhörer. »Schwer vorstellbar, dass jemand hier draußen eine Stadt errichtet hat.«

»Gar so unwahrscheinlich ist das nicht«, entgegnete Roland. »Bei meiner Recherche habe ich festgestellt, dass Ecuador viele angenehme Seiten aufweist. Der Boden

458

ist aufgrund der vulkanischen Aktivität ausgesprochen fruchtbar und hervorragend für den Ackerbau geeignet. Gleich vier Migrationsrouten führen durch die Anden und verbinden den Amazonas-Regenwald mit dem Pazifik. Das ist ein Wegekreuz des Kontinents. Cuenca war schon zu Zeiten der Inkas die nördliche Hauptstadt.«

»Der Ort scheint ja ausgesprochen beliebt gewesen zu sein«, murmelte Seichan sarkastisch.

Roland ging nicht darauf ein. »Außerdem ist Ecuador weltweit die einzige Quelle für Balsaholz.«

»Balsa?«, wiederholte Lena.

»Aus diesem ultraleichten Material wurden hier schon vor Jahrtausenden seegängige Boote gebaut. Wenn jemand nach einem Ort mit moderatem Klima gesucht hat, der als Umschlagplatz für eine Migrationskultur dienen konnte, war Ecuador der perfekte Ort.«

Gray nahm alles in sich auf und dachte an das Buch mit den Abbildungen von Pater Crespis Sammlung, das Lena ihm gezeigt hatte. Die Exponate hatten den Eindruck erweckt, als stammten sie aus allen möglichen Gegenden der Welt.

»Und übrigens«, fuhr Roland fort, »werden die *Alten Anden* in der Sprache der Indianer als *Atl Antis* bezeichnet.«

»Atlantis?«, sagte Lena mit einer Mischung aus Bestürzung und Skepsis.

Gray warf einen Blick über die Schulter und forschte in Rolands Gesicht nach einem Hinweis darauf, dass er scherzte.

Roland zuckte lediglich mit den Schultern. »Das habe ich gelesen.«

Der Pilot meldete sich über Bordfunk; sein Englisch

hatte einen starken spanischen Akzent. »Die vor uns liegende Lichtung liegt ganz in der Nähe der Koordinaten,
die Sie mir genannt haben, Señor. Näher komme ich nicht
heran.«

Gray schaute zum nebelverhangenen Wald hinunter,
konnte aber keine Lücke im Laubdach erkennen. Das Terrain erweckte wie überall einen unwirtlichen Eindruck.
Dann aber machte er in dem dunkelgrünen Meer eine
kleine Vertiefung aus.

Will er tatsächlich dort runtergehen?

»Können Sie den Vogel dort landen?«, fragte Seichan
ungläubig.

»Sí, kein Problem.«

Der Pilot steuerte den kleinen Helikopter auf die Lichtung zu. Sie war umringt von hohen Bäumen. Nebel verhüllte den Boden.

Gray klammerte sich an einem Handgriff fest, als der
Pilot den Helikopter herumschwenkte und über der Lichtung in den Schwebeflug überging. Dann ging er rasch tiefer. Der Rotorschwall peitschte die Bäume. Es sah so aus,
als wären die Äste nur Zentimeter von den kreisenden
Rotoren entfernt. Der Pilot aber ließ die Maschine ungerührt weiter in den Nebel hinabsinken.

Gray hob sich der Magen. Mit angehaltenem Atem wartete er darauf, dass die Rotoren die Bäume streiften und
dass es zur Bruchlandung kam. Stattdessen setzten die
Kufen nach einer Weile sanft auf.

Der Pilot blickte sich um und wiederholte: »Kein Problem.«

Das sagt sich so leicht…

Erleichtert klopfte Gray dem Piloten auf die Schulter,
dankte ihm im Stillen und wandte sich dann zu den an-

deren um. »Alle aussteigen.« Er sah auf die Uhr. »Unsere Führer sollten bald hier sein.«

Jedenfalls hoffe ich das.

Auf der Herreise hatte Roland Kontakt mit Pater Pelham aufgenommen, dem Priester der Kirche María Auxiliadora in Cuenca, der Pater Crespis Platz in der Missionsstation eingenommen hatte. Wie Crespi genoss auch er hohes Ansehen und war bei den Shuarstämmen sehr beliebt. Mit der Unterstützung des Vatikans hatte Roland Pater Pelham dazu bewegt, Kontakt mit einem Shuar-Centro aufzunehmen, einem Dorf mit etwa zwanzig Familien, das in der Nähe ihres Zielorts lag.

Wenn jemand sich mit der Gegend und ihren Geheimnissen auskannte, dann die einheimischen Shuar.

Allerdings könnte es schwierig werden, sie zur Zusammenarbeit zu bewegen. Die Stämme waren Fremden gegenüber äußerst misstrauisch. Noch immer verschwanden im Urwald Menschen; sie erlagen Raubtieren, giftigen Schlangen oder Krankheiten. Niemand aber bezweifelte, dass einige wenige Reisende den in den abgelegensten Gegenden des Dschungels beheimateten Indianerstämmen zum Opfer fielen, wo die Menschenjagd und Kannibalismus gang und gäbe waren. Hin und wieder fanden aus den Tiefen des Waldes auch Schrumpfköpfe, von den Einheimischen *tsantsa* genannt, den Weg auf den Schwarzmarkt.

Als sie ausgestiegen waren, schloss Lena ihre Jacke. »Es ist ja richtig kalt hier.«

»Nicht unbedingt der dampfende Dschungel, den ich erwartet habe«, pflichtete Roland ihr bei.

»Das liegt an der Höhe«, erklärte Gray und schwenkte den Arm über die nebelverhüllten Baumwipfel. »Hier wird der Dschungel zum Nebelwald.«

Die Luft war hier ausgesprochen dünn, sodass er schneller atmen musste.

Seichan blickte in die Dunkelheit jenseits der Helikopterscheinwerfer. »Das ist, als beträte man eine andere Welt.«

Gray löste eine Taschenlampe von seinem Gürtel und leuchtete in den üppig grünen Wald hinein. In Nebelwäldern herrschte ein Überfluss an Feuchtigkeit, und dieser hier stellte keine Ausnahme dar. Die Baumstämme, Äste und Schlinggewächse waren mit flaumigem Moos bedeckt. Überall wuchsen Orchideen mit sanft geschwungenen Blättern, die in allen möglichen Farbtönen blühten. Farne wuchsen nicht nur am Boden, sondern auch auf Baumästen. Selbst die Blätter waren mit Algen überzogen.

Und zwischendrin hingen Dunst- und Nebelschwaden und schlängelten sich durch Geäst und Laubwerk. Die Luft war ausgesprochen dünn, erschwerte das Atmen und beschleunigte den Herzschlag. Der schwache Wind war beladen mit Modergeruch und dem Duft der nachtblühenden Pflanzen.

Es war tatsächlich eine andere Welt.

Sie kamen sich vor wie Eindringlinge.

Als der Helikopterantrieb ausgelaufen und nur noch das Ticken des abkühlenden Metalls zu hören war, erwachte der Wald zum Leben. Er summte von Insekten, und in der Höhe knackten Zweige, als ein Tier vor ihnen floh. Hin und wieder rief ein Vogel. Das machte ihnen bewusst, dass sie es hier nicht nur mit der Pflanzenwelt zu tun hatten. Hier gab es große Raubtiere wie zum Beispiel Jaguare und Anakondas, aber auch Tapire, Faultiere, Pekaris und verschiedene Affenarten.

Ein Schwarm Papageien flog am Waldrand auf, kreiste über der Lichtung und beklagte sich lautstark über die Störung, bevor er wieder verschwand.

Lena schaute ihnen nach, dann blickte sie Gray an. »Es ist wunderschön hier.«

»Und gefährlich«, sagte Seichan offenbar in der Absicht, die Begeisterung der Genetikerin zu dämpfen, damit sie nicht leichtsinnig wurde. »Mithilfe der Schönheit kann die Natur einen in die Falle locken.«

Lena schüttelte fassungslos den Kopf.

Gray verkniff sich ein Lächeln und stellte sich neben Seichan. »Lass es locker angehen. Vergiss nicht, wir sind auf ihre Mithilfe angewiesen.«

Sie ergriff seine Hand und lehnte sich an ihn. »Wir brauchen sie *lebend*.« Sie näherte die Lippen seinem Ohr, ihr warmer Atem kitzelte ihn. »Außerdem war ich locker. Die Schlange auf dem Ast über ihrem Kopf habe ich nicht erwähnt.«

Gray schaute nach oben, bis er die smaragdgrüne Schlange ausgemacht hatte, die sich um einen Ast gewunden hatte. »Giftig?«, fragte er.

»Dem dreieckigen Kopf nach zu schließen ist es eine Viper.« Sie schmiegte sich an ihn, als er Lena warnen wollte. »Keine Sorge. Im Moment ist es zu kalt, als dass sie gefährlich werden könnte.«

Gray war nach wie vor skeptisch. Auf einmal kamen ihm Zweifel. »Vielleicht sollten wir besser bis zum Morgen warten, bevor wir mit ein paar Kopfjägern in den Dschungel marschieren.«

Seichan löste sich von ihm und schaute ihn an. »Nein, du hattest recht. Wir haben zehn Stunden gebraucht, um hierherzukommen, und sollten nicht noch mehr Zeit vergeuden. Sobald wir das Höhlensystem gefunden haben, ist es außerdem egal, ob es Tag oder Nacht ist.«

Das stimmt, aber erst mal müssen wir es finden.

»Wir haben Gesellschaft bekommen«, sagte Roland. Er rückte ein Stück näher und zog Lena mit sich.

Zu ihrer Rechten machte er am Waldrand zwei Gestalten aus. Gray hatte keine Ahnung, wie lange sie dort schon standen. Es war, als wären sie plötzlich aus dem Dunkel aufgetaucht.

Er bedeutete den anderen zurückzubleiben und näherte sich vorsichtig den beiden Indianern.

Der größere war anscheinend ein Stammesältester. Sein Gesicht war zerfurcht von rituellen Narben, an Wangen, Kinn und Stirn hatte er geometrische Tätowierungen. Das lange graue Haar hatte er zu Zöpfen geflochten. Sein Oberkörper war nackt, sein kunstvoller Halsschmuck bestand aus Federn, Samenkapseln und Knochen.

Die kleinere Gestalt war ein Junge von zwölf oder dreizehn Jahren. Er war barfuß wie der Ältere, aber mit weiten Shorts und einem grünen T-Shirt mit dem Aufdruck eines Wasserspeiers von Notre-Dame bekleidet. Während der Ältere keine Miene verzog, begrüßte der Junge Gray mit breitem, freundlichem Lächeln.

»Hallo«, sagte Gray und stellte sich vor. »Sprichst du Englisch?«

Der Junge nickte. »Ich bin Jembe.« Er deutete auf den Ältesten. »Das ist Chakikui. Ich spreche für ihn und übersetze, was du sagst.«

»Danke«, sagte Gray, froh darüber, einen Übersetzer zu haben. »Kennst du Pater Pelham von der Kirche María Auxiliadora?«

Das Lächeln des Jungen wurde noch breiter. »Ich mag

ihn sehr. Er hat mir in der Missionsschule Englisch und Spanisch beigebracht.«

Gut. Eine persönliche Beziehung ist sicherlich hilfreich.

»Pater Pelham hat uns gesagt, ihr könntet uns vielleicht ein paar Höhlen in der Gegend zeigen.«

Jembe nickte heftig. »Höhlen, ja. Viele Höhlen in den Bergen.«

Der Älteste sagte etwas in schroffem Ton, ohne Gray aus den Augen zu lassen.

Jembe hörte zu, dann übersetzte er. »Onkel Chakikui sagt, er kennt die Höhlen, nach denen ihr sucht.«

Gray ließ den Atem erleichtert entweichen.

»Aber er wird dich nicht hinführen«, fuhr der Junge bedauernd fort. »Wenn du zu den Höhlen gehst, wird unser Stamm dich töten.«

Er beobachtete, wie die beiden Indianer in der Dunkelheit des Waldes verschwanden.

So viel zum Wert einer persönlichen Beziehung.

23:22

»Wartet!«, rief Roland. Er machte Anstalten, den beiden Indianern nachzueilen. »Bitte!«

Als er Gray erreichte, hielt dieser ihn fest.

»Vorsicht«, sagte Gray. »Die beiden sind möglicherweise nicht allein. Wenn Sie sie bedrängen, könnten Sie einen Pfeil in die Brust abbekommen.«

Roland wollte sich nicht aufhalten lassen. »Ich bin Pater Novak!«, rief er in die Dunkelheit hinein. »Ich habe einen weiten Weg zurückgelegt. Bitte!«

Da ihm nichts Besseres einfiel, öffnete Roland die Jacke

und zeigte seinen weißen Priesterkragen vor. Wenn Pater Pelham bei den Indianern hohes Ansehen genoss, würde vielleicht ein wenig davon auf seinen Amtskollegen abfärben.

Er wartete mit entblößter Brust, sich der von Gray beschworenen Gefahr nur allzu deutlich bewusst.

Schließlich raschelte es im Gezweig, und der alte Mann und der Junge kehrten zurück.

Der Älteste trat vor, den Blick auf Rolands Priesterkragen gerichtet. Er sagte etwas mit ernster, aber auch nachsichtiger Stimme.

Jembe übersetzte. »Chakikui sagt, er wird dir zuhören. Weil Priester freundlich waren zu unserem Stamm.«

Roland entging nicht, dass der Junge von Priestern im Plural gesprochen hatte. Es war durchaus möglich, dass der alte Mann sich an Pater Pelhams Vorgänger erinnerte. Er beschloss, diesen Trumpf auszuspielen.

»Du hast Pater Carlos Crespi gekannt«, sagte er und bemerkte, dass der Älteste bei der Erwähnung des Namens die Augen zusammenkniff. »Wir sind gekommen, um das Andenken des Paters zu ehren und um sein Werk in diesen Wäldern fortzuführen.«

Jembe übersetzte Chakikuis skeptische Erwiderung. »Viele sind begierig nach Gold.«

»Wir nicht«, widersprach Roland. »Wir suchen nach Erkenntnis. Wir suchen nach einer Stadt der alten Lehrer, nach einem Ort des Wissens.«

Er zog Pater Kirchers Journal aus der Innentasche seiner Jacke hervor und zeigte Chakikui und dem Jungen die Goldprägung des Einbands. Der Älteste betrachtete das Labyrinth und machte die Augen schmal, als habe er es schon einmal gesehen.

Interessant...

»Wir haben von Höhlen gehört, in denen es viele solche Bücher gibt«, sagte Roland und dachte dabei an Petronio Jaramillo, der von einer unterirdischen Bibliothek berichtet hatte. »Könnt ihr uns dorthin bringen?«

Der Älteste schüttelte befremdet den Kopf und sagte etwas. Jembe übersetzte mit grimmiger Miene. »Chakikui sagt, er hat jemanden zu den Höhlen geführt. Vor langer Zeit. Er sagt, es war ein Fehler.«

Roland blickte Gray an. *Könnte das der Indianer sein, der Jaramillo in den Vierzigerjahren zu den Höhlen geführt hat?*

»Niemand darf die Höhlen betreten«, fuhr Jembe fort. »Auch nicht im Gedenken an Pater Crespi.« Der Junge schlug ein Kreuz. »Möge er in Frieden ruhen.«

Roland fuhr sich seufzend über die Stirn und überlegte, wie er den Ältesten zur Zusammenarbeit bewegen könnte. Ihm war aufgefallen, dass der Indianer während der Unterhaltung immer wieder auf das Buch in seiner Hand geschaut hatte.

In der Hoffnung, das Buch werde ihm helfen, das Vertrauen des Ältesten zu gewinnen, fuhr er fort: »Dieses Buch wurde von einem anderen Geistlichen geschrieben. Vor mehreren hundert Jahren. Wie Pater Crespi suchte auch er nach der Stadt der alten Lehrer.« Roland blätterte zu der Südamerika-Karte mit dem eingezeichneten Labyrinth vor. »Er sagt, wir sollen hier suchen.«

Chakikui trat einen Schritt näher und streckte die Hand aus. Roland reichte ihm das Journal. Der Älteste blätterte darin. Bei der Abbildung der Sternpetroglyphen aus den Gräbern von Adam und Eva hielt er inne.

Er flüsterte Jembe etwas zu.

Der Junge wandte sich an Roland. »Chakikui will wissen, wer dieser Geistliche ist. Er sagt, es gibt da einen Namen – einen Geistlichen aus ferner Vergangenheit, dessen Name den Weg zu den Höhlen öffnet.«

Roland fasste neuen Mut. »Sein Name ist Pater Athanasius Kircher.« Er zeigte auf das Journal. »Das sind seine Worte, das hat er geschrieben.«

Chakikui schlug das Buch zu und reichte es Roland zurück. Er wandte sich ab und sprach sein endgültiges Urteil, das der Junge übersetzte.

»Das ist nicht der richtige Name.«

Die beiden Indianer machten erneut Anstalten, im Wald zu verschwinden.

Roland zermarterte sich das Hirn nach einer Möglichkeit, den Mann zu überzeugen.

Gray schob sich an Roland vorbei. Er streckte die Hand nach der Schulter des Ältesten aus, zog sie aber aus Angst, die Geste könnte als Drohung aufgefasst werden, zurück, bevor er den Indianer berührte.

»Wartet!«, rief Gray. »Der andere Geistliche… hieß er Nicolas Steno?«

Roland versteifte sich, als ihm sein Irrtum bewusst wurde.

Natürlich.

Pater Kircher hatte diesen Kontinent nie betreten. Er war im Alter zu gebrechlich dazu gewesen und hatte deshalb einen Vertreter entsandt, einen Jüngeren, dem die Reisestrapazen nichts ausmachten – seinen guten Freund Nicolas Steno. Aber war es vorstellbar, dass die Shuarstämme die Erinnerung an diesen Mann bewahrt hatten und ihn noch immer verehrten?

Als Chakikui sich umwandte, lag ein Funkeln in seinen

Augen. »Nikloss… Steno?«, sagte er und musterte forschend die Gruppe.

Roland nickte.

Chakikui ließ den Atem so heftig entweichen, als hätte er ihn seit Jahrzehnten angehalten. Dann sprach er flüsternd mit dem Jungen.

Jembe nickte, während der Älteste sich abwandte. »Er wird euch zum Haus der Alten bringen, zu der Stadt der Alten Anden.«

Roland hörte den Jungen kaum, denn die letzten beiden Worte des Ältesten hallten in seinem Kopf wider. Chakikui hatte die indianische Bezeichnung für die Alten Anden benutzt.

Atl Andis.

Er wandte sich zu seinen Begleitern um, die ebenso verblüfft waren wie er.

Sollte es wirklich wahr sein?

23:58

Lena folgte Gray und Roland, Seichan bildete den Abschluss.

Nachdem sie vierzig Minuten lang durch den Regenwald gestapft waren, klebte ihnen die Kleidung am Leib – nicht, weil sie so stark geschwitzt hätten, sondern wegen der kühlen Feuchtigkeit unter dem Blätterdach. Die Feuchtigkeit tropfte von den Ästen, sammelte sich in Lachen unter dem modernden Laub und hing in der Luft. Mit jedem Atemzug nahm sie sie in sich auf. Ihr schmerzten die Bronchien, und ihr Atem ging keuchend in der dünnen Luft.

Sie hielt sich dicht bei Gray, der mit einer Taschenlampe leuchtete. Deren Lichtstrahl zeichnete einen grünen Tunnel durch die dichte Vegetation. Trotzdem schweifte ihr Blick immer wieder in die Dunkelheit an den Seiten ab. Es raschelte, knackte und summte, hin und wieder brüllte ein Affe oder rief ein Vogel. Sie stellte sich vor, welche Gefahren im Verborgenen lauern mochten. Die meiste Angst hatte sie vor Schlangen.

Die Nebelschwaden verstärkten ihr Unbehagen.

Als wäre der ganze Wald in Bewegung.

Plötzlich durchschnitt ein raubtierhafter Schrei die Nacht, fern und nah zugleich. Sie bemühte sich, zu den anderen aufzuschließen.

Jembe wartete auf sie und überließ dem Ältesten die Führung durch den pfadlosen Urwald. »Ein Jaguar«, sagte er. »Davon gibt es hier viele. Aber sie kommen nicht näher. Wir sind zu mehreren und machen eine Menge Lärm.«

Eine Menge Lärm?

Seit einer Viertelstunde war kaum ein Wort mehr gefallen. Die einzigen Geräusche waren ihr keuchender Atem und das Glucksen der Stiefel auf dem matschigen Boden.

Jembe tätschelte ihr den Arm und schaute sie an mit seinen glänzenden Augen. Offenbar war er ein bisschen vernarrt in sie. »Ich beschütze dich«, sagte er. »Ich bin schnell. Mein Name bedeutet Kolbri.«

»Du meinst Kolibri?«, fragte sie lächelnd nach.

Er nickte stolz und imitierte den Flug des Vogels mit der Hand. »Sehr schnell.«

»Da bin ich mir sicher.«

Sie gingen weiter, stapften endlos steile Wege hoch und über Serpentinen wieder hinab. Zwei Mal mussten sie reißende Wasserläufe überwinden. Die Steine im Wasser waren moosbewachsen. Beim letzten Mal reichte ihr das Wasser bis zum Oberschenkel.

Dann machte sich vor ihnen allmählich ein lautes Tosen bemerkbar.

Was kommt jetzt?

Ehe sie den Ursprung des Grollens erreichten, hielt Chakikui auf einem Felsgrat an. Jembe übersetzte seine Warnung.

»Das hier ist verbotenes Land. Es wird bewacht von ...« Jembe suchte nach dem richtigen Wort. »Von Teufeln.«

Chakikui näherte sich einem hohen, aufrechten Stein am Rand des Grates. Er war von Flechten überwachsen, doch auf der ihnen zugewandten Seite war eine primitive eingeritzte Gestalt zu erkennen. Das Kratzwerkzeug hatte den weißen Stein unter der dunklen Kruste zum Vorschein gebracht, was dem Bildnis etwas Geisterhaftes verlieh.

»Ein Teufel«, sagte Jembe und musterte finster das dargestellte Wesen.

Die Gestalt hatte sich auf die Hinterbeine aufgerichtet und knurrte sie mit erhobenen Klauen an.

Lena drängte sich nach vorn. »Das ist kein Teufel«, sagte sie. »Das ist ein Höhlenbär. In Kroatien haben wir in den Höhlen ganz ähnliche Abbildungen gesehen.«

Roland nickte. »Sie hat recht.«

Lena schüttelte den Kopf. »Aber das Verbreitungsgebiet des Ursus spelaeus reichte nicht bis nach Südamerika«, flüsterte sie. »Diese Darstellung hat hier nichts verloren.«

»Es sei denn, jemand hat das Tier aus dem Gedächtnis gezeichnet«, schlug Roland vor.

Sie richtete sich auf und blickte am Felsgrat vorbei. Hinter dem Totemzeichen waren weitere Steine auf dem steilen Hang verteilt. Trotz der Entfernung konnte sie die eingeritzten Petroglyphen erkennen. Die meisten Darstellungen waren abstrakt: geometrische Formen, komplizierte Wirbel, darunter auch stabförmige Schriftzeichen. Doch es gab auch zahlreiche Schmuckdarstellungen: Schlangen, Vögel, Jaguare, Affen und ein großes Tier mit Hörnern und Hufen, das ein Bison sein mochte.

Kein Wunder, dass dieser Ort den einheimischen Stämmen unheimlich ist.

Chakikui hielt sie mit ausgestrecktem Arm zurück und nannte ihnen einen weiteren Grund, weshalb diese Gegend verboten war.

Jembe übersetzte: »Pater Nikloss Steno. Vor langer Zeit hat er gesagt, wir sollen niemanden hierherlassen. Es sei denn, der Betreffende kennt seinen Namen.«

»Warum das?«, fragte Gray.

Chakikui runzelte die Stirn und antwortete mithilfe des Jungen. »Gefährlich.« Der Älteste klopfte sich auf die nackte Brust. »Für Körper und Geist.« Er schwenkte den Arm, als wollte er den ganzen Wald umfassen. »Und für die Welt.«

Der Älteste musterte Gray scharf. Offenbar wollte er herausfinden, ob Gray immer noch weitergehen wollte.

»Ich verstehe.« Gray zeigte nach vorn. »Zeigen Sie uns die Höhlen.«

Bevor Chakikui der Aufforderung nachkam, hob er die Hände an den Mund und stieß einen lauten Pfiff aus, der Ähnlichkeit hatte mit einem Vogelruf.

»Er schickt die anderen weg«, erklärte Jembe. »Zurück zum Dorf. Sie können nicht mitkommen.«

Lena blickte in den dunklen Wald.

Seichan zeigte sich nicht erstaunt. »Sie beobachten uns,

seit wir gelandet sind. Ich glaube, es sind mindestens ein Dutzend.«

Lena blickte sich bestürzt über die Schulter um, als sie hinter Chakikui her den Hang hinunterstiegen.

Roland ging neben ihr. Er schwenkte den Arm nach rechts und links. »Jaramillo hat berichtet, der Weg zum Eingang der vergessenen Bibliothek führe durch ein Labyrinth bearbeiteter Felsen.« Er zeigte in Richtung des Wassertosens. »Und er endet ihm zufolge an einem angeschwollenen Fluss.«

Nach einer Weile lichtete sich das Laubdach, und sie erhaschten hin und wieder einen Blick auf den Mond.

Lena war froh über die zusätzliche Beleuchtung, musste aber auch an Rolands Bemerkungen über die merkwürdigen Zahlenverhältnisse denken, welche die Beziehung von Erde, Mond und Sonne charakterisierten.

Roland bemerkte, dass sie nach oben schaute. »Wenn ich den Mond so sehe, frage ich mich, weshalb Neil Armstrong an der Expedition beteiligt war.«

»Wieso das?«

»Vielleicht hat er dort oben wirklich eine eigenartige Erfahrung gemacht.« Er betrachtete ehrfurchtsvoll den Mond. »Vielleicht war das der Grund für seine Teilnahme an der britischen Expedition? Das Streben nach Erkenntnis. Wir wissen, dass er mit dem Organisator der ersten Expedition in Verbindung stand, einem schottischen Ingenieur namens Stan Hall, der wiederum mit Petronio Jaramillo Kontakt hatte. Hall hat die zweite Expedition zusammen mit Armstrong organisiert, bevor Jaramillo ermordet wurde.«

Die Unterhaltung wurde immer schwieriger, da das Wasserrauschen inzwischen ohrenbetäubend laut geworden war. Der Fluss gelangte in Sicht, silbrig funkelnd im Mondschein. Er ergoss sich über eine Reihe von Wasserfällen hinweg von einer Felswand und sammelte sich in einem kristallklaren Becken. Vor dort aus strömte er über eine weitere Felskante, verwandelte sich in einen donnernden Wasserfall und verschwand im Urwald.

Gray sah aufs Satellitentelefon, als sie sich dem Ufer näherten.

»Eigenartig«, murmelte er.

Lena beugte sich zu ihm. »Was ist?«

»Dem GPS zufolge befinden wir uns unmittelbar am Ziel. Länge und Breite entsprechen exakt den Angaben auf Kirchers Landkarte. Aber sehen Sie sich das mal an.« Er tippte auf den Kompass in der rechten unteren Ecke des Displays. »Das ist die Anzeige des Magnetkompasses, nicht der errechnete Wert aus der Satellitenortung.«

Die Kompassnadel drehte sich hektisch im Kreis, mal links und mal rechts herum.

Plötzlich rief Jembe ihnen etwas zu. Er stand mit Chakikui am Rand des breiten Beckens. Der Wassernebel funkelte über ihren Köpfen.

Als Lena und deren Begleiter ihn erreicht hatten, zeigte Chakikui zu der steilen Felswand an der anderen Flussseite.

»Der Eingang liegt dort drüben«, erklärte Jembe.

Lena kniff die Augen zusammen, sah aber nur nackten Fels.

Roland stöhnte leise auf. Alle wandten sich ihm zu. »Nahe der Wasserlinie kann ich einen Tunneleingang erkennen. Er schaut nur dreißig Zentimeter aus dem Wasser heraus. Ich glaube, das ist das, was sie meinen.«

»Dann ist der Eingang also überflutet«, sagte Gray.

»Was hast du denn erwartet?« Seichan seufzte. »Heißt es nicht, Atlantis wäre untergegangen?«

Gray schüttelte bedauernd den Kopf. »Sieht so aus, als müssten wir schwimmen.«

Lenas Reaktion fiel heftiger aus. Ihr Atem beschleunigte sich, und sie bekam Herzklopfen. Sie dachte an ein anderes Tunnelsystem, aus dem sie nur mit knapper Not entkommen war.

Roland spürte anscheinend ihre Beklemmung und versuchte, sie zu beruhigen. »Wenigstens wurden wir beim letzten Mal nicht erschossen.«

00:04

Der Wind zerrte an Shu Weis Kleidung, als sie durch den Nebel stürzte. Durch die Nachtsichtbrille hindurch musterte sie die Landezone. Im eingestellten Modus zeigte die Brille Wärmesignaturen an.

Das größte, orangerot leuchtende Objekt, das sie am Boden ausmachte, war der Helikopter. Der Antrieb war noch warm, weshalb die Maschine vor dem kühlen Hintergrund des Waldes deutlich zu erkennen war.

Kleinere Lichtflecken stammten von den übrigen Mitgliedern der Eingreiftruppe, die an ihren Fallschirmen auf die Waldlichtung niedersanken.

Schließlich flammte am Boden ein helleres Licht auf. Stabsfeldwebel Kwan, ihr Stellvertreter, hatte die Fackel entzündet. Er hatte bereits aufgesetzt und signalisierte ihr, dass die Luft rein war.

Sie betätigte den Auslösegriff und hörte, wie der Fallschirm sich über ihr entfaltete. Ruckartig spannten sich die Stränge an. Der Sturz aus der einmotorigen Maschine wurde rasch abgebremst. In einer engen Spirale schwebte sie auf die kleine Lichtung hinab.

Kurz darauf landete sie mit einem dumpfen Geräusch neben dem leuchtenden Helikopter auf dem Waldboden. Sie löste die Stränge, streifte die Gurte ab und orientierte sich.

Stabsfeldwebel Kwan kniete neben einem Toten, der mit dem Gesicht nach unten neben dem Helikopter lag. Einen Meter vom ausgestreckten Arm des Mannes entfernt lag ein Gewehr.

Kwan richtete sich auf. »Ich musste den Piloten ausschalten.«

Sie runzelte die Stirn. Das war eine Enttäuschung. Sie hätte dem Mann gern ein paar Fragen gestellt, aber das war letztlich nicht entscheidend.

»Die Zielpersonen sind bereits aufgebrochen?«, fragte sie.

Kwan nickte und steckte eine Haarsträhne in die Tasche, die er dem Toten abgeschnitten hatte. Seine Trophäe.

Sie verkniff sich einen Tadel und konzentrierte sich auf die vor ihnen liegende Aufgabe. »Wie weit sind sie gekommen?«

»Ihr Vorsprung beträgt höchstens vierzig Minuten, schätze ich.«

Dann sind sie also noch ganz in der Nähe… aber nicht nah genug.

Trotzdem war sie zufrieden mit ihrem Fortschritt. Sie hätte auch mit dem Helikopter einfliegen und dabei Zeit sparen können, doch der Lärm hätte ihre Beute aufgescheucht. Deshalb nahm sie den kleinen Aufschub gern in Kauf.

»Wir haben die Maschine bereits startunfähig gemacht«, sagte Kwan. »Der Gegner wird den Ort nicht auf die gleiche Weise verlassen, wie er hierhergekommen ist.«

Er wird den Ort überhaupt nicht mehr verlassen.

Sie blickte in die Dunkelheit des Waldes. Von hier an würden sie die Nachtsichtgeräte einsetzen.

»Zhu und Feng sollen vorausgehen«, befahl sie.

Die beiden waren ihre besten Fährtenleser.

Kwan neigte den Kopf und ging zu seinen Kameraden.

Shu Wei stand regungslos da und lauschte auf das Säuseln des Winds, das Sirren der Mücken und das Gezwitscher eines fernen Vogels. Sie dachte an die zahlreichen Raubtiere, die im Wald verborgen waren. Eines war jedenfalls sicher…

Die wahre Gefahr für die Zielpersonen ging von jemand anderem aus.

Als alle bereit waren, schaute Kwan sie erwartungsvoll an.

Also gut.

Sie trat in die Dunkelheit des Waldes.

Das muss endlich ein Ende haben.

21

ICH MUSS IRGENDWAS unternehmen...

Maria stand mit dem Rücken zu den Fenstern, die Ausblick boten auf das Gehege der Hybride. Mit der einen Hand umklammerte sie den Kragen von Dr. Hans OP-Kittel, mit der anderen drückte sie ihm das Skalpell an den Hals. Aus dem Augenwinkel nahm sie wahr, dass die Tür von Kowalskis Käfig angehoben wurde.

Der riesige Silberrücken hockte einen Meter vom Käfig entfernt auf dem Boden und wartete geduldig darauf, dass der Weg zur nächsten Mahlzeit frei wurde.

Maria überlegte verzweifelt, wie sie Kowalski helfen könnte. Ihr Blick fiel auf den verschlossenen Schrank mit dem doppelläufigen Betäubungsgewehr. Sie drückte mit dem Skalpell fester zu und wandte sich an das OP-Team.

»Macht den Schrank auf!«, befahl sie.

Eine Frau kam ihrer Aufforderung nach. Es war erneut die junge Helferin, die sich bisher am kooperativsten gezeigt hatte. Sie tippte eine Zahlenkombination in das elektronische Schloss ein und öffnete die Schranktür.

Maria versetzte Dr. Han einen Stoß. Der Chirurg stolperte zur Seite und fiel auf die Knie. Sie warf das Skalpell weg und riss das Gewehr aus der Halterung. Bei der Einweisung im Primatenzentrum hatte man sie auch im Gebrauch solcher Waffen unterwiesen. Sie vergewisserte sich, dass das Gewehr geladen war. Zu ihrer Erleichterung stellte sie fest, dass in beiden Kammern je ein gefiederter Pfeil steckte.

Zur Sicherheit nahm sie zwei weitere mit Sicherheitskappen geschützte Pfeile von einem Tablett im unteren Regalfach und steckte sie in die Tasche, dann zielte sie auf das OP-Team. »Zurückbleiben«, sagte sie.

Ein leises Stöhnen lenkte ihre Aufmerksamkeit zum OP-Tisch. Baako regte sich und hob den bandagierten Kopf von dem Edelstahlring, der seinen Schädel fixiert hatte. Seine Lider flatterten, während die Wirkung des Narkosemittels allmählich nachließ. Benommen wälzte er sich auf die Seite und fiel vom Tisch, fing sich aber ab. Er landete auf allen vieren und wandte den Kopf in ihre Richtung.

Die Krankenschwester und Ärzte machten ihm den Weg frei.

»Baako!«, rief Maria. »Komm zu Mama.«

Er tappte benommen auf sie zu.

Nun wandte sie sich den Beobachtungsfenstern zu, blickte nach unten und versuchte, die Verriegelung zu lösen.

Die Tür von Kowalskis Käfig hatte sich vollständig geöffnet. Der große Mann befand sich noch im Käfig und hatte den Rücken der Stahltür zugewandt. Der Silberrücken hatte sich ebenfalls noch nicht bewegt. Er hockte immer noch da wie eine Katze vor dem Mauseloch und wartete darauf, dass seine Beute hervorkam.

Maria war klar, dass die Ruhe nicht von Dauer sein würde. Während sie noch mit der Verriegelung kämpfte, lehnte Baako sich an ihre Hüfte. Er hob den Kopf und blickte ebenfalls nach unten.

»Na los, mach schon!«, schimpfte Maria, als der Riegel weiter klemmte.

Die junge OP-Helferin kam herüber und löste den Riegel, indem sie ihn ein paar Mal hin und her bewegte. Das ein Meter breite Fenster glitt beiseite.

»Danke«, murmelte Maria.

Sie schob den Gewehrlauf durch die Öffnung, hatte aber zu lange gewartet.

Kowalski stürmte aus dem Käfig hervor.

12:07

Na los, ihr Scheißaffen...

Kowalski rannte geduckt durch die Öffnung. Er hatte so lange wie möglich gewartet, denn er ging davon aus, dass die Geduld des wartenden Tieres nicht ewig währen würde. Als der Affe ein leises Grollen von sich gab, fasste Kowalski dies als Zeichen auf, und als der Silberrücken den Arm hob und in den Käfig langte, hatte er sich bereits in Bewegung gesetzt.

Geduckt wich er der fleischigen Pranke aus und wälzte sich unter dem ausgestreckten Arm hindurch. Hinter dem behaarten Monsteraffen richtete er sich auf und stürmte los.

Weitere Affen drängten sich hinter dem Anführer, doch Kowalskis Flucht hatte sie vorübergehend irritiert. Mit der Betonung auf *vorübergehend*. Einige waren dermaßen verwirrt – vermutlich wegen der gellenden Sirenen –, dass sie ihm stolpernd den Weg freimachten. Oder aber sie trauten sich aus Respekt vor dem Silberrücken nicht, eine Beute für sich zu reklamieren, die ihr Anführer stundenlang fixiert hatte.

Was auch immer der Grund für ihr Verhalten sein mochte, Kowalski nutzte die Gelegenheit und durchbrach den Kordon aus Muskeln, Knochen und Zähnen.

Hinter ihm ertönte ohrenbetäubendes Gebrüll.

Er ahnte, wer dafür verantwortlich war. Ohne sich umzusehen, rannte er zu dem Bereich des Geheges, wo der Boden zwischen den Betonbäumen mit großen Steinen übersät war, denn hier bot sich am meisten Deckung.

Ein neues Geräusch mischte sich in das Gebrüll: ein dumpfes Dröhnen.

Kowalski hatte den mit Steinen übersäten Bereich erreicht, kam rutschend zum Stehen und wandte sich um. Der Silberrücken stand in der offenen Käfigtür. Er hatte sich auf die Hinterbeine aufgerichtet und trommelte sich wütend mit den Fäusten auf die Brust. Speichel flog von seinen Lippen, als er seine scharfen Zähne bleckte, die dazu gemacht waren, Fleisch von Knochen zu reißen.

Keuchend ging Kowalski in die Hocke. Er überlegte, was er tun sollte, und erwartete, dass jeden Moment der mächtige Affe angestürmt kommen würde, so unaufhaltsam wie ein unter Volldampf fahrender Güterzug. Er hielt Ausschau nach einem Versteck oder nach einem Ort, wo er wenigstens ein wenig verschnaufen könnte.

Ich darf den Burschen nicht an mich heranlassen...

Etwas prallte von hinten gegen ihn und brach ihm mehrere Rippen. Die Wucht des Aufpralls schleuderte ihn nach vorn. Im Flug drehte er sich und schlug mit der unverletzten Körperseite auf. Hinter sich machte er den Gorilla mit dem schwarzen Fell aus, der Kowalski im Käfig bereits angeknurrt hatte, vom Silberrücken aber vertrieben worden war.

Anscheinend hat mich der Bursche jetzt auf dem Kieker.

12:08

Das Wutgebrüll hörte auch Maria am offenen Fenster. Es kam von dem Gorilla mit dem dunklen Fell, der Kowalski aus seinem Versteck katapultiert hatte. Das Tier setzte über einen Stein hinweg und machte Anstalten, sich auf Kowalski zu stürzen und ihm den Rest zu geben.

Maria riss das Gewehr herum und zielte auf die unmittelbarere Bedrohung. Sie feuerte auf den jüngeren Gorilla, fürchtete aber, es könnte bereits zu spät sein.

Kowalski wälzte sich im letzten Moment zur Seite, bevor er unter dem massigen Gorilla begraben wurde. Beim Aufprall streckte das Tier den Arm aus und packte Kowalski bei der Hüfte. Er wurde nach vorn gerissen wie eine Stoffpuppe.

Maria blickte durchs Zielfernrohr. Sie wusste nicht, ob der erste Pfeil getroffen hatte. Deshalb drückte sie erneut ab. Vom ersten Schuss klingelten ihr noch die Ohren, doch sie blinzelte nicht und konzentrierte sich. Diesmal machte sie am Hals des Affen die roten Federn des Betäubungspfeils aus.

Der Gorilla ließ Kowalski los, tastete nach dem Pfeil und riss ihn heraus.

Er schaute zu ihr hoch, als ahnte er, woher der Angriff erfolgt war. Er richtete sich auf und brüllte sie an – dann taumelte er rückwärts. Er stolperte und plumpste aufs Hinterteil.

Dass die Wirkung so schnell einsetzte, konnte nur bedeuten, dass auch der erste Pfeil bereits getroffen hatte. Sie kippte den Gewehrlauf nach unten und nahm zwei Pfeile aus der Tasche. Vor lauter Eile rutschte ihr einer durch die Finger und fiel zu Boden. Fluchend drückte sie den anderen in die Kammer.

Der junge Gorilla im Gehege fiel auf die Seite und erschlaffte. Doch er war nicht die einzige Bedrohung.

Ehe sie das Nachladen abgeschlossen hatte, brüllte der Silberrücken seine Wut hinaus und richtete sich zu voller Größe auf. Unwillkürlich wich Maria ein Stück zurück. Obwohl ihr der genetische Hintergrund verstandesmäßig klar war, hatte sie Mühe, sich mit der Existenz eines solchen Monsters abzufinden. Sie dachte an die Riesenknochen, die man ihr gestern gezeigt hatte, an den Meganthropus, einen der ältesten Vorfahren des Menschen, und begriff, dass man nicht nur dessen gewaltige Größe auf die Hybride übertragen hatte – sondern auch seine Wildheit und Xenophobie.

Der Silberrücken stützte sich mit einer Pranke ab und stürmte auf Kowalski zu. Der war noch immer auf allen vieren, verletzt und benommen. Diesmal konnte er nicht ausweichen.

Maria schob das Gewehr durchs Fenster und feuerte den einen Betäubungspfeil auf das rasende Tier ab, doch der Gorilla war zu schnell. Der gefiederte Pfeil prallte von einem Betonast ab.

Verdammter Mist…

Sie bückte sich nach dem Pfeil, der auf den Boden gefallen war, obwohl ihr klar war, dass es ihr nicht mehr gelingen würde, rechtzeitig nachzuladen.

Jemand anders sah das genauso.

Baako löste sich von ihrer Seite und hechtete durchs Fenster, ehe sie ihn aufhalten konnte. Im letzten Moment hielt er sich mit der Hand an der Fensterbank fest, schwang sich herum und hangelte sich an Vorsprüngen in der rauen Betonwand nach unten.

»Baako! Komm zurück!«, rief Maria.

Zum ersten Mal in seinem jungen Leben widersetzte Baako sich ihr.

12:09

Monk wartete zusammen mit Kimberly im leeren Büro. Sergeant Chin bewachte die Tür, während die Shaw-Brüder auf dem Flur die Augen offen hielten.

»Wie lange noch?«, fragte Monk.

Kimberly tippte hektisch auf dem Keyboard. Zuvor hatte sie das Satellitentelefon über eine Schnittstelle mit dem PC-Terminal verbunden. »Okay, ich habe Zugriff auf die Überwachungskameras. Ich kann sie zwar nicht abschalten, aber ich kann Einspielungen vornehmen.«

»Dann tu das.«

Sie öffnete den Videoordner des Telefons und speiste eine gespeicherte Datei in den Videofeed ein. »Das sollte genügen.«

Monk nickte. Er hielt ein Funkgerät in der Hand, das er einem Wachmann abgenommen hatte, den sie kurz nach Betreten der Einrichtung ausgeschaltet hatten.

»Ich lasse am unteren Bildrand eine Textanzeige mit deinem Funkkanal scrollen«, sagte Kimberly.

»Das ist tatsächlich möglich?«

Sie musterte ihn stirnrunzelnd.

Monk hob beschwichtigend die Hand. Diese Bemerkung hätte er sich sparen können. »Okay, dann wollen wir mal hoffen, dass die Sendung auch das richtige Publikum erreicht.«

12:10

Offenbar muss ich alles selber machen.

Jiaying Lau stützte sich auf den Tisch und beugte sich weit zu den Monitoren vor. Sie bemühte sich, das Durcheinander in der Sicherheitszentrale auszublenden. Sie hatte bereits Anrufe des Ministeriums für Staatssicherheit und des stellvertretenden Direktors der Akademie für Militärwissenschaft entgegengenommen. Die Nachricht vom unerlaubten Eindringen hatte sich bereits weit über die Grenzen der Einrichtung hinaus verbreitet.

Sie ahnte, wer dafür verantwortlich war.

Hinter ihr rief Chang Sun Anweisungen in ein Funkgerät und heizte den Suchteams ein. Wenn er die Eindringlinge aufspürte – was nur eine Frage der Zeit war –, würde er seinen Erfolg für sich nutzen und ihre Stellung weiter unterminieren. Sie meinte, den Ehrgeiz zu riechen, den er zusammen mit dem Schweißgeruch verströmte.

Gleichwohl konzentrierte sie sich auf eine andere potenzielle Peinlichkeit, die ihre makellose Führungsakte zu verschandeln drohte. Auf dem Monitor hatte sie beobachtet, wie im Vivisektionslabor Chaos ausgebrochen war. Dr. Crandall hatte ein Betäubungsgewehr an sich genommen und versuchte, ihrem Kollegen in der Arche zu helfen. Die Angelegenheit hätte längst zu ihrem blutigen Ende kommen sollen, eine notwendige Lektion für Maria.

Und dann war auch noch Baako durchs Fenster gesprungen und hatte sich in die Arche hinuntergehangelt. Jiaying hatte beträchtliche Ressourcen eingesetzt, um dieses einzigartige Exemplar in ihre Gewalt zu bringen, und dabei wertvolle Agenten verloren. Wenn ihre Beute von ihren eigenen Hybriden zerfetzt würde, hätte das katastrophale Folgen für ihre Karriere – dann wäre nicht auszuschließen, dass sie mit einer Kugel im Schädel enden würde.

Sie schlug mit der Faust auf den Tisch, entschlossen, sich persönlich um die Dinge zu kümmern. Bevor sie sich abwenden konnte, öffnete sich in der Ecke des Monitors ein kleineres Fenster. Sie beugte sich noch weiter vor. Das körnige Video zeigte einen Soldaten, der an einen Stuhl gefesselt war. Eine Person außerhalb des Erfassungsbereichs der Kamera drückte ihm eine Pistole an die Schläfe.

»Vergrößern Sie das Bild«, wies sie den Techniker an.

Hinter ihr war ein Raunen zu vernehmen, das von den anderen Überwachungsplätzen kam. Sie schaute sich um und stellte fest, dass das Video auf *allen* Bildschirmen angezeigt wurde. Chang tauchte neben ihr auf und kniff entgeistert die Augen zusammen.

»Was ist das?«, fragte er.

»Sagen Sie's mir.« Sie deutete auf den Bildschirm. »Das ist Ihr Überwachungssystem.«

»Jemand muss sich eingehackt haben.«

Als der Techniker das Fenster mit dem neuen Feed vergrößerte, beugte er sich vor. Jetzt konnte man das Gesicht des gefangenen Soldaten erkennen. Jiaying erkannte ihn trotz des Knebels.

»Ist das Ihr Bruder?«

Chang ballte die Fäuste an der Seite. »Gao …«

Jiaying zeigte auf die scrollende Zahl am unteren Rand des Fensters. Es handelte sich um eine Aufforderung, einen sicheren Funkkanal anzurufen. Sie ahnte, wer sich melden würde.

»Können Sie herausfinden, woher das kommt?«, fragte Jiaying.

Chang atmete zischend aus. »Ja. Es dauert nur einen Moment.«

Würden die Amerikaner dann noch dort sein?

Chang packte den Techniker bei der Schulter, was als Aufforderung und Drohung gemeint war. Der Mann machte hektisch eine Eingabe und öffnete nacheinander verschiedene Fenster.

Jiaying blickte finster auf den Monitor. »Wie ich vermutet habe, ist Ihr Bruder tatsächlich am unerlaubten Eindringen beteiligt. Ob vorsätzlich oder nicht, jedenfalls hat er den Gegner an unsere Schwelle geführt.«

Chang kochte innerlich vor Wut, denn er zog den gleichen Schluss.

Jiaying wandte sich um und drückte dem Oberstleutnant den Zeigefinger auf die Brust. »Bereinigen Sie den Fehler Ihres Bruders. Locken Sie die Eindringlinge mit allen erforderlichen Mitteln aus der Deckung und eliminieren Sie sie.« Sie blickte auf die Videoübertragung aus der Arche. »Ich kümmere mich darum, unsere Aktivposten zu schützen, bevor alles den Bach runtergeht.«

Sie stürmte auf den Flur in der Absicht, die Kontrolle zurückzuerlangen, doch im Geiste ging sie bereits die verschiedenen Optionen für den Fall durch, dass alles aus dem Ruder lief.

Bei der Errichtung der Anlage hatte sie heimlich bestimmte Sicherheitsvorkehrungen einbauen lassen. Sie würde sich nicht kleinkriegen lassen. Sie würde die Schande, dass ihr die Anlage aus den Händen genommen wurde, nicht hinnehmen.

Wenn ich falle, dann fallen wir alle.

12:12

Das Funkgerät in Monks Hand summte.

Jetzt wird's ernst.

Er stieg in das Elektrofahrzeug, das sie requiriert hatten, einen militärgrünen Laster mit offener Ladefläche. Sergeant Chin setzte sich ans Steuer, Kong und die Shaw-Brüder schleppten den bewusstlosen Fahrer in ein nahes Labor.

Monk setzte sich zu Kimberly auf den Vordersitz und hielt das summende Funkgerät hoch. »Der Anruf erfolgt über den sicheren Kanal. Unsere Botschaft ist anscheinend angekommen.«

Er beugte sich zu ihr und schaltete den Lautsprecher ein, damit sie mithören und notfalls übersetzen konnte.

Ein Mann meldete sich auf Mandarin.

»Er will wissen, wer wir sind«, flüsterte Kimberly.

Monk hielt sich das Funkgerät an den Mund, im Vertrauen darauf, dass der Anrufer Englisch sprach. »Sie wissen, wer wir sind. Und ich nehme an, ich spreche mit Zhōngxiào Sun.« Er konnte nur hoffen, dass er den Dienstgrad des Oberstleutnants korrekt ausgesprochen hatte. »Dem Bruder von Gao Sun.«

Die Antwort ließ auf sich warten. Die Stille dehnte sich.

Monk tippte Chin auf die Schulter. Als die Shaw-Brüder und Kong auf die Ladefläche geklettert waren, setzte der Laster sich in Bewegung.

Monk warf Kimberly einen besorgten Blick zu.

Wenn das nicht funktioniert...

Als der Sprecher endlich antwortete, klang seine Stimme ganz belegt vor Zorn. »Hier spricht Oberstleutnant Sun. Wenn Ihnen Ihr Leben lieb ist, ergeben Sie sich unverzüglich... und geben meinen Bruder frei.«

Monk entging nicht, dass der Sprecher ein wenig stockte, als er seinen Bruder erwähnte.

Gut.

Kimberly hatte sich mithilfe ihrer Geheimdienstquellen über die beiden Brüder schlaugemacht. Chang war der ältere, verheiratet, eine junge Tochter. Gao war Single. Die Brüder hatten als Jugendliche ihre Eltern verloren und waren kurz darauf in die Armee eingetreten und in derselben Einheit aufgestiegen. Kimberly vermutete, dass die tragischen Ereignisse ihre Bindung gefestigt hatten.

Jetzt kommt es darauf an, das zu unserem Vorteil zu nutzen.

Monk hob das Funkgerät hoch. »Wenn Sie Ihren Bruder lebend wiedersehen wollen, sollten Sie mir gut zuhören.«

Während er auf die Antwort wartete, fuhr der Laster durch einen langen Gang, vorbei an Hightechlabors voller Edelstahlgeräte und Käfige. Bislang waren sie nur einer Handvoll Beschäftigten begegnet. Der Sicherheitsalarm hatte anscheinend zu einer Abriegelung bestimmter Bereiche geführt.

»Wie lauten Ihre Forderungen?«, fragte Chang in schroffem Ton.

»Ganz einfach. Helfen Sie uns, dann helfen wir Ihnen.«

Eine weitere lange Pause, dann wurde Changs Tonfall ein wenig verbindlicher. »Was verlangen Sie?«

»Wenn Sie uns helfen, lassen wir Ihren Bruder am Leben und statten ihn mit wasserdichten Beweisen aus, die belegen, dass Generalmajorin Lau an einer Verschwörung beteiligt war. Sie wird der Sündenbock sein. Für jeden *Erfolg*, den wir in der nächsten Stunde erreichen, verbucht sie einen *Misserfolg*.«

Monk hielt den Atem an. Der Erfolg seines Plans hing von der Animosität zwischen Chang und seiner Vorgesetzten ab. Aber war dessen beruflicher Ehrgeiz tatsächlich stärker ausgeprägt als seine Loyalität?

»Woher weiß ich, dass Sie Ihre Ankündigungen auch umsetzen können?«

»Sind wir nicht in Ihre Anlage eingedrungen?«, entgegnete Monk. »Beweis genug für unsere Fähigkeiten, oder?«

»Aber weshalb sollte ich Ihnen vertrauen?«

»Sie haben keine Wahl. Wenn wir unseren Einsatzkräften in Peking keine umfassende Entwarnung geben, wird man die Leiche Ihres Bruders in der Nähe der US-Botschaft finden, zusammen mit triftigen Beweisen, dass er dort Zuflucht suchen wollte.« Monk präzisierte seine Drohung. »Bei seinen sterblichen Überresten wird man zudem Belege dafür finden, dass Sie und Ihre Frau für die Amerikaner spionieren.«

Monk gab Chang Zeit, dies alles zu verarbeiten, dann fuhr er fort. »Hören Sie. Wenn wir bekommen, was wir wollen, gehen Sie als Held aus der ganzen Sache hervor, während Generalmajorin Lau untergeht. Sollten wir scheitern, müssen Sie und Ihre Familie leiden, während Lau den Ruhm dafür erntet, dass sie uns aufgehalten hat. Die Entscheidung liegt bei Ihnen, Zhōngxiào Sun.«

Diesmal gab es keine Pause. »Was soll ich tun?«

Monk grinste Kimberly an. »Sagen Sie uns, wo unsere Leute sind, und machen Sie den Weg zu ihnen frei.«

Kimberly hielt das Satellitentelefon in der Hand. Sie rief einen Übersichtsplan der Anlage auf, den sie von einem Computerterminal überspielt hatte.

Als Chang die notwendigen Informationen gegeben hatte, nickte sie. »Ich hab's«, flüsterte sie. »Ich weiß, wo sie sind.«

»Was noch?«, fragte Chang verbittert.

»Nur noch eine Sache.«

»Ja?«

Monk sagte ihm, was er von ihm erwartete, dann unterbrach er die Verbindung.

Kimberly blickte Monk an und seufzte gedehnt. »Können wir ihm trauen?«

Er zeigte nach vorn. »Das wird sich gleich herausstellen.«

Während sie dem Weg folgten, den Chang beschrieben hatte, trat eine neue Sorge in den Vordergrund.

Was ist, wenn wir zu spät kommen?

12:13

Der Boden erzitterte, als der gewaltige Silberrücken heranstürmte. Da Kowalski immer noch auf allen vieren war, blieb ihm nichts anderes übrig, als sich gegen den Aufprall zu wappnen. Er wälzte sich auf den Hybriden mit dem schwarzen Fell zu, der zu seiner Linken schnarchte, und suchte an seinem Körper Schutz.

Was mir nicht groß helfen dürfte.

Dann ertönte auf einmal ein durchdringendes Kreischen, das von den Betonwänden des Habitats widerhallte und aus allen Richtungen gleichzeitig zu kommen schien. Der Schrei war voller Zorn und Drohung.

Was ist das nun wieder?

Er hob den Kopf und sah, wie der Silberrücken einen Meter entfernt schlitternd zum Stehen kam. Er stützte sich mit einem Arm ab und hielt Ausschau nach dem Verursacher des Geschreis.

Kowalski tat es ihm nach, während er gleichzeitig die Gelegenheit nutzte, zu der Ansammlung von Steinen in der Mitte des Geheges zu kriechen.

Dann machte er einen dunklen Schatten aus, der sich unterhalb der Beobachtungsfenster von der Wand löste. Der Schatten stürmte in weiten Sätzen auf Kowalski zu. Im nächsten Moment erkannte er Baako.

Oh nein…

Baako landete geduckt neben Kowalski. Japsend wandte sich der kleine Bursche dem nur wenige Meter entfernten Muskelberg zu. Er richtete sich auf die Beine auf, trommelte sich mit beiden Fäusten auf die Brust und forderte das Alphatier des Habitats heraus.

Keine gute Idee, Kleiner.

»Baako, geh weg!«, brüllte Kowalski und schwenkte den Arm, wobei von den gebrochenen Rippen ein sengender Schmerz ausging. »Verschwinde!«

Der Silberrücken verharrte wie festgewurzelt an Ort und Stelle und versuchte anscheinend zu begreifen, wie der Eindringling in sein Reich gelangt war und weshalb ein so kleines Wesen eine so herausfordernde Haltung einnahm. Seine Verwirrung aber verflog, und Gereiztheit und Wut traten an ihre Stelle.

Ein Brüllen entrang sich seiner breiten Brust. Das mächtige Tier machte einen Satz und schlug mit dem Arm nach Baako – doch der war nicht mehr da.

Der junge Gorilla sprang hoch in die Luft, machte einen Satz über die Schulter des Silberrückens hinweg und landete auf dem Hinterteil des Monsters.

Der Silberrücken richtete sich auf und fuhr herum.

Baako machte einen Satz, um dem herumschwenkenden Arm auszuweichen, schaffte es aber diesmal nicht ganz, sich aus dem Gefahrenbereich zu entfernen. Der Ellbogen traf ihn an der Hüfte und schleuderte ihn nach hinten. Er drehte sich in der Luft, rollte sich über die Schulter ab und taumelte über den Boden.

Der Silberrücken setzte ihm nach und hämmerte mit den Fäusten auf die Steine.

Die anderen Bewohner des Habitats – die den seltsamen Vorgängen zunächst fassungslos gefolgt waren – erwachten allmählich aus ihrer Lähmung. Da der Silberrücken abgelenkt war, näherten sie sich Kowalski.

Gar nicht gut.

Er zog sich weiter zwischen die großen Steine zurück und beobachtete, wie Baako vor dem Muskelgebirge floh. Er duckte sich hinter einen Stein. Mit der einen Hand hob er einen Steinbrocken hoch, mit der anderen einen Betonast, der von einem der künstlichen Bäume abgebrochen war. Notfalls würde er eben den Höhlenmenschen geben.

Er drückte sich mit dem Rücken an den Stein. Baako wurde anscheinend bereits müde. Der schnaubende Silberrücken war ihm dicht auf den Fersen.

Kowalski zuckte zusammen, denn er wollte das Ende nicht mit ansehen, doch auf einmal machte Baako einen Ausfall nach links. Der Silberrücken konnte so schnell nicht folgen. Aufgrund seines Gewichts war er Baako an Wendigkeit unterlegen. Trotzdem schwenkte er herum, rutschte über den losen Schiefer und spannte die muskulösen Beine an. Noch ehe er zum Stillstand kam, setzte er Baako nach, der unglücklicherweise geradewegs auf Kowalskis Versteck zulief.

Kowalski richtete sich auf, schwenkte die Arme und zeigte zum offenen Fenster hoch.

»Schaff deinen Arsch da rauf!«

Wie alle, mit denen er bislang zu tun gehabt hatte, hörte auch Baako nicht auf ihn.

Der kleine Bursche machte einen weiten Satz in seine Richtung und streckte die Arme zu Kowalski aus, doch er war nicht schnell genug, und sein Glück konnte auch nicht ewig währen. Der Silberrücken packte Baako am Knöchel und riss ihn zur Seite, bevor er Kowalski erreicht hatte.

Nein!

12:14

Ein sengender Schmerz durchzuckt Baakos Bein, als er herumgerissen wird. Die Felswand verschwimmt. Doch er weiß, er muss sich wehren. Tief in seinem Innern weiß er, dass alles andere seinen Tod bedeuten würde.

Das Monster schwenkt ihn hoch durch die Luft. Das Wesen könnte aus einer von Mamas Gutenachtgeschichten stammen. Es will ihn auf den Boden schmettern. Deshalb krümmt Baako sich zusammen und beißt die Hand, die seinen Knöchel gepackt hält.

Das Monster brüllt und lockert seinen Griff.

Baako macht sich los und taumelt zu Boden. Mit Armen und Beinen sucht er nach Halt. Dann legen sich unglaublich kräftige Finger um seine Hüfte, packen ihn und schnüren ihm die Luft ab.

Das Monster hat ihn sich wieder geschnappt, es brüllt vor Zorn und Blutdurst. Reißt das Maul weit auf. Schnappt nach Baakos Hals. Er verdreht die Augen, sieht weit oben ein Gesicht, ebenso verängstigt wie er selbst.

Mit letzter Kraft ruft er nach ihr.

Mama, hab dich lieb …

Baakos kraftloser Ruf erreichte Marias Ohr und brach ihr das Herz.

Getrieben vom mütterlichen Wunsch zu helfen, betätigte sie den Abzug, doch der Bolzen traf auf eine leere Kammer. Sie hatte den letzten Betäubungspfeil bereits verschossen, hatte im Verlauf der kurzen Auseinandersetzung drei Mal nachgeladen. Dabei hatte sie sich auf den Silberrücken konzentriert, doch das Tier hatte sich zu schnell bewegt und war den Pfeilen ausgewichen. Ein Pfeil hatte ein Weibchen getroffen, das Kowalskis Versteck zu nahe gekommen war.

Der Stich hatte das Tier vertrieben, doch es würde noch einen Moment dauern, bis das Betäubungsmittel wirkte.

Das heißt, falls ein einzelner Pfeil für diese großen Tiere überhaupt ausreichend ist.

Da sie keine Munition mehr hatte, blieb ihr nichts anderes übrig, als dabei zuzuschauen, wie der Silberrücken Baako die Kehle aufriss.

Plötzlich flog ein großer Stein durch die Luft und traf den Silberrücken zwischen den Augen. Das Tier hielt inne und schaute verdutzt hoch.

Kowalski kletterte auf einen der Felsen und schwang ein längliches Stück Beton.

»Such dir einen ebenbürtigen Gegner, du zotteliger Mistkerl!«

12:15

Wobei von ebenbürtig wohl kaum die Rede sein kann...

Obwohl Kowalski auf dem Felsbrocken stand, wurde er vom Silberrücken überragt. Der Affe hielt immer noch Baako umklammert, schien den kleinen Burschen aber vorübergehend vergessen zu haben.

»Na los!«, rief Kowalski herausfordernd und schwenkte die Waffe in der Hoffnung, dass der Silberrücken Baako loslassen würde.

Der riesige Hybridgorilla näherte sich ihm, dann taumelte er zur Seite. Er stützte sich an einem Betonbaum ab. Äste brachen unter seinem Gewicht. Das Tier ging in die Knie.

Was zum Teufel...

Der Stein, den er geworfen hatte, konnte keine solche Wirkung erzielt haben. Der war für das massige Tier ein Klacks gewesen, so wie eine Erbse für einen Pitbull.

Trotzdem ließ der Silberrücken Baako los und setzte die Faust auf den Boden, um sich aufrecht zu halten. Baako hoppelte auf die Felsen zu.

Kowalski schaute sich um. Die anderen Tiere waren erstarrt. Dass ihr Anführer schwankte, hatte sie offenbar eingeschüchtert. Der Silberrücken sank auf die Hüfte nieder und bemühte sich, aufrecht zu bleiben. Erst jetzt bemerkte Kowalski die roten Federn am Rumpf des Silberrückens.

Er blickte zu Maria hoch. Hatte sie es doch noch geschafft, das Mistvieh außer Gefecht zu setzen? Maria aber wirkte ebenso überrascht wie er.

Sie zeigte zur Stahltür. »Laufen Sie! Ein Pfeil reicht nicht aus, das Tier zu betäuben!«

12:16

Maria begriff, dass etwas passiert sein musste. Sie erinnerte sich, dass sie den Betäubungspfeil, den sie hatte fallen lassen, nicht gefunden hatte. Jetzt begriff sie, was daraus geworden war.

Bevor Baako in die Arche hinuntergesprungen war, hatte er sich anscheinend den Pfeil geschnappt. In Lawrenceville hatte sie ihm erklärt, was es mit den Betäubungsgewehren auf sich hatte, die im Primatenzentrum routinemäßig eingesetzt wurden. Sie hatte ihm begreiflich machen wollen, dass die betäubten Tiere nicht tot waren, sondern lediglich schliefen.

Damals war sie sich nicht sicher gewesen, ob Baako ihre Erklärungen verstanden hatte.

Anscheinend hat er sich alles gemerkt.

Der Silberrücken torkelte und wehrte sich gegen die Wirkung des Betäubungsmittels.

Kowalski und Baako nutzten die Gelegenheit und eilten zu der Stahltür, die aus der Arche hinausführte. Die anderen Gorillas wurden auf sie aufmerksam und gewannen jetzt, da der Silberrücken außer Gefecht gesetzt war, an Selbstvertrauen.

Maria wandte sich zu der jungen Frau um, die ihr zuvor schon geholfen hatte. »Sie müssen die Tür öffnen.«

Die Frau wirkte hilflos. »Das kann ich nicht. Nicht von hier oben aus. Jemand muss runtergehen und die Hand auf den Scanner legen.«

Maria wandte sich mutlos wieder zum Fenster um. Kowalski und Baako liefen weiter auf die Tür zu, die Hybriden folgten ihnen.

Das ist die falsche Richtung.

12:17

Als Kowalski in den Käfig vor der Ausgangstür stürmte, rief jemand angstvoll seinen Namen. Er blickte sich über die Schulter um.

Maria schaute zu ihm herunter. »Von hier oben bekomme ich die Tür nicht auf! Sie müssen zu mir hochklettern.«

Etwas fiel aus dem Fenster und entfaltete sich an der Felswand.

Ein Löschschlauch.

Sie wollte, dass sie daran hochkletterten.

Leichter gesagt als getan.

Kowalski senkte den Blick auf die vor dem Käfig anwachsende Wand aus Fell und Muskeln. Da war kein Durchkommen. Möglicherweise könnte er die Tiere so weit ablenken, dass Baako zwischen ihnen hindurchschlüpfen konnte, doch er bezweifelte, dass der Gorilla ihn alleinlassen würde.

Baako zupfte an Kowalskis Arm. Er spreizte Daumen und kleinen Finger ab und stieß die Hand nach unten.

[Bleib hier]

Ehe Kowalski reagieren konnte, sprang Baako aus dem

Käfig und hoppelte geradewegs auf die Herde zu. Er humpelte zwar, schaffte es aber, im letzten Moment über die Gruppe hinwegzusetzen, wobei er den herumfuchtelnden Armen auswich.

So viel dazu, mich nicht alleinzulassen.

Als die Hybriden näher kamen, zerrte Kowalski an der Käfigtür, doch sie blockierte.

Dann dröhnte ein fürchterliches Gebrüll durch das Habitat, ausgestoßen vom monströsen Silberrücken.

Er wich zur Stahltür zurück und klammerte sich an einem Gedanken fest.

Wenigstens war Baako entwischt.

12:18

Baako lässt den Steinknüppel fallen und rennt weg.

Kurz zuvor hat er das Ding vom Boden aufgehoben und sich dem Monster genähert. Dessen Augenlider hingen herab, es atmete tief. Ohne abzubremsen, schnellte Baako hoch und holte mit aller Kraft aus. Der Knüppel traf den Wulst über den stumpfen Augen, die sich plötzlich wieder öffneten.

Eigentlich hat er gewollt, dass das Monster schläft; jetzt will er, dass es wach ist.

Das Gebrüll folgt Baako auf den Fersen. Er hat Schmerzen im rechten Bein, deshalb läuft er auf allen vieren, denn er muss schnell sein. Das Monster jagt hinter ihm her.

Er flüchtet nicht zu Mama… denn Mama ist vor den Monstern sicher.

Stattdessen läuft er auf ein anderes Familienmitglied zu.

Kowalski knirschte mit den Zähnen und rechnete mit dem Schlimmsten, als er hörte, wie der Silberrücken in seine Richtung donnerte. Plötzlich sprang Baako über die Hybride hinweg, die ihn einschlossen. Der junge Gorilla landete vor der Gruppe auf dem Boden und stürmte in den Käfig.

Kowalski fing Baako mit beiden Armen ab, wurde von der Wucht des Aufpralls aber gegen die Stahltür gedrückt. Die Luft wurde ihm aus der Lunge gepresst. Trotzdem hielt er Baako fest.

Die Gruppe der Gorillas teilte sich vor dem wie ein Frachtzug heranstürmenden Silberrücken. Da das Tier noch immer benommen war, konnte es nicht mehr rechtzeitig abbremsen und rammte mit voller Wucht seitlich die Käfigtür.

Beim Aufprall des Fleischbergs krümmte Kowalski sich zusammen aus Angst, zerquetscht zu werden. Doch der massige Silberrücken prallte von der Felswand ab und warf mehrere Hybride um.

Baako fasste Kowalski bei der Hand und zog ihn zur offenen Tür.

Er verstand.

Wir sollten verschwinden, solange die Gelegenheit günstig ist.

Sie rannten an dem benommenen Silberrücken vorbei und stürmten mitten zwischen den verwirrten Hybriden hindurch. Das Durcheinander aber würde nicht lange währen.

Als sie die Wand unterhalb des Fensters erreicht hatten, hob Kowalski Baako an der Hüfte hoch und warf ihn gegen den Löschschlauch. Baako legte die pelzigen Hände darum, blickte sich aber um und trötete besorgt.

»Mach schon! Ich komme nach!«

Kowalski packte den Schlauch und kletterte Baako hinterher.

Drei Stockwerke über ihm rief Maria: »Beeilung! Sie kommen!«

Er schaute nicht nach unten. Was hätte es genützt? Er zog sich mit den Armen hoch und drückte sich mit den Füßen ab. Er beneidete Baako, der viel geschickter war als er und Maria bereits erreicht hatte.

Als Baako durchs Fenster geklettert war, tauchte Marias Gesicht darin auf. Es war angstverzerrt, ihr Blick forderte ihn auf, alles zu geben.

Beeilung!

12:19

Mehrere Gorillahybride stürmten zur Felswand. Der Silberrücken wälzte sich auf die Füße, brüllte und blickte in ihre Richtung. Baakos Hieb, die anschließende Verfolgungsjagd und der Zusammenstoß mit der Wand hatten seinen Blutdruck offenbar so weit erhöht, dass er die Wirkung des Betäubungsmittels abschütteln konnte.

Er trampelte ihnen hinterher, mehrere andere Gorillas schlossen sich ihm an. Da der Blutdurst des Rudels immer größer wurde, fielen mehrere Tiere übereinander her. Die größeren attackierten die kleineren, ein weiterer Beleg für ihre genetisch bedingte Wildheit.

Kowalski befand sich inzwischen auf halber Höhe des Schlauchs, doch das war nicht hoch genug.

Maria blickte zu den unterhalb des Fensterbogens platzierten Stahlkästen hinunter. Die OP-Helferin hatte gemeint, es handele sich um elektrische Abwehrmaßnahmen, die durch die Halsbänder der Hybride ausgelöst würden. Die unsichtbare Barriere sollte die Tiere mit Stromstößen daran hindern, zu weit nach oben zu klettern.

Kowalski hatte kein solches Halsband.

»Sie müssen bis über die elektrische Sperre klettern«, sagte Maria.

Er blickte stirnrunzelnd zu ihr hoch. Offenbar hatte er sie nicht verstanden.

»Klettern Sie einfach weiter!«, drängte sie.

Er senkte wieder den Kopf und bemühte sich, an Höhe zu gewinnen. Plötzlich lockerte sich sein Griff, und er rutschte einen ganzen Meter ab, bevor er sich erneut festklammern konnte.

Er schnappte noch nach Luft, als der erste Hybridgorilla die Felswand erreichte. Zum Glück war es eins der kleineren Tiere, knapp über zwei Meter groß. Es sprang in die Höhe und schlug nach Kowalski, streifte mit den Fingerspitzen an seinen Füßen.

Die Berührung machte Kowalski Feuer unter dem Hintern. Er hangelte sich weiter hoch, doch er hatte Schmerzen. Der Schweiß lief ihm über das verzerrte Gesicht.

Die größeren Tiere erreichten die Wand und kletterten an der rauen Felswand hoch, gruben Fingernägel und Zehen in Spalten und Risse.

Er würde es nicht schaffen.

Plötzlich bewegte sich der Schlauch neben Maria.

Sie schaute sich um. Baako hatte den Schlauch gepackt. Er zerrte daran, versuchte, Kowalski hochzuziehen.

Wieso ist mir das nicht eingefallen?

Sie stemmte die Füße gegen die Wand und half Baako, den Schlauch nach oben zu ziehen.

Dann sprang ihr die junge OP-Helferin bei. Mehrere Kollegen der jungen Chinesin schlossen sich ihnen an. Auf einmal zogen alle am selben Strang. Sie alle hatten die heldenhafte Auseinandersetzung in der Arche mitverfolgt und zollten dem Kämpfer Respekt. Auch wenn sich die Anstrengung als vergebens erweisen mochte, sobald der Staub sich gelegt hätte, waren sie im Moment doch entschlossen, den Mann auf keinen Fall den Tieren in der Grube zu überlassen.

Mit vereinten Kräften hievten sie Kowalski hoch.

Er packte erst mit einer Hand das Fensterbrett, dann auch mit der anderen, hatte aber anscheinend nicht mehr die Kraft, sich über die Brüstung zu ziehen. Maria ließ den Schlauch los und zog ihn in den Raum. Er plumpste auf den Boden und wälzte sich auf den Rücken.

Sein Atem ging pfeifend. »Was… was haben Sie mit dem Zaun gemeint?«, stieß er keuchend aus.

Draußen knallte eine elektrische Entladung, gefolgt von einem Schmerzensschrei. Ein Hybride stürzte von der Wand ab. Sein Metallhalsband zog eine Rauchfahne hinter sich her. Die anderen Tiere hielten entweder inne oder ließen sich zu Boden fallen.

»Das ist nicht mehr wichtig«, sagte Maria, bückte sich und half ihm auf die Beine.

Als Kowalski sich aufgerichtet hatte, schloss Baako ihn in die Arme.

»Danke, dass Sie auf Baako aufgepasst haben«, sagte Maria.

Kowalski legte dem jungen Gorilla beschützend die Hand auf die Schulter. »Ich glaube, das Gegenteil ist richtig.« Er wandte sich zum OP-Team um. »Beabsichtigt jemand, uns daran zu hindern, den Raum zu verlassen?«

Allgemeines Kopfschütteln – doch das änderte nichts an ihrer Lage.

»Wir sind hier eingeschlossen«, erklärte Maria. »Seit der Alarm ausgelöst wurde.«

»Dann sind wir also immer noch gefangen.«

Sie berührte ihn am Ellbogen. »Zumindest sind wir einstweilen in Sicherheit…«

Die Beleuchtung flackerte und erlosch. Das Labor war auf einmal in Dunkelheit gehüllt.

Kowalski brach das Schweigen. »Ihr Wort in Gottes Ohr.«

Baako rückte neben sie und fasste sie beim Arm. Er mochte die Dunkelheit nicht, doch nach einer Weile ging flackernd die tiefrote Notbeleuchtung an.

Maria stieß einen Seufzer der Erleichterung aus.

Kowalski kam ein Gedanke. »Wenn der Strom ausgefallen ist, kommen wir jetzt vielleicht hier raus.«

Er lief zum Ausgang und zerrte an den Doppelhälften der Stahltür, doch sie rührten sich nicht von der Stelle. Er stemmte die Fäuste in die Hüften und betrachtete finster die Tür, als könnte er sie zwingen, sich zu öffnen.

Baako krampfte die Finger um Marias Arm. Sie senkte den Blick und stellte fest, dass er den Löschschlauch fixierte, der noch immer aus dem Fenster hing.

Er hatte sich angespannt und ruckte summend.

Oh nein.

Als sie sich dem Fenster zuwandte, gelangte eine gewaltige narbenbedeckte Pranke in Sicht und packte das Fensterbrett.

Wegen des Stromausfalls war auch die Sicherheitsbarriere ausgefallen.

Maria wich entsetzt zurück und rief: »Sie kommen!«

22

DIE KÄLTE DES dunklen Wassers, in dem sich die Sterne und der Mond spiegelten, verschlug Gray den Atem. Auch die anderen wateten ins Becken. Chakikui und Jembe blieben am Ufer zurück. Der Älteste hatte sein Versprechen eingelöst, sie zur vergessenen Stadt zu bringen.

Offenbar endet seine Verpflichtung an der Eingangsschwelle.

Gray geleitete seine drei Begleiter durch das Becken. Die letzten Meter bis zur Tunnelmündung in der Felswand musste er schwimmen. Zwischen der Wasseroberfläche und der Tunneldecke waren nur dreißig Zentimeter Abstand.

Am Eingang angelangt, stellte er fest, dass er stehen konnte. Er zog den Kopf ein und leuchtete mit seiner wasserdichten Taschenlampe.

»Sieht so aus, als wäre die Decke ein paar Meter weiter noch niedriger«, meldete er.

»Kommen wir durch?«, fragte Lena.

»Keine Ahnung. Vielleicht müssen wir schwimmen und nach Luftblasen suchen.«

Lena gefiel die Auskunft nicht.

Er war auch nicht sonderlich glücklich damit.

Roland schloss zu Gray auf. »Petronio Jaramillo hat berichtet, er habe *schwimmen* müssen, um die alte Bibliothek zu erreichen.«

Seichan winkte. »Genug geredet. Wenn wir herausfinden wollen, ob da unten etwas zu finden ist, müssen wir da durch.«

Er hörte die Skepsis aus ihrer Stimme heraus. Und sie hatte recht. Das Ganze könnte sich durchaus als fruchtloses Unterfangen erweisen, doch wenn sie sich Gewissheit verschaffen wollten, gab es nur eine Möglichkeit.

Wir müssen nachschauen.

Halb schwamm, halb watete Gray in den Tunnel hinein. Es roch nach nassem Fels und Moos. Der Strahl der Taschenlampe drang ein Stück weit in den Gang vor und erleuchtete das kristallklare Wasser, sodass er das Gefühl hatte, er schwebe in flüssigem Glas.

Seichan bildete den Abschluss, als sie im Gänsemarsch vorrückten. Gray vernahm ein leises Raunen.

»Die Wände«, flüsterte Lena Roland zu. »Sie sind unnatürlich glatt.«

Gray streifte mit den Fingerspitzen daran und stellte fest, dass sie recht hatte. Der Gang war auch ungewöhnlich gerade. Sie gingen schweigend weiter, vor allem deshalb, weil das Wasser ihnen schon bald bis über den Mund reichte. Gray reckte den Kopf und atmete angestrengt durch die Nase. Die Enge setzte ihm zu. Dem lauten Schnaufen seiner Begleiter nach zu schließen war er da nicht der Einzige.

Plötzlich fand er mit dem Fuß keinen Boden mehr. Er tauchte unter. Die Taschenlampe beleuchtete eine nach unten führende Treppe.

Er tauchte wieder auf und achtete darauf, sich nicht den Kopf anzustoßen. Die Lippen mühsam über Wasser haltend, sagte er keuchend: »Da ist eine Treppe. Ihr wartet hier. Ich tauche und sehe nach, wie es weitergeht.«

»Seien Sie vorsichtig«, bat Lena.

Genau das hatte Gray vor. Er bedauerte, dass er in Cuenca keine Taucherausrüstung besorgt hatte. Andererseits war keineswegs sicher, dass es in diesem abgelegenen Bergdorf so etwas gab.

Gleichwohl verspürte er eine gewisse Unruhe. Er war geneigt, sie dem langen Flug zuzuschreiben, war sich aber bewusst, dass mehr dahintersteckte. Im Vertrauen auf sein Bauchgefühl holte er tief Luft und tauchte unter.

Mit kraftvollen Schwimmzügen schwamm er die Treppe hinunter. Schlamm wurde aufgewirbelt und trübte das klare Wasser. Druck baute sich in seinen Ohren auf. Als er das Ende der Treppe erreichte, stellte er fest, dass ein Gang in die Dunkelheit führte.

Er überlegte, ob er weiterschwimmen oder umkehren sollte.

Er biss die Zähne zusammen, stieß sich von der letzten Stufe ab und schwamm weiter, angezogen vom Geheimnis und angetrieben von seiner inneren Unruhe. Zu beiden Seiten lagen offene Kammern. Der Strahl der Taschenlampe fiel auf merkwürdige Gegenstände, im Schlamm begraben und von Algen überzogen.

Die Räume waren eindeutig früher mal bewohnt gewesen.

Schließlich endete der Gang an einer Wendeltreppe, die nach oben führte.

Er leuchtete in die Höhe, seine Lunge schrie nach Luft. Er war am Punkt ohne Wiederkehr angelangt. Buchstäblich. Seine Atemluft reichte noch für den Rückweg – oder aber er nahm das Risiko auf sich und schwamm weiter.

Er dachte an Rolands Wiedergabe von Jaramillos Bericht. Der Mann hatte behauptet, es gebe einen Zugang, doch das war Jahrzehnte her, und Jaramillo war damals noch ein Junge gewesen. Möglicherweise war das Höhlensystem in der Zwischenzeit vollgelaufen … oder aber diese Gänge waren die gleichen, die auch der junge Jaramillo durchquert hatte.

Gray schob seine Bedenken beiseite und entschied sich, auf einen anderen Rat zu hören.

Seichans Worte hallten in seinem Kopf wider.

Wir müssen nachschauen.

00:54

Seichan schob sich an Roland und Lena vorbei und schrammte an der Wand entlang, bis sie an der Spitze der Gruppe angelangt war. Sie leuchtete in die Tiefe. Schlammwolken trübten die Sicht und verbargen selbst die obersten Stufen.

Das dauert schon zu lange.

Im Lauf der Jahre hatte Seichan viele Beispiele von Grays Kompetenz und seinem Überlebenswillen in aussichtsloser Lage erlebt. In diesem Moment aber war sie sicher, dass er tot war – nicht weil sie glaubte, er habe versagt, sondern weil sie das Glück, das sie in der Beziehung zu ihm gefunden hatte, nicht verdient hatte. Bevor sie ihn kennenlernte, hatte sie ein einzelgängerisches Leben ohne jegliche Verpflichtungen geführt. Zwar war es voller Blutvergießen und Grausamkeit gewesen, doch das war ihr gerade recht gewesen, da es sie vor moralischer Unklarheit bewahrte. Damals war es ihr leichtgefallen, sich gegen die Welt zu wappnen.

Doch das hatte sich geändert – und es löste widerstreitende Gefühle bei ihr aus.

Manchmal lag sie neben ihm im Bett, beobachtete seinen Atem und schwankte zwischen dem Wunsch, ihn in die Arme zu schließen und zu beschützen, und dem Verlangen, ihn mit einem Kissen zu ersticken, damit sie wieder frei sein konnte.

In diesem Moment aber gab es keine moralische Zweideutigkeit, nur Gewissheit und Entschlossenheit. Sie schwenkte die Taschenlampe durchs trübe Wasser. Das Herz klopfte ihr bis zum Hals, als ihr klar wurde, was sie sich wünschte.

Schaff deinen Arsch zurück, Gray. Lass mich nicht allein.

Wie aufs Stichwort verdichteten sich die Schlammwolken. Dann tauchte ein leuchtender Schimmer zu ihr auf. Sie wich zurück und machte ihm Platz.

Gray tauchte auf und reckte Nase und Mund an die Tunneldecke. Keuchend sog er die Luft ein. Seichan packte ihn, zog seinen Kopf zu sich heran und küsste ihn leidenschaftlich auf die kalten Lippen, ohne sich an seiner Atemlosigkeit zu stören.

Zunächst versteifte er sich – dann legte er den Arm um sie und zog sie an sich. Als er sich von ihr löste, funkelten seine Augen belustigt.

»Du hast dir also Sorgen gemacht?«, neckte er sie.

Sie stieß ihn weg. »Nur deshalb, weil ich verdammt gut weiß, dass du die Luft nicht so lange anhalten kannst. Du hast bestimmt etwas entdeckt.«

Lena meldete sich hinter ihr zu Wort. »Was haben Sie entdeckt?«

Gray blickte sich grinsend um. »Ich hoffe, Sie sind eine gute Schwimmerin.«

1:08

Wie weit denn noch?

Mit letzter Atemluft schwamm Lena Roland dicht hinterher, den Blick auf Grays leuchtende Taschenlampe gerichtet. Gray führte sie eine Wendeltreppe hoch, die sich scheinbar endlos zog. Sie stieß ein paar Luftblasen aus, um den Druck in der Brust zu mildern und um ihrem Körper vorzutäuschen, sie werde gleich Luft holen.

Dann rückte Roland zur Seite und kam über ihr zum Stillstand. Sie schwamm an ihm vorbei. Ihr Kopf schoss aus dem Wasser. Gierig sog sie Luft ein.

Gott sei Dank…

Seichan tauchte neben ihr auf. Sie stieß die Luft aus, vom langen Tauchgang anscheinend wenig beeindruckt.

Irritiert wandte Lena sich ab und schaute sich um.

Sie waren in einer überfluteten Kammer aufgetaucht. Die Steindecke befand sich einen Meter über ihren Köpfen. Nach der Enge des Tunnels war das eine Wohltat. Der leere Raum fühlte sich riesig an. Vor ihr führte eine breite Treppe aus dem Wasser hinaus.

Gray hielt die Taschenlampe hoch und näherte sich der Treppe.

Lena folgte ihm zusammen mit Roland und Seichan.

Roland half ihr aus dem Wasser und auf die Treppe. Er schaute sich um. »Hier ist es wärmer«, bemerkte er.

Er hatte recht. Obwohl sie pitschnass war, nahm sie eine feuchte Wärme wahr, die eher zum Regenwald gepasst hätte. Außerdem roch es leicht nach Schwefel.

»Ein Hinweis auf geothermische Aktivität«, sagte Gray und blickte Roland an. »Haben Sie nicht erwähnt, in dieser Region der Anden gebe es auch ungewöhnlich starken Vulkanismus?«

»Das stimmt. Deshalb ist der Boden hier so fruchtbar.«

Seichan schüttelte sich wie eine nasse Katze. »Kein Wunder, dass die Erbauer diese Tunnel gewählt haben. Da ist die Heizung sozusagen eingebaut.«

Lena zeigte auf die Treppenstufen. »Wo führen die wohl hin?«

»Sehen wir mal nach.« Gray setzte sich wieder in Bewegung. »Ich bin nur bis zum Ende der Treppe gekommen. Wollte mich vergewissern, dass es sich nicht um eine Sackgasse handelt.«

Roland schaltete seine Taschenlampe ein und leuchtete ebenfalls nach vorn. Die Treppe endete auf einem breiten Absatz. Oben angelangt, hielt Lena neben Roland an, der plötzlich mitten im Schritt erstarrt war.

Seine Taschenlampe beleuchtete einen Torbogen, der in einen langen Gang führte. Der Boden war aus Gold, verziert mit kunstvoll gearbeiteten Knochen und Menschenschädeln. Die Feuchtigkeit und der Schwefel in der Luft hatten die Vertiefungen dunkel gefärbt, doch der größte Teil des Goldes funkelte noch.

»Fantastisch«, brachte Roland hervor.

Und makaber, setzte sie im Stillen hinzu. *Kein Wunder, dass die Einheimischen, die zufällig hierhergelangt sind, geglaubt haben, dies sei ein gefährlicher Ort. Zumal bei dem Schwefelgestank.*

Erschauernd trat Lena unter dem Torbogen hindurch.

Ihre Begleiter hatten anscheinend keine solchen Bedenken. Gray ging voran und leuchtete. Der lange Gang war aus dem Fels herausgehauen und hätte zwei Elefanten nebeneinander Platz geboten.

»Sehen Sie sich die Wände an.« Roland schwenkte die Taschenlampe vom Boden zur Decke. »Sie sind mit Schriftzeichen bedeckt.«

Lena ging näher heran und betrachtete die Textzeilen. Auf den ersten Blick machte sie sumerische Keilschrift, ägyptische Hieroglyphen, Mayaschrift und griechische Buchstaben aus. Die Sprachen waren übereinander angeordnet und zogen sich die ganze Wand hoch und den Gang entlang.

»Das ähnelt dem, was wir in der Kapelle des heiligen Eustachius gesehen haben«, sagte Roland.

Lena vergegenwärtigte sich die Schriftzeichen, die Pater Kircher auf den Wänden angebracht hatte.

Die Geschichte des geschriebenen Worts…

Sie ging in die Hocke und betrachtete die untersten Zeilen – anscheinend auch die ältesten. Auf den Steinmonumenten im Urwald hatte sie die gleichen stabförmigen Zeichen gesehen. Sie fuhr mit den Fingerspitzen über die Zeichen.

Ob das die ältesten Schriftzeichen sind, die ein Mensch je niedergeschrieben hat?

Sie richtete sich auf und wandte sich zu ihren Begleitern um. »Das ist anscheinend eine Darstellung der Evolution der Sprache.«

»Da könnten Sie recht haben.« Roland ging weiter und schaute sich interessiert um. »Ich nehme an, dass Pater Kircher sich bei der Ausgestaltung seiner Kapelle von *die-*

sem Ort hat inspirieren lassen ... was nahelegt, dass Nicolas Steno hier war und seinem Freund davon berichtet hat.«

Gray musterte neugierig die Wände. »Das scheint ein Beleg für Pater Crespis Behauptungen zu sein. Es besteht kein Zweifel, dass die Erbauer dieser Anlage mit dem Rest der Welt in Kontakt standen.«

Lena versuchte, sich vorzustellen, was außerhalb des Lichtstrahls der Taschenlampe verborgen sein mochte, und dachte an die Berichte von einem riesigen Höhlensystem unter den Anden, das sich angeblich über weite Teile des Kontinents erstreckte. Sie spürte, dass dies nur einer von vielen Zugängen war. Den Einheimischen zufolge stammten Pater Crespis Artefakte aus dem umliegenden Dschungel, aus Höhlen, unterirdischen Gängen und überwucherten Ruinen.

Seichan zeigte nach vorn. »Sieht so aus, als würde der Gang dort enden.«

Sie gingen weiter – und stießen abermals auf eine Wendeltreppe, die diesmal in die Tiefe führte. Alle versammelten sich davor.

Roland seufzte. »Hoffen wir, dass die nicht in einen anderen überfluteten Bereich hinunterführt.«

»Es gibt nur eine Möglichkeit, uns Gewissheit zu verschaffen.« Gray ging voran und führte sie in die Tiefe. Die Stufen aber blieben trocken.

Roland äußerte eine neue Sorge. »Wir befinden uns bestimmt schon unterhalb des Grundwasserspiegels.«

Bei der Vorstellung erschauerte Lena.

Gray berührte die Wand. »Anscheinend ist dieser Bereich vor Überflutung geschützt.«

Lenas Bedenken konnte er damit nicht zerstreuen.

Schließlich endete die Treppe in einem kreisförmigen Raum. Er war so hoch wie der Gang weiter oben und so groß, dass das Licht der Taschenlampen kaum bis zur anderen Seite reichte.

Seichan hatte anscheinend schärfere Augen als Lena. »Da drüben ist noch eine Treppe.« Sie blickte Gray an. »Die weiter in die Tiefe führt.«

Lena schenkte dem Schatten kaum Beachtung. Auch Roland nicht, der Lena mit einem vielsagenden Blick bedachte. Er schritt mit ihr an der geschwungenen Wand entlang, die zahllose kleine Nischen aufwies. Darin standen Skulpturen verschiedener Tiere, einige daumengroß, andere so groß wie ein ausgewachsenes Pferd.

»Das ähnelt der Galerie, die wir in Kroatien entdeckt haben«, bemerkte Roland.

Lena nickte benommen. »Bloß dass die wesentlich kleiner war.«

Neugier und Ehrfurcht lockten sie weiter. Die Tiere deckten alle Facetten des Lebens ab und stammten von der ganzen Welt. Da waren Käfer mit irisierenden Panzern aus Kristall, Tausendfüßer mit goldenen Beinen, Affen, deren Fell aus dünnen Kupferdrähten bestand, ein Bison und ein Hirsch mit Hörnern und Geweih aus Elfenbein, Skorpione mit einem Panzer aus schwarzen Metallplatten.

In den oberen Nischen waren vor allem Vogelskulpturen untergebracht, das Gefieder bestand aus Kristallscherben, die in allen möglichen Farben schillerten: Falken, Sperlinge, Adler, Pelikane, Kolibris. Einige saßen auf einem Nest aus goldenen Zweigen. Andere schienen in der Luft zu schweben.

In der untersten Reihe wurde das Leben im Meer und im Boden in prachtvollen Details präsentiert: Fische aus

Porzellan, Ameisenkarawanen, kupferfarbene Hummer, silberne Würmer, die sich durch Quarzkugeln bohrten, und vieles mehr.

Sie versuchte, die ganze Vielfalt in sich aufzunehmen.

»Das repräsentiert das Leben auf unserem Planeten«, sagte Roland ehrfürchtig. Er deutete auf ein goldenes Nilpferd mit Augen aus schwarzen Diamanten. »Darunter sind viele Tierarten, die auf diesem Kontinent nicht vorkommen.«

»Ich glaube, das dient auch als Kunstdokumentation«, fügte Lena hinzu. »Um diesen Garten des Lebens zu erschaffen, waren Hunderte verschiedene Handwerkstechniken und künstlerische Fertigkeiten aus den verschiedensten Kulturen erforderlich. Angefangen vom Schmelzen der Metalle bis zum Schneiden von Kristall und Edelsteinen und dem Umgang mit Emaille und Porzellan.«

Lena schwenkte den Arm. »Das repräsentiert in vielerlei Hinsicht die Evolution des Wissens, genau wie die Halle der Schriften, in der wir eben waren.«

Inzwischen waren sie den Raum abgegangen und an der Treppe angelangt. Anders als die erste Treppe führte sie gerade nach unten. Der Strahl von Rolands Taschenlampe wurde in der Tiefe reflektiert.

»Noch mehr Gold«, bemerkte Gray.

Lena setzte sich in Bewegung, nicht weil sie der Verlockung des funkelnden Schatzes erlegen war, sondern getrieben von Neugier. Die Treppe war so breit, dass sie nebeneinander hergehen konnten. Als sie den nächsten Raum betraten, stockte ihnen der Atem.

Roland schlug ein Kreuz, dann legte er Lena die Hand auf den Arm. »Hier waren wir schon mal.«

Scheu hielt Roland an der Schwelle inne und leuchtete umher. Der Raum war ebenso groß wie die Galerie weiter oben und hatte den gleichen Grundriss. Alle Oberflächen – Boden, Wände und Decke – aber waren mit getriebenem Gold verkleidet und mit prachtvollen Mosaiken aus Kristallplättchen geschmückt. Es war, als trete man in ein illustriertes mittelalterliches Manuskript ein. Die stilisierten, steifen Personen, platziert in kunstvollen Ornamenten aus Ranken, Bäumen und Büschen, erinnerten an die Gotik.

Gleichwohl hatte das Ganze auch etwas eigentümlich Vertrautes.

Lena verstand, was Roland meinte. »Man könnte meinen, jemand habe die Höhlenmalereien aus Kroatien mit Gold und Juwelen imitiert.«

Roland nickte und folgte ihr und den anderen in den Raum.

Auf den Wänden wimmelte pralles Leben: Löwen, Hirsche und Bisons, galoppierende Pferde, sogar ein auf die Hinterbeine aufgerichteter Höhlenbär. Inmitten der Tiere aber waren auch kleinere Figuren abgebildet, eindeutig Männer und Frauen.

Roland trat näher an die Wand und betrachtete das Gesicht einer der Figuren, das aus fingernagelgroßen Steinen zusammengesetzt war. Er fuhr mit dem Finger über die gewölbte Stirn und blickte fragend Lena an.

»Ich glaube, das stellt einen Neandertalerhybrid dar, ein Wesen wie Kirchers Eva«, flüsterte sie. »Der Darstellung könnte man entnehmen, dass sie die Tiere bewahren oder beschützen wollten. Aber ich denke, das ist eher metaphorisch gemeint.«

Gray stellte sich neben sie. »Wie meinen Sie das?«

»Ich glaube, es soll ausdrücken, dass diese Leute das Leben in all seinen Erscheinungsformen bewahren wollten, vielleicht als Wächter der Zukunft.«

»Wie die Hüter, die in den alten Texten erwähnt werden«, bemerkte Roland.

»Oder wie Platons Atlanter«, setzte Lena hinzu.

»Und sie führen auch noch andere Namen«, sagte er und fuhr fort, als alle ihn anschauten. »Als ich gelesen habe, dass Crespi an vergessene Kulturen in Ecuador glaubte, stieß ich auf einen Hinweis auf die Theosophische Gesellschaft, die Ende des neunzehnten Jahrhunderts gegründet wurde. Die Theosophen glaubten, eine kleine Gruppe von Menschen, die sie als Bruderschaft der Heiligen bezeichneten, sei die eigentliche Triebkraft hinter der Entwicklung der Menschheit gewesen und habe das Wissen gehütet und verbreitet.« Er nickte Lena zu. »Das erinnert an Ihre Hypothese, wonach aus der Hybridisierung von Neandertalern und Frühmenschen die Lehrer hervorgegangen sind.«

Seichan stand ein paar Meter entfernt und schaute nach oben. »Hüter, Atlanter, Heilige oder wie immer man sie nennen mag... Wenn das hier die *Hüter* waren, liegt auf der Hand, wovor sie die Menschheit beschützt haben.«

Roland legte den Kopf in den Nacken und schaute über die Tiere und ihre wenigen Beschützer hinweg zu den Gestalten auf, die über ihnen dräuten. In Kroatien waren dies bedrohliche Schatten gewesen, von den bearbeiteten Stalagmiten an die Wand geworfen. Hier aber war der Gegner ebenso detailliert dargestellt wie die Tiere und ihre Beschützer.

Er leuchtete nach oben. Die Wesen hatten zotteliges Haar und waren grobknochig. In den von wulstigen Brauen überwölbten Augen funkelte Mordlust. Sie griffen die Tiere mit Knüppeln und primitiven Speeren an. Seichan aber fixierte die grausamste Darstellung: Zwei Riesen rissen einem Kind die Gliedmaßen aus.

»Was soll das darstellen?«, fragte Gray.

»Das weiß ich nicht«, antwortete stirnrunzelnd Roland. »Vielleicht sind auch diese Darstellungen metaphorisch gemeint. Vielleicht sind sie ein Sinnbild der Ignoranz und repräsentieren das, wogegen die Hüter gekämpft haben.«

Lena schüttelte den Kopf. »Nein. Dafür ist die Darstellung zu detailliert. Schauen Sie sich die Gesichter an, die Darstellung der Gliedmaßen. Ich glaube, der Gegner war *real*.«

»Wer soll das gewesen sein?«, fragte Gray entsetzt.

»Vielleicht ein konkurrierender Hominidenstamm, ein weiterer Zweig am Stammbaum des Menschen. Wir wissen, dass der Frühmensch noch andere Zeitgenossen hatte als den Neandertaler. Es gab auch noch andere kleine Gruppen.«

»Aber eine so große Spezies?«, fragte Seichan.

Lena zuckte mit den Schultern. »Einige Nebenzweige des Homo erectus gelten als wahre Riesen. Darunter eine Spezies mit der Bezeichnung Meganthropus, was Großer Mensch bedeutet.« Sie holte weit mit einem Arm aus. »Ich glaube, das hier ist die Darstellung einer realen kriegerischen Auseinandersetzung mit diesem anderen Stamm, eines Kampfs um die Zukunft der Menschheit, einer Schlacht zwischen roher Körperkraft und Gehirn, zwischen Ignoranz und Intelligenz.«

Gray streckte die Hand zu einer der monströsen Gestalten aus. »Wenn Sie recht haben, war dieser Gegner vielleicht der Grund, weshalb die Neandertalerhybride sich vereinigt haben. Ohne die äußere Bedrohung hätte sich der Stamm der alten Lehrer vielleicht nie gebildet.«

Lena nickte. »Vielleicht ist diese Gefahr der Grund, weshalb die Lehrer ein eigenes Zuhause brauchten. Einen Rückzugsort von der Welt, wo sie in Frieden forschen und lernen, das Wichtige bewahren und hin und wieder ihr Wissen mit anderen teilen konnten.«

Roland blickte zur nächsten Treppe an der anderen Seite des Raums hinüber. »Aber was ist mit ihnen passiert? Wohin sind sie verschwunden?«

Sie gingen zu der dunklen Treppe hinüber. Vielleicht würden sie die Wahrheit nie erfahren – doch gleichzeitig fürchtete er sich davor.

1:47

Gray führte die kleine Gruppe die breite Treppe hinunter. Die Stufen erstreckten sich scheinbar endlos in die Tiefe. Er schätzte, dass sie sich inzwischen mindestens fünfzehn Stockwerke unter der Erde befanden. Er stellte sich vor, sie stiegen in einen ausgetrockneten Brunnen hinab, der an allen Seiten von Wasser umgeben war.

Wie weit geht es denn noch nach unten?

Er wischte sich den Schweiß von der Stirn. Es wurde ständig wärmer. Auch der Schwefelgeruch wurde intensiver, so als stiegen sie in die Hölle hinab.

Schließlich gelangte das Ende der Treppe in Sicht. Er nahm ein silbriges Leuchten wahr. Zunächst meinte er, es müsse hier eine Lichtquelle geben, doch als er die letzten

Stufen erreicht hatte, sah er, dass das Licht der Taschenlampen von Kristalloberflächen reflektiert wurde.

»Unglaublich«, murmelte Roland.

Auch dieser Raum war kreisförmig und so groß wie
der goldene Raum weiter oben, doch hier waren sämtliche Oberflächen aus Kristall. Boden und Wände waren
mit Quarzscheiben verkleidet und mit Edelsteinen und
bunten Kristallen verziert. An der Decke aus Obsidianplatten war ein mondloser Sternenhimmel dargestellt. Gestützt wurde sie von einer Kolonnade aus Kristallsäulen,
die mit ihren edelsteingeschmückten Sockeln und Kapitellen an die Gotik erinnerten und durch Bogen miteinander
verbunden waren.

Unter den Säulenbogen befanden sich mit Edelsteinen
besetzte Türen, die mit schwarzem Wachs versiegelt waren. Zwei der Türen – eine auf jeder Seite des Raums –
standen offen. Auf dem Boden waren Wachsreste verstreut.

Roland näherte sich der einen Tür, Lena der anderen.

Gray und Seichan wurden magisch von der Mitte des
Raums angezogen.

»Das ist eine Bibliothek!«, rief Roland. Er leuchtete in
den Nebenraum hinein. »Hier stehen Hunderte von Bü-
cherregalen, alle vergoldet, eins hinter dem anderen. Und
so viele Bücher...« Er kniete nieder. »Ein Buch liegt am
Boden, als hätte es jemand aus dem Regal gezogen und liegen gelassen. Vielleicht war das Jaramillo.«

»Hier ist es das Gleiche«, meldete Lena von der anderen Seite. »Goldene Bücherregale. Und weiter hinten gibt
es weitere Räume.«

Roland untersuchte das Buch. »Kein Wunder, dass Jaramillo es nicht ins Regal zurückgestellt hat. Das wiegt be-

stimmt zwanzig Kilo. Der Einband besteht aus einem schwärzlichen Metall, die Seiten aus dünner Kupferfolie. Die Schrift kann ich nicht entziffern, doch anscheinend handelt sich um die gleiche lineare Schrift, die im Sprachensaal ganz unten aufgeführt ist.«

»Die Bücher hier«, rief Lena, »bestehen aus einem dünnen kristallinen Material mit eingeätzten Buchstaben. Ich erkenne geometrische Formen und seltsame Muster, bei denen es sich um mathematische Formeln handeln könnte.«

Ehe sie beide weiter in die Bibliotheken hineingehen konnten, rief Gray sie zu sich. »Bitte kommen Sie beide her.«

Er und Seichan standen vor einem weiteren, noch größeren Mysterium.

In der Mitte des Raums befand sich ein großer Block aus durchscheinendem Quarz. Darauf ruhte ein menschliches Skelett aus Gold, alle Knochen und Gelenke perfekt ausgeführt. Die Gestalt lag auf dem Rücken und hielt einen goldenen Stab in Händen, wie sie ihn schon kannten.

»Was halten Sie davon?«, wandte Gray sich an Roland und Lena.

»Das muss Evas Rippe sein. Das Gegenstück von dem Elfenbeinstab in der Kapelle.« Roland beleuchtete die feinen Markierungen des alten Metermaßes, das in Beziehung stand mit dem Umfang der Erde. »Im Buch der Offenbarung, Kapitel einundzwanzig, Vers fünfzehn, gibt es einen Hinweis darauf: ›Und der mit mir redete, hatte ein goldenes Rohr, um die Stadt zu messen und ihre Tore und ihre Mauer.‹ Könnte damit die goldene Maßeinheit gemeint sein?«

Niemand sagte etwas.

Lena richtete ihre Taschenlampe auf das Skelett. »Das ist merkwürdig«, murmelte sie.

»Was meinen Sie?« Gray konnte anhand der Schädelform erkennen, dass es sich um einen Neandertalerhybrid handelte, doch Lenas Reaktion nach zu schließen war ihr etwas Spezielles aufgefallen.

Sie schüttelte leicht den Kopf. »Die physiologischen Details sind erstaunlich… aber auch *falsch.*«

»Falsch, inwiefern?«, fragte Seichan.

»Schauen Sie sich das Becken an.« Sie richtete die Taschenlampe darauf. »Die eine Hälfte gehört zu einer *Frau*, die andere eindeutig zu einem Mann. Ähnliche Unterschiede finden sich im ganzen Skelett. Es weist weibliche und männliche Merkmale auf.«

Gray runzelte die Stirn.

Eigenartig.

Seichan ging zum Ende des Podests, vor dem eine hüfthohe Säule stand. »Was das wohl sein mag?«

Gray trat neben sie. Die Oberseite der Säule war abgeschrägt. In den Vertiefungen lagen Kugeln, die ein Symbol bildeten, das sie alle bereits gesehen hatten: einen sechszackigen Stern, bestehend aus dreiundsiebzig Einzelteilen.

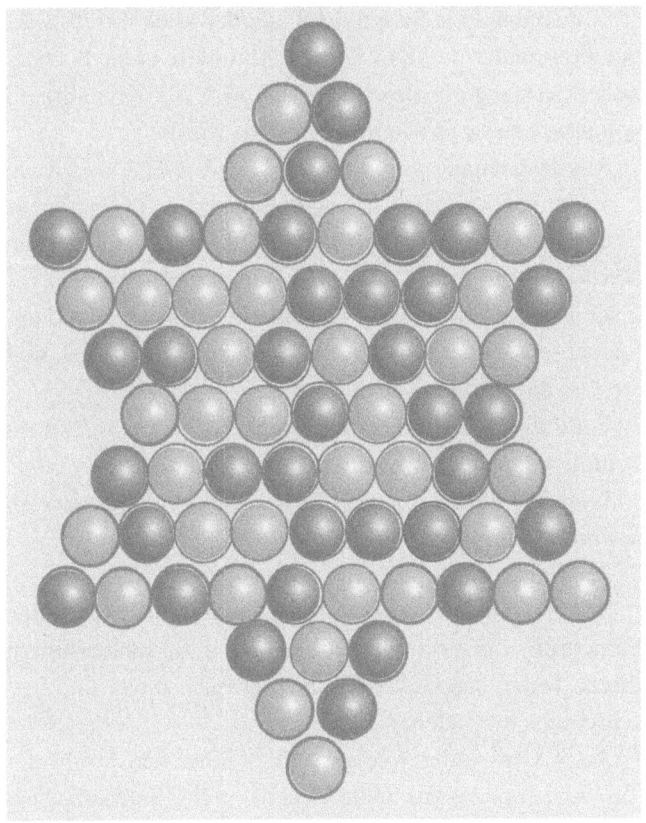

»Das ist der gleiche Stern wie der in Evas Grab«, bemerkte Lena. »Nur mit dem Unterschied, dass er hier
nicht aus Handabdrücken zusammengesetzt ist, sondern
aus Kugeln aus Metall und Kristall.«

»Was hat der hier zu suchen?«, fragte Roland.

»Keine Ahnung«, räumte Lena ein. »Aber aufgrund der
Platzierung muss er eine bestimmte Bedeutung haben.«

Seichan zuckte mit den Schultern. »Oder aber jemand
hat hier chinesisches Schach gespielt.«

Gray nahm eine Metallkugel aus der konkaven Mulde, um sie genauer zu betrachten. Kaum hatte er sie hochgehoben, erklang ein tiefer Ton, als wäre der Kristallraum von einem riesigen Klöppel getroffen worden.

Alle erstarrten.

»Legen Sie das zurück«, sagte Lena.

Gray legte den Stein wieder in die Mulde. Alle hielten den Atem an – dann erklang der Ton von Neuem.

»Zu spät.« Seichan ließ sich auf ein Knie nieder und untersuchte das Podest. »Du hast irgendetwas ausgelöst, und jetzt ist die Katze aus dem Sack.«

Gray dachte an die Wasserwände, die den trockenen Brunnen umgaben. War das vielleicht eine Falle?

Vielleicht hätten wir uns Chakikuis Warnung zu Herzen nehmen sollen.

Abermals erklang der Ton.

Seichan musterte mit zusammengekniffenen Augen den Säulenfuß. »Sieh dir das mal an. Von den Mulden führen dünne Fäden aus Gold oder Kupfer nach unten und verschwinden im Boden.«

Auch Gray kniete nieder und richtete den Strahl der Taschenlampe auf die Säule. »Sie hat recht. Vermutlich ein Auslösemechanismus.«

Er richtete sich wieder auf und betrachtete das Muster auf der Oberseite der Säule. »Und hiermit können wir ihn vielleicht stoppen.«

»Aber wie?«, fragte Lena. »Glauben Sie, das könnte ein Test sein?«

»Vielleicht.«

Sie schaute nachdenklich drein. »Das könnte ein Wissenstest sein.«

Er nickte. »Vielleicht wollten die Erbauer, dass man

sich als würdig erweist, bevor es einem gestattet wird, weiter fortzufahren.«

Seichan verschränkte die Arme. »Dann sollten wir besser nicht durchfallen.«

Wie aufs Stichwort erklang wieder der dröhnende Laut, diesmal lauter als zuvor.

»Ich... ich glaube, diesmal war der zeitliche Abstand kürzer«, sagte Roland.

Gray blickte sich suchend um. *Wenn das Zeitintervall kürzer wird...*

Roland sprach aus, was er dachte. »Ich glaube, es handelt sich um einen Timer.«

Alle Blicke waren auf Gray gerichtet. Er holte tief Luft, denn ihm war bewusst, dass ihr aller Leben davon abhing, dass sie das Rätsel lösten. Er konzentrierte sich wieder auf das Muster und dachte an Seichans Hinweis auf das chinesische Schach.

Aber wie lauten die Regeln?

Da die rote Linie bereits überschritten war, hob Gray erneut die Metallkugel hoch. Er wandte sich an Roland. »Sie haben gemeint, die Einbände in Ihrer Bibliothek bestünden aus einem dunklen Metall. Ist das hier das gleiche?«

Roland betrachtete die Kugel eingehend und nickte. »Ich glaube, ja.«

Gray nahm einen Quarzstein aus seiner Mulde und zeigte ihn Lena. »Und dieser Kristall ist der gleiche wie bei den Büchern in der anderen Bibliothek.«

»Glauben Sie, das hat etwas zu bedeuten?«, fragte Lena.

»Vielleicht.« Er hielt in jeder Hand eine Kugel und bemerkte, dass sie unterschiedlich schwer waren. »Das ist ein Muster aus Gegensätzen. Undurchsichtig und durchscheinend. Metall und Kristall.« Er wies mit dem Kinn auf das goldene Skelett. »Mann und Frau.«

Er seufzte schwer, denn er hatte das Gefühl, der Lösung des Rätsels ganz nah zu sein, bekam sie aber nicht zu fassen. Einer der Gründe, weshalb man ihn eingestellt hatte, war seine einzigartige Fähigkeit, auch dort Muster zu erkennen, wo andere versagten, Verbindungen zwischen disparaten Elementen herzustellen und das große Ganze anstatt der Einzelteile zu sehen, den Wald anstatt der Bäume.

Vielleicht habe ich diese Fähigkeit verloren. Vielleicht habe ich mich diesmal im Wald verirrt.

Erneut erklang der Ton und ging ihm durch Mark und Bein.

»Gegensätze«, murmelte er, wohl wissend, dass dies die Fährte war, die zur Lösung führen würde.

Metall und Kristall…

Dunkel und hell…

Schwer und leicht…

Männlich und weiblich…

Er spürte, er war ganz dicht dran. Er versuchte, weitere Gegensätze zu finden, die in diesem Rätsel enthalten waren. Er hob eine weitere Metallkugel hoch und rollte sie zusammen mit der ersten auf der flachen Hand.

Seine Augen weiteten sich. »Die sind magnetisch.«

Er starrte die Kugel in der anderen Hand an.

Und die Kristalle nicht.

Ein weiterer Gegensatz.

Er schloss die Augen.

Aber was bedeutet das?

Während der nächste Gongschlag ertönte, vergegenwärtigte er sich alles, was er in den vergangenen zwei Tagen in Erfahrung gebracht hatte. Er atmete schwer. Dass die Zeit ablief, verstärkte seine Anspannung. Was war ihm bisher entgangen?

Plötzlich riss er die Augen auf.

Das sind nicht bloß Gegensätze ...

Er blickte auf das Skelett, diese Mischung aus Mann und Frau, die zwei Seiten einer Münze.

»Sie spiegeln einander.« Er wandte sich zu seinen Begleitern um. »Ich glaube, ich weiß, was zu tun ist.«

Seichan musterte ihn verdrießlich. »Ich hoffe sehr, du liegst richtig. Irgendwie habe ich den Eindruck, bei diesem Test geht es um alles oder nichts.«

Der Raum hallte abermals wider, lauter als zuvor.

Gray betrachtete das Muster auf dem Säulenende.

Und wenn ich mich irre?

1:58

»Wohin sind sie gegangen?«, fragte Shu Wei drohend den Jungen.

Sein linkes Auge schwoll bereits zu, nachdem Oberstabsfeldwebel Kwan ihn mit der Pistole geschlagen hatte. Ihr Stellvertreter hielt dem alten tätowierten Indianer, der neben dem von einem Wasserfall gespeisten Becken kniete, die Waffe an die Schläfe.

Ihr Einsatzteam hatte die beiden im Wald aufgegriffen, als sie der Fährte der vier Zielpersonen gefolgt waren. Sie hatten auf den Einsatz von Taschenlampen verzichtet und sich mithilfe von Nachtsichtbrillen orientiert. Im von Nebelschwaden durchzogenen Wald hatten sie keine

Mühe gehabt, die beiden aufzuspüren. Wegen des feuchten Bodens waren die Fußabdrücke deutlich zu erkennen gewesen.

Als sie hier ankamen, stellten sie jedoch fest, dass die Fährte am Flussufer endete. Die besten Jäger ihres Teams – Zhu und Feng – hatten das andere Ufer abgesucht und versucht, die Spur wieder aufzunehmen, waren jedoch unverrichteter Dinge zurückgekehrt.

In der Zwischenzeit hatten sie und Kwan sich bemüht, die beiden Eingeborenen zum Sprechen zu bringen. Die Gefangenen aber hatten trotzig geschwiegen. Da der alte Mann anscheinend kein Englisch verstand, hatte sie sich auf den Jungen konzentriert.

Sein Gesicht war tränenüberströmt, doch seine Augen funkelten trotzig. Sie zog den Dolch aus dem Stiefel und fuhr mit der flachen Klinge über seine Wange – dann drehte sie die Klinge herum.

»Ich frage nicht noch einmal so höflich«, drohte sie.

Der alte Indianer sagte etwas. Der Junge blickte zu ihm hinüber und antwortete ihm zornig. Der hagere Mann wiederholte seine Worte mit befehlender Stimme.

Der Junge sackte ein wenig zusammen und schloss einen Moment lang die Augen. Dann zeigte er zur anderen Seite des Beckens, zu einem Vorsprung der steilen Felswand.

»Sie sind dorthin gegangen«, sagte er. »Zum verbotenen Ort.«

Shu musterte die Felswand, konnte aber nichts erkennen. Sie hob den Dolch etwas höher. »Willst du mich verarschen?«

Der Junge seufzte genervt und zeigte aufs Wasser. »Da unten gibt es eine Höhle.«

Sie kniff die Augen zusammen, dann machte sie auf einmal die überflutete Gangmündung aus. »Sie sind dort hineingeschwommen?«

Der Junge nickte, dann senkte er beschämt den Kopf.

Sie packte ihn bei der Schulter und zerrte ihn ans Ufer. »Zeig uns den Weg. Bring uns dorthin.«

Er machte sich los, die Angst verlieh ihm ungeahnte Kräfte. »Nein. Zu gefährlich.«

»Zeig uns den Weg, oder ich häute den alten Mann vor deinen Augen.«

Sie nickte Kwan zu, der daraufhin ein Filetiermesser hervorholte. Sie wusste aus eigener Anschauung, wie gut er damit umgehen konnte. Dieses Messer hatte schon vielen Menschen die Zunge gelockert – im übertragenen wie im buchstäblichen Sinn.

Der Junge schluckte mühsam und blickte zu Boden.

Sie ließ sich auf ein Knie nieder, hob mit der Dolchspitze sein Kinn an und schlug einen verbindlicheren Ton an. »Wir wollen euch nichts tun. Wenn das hier vorbei ist, könnt ihr im Wald verschwinden. Ihr könnt euer Leben fortsetzen, als wäre nichts geschehen.«

Der Junge holte tief Luft. Er wirkte nicht gerade überzeugt, wandte den Blick aber schuldbewusst zum Becken. »Ich bringe euch hin.«

Gut.

Sie richtete sich auf und wandte sich an Kwan. »Zhu bleibt hier bei dem Alten zurück. Damit der Junge auch kooperiert.« Sie wies mit dem Kinn zum Wasserbecken. »Wir scheuchen die Zielpersonen aus ihren Löchern.«

Kwan nickte.

Sie deutete auf sein Filetiermesser. »Das behalten Sie griffbereit.«

Ihre Tante – Generalmajorin Lau – wollte, dass sie den Zielpersonen erst Informationen entlockte und sie dann ausschaltete.

Und die Schwarze Krähe sollte Gelegenheit bekommen, Trophäen zu sammeln.

23

WENIGSTENS HAT CHANG Sun getan, was wir von ihm verlangt haben.

Monk schaute in den dunklen Gang hinein, durch den sie mit dem requirierten Laster fuhren. Hin und wieder erhellte eine Notleuchte ihren Weg.

Nachdem sie erfahren hatten, wo die Chinesen ihre Gefangenen festhielten, hatte Monk Chang angewiesen, die Stromversorgung zu unterbrechen, da er annahm, dass das nachfolgende Chaos ihre Entdeckung erschweren würde. Zusätzlich hatte er den Oberstleutnant damit beauftragt, eventuelle Suchtrupps von ihrem Fahrzeug abzulenken.

Da er Chang immer noch nicht traute, sorgte Monk dafür, dass alle Augen und Ohren offen hielten. Die Shaw-Brüder sicherten auf der Ladefläche die Flanken, Kong, der kleinste des Teams, hockte mit einem Sturmgewehr auf der Heckklappe und hielt nach hinten Ausschau.

»Wir sind fast da«, meldete Kimberly. Sie hielt das Satellitentelefon in der Hand, auf dessen Display eine schematische Darstellung des unterirdischen Laborkomplexes leuchtete. »An der nächsten Abbiegung rechts.«

Sergeant Chin, der am Steuer saß, nickte und lehnte sich zur Seite, als er in den schmaleren Gang einbog.

»Jetzt sollte gleich eine Rampe auftauchen, die zu der Ebene hinunterführt, auf der Dr. Crandall und Baako festgehalten werden.« Kimberly schaute grimmig drein. »Aber wir sind noch ein ganzes Stück von dem Ort entfernt, an dem angeblich Kowalski eingesperrt ist. Nämlich in der sogenannten Arche.«

Monk zeigte nach vorn. »Erst Maria, dann Kowalski.«

Chin beschleunigte den Laster, als spürte er Monks Angst.

Hoffentlich kommen wir nicht zu spät.

Plötzlich knallten vor ihnen Schüsse, die in dem engen Gang laut widerhallten. Mündungsfeuer flammte in der Dunkelheit auf. Als die Windschutzscheibe splitterte, zog Monk Kimberly auf den Sitz nieder. Chin bremste ein wenig ab, doch das war kein guter Zeitpunkt für Vorsicht.

»Vollgas!«, rief Monk. »Weiterfahren.«

Von der Ladefläche aus wurden die Schüsse erwidert. Monk lehnte sich aus dem Beifahrerfenster und richtete seine Waffe nach vorn. Er zielte auf den Gegner. Er wusste nicht, ob Chang für die Falle verantwortlich war oder ob sie zufällig auf einen Suchtrupp gestoßen waren.

Jedenfalls kostete der Zwischenfall sie wertvolle Zeit.

Das heißt, nur wenn wir überleben…

Als er feuerte, richtete er eine lautlose Aufforderung an die, welche sie retten wollten.

Haltet noch ein bisschen länger durch, Leute.

Kowalski zerrte an den Griffen des großen Gleittors, das ihnen den Ausgang aus dem Vivisektionslabor versperrte. Die beiden Hälften bewegten sich nicht. Als es hinter ihm schepperte und klirrte, wandte er den Kopf.

Eine gewaltige Gestalt dräute vor der Fensterfront. Eine pelzige Hand packte den Rahmen eines kleineren Beobachtungsfensters und riss es mitsamt der Glasscheibe heraus. Dabei verlor der Gorilla den Halt. Im Fallen löste sich ein weiterer Teil des Fensters.

Durch die große Öffnung strömte der Gestank des Habitats ins Labor. Maria kauerte neben Kowalski an der Wand und hielt Baakos Hand. Die Mitglieder des OP-Teams hockten auf der anderen Seite des Tors.

Der Löschschlauch schwirrte und vibrierte, gleichzeitig waren Schleifgeräusche zu hören. Weitere Gorillas kletterten an der Felswand zur Fensteröffnung hoch.

Kowalski schaute suchend umher und beäugte die Käfige aus rostfreiem Stahl, doch die Gitterstäbe waren zu dünn und boten keinen Schutz. Er hatte die Kraft der Monster am eigenen Leib erfahren. Sie würden die Käfige so mühelos aufreißen, als bestünden sie aus Karton.

Unmittelbar unter dem Fenster brüllte ein Tier.

Maria ergriff seinen Arm und flehte ihn wortlos an, sie und Baako zu retten.

Er ballte eine Hand zur Faust. Er musste irgendwas unternehmen, und sei es auch nur, um das Unabwendbare hinauszuzögern. »Warten Sie hier«, sagte er.

»Was haben Sie…?«

Aus Angst, sein Plan könnte noch sinnloser erscheinen, wenn er ihn in Worte fasste, enthielt Kowalski sich einer Antwort. Er stieß sich von der Doppeltür ab und ging zurück ins Labor. An den OP-Tischen entlang eilte er zu Baakos Tisch und schnappte sich ein Instrument. Mit der Waffe in der Hand stürmte er zum straff gespannten Löschschlauch. Der Schlauch ruckte und vibrierte.

Wird schon schiefgehen.

Er schaltete die akkubetriebene Knochensäge ein. Das Werkzeug war ihm zuvor aufgefallen. Es ähnelte der Stichsäge in seiner Garage.

Er näherte die oszillierende Klinge dem Schlauch und durchtrennte Gummi und Gewebe. Der Schlauch riss, das abgetrennte Ende schlängelte sich durchs zerschmetterte Fenster. Wütendes Geheul war zu hören, dann folgte das dumpfe Geräusch des Aufpralls.

Kowalski grinste, als er sich vorstellte, wie überrascht das Tier gewesen sein musste, als der Schlauch sich löste. Allerdings hatte er ihnen damit nur einen kleinen Aufschub verschafft. Die Felswand des Habitats mit ihren Vorsprüngen und Spalten war nicht unüberwindbar, besonders für so kräftige, behände Tiere.

Er wandte sich ab in der Hoffnung, dass dies vorerst reichen würde.

Ein lautes Schnauben veranlasste ihn, sich umzudrehen. Eine gewaltige Hand gelangte in Sicht und legte sich um die Unterseite des Fensterrahmens. Trotz der trüben Beleuchtung fiel Kowalski auf, dass das Fell auf der Prankenoberseite ungewöhnlich hell war.

Es war der Silberrücken.

Verdammter Mist…

Die Hand an den Hals gedrückt, beobachtete Maria, wie Kowalski zum Fenster lief. Er hob die Knochensäge hoch und zog die kleine Klinge über die Fingerknöchel der Pranke.

Das Gebrüll des Tieres ließ die Wände erzittern. Das Tier riss die verletzte Hand zurück – zuvor aber krallte es die andere Hand um den Fensterrahmen. Der Silberrücken zog sich weiter hoch, bis er das Fenster ausfüllte. Aus der Nähe wirkte er noch gewaltiger. Er ballte die verletzte Hand und rammte sie wie einen Kolben in die benachbarte Glasscheibe, wodurch die Öffnung noch größer wurde.

Kowalski wurde nach hinten geschleudert und landete auf dem Hintern. Die Knochensäge aber hielt er noch immer in der Hand. Er schwenkte sie abwehrend und rutschte rückwärts, indem er sich mit den Beinen abdrückte.

Baako ließ Marias Hand los und eilte ihm zu Hilfe.

Maria rannte ihm hinterher.

Baako erreichte Kowalski als Erster. Er packte den Mann am Kragen und schleifte ihn über den Boden. Die Riesenpranke aber griff hinterher und packte Kowalskis Stiefel. Der Silberrücken zerrte daran, sodass Kowalski auf den Rücken fiel.

Kowalski schwenkte die Säge, doch das Summen hatte aufgehört. Beim Aufprall auf dem Boden war der Akku herausgefallen.

Maria hob ihn auf. »Kowalski! Die Säge!«

Er begriff, was sie von ihm wollte, und schob sie ihr zu. Verzweifelt bemühte er sich, die Pranke des Silberrückens abzuschütteln. Baako hielt ihn fest und versuchte zu verhindern, dass Kowalski durchs Fenster gezogen wurde.

Maria drückte den Akku ins Fach, schaltete die Säge ein und schlug damit nach den Fingern des Silberrückens. Die Klinge traf mit lautem Knirschen auf den Knochen. Blut spritzte, der Affe löste seinen Griff und schlug nach ihr. Sie wich dem Hieb aus, doch die Säge entglitt ihr dabei, schlitterte über den Boden und verschwand unter einem Käfig.

Kowalski nutzte die Gelegenheit, schnellte hoch, packte Baako beim Oberarm und rannte vom Fenster weg. Maria schloss sich ihm an. Alle drei warfen sich gegen die große Schiebetür, drehten sich um und besahen sich die Folgen ihrer Aktion.

Das sieht gar nicht gut aus.

Der Silberrücken packte beide Seiten des Fensters und schob den Oberkörper durch die Öffnung. Er brüllte, das Maul weit aufgerissen, die Reißzähne gebleckt. Speichel flog durch die Luft, das Gebrüll war ohrenbetäubend laut. Sein Atem stank nach fauligem Fleisch und Blut.

Mein Gott …

Der Silberrücken schob sich in den Raum.

Das war das Ende. Sie drückte sich mit dem Rücken an die Stahltür – als die sich auf einmal bewegte. Verblüfft machte Maria einen Schritt nach vorn und drehte sich um. Das Tor hatte sich in Bewegung gesetzt.

Kowalski schob sie zur Öffnung. »Beeilung!«

Sie wollte durch die Lücke treten, doch die Angestellten hatten die gleiche Idee und drängten sich vor. Plötzlich knallte es. Dr. Han stolperte rückwärts und löste sich aus dem Gedränge. Er wirkte verwirrt und benommen. Er sank auf die Knie, dann kippte er auf die Seite. In seiner Wange zeichnete sich ein Einschussloch ab.

Mehrere chinesische Soldaten stürmten ins Labor. Maria bemerkte Jiaying Lau, die neben Dr. Arnaud auf dem Gang stand. Die Generalmajorin hielt eine rauchende Pistole in der Hand. Entsetzt blickte sie an Maria vorbei.

Der Silberrücken hatte sich inzwischen vollständig durch die Fensteröffnung manövriert. Er zitterte vor Wut und stützte sich auf den Fingerknöcheln ab. Hinter ihm sah man weitere Gorillas.

Jiaying erteilte mit gellender Stimme einen Befehl. Die Soldaten eröffneten das Feuer. Einer packte Maria beim Arm und schob sie zusammen mit dem OP-Team durch die Tür. Sie wusste, dass man sie nicht aus humanitären Gründen gerettet hatte, sondern weil sie wertvoll war.

Kowalski folgte ihr zusammen mit Baako.

Das Gewehrfeuer hielt an, untermalt von lautem Gebrüll. Maria war sich bewusst, dass die Feuerkraft der Soldaten nicht ausreichte, um die Tiere dauerhaft zurückzuhalten. Jiaying war das offenbar ebenfalls klar, denn sie erteilte einen weiteren Befehl. Die Soldaten auf dem Flur gehorchten und schlossen das Gleittor wieder. Mehrere ihrer Kameraden blieben im Labor zurück.

Jiaying stürmte den Flur entlang. An einer Kreuzung wartete ein Jeep. »Beeilung«, rief sie. Sie klang entschlossen, doch die Farbe war ihr aus dem Gesicht gewichen.

Arnaud ging neben Maria her. »Lau hat mich mitgenommen. Sie wollte mit Ihnen verhandeln, doch dann fiel der Strom aus.«

Mit mir verhandeln?

»Sie hat mitbekommen, dass Sie Ihren Freund befreien

wollten«, erklärte er und warf Kowalski einen besorgten Blick zu – und das aus gutem Grund.

Am Jeep angelangt, drehte Jiaying sich um und richtete die Pistole auf Kowalski. »Dr. Crandall, steigen Sie mit dem Versuchstier ein.«

Maria rührte sich nicht vom Fleck.

»Ich würde tun, was sie verlangt«, meinte Arnaud.

Kowalski schob Baako in ihre Richtung. »Nehmen Sie ihn mit.«

Ehe sie einen Entschluss fassen konnte, prallte etwas mit solcher Wucht gegen das Stahltor am Ende des Flurs, dass der Boden erbebte. Die obere Gleitschiene wurde nach außen gebogen.

Kowalski verdeckte ihr die Sicht. »Gehen Sie«, sagte er eindringlich.

Sie wussten beide, dass Jiaying ihn erschießen würde – egal ob Maria gehorchte oder nicht.

»Gehen Sie«, wiederholte er mit erstaunlicher Gelassenheit.

Arnaud fasste sie beim Ellbogen und versuchte, sie zum Einsteigen zu bewegen.

Da sie sich denken konnte, dass der Paläontologe und Baako es würden ausbaden müssen, wenn sie sich weigerte, wandte Maria sich bedrückt und schuldbewusst von Kowalski ab.

Die Soldaten geleiteten sie zum Jeep, Jiaying aber blieb zurück.

Kowalski fixierte Maria unverwandt – auch dann noch, als das Stahltor erneut erbebte und die Schienen weiter verbogen wurden. Nicht mehr lange, und die Tiere würden durchbrechen.

Jiaying hob die Pistole – als es laut knallte.

Diesmal *hinter* Maria.

Sie wandte den Kopf. Ein Laster hatte den wartenden Jeep gerammt. Der Laster kam abrupt zum Stehen und stellte sich quer. Auf der Ladefläche richteten sich chinesische Soldaten auf. Sie legten Sturmgewehre an und eröffneten das Feuer.

Maria beugte sich über Baako, um ihn zu schützen.

Die Soldaten ihrer Eskorte gingen zu Boden.

Jiaying schrie auf. Blut spritzte aus ihrer Schulter, sie brach zusammen. Trotzdem gelang es ihr, einen Schuss abzufeuern – jedoch nicht auf die Neuankömmlinge. Arnaud taumelte gegen Maria, die Augen im Schock geweitet. Blut strömte aus seinem Hals. Er versuchte, etwas zu sagen, doch es kam nur Blut aus seinem Mund. Er sackte ihr in die Arme.

Sie schleppte ihn weiter. »Halten Sie durch.«

Als sie ihn auf den Boden sinken ließ, tat er jedoch seinen letzten Atemzug, dann wurden seine Augen glasig.

Nein…

Kowalski zerrte sie weg.

»Alle her zu mir!«, rief jemand auf dem Laster. »Beeilung!«

Der Sprecher lehnte sich aus dem Beifahrerfenster. Maria kannte ihn. Sie war dem Mann bereits im Primatenzentrum begegnet.

Es war Monk, Kowalskis Kollege.

Während sie sich bemühte, diese überraschende Wendung nachzuvollziehen, wurde aus dem Gang auf den Laster gefeuert.

Weitere Soldaten waren im Anmarsch.

Kowalski versetzte ihr einen Stoß in Richtung Laster. »Schnell jetzt.«

Die Aufforderung war unnötig. Zusammen mit Baako rannte sie los. Kowalski folgte ihr, wegen der gebrochenen Rippen laut keuchend.

Ehe sie sich im Laster in Sicherheit bringen konnten, knirschte es aus der Richtung des Vivisektionslabors. Als sie sich umblickte, sprang eine der beiden Torhälften aus den Schienen und krachte gegen die gegenüberliegende Wand. Dunkle, massige Gestalten drängten auf den Gang.

Kowalski fasste Maria beim Arm. »Zeit zu verschwinden.«

Sie eilten zur Seite des Lasters. Kowalski hob Maria auf die Ladefläche, dann sprangen er und Baako hinauf. Der Fahrer schaltete in den Rückwärtsgang und beschleunigte.

Schüsse prallten von der Ladeklappe ab. Einer der verkleideten Soldaten schwenkte die Hand. »Auf den Bauch legen.«

Sie gehorchten, während der Laster immer schneller wurde. Plötzlich registrierte sie voller Panik, dass das Heck nach oben ruckte, doch das Fahrzeug fuhr lediglich eine Rampe hoch. Oben angelangt, schleuderte es seitlich, dann setzte es die Fahrt im Vorwärtsgang fort.

Es wurde noch auf sie geschossen, doch nach einer Weile hörte das Gewehrfeuer auf.

Trotzdem blieb Maria liegen, einen Arm über Baako gelegt, der wiederum Kowalski umarmt hielt. Sie schmiegten sich aneinander, eine wiedervereinte Familie.

Aber wie lange noch?

Vom Schmerz nahezu geblendet, umklammerte Jiaying mit einer Hand das Lenkrad des beschädigten Jeeps. Der Schmerz brandete in Wellen durch ihren verletzten Arm. Eine Kugel hatte ihr die rechte Schulter zerschmettert, deshalb konnte sie ihn nicht mehr gebrauchen. Blut floss aus der Wunde und sickerte in ihre Uniform.

Aber ich lebe noch.

Da konnte sie von Glück sagen.

Nein, mit *Glück* hatte das nichts zu tun – eher mit *Zähigkeit.*

Sie hatte all ihre Kräfte aufbieten müssen, um den Schmerz auszublenden und weiterzumachen. Als der Laster mit den Amerikanern davongefahren war, war sie durch den dunklen Flur gehumpelt und hinter einer Ecke auf den verlassenen Jeep gestoßen. Sie ließ sich auf den Fahrersitz plumpsen und hoffte, dass die Batterie und der Motor bei dem Zusammenstoß keinen Schaden genommen hatten. Als sie den Zündschlüssel drehte, schaltete sich der Elektroantrieb summend ein. Sie lenkte den Wagen in den größeren Gang und beschleunigte.

Und zwar keinen Moment zu früh.

Als sie um die erste Kurve bog, tauchte hinter ihr auf der Kreuzung ein großer Schatten auf. Obwohl das Tier sich duckte, füllte es den ganzen Gang aus. Sein Gebrüll hallte ihr hinterher.

Sie fuhr schnell und bemühte sich, möglichst großen Abstand zu den entkommenen Tieren zu gewinnen. Erst dann dachte sie über einen neuen Plan nach. Sie brauchte medizinische Versorgung und einen Ort, um ihre Truppen zu sammeln. Sie wusste, wohin sie sich wenden musste.

Als sie sich ihrem Ziel näherte, fühlte sie sich jedoch schwach und erschöpft. Sie konnte kaum noch geradeaus fahren, doch die Sicherheitszentrale war bereits in Sichtweite. Die Tür stand offen.

Sie bremste ab und wälzte sich aus dem Jeep, wobei sie beinahe auf die Knie gefallen wäre. Dann stützte sie sich auf den Wagen und schöpfte Atem, bevor sie zur Tür humpelte.

Der Kommandant der Sicherheitszentrale war noch immer dort, wo sie ihn zurückgelassen hatte.

Chang Sun stand in der Mitte des abgedunkelten Raums und wandte ihr den Rücken zu. Die vereinzelten Notleuchten spiegelten sich in den Glasdisplays wider und hüllten den Raum in ein giftiges Rot. Der Zorn, der sie bei seinem Anblick überkam, half ihr, sich zu fokussieren.

Er hatte in jeder Beziehung versagt.

Als sie in die Sicherheitszentrale taumelte, bemerkte sie die Techniker. Sie lagen mit dem Oberkörper auf ihren Terminals; einer war vor Chang auf dem Boden zusammengebrochen. Überall waren Blutlachen, in denen sich das rote Licht der Notleuchten spiegelte.

»Ah, da sind Sie ja«, sagte Chang, als er sich umdrehte. »Ich dachte schon, ich müsste Sie suchen.«

In der Hand hielt er eine Pistole.

Sie tastete nach ihrem Holster, doch es war leer. In der Hektik hatte sie ihre Waffe verloren.

Er bemerkte ihre Absicht, wendete seine Waffe seitlich, um ihr zu zeigen, dass sie nicht gespannt war, und legte sie auf einen Tisch. Er hatte keine Munition mehr. Offenbar hatte er das Magazin leer geschossen, als er die Techniker ausgeschaltet hatte. Er trat vor und hob den Arm, als wollte er sie umarmen.

Sie wusste es besser, wollte aber auch nicht zurückweichen. Die Schmach des Rückzugs wollte sie unbedingt vermeiden.

Plötzlich schoss sein anderer Arm vor und rammte ihr einen langen Dolch in den Bauch. Sie hustete – weniger vor Schmerz, sondern aufgrund der Wucht des Hiebes. Er drückte die Klinge nach oben, suchte nach dem Herzen. Irgendetwas platzte in ihr, und sie bekam keine Luft mehr.

Er riss die Klinge heraus und ließ Jiaying zu Boden sinken. Mit dem Rücken am Türrahmen blieb sie liegen.

Langsam trat er zurück, wischte die Klinge ab und schob sie in die Scheide – dann nahm er die Pistole in die Hand und reinigte sie ebenfalls sorgfältig. Als er fertig war, bückte er sich und drückte ihr die Pistole in die schlaffe Hand. Er beabsichtigte, ihr die Morde in die Schuhe zu schieben und die Schuld an der Flucht der Amerikaner zu geben. Ihr Name würde auf ewig ein Synonym für Versagen und Verrat sein. Ihr schlimmster Albtraum war wahr geworden.

Sie suchte seinen Blick und sah in seinen kalten Augen einen Ehrgeiz, der den ihren weit in den Schatten stellte.

Er trat vor ein Terminal und betätigte mehrere große Hebel. Der Strom wurde eingeschaltet, die Beleuchtung ging an. Die Displays flackerten, als die Server booteten.

Sie war so benommen, dass sie nicht begriff, was er da tat.

Als spürte er ihre Not, erklärte er es ihr. »Ich habe bereits die Armee alarmiert. Jetzt, da die Amerikaner ihren Zweck erfüllt haben, kann man sie ausschalten. Wenn sie tot sind, wird mein Erfolg noch triumphaler erscheinen. Meine Loyalität ist dann über jeden Zweifel erhaben.«

Er schaute sie an. »Auch wenn die Amerikaner mich im Nachhinein verleumden sollten.«

Die Verwirrung stand ihr ins Gesicht geschrieben.

»Sie haben gedroht, falsche Beweise gegen mich vorzubringen, wenn ich nicht kooperiere. Wenn ich ihnen helfe, wollen sie mich gut dastehen lassen.« Er lachte höhnisch. »Als ob ich vor diesen Hunden jemals buckeln würde. Nein, ich werde sie dazu benutzen, mir eine glorreiche Zukunft zu schmieden, so glänzend, dass niemand sie infrage stellen wird. Vielleicht wird es meinen Bruder das Leben kosten, aber die Erinnerung an ihn wird in mir und meinen Kindern und Enkelkindern weiterleben.«

Jiaying sanken die Lider herab, als sie begriff, wie sehr sie diesen Mann unterschätzt hatte.

Das ist meine Schuld.

Deshalb musste sie versuchen, das richtigzustellen, selbst wenn es bedeutete, dass sie sich für alle Zeiten entehrte. Mit letzter Kraft schob sie ihre Hand in die Tasche. Während es dunkel um sie wurde, öffnete sie ein Fach an der Rückseite ihres Handys. Sie wusste, dass darin eine Schaltfläche leuchtete. Sie drückte den Daumen auf den Fingerabdrucksensor.

Sie musste ihn volle zehn Sekunden lang auf die Fläche drücken. Dies diente als Vorsichtsmaßnahme gegen eine versehentliche Aktivierung der Sicherheitsmaßnahmen, die sie beim Bau der Anlage heimlich hatte installieren lassen. Gedacht waren sie zur Abwehr unbefugter Eindringlinge oder für den Fall, dass sie an einem Gegner Vergeltung üben wollte.

Sie hätte nie gedacht, dass einmal beide Szenarien gleichzeitig eintreffen würden.

Wie kurzsichtig ich doch war…

Dunkelheit hüllte sie ein und milderte den sengenden Schmerz. Sie konnte nicht sagen, ob ihr Daumen noch immer auf dem Scanner auflag oder ob die zehn Sekunden bereits verstrichen waren.

Schließlich verlor sie das Bewusstsein, ohne die Wahrheit zu kennen.

Diese Ungewissheit nahm sie mit in den Tod.

12:45

Als die Beleuchtung im Flur anging, wurde Monk ganz flau im Magen.

Das kann nichts Gutes bedeuten.

Der Wendehals Chang Sun hatte es sich mit der Kooperation anscheinend anders überlegt. Monk hatte das bereits vermutet. Da er befürchtete, dass Changs Leute sie an der Ladebucht erwarten könnten, durch die sie in die Anlage eingedrungen waren, hatte er Kimberly gebeten, einen anderen Ausgang zu suchen.

Kimberly zeigte nach vorn. »Am Ende des Gangs, etwa hundert Meter weiter, sollte ein Aufzug sein. Er führt zu einem öffentlich zugänglichen Gebäude im Zoo hinauf. Es stammt aus dem neunzehnten Jahrhundert und wird Changguanlou genannt.«

»Sie hat recht«, rief Maria von der Ladefläche aus durchs offene Heckfenster der Kabine. »Generalmajorin Lau hat dort oben ein Büro.«

Kimberly schaute Monk an. »Der Zoo ist vermutlich entweder geschlossen oder wurde evakuiert. Aber sobald wir oben sind, müssen wir aufpassen, dass wir keine Aufmerksamkeit ...«

Mehrere starke Detonationen ließen sie verstummen.

Sergeant Chin kämpfte mit dem Lenkrad und fuhr über eine Reihe roter Eimer mit dem Gefahrensymbol für biologischen Sondermüll. Eine Rauchwolke wogte ihnen entgegen. Dann flackerte die Beleuchtung und erlosch. Dunkelheit hüllte sie ein.

Chin brachte den Laster zum Stehen und schaltete die Scheinwerfer ein.

Durch die Wolke aus Rauch und Staub hindurch sah man die eingestürzte Decke. Betonbrocken und verbogene Stützsäulen blockierten ihnen den Weg. Dahinter polterte es noch immer, als weitere Deckenteile herabstürzten. Gedämpfte Schreie waren zu hören.

»Was zum Teufel...«, flüsterte Monk.

Kimberly schüttelte den Kopf. »Jemand versucht, die Anlage zu zerstören.«

»Wer? Chang?«

Sie runzelte die Stirn. »Keine Ahnung. Ich verstehe das nicht.«

Kowalski hatte seine eigene Meinung. »Ist mir egal, wer das war!«, rief er von der Ladefläche aus. »Aber wir sollten unseren Arsch hier rausschaffen, bevor wir plattgemacht werden.«

Monk nickte. »Was ist mit dem Eingang, durch den wir reingekommen sind? Die Ladebucht? Die befindet sich zwei Ebenen tiefer. Sie könnte noch offen sein.«

Kimberly nahm das Satellitentelefon in die Hand und betrachtete den Lageplan. »Wir können es versuchen, aber...« Sie verstummte.

»Was, aber?«

»Auf dem Weg dorthin kommen wir genau durch den Bereich mit den Gorillahybriden.«

Monk ließ die Luft entweichen. »Na großartig… aber ich sehe keine andere Möglichkeit.«

Kimberly sah das genauso und wies Chin neu ein.

Bald darauf fuhren sie den Weg zurück, den sie gekommen waren. Das Scheinwerferlicht bohrte sich durch den Rauch. Ständig rumpelte und krachte es. Kimberly gab Chin Anweisungen, musste aber wiederholt den Weg neu berechnen, da sie eingestürzten Gängen oder Bränden ausweichen mussten.

Immer mehr Angestellte tauchten auf, einige mit Laborkitteln bekleidet, andere in Uniform. Alle waren benommen, blutverschmiert oder in Panik. Einige Soldaten schossen halbherzig auf den Laster. Chin betätigte die Hupe und scheuchte Versprengte aus dem Weg. Hin und wieder mussten sie mit Gewehrschüssen nachhelfen.

In einem Nebengang machte Monk einen Flecken Tageslicht aus. Er bat Chin anzuhalten, doch dann stellte sich heraus, dass ein Deckeneinsturz eine Verbindung nach draußen hergestellt hatte. Bedauerlicherweise war der Weg nach oben zu schmal und zu gefährlich, um hochzuklettern. Seine Einschätzung bestätigte sich, als die Öffnung vor seinen Augen in sich zusammenfiel.

Trotzdem war es sowohl ermutigend als auch enttäuschend, das Tageslicht zu sehen, und sei es auch nur für einen Moment.

So nah und doch so fern.

Sie fuhren weiter – und es wurde noch seltsamer. Als sie sich einer Kreuzung näherten, stürmte eine Gruppe geisterhafter Wesen durch den Rauch und verschwand.

»Waren das Wölfe?«, fragte Monk. Kimberly blickte an die Decke der Fahrerkabine. »Der Zoo wurde vermutlich evakuiert, aber die Tiere sind noch da.«

Bei den Deckeneinstürzen waren wohl auch zahlreiche Gehege beschädigt worden, sodass die Tiere unter die Erde hatten flüchten können. Je weiter sie in die Anlage vordrangen, auf desto mehr Wildtiere trafen sie.

In einem zerstörten Labor, an dem sie vorbeikamen, fiel Monk eine Bewegung ins Auge. Er erhaschte einen Blick auf zwei Löwinnen, die einen Toten hinter einen Tisch zerrten. Ein Stück weiter ertönte aus einem dunklen Gang das raue Gelächter eines Hyänenrudels, dann folgte ein abgehackter Schrei.

Chin beugte sich über das Lenkrad und fuhr noch schneller.

»Nehmen Sie die nächste Rampe«, sagte Kimberly und zeigte nach vorn.

Chin gehorchte, doch wie sich herausstellte, brannte es auf der nächst unteren Ebene, und die Gänge waren von öligem Qualm erfüllt. In der Ferne knallte es, als weitere Gasleitungen und Propangastanks in einer feurigen Kettenreaktion explodierten.

»Kommen wir hier durch?«, fragte Monk.

»Das ist der einzige Weg zum Ausgang«, erwiderte Kimberly.

Monk musterte die Höllenlandschaft. Die Flammen würden schon bald auf tragende Elemente übergreifen und weitere Teile der Anlage zum Einsturz bringen.

Sie mussten weiterfahren – und zwar schnell.

Als sie in das unterirdische Inferno vordrangen, erscholl zorniges Gebrüll, das von den Wänden widerhallte, sodass sein Ursprung nicht zu orten war.

Allerdings stand außer Zweifel, wer der Urheber war.

Kowalski stöhnte auf der Ladefläche. »Sie sind hier.«

24

EIN WEITERER GONGSCHLAG ließ die Kristallkammer erdröhnen und rief Gray in Erinnerung, dass die Frist ablief. Er betrachtete das sternförmige Muster der daumengroßen Kugeln aus schwarzem Metall und hellem Kristall und vergegenwärtigte sich seine Optionen.

Beim ersten Versuch muss es klappen.

Während er sich konzentrierte, lief Roland ruhelos am goldenen Skelett hin und her. An der anderen Seite stand Lena, die Arme nervös vor dem Oberkörper verschränkt. Seichan wartete vor der hüfthohen Säule mit dem merkwürdigen Muster auf der Oberseite.

»Gehst du die Optionen durch?«, fragte sie.

»Ich glaube, ich bin schon bei der hundertsten angelangt«, erwiderte er mit müdem Lächeln.

»Dann wird sich die hundertunderste hoffentlich als Zaubermittel erweisen.«

Das hoffte auch er, wusste jedoch, dass zur Lösung des Rätsels mehr erforderlich war als ein bisschen Zauberei.

In den vergangenen Minuten hatte er das Muster immer

wieder im Kopf herumgewälzt. Zwei Mal hatte er einen Blick in Pater Kirchers Journal geworfen, das Roland in einer wasserdichten Hülle bei sich trug. Er betrachtete die Berechnungen des Jesuitenpaters, der fasziniert gewesen war von der Numerologie, von der reinen Mathematik der Primzahlen und der kabbalistischen Mystik der Gematrie.

Gray vergegenwärtigte sich noch einmal die im Puzzle enthaltenen Gegensätze.

Hell und dunkel…

Schwer und leicht…

Schwarz und weiß…

Metall und Kristall…

Immer wieder gelangte er zum selben Schluss.

Jede Eigenschaft wird gespiegelt.

»Das muss es sein«, murmelte er. »Gespiegelte Paare.«

»Worauf wollen Sie hinaus?«, fragte Lena. »Wenn Sie sich uns erklären würden, könnten wir Ihnen vielleicht helfen.«

Ein weiterer lauter Gongschlag erschütterte den Raum.

Seichan runzelte die Stirn. »Der zeitliche Abstand hat diesmal nur zehn Sekunden betragen. Wenn die Intervalle sich weiter in diesem Tempo verkürzen, bleibt uns weniger als eine Minute, um das Rätsel zu lösen. Sonst müssen wir den Preis in den Wind schreiben.«

Gray stellte sich die Wasserwände vor, die diesen trockenen Brunnen im Zentrum der vergessenen Stadt umschlossen. Er meinte, den hydraulischen Druck des verdammten Wassers zu spüren, wusste aber, dass es bloß Einbildung war.

»Vielleicht solltest du mal drüber *reden*«, schlug Seichan vor. »Du bist hier nicht allein.«

Er nickte. Er hatte vorgehabt, den anderen seine Theorie zu präsentieren, wollte zunächst aber seine Gedanken ordnen. Schließlich gab er nach und zeigte auf die sternförmig angeordneten kleinen Kugeln.

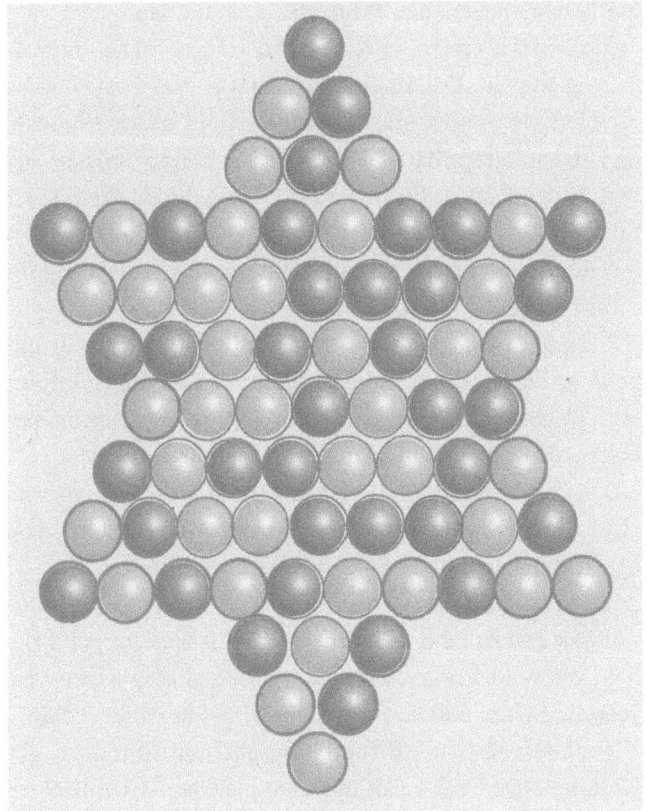

»Betrachtet man die Symmetrie des Musters, liegt die Vermutung nahe, dass die Lösung mit den gespiegelten Gegensätzen zu tun hat. Auf der Säule wird das Prinzip durch schwarzes Metall und helles Kristall repräsentiert, wiederholt sich aber auch bei den Bibliotheken an beiden Seiten.« Er deutete auf die beiden offenen Türen. »In der einen befinden sich Bücher aus Metall, in der anderen Manuskripte aus Kristall. Es gibt aber noch ein weiteres Gegensatzpaar in dieser Anordnung, das mit der Mathematik und speziell den Primzahlen zu tun hat.«

Roland wies mit dem Kinn auf den Stern. »Die dreiundsiebzig Kugeln. Das ist eine Primzahl.«

»Und wir wissen, dass das Spiegelbild dieser Primzahl die siebenunddreißig ist, die, wie wir bereits erörtert haben, bedeutsam ist für unsere DNA und die Bewegung der Sterne.«

»Aber weshalb hat die siebenunddreißig Bedeutung für dieses Rätsel?«, fragte Seichan.

»Deshalb.« Gray drehte sich um und deutete auf das goldene Skelett auf dem Glaspodest. »Auch diese Skulptur enthält gespiegelte Gegensätze, denn sie vereinigt männliche und weibliche Merkmale. Das ist die Antwort.«

Die anderen schauten verwirrt drein, während ein weiterer Gongschlag ertönte, der so laut war, dass sich von den Kapitellen einiger Säulen Edelsteine lösten.

Die Frist läuft ab.

Lena und Roland stand die Angst ins Gesicht geschrieben, während Seichan einfach nur ungeduldig wirkte. Sie vertraute Gray und wartete darauf, dass er weiterredete.

Er fasste dies als Ermutigung auf und fuhr fort. »In Kroatien war Evas Grab mit dem gleichen sternförmigen Muster aus dreiundsiebzig Einzelteilen geschmückt.«

Lena nickte. »Und bei den Gebeinen des männlichen Neandertalerhybriden – *Adam* – haben wir einen Stern aus siebenunddreißig Einzelteilen vorgefunden.«

Gray hielt die flache Hand über das Muster. »Hier ist Evas Stern dargestellt – bestehend aus dreiundsiebzig Einzelteilen.« Er musterte die Umstehenden. »Aber wo ist Adams kleinerer Stern?«

Niemand antwortete.

Er hob die Hand. »Er ist hier und wartet darauf, enthüllt zu werden, damit das Muster eine Einheit bilden kann wie die goldenen Gebeine.«

Der Raum erbebte, als ein weiterer Gongschlag ertönte. In den Wänden bildeten sich Risse.

»Zeig ihn uns einfach, Gray«, sagte Seichan eindringlich und schaute sich um. »Jetzt oder nie.«

Er wusste, dass sie recht hatte. Er schob seine bösen Vorahnungen beiseite und ordnete die Kristall- und Metallkugeln um, bis sich der kleinere Stern im großen abzeichnete.

Die anderen schnappten nach Luft, als sie das Muster sahen.

»Die beiden Sterne…«, sagte Lena staunend. »Sie sind *beide* vorhanden.«

Gray beeilte sich, denn er spürte, was bevorstand. Ehe er fertig wurde, traf irgendwo Metall klirrend auf Kristall. Das Geräusch brach jedoch nicht ab. Es wurde immer lauter, schwoll zu einem Crescendo an.

Als er die letzte Kugel an Ort und Stelle schob, hing ein hoher Ton in der Luft, der sämtliche Moleküle des Raums zum Schwingen brachte. Dann brach er ab und ließ tödliche Stille zurück.

Alle hielten den Atem an, doch nichts geschah.

Lena seufzte. »Sie haben es geschafft.«

Alle betrachteten das vervollständigte Muster.

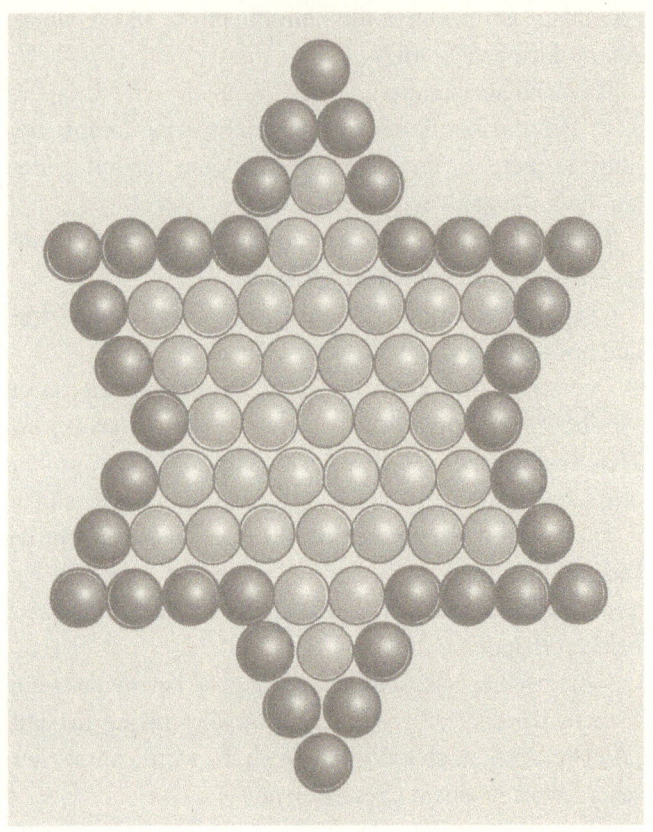

Gray hatte die siebenunddreißig Kristallkugeln im Zentrum des großen Sterns angeordnet. Adams kleiner Stern wurde somit von Evas größerem eingefasst.

»Das Muster«, sagte Roland. »Ein Stern im andern. Das repräsentiert das Männliche im Weiblichen. Ich glaube, das soll den Schöpfungsakt versinnbildlichen… das Prinzip des Lebens, das Versprechen kommender Generationen.«

Doch das war nicht die einzige Offenbarung, die das Muster in sich barg.

Hinter der hüfthohen Säule mit dem vervollständigten Muster waren zwei Quarzplatten auseinandergewichen und hatten einen Spalt im Fels freigegeben. Vor ihnen hatte sich ein Gang geöffnet, und eine weitere dunkle Treppe führte in die Tiefe.

Einen Moment lang wagte keiner, sich zu bewegen.

Ein lautes Ticken tönte aus der Öffnung.

»Hoffen wir, dass das kein zweiter Timer ist, kein finaler Countdown«, brach Seichan mit flüsternder Stimme das Schweigen.

Da er ihre Befürchtung für gerechtfertigt hielt, ging er mit den anderen zur Treppe. Er leuchtete in die Tiefe, konnte den Boden aber nicht erkennen. Ihm war beklommen zumute, doch er rief sich die Bemerkung in Erinnerung, die Seichan beim Betreten der vergessenen Stadt gemacht hatte.

Wir müssen nachschauen.

Diese Haltung war die treibende Kraft hinter dem allmählichen Fortschritt der Menschheit im Lauf der Jahrtausende gewesen, ein simples Gebot, gespeist von unserer angeborenen Neugier: in Erfahrung zu bringen, was hinter der nächsten Biegung liegt, wo wir hergekommen und wohin wir unterwegs sind.

Gray nahm die erste Stufe, dann die zweite. Die anderen folgten ihm.

Je tiefer sie kamen, desto stärker elektrisch aufgeladen war die Luft. Die Haut prickelte, und alle Körperhaare stellten sich auf. Es roch wie bei einem Sommergewitter.

Als sie den Fuß der Treppe erreichten, blickte er in einen großen Raum. Er hatte Mühe zu begreifen, was er da sah. Vor Bestürzung brachte er nur drei Worte heraus.

»Oh mein Gott!«

Die plötzliche Stille beunruhigte Shu Wei.

Seit Betreten der unterirdischen Stadt hatte sie ein gedämpftes Glockengeläut gehört. Bei einer Wanderung im Himalaja hatte sie ähnliche Geräusche wahrgenommen, die von kilometerweit entfernten Klöstern herrührten. Sie hatte das Glockenklingen als positives Zeichen aufgefasst und war ihm durch einen langen Gang mit in Reihen angeordneten alten Schriftzeichen hindurch gefolgt, nachdem sie mit ihrem Team den überfluteten Vorraum hinter sich gelassen hatte.

Das Glockenläuten wurde immer lauter und klarer. Sie schloss daraus, dass sie den Zielpersonen endlich nahe kam. Sie freute sich auf den Moment der Begegnung, denn es stand neun gegen vier.

Außerdem habe ich das Überraschungsmoment auf meiner Seite.

Sie rückten leise vor und leuchteten mit Taschenlampen. In der ewigen Dunkelheit der vergessenen Stadt konnte sie sich nicht allein auf die Nachtsichtgeräte verlassen, die auf ein minimales Restlicht angewiesen waren.

Gerade eben, als sie eine Kammer mit Tierskulpturen aus kostbaren Metallen und Edelsteinen durchquert hatten, war das Glockenläuten auf einmal verstummt. Sie hatte die Faust gereckt und die Gruppe anhalten lassen, denn die plötzliche Stille weckte ihr Misstrauen.

Mehrere ihrer Kameraden nutzten die Gelegenheit und schauten sich die Schätze im Raum an. Ihr Blick fiel auf einen goldenen Panther mit Smaragdaugen. Sie nahm sich vor, hierher zurückzukehren, wenn sie die Zielpersonen befragt und ausgeschaltet hatte.

Vielleicht wird die Schwarze Krähe nicht als Einziger mit einer Trophäe heimkehren.

Sie blickte zu Oberstabsfeldwebel Kwan hinüber, der dem einheimischen Jungen die Hand auf die Schulter gelegt hatte. Ihr Stellvertreter hatte keinen Blick für die Schätze übrig. Seine Trophäen waren eher persönlicher Natur.

Als die Stille anhielt, entspannte sie sich wieder und senkte die Faust.

Glocken hin oder her, sie mussten die Suche fortsetzen. Sie wandte sich zur nächsten Treppe, entschlossen, die Zielpersonen zu stellen und ihren Auftrag zu erfüllen.

Kwan fluchte plötzlich. Der Junge hatte seine Hand abgeschüttelt, lief so flink wie eine Gazelle die Treppe hinunter und verschwand in der Dunkelheit. Kwan zielte ihm hinterher, dann senkte er die Pistole. Der Junge war weg.

Shu Wei trat neben ihren Stellvertreter. Sie enthielt sich eines Tadels, versuchte aber auch nicht, ihn zu trösten, denn sie wusste, dass sein Versagen die größte Strafe für Kwan war.

Außerdem würde die Flucht des Jungen den Erfolg der Mission nicht verhindern. Selbst wenn er die Amerikaner warnen sollte, waren sie doch immer noch in der Überzahl. Zudem hatte die Befragung des Jungen und des alten Mannes ergeben, dass sie über die größere Feuerkraft verfügten.

»Weitergehen«, sagte sie. »Aber vorsichtig.«

Sie hatte nicht die Absicht, in einen Hinterhalt zu tappen.

Während sie die Treppe hinunterstieg, kämpfte sie mit

einem Anflug von Irritation, ausgelöst durch den Akt des Verrats, den der Junge begangen hatte. Sobald das hier vorbei wäre, würde sie der Schwarzen Krähe freie Hand lassen, damit er seine befleckte Ehre wiederherstellen konnte. Kwan, der vor verhaltenem Zorn zu vibrieren schien, würde so kaltblütig Rache üben, wie es seine Art war.

2:23

Roland bestaunte das Wunder, das sich seinen Blicken darbot. Es war, als habe er ein Uhrwerk betreten, das der Herrgott persönlich entworfen hatte. Ein lautes Ticken hallte von den Wänden des kugelförmigen Raums wider, der die am Äquator versammelten Menschen wie Zwerge erscheinen ließ. Sie befanden sich auf halber Höhe der Wand. Über ihnen wölbte sich die Decke bis zur obersten Ebene der vergessenen Stadt, während der Boden ebenso weit in der Tiefe lag.

Der ganze gewaltige Raum war mit getriebenem Gold ausgekleidet.

Roland war fasziniert von der *Energie*, die diesen dunklen Raum erfüllte. Er spürte, wie sie über seine Haut strömte, durch sein Haar und durch die umgebende Luft. Bläuliche Blitze zuckten über die Decke, rötliche Schleier tanzten über den Boden.

Was die Mitte des Raums einnahm, entzog sich dem Begreifen und brachte seine Sinneswahrnehmung ins Wanken. Zwischen den Energiepolen schwebte eine gewaltige Kugel, die ein Viertel des Raums einnahm. Die eine Hälfte bestand aus dem gleichen schwarzen magnetischen Metall wie die Einbände der Bücher in der einen Bibliothek; die andere aus dem gleichen Kristall wie die aus der anderen. Die beiden Kugelhälften waren nicht glatt wie die Wände, sondern übersät mit Maren und kleinen Meteoritenkratern.

»Das stellt den Mond dar«, sagte Lena.

Er wagte nicht zu nicken aus Angst, dies alles könnte sich verflüchtigen, wenn er sich bewegte.

Sie standen auf einer Leiste, die am Äquator des Raums entlanglief. Unter ihnen befanden sich weitere Laufwege. Keiner aber traute sich weiterzugehen, so als spürten sie alle, dass sie Eindringlinge waren an einem Ort, an dem sie eigentlich nichts verloren hatten.

Roland betrachtete die gewaltige Mondskulptur. Sie schwebte ohne Stützen oder Halteseile im Raum. Er hatte keine Ahnung, von welchen Energien sie stabilisiert wurde – vermutlich von einer Kombination aus Magnetismus und elektrischer Anziehung. Auch die Fülle der Details überstieg die Vorstellungskraft. Jedes einzelne Mar, jeder Krater, Berg, Grat und jede Schlucht und jeder Kanal waren deutlich zu erkennen. Das galt nicht nur für die kristallene Hälfte, welche die erdzugewandte Seite des Mondes darstellte. Die Halbkugel aus Metall, welche die dunkle Seite des Mondes repräsentierte, war ebenso detailliert gestaltet.

Seichan starrte die Metalloberfläche ungläubig an. »Wie kann das sein?«, flüsterte sie. »Woher haben die Erbauer die andere Seite des Mondes gekannt?«

Gray bemerkte ein weiteres Mysterium. »Die Kugel dreht sich. Ganz langsam, aber doch wahrnehmbar.«

Roland musste ihm recht geben. Der Mond schwebte nicht nur im Raum, er rotierte auch langsam. Er wurde wieder auf das laute Ticken aufmerksam, das ihn an ein riesiges Uhrwerk denken ließ und ihn an etwas erinnerte, das er gelesen hatte.

»*Sic mundus pendet et in nullo ponit vestigia fundo*«, flüsterte er.

Lena schaute einen Moment lang umher, dann fasste sie wieder ihn in den Blick.

Roland übersetzte: »›Und so schwebt die Welt im Raum und hat kein festes Fundament.‹ Pater Kircher hat diese Worte in die von ihm konstruierte Uhr eingraviert, die magnetisch betrieben wurde. Es handelte sich um eine mit Mineralöl gefüllte Hohlkugel aus Glas, in der eine kupferne Erdkugel schwebte, deren langsame Drehung die Zeit maß.«

»Glauben Sie, die Idee dazu ist ihm hier gekommen?«, flüsterte Lena.

»Das weiß ich nicht, aber Pater Kircher hat geglaubt, die Bewegung der Planeten werde von solchen Kräften bewirkt.« Roland deutete unter den gewaltigen Mond. »Aber Nicolas Steno war zweifellos hier und muss ihm von seiner Entdeckung berichtet haben.«

Den Boden des goldverkleideten Raums nahm ein Labyrinth aus mannshohen Kupferwänden ein, das zum Umherwandeln aufzufordern schien. Allerdings war es mit einer dunklen Flüssigkeit geflutet, die fast bis zur Oberkante der Wände reichte.

»Das ähnelt dem vergoldeten Labyrinth auf dem Einband von Kirchers Journal«, sagte Gray.

»Ein Muster, das zu allen Zeiten und an allen Orten der Welt zu finden war«, setzte Roland hinzu. »Dieses Labyrinth hier ist jedoch komplizierter, weitläufiger und verschlungener.«

Er holte Kirchers Journal hervor und hielt es hoch, damit sie das Labyrinth in der Tiefe mit dem auf dem Einband vergleichen konnten.

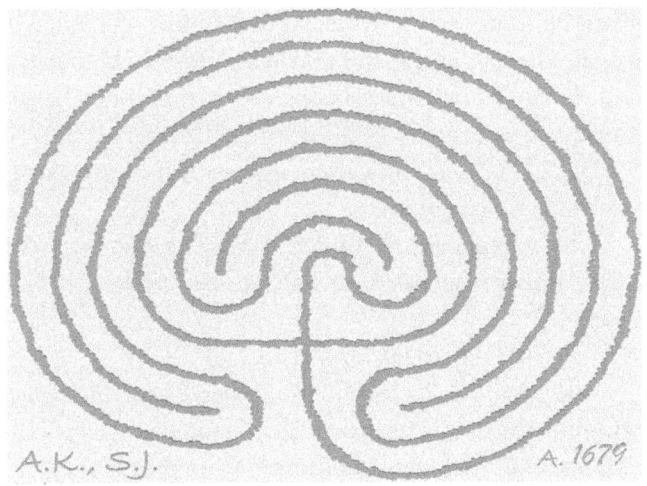

A.K., S.J.   A. 1679

Roland wandte sich zu Lena um, in deren Gesicht sich allmählich tiefes Begreifen abzeichnete. Er legte ihr dankbar eine Hand auf den Arm. »Sie hatten von Anfang an recht, Lena.«

2:26

Kann das wahr sein?

Während Lena sich bemühte, all die Mysterien und Wunder zu verarbeiten, erinnerte sie sich an die Bemerkung, die sie über das Labyrinth auf Kirchers beschädigtem Journal gemacht hatte, das sie in der kroatischen Höhle gefunden hatten.

Jetzt wiederholte sie ihre Worte von damals. »Das sieht aus wie der Querschnitt eines Gehirns.«

Roland nickte.

Sie musterte die komplizierte Anlage in der Tiefe, registrierte jede einzelne Windung und Faltung der Kupferwände. Das war eine perfekte Wiedergabe der Windungen und Faltungen des menschlichen Kortex und des Großhirns.

»Das *ist* ein Querschnitt des Gehirns«, flüsterte Roland. »Erfüllt von Energie.«

Lena betrachtete die rötlichen Schleier, die über die Kupferwände wanderten, als wäre das Ganze eine Art Batterie.

Vielleicht ist es ja tatsächlich eine.

»Aber was soll das bedeuten?«, fragte Gray. »Ein Querschnitt des Gehirns, über dem die Mondkugel schwebt?«

Lena schüttelte den Kopf und dachte an Rolands Bemerkung zur außergewöhnlichen, nahezu unbegreiflichen Symmetrie des Erdsatelliten und dessen Größe im Vergleich zur Sonne. Der Mond war verantwortlich für die Gezeiten, welche die Evolution des Lebens gefördert hatten, eine Kugel mit exakt austarierter Masse, welche die Drehung und die Rotationsachse der Erde stabilisierte, sodass der Planet zur sicheren Heimat komplexer Organismen werden konnte, die schließlich Intelligenz entwickelten und staunend den Himmel in den Blick nahmen.

Als sie auf die Darstellung des menschlichen Gehirns sah, traten ihr Tränen in die Augen. Sie hatte zwar keine Antwort auf Grays Frage, erfasste aber tief in ihrem Innern die nicht in Worte zu fassende Wahrheit und spürte, welches gewaltige Geheimnis hier unten und hinter den Wänden verborgen war.

Roland versuchte sich an einer Erklärung. »Vielleicht war das, was wir hier sehen, der Versuch der alten Lehrer, Gott zu verstehen.«

Lena spürte, dass er der Wahrheit nahegekommen war, dass das Geheimnis jedoch tiefer gründete. Zum Beispiel war ihr unverständlich, wie man die Rückseite des Mondes so detailliert hatte darstellen können.

Roland seufzte. Offenbar war er zur gleichen Einsicht gelangt. »Oder das *alles* ...« Er schwenkte den Arm, als wollte er nicht nur diesen Raum, sondern auch die dahinter verborgenen Geheimnisse umfassen. »Vielleicht ist das der Versuch einer alten Intelligenz, mit uns zu kommunizieren und uns in unserer DNA sowie in den Bewegungen von Sonne, Erde und Mond eine Botschaft zu übermitteln, die wir entschlüsseln sollen.«

»Was sollte das für eine Botschaft sein?«, fragte Lena.

Gray hatte eine Hypothese. »Die Wissenschaftler waren schon immer verblüfft darüber, welch gute Voraussetzungen das Universum für die Entstehung von Leben bietet. Zum Beispiel die elektromagnetische Kraft. Sie hat einen bestimmten Wert, der es Sternen ermöglicht, Kohlenstoff auszubrüten, den Baustein allen Lebens. Auch die starke Kernkraft, die Atome zusammenhält, ist perfekt austariert. Wäre sie nur ein Fitzelchen stärker, würde das Universum ausschließlich aus Wasserstoff bestehen. Ein wenig schwächer, und es würde keinen Wasserstoff geben.«

Lena verstand, was er meinte. »Wären diese Konstanten geringfügig anders, gäbe es kein Leben.« Sie wandte sich zu Gray um. »Aber wie passt das, was wir hier sehen, damit zusammen?«

Er seufzte. »Das weiß ich auch nicht. Aber ich glaube,

die alten Lehrer haben hier ein Modell gebaut, das uns zeigen soll, dass das Leben das fundamentale Naturgesetz ist. Letztlich sind wir dazu bestimmt, diese Verbindungen zu entschlüsseln – die Größenverhältnisse und Symmetrien, die unseren Körper mit dem großen Universum verbinden – und die umfassende Wahrheit zu erkennen, die sich darin verbirgt.«

»Und die wäre?«, sagte Roland.

»Dass wir etwas Besonderes sind.« Er zeigte auf das Gehirnlabyrinth hinunter. »Dass das Universum vielleicht um die Erschaffung intelligenten Lebens – um unsere Entstehung – herum gebaut wurde. Dass wir das fundamentale Naturgesetz sind.«

Schweigen legte sich auf die Gruppe, als sie darüber nachsannen.

Schließlich murmelte Roland: »Kein Wunder, dass Kircher dieses Wissen verbergen wollte.«

»Die Welt war noch nicht bereit dafür«, setzte Lena hinzu.

Und vielleicht ist sie das immer noch nicht.

Roland wies mit dem Kinn auf das Labyrinth in der Tiefe. »Gegen Ende seines Lebens hörte Nicolas Steno auf, sich mit Paläontologie und Fossilien zu beschäftigen.« Er blickte die anderen an. »Wissen Sie, worauf er die letzten Jahre seines Lebens verwandte?«

Lena schüttelte den Kopf.

Roland schaute wieder nach unten. »Er hat das menschliche Gehirn studiert.«

Das Ticken der gewaltigen Uhr klang auf einmal eine Spur hektischer, weniger gleichmäßig. Es dauerte einen Moment, ehe Lena begriff, dass sie das Geräusch von Schritten hörte, die sich ihnen näherten.

Als sie sich umdrehte, rannte eine kleine Gestalt auf sie zu.

»Jembe?«

2:28

Aus dem plötzlichen Auftauchen des atemlosen Jungen schloss Gray, dass etwas nicht stimmte. Seichan kam herüber und fing Jembe ab, bevor er hinunterstürzen konnte.

Er keuchte und musterte mit angstvollem Blick den schwebenden Mond. Offenbar hatte es ihm die Sprache verschlagen.

Gray fasste ihn unters Kinn und lenkte Jembes Blick auf sein Gesicht. »Was machst du hier?«

Jembe machte sich los und erwiderte seinen Blick. »Ich bin gerannt...« Er fuhr mit der Hand durch die Luft. »So schnell wie ein Kolibri. Aber hier ist es dunkel.«

Erst jetzt bemerkte Gray, dass dem Jungen ein dunkles Blutrinnsal über die Stirn lief. Offenbar hatte er sich den Kopf angeschlagen.

Jembe krallte die Hand in Grays Jacke. »Schlechte Menschen kommen. Sie haben Chakikui.«

Gray straffte sich und blickte nach oben.

Schon wieder die Chinesen?

Seichan hatte den gleichen Gedanken. »Sie müssen uns gefolgt sein.«

Aber wie?

Gray schob die Frage beiseite. »Wie viele sind es, Jembe?«, fragte er stattdessen.

Der Junge hielt alle zehn Finger hoch. »Einer ist noch bei Chakikui.«

Und alle waren vermutlich bis an die Zähne bewaffnet.

Gray riss die SIG Sauer aus dem Holster, Seichan tat es ihm nach. Aber ihre Chancen standen schlecht.

Zwei Pistolen gegen ein komplett ausgerüstetes Angriffsteam.

»Wir sind hier zu exponiert«, sagte Gray und wandte sich zur Treppe. Den Jungen zog er mit sich.

»Wie wäre es, wenn wir uns in einer der Bibliotheken verstecken?«, schlug Lena vor, die neben ihm hereilte. »Diese Räume sind unübersichtlich. Vielleicht ziehen sie sich sogar um den ganzen Raum herum.«

Roland nickte.

Auch Seichan gefiel der Plan. »Das ist unsere beste Chance. Wir bringen die anderen in Sicherheit und spielen ein bisschen Katz und Maus mit unseren Gästen.«

Als sie die oberste Stufe erreichten und die Kristallkammer betraten, zeigte Gray zur Metallbibliothek, da er hoffte, dass die vergoldeten Regale und kugelsicheren Bucheinbände ihnen Schutz bieten würden. Er überlegte, ob er vielleicht besser alle in die Kristallbibliothek schicken sollte, während er zusammen mit Seichan die Eindringlinge in die andere Richtung lockte, doch es war nicht auszuschließen, dass die Chinesen den anderen Raum durchsuchen würden. Dann wären die anderen wehrlos. Deshalb entschied er sich für den ursprünglichen Plan.

Er reichte Seichan seine Taschenlampe. »Nimm die.«

»Was hast du …?«

»Ich bleibe hinter dir.«

Sie nickte, geleitete Lena, Roland und Jembe zur offenen Tür und leuchtete mit der Taschenlampe.

Während die anderen durch die Dunkelheit eilten,

trat Gray vor das goldene Skelett und das vervollständigte Muster am Ende der Säule. Nicolas Steno hatte es in der Vergangenheit anscheinend geschafft, die Türen zum Mondraum zu schließen, indem er das Muster wieder zerstört und den Mechanismus zurückgestellt hatte.

Gray brauchte nicht so gründlich vorzugehen. Er tauschte lediglich eine Metallkugel gegen eine aus Kristall aus. Als das Muster gestört war, begannen sich die Türen seufzend zu schließen.

Beeilung...

Er blickte zur Treppe. Von oben fiel ein schwacher Lichtschein herab. Der Gegner näherte sich. Die Chinesen würden vorsichtig vorgehen, vielleicht waren sie sogar nervös, denn sie mussten davon ausgehen, dass der Junge sie gewarnt hatte. Da er jedoch mehr Vorbereitungszeit brauchte, hob er die Pistole und feuerte zwei Mal nach unten, um sich einen Aufschub zu verschaffen.

Endlich hatten sich die Türen mit lautem Knirschen geschlossen.

Er wartete noch einen Moment für den Fall, dass der Mechanismus Zeit benötigte, um sich zurückzusetzen. Dann nahm er eine der Metallkugeln aus der Vertiefung. Wie zuvor ertönte der laute Gong, als Metall auf Kristall traf.

Als der Timer reaktiviert war und der Countdown erneut begonnen hatte, lief Gray zu der Bibliothekstür, um sich in Sicherheit zu bringen, bevor er entdeckt wurde.

Doch er hatte kein Glück.

Von der Treppe aus wurde er unter Feuer genommen. Die Kugeln prallten neben seinen Füßen von den Quarzfliesen ab. Er hechtete über die Schwelle des Bibliotheksraums und rollte sich ab.

Seichan zog ihn auf die Beine. Sie brachten sich hinter dem nächsten Regal in Sicherheit, durch die Bücher mit dem Metalleinband vor Kugeln geschützt.

»Die anderen?«, fragte er.

»Zwei Räume weiter hinten, links von uns. Habe ihnen gesagt, sie sollen weitergehen, falls wir den Gegner nicht aufhalten können.«

Ein weiterer Gongschlag ertönte.

»Als wenn ein Killerkommando allein noch nicht reichen würde«, sagte sie vorwurfsvoll.

Er zeigte ihr die Metallkugel in seiner Hand. »Notfalls kann ich den Timer zurückstellen. Vielleicht kann ich die Kugel sogar als Verhandlungsmasse nutzen. Schlimmstenfalls kann ich damit das gewaltigste Ablenkungsmanöver aller Zeiten auslösen.«

»Du treibst es wirklich gern auf die Spitze, Gray.«

»Im Moment wär's mir schon recht, wenn wir bloß *überleben* würden.«

Im Nebenraum bewegte sich jemand. Etwas flog über die Schwelle und rollte rumpelnd über die Fliesen.

Eine Granate.

Okay, das ist eine noch bessere Verhandlungsmasse.

Seichan packte ihn und zog ihn mit sich.

2:31

Als es knallte, duckte sich Lena unwillkürlich. Obwohl die Detonation zwei Räume entfernt erfolgt war, blitzte es, und die Regale und der Eingang hoben sich als scharf gezeichnete Umrisse ab.

Sie hockte zusammen mit Roland und Jembe hinter

einem Bücherregal. Roland schirmte mit der Hand eine kleine Stiftleuchte ab. Er wirkte besorgt.

Der Junge zupfte an ihrem Ärmel. »Miss Lena«, sagte er.

Er hatte bestimmt große Angst. Die ganze Zeit über klammerte er sich schon an sie und versuchte, ihre Aufmerksamkeit auf sich zu lenken.

»Uns passiert schon nichts«, sagte sie beruhigend, doch es kam ihr so vor, als versuche sie vor allem, sich selbst zu überzeugen.

»Nein. Ich muss dir etwas sagen.«

Sie wandte den Kopf und bemerkte, dass er sie eindringlich musterte. »Was denn?«

Er sagte es ihr.

Roland hatte es ebenfalls gehört. Er fasste sie beim Arm. »Wir müssen die anderen warnen.«

2:32

Seichan rappelte sich stöhnend auf. Das Wurfgeschoss war eine Blendgranate gewesen, dazu gedacht, den Gegner vorübergehend kampfunfähig zu machen. Hätten die Regale ihr nicht Deckung gegeben, wäre sie jetzt geblendet gewesen. Trotzdem hatte sie das Gefühl, ein Riese habe ihr mit der flachen Hand auf beide Ohren geschlagen.

Gray, der sich, die Pistole in der Hand, in die Hocke aufrichtete, wirkte ebenfalls angeschlagen.

Sie hatten sich in den Nebenraum zurückgezogen. Gray bezog an der einen Seite des Eingangs Position, während sie die andere Seite abdeckte. Er stand aufrecht, sie kauerte am Boden, und sie spähten beide in den Nebenraum.

Schatten bewegten sich darin.

Gray feuerte einmal – was ihm einen Schmerzensschrei einbrachte. Die Verletzung war nicht tödlich, hatte die Eindringlinge aber auf sie aufmerksam gemacht.

Da Seichan annahm, dass der Gegner über Nachtsicht- geräte verfügte, griff sie zum Gürtel und schaltete eine kleine Stiftleuchte ein. Damit leuchtete sie nach nebenan. Mit einer Blendgranate konnte sie nicht mithalten, doch das durch die Nachtsichtgeräte verstärkte Licht würde die Angreifer vorübergehend blenden.

»Gute Idee«, flüsterte Gray.

Im Schein der Stiftleuchte machten sie zwei Männer aus, die vor der Helligkeit flohen. Sie und Gray feuerten gleichzeitig. Sie traf den einen Mann am Oberschenkel, er wurde hinter ein Regal geschleudert. Gray erwischte den anderen unterhalb des Ohrs. Auch dieser Mann ging zu Boden.

Einer weniger.

Doch so leicht ließ der Gegner sich nicht entmutigen. Die übrigen Eindringlinge verteilten sich und blieben in Deckung. Es waren zu viele. Seichan wusste, dass es Zeit wurde, sich noch weiter zurückzuziehen.

Ehe sie sich umwenden konnte, wurde es heller. Licht strömte vom Kristallraum herein, ein merkwürdiges rotes Flackern.

Dann knallten Schüsse – zunächst vereinzelt, dann ver- stetigte sich das Gewehrfeuer.

Schreie und Gebrüll kündeten von Blutvergießen und Schmerz.

Was zum Teufel geht da vor?

Ein schwarz uniformierter Mann lief zwischen zwei Bü- cherregalen hindurch auf sie zu – dann explodierte sein

Hals, und er fiel auf den Bauch. Ein langer Pfeil ragte ihm aus dem Genick. Als er auf dem Boden aufprallte, zerbrach der Schaft. Der Verwundete kroch gurgelnd auf sie zu, dann krümmte er den Rücken, und Schaum trat ihm auf die Lippen.

Sie musterte die Pfeilspitze.

Gift.

Hinter ihr näherte sich das Geräusch von Schritten. Sie fuhr mit angelegter Waffe herum.

»Das sind Lena und Roland«, sagte Gray warnend.

Der Junge war bei ihnen.

Gray winkte sie zu sich.

»Das sind Leute von Jembes Stamm!«, stieß Lena keuchend aus.

Seichan blickte den Jungen an, der heftig nickte.

»Chakikui hat mir gesagt, ich soll die schlechten Leute hierherführen. Aber er hat auch gesagt, dass meine Leute im Wald sind. Ich habe versucht, es dir zu sagen.«

Der Junge hatte recht. Als sie von der Bedrohung hörten, waren sie mit dem mageren Jungen die Treppe hochgehetzt und hatten sich versteckt, ohne ihn zu Wort kommen zu lassen.

Ein weiterer Gongschlag ertönte, viel lauter als zuvor.

Als er verklang, bemerkte sie, dass nur noch vereinzelte Schüsse abgefeuert wurden, die in der Tiefe der Bibliothek widerhallten und aus den angrenzenden Räumen kamen. Die Angreifer drängten die Chinesen immer weiter zurück.

»Was nun?«, fragte Roland.

»Wir müssen schnellstens von hier verschwinden«, sagte Gray.

»Weshalb?«

»Ich habe einen Fehler gemacht.« Er zeigte Seichan die leeren Hände vor. »Ich habe die Kugel fallen lassen. Ich hatte sie in der Hand, aber als die Blendgranate detoniert ist, habe ich sie losgelassen.«

Na klar. Warum einfach, wenn's auch kompliziert geht?

Er musterte den dunklen Raum mit grimmiger Miene. Sie hatten keine Zeit, nach dem verlorenen Puzzleteil zu suchen, zumal in der Dunkelheit noch eine unbekannte Zahl von Gegnern lauerte.

Der nächste Gongschlag ertönte, eine nachdrückliche Warnung.

»Wir müssen uns beeilen«, sagte Gray. »Jembe, du suchst deine Leute. Sag ihnen, sie sollen sich zurückziehen.«

Der Junge nickte.

Gray klopfte ihm auf die Schulter und wandte sich an seine Begleiter. »Bereit?«

Davon konnte keine Rede sein, doch sie hatten keine Wahl.

2:37

»Auf geht's.«

Gray hob die Pistole und spähte am Türrahmen vorbei. Geduckt lief er in den nächsten Raum; die anderen folgten ihm. Er wich dem Toten aus und eilte zwischen den hohen Regalen her. Hinter dem letzten in der Reihe hielt er inne und musterte die Tür, die in die Kristallkammer führte.

Sie schien unbewacht zu sein.

In der Bibliothek und hinter der Türschwelle lagen weitere Tote, einige nur mit Lendenschurzen bekleidet. In der Kristallkammer brannten mehrere weggeworfene Fackeln.

In der Tiefe der Bibliothek fielen vereinzelte Schüsse.

Das aber bereitete Gray die geringste Sorge.

Die Kristallkammer hallte von einem weiteren Gongschlag wider.

Die Frist ist beinahe abgelaufen.

Da sie nicht länger warten durften, stürmte er durch die offene Tür. Im letzten Moment gelangte ein dunkler Schatten in Sicht. Jembe rief etwas. Gray kam schlitternd zum Stehen – die Spitze des Giftpfeils verharrte unmittelbar vor seiner Brust.

Der Indianer hatte Jembe gehört und war Gray ausgewichen. Der hochgewachsene Mann redete mit dem Jungen, während die anderen aus der Bibliothek hervorkamen. Jembe zeigte die Treppe hoch. Der Mann nickte, legte die Hände trichterförmig um den Mund und rief seinen Begleitern etwas zu.

Gray drückte dem Stammeskrieger den Unterarm. Weitere Dankesbekundungen mussten warten. »Kommt mit«, sagte er zu den anderen.

Als er zur Treppe lief, erklang der letzte Gongschlag, der in ein fatales Crescendo überging. Der Boden begann zu schwanken, Gray fiel auf den Bauch. Den anderen erging es nicht besser; lediglich Jembe hielt sich auf den Beinen.

Obsidianplatten lösten sich von der Decke und zerschellten am Boden. Säulen schwankten und barsten.

Gray hatte sich hochgerappelt. »Weiter!«

Hinter ihm stürmten die Einheimischen aus der Bibliothek hervor.

Gray geleitete sie alle die Treppe hoch und in den nächsten Raum, der mit kunstvollen Mosaiken geschmückt war.

Während der Boden unentwegt schwankte, fielen Mosaiksteine herab. Die Darstellungen der Tiere und ihrer Hüter lösten sich auf.

Hinter ihnen erscholl ein lautes Tosen.

Wasser.

Ihm knackte es in den Ohren, als der Luftdruck stieg. Er stellte sich vor, wie die Wasserfluten in die Hohlräume in der Tiefe eindrangen, immer weiter anstiegen und die Lufttasche komprimierten.

Eines war jedenfalls sicher.

Atlantis ging zum letzten Mal unter.

2:38

»Wir müssen los«, sagte Oberstabsfeldwebel Kwan zu Shu Wei.

Sie stand inmitten dunkler Bücherregale. Kaltes Wasser umspülte ihre Stiefel. Mehrere Regale waren umgestürzt, die schweren Bücher mit den schwarzen Metalleinbänden lagen verstreut auf dem Boden. Die braunhäutigen Eingeborenen, die sie und ihr Team angegriffen hatten, waren bereits geflohen.

Ein Teil von ihr wollte hierbleiben und die Niederlage würdevoll tragen, doch in ihr brannte ein Feuer, das mächtiger war.

Ich will Rache.

Sie setzte sich in Bewegung. Sie hatte sich den Knöchel verstaucht und humpelte. Kwan legte ihr einen Arm um die Hüfte und stützte sie. Normalerweise hätte sie dies als Schwäche aufgefasst und seine Hilfe abgelehnt, zumal sie sich als Frau keine Blöße geben wollte.

Stattdessen aber stützte sie sich schwer auf ihn, denn sie spürte, dass er sich nicht allein von Loyalität leiten ließ. Mit seinem starken Arm hielt er sie fest. Sie wollte sich ihre eigenen Kräfte für den Gegner aufsparen.

Sie wollte werden wie der Mann, der sie stützte.

Sie wollte eine Schwarze Krähe werden, eine erbarmungslose Kraft, die sich nahm, was ihr zustand.

Als sie am Ausgang der Bibliothek ankamen, reichte ihr das Wasser bis zum Oberschenkel. Kwan musste sie halb tragen. Plötzlich blockierte ihnen jemand den Weg.

Der alte Indianer hielt einen Bogen mit angelegtem Pfeil in der Hand.

Anscheinend war sie nicht als Einzige auf Rache aus.

Kwan hob mit dem freien Arm das Sturmgewehr, doch ehe er abdrücken konnte, ertönte rechts von ihnen ein lautes Schwirren. Ein Pfeil durchbohrte sein Gelenk und schlug ihm die Waffe aus der Hand. Ehe er reagieren konnte, wurde er nach vorn geschleudert. In seinem Rücken steckte ein langer Speer. Er hustete Blut.

Als Kwan vornüber ins Wasser fiel, kippte Shu Wei zur Seite.

Jemand packte sie von hinten, stellte sie wieder auf die Beine und hielt sie fest.

Sie hätte sich wehren können, doch die vollgesogene Kleidung zog sie nieder, und in ihrem linken Bein pochte der Schmerz.

Deshalb hielt sie still und wartete auf den Tod.

Der alte Indianer stand regungslos an der Tür, die Bogensehne straff gespannt.

Sie erwiderte trotzig seinen Blick, bis er den Pfeil freigab.

Gray rannte den langen Gang entlang, dessen Wände mit Texten in alten Sprachen geschmückt waren. Breite Risse hatten sich in den Schriftreihen gebildet. Vor ihm hatte sich eine große Bodenplatte schief gestellt. Während er mit den anderen durch die Trümmerlandschaft eilte, bebte unablässig der Boden. Das Schlimmste stand offenbar erst noch bevor.

Wenn das eintrifft, will ich nicht mehr hier sein.

Er stellte sich vor, wie die Stadt im Wassergrab versank.

Er wurde langsamer und half Lena, die ins Straucheln geraten war. Seichan versuchte, Roland zu stützen, doch er schüttelte ihre Hand ab.

»Ich schaffe das schon!«, stieß er aus.

Die Einzigen, die sich inmitten des Infernos unbeeindruckt zeigten, waren die Indianerkrieger. Sie bildeten den Abschluss und hatten es sich anscheinend zur Aufgabe gemacht, Gray und dessen Begleiter in Sicherheit zu bringen. Das galt auch für Jembe, der wie ein aufgeregter Hund zwischen den beiden Gruppen hin und her sprang und aus dessen Augen die Angst hervorleuchtete.

Endlich erreichten sie die Treppe, die zum überfluteten Eingang zur Stadt hinunterführte. Ohne langsamer zu werden, eilten sie die Wendeltreppe hinunter. Gray stützte sich mit der Hand an der Wand ab.

Plötzlich wurden die Stufen schlüpfrig, denn sie waren mit einer dicken Moosschicht bedeckt. Auch an der Wand nahm er Moos wahr. Der Wasserpegel war anscheinend gesunken, als die unteren Bereiche der Stadt überflutet worden waren.

Gray wurde langsamer, um im Schlick nicht auszurutschen.

Plötzlich erbebte die Treppe, einhergehend mit einem lauten Knirschen. Faustgroße Steine und hin und wieder auch ein kürbisgroßer Brocken rollten die Stufen herab. Schließlich hatten sie die Stelle erreicht, wo die Treppe im Wasser verschwand.

»Alle zusammenbleiben!«, rief Gray. »Helfen Sie einander, wenn es nötig ist!«

Er ließ Lena voranschwimmen, dann folgte Roland.

Jembe versetzte Seichan von hinten mit beiden Händen einen Schubs. »Los!«

Gray fasste Seichan bei der Hand. Sie tauchten Seite an Seite ins Wasser ein und schwammen die letzten Windungen hinunter zu dem geraden Tunnel.

Vor ihnen mühten sich Lena und Roland ab.

Endlich erreichten sie die kurze Treppe, die hinauf zum Ausgangstunnel führte. Einer nach dem anderen tauchten sie auf und schnappten nach Luft. Bei ihrer Ankunft hatte das Wasser fast bis zur Decke gereicht. Jetzt umspülte es nur noch ihre Waden. Erschöpft eilten sie im Gänsemarsch zurück zum Wasserbecken.

Kühle, frische Nachtluft begrüßte sie. Der Vollmond leuchtete herab, das Band der Milchstraße funkelte am Himmel. Sie schwammen durch das Becken und krochen ans Ufer.

Hinter einem Busch schauten schwarze Stiefel hervor. Vermutlich gehörten sie der Frau, die Chakikui bewacht hatte. Seichan nahm ihr die Pistole ab und behielt sie in der Hand für den Fall, dass noch irgendwelche Gegner auftauchen sollten.

Gray billigte ihre Vorsicht, obwohl er sie für unnötig

hielt. Nacheinander kletterten die Eingeborenen ans Ufer und kamen herüber.

Jembe ließ sich neben ihm auf den Boden plumpsen.

»Wo ist der Älteste?«, fragte Gray. »Wo ist Chakikui?«

Jembe blickte zur Tunnelmündung. Der alte Mann war anscheinend dort unten zurückgeblieben. Gray spannte sich an, doch Jembe tätschelte Gray das Knie.

»Chakikui ist alt.«

Gray blickte den Jungen erstaunt an. Er fand die Bemerkung herzlos.

Dann aber fuhr Jembe fort: »Er ist klug. Er kennt viele Ausgänge.«

Roland hatte es ebenfalls gehört. »Die Eingeborenen, die Pater Crespi die vielen Artefakte brachten, haben gesagt, es gebe mehrere Zugänge zu den Tunneln voller Schätze.«

Gray hoffte, dass dies der Wahrheit entsprach.

Er hatte dem alten Mann sein Leben zu verdanken... ihrer aller Leben.

Lena hatte die Arme um die Knie geschlungen. Sie wirkte kaum erleichtert nach ihrer knappen Flucht, sondern machte einen bedrückten Eindruck. Er ahnte, was in ihr vorging.

Sie befand sich in Sicherheit – für ihre Schwester galt das nicht.

25

MARIA KAUERTE AUF der Ladefläche des Lasters, der durch den brennenden unterirdischen Komplex raste. Sie drückte sich ein Taschentuch auf Mund und Nase, das sie mit Wasser aus der Trinkflasche eines Soldaten befeuchtet hatte. Es schützte vor dem Rauch, doch die Hitze war auf dem schlingernden Fahrzeug nahezu unerträglich. Sie rutschte auf der Ladefläche hin und her, klammerte sich an Baako fest und drückte auch ihm ein Tuch auf die Nase.

Er wimmerte und zitterte.

Kowalski wälzte sich auf die Seite und legte den Arm um sie beide. »Ich halt dich, Kumpel«, versicherte er Baako und stemmte die Beine gegen die Ladebordwand. »Es dauerte nicht mehr lange.«

Maria hoffte, dass er recht hatte. Ihr brannten die Augen, und jeder Atemzug tat ihr in den Bronchien weh. Wenigstens würde die Hitze die Hybridgorillas abhalten. Dem lauten Gebrüll nach zu schließen waren sie ganz in der Nähe.

Vielleicht nicht auf dieser Ebene, aber bestimmt auf der nächsten.

Sie blickte an die Decke und dachte an hellen Sonnenschein, frische Luft und kühlen Wind. Ein großer Vogel schwebte durch den Rauch, getragen vom heißen Aufwind, auf der Suche nach einem Ausweg aus dem Inferno, in das er hineingeraten war. Sie konnte nicht erkennen, was für ein Vogel das war, denn plötzlich war er verschwunden. Sie hoffte, dass er es geschafft hatte.

Ich hoffe, wir alle schaffen es.

Durch das kleine Fenster an der Rückseite der Fahrerkabine hörte sie, wie Kimberly dem Fahrer etwas zurief. »Wir schaffen es nicht bis zur nächsten Rampe!«

Maria klammerte sich fester an Baako.

»Aber da vorn führt eine Treppe nach oben«, fuhr Kimberly fort. »Halten Sie dort. Wir gehen den Rest des Wegs zu Fuß.«

Die Neuigkeit löste bei Maria Erleichterung aus, machte ihr aber auch Angst. Sie musterte die stoischen Gesichter der Soldaten. Alle schaute gleichermaßen entschlossen drein.

Der Laster fuhr noch dreißig Meter weiter und bremste dann heftig.

»Aussteigen!«, rief Monk. »Alle zur Treppe!«

Kowalski half ihr von der Ladefläche auf den Boden. Er ächzte und humpelte mit dem linken Fuß, hielt sie aber fest im Griff. Baako sprang leichtfüßig hinunter. Als alle ausgestiegen waren, eilten sie im dichten Pulk zum verrauchten Treppenhaus. Von unten wehte ein Luftzug hoch, der den Rauch vertrieb. Als sie die unterste Stufe erreichten, war die Luft beinahe kühl.

Monk schaltete eine Taschenlampe ein und dämpfte das Licht mit der anderen Hand.

»Bleiben Sie hinter mir«, sagte Kowalski zu Maria.

Monk ging voran, flankiert von seinem Team und gefolgt von Kimberly.

Maria hielt Baako bei der Hand. Sein Kopfverband hatte sich gelöst, der Schnitt in der Kopfhaut blutete. Die Sorge um ihn verengte ihr den Brustkorb.

Als sie losmarschierten, erkannte Maria ein paar Orientierungspunkte wieder. Das Vivisektionslabor musste ganz in der Nähe sein. In einem dunklen Seitengang kokelte drohend ein Feuer. Ein Teil der Decke war durchgebrannt und eingestürzt.

»Alles bricht zusammen«, warnte Kimberly.

Sie gingen schneller. Im Moment war Tempo wichtiger als Vorsicht.

Nach mehrmaligem panischem Abbiegen zerrte Baako auf einmal an ihrer Hand und zwang sie, stehen zu bleiben. Der Herzschlag dröhnte ihr in den Ohren, doch auf einmal hörte sie die vertraut wirkenden Rufe. Baako zog sie zu einer nahen Tür. Sie wollte weiterlaufen, doch sie ahnte, was Baako vorhatte. Sie legte die freie Hand auf den Griff der Tür. Sie war nicht verschlossen.

»Was machen Sie da?«, fragte Kowalski und wies die anderen an anzuhalten.

Baako schlüpfte in den Raum. Ihr blieb nichts anderes übrig, als ihm zu folgen. Alle anderen schlossen sich ihr an. In dem Raum standen hüfthohe Käfige aus rostfreiem Stahl. Die meisten waren leer, doch in dreien waren junge Schimpansen untergebracht, höchstens zwei Jahre alt; in einem weiteren Käfig war ein älteres Weibchen mit grauem Fell und schlaffen Brüsten eingesperrt, vermutlich ein Zuchtexemplar. Es streckte den Arm durch die Gitterstäbe.

»Wir müssen weiter«, drängte Kimberly.

Baako näherte sich einem der Käfige und rüttelte mehrmals heftig daran. Dann drehte er sich um und gebärdete hektisch.

[Aufmachen... los... gemeinsam]

»Nein«, sagte Maria. Sie zeigte auf sich und Kowalski. »*Wir* müssen los.«

Baako wirkte bedrückt; vermutlich dachte er an seine eigene Gefangenschaft. Er legte erneut die Hände um die Gitterstäbe. Ein höchstens ein Jahr alter Schimpanse ergriff seinen Zeigefinger.

»Ach, scheiß drauf«, sagte Kowalski. Er begann, die komplizierte Verriegelung zu öffnen. »Ohne die Tiere kommt Baako nicht mit.«

Maria schloss sich ihm an.

»Helfen Sie uns!«, sagte Kowalski zu den anderen.

Bald darauf hatten sie alle drei Käfige geöffnet. Kowalski nahm einen Schimpansen auf den Arm. Baako fasste einen anderen bei der Hand. Das Weibchen drückte den jüngsten an ihre Brust.

Monk musterte die Tiere kopfschüttelnd, dann wandte er sich zur Tür. Einer der Soldaten hielt davor Wache und bedeutete ihnen zu warten. Er wich in den Raum zurück und zog die Tür zu. Dann legte er den Zeigefinger an die Lippen.

Alle erstarrten.

Etwas Großes polterte den Gang entlang. Der Boden erzitterte. Das musste einer der Hybride sein. Als er die Tür passiert hatte, warteten sie volle zehn Atemzüge lang ab, dann warf der Soldat einen Blick auf den Gang. In der

Ferne wurde laut geschrien, dann waren Schüsse und blut-rünstiges Gebrüll zu hören.

Der Soldat wandte den Kopf. »Die Luft ist rein... im Moment jedenfalls.«

Sie traten auf den Gang und entfernten sich von dem Krawall. Der strenge Geruch des Hybriden hing noch in der Luft. Hinter der nächsten Biegung lag ein gerader Abschnitt, gesäumt von verschlossenen Labors. Hätte Baako sie nicht in den Käfigraum geleitet, wären sie von dem tobenden Hybriden gestellt worden.

Kowalski sah das offenbar ähnlich, denn er klopfte Baako anerkennend auf die Schulter.

Sie eilten den Gang entlang und wurden erst an dessen Ende langsamer. Kimberly beugte sich zu Monk hinüber, doch Maria verstand, was sie ihm sagte.

»Die Laderampe sollte hinter der nächsten Biegung liegen. Sie wird bestimmt von Changs Leuten bewacht.«

Monk wandte sich um und gab seinen Männern ein Zeichen. Sie drückten den Gewehrkolben daraufhin fester an ihre Schulter.

Kowalski versuchte, ihr den kleinen Schimpansen zu reichen, doch der klammerte sich an seinen Hals. Maria löste die Finger des Affen und drückte ihn sich an die Brust. Mit der freien Hand ergriff sie die Hand des Weibchens und zog es an ihre Seite.

Kowalski wandte sich Baako zu und gebärdete.

[Schnell]

Baako grunzte und nahm den jungen Schimpansen auf den Rücken, der sich mit beiden Händen am Hals des Gorillas festhielt. Dann wandelte er Kowalskis Zeichen ab.

[Ganz schnell]

»Du hast es kapiert.« Kowalski legte das Gewehr an, das Monk ihm gegeben hatte.

Monk blickte sich grinsend zu Baako um. »Ihr Sohn ist anscheinend aus dem gleichen Holz geschnitzt wie Sie.«

Die Bemerkung war als Scherz gemeint, doch Kowalski nahm sie für bare Münze.

»Ja, das ist ein braver Bursche.« Kowalski deutete mit dem Gewehrlauf nach vorn. »Gehen wir's an.«

13:22

Monk bog als Erster um die Ecke. Ein kurzer Gang mündete in den großen, höhlenartigen Ladebereich. Sie gingen dicht an der Wand entlang, damit sie nicht vorzeitig entdeckt wurden. Monk lauschte auf Geräusche des Gegners, hörte aber nur das ferne Geschrei, gedämpfte Schüsse und das dumpfe Krachen der einstürzenden Gebäudeteile.

Vor ihnen war alles ruhig, doch trotz des vielen Rauchs nahm er beißenden Tiergeruch wahr.

Seine Nerven waren zum Zerreißen gespannt.

An der Gangmündung angelangt, musterte er die hoch aufragenden Regale. Mehrere waren umgekippt wie Dominosteine, Haufen von Kartons, geborstenen Fässern und zerschmetterten Kisten lagen auf dem Boden.

Aus dem gegenüberliegenden Eingang fiel Licht in den Raum. Das große Tor – das zuvor geschlossen gewesen war – stand halb offen, vermutlich um die Evakuierung zu erleichtern. Draußen leuchtete die Straßenbeleuchtung der Unterirdischen Stadt.

Da er keine Bewegung ausmachen konnte, trat Monk in den Raum hinein, hielt sich aber nach Möglichkeit im

Schatten. Als er um einen Haufen herabgefallener Kartons bog, hatte er endlich freie Sicht.

Oh Scheiße …

Überall lagen Uniformierte, aufgerissen, verstümmelt, zertrampelt. Der Boden war glitschig von Blut, die Wände waren blutbespritzt. Waffen lagen herum, sie rauchten und dampften in den Blutlachen. Einige wurden von abgerissenen Händen umklammert.

In der Mitte des Schlachtfelds lag ein Hybrid auf dem Bauch. Die Hälfte seines Schädels war weggesprengt worden, vermutlich von einer Propeller-Granate. Auf dem Boden lag das lange schwarze Abschussgerät, das jemand bei der Flucht nach draußen weggeworfen hatte.

»So viel zu Changs Verstärkung«, flüsterte Kimberly.

Monk hoffte, dass der Oberstleutnant unter den Toten war, doch im Moment hatte er andere Sorgen. Der Parkplatz vor dem Tor war eigentümlich leer. Die Flüchtenden hatten alles mitgenommen, was Räder hatte. Das einzige verbliebene Fahrzeug war ein großer blauer Kipplaster.

Er wandte sich an Kimberly, die ebenfalls zu dem Laster hinübersah. »Wir brauchen den Zündschlüssel.«

Vermutlich stand der Wagen nur deshalb hier, weil der Fahrer die Schlüssel bei sich hatte. Monk erinnerte sich, dass Sergeant Chin den Mann mit einer Pistole niedergeschlagen hatte. Den Bewusstlosen hatten sie hinter einen Palettenstapel geschleppt.

Aber war der Mann noch immer hier?

Monk kniff die Augen zusammen. Sein Blick fiel auf ein Paar Stiefel.

Er stieß einen Seufzer der Erleichterung aus. »Ich hole den Schlüssel. Du schaffst die Leute in den Wagen.«

Kimberly nickte.

Er vergewisserte sich, dass ihn alle verstanden hatten, dann zischte er: »Nehmt die Beine in die Hand!«

Er rannte zu dem Palettenstapel hinüber, während die anderen durchs Tor nach draußen eilten. Einige Male rutschte Monk auf dem glitschigen Beton aus und wäre beinahe gestürzt.

Plötzlich krachte es hinter ihm.

Er kam schlitternd zum Stehen und blickte sich um.

Ein gewaltiges Tier schob sich durch einen Berg von Kisten und Kartons, schleuderte sie beiseite und kippte weitere Regale um, als es aus seinem Versteck hervorkam. Es übersprang die letzten Hindernisse und landete auf den Hinterbeinen, wobei es sich mit einem Unterarm abstützte. Es machte einen Buckel, sodass Monk den silbernen Rückenpelz sehen konnte. Dann richtete es sich hoch auf und stieß ein ohrenbetäubendes Gebrüll aus. Der Gorilla trommelte sich auf die Brust, was sich anhörte wie Donnergrollen.

Verdammte Schei...

Monk wich zurück. »Lauft weiter zum Wagen!«

Er drehte sich um und rannte zum Fahrer. Er hörte, wie das Tier sich auf alle viere niederließ. Der Boden erbebte, als es die Verfolgung aufnahm, angelockt von seinem Ruf. Die Blutlachen kräuselten sich.

Im letzten Moment warf Monk sich nach vorn. Als er auf dem Boden aufprallte, zerschmetterte eine gewaltige Faust krachend den Palettenstapel.

Monk packte den Fuß des Fahrers und wälzte sich über den Boden, um dem nächsten Hieb auszuweichen. Während Holzsplitter auf ihn herabregneten, hockte er sich neben den bewusstlosen Mann, innerlich darauf gefasst, dass der nächste Faustschlag des Tieres ihn plattmachen würde.

Stattdessen ertönte am Tor eine dröhnende Stimme. »He, du Arschloch! Wir sind noch nicht fertig miteinander!«

13:26

Kowalski sah, wie der Silberrücken herumfuhr. Vermutlich hatte er seine Stimme wiedererkannt und erinnerte sich an seinen alten Gegner – oder vielmehr an die entgangene Mahlzeit.

Kowalski schulterte den Granatwerfer.

Endlich bin ich richtig angezogen.

Als das Tier auf Monk zustürmte, war Kowalski umgekehrt und hatte den Granatwerfer sowie zwei Granaten aufgehoben.

Er hatte den Werfer eilig geladen und zielte nun auf den Silberrücken, der sich ihm zuwandte. Trotzdem wartete er noch, bis Monk den Fahrer durchsucht hatte. Endlich richtete sein Kollege sich auf und lief zum kleinen Nebenausgang.

Der Silberrücken ließ sich auf einen Arm nieder und funkelte Kowalski drohend an. Sein Atem ging schnaufend.

Kowalski zielte.

Jedenfalls ist der nicht so leicht zu verfehlen.

Als Monk in Sicherheit war, feuerte Kowalski. Es knallte ohrenbetäubend laut. Eine Rauchspirale segelte auf den Silberrücken zu. Im letzten Moment aber wälzte sich der Hybrid auf die Seite; anscheinend erinnerte er sich, dass die Waffe seinen Artgenossen getötet hatte. Dieser Gorilla hatte seine Lektion offenbar gelernt.

Die Granate verfehlte ihr Ziel, traf die gegenüberliegende Wand und detonierte mit einem Blitz. Betonbrocken flogen umher.

Der Silberrücken schloss die Körperdrehung ab und landete auf allen vieren, ohne sich an den Betonsplittern zu stören, die auf seinen Rücken prasselten.

Kowalski hatte keine Zeit zum Nachladen, deshalb machte er kehrt und beherzigte Monks Ratschlag.

Er nahm die Beine in die Hand.

Sein Partner kletterte gerade auf den Fahrersitz des Lasters. Der Dieselmotor sprang grollend an. Der Auspuff spuckte schwarze Qualmwolken.

Kowalski rannte aufs Wagenheck zu. Im großen Seitenspiegel sah er Monks besorgtes Gesicht. Er wusste, was seinem Partner Sorge bereitete. Im Spiegel gelangte der Silberrücken in Sicht. Mit den Hinterbeinen rutschte er auf dem glitschigen Boden aus, doch dann stürmte er Kowalski hinterher.

»Los!«, brüllte Kowalski und schwang auffordernd den Granatwerfer.

Er lief noch schneller, den Blick auf den Seitenspiegel gerichtet. Der Silberrücken nahm die ganze Fläche ein. Er brüllte, von seinen gebleckten Zähnen troffen Speichelfäden.

Kowalski wusste, dass er es nicht schaffen würde, zumal der Laster immer schneller wurde. Bei jedem Schritt bohrten sich die gebrochenen Rippen schmerzhaft in seine Seite.

Er stolperte. Die Kräfte verließen ihn.

Dann knallte es auf der Ladefläche des Wagens. Kugeln pfiffen über ihn hinweg. Die Soldaten waren offenbar aus der Kabine nach hinten geklettert und versuchten, Kowalski zu helfen.

Das spornte ihn an.

Endlich schloss er zur Stoßstange auf und griff nach der angeschweißten Leiter, doch seine Finger rutschten ab. Mit letzter Kraft warf er sich nach vorn und bekam die Leiter mit einer Hand zu fassen.

Seine Stiefelkappen schleiften über den Boden, während der Laster weiter beschleunigte.

Er blickte sich um.

Der Silberrücken donnerte heran. Die Gewehrkugeln vermochten seiner zähen Haut und seinen dicken Knochen nichts anzuhaben. Er streckte die Hand aus, doch Kowalski schlug ihm mit dem Raketenwerfer auf die Knöchel.

Das Tier ließ den Arm sinken, setzte die Verfolgung aber fort.

Kowalski warf den Raketenwerfer auf die Ladefläche, denn er brauchte zum Hochklettern beide Hände. Er zog die Füße auf die Stoßstange hoch, doch der Laster war immer noch zu langsam. Der Silberrücken kam näher und griff nach ihm.

Dann schob sich das Rohr des Raketenwerfers über die Heckklappe und zielte auf den Silberrücken. Kowalski zog sich verwirrt nach oben und staunte nicht schlecht, als er sah, wer den Granatwerfer bediente. Es war Maria. Die einzige Granate, die noch übrig war, hing jedoch an seinem Gürtel.

Der Silberrücken aber reagierte auf die Drohung.

Kowalski zuckte zusammen, als es laut knallte, und hätte beinahe die Leiter losgelassen.

Der Silberrücken warf sich wie zuvor auf die Seite, da er glaubte, man habe auf ihn geschossen. Dabei hatte Maria nur mit dem Fuß gegen die Heckklappe getreten, um einen Abschuss vorzutäuschen.

Kowalski hing an der Leiter und blickte den Silberrücken an. Der hatte angehalten und brüllte. Vielleicht hatte er gemerkt, dass er ausgetrickst worden war.

Kowalski hob den Arm und zeigte ihm den Mittelfinger.

Vielleicht klappt's ja nächstes Mal, du Trottel.

»Festhalten!«, rief Monk, der am Steuer saß.

Kowalski wandte den Kopf nach vorn.

Ein Konvoi von Militärfahrzeugen kam ihnen entgehen. Die Wagen fuhren nebeneinander und füllten den ganzen Tunnel aus.

Das war die chinesische Armee.

Kowalski seufzte.

Wer ist jetzt der Trottel?

13:31

Als Kowalski sich auf der Ladefläche in Sicherheit gebracht hatte, bremste Monk ab. Er versuchte, den sich nähernden Konvoi zu ignorieren, und wandte sich an Kimberly.

Sie hatte die Stirn in Falten gelegt. Seit der Laster sich in Bewegung gesetzt hatte, studierte sie den Lageplan der Unterirdischen Stadt, den Kat ihnen übermittelt hatte.

»Die Armee kommt von der Stelle, wo wir die Unterirdische Stadt betreten haben.«

Monk hielt an. »Dann kommen wir also nicht an der gleichen Stelle wieder raus.«

»Nein.« Sie warf einen Blick über die Schulter. »Aber hundert Meter hinter uns liegt eine Kreuzung.«

Monk hatte sie beim Vorbeifahren bemerkt. »Wo führt die hin?«

»Keine Ahnung. Der Weg ist auf Kats Karte nicht verzeichnet.«

»Dann sehen wir doch mal nach.«

Mit Blick in den Rückspiegel setzte er zurück. Der Silberrücken hatte fünfzig Meter vor dem Quertunnel angehalten. Sein Gebrüll hatte weitere Artgenossen angelockt. Dunkle Schattengestalten näherten sich durch den Gang.

»Du musst schnell abbiegen«, warnte Kimberly.

Schon klar.

Trotzdem behielt Monk das gemächliche Tempo bei. Er wollte gegenüber dem Konvoi den Eindruck erwecken, er weiche lediglich aus.

Plötzlich eröffneten die vorderen Fahrzeuge das Feuer. Die dicke Windschutzscheibe splitterte. Kugeln prallten vom Kühlergrill ab.

Okay, so geht das also nicht.

Er beschleunigte, während Kimberly sich duckte und ein Fernglas aus der Jackentasche zog. Sie musterte den Konvoi, machte sich ein Bild von der Bedrohung. Dann fluchte sie verhalten.

»Was ist?«

»Im vordersten Jeep. Leutnant Chang Sun.«

Im Ernst jetzt?

Kimberly machte ein finsteres Gesicht. »Bei dem Durcheinander hat er sich anscheinend abgesetzt und ist dem Konvoi entgegengefahren. Vermutlich hat er ihn sogar herbeordert.«

Und jetzt kommt er mit der Kavallerie an und spielt den Helden.

Monk fuhr noch schneller, gejagt vom Konvoi. Sergeant Chin und dessen Männer erwiderten den gegnerischen Beschuss und feuerten über die Fahrerkabine hinweg.

Auch die anderen Passagiere, darunter Baako und die befreiten Schimpansen, befanden sich auf der Ladefläche. Die dicke Stahleinfassung der Ladefläche sollte ihnen ausreichend Deckung geben.

Monk behielt den Seitenspiegel im Auge. Die anderen Hybride hatten das Alphatier erreicht und scharten sich um den Silberrücken. Das Gewehrfeuer und die Scheinwerfer der sich nähernden Fahrzeuge hielten die Hybride bislang noch zurück – das würde aber nicht lange so bleiben.

Der Silberrücken fasste den Laster in den Blick. Er ließ sich auf alle viere nieder und drückte die Schultern nach vorn, vielleicht weil er annahm, sie wollten zum Angriff übergehen.

Da muss ich dich leider enttäuschen, Kumpel.

Monk hatte die Kreuzung erreicht. Er bremste scharf und riss das Steuer herum. Der Laster drehte sich, bis die Front in den Seitentunnel wies.

Monk hatte jetzt freie Sicht auf den sich nähernden Konvoi, dessen Scheinwerfer ihn blendeten.

»Worauf warten wir?«, fragte Kimberly.

Monk behielt den Fuß auf der Bremse und gab Gas. Der Motor kam grollend auf Touren, der Auspuff spuckte schwarzen Qualm. Er wartete, bis er Augenkontakt mit Chang Sun hatte, der auf dem Beifahrersitz eines offenen Jeeps saß.

»Sie kommen!«, rief Kowalski von hinten.

Er meinte nicht die Chinesen.

Monk sah, wie Chang Sun selbstgefällig grinste.

Das reicht.

Monk nahm den Fuß von der Bremse und klammerte sich ans Steuer. Die Reifen quietschten, Gummi qualmte – und der Laster schoss in den Seitentunnel hinein.

Wie erhofft, waren die Chinesen dermaßen auf den großen Kipplaster fixiert gewesen, der den Tunnel nahezu ausgefüllt hatte, dass sie die dahinter lauernden Gorillas übersehen hatten.

Im Seitenspiegel beobachtete Monk, wie die beiden Gruppen aufeinanderprallten.

Die gewaltigen Gorillas warfen sich auf die Jeeps und Laster, rissen die Soldaten von den Sitzen und zerfetzten die Planen der Truppentransporter.

Als der Tunnel eine scharfe Biegung beschrieb, verlor er die Schlacht aus dem Blick.

Endlich konnte er seine ganze Aufmerksamkeit nach vorn richten.

Wo werden wir wohl landen?

13:58

Nachdem sie gut zwanzig Minuten lang durch die finsteren Tunnel gekurvt waren, atmete Maria endlich wieder durch. Sie saß auf der Ladefläche des Kipplasters, umgeben von warmen, pelzigen Leibern.

Baako lehnte sich an sie, ein paar Schimpansen auf dem Schoß. Ihr gegenüber säugte die Mutter ihr Kind. In den Armen hielt Maria das kleine Einjährige, das ihr den Kopf vertrauensvoll auf die Schulter gelegt hatte. Sein sanfter Atem kitzelte sie in der Halskuhle.

Sie dachte an die Zeit, als Baako so jung gewesen war.

Kowalski saß im Schneidersitz an der Seite und schaute sie an.

»Was ist?«, flüsterte sie.

Er zuckte mit den Schultern. »Sie sehen gut aus.«

Sie wusste, wie zerzaust sie war, und erwiderte stirn-runzelnd seinen Blick.

Hm.

Er fuhr sich mit der flachen Hand über den stoppelhaa-rigen Schädel. »Ich meine, Sie wirken... ich weiß auch nicht, *zufrieden*. Als wüssten Sie genau, wo Sie hingehö-ren.«

Ihr Stirnrunzeln ging in ein Lächeln über. »Vielleicht.«
Schon besser als vor ein paar Tagen.

»Sie sehen gut aus«, wiederholte er, lehnte sich zurück und schloss die Augen. Um seine Mundwinkel spielte ein Lächeln.

Das war nicht der Moment, um von Zufriedenheit zu sprechen. Doch sie ließ es auf sich beruhen und nahm das Kompliment an. Sie fühlte sich sogar ein bisschen ge-schmeichelt.

Plötzlich hustete der Motor, und der Wagen ruckte. Der Auspuff stieß eine letzte Qualmwolke aus, dann ver-stummte der Motor.

Maria straffte sich und wandte den Kopf.

»Kein Sprit mehr!«, rief Monk durch das Rückfenster der Kabine. »Ich glaube, der Tank wurde durchlöchert. Aber Kimberly weiß, wo wir sind. Achthundert Meter wei-ter gibt es einen Ausgang. Wir müssen zu Fuß gehen.«

Mit Kowalskis Hilfe lud Maria die Passagiere aus.

Sie setzten sich im dunklen Tunnel in Bewegung. Monk leuchtete mit der Taschenlampe. Deren Lichtstrahl reichte aus, um sich zu orientieren.

Nach einigen Minuten steckte Kimberly das Handy ein und blickte nach vorn. »Der Ausgang liegt in der Nähe der Verbotenen Stadt. Ich gehe mit Sergeant Chin allein hoch. Wir besorgen ein Fahrzeug.« Sie musterte Marias Schützlinge. »Am besten einen Van, damit wir unsere ungewöhnliche Fracht transportieren können. Da die Einsatzkräfte sich vermutlich auf den Zoo konzentrieren, sollte es möglich sein, aufs Land zu entkommen und uns abholen zu lassen. Trotzdem sollten wir...«

»Still.« Monk schirmte die Taschenlampe mit der Hand ab. Er bedeutete seinen Begleitern, sich zur Seite des Gangs zu begeben.

»Was ist jetzt schon wieder?«, nörgelte Kowalski.

Dann hörte Maria es ebenfalls.

Das Brummen eines Motors. Ein Fahrzeug mit eingeschalteten Scheinwerfern bog um die letzte Biegung. Die Insassen hatten bestimmt den abgestellten Laster bemerkt.

Monk schaltete die Taschenlampe aus und wandte sich Kimberly zu. »Gibt es in der Nähe ein Versteck?«

»Keins, das wir rechtzeitig erreichen würden.«

Monk fluchte und bedeutete allen, sich hinzukauern. Seine Männer ließen sich auf ein Knie nieder und legten die Waffen an, um Maria und die anderen Zivilisten zu schützen.

Das Fahrzeug kam näher und hielt in zehn Schritten Abstand. Die Scheinwerfer blendeten sie, doch sie konnten erkennen, dass es sich um ein Militärfahrzeug handelte. Im offenen Jeep war ein Maschinengewehr montiert, das zu ihnen herumschwenkte.

»Ihr Hunde könnt nirgendwo hin!«, rief jemand.

Maria kannte die Stimme.

Kowalskis Stöhnen nach zu schließen hatte auch er den Mann erkannt.

Der Mistkerl hat mehr Leben als eine verdammte Katze.

Während der Motor im Leerlauf tuckerte, verharrte Chang Sun hinter dem Schutzschild des Maschinengewehrs. Offenbar hatte er nicht die Absicht, die ihm verbliebenen Leben aufs Spiel zu setzen. Der Feigling hatte sich anscheinend von der Auseinandersetzung an der Kreuzung abgesetzt und war ihnen gefolgt, um den Ruhm für ihre Gefangennahme einzuheimsen.

Sergeant Chin feuerte versuchsweise ein paar Schüsse auf den Fahrer ab, doch die Windschutzscheibe erwies sich als kugelsicher. Sie brauchten mehr Feuerkraft.

Als Kowalski den Granatwerfer anhob, feuerte Chang eine Salve ab, die vor Monks Männern einschlug.

»Keiner rührt sich von der Stelle!«, sagte Chang. »Vielleicht lasse ich dann ein paar von euch am Leben. Damit man euch als amerikanische Spione präsentieren und vor Gericht stellen kann.«

Kowalski senkte die Waffe.

»Aber für die Tiere habe ich keine Verwendung«, sagte Chang. »Schicken Sie sie vor, damit ich sie abknallen kann.«

Maria stellte sich vor Baako. Ihre Haltung war unmissverständlich.

Die Mündung des MGs wies auf ihre Brust.

»Sie sollten besser tun, was er verlangt«, brummte Kowalski. »Besser, Baako stirbt hier, als dass man ihn in ein Labor zurückbringt.«

Maria atmete schwer, rührte sich aber nicht vom Fleck. Schließlich sackte sie in sich zusammen, denn sie wusste, er hatte recht. Sie wandte sich an Baako und gebärdete.

[Ich hab dich lieb.]

Baako schmiegte sich wimmernd an sie.

»Machen Sie schon!«, rief Chang.

»Lass ihnen wenigstens Zeit, sich zu verabschieden, du Scheißkerl!«, entgegnete Kowalski.

Maria fiel auf die Knie und umarmte Baako, als wollte sie ihn nie wieder loslassen. Sie drückte ihn an sich, doch da sie wusste, dass Chang irgendwann der Geduldsfaden reißen würde, ließ sie ihn schließlich los und forderte ihn auf, mit den Schimpansen nach vorn zu gehen.

Baako trug die beiden Kleinen und hielt die Hand der Mutter, die sich ihr Junges an die Brust drückte. Sie näherten sich den Scheinwerfern des Jeeps und verwandelten sich in Silhouetten, als wären sie bereits Gespenster.

Der MG-Lauf senkte sich.

Maria lehnte sich an Kowalski an, verbarg das Gesicht und wappnete sich für die Schüsse.

»Alles wird gut«, sagte Kowalski.

Das war nicht gelogen.

Während alle auf den Jeep starrten, hatte keiner auf den dahinter liegenden Gang geachtet. Dort näherte sich ein Schatten, der sich als ausgewachsener Gorillahybrid herausstellte.

Chang war nicht der einzige Überlebende.

Der Silberrücken schlich sich leise an seine Beute an. Er war verletzt, schwarzes Blut tropfte auf den Boden. Der eine Arm hing schlaff herab, ein totes Gewicht. Er näherte sich dem Jeep. Wegen des Motorengeräuschs bekamen dessen Passagiere nichts davon mit.

Monk bedeutete seinen Begleitern, sich zurückzuziehen.

Chang glaubte offenbar, sie wollten dem bevorstehenden Gemetzel an Baako und den Schimpansen aus dem Weg gehen. »Es ist gleich vorbei«, versprach der Schuft.

Das glaube ich dir aufs Wort.

Eine gewaltige Pranke packte Chang von hinten und pflückte ihn vom MG-Stand. Einen Moment lang war der Mann wie gelähmt. Dann wandte er den Kopf und sah, wer ihn gepackt hatte.

Er schrie.

Der Fahrer sprang in Panik aus dem Wagen und wurde von Chin mit zwei gut gezielten Schüssen in die Stirn niedergestreckt.

Der Silberrücken ließ sich durch die Schüsse nicht ablenken und führte den sich wehrenden Chang an sein Maul. Er schob sich den Schädel des Mannes zwischen die Backenzähne – dann biss er langsam zu. Es knirschte Übelkeit erregend.

Als Changs Körper erschlafft war, schleuderte der Silberrücken ihn in die Dunkelheit und stützte sich mit einer Hand ab. Über den Jeep hinweg fixierte er die Überlebenden.

Kowalski hatte den Raketenwerfer bereits geladen und geschultert. Er zielte auf den massigen Gorilla. Diesmal gab es kein Entrinnen. Der Silberrücken funkelte ihn an und steigerte sich schnaubend in Rage.

Na los, mach schon!

Plötzlich verdeckte ein Schatten Kowalski die Sicht. Eine pelzige Hand zog die Mündung des Granatwerfers nach unten. Baako nahm vor Kowalski Aufstellung und blickte dem Silberrücken entgegen.

[Geh weg]

Der Silberrücken stützte sich auf seinen unverletzten Arm. Eine Blutlache sammelte sich auf dem Boden. Sein

Blick wanderte vom herausfordernden Baako zur gesenkten Waffe.

Baako wiederholte die Geste.

[Geh weg]

Der Silberrücken grunzte und sackte erschöpft in sich zusammen, dann drehte er sich schwerfällig um. Langsam humpelte er in die Dunkelheit hinein.

Niemand regte sich aus Angst, er könnte wieder umkehren.

Schließlich stürzte Maria nach vorn und schloss Baako in die Arme.

Kowalski blieb wachsam. Er wusste nicht, ob der Silberrücken sich wegen seiner Verletzungen, wegen Baakos herausfordernder Haltung oder wegen des Waffenstillstandsangebots mit der gesenkten Waffe zurückgezogen hatte.

Vermutlich aus allen drei Gründen.

Was auch immer in ihm vorgegangen sein mochte, er war in der Dunkelheit verschwunden und kam anscheinend nicht zurück. Vielleicht würde er irgendwann zur modernen Legende werden, ein monströser Yeti, der in Pekings Unterwelt sein Unwesen trieb.

Kowalski reichte Monk den Granatwerfer und ging zu Baako. Er klopfte dem Gorilla auf den Rücken. »Na, da haben wir wohl ein neues Alphatier.«

Baako schwenkte gutmütig den Arm herum und boxte Kowalski in die Seite.

»Autsch! Pass gefälligst auf meine gebrochenen Rippen auf.«

Baako zog die Augenbrauen hoch, offenbar in Sorge, er könnte Kowalski ernsthaft wehgetan haben.

»Schon okay«, sagte Kowalski. »Vergiss nicht: Wir

sind...« Er formte mit den Fingern das Zeichen für »F«
und malte einen Kreis in die Luft.

[eine Familie]

Baako nickte heftig und schnaubte zustimmend. Er
schaute Maria an, dann fasste er wieder Kowalski in den
Blick, tippte sich mit dem Daumen an die Stirn und sah
ernst zu ihm auf.

[Papa]

»Jetzt aber mal halblang, Kumpel.« Kowalski wich
einen Schritt zurück. »Wir wollen den Dingen nicht vor-
greifen.«

26

»DAS IST DIE offizielle Version der Chinesen?« Gray saß Painter Crowe, dem Direktor von Sigma, am Schreibtisch gegenüber. »Ein Gasleck?«

Painter kippelte mit dem Stuhl zurück und fuhr sich mit beiden Händen durchs Haar. »Das berichten jedenfalls CNN und Fox News über die Zerstörungen im Zoo von Peking. Aber die Insider lassen sich davon nicht täuschen. Man lässt es zu, dass China das Gesicht wahrt, und erwartet im Gegenzug, dass sämtliche Maulwürfe im universitären Bereich enttarnt werden.«

»Und Sie glauben, China wird vollumfänglich kooperieren?«

»Natürlich nicht, aber irgendwo muss man mit dem Hausputz ja anfangen. China hat sich zudem zu einem Moratorium bei der Manipulation des menschlichen Genoms bereit erklärt.«

Gray hob skeptisch eine Augenbraue.

Als ob die sich durch eine Unterschrift von irgendwas abhalten lassen würden.

Painter zuckte mit den Schultern. »Der Geist ist aus der Flasche entwichen. Wir können lediglich versuchen, die Forschung zu zügeln. Auch die beiden Crandall-Schwestern haben das Forschungsprojekt mit den Hybridmodellen eingestellt.«

»Was ist mit dem Chinesen, den sie mitgebracht haben?«, fragte Gray.

»Sie meinen Gao Sun? Unseren Gast im geheimen Gewahrsam?«

Gray nickte. Monks Team hatte den Soldaten mit in die Staaten gebracht, um ihn wegen der Ermordung des Studenten der Emory University im Primatenzentrum zur Rechenschaft zu ziehen. Wegen des Durcheinanders im Zoo war es ein Leichtes gewesen, den Soldaten außer Landes zu schaffen. Der Gefangene war in einem geheimen Gefängnis untergebracht, wo er seine lebenslange Strafe verbüßen sollte.

»Er ist ausgesprochen kooperativ«, sagte Painter. »Auch wenn er noch immer nicht redet.«

Gray runzelte die Stirn.

»Vielleicht sollte man besser sagen, er *kann* noch nicht reden. Kowalski hat ihm vor der Abreise aus China einen ordentlichen Hieb verpasst. Hat dem Mann den Kiefer gebrochen und ihm vier Schneidezähne ausgeschlagen. Und das waren nur die Folgen des *ersten* Schlags. Monk hat Kowalski weggezogen, bevor er ernsthaften Schaden anrichten konnte. Aber Gaos Kiefer musste mit Draht gerichtet werden. Ein paar Wochen lang muss er sich mit dem Strohhalm ernähren.«

Der Mistkerl hat Schlimmeres verdient.

»Und gibt es Neuigkeiten aus Ecuador?«, fragte Gray.

»Pater Novak hat vom Vatikan die Erlaubnis bekommen,

sich in der Kirche María Auxiliadora in Cuenca niederzulassen. Er wird die archäologischen Ausgrabungsarbeiten in der vergessenen Stadt leiten. Jembe – der Indianerjunge – hilft ihm bei der Verständigung mit den Shuarstämmen. Er glaubt, dass er bedeutende Artefakte wird bergen können.«

Gray nickte. Roland war offenbar im Begriff, den Platz Pater Crespis einzunehmen und in die Fußstapfen von Athanasius Kircher zu treten.

»Es ist bedauerlich, dass wir alle Knochenüberreste der Neandertalerhybride verloren haben«, setzte Painter hinzu. »Aus der DNA der Knochen hätten wir eine Menge Erkenntnisse gewinnen können.«

Gray war sich da nicht so sicher.

Vielleicht ist es so ja am besten.

Er vergegenwärtigte sich die große schwebende Mondskulptur in der goldenen Höhle. Zum x-ten Mal fragte er sich, was aus den Erbauern geworden war. Waren sie ausgestorben, oder hatten sie ein neues Versteck gefunden? Vielleicht aber waren sie auch einfach in die Welt hinausgezogen und hatten sich dem Rest der Menschheit bei ihrer Reise in die Zukunft angeschlossen.

Er dachte an die Gräber in Kroatien, die letzten sterblichen Überreste der alten Hüter auf dem europäischen Kontinent. Sigma war es zwar nicht gelungen, die Gebeine der Hybride zu bewahren, doch wenn Roland erfolgreich sein sollte, besaßen die Entdeckungen in Ecuador das Potenzial, unser Verständnis von der Stellung des Menschen auf dem Planeten – und möglicherweise darüber hinaus – zu verändern.

Gray ging mit Painter noch ein paar weitere offene Fragen durch, dann fuhr er nach Hause. Er nahm die U-Bahn, dann setzte er sich auf sein Fahrrad und radelte durch die dunklen Straßen.

Der Mond war im Abnehmen begriffen, doch die Geheimnisse der Symmetrie und der Größenverhältnisse standen noch am Nachthimmel und luden alle Betrachter ein, zu forschen, Fragen zu stellen und ihren Horizont zu erweitern.

An seinem Wohnblock angelangt, schloss Gray das Fahrrad ab. Er ging über den mondbeschienenen Rasen zu seiner Wohnungstür, bereit, die Geheimnisse erst einmal ruhen zu lassen.

Als er die Tür öffnete, war die Wohnung dunkel und leer. Einen panikerfüllten Moment lang fürchtete er, Seichan sei verschwunden. In letzter Zeit nahm er bei ihr in den ruhigen Momenten ihrer Beziehung eine gewisse innere Getriebenheit wahr, so als wäre sie noch nicht ganz bereit dafür – vielleicht aber glaubte sie auch, sie habe ihr Glück nicht verdient. Sie bemühte sich, ihre Verunsicherung zu verbergen, und glaubte vielleicht, er bekäme nichts davon mit. Er ließ sie in dem Glauben.

Im Lauf der Zeit hatte er sie gut kennengelernt. Er hatte Verständnis für ihre schwere Jugend und ihre Zweifel. In vielerlei Hinsicht glich sie einem ungezähmten Wildtier, das allergisch auf Druck reagierte. Deshalb ließ er ihr den nötigen Freiraum, um sich an den Dämonen der Vergangenheit abzuarbeiten, war für sie da, wenn sie ihn brauchte, und zog sich zurück, wenn es sich anders verhielt.

Er ging durch die dunkle Wohnung, doch dann bemerkte er warmen Kerzenschein, der ihm verriet, dass er doch nicht allein war.

Er öffnete die Badezimmertür. Seichan lag in der dampfenden Wanne, mit dichtem Schaum bedeckt. Auf dem Rand standen eine gekühlte Flasche Sekt und zwei Gläser. Nur ein Ring hoher Kerzen erhellte den Raum.

Er lächelte und dachte an die Zeit, die sie in einem Hotelzimmer mit Blick auf die Champs-Élysées verbracht hatten.

Seichan hob eine Augenbraue, als hätte sie seine Gedanken gelesen. »Ich glaube, wir wurden damals unsanft unterbrochen...«

Er begann, sich zu entkleiden, froh darüber, hier und jetzt mit ihr zusammen zu sein.

Es muss nicht immer Paris sein.

KOWALSKI SCHEUCHTE EINE dicke Fliege von seinem Unterarm, die möglicherweise gefährlich war.

Weshalb dauert das so lange?

Er schaute blinzelnd zur Morgensonne hoch, die auf die Dschungellichtung niederbrannte. An der anderen Seite der grünen Wiese hatte man eine Reihe von Plattformen mit Zelten errichtet. Seit drei Tagen wohnten sie darin, akklimatisierten sich an die Wetterbedingungen und bereiteten sich auf die vor ihnen liegenden Herausforderungen vor. Sie waren nicht ohne Grund in dieses zwischen Vulkangipfeln gelegene Tal gekommen.

»Wie lange noch?«, nölte Kowalski.

Lena und Maria knieten rechts und links neben Baako und bereiteten ihn auf seinen ersten Tag vor. Die Zwillingsschwestern machten so viel Aufhebens um den jungen Gorilla, als wären sie im Begriff, ihr eigenes Kind in den Kindergarten zu schicken. Andererseits war Baako ebenso ängstlich und aufgeregt wie ein typisches Menschenkind an seinem ersten Kindergartentag.

Tango saß in der Nähe im Gras. Er hechelte, die Zunge hing ihm aus dem Maul. Maria hatte den australischen Hütehund mitgenommen, um Baako den Übergang zu erleichtern.

Nach den einen Monat zurückliegenden Vorfällen in China hatte Maria sich entschlossen, Baako auszuwildern, und sich für den Virunga-Nationalpark entschieden. Sie und ihre Schwester beabsichtigten, ein halbes Jahr im Kongo zu bleiben und Baako beizustehen. Unterstützt wurden sie von einem Team einheimischer Zoologen, die sich mit solchen Dingen auskannten und sich gleichzeitig um die Gruppe von Schimpansen kümmerten, die aus dem Labor befreit worden waren. Die meisten der Tiere waren noch zu jung, würden aber so lange betreut werden, bis sie alt genug waren, um den Sprung in die Wildnis zu bewältigen.

Kowalski war ebenfalls mitgekommen, weil er noch zwei Wochen Urlaub hatte. Außerdem beabsichtigte er, Maria hin und wieder zu besuchen. Gestern Abend hatten sie auf der Veranda seines Zelts gesessen und den Nachthimmel betrachtet, der vom Lavasee am Gipfel des Nyiragongo rot gefärbt wurde. Sie hatten kühles Bier getrunken und waren bis zum Morgengrauen zusammengeblieben – allerdings hatten sie sich nicht nur auf der Veranda aufgehalten. Die Betten waren überraschend bequem.

Ja, ich komme bestimmt wieder.

»Also, ich glaube, wir sind so weit«, sagte Maria, richtete sich auf und stemmte die Hände in die Hüften. »Du auch, Baako?«

Der Gorilla hob beide Arme und ballte in Schulterhöhe die Hände zu Fäusten.

[Tapfer]

»Das weiß ich doch«, sagte Maria.

Sie fasste ihn bei der Hand und ging mit ihm zum Waldrand, gefolgt von Tango. Dr. Joseph Kyenge, einer der einheimischen Zoologen, erwartete sie im Schatten. Auch fünf, sechs Gorillas blickten der sich nähernden Gruppe neugierig entgegen.

Ein paar begrüßten sie mit lauten Rufen.

Der Zoologe sollte die Vorstellung übernehmen. Für diese Aufgabe war ein Fremder besser geeignet als die beiden Schwestern. Baako musste lernen, sich von ihnen zu lösen, damit er frei sein konnte.

Kyenge ließ sich auf ein Knie nieder. »Komm, Baako, komm.«

Maria ließ die Hand des jungen Gorillas los. Baako schaute sich zu seinem Freund Tango um und schnaufte laut.

Maria gebärdete, während sie auf Baako einredete. »Baako, Tango kann nicht mitkommen. Er ist hier nicht zu Hause.«

Baako blickte in den Wald hinein, dann wich er zu Kowalski zurück und schlang die Arme um dessen Hüften.

Kowalski ließ sich auf die Knie nieder, um sich zu verabschieden.

Baako drückte sich an seine Brust und gab leise, klagende Laute von sich.

»Hey, Kumpel, das wird schon.« Er streichelte dem Gorilla über den Kopf. An der rasierten Stelle wuchsen allmählich Stoppeln nach, welche die Narbe verdeckten. »Was hast du denn?«

Baako löste sich von ihm, hielt den Blick aber gesenkt. Er schüttelte traurig den Kopf. Dann wiederholte er die Gebärde von gerade eben mit einer Hand.

[Nicht tapfer]

Kowalski brach beinahe das Herz. Er legte Baako die Hände auf die Schultern und wartete, bis der Gorilla ihn ansah. »Du bist der tapferste Junge, den ich kenne«, sagte er, ohne zu gebärden, im Vertrauen darauf, dass Baako ihn auch so verstand. Er zeigte auf die Gorillas im Dschungel. »Wenn einer von denen Ärger macht, werd ich mich drum kümmern.«

Baako umarmte ihn und schmiegte seinen Kopf an Kowalskis Brust. Er zitterte nicht mehr so stark, wirkte aber immer noch verunsichert.

Kowalski ließ sich ins nasse Gras plumpsen, denn er wollte, dass die folgende Unterhaltung privat blieb. Er klopfte sich auf die Brust und hob den Daumen an die Stirn, während die Finger nach oben wiesen.

[Ich bin dein Papa]

Baako hob hoffnungsvoll die Brauen.

Kowalski legte Baako die flache Hand auf die Brust, dann senkte er die Hand auf den anderen Arm, den er sich vor den Bauch hielt, und blickte Baako in die Augen.

[Du bist mein Sohn]

Baakos Augen weiteten sich. Dann sprang er Kowalski an, warf ihn auf den Rücken, wälzte sich mit ihm im Gras und malträtierte dessen verbundene Rippen.

Schließlich schaffte es Kowalski, sich aufzusetzen. »Okay, jetzt wäre das geregelt.« Er zeigte auffordernd zum Wald. »Such dir ein paar neue Freunde.«

Baako sprang in die Luft, dann lief er seinem neuen Leben entgegen.

SHU WEI SCHRECKTE aus einem Fiebertraum hoch – und fand sich in einem Albtraum wieder.

Nach und nach erwachten auch ihre Sinne. Sie roch den Wald und ihr eigenes Blut. Schleim tropfte auf ihre brennenden Lippen. Grünes Laub und blauer Himmel kreisten um sie. Der Magen drehte sich ihr um, Erbrochenes stieg ihr in die Kehle. Sie hatte jedes Zeitgefühl verloren, denn sie hatte die vergangenen Tage im Fieberwahn verbracht.

Wo bin ich?

Sie erinnerte sich, dass Kwan zusammengebrochen war, während man sie hochgehoben hatte. Sie erinnerte sich an den Pfeil, der sie im Bauch getroffen hatte. Sie versuchte, an sich hinunterzuschauen, doch sie konnte den Kopf nicht bewegen. Sie spürte ein hartes Brett unter dem Rücken und versuchte, Arme und Beine zu bewegen, doch es gelang ihr nicht.

Weshalb bin ich gefesselt?

Sie erinnerte sich, dass man sie durchs Wasser geschleppt hatte. Dann hatte sie das Bewusstsein verloren. Als sie zu sich kam, war sie vom Fieber geschüttelt gewesen, und ihr ganzer Körper brannte. Sie erinnerte sich vage, dass eine barbrüstige Frau ihr den Bauch mit einer schlammfarbenen Salbe eingerieben hatte. Das tat so weh, dass sie erneut ohnmächtig wurde.

Jetzt bin ich wach… Ich lebe noch.

Sie atmete tief durch die Nase. Sprechen konnte sie nicht, denn sie bekam den Mund nicht auf.

Dann fiel ihr Blick auf ein bekanntes Gesicht.

Es war der Stammesälteste. Er sprach mit jemandem, den sie nicht sehen konnte. Schatten fielen auf sie, als mehrere Personen sich um sie versammelten.

Sie bäumte sich gegen die Fesseln auf.

Macht mich los.

Die Eingeborenen beachteten sie nicht. Der alte Mann hob eine geschwungene Knochennadel hoch, von der eine Sehne herabhing. Sie hörte, wie er immer wieder dasselbe Wort wiederholte.

Tsantsa.

Sie versuchte zu verstehen, was vor sich ging. Wenn die Indianer sie geheilt hatten, was wollten sie dann noch von ihr?

Ein weiteres bekanntes Gesicht beugte sich über sie. Es war der Junge. Er hob etwas hoch und zeigte es ihr. Zunächst meinte sie, es handele sich um eine vertrocknete, verhutzelte Frucht, doch dann bemerkte sie die zugenähten Lippen und Augenlider und den dunklen Haarschopf. Es war ein Schrumpfkopf.

Aber nicht *irgendein* Kopf.

Die Gesichtsnarben kannte sie.

Kwan.

Die Wilden hatte die Schwarze Krähe in eine Trophäe verwandelt.

Der Junge reckte den Schrumpfkopf noch höher und sagte mit strahlendem Lächeln: »Tsantsa.«

Allmählich dämmerte es ihr. Sie wollte schreien, doch ihre Lippen brannten. Sie starrte auf Kwans Mund. Man hatte ihr das Gleiche angetan.

Die Eingeborenen aber waren noch nicht fertig mit ihr.

Der alte Mann beugte sich über sie – und näherte die dicke Nadel ihren Augenlidern.

EPILOG

Zehn Jahre später

»DR. CRANDALL, DIE Sonne geht bald unter«, sagte Dr. Kyenge mit seinem melodischen kongolesischen Akzent. »Sie sollten nicht allein hier draußen sein, und ich muss zu meiner Frau zurück.«

Maria tätschelte den Hund, der neben ihr auf der Wiese saß. »Ich bin nicht allein. Tango leistet mir Gesellschaft.«

»Ja, schon. Ich will Ihren wunderbaren Gefährten wirklich nicht herabsetzen, aber er ist sehr alt und krank.«

Sie seufzte betrübt.

Hepatocelluläres Karzinom.

Es war inoperabel und bösartig.

Tango hatte nur noch ein paar Wochen zum Leben.

Das war einer der Gründe, weshalb sie in den Virunga-Nationalpark gekommen war. Sie hoffte, dass Tango vielleicht Baako aus dem Wald hervorlocken würde.

Und sei es auch nur, um Abschied zu nehmen.

Maria hatte beiden viel zu verdanken. Baako aber hatte sie seit fünf Jahren nicht mehr gesehen, was eigentlich ein gutes Zeichen war. Er hatte sich akklimatisiert und wirkte glücklich. Sie wusste, dass er noch am Leben war, denn die Ranger bekamen ihn und seine Truppe hin und wieder zu Gesicht.

Die Nacht senkte sich auf den Wald herab, der voller Geräusche war. Fledermäuse flitzten zwischen den Bäumen umher und sandten ihre Ultraschallnetze aus. Insekten summten, zirpten und schwirrten. Vögel sangen der untergehenden Sonne oder dem aufgehenden Mond ein Lied. Unablässig schrien Affen.

»Dr. Crandall, vielleicht sollten Sie es morgen wieder versuchen.«

Seufzend richtete sie sich auf und streckte sich. Sie war seit dem frühen Morgen hier. Und es war bereits ihr dritter Tag. Vielleicht sollte sie sich damit abfinden, dass es nicht mehr klappen würde, und mit Tango nach Hause fliegen.

»Ich glaube, es wird Zeit, in die Staaten zurückzukehren«, sagte sie.

Auf einmal vernahm sie ein Schnauben, tiefer als gewohnt, aber doch vertraut.

Kyenge trat lächelnd zurück und gab Maria den Weg zum Waldrand frei.

»Baako?«

Der Laubvorhang teilte sich, und ein großer Schatten schob sich auf die Lichtung. Der Gorilla stützte sich mit einem Arm ab und musterte sie mit seinen dunklen Augen. Der breite Rücken war mit silbrigem Pelz besetzt, Zeichen der Geschlechtsreife.

Er hob die Hand und führte den Daumen ans Kinn.

[Mama]

Mit einem Aufschrei lief sie zu ihm. Tango folgte ihr langsamer.

Als Baako den Hund sah, schnaufte er leise, seine Art

616

zu lachen. Tango lief ihm entgegen, und als er seinen großen Freund am Geruch erkannte, wackelte er so heftig mit dem Schwanz, als wäre er wieder ein junger Hund.

Maria versuchte, Baako die Arme um den mächtigen Hals zu legen, doch sie waren zu kurz. Er legte ihr den freien Arm um die Hüfte und beugte sich vor, als wollte er sie zerquetschen.

Tango hatte sie erreicht und bellte ungeduldig.

Baako ließ Maria los und setzte sich auf den Po, die Beine von sich gestreckt. Tango sprang auf seinen pelzigen Schoß. Baako seufzte glücklich.

Er schaute sich suchend um, dann führte er den Daumen an die Stirn.

[Papa]

Maria wusste nicht, was sie sagen sollte. Sie konnte nur hoffen, dass er sie verstehen würde.

[Ich möchte dir eine Geschichte erzählen …]

Im Lauf der nächsten Stunde berichtete sie ihm die Wahrheit – wenn auch nicht die ganze Wahrheit. Es war zu schmerzhaft, obwohl sie sich nur der Hände bediente. Als sie fertig war, senkte Baako den Kopf, beugte sich tief auf Tango herab und schaukelte leicht mit dem Oberkörper.

Sie blickte auf den Diamantring nieder, der an ihrem Ringfinger funkelte. Sie wusste, sie sollte ihn zusammen mit dem Schmerz und der Freude, die er symbolisierte, ablegen.

Aber jetzt noch nicht …

Sie war noch nicht so weit. Sie stand auf und setzte sich neben Baako. Im Schein des Vollmonds schmiegte sie sich an ihn. So verharrten sie eine ganze Weile, bis im Wald auf einmal ein leiser Ruf zu hören war. Baako antwortete mit einem Grunzen und hob den Arm.

Ein kleinerer Gorilla mit einem Kind auf dem Arm tauchte am Waldrand auf. Das Weibchen zeigte erst auf Baako und dann auf seine Brust. Dann streichelte sie mit der flachen Hand über den Arm, mit dem sie das Affenjunge hielt.

Maria machte große Augen, denn sie verstand die Geste.

Er hat seiner Partnerin die Gebärdensprache beigebracht…

Das Weibchen wiederholte die Zeichenfolge, diesmal ein wenig fordernder.

[Komm… Nacht]

Maria grinste, als ihr klar wurde, dass Baako ausgeschimpft wurde. Sie schaute das Kind an, dessen kleine Äuglein sie anfunkelten.

Sie wandte sich Baako zu und gebärdete.

[Du bist Papa geworden]

Er grunzte zustimmend, dann streckte er den Arm aus und streifte Maria zum Abschied mit den Fingerknöcheln über die Wange. Er richtete sich auf, um in den Wald zurückzukehren, zu seinem Rudel, zu seiner Familie.

Maria wich zurück und ließ ihn ziehen.

Tango folgte schwanzwedelnd seinem Freund.

Baako schaute vom Hund zu Maria.

Sie gebärdete, wenngleich sie vermutete, dass Baako die traurige Wahrheit mit seinen schärferen Sinnen bereits erspürt hatte.

[Er ist alt. Er ist krank]

Baako schüttelte betrübt den Kopf und verschwand zusammen mit Tango im Wald, zwei Freunde, die entschlossen waren, füreinander da zu sein.

Sie schaute ihnen hinterher in dem Bewusstsein, dass sie die beiden nie wiedersehen würde.

Keiner von ihnen blickte sich um.

Das brach ihr das Herz – und machte sie gleichzeitig wahnsinnig glücklich.

Tief in der Nacht sitzt Baako bei seinem Rudel im Wald. Alle schlafen. Tango liegt zusammengerollt neben ihm. Er balanciert seinen Jungen zwischen den verschränkten Beinen, dann ergreift er behutsam dessen kleine Finger und formt damit eine Reihe von Buchstaben. Der Kleine ist noch zu jung, um zu verstehen, was das bedeutet, doch das wird schon noch werden, wenn er älter wird.

Es ist der Name, den er dem Kind gegeben hat.

Zu Ehren eines anderen.

Er wiederholt die Buchstabenfolge.

[J-O-E]

Die kleinen Äuglein fallen zu, und Baako nimmt das Kind auf den Arm. Er wiegt es zärtlich, schaut durch das dunkle Laub zum leuchtenden Mond hoch, zu den funkelnden Sternen… und staunt.

NACHBEMERKUNG DES AUTORS: WAHRHEIT ODER FIKTION?

WIEDER EINMAL IST der Moment gekommen, den Wahrheitsgehalt der Geschichte offenzulegen. Ich möchte die folgenden Seiten auch dazu nutzen, der quälenden Frage nachzugehen, die alle Autoren fürchten: *Woher nehmen Sie Ihre Einfälle?* Deshalb werde ich versuchen, die Entstehung der Geschichte zu erläutern und zu erklären, wie ich über die grundlegenden Ideen gestolpert bin.

Los geht's.

Die Geschichte begann mit dem Nachdenken über den Ursprung der menschlichen Intelligenz. Ich wollte herausfinden, woher sie kam und wohin sie uns führen wird. Bei diesen Recherchen stieß ich auf ein faszinierendes anthropologisches Rätsel. In den vergangenen zweihunderttausend Jahren haben sich Größe und Beschaffenheit des menschlichen Gehirns kaum verändert. Dennoch kam es vor etwa fünfzigtausend Jahren zu einer explosiven Entwicklung auf den Gebieten der Kunst, des Erfindergeists und der zivilisatorischen Errungenschaften. Weshalb? Das weiß niemand. Dieses Rätsel bezeichnet man als den

Großen Sprung nach vorn, und es versetzt Anthropologen und Philosophen in Erstaunen.

Weshalb kam es bei der menschlichen Intelligenz zu einer solch sprunghaften Entwicklung?

Es gibt dazu verschiedene Theorien, jedoch keinen allgemeinen Konsens. Am weitesten verbreitet ist die Ansicht, dass der Große Sprung nach vorn zeitlich mit der Wanderung zusammenfiel, die den Frühmenschen aus Afrika hinausführte. Die fremde Umgebung und die neuen Herausforderungen regten ihn demnach zu Innovationen und einer neuen Sichtweise an.

Aber was ist, wenn *mehr* dahintersteckte? Wenn der Frühmensch bei seinen Wanderungen nicht nur auf neue Länder stieß, sondern auf etwas noch Wirkungsmächtigeres, das unsere DNA veränderte? Die Genetiker wissen, dass der Frühmensch um diese Zeit herum auf Neandertaler traf und sich mit ihnen paarte.

Eine anerkannte Tatsache der Biologie ist der sogenannte Heterosis-Effekt. Kreuzt man verschiedene Spezies, weisen die Nachkommen demnach eine kräftigere Konstitution auf als ihre beiden Elternteile. Das trifft auch auf die Intelligenz zu. Ein Beispiel: Maultiere sind das Kreuzungsprodukt einer Pferdestute mit einem Esel. Untersuchungen der räumlichen Intelligenz haben gezeigt, dass Maultiere tatsächlich intelligenter als ihre Eltern sind.

Könnte der Heterosis-Effekt auch auf uns zutreffen? Könnten Neandertaler mit Frühmenschen Kinder mit gesteigerter Intelligenz gezeugt haben? Eine Antwort darauf gibt es nicht, denn es gibt keine Möglichkeit, Hybride zu erschaffen, die zu fünfzig Prozent die DNA des Homo neandertalensis und zu fünfzig Prozent die des Homo sapiens enthalten – wenngleich es bald machbar sein dürfte, was allerdings eine Reihe ethischer Fragen aufwirft. Fakt ist allerdings, dass die Vermischung mit Neandertalern so vorteilhaft war, dass deren DNA immer noch in unserem Genom enthalten ist.

Diese Möglichkeit wollte ich ausloten, und dies war der Samen, aus dem das vorliegende Buch entstanden ist. Aber lassen Sie uns einmal einen genaueren Blick auf die Fakten werfen und herausarbeiten, was wahr ist und was nicht.

Neandertaler und andere Hominiden

Unser Verständnis von der Geschichte des Frühmenschen und unseres Verhältnisses zu anderen Stämmen hat sich in den vergangenen Jahren grundlegend gewandelt. Selbst während der Niederschrift des Romans habe ich die Handlung wiederholt angepasst, um den neuesten Entdeckungen gerecht zu werden. Inzwischen wissen wir, dass nicht nur die Neandertaler Spuren in unserem Genom hinterlassen haben, sondern auch andere ausgestorbene Spezies wie der Denisova-Mensch, der ein wichtiges und einzigartiges Gen beigesteuert hat, das den Tibetern das Leben in großer Höhe ermöglicht. Im vergangenen Jahr wurde ein weiterer Fingerabdruck in unserer DNA entdeckt, der darauf hindeutet, dass noch eine *dritte* Spezies einen Beitrag zu unserem Genom geleistet hat, doch die Anthropologen müssen diese Individuen noch identifizieren – wenngleich sie glauben, dass sie im Fernen Osten lebten und dass es sich vermutlich um einen Nebenzweig unseres frühen Verwandten Homo erectus gehandelt hat.

Dies führt uns zu einer weiteren wichtigen Hominiden-spezies, nämlich dem Meganthropus, einem Nebenzweig des Homo erectus, der im Fernen Osten lebte und ein Zeitgenosse des Frühmenschen war. Könnte er der Unbekannte sein, der zu unserer DNA beigetragen hat? Aufgrund der Fossilienfunde wissen wir, dass diese Spezies wahrhaft groß war; nach manchen Schätzungen maß sie über zwei Meter siebzig.

Doch es teilten sich noch andere Hominidenarten mit uns den Planeten, darunter der hobbitähnliche Homo floriensis aus Indonesien und die geheimnisvollen Rotwildhöhlenmenschen aus China. Die wahre Geschichte des Frühmenschen enthüllt sich erst nach und nach.

Das folgende Tier ist zwar kein Hominide, doch der ausgestorbene Riesengorilla Giganthopithecus blacki sollte trotzdem Erwähnung finden. Er lebte im Fernen Osten und teilte sich den Planeten mit dem Frühmenschen. Die Tiere waren bis zu dreieinhalb Meter groß und wogen eine halbe Tonne. Manche Leute glauben, auch heute noch lebten solche Wesen in abgelegenen Regionen des Himalaja; vielleicht rühren die Legenden von Yetis und fürchterlichen Schneemenschen von dieser Spezies her.

In den in diesem Buch beschriebenen künstlichen Hybriden mischen sich Meganthropus-Gene mit denen des Gigantopithecus.

Wer weiterführende Informationen zu den Neandertalern sucht, dem empfehle ich das Buch: Svante Pääbo, *Die Neandertaler und wir: Meine Suche nach den Urzeit-Genen.*

Nichtmenschliche Primaten

Dieses Buch enthält zahlreiche Informationen zu Gorillas und deren Intelligenz und Selbstbewusstsein. Nachgewiesen ist auch, dass Tiere, welche die Gebärdensprache erlernt haben, sie an ihre Artgenossen weitergeben und Freude daran finden, Gegenstände, Menschen und andere Gorillas zu benennen. Auch andere Großaffen (Schimpansen, Orang-Utans und Bonobos) verfügen über eine ausgeprägte Intelligenz und Selbstbewusstsein, was in der Figur Baakos beispielhaft gezeigt wird. Es gibt Bestrebungen, allen Primaten den gleichen Schutz angedeihen zu lassen. Die EU, Australien, Japan und Neuseeland haben Versuche an Großaffen bereits verboten. In den Vereinigten Staaten gibt es keine derartigen Verbote, weshalb noch immer Gorillas und Schimpansen bei Forschungsprojekten mit eingeschränkter Aufsicht eingesetzt werden. Es ist höchste Zeit, diese Praxis einer Überprüfung zu unterziehen.

China

Ich habe in China recherchiert und erfahren, wie wundervoll die Menschen dort sind, doch es gibt auch schwerwiegende Probleme, die vor allem mit der Geheimhaltung und der Spionagetätigkeit der Regierung zu tun haben. Ich habe auch den Zoo von Peking besucht und dort erschreckende Zustände vorgefunden. Die Regierung kündigt Veränderungen an und plant, den Zoo an den Stadtrand zu verlegen. Hoffentlich werden die Pläne jetzt, da ich auf die Situation hingewiesen habe, endlich umgesetzt.

Im Zentrum der Geschichte stehen die fortwährenden Versuche der chinesischen Regierung, andere Länder zu hacken, auszuspionieren und zu infiltrieren. Es vergeht kaum ein Monat, ohne dass von einem solchen Angriff berichtet wird. Desgleichen werden die Ausländer an amerikanischen Colleges und Forschungseinrichtungen – viele mittels Stipendien und finanziellen Hilfen gefördert durch den amerikanischen Steuerzahler – zu einer noch größeren Bedrohung für unsere nationale Sicherheit, ganz zu schweigen vom Export intellektueller Kapazitäten ins Ausland.

Als ich diese Geschichte über den lässigen Umgang Chinas mit der genetischen Manipulation von Embryos niederschrieb, landeten in meinem Newsfeed Berichte über eine Gruppe chinesischer Forscher, die das menschliche Genom auf der Ebene der Stammzellen verändern, der erste Schritt zur Kontrolle der menschlichen Evolution. Und einem im *New Scientist* erschienenen Artikel zufolge setzen mindestens eine amerikanische Forschungsgruppe sowie mehrere chinesische Forschungsteams die Manipulation menschlicher Embryos fort. Wie steht es nun um den Wahrheitsgehalt dieses Erzählmotivs? Wie lange wird es noch dauern, bis es Realität wird?

Offenbar ist es bereits Schnee von gestern.

Pater Athanasius Kircher

Ich erwähne diesen katholischen Geistlichen zu Beginn der Geschichte, einen Mann, der als der Leonardo da Vinci des Jesuitenordens gilt. Fast alle im Buch aufgeführten Details zu seinem Leben sind zutreffend. Das gilt für den Umfang seiner teils praxisnahen, teils eher fantasievollen Forschung wie für seine Abenteuerreisen und den

Besuch des Vesuv, in dessen Krater er sich kurz vor einem Ausbruch hinabgelassen hat. Diese Mischung aus wissenschaftlicher Neugier und festem Glauben hat mich fasziniert. Ich würde gern mal mit ihm zusammen speisen – zusammen mit seinem paläontologisch interessierten Freund Nicolas Steno.

Die Geschichte über Kirchers Verbindung zum Sanktuarium von Mentorella ist zutreffend, desgleichen stimmt, dass sein Herz dort begraben ist. Die »Geschichte der Sprachen« an der Kapellenwand und die Geheimkammer habe ich zwar hinzuerfunden, doch man sollte erwähnen, dass Kircher ein geschickter Bastler war, der alle möglichen mechanischen Gerätschaften und Automaten gebaut hat. Die Stanford University hat einige dieser Apparate rekonstruiert, unter anderem auch seine Magnetuhr, und in Los Angeles ist seiner Arbeit ein ganzes Museum gewidmet, das Museum of Jurassic Technology.

Übrigens ist auch schon anderen die Ähnlichkeit der Atlantis-Karte in *Mundus Subterraneus* – die angeblich aus ägyptischen Quellen stammt – mit dem südamerikanischen Kontinent aufgefallen.

Atlantis und Pater Carlos Crespi

Die Beschreibung von Pater Crespis Sammlung von mehr als siebzigtausend Gegenständen ist zutreffend, doch die Sammlung an sich ist geheimnisumwoben. Sicher ist, dass Pater Crespi fest daran glaubte, dass die Artefakte Beleg waren für eine untergegangene ecuadorianische Kultur, die mit dem Rest der Welt in Verbindung stand. Die meisten Archäologen stellen diese Deutung infrage und betrachten die Geschenke der Eingeborenen als Fälschungen. Da die

Sammlung auf verschiedene Museen – staatliche wie private – verteilt wurde, wurden die Exponate noch nie einer umfassenden Bestandsaufnahme unterzogen. Ich finde, die Annahme, dass Eingeborene in der Lage gewesen sein sollen, derartige Gegenstände aus Gold und Edelsteinen zu fälschen, widerspricht dem gesunden Menschenverstand. Crespi war auch kein Narr. Er besaß mehrere Doktortitel, lebte über fünf Jahrzehnte lang in der Region und kannte das Gebiet und dessen Bewohner besser als jeder Archäologe.

Wenn Sie mehr über diese Sammlung erfahren möchten, empfehle ich Ihnen: Richard Wingate, *Atlantis in the Amazon: Lost Technologies and the Secrets of the Crespi Treasure*.

Über Petronio Jaramillo und Neil Armstrongs Verbindung zu Crespis Entdeckungen hat Stan Hall, der ebenfalls vor Ort war, einen umfassenden und faszinierenden Augenzeugenbericht verfasst. Er stellt eine inspirierende Lektüre dar. Darin stieß ich auch auf Jaramillos Bericht von seiner Reise zur vergessenen Bibliothek. Meine Schilderung der Reise unserer Helden basiert auf diesem Bericht, angefangen vom Skulpturengarten bis zum goldenen Skelett auf dem Podest. Alles Weitere habe ich frei erfunden. Machen Sie sich selbst ein Bild in: Stan Hall, *Tayos Gold: The Archives of Atlantis*.

Alte Zivilisationen

In diesem Buch wird viel über eine hypothetische Zivilisation alter Lehrer diskutiert – ganz gleich, ob man sie als Hüter, Atlanter, Bruderschaft der Heiligen oder als unbekannte Megalithkultur bezeichnet. Die Geheimnisse des megalithischen Meters und dessen Beziehung zum Erdumfang werden ebenfalls geschildert. Dabei habe ich kaum an der Oberfläche der wahren Geschichte dieser Entdeckung gekratzt. Allen, die an einer umfassenden, wahrheitsgetreuen Darstellung interessiert sind, empfehle ich: Christopher Knight und Alan Butler, *Civilization One: The World is Not As You Thought It Was.*

Diese beiden Autoren befassen sich auch mit der Bedeutung der Zahl 366 in Beziehung zu Erde, Sonne und Mond. Gehen wir also ein Stück weiter.

Geheimnisse des Mondes

Okay, ich muss zugeben, dass ich mir nie Gedanken darüber gemacht habe, dass der Mond bei einer totalen Sonnenfinsternis die Sonne vollständig verdeckt. Aber *eigenartig* ist es doch. Das Phänomen tritt deshalb auf, weil der Durchmesser des Mondes ein Vierhundertstel des Sonnendurchmessers und sein Abstand von der Erde ein Vierhundertstel des Radius der Erdumlaufbahn um die Sonne beträgt. Isaac Asimov hat diese Übereinstimmung als »denkbar unwahrscheinlichste Koinzidenz« charakterisiert.

Auch die anderen in diesem Buch erwähnten Größen- und Kräfteverhältnisse sind akkurat wiedergegeben und stammen aus diesem schockierenden Buch: Christopher Knight und Alan Butler, *Who Built the Moon?*

Hier ist eine der Koinzidenzen in mathematischer Form, die den magischen Charakter der Zahl 366 offenbart:

Polarer Erdumfang	40.008 km
	x 100 = 366%
Umfang des Mondes	10.917 km

Was lässt sich sonst noch mit Zahlen anstellen?

Die Zahl 37

Ungeachtet Doug Adams' Behauptung in *Per Anhalter durch die Galaxis* lautet die ultimative Antwort auf das Leben, das Universum und überhaupt alles *nicht* 42.

Sondern 37.

Knight und Butler leiten die Zahl 366 ab, indem sie den Umfang des Planeten in Bogenminuten in Abschnitte von sechs Sekunden unterteilen. Ich habe mich am Kopf gekratzt, als ich das las, habe auf meine Uhr gesehen und versucht, die Bogenminuten in die üblichen sechzig Sekunden zu unterteilen. Das Ergebnis betrug 36,6 – was die magische Eigenschaft dieses fundamentalen planetaren Codes untermauert. Rundet man die Zahl auf, erhält man 37.

Ich tat das willkürlich, doch anschließend wurde mir klar, dass ich kurz zuvor einen Artikel im *New Scientist* mit dem Titel »Is the Answer to Life, the Universe und Everything 37?« gelesen hatte. Darin wird auf die Bedeutung der Primzahl 37 für unseren genetischen Code verwiesen. Die Zahl taucht immer wieder auf, sowohl in unserem Genom als auch in den Aminosäuren, aus denen der genetische Code zusammengesetzt ist.

Mithilfe der kabbalistischen Numerologie, die als Gematrie bezeichnet wird, lässt sich zeigen, dass dieselbe

Primzahl – zusammen mit der Zahl Pi – auch in der ersten Zeile der Bibel enthalten ist. Koppelt man dies mit der gespiegelten Primzahl 73, stößt man auf eigenartige Muster sechszackiger Sterne.

Und ja, die Durchschnittstemperatur des menschlichen Körpers beträgt siebenunddreißig Grad Celsius.

Was hat das alles zu bedeuten? Verweist es auf eine kryptische Botschaft, ist es ein Wink Gottes oder reiner Zufall? Stoff zum Nachdenken: Die Wahrscheinlichkeit, dass diese Zahl zufällig in unserem genetischen Code auftaucht, beträgt: 1 : 300 000 000 000 000 000 000 000 000 000 000.

Bilden Sie sich selbst ein Urteil. Ich würde jedenfalls kein Lotterielos mit dieser Gewinnquote kaufen.

Denjenigen, die mehr über das Universum erfahren möchten, das auf einzigartige Weise auf die Entstehung von Leben abgestimmt scheint, möchte ich ein Buch empfehlen, das ein Kosmologe von der Arizona State University verfasst hat: Paul Davies, *Der kosmische Volltreffer: Warum wir hier sind und das Universum wie für uns geschaffen ist.*

Abschließende Gedanken

Ich weiß nicht, ob in den Zahlenverhältnissen, die in unseren genetischen Code und den Lauf der Sterne eingeschrieben sind, eine Botschaft verborgen ist. Vielleicht ist das nichts weiter als ein Geheimnis, das uns ungeachtet unserer religiösen Überzeugungen Staunen machen und uns Respekt einflößen soll vor dem, was uns umgibt. Vielleicht ist es ein Aufruf, den Planeten, diesen Garten des

Lebens mitsamt all seinen Spezies, zu retten, Empathie und Intelligenz in all ihren Erscheinungsformen zu achten und uns bewusst zu machen, dass die Fähigkeit zu lieben wohl nicht allein auf den Menschen beschränkt ist.

Vielleicht reicht es aber schon aus, den Mond zu betrachten und sich zu fragen, wer wir sind und wohin unser Weg uns führt. Mit dieser Frage begann dieses Buch – und sie ist auch ein guter Schluss.